U0923820

國家古籍整理出版專項經費資助項目

明詞話全編

壹

鄧子勉 編

鳳凰出版社

圖書在版編目（C I P）數據

明詞話全編 / 鄧子勉編. -- 南京 : 鳳凰出版社,
2012.12
ISBN 978-7-5506-1702-5

Ⅰ. ①明… Ⅱ. ①鄧… Ⅲ. ①詞（文學）—詩歌評論
—中國—明代 Ⅳ. ①I207.23

中國版本圖書館CIP數據核字(2012)第320201號

書　　名　明詞話全編
編　　者　鄧子勉
責任編輯　韓鳳冉　李艷麗　汪允普
出版發行　鳳凰出版傳媒股份有限公司
　　　　　鳳凰出版社(原江蘇古籍出版社)
　　　　　發行部電話025-83223462
　　　　　南京市湖南路1號A樓,郵編:210009
出版社地址　南京市中央路165號,郵編:210009
出版社網址　http://www.fhcbs.com
經　　銷　鳳凰出版傳媒股份有限公司
照　　排　江蘇鳳凰製版有限公司
印　　刷　南京愛德印刷有限公司
　　　　　南京市江寧區東善橋秣周中路99號,郵編:211153
開　　本　850×1168毫米　1/32
印　　張　179.75
字　　數　3865千字
版　　次　2012年12月第1版　2012年12月第1次印刷
標準書號　ISBN 978-7-5506-1702-5
定　　價　780.00圓（全八册）
　　　　　(本書凡印裝錯誤可向承印廠調換,電話:025-57928003)

目録

第二册

第三册

第五册

第六册

第七册

第八册

前言

論詞之言，肇始於五代，興起於北宋中葉，至南宋而蔚為大觀，延及元代，雖然曲盛詞衰，而論詞之言仍俱規模。除詞學專著外，古人或稱前人散見的説詞論詞言語為「詞話」，這在明代詞選集中是常見的，如「玉林詞話」、「苕溪詞話」云云，當然這不是指原本就有其書。至於《欽定詞譜》有「東坡詞話」、「姑溪詞話」、「苕溪詞話」云云，也是如此。明末毛晉《跋後山詞》云：「宋人好著詩話，未有著詞話者，惟《後山集》中略載一二，余漫採録一帙，附於《詩餘圖譜》之後，亦可資顧誤周郎一盼也。」毛氏共輯得詞話七則，附於所刻《後山詞》題識之後，而不是《詩餘圖譜》之後。明以來，傳奇戲曲的盛行，詞的創作日趨衰微，詞學因此而不振，但明人著作中涉及詞的筆墨，還是有相當份量的。本書就是明人編撰的著作中談詞論詞言語資料的彙編。現存的明人著作遠遠多於宋、金、元人，作為個人著作中輯録出來的詞話規模，也遠非宋、金、元人可比。本編自千種左右的明人著作中輯録得七百五十餘家之詞話凡若干條，每家少者一則，多者一千五六百則，所據主要是對明人子部、集部書以及部分史籍的翻閱。此就本編採録羣籍的主要情況及相關話題作簡要的説明。

甲、詞學著作

明人的詞學著作並不多，其規模遠不及清代，即使與宋、元人相較，也未見有多大長進，這與明代詞學創作的萎縮有關。

一、詞學專著

明人的詞學專著，今所存，也就是數種而已，數量上不僅不能與明代的詩學專著相比，就是與明代曲學專著相比，也是略顯遜色的。

1. 楊慎《詞品》

楊慎（一四八八—一五五九），字用修，號升菴。正德六年（一五一一）進士第一，授翰林修撰。後因議大禮案，詔獄廷杖之，謫戍雲南永昌衛（今屬大理）。投荒多暇，於書無所不覽，所著詩文雜著至一百餘種。《詞品》為明代詞學專著中規模最大的一部，筆者所見明刊本和影印的明刊本有五，述於後：其一，明嘉靖珥江書屋校刻《辭品》（依原書題名，不作《詞品》，以下同），六卷附拾遺，此為日本內閣文庫藏本。前有楊慎嘉靖三十年（一五五一）《辭品敘》、周遜嘉靖三十三年《刻辭品序》，書末又有劉大昌嘉靖三十年《辭品後序》。此本卷端下題「珥江書屋校刻」，劉氏後序云：「《辭品》者，升菴太史公所著也，人列其辭，辭取其粹，侈或連章，約僅一句，上起南北六朝以至於唐，下逮五季、宋、元以迄於近，可謂之博抑且精焉。」此本為嘉靖年間劉氏珥江書屋校刻。劉大昌，別號珥江，四川成都人。嘉靖戊子鄉薦，性恬淡高潔，不樂仕進。日惟詩賦自娱，絶迹公府。按楊慎文集卷四十二「四岳為一人」有「劉珥江泰之曰」云云，知泰之為其字。又有詩《四月十一日喜雨柬妹丈劉珥江周五律》，知劉氏為其妹婿。常與楊慎倡和錦城，大見稱賞，慎著作多為其所訂正，楊慎集中多有交往文字。劉氏刊本，當為《詞品》較早的刻本，其後序一文，不見附於現今整理出版的諸種《詞品》中。又此本「拾遺」之「武寧貞女」一則，為他本所無，内容與卷五末一則「江西烈女辭」實同，不過兩者文字却有出入，其末云：「始詎之，終棄之，又受其奩具，而甘視其死，俗有謔詞云：『孫飛虎好色，柳盗跖貪財，這賊因兩般兒都愛。』石屏似之，余編《詞品》成，特列比（當作此）事於宋江之後。」知為楊氏所增，對戴復古騙婚之事深惡痛絶的態度較卷五所言要明確得多。其二，明刊《升菴雜刻》本《辭品》，六卷附拾遺，此為内閣文庫藏本。《升菴雜刻》收有《餘冬序録摘要》、《古今風謡》、《古今諺》、《辭品》、《謝華啟秀》、《古雋》、《雜字韻寶》凡七種，前有王象乾萬曆三十二年（一六〇四）《楊太史別集序》，云：「余撫蜀之餘載，戢戈講藝於地方文獻，懼有湮没，乃檄取先生遺書，得《餘冬序録》、《古今謡》、《諺》、《詞品》、《啟秀》、《韻寶》、《古雋》七種，可以拓識，可以娱神，可以為秉彤染翰者之赤幟，爰合為一集，付之梓人。」知為萬曆年間所刊，或又名《楊太史別集》，然所收《辭品》版式與其他六種不同，却與嘉靖劉氏珥江書屋校刻本同，或叢書《辭品》一種原佚，以珥江書屋本充抵。或《辭品》一種原本就未重刻，而以珥江書屋本替代。其三，明萬曆刊本《楊升菴辭品》，四卷，此為内閣文庫藏本。卷端下題「越州周懋宗因仲父校」，前有楊慎叙，又有萬曆四十六年（一六一八）周懋宗序，周氏序云：「予家舊藏此書，丹鉛紛襍，云出自先生之筆，予不忍其不行也，因校録之，以公之雅人，必有能嗜而讀之者，則亦先生之志也。」此本與六卷本所載多同，只是條目所屬卷數與次第略有差異，四卷本卷一所載與六卷本卷一所載同，而止於六卷本卷二之「秋千旗」條。卷二始於「十二樓十三樓十四樓」條，止於六卷本卷三，其間「李邦直」、「柳詞為東坡所賞」、「木蘭花慢」、「柳詞」、「中秋詞」、「潘逍遥」六條位於「程正伯」後。卷三始於六卷本卷四「趙元鼎」條，止於六卷本卷五「施乘之」條。卷四始於六卷本卷五「戴石屏」條，止於拾遺「李師師」。「李師師」以後七條則無，又六卷本卷五之末條「江西烈女」也無。其四，明刊《升菴外集》本，此為臺灣學生書局出版《雜著祕笈叢刊》影印明萬曆四十四年顧起元校刊本。《叢刊》卷八十一至八十六為《詞品》，凡六卷，次第大體同六卷本，互有出入，其中卷一「燕䀨鶯轉」、「哀曼」、「闕山一點」、「凝音佞」，卷二「檀色」、「銀蒜」、「鬧裝」、「椒圖」、「靺鞨」、「三絃所始」、「鍾離權」、「日蕎」，卷五「虞美人草」、「江西烈女詞」，卷六「于湖《南鄉子》」、「珠簾秀」、「趙真真楊玉娥」、「劉燕歌」、「杜妙隆」、「宋六嫂」、「一分兒」，共二十一條，《外集》本無。《外集》也有四則為六卷本所無，即卷八十一「轉應曲」、「鼓子詞」，卷八十四「劉會孟」、「鏡聽」。其五，明刊《辭品》，六卷附拾遺，此為《續修四庫全書》影印中國國家圖書館藏明刻本，前有楊慎、周遜序，此本有殘缺，如卷一末兩則「凝音佞」、「詞人用𩐂字」缺，又卷五「元將填辭」一則後半部分缺。此外，見於明代書目著録的有：趙用賢《趙定宇書目》於「楊升庵書集目録」載《詞品》一本，趙琦美《脈望館書目》載《升庵詞品》一本，徐𤊹《徐氏家藏書目》卷五載楊慎《詞品》六卷，祁承㸁《澹生堂藏書目》卷十二載《楊升庵詞品》二册四卷，又越刻本。諸書目罕言版本，不過，大體不出前文所言。按清徐乾學《積學齋書目》載《詞品》四卷，云：「明西蜀楊慎用修輯，雲間陳繼儒眉公訂。明刊本，每半頁九行，行二十字，白口，單邊。首有自序。」則為另一明刊四卷本。本編據明嘉靖珥江書屋刊本《辭品》録其全文並楊氏叙，凡三百二十二則，又自《升菴外集》本《詞品》中輯録為《辭品》不載的四條附於後。《詞品》是以品評詞作及其本事為主，自六朝至明，無不採擷，論述品賞，涉及詞之起源、本事、旨意、用典、異文、校讀、是非、詞調、詞牌、平仄、押韻等方方面面，楊慎為明代學術大家，如同其筆記雜纂，其中談論詞的話題，也廣為時人或後人徵引，或發明，或辯證，或質疑，其影響所至，非局限於有明一朝。

2. 陳霆《渚山堂詞話》

陳霆（一四七七？—一五五〇），字聲伯，號水南居士，德清（今浙江）人。弘治十五年（一五〇二）進士，官至山西提學僉事。致仕歸，隱居渚山，放情山水，鋭意述作。著《水南稿》、《渚山堂詩話》、《渚山堂詞話》、《草堂遺音》、《唐餘紀傳》、《山堂瑣語》、《兩山墨談》等。《渚山堂詞話》三卷，有明嘉靖刊本，《詞話叢編》據以録入，前有陳氏嘉靖九年（一五三〇）自序，嘉靖刊本今已不見。此書見於明王道明《笠澤堂書目》和清初錢曾《也是園藏書目》著録，均未注明版本。清阮元《文選樓藏書記》載作刊本，清韓應陛《讀有用書齋藏書志》載作明嘉靖刊本，為黄丕烈士禮居藏書。傅增湘《藏園群書經眼録》卷十九云：「《渚山堂詞話》三卷，明德清陳霆聲伯撰。明嘉靖刊本，九行十八字，前有嘉靖庚寅霆自序。鈐有『翰林院』大官印，卷中有四庫館臣簽記各條。卷一第六葉『至元間傅按察錢唐懷古長閿』內塗抹三十二字，當是觸忌諱之語，閣中著録已删去，茲隱約識記如左，上接『久假當句下：『其語大率吠堯之意，中國帝王所自立，久假當還，固也。然正統所在，夷狄可得預耶？』下接『王猛以正朔』云云。」南京圖書館藏有二種抄本，一為無格欄抄本，半頁八行，行二十一字，鈐有「沈閬崑印」、「肖岩藏書之章」、「東山外史」、「沈肖岩藏書」、「東山外史肖岩沈氏珍藏書畫」、「八千卷樓藏書印」等印，間有沈氏批注。一為烏絲欄抄本，半頁九行，行二十一字，鈐有「四庫著録」、「八千收藏書籍」等印，知二種抄本曾為清丁氏八千卷樓收藏，沈氏藏抄本見載於《善本書室藏書志》卷四十，《江南圖書館善本書目》載云：「《渚山堂詞話》三卷，明正德陳霆，舊抄本，沈肖岩藏書。」即指此書。民國時劉承幹自丁氏藏書抄出，刻入《吴興叢書》中，周子美編《嘉業堂抄校本目録》卷四載有藕香簃抄本《渚山堂詞話》三卷，或指此本。本編據南圖藏原沈肖岩藏抄本録入全文，南圖藏二抄本均無陳氏序，又傅氏所云「塗抹三十二字」亦無，此均據補。是書主要是品評兩宋人詞作，間及金、元、明人之篇。

3. 俞彦《爰園詞話》

俞彦，里貫行蹟不詳。撰《爰園詞話》。按明有俞彦，字仲茅，太倉州（今江蘇）人，一作金陵（今江蘇南京)人。萬曆二十九年(一六〇一)進士,官至光禄少卿,著有《俞少卿集》等。不知是否即此人。《爰園詞話》不見於明、清以來書目書志著録,也不見於明、清人著述中提及,《詞話叢編》據況周頤蕙風簃藏本録入。本編據民國上海大東書局出版《詞話叢抄》石印本録其全文,凡十五條,其間絶少品評詞作,而是論詞體之由來,以及作詞之法,如格調、音律、命意、用語、對句、性質等,謂:「詞何以名詩餘,詩亡然後詞作,故曰餘也,非詩亡,所以歌詠詩者亡也。」與楊慎等人釋「詩餘」之義不同。又云:「詞於不朽之業,最為小乘,然溯其源流,咸自鴻蒙上古而來,如億兆黔首,固皆神聖裔矣。……其得與詩並存天壤,則文人學士賞識欣豔之力也。」又:「晚唐五代小令填詞用韻多詭譎不成文者,聊為之可耳,不足多法。」持見也是不同於他人的。

4. 葉華《迦陵音指迷十六觀》

葉華,字茂原,號九如居士,自稱澹齋主人、睡庵居士等,潭陽(今湖南)人,又作闕里(今山東曲阜)人。萬曆間在世,為僧,號金粟頭陀。著有《金粟頭陀青蓮露六牋》,其中《太平清調迦陵音》前有「迦陵音指迷十六觀」,末自識云:「掃花頭陀有《讀書十六觀》,金粟頭陀演《度曲十六觀》,可謂千載合璧,案頭不可無此,以醒睡魔。」所言前十五觀採自張炎《詞源》卷下,第十六觀採自周德清《中原音韻》,或是割裂拼凑原文,或是畧作增删改異。「指迷十六觀」又見於明衞泳所輯《枕中秘》,題作「曲調」,有《四庫全書存目叢書》影印明刻本。此據《北京圖書館古籍珍本叢刊》影印明刊《刻金粟頭陀青蓮露》本《太平清調迦陵音》録其全文。

5. 高爽《詞評》

高爽，字以召，號石公。行蹟不詳，崇禎時在世。輯有《豔雪齋叢書》，今存稿本，藏中國國家圖書館。所收有《詩評》、《詞評》、《曲評》、《涵虚子評元詞》、《硯譜》、《墨談》、《書品》、《畫苑》八種，每種各綴以小序。其書多是採録他人之言。《詞評》、《曲評》各一卷，前有崇禎元年（一六二八）高氏《詞曲評小叙》，云：「大都二氏之學，貴倩語不貴雅歌，貴婉聲不貴勁氣。……所以合二氏而輯之，覽是編者，可以參二氏之三昧矣。」其中以採録王世貞《詞評》、《曲藻》中話語居重。此據《北京圖書館古籍珍本叢刊》影印稿本録詞話三十七則。

6. 附：王驥德《曲律》

王驥德（？—一六二三），字伯良，號方諸生、秦樓外史等，會稽（今浙江紹興）人。未仕，早年師從徐渭，與沈璟、吕天成、馮夢龍等交往甚密。著有《方諸館集》、《方諸館樂府》、《曲律》、《古本西廂記校注》等。明代戲曲興盛，曲學專書著名的有朱權《太和正音譜》、徐渭《南詞叙録》、吕天成《曲品》以及王氏《曲律》等，而《曲律》於論曲之起源、曲牌、宫調、用韻、節拍、聲調、襯字、詠物、俳偕、體式、方言等等，常是溯源究本，多涉及詞事或詞句，而其他曲學專書中不多見。又卷四「雜論第三十九下」云曾在都門日，見文淵閣所藏刻本《樂府大全》，即周密所云《樂府渾成》，所載為宋、元時詞譜。止林鐘商一調中所載詞至二百餘闋，皆生平所未見。並列其目與譜於後，以存典型。按此書今不存。此據《續修四庫全書》影印明天啟五年毛以遂刻本《曲律》採録談及詞者凡五十九則。

二、成卷的詞話

除詞話專著外，尚有獨自成卷的詞話。或自著作中析出，另冠以他名，其後也就以專著的形式盛行於世，不過這只是個别現象，略述如下，至於其他成卷者一並附後説明。

1. 王世貞《詞評》

王世貞（一五二六—一五九〇），字元美，號鳳洲，又號弇州山人，太倉（今江蘇）人。嘉靖十七年（一五三八）進士，官終南京刑部尚書。編著有《弇州四部稿》、《弇州續稿》、《弇山堂别集》、《王氏書苑》、《王氏畫苑》、《艷異編》、《鳳洲筆記》、《王氏類苑詳注》等。《弇州山人四部稿》卷一百五十二「説部·《藝苑卮言》附録一」為專論詞曲，後人析出，分《詞評》、《曲藻》二種行於世，如明刊《廣百川學海》、《重訂欣賞編》等均收有兩書，文字間有出入。此據早稻田大學藏明萬曆五年王氏世經堂刻本《弇州山人四部稿》本録入詞話部分三十則，其中以品評詞作居多，也論到詞的起源及詞體正變等問題。

2. 田藝蘅《陽關三疊圖譜》

田藝蘅，字子藝，錢塘（今浙江）人。以歲貢生官休寧縣訓導。隆慶、萬曆年間人。編著有《同文集》、《子藝集》、《煮泉小品》、《留青日札》、《詩女史》等。《留青日札》三十九卷，雜記社會風俗、藝林掌故，旁及政治經濟、冠服飲食等，其中卷三十九專論《陽關三疊》諸種唱法的演變與創制等，頗稱完備。後人將其析出，見於明刊《廣百川學海》、《重訂欣賞編》、《説郛續》等中，文字偶有出入。本編據《續修四庫全書》影印明萬曆三十七年刻《留青日札》本録入。

3. 單宇《菊坡叢話》

單宇，字時泰，號菊坡，臨川（今屬江西撫州）人。英宗正統己未（一四三九）進士，三為知縣，以慈惠聞。著有《菊坡叢話》二十六卷，前有成化元年（一四六五）自序。其書採古今論文之語編次成帙，分二十六門，論詩者二十四卷，論四六者一卷，論樂府者一卷。所採自樂府古詞以下，多是抄撮舊文。其中卷二十六專論詞，多為彙輯宋人舊説。此據《續修四庫全書》影印明成化刻本録詞話二十八則。

4. 王圻《稗史彙編》

王圻（一五三〇—一六一五），字元瀚，一作元翰，青浦（今上海）人。嘉靖四十四年（一五六五）進士，授清江令，擢御史，官至陝西布政司參議，致仕。歸築室松江之濱，種梅萬樹，曰梅花源，以著書自遣，編有《續文獻通考》、《三才圖繪》、《稗史彙編》諸書。《稗史彙編》一百七十五卷，萬曆三十五年（一六〇七）自序謂於仇遠《稗史》、陶宗儀《説郛》二書嘗讀而好之，至惓惓不能釋手。然病其繁蕪穢雜，懼其終於湮没，遂重加讎校，凡繁蕪之厭人耳目，詭異之蕩人心志者，悉皆芟去。此據《四庫全書存目叢書》影印明萬曆刻本録詞話二百三十一則。其中卷一百十九為詩話門之詩餘類，凡五十四則，採録論五代至明人詞話，而以兩宋居重，原底本個別有紙破損或漫滅處，則參照他書填補。

5. **曹學佺《蜀中廣記》**

曹學佺(一五七四—一六四六),字能始,侯官(今福建)人。萬曆二十三年(一五九五)進士,官廣西參議等。明亡,入山投環。生平詩文雄富,編著有《石倉集》、《一統名勝志》、《蜀中廣記》、《廣西名勝志》等。《蜀中廣記》一百八卷,是書蓋為官四川右參政、按察使時所編。目凡十二,曰名勝、邊防、通釋、人物、方物、仙、釋、游宦、風俗、著作、詩話、畫苑,蒐採宏富。其中卷一百四「詩話記第四」專載詞話,凡四十八則,多為輯録前人説詞話語。涉及的人士為五代至元仕宦或僑寓蜀中者。此據影印文淵閣《四庫全書》本録入。

6. **杜應芳等《補續全蜀藝文志》**

《補續全蜀藝文志》五十六卷,明杜應芳、胡承詔輯。杜應芳,字懷鶴,黄岡(今湖北)人。萬曆三十五年(一六〇七)進士,官至福建按察使。胡承詔,天門(今湖北)人。萬曆三十二年(一六〇四)進士,累遷陞布政使。其書卷四十五「志餘·詩話四·附詩餘」專載詞話,凡四十一則,輯録前人詞話,所載涉及的人士為五代至明仕宦或僑寓蜀中者,與《蜀中廣記》所載性質大體相同,然内容頗有出入。此據《續修四庫全書》影印明萬曆刻本録入。

另有專釋調名者,載詞選集中,成獨立部分,附此一並叙之。

1. **來行學《草堂詩餘調名考》**

來行學,字顔叔,杭州(今浙江)人。行蹟不詳。編印有《宣和集古印史》、《草堂詩餘》。《草堂詩餘》八卷，明萬曆刊巾箱本，有萬曆二十九年（一六〇一）自序。前有《草堂詩餘調名考》，只是簡單地羅列十六個詞牌的異名，有「考」之名，而無其實。此據日本蓬左文庫藏本録入。

2. 董逢元《詞名微》

董逢元，字善長，常州（今江蘇）人。行蹟不詳。編《唐詞紀》十六卷，輯成於萬曆甲午，雖以唐詞為名，而五代作者居多。首列《詞名微》一卷，載一百二十二個詞牌，或略作解題釋義。此據《四庫全書存目叢書》影印抄本録其有提要者共計六十四則。

乙、評批本詞集

評批是明代文學評論中常見的一種形式，涉及到詩、詞、文、小説、戲曲等多個領域。明代評批本詞集，是本編輯録詞話的主要來源之一。其規模有大有小，多則有千數百條，少則有十數條。評語有長有短，長則數十以至數百字，短則僅有一二字。或眉評，或夾批，或尾評。抒一己之見，彙衆家之説。或解讀細微深入，或發論散漫迷離。凡此，均成為研究明代詞學理論的重要資料。

一、諸種《草堂詩餘》

《草堂詩餘》為南宋人編輯的一部詞選集，宋刊本今不存，今所見最早的為元朝人增補刊印本。

至明代，《草堂詩餘》盛行，刻印本貫穿整個明王朝，今存者有三十種左右，大致有三種類型。一是據元人編本而重刻者；二是明人改編本，大多是屬於對原有篇目重新的調整和編排，或略有增删；三是明人評批本。此僅就第三種而論。《草堂詩餘》在明代的評批，就評注而言，多是因襲，就所附詞話而言，多同元刊本。明人評批本《草堂詩餘》之多，實在是一種令人稱怪的現象。今存十餘種，署名主要有四家：楊慎、李攀龍、李廷機、董其昌等，這些評批本也有二種，一是有注釋的，一是無注釋的。雖然署名不同，而所評之言却有不少雷同處，尤其是署名李于麟、李廷機、董其昌評批本的，知為書坊所亂。此就本編採録的略述於下：

1. **楊慎評批《草堂詩餘》**

楊慎生平詳前。所評《草堂詩餘》，五卷，有楊氏自序，序文實同《詞品》自序。此書有明代凌氏朱墨套色印本，録詞四百三十首，有眉批，不是每首都有批語，被品評的詞有二百八十八首。自序云：「曰詩餘者，《憶秦娥》、《菩薩蠻》二首為詩之餘，而百代辭曲之祖也。今士林多傳其書，而昧其名，余故為之批騭，而首著之云。」釋「詩餘」名義之原由，在明朝引起争議。其間評批之語，又多可與《詞品》相參訂。入清後，宋澤元刻入《懺花庵叢書》中，於楊氏評語外，又附有宋氏按語，成為易見之本。本編據内閣文庫藏凌氏朱墨套色印本録入。

2. **《新刻李于麟先生批評注釋草堂詩餘雋》**

《新刻李于麟先生批評注釋草堂詩餘雋》，四卷，卷端下題：「古歙吴從先寧野甫彙編，公安袁宏道中郎甫增訂，仁和何偉然欲仙甫參校。」前有己未毛伯丘序，云：「邇來本寧李君評釋《唐詩雋》業已行世，未幾復有《明詩雋》出，自國朝諸名公錦心繡口之章，雅堪李唐繼響，垂之金石，頓新宇宙之見聞矣。茲吴寧野公更踵以《草堂詩餘雋》，余從而玩味其間，見其考古校正，編以四季景趣，注釋抉之，詩歌典核，而字句章法，評林詳細，煥然可以賞目，怡然可以賞心，盡可謂調叶《陽春》，詞工《白雪》，而遏雲繞梁之歌，《霓裳羽衣》之製，由於是乎正印。」李攀龍（一五一四—一五七〇），字于鱗，人稱滄溟先生，歷城（今山東）人。嘉靖二十三年（一五四四）進士，歷陝西提學副使。與王世貞齊名，世稱王李，編著有《滄溟集》、《白雪樓詩集》、《古今詩删》、《詩學事類》、《唐詩選》、《詩文原始》等。此本是諸評批《草堂詩餘》中評語内容最豐富、評語最多的一種，每首詞均有批語。評批之語由三部分組成：一是詞牌下，由小字雙行的兩句構成，多為對偶，也有散句，揭示詞之上下片的主旨或主要内容。二是眉評，多是品析性的文字。三是詞後附的總評，字體為行草。本編據南京圖書館藏明師儉堂蕭少衢刻本録詞話四百三十六則。

3.《新刻題評名賢詞話草堂詩餘》

《新刻題評名賢詞話草堂詩餘》，六卷，卷端下題：「濟南于鱗李攀龍補遺，四明眉公陳繼儒校正，書林泰垣余文傑繡梓。」無序跋文，有眉批，不是所有詞都有評批，所評之語與《新刻李于鱗先生批評注釋草堂詩餘雋》不盡相同，也不及其豐富多樣。此據國家圖書館藏萬曆乙卯自新齋余垣重梓本録詞話三百七十則。

4.《重刻草堂詩餘評林》

《重刻草堂詩餘評林》，六卷，卷端下題：「翰林院荊川唐川之解注，翰林院鍾臺田一儁精選，翰林院九我李廷機批評。」李廷機（一五四二—一六一六），字爾張，號九我，晉江（今福建）人。萬曆十一年（一五八三）會試第一，殿試第二，官至禮部尚書、拜東閣大學士。編著有《李文節公集》、《宋賢事彙》、《明朝名臣言行録》、《燕居録》、《經國鴻謨》等。前有何良俊序，其中「九宫之外别有道宫、高平、般涉三調，總一」之後脱漏近三百字。此據南京圖書館藏明萬曆戊子閩書林勉齋詹聖學繡梓本録詞話三百十九則。書中有朱筆批，批者不詳。

5.《新刻注釋草堂詩餘評林》

《新刻注釋草堂詩餘評林》，六卷，卷端下題：「翰林九我李廷機批評，翰林院啟東翁正春校正，書林龍峰徐憲成梓行。」前有何良俊序，其中脱漏字同《重刻草堂詩餘評林》。此本雖題李廷機批評，評語却與南京圖書館藏明刊李廷機批評《重刻草堂詩餘評林》大不相同。南圖藏本是依小令、中調、長調分卷，而此書却是按春景、夏景、秋景、冬景分卷。有注，有的有評，有的無評，評語較為簡略。此據内閣文庫藏萬曆戊申起秀堂刊本録詞話四百三十六則。此本有日本林羅山朱筆圈點評批。

6.《新鍥李太史注釋草堂詩餘旁訓評林》

此書有兩種本子，其一為南京圖書館所藏，七卷。卷一至六所收為詞，卷端題「新鍥李太史注釋草堂詩旁訓評林」，其中「草堂詩」當作「草堂詩餘」，即脱「餘」字。卷七所收為唐詩，卷端題「新鍥李太史注釋增補李滄溟唐詩旁訓評林」。卷端下題：「太史九我李廷機註釋，太史啟東翁正春批評，書林霖宇詹聖澤梓行。」其中「啟東」或作「青陽」。卷六末有木牌曰：「皇明萬曆庚子夏吉詹霖宇梓。」知為萬曆二十八年（一六〇〇）刻本，由木牌的位置可知卷七為後增選的。此本前有臺山葉向高《草堂詩餘引》，云「今九我李先生留心此集，攷古校證，以春景彙分三卷，其夏秋冬各一焉，各加注釋，編為一帙，名曰《注釋草堂詩餘》，而付之剞劂氏。予展讀之，其分類明，注釋旁訓，詳評論當。」此本又有佚名朱墨筆批校。其二為日本尊經閣文庫所藏，凡六卷，扉頁題曰：「鍾伯敬先生選，旁訓草堂詩餘，友花居梓。」前有葉向高序，序後因紙殘破有缺。此本卷一至二與卷三至六版式不一樣，卷一、二卷端題名同南圖藏本，卷端下題：「太史九我李廷機注釋，太史啟東翁正春批評，書林梓行。」卷三至六卷端題「新鍥李太史注釋草堂詩餘旁訓評林」，下題：「翰林院九我李廷機批評，翰林院啟東翁正春校正，閩書林雲竹鄭世豪梓行。」書末有木牌曰：「萬曆乙未孟春吉旦鄭雲竹梓。」知為萬曆二十三年刻本，其中有個別詞在不同的卷中重見。兩本相較，卷三詞作排列次第大不相同，其他卷中詞作次第相同。南圖本卷四前、卷五各缺一頁，而尊經本個別處略有殘破。又尊經本卷三周美成《憶舊遊》「記愁橫淺黛」、李景元《帝臺春》「芳草碧色萋萋」、秦處度《卜筭子》「春透水波明」、李景《浣溪沙》「風壓輕雲貼水飛」、秦少游《蝶戀花》「鍾送黃昏雞報曉」、朱希真《念奴嬌》「別離情緒」、李世英《蝶戀花》「遥夜亭皋閒信步」、僧皎如晦《卜算子》「有意送春歸」八詞、卷五李後主《長相思》「一重山」、周美成《塞垣春》「暮色分平野」、周美成《風流子》「楓林凋晚葉」三詞、卷六末朱希真《鷓鴣天》「檢盡曆頭冬又殘」一詞，共計十二首，南圖本均無，而南圖本卷二王通叟《慶清朝慢》「調雨為酥」一首為尊經本所不載。又南圖本眉評多有漫漶或漏印處。此據尊經閣藏本，並參以南圖藏本，録詞話四百三十三則，其中南圖本佚名朱墨批語也一並録入。此書評語與署名李廷機評批《重刻草堂詩餘評林》和《新刻注釋草堂詩餘評林》彼此間互有出入。

7.《新鋟訂正評注便讀草堂詩餘》

《新鋟訂正評注便讀草堂詩餘》，七卷。卷端下題：「秣陵思白董其昌評訂，古閩心藥曾六德參釋。」董其昌（一五五六—一六三七），字玄宰，號思白，華亭（今上海）人。萬曆十七年（一五八九）進士，官至南京禮部尚書。少負重名，書法超越諸家。著有《容臺文集》、《畫禪室隨筆》、《筠軒清秘録》等。此本前有書商萬曆三十年（一六〇二）序，云：「吾年友李君梧芳業暇時，分門取類，仍加評釋，付諸梓而行之天下。」稱李梧芳評釋，與卷端所題不符，可見為書商所亂。此本卷一至三為春景類、卷四為夏景類，卷五為秋景類，卷六為冬景類。而卷七為增補，卷端題作「草堂詩餘附録」，云：「附録者，皆詞苑之絶筆，惜《詩餘》未及選也，今以數調增入，裨為作者之式，以便準繩焉。」其中評語有互見於明刊署名其他人評批的《草堂詩餘》中。此據國家圖書館藏明萬曆壬寅喬木山堂刊本録詞話三百二十三則。

8. 附：朝鮮佚名寫本《草堂詩餘》

《類編草堂詩餘》，有明代韓俞臣校刊本，筆者所見有三，一為國家圖書館藏，扉頁題曰：「楊升菴先生選訂，草堂詩餘，後附四家宫詞，古吴博雅堂梓行。」前有黄越序，然序中所言似與此書無關。三二為日本東洋文化研究所藏，扉頁題同國圖藏本，有何良俊序，然殘缺，有抄配頁，有朱筆圈點。三為日本京都立命館大學藏，扉頁題同國圖藏本，有何氏序。此書刊本目録與正文所載不盡符，錯簡譌誤甚多，而且各藏本存在的問題也不盡相同。如目録卷一，竟將《大酺》、《浪淘沙慢》、《玉女摇金佩》、《多麗》、《蘭陵王》、《瑞龍吟》、《六丑》、《寶鼎現》、《哨遍》、《雨中花》等歸屬於小令之中，與書中所載並不符。立命館大學藏有朝鮮寫本《草堂詩餘》，四册，四周雙邊，十行十九字，單魚尾，白口。所據為韓氏刊本，抄寫者名姓不詳，其中何良俊《草堂詩餘序》末作「嘉靖皇明世宗年號庚戌七月既望東海何良俊撰」，云「皇明世宗年號」，知抄者當在明時。此書前有二十七則，專門考核辨説韓刻本的錯訛缺漏以及編印失次等，其中有「我國人謄附」云云。後另有《草堂詩餘補遺》二卷，據目録，卷一補録小令七十三調三百十三首，卷二補録中調六十四調一百二十二首，另録詞餘二十調二十首，又附四禽言、五禽言、禽語詩等，殊覺混亂。

以上諸評批本《草堂詩餘》，種類繁多，良莠不齊，評批者除楊慎外，其他則多為託名，而評語也是轉相稗販，其間增删改易，不一而足。

二、明人詞集選本

明人編輯的詞選集，不少是或多或少受《花間集》和《草堂詩餘》等影響，並在此基礎上而衍生出來的，其中多數是附有評批之言的。

1. **楊慎《百琲明珠》**

楊慎生平詳前。《百琲明珠》五卷，據杜祝進《刻楊升庵百琲明珠引》，知萬曆間杜氏曾刊刻。所選自六朝迄於元，略附詞話，或徵引前人之説，或為楊氏發明，其間有同《詞品》中所言者。其中載梁武帝《江南弄》「衆花雜色滿上林」、《三洲歌》「三洲，斷江口」、陳陸瓊《還臺樂》「蒲萄四時芳醇」、隋煬帝《夜飲朝眠曲》「憶睡時」、「憶起時」等作品，於梁武帝《江南弄》云：「填詞起於唐人，然六朝已濫觴矣，特録梁武帝一首為始，其餘如徐勉之《迎客》、《送客曲》，及『美人聯綿』、『江南稚女』諸篇皆是，樂府具載，不盡録也。」與《詞品》持論相同。此據上海古籍出版社影印《明詞彙刊》本録詞話二十三則。

2. **張綖《草堂詩餘别録》**

張綖，字世文，一作世昌，號南湖居士，高郵（今江蘇）人。正德八年（一五一三）舉人，通判武昌，遷知光州。歸居南湖，編著有《南湖詩集》、《詩餘圖譜》、《草堂詩餘别録》。《草堂詩餘别録》一卷、《草堂詩餘後集别録》一卷，明藍格抄本，藏上海圖書館，序云：「詩餘者，唐宋以來之慢調也。吴文節公於《文章辨體》亦有取焉，雖亦艷歌之聲，比之令曲，猶為古雅，故君子尚之。當時集本亦多，惟《草堂詩餘》流行於世，其間復猥雜不粹。今觀老先生硃筆點取，皆平和高麗之調，誠可則而可歌，復命愚生再校，輒敢盡其愚見，因於各詞下漫註數語，畧見去取之意，别為一録呈上，倘有可取進教，幸甚。」評語中多有「有點删」、「無點録」云云，當是針指「老先生硃筆點取」者而言，「老先生」，名姓不能詳。評語或長言，或短語，多有發明。此據以録其序文及評語，得七十八則。

3. 陳耀文《花草粹編》

陳耀文，字晦伯，號筆山，確山（今河南）人。嘉靖二十九年（一五五〇）進士，累官陝西兵備副使，行太僕寺卿。編著有《天中記》、《正楊》、《學林就正》、《學圃萱蘇》、《花草粹編》等。《花草粹編》十二卷，有萬曆十一年（一五八三）自序（按：《四庫全書》本序之作者題作陳良弼，誤），採掇唐、宋歌詞，間及元人。序稱是集因唐《花間集》、宋《草堂詩餘》而起，故以「花草粹編」為名。又云：「淮陰吴生承恩、姑蘇吴生岫，皆躭樂藝文，藏書甚富。余每得之假閲，輒隨筆位序之，久之，遂成六卷。移疾歸來，游息竹素，綜綴正業之餘，因復益以諸人之本集、各家之選本、記録之所附載、翰墨之所遺留，上遡開天，下訖宋末，曲調不載於舊刻者，元詞間亦與焉。其義例以世次為後先，以短長為小大，為卷一十有二，計詞三千二百八十餘首，麗則兼收，不無有乖於大雅。」書前附沈義父《樂府指迷》，詞後或附載有詞話，多是徵引前人之言，多涉及詞之本事。此據内閣文庫藏明萬曆刊本（配抄頁）録詞話一百五十餘則。按：趙南星《趙忠毅公詩文集》卷七有《刻花草粹編序》，云數過陳氏，得此書，瀏覽一過，稍有點定，吴昌期見而令其子貞復於江南翻刻之，並請序於趙氏。吴昌期，吴江人，萬曆十三年（一五八五）舉人，官至工部主事，以劾魏忠賢還籍。今存有明萬曆陳耀文自刻本，而吴氏刻本未見。

4. 吴承恩《花草新編》

上海圖書館藏有《花草新編》，五卷。卷端下題「射陽吴承恩汝忠甫纂輯」，藍格抄本，缺卷一、卷二，有朱墨筆批校。吴承恩，字汝忠，號射陽山人，淮安山陽（今江蘇）人。嘉靖中歲貢生，仕長興縣丞。所著有《射陽先生存稿》、《禹鼎志》、《西遊記》等。按陳文燭《二酉閣續集》卷一有《花草新編序》，云：「此亡友胡（當為吴之誤）汝忠詞選也，命名以『花草』，蓋本《花間集》、《草堂詩餘》所從出云……汝忠既没，計部丘君抱渭陽之情，深宅相之感，奉使九江，捐俸梓行。遇不佞，語曰：『吾舅氏有屬於先生否乎？』憶守淮安，汝忠罷長興丞，家居在委巷中，與不佞莫逆，時造其廬而訪焉，曾出訂是編。而幸傳於世，汝忠託之不朽矣。汝忠諱承恩，號射陽居士，海内操染家無不知淮有汝忠者。」按陳文燭，字玉叔，號五嶽山人，沔陽（今湖北）人。嘉靖四十四（一五六五）進士，萬曆年間知淮安，官至南京大理卿。著有《二酉閣文集》、《詩集》、《續集》、《五嶽山房集》等。又據序知，《花草新編》有刻本，今不存。《花草新編》依小令、中調、長調編排，選五代至金元人詞作，略附詞話，多為引證，鮮有發明，此據抄本録詞話三十一則。

5. 鱅溪逸史《彙選歷代名賢詞府全集》

《彙選歷代名賢詞府全集》，九卷。卷端下題「鱅溪逸史選編，一得山人點校」，鱅溪逸史其人名姓不詳。羅振常題識云：「《歷代名賢詞府》九卷，附元周德清《中原音韻》一卷，明嘉、萬間刊本。題鱅溪逸史編，不著姓字，蓋明時坊間纂録，以《草堂詩餘》為底本而加以增輯者。觀其以劉龍洲為明人，淺陋可知。自來詞目及藏書目皆未見著録，殆以坊刻斥之也。顧其所輯既多，所據又皆舊本，今日名家詞集脱逸者多矣，以此等選本校之補之，必非無裨。」按明趙琦美《脉望館書目》載有《名賢詞府》二本，又明徐𤊹《徐氏家藏書目》卷五載《名賢詞府》十二卷，又高濂《雅尚齋遵生八牋》卷七「高子書齋説」其中詞選集有《歷代詞府》一書，均當指此書。前有「叙畧」十二則，末有一得山人嘉靖三十六年（一五五七）跋，云：「所編有小令，有中調，有長調，備體製也。有别□（當作集），崇忠賢也；有附集，挹流波也；有補遺，俟後賢也；有音韻，使考索也。」其間不少詞都附有詞話，大多仍是採録宋人著作中所言，少數為引録明人之語，如卷二秦觀《鵲橋仙》「纖雲弄巧」云：「按七夕歌以雙星會少别多為恨，少游此詞謂『兩情若是久長時，不在朝朝暮暮』，所謂化臭腐為神奇，寧不醒人心目？」又卷三於鹿虔扆《臨江仙》「金鏁重門荒苑静」云：「按周美成《西河》詞云：『燕子不知何世，入尋常巷陌人家，相對如説興亡，斜陽裏。』亦是就『煙月不知人事』改句變化出來。」均見載於《新鍥李太史註釋草堂詩餘旁訓評林》卷五和《新鍥訂正評注便讀草堂詩餘》卷五等。偶有不見於他書者，如卷二於陸游《南鄉子》「歸夢寄吴檣」云：「按此詞久客凄凉之反語也。」此據上海圖書館藏明刊本録「叙畧」十二則，而所附詞話就不採録了。

6. 卓人月《古今詞統》

《古今詞統》十六卷《雜説》一卷附一卷。卷端下題：「杭州卓人月珂月彙選，徐士俊野君參評。」卓人月（一六〇六—一六三六），字珂月，號蘂淵，仁和（今浙江杭州）人。貢生，才情横溢。著有《蘂淵集》、《蟾臺集》，編選《古今詞統》等。徐士俊（一六〇二—一六八一），字野君，號西湖散人，錢塘（今杭州）人。著有《鴈樓集》、《雲誦詞》、《尺牘新語》等。書前有孟稱舜崇禎二年（一六二九）序、徐士俊崇禎六年序，孟氏序云：「予友卓珂月生平持説多與予合。己巳秋，過會稽，手一編示予，題曰《古今詞統》，予取而讀之，則自隋、唐、宋、元以迄於我明，妙詞無不畢具，其意大槩謂詞無定格，要以摹寫情態，令人一展卷而魂動魄化者為上，他雖素膾炙人口者弗録也。」此書前録舊序七篇，其次為「雜説」，摘録張炎《樂府指迷》以及揚纘《作詞五要》、沈際飛的《詩餘發凡》等語。最後列詞人「氏籍」，簡介詞人字號、時代、籍貫、著述等。後附《徐卓晤歌》一卷，載徐、卓二人所填之詞。此書除眉評外，於詞之後附刻有大量的詞話，多與典事有關，不少為清代徐釚的《詞苑叢談》所採録。此書刻本不一，或易名曰《詩餘廣選》。又有名《草堂詩餘》者，卷端下題：「陳繼儒眉公評選、卓人月珂月彙選、徐士俊野君參評。」實與《古今詞統》同，蓋為書商所亂。此據《續修四庫全書》影印明崇禎刻本録入，此本卷六前六首詞原脱漏，其中眉評也有辨識不清處，均參照上海圖書館藏明刊題陳繼儒眉公評選《草堂詩餘》訂補，共録得詞話一千四百六十三則。

7. 茅暎《詞的》

茅暎，字遠士，歸安（今浙江吴興）人。元儀之弟，行蹟不詳。著有《睡香集》，又輯有《詞的》。《詞的》凡四卷，前有自序和凡例五條，依小令、中調，長調編排。凡例云：「幽俊香艷，為詞家當行，而莊重典麗者次之，故古今名公悉多鉅作，不敢攔入，匪曰偏狥，意存正調。」録晚唐至明人之作，每則評語用字不多，罕言典事。此據《四庫未收書輯刊》影印清萃閔堂抄本録詞話一百九十一則。

8. 潘游龍《精選古今詩餘醉》

潘游龍，字鱗長，荆南（今湖北）人，又作長洲（今江蘇蘇州）人。行蹟不詳，崇禎時在世。編著有《史學提要》、《精選古今詩餘醉》等。《精選古今詩餘醉》十五卷，前有崇禎年間范文苂等諸序，自序云：「余乃為比事類情，尋為次第，藏之素篚，自以為枕中秘未過也，而胡子曰從強欲示之同好。」録五代至明人詞作，不盡有評，評語用字一般不多。此據内閣文庫藏明胡氏十竹坔刊本録詞話五百十五則。

9. 陸雲龍《詞菁》

陸雲龍，字雨侯，錢塘（今浙江杭州）人。明天啟、崇禎時人，與弟陸人龍從事圖書的編輯、評選、刻印等。編選有《十六名家小品》、《翠娱閣選評行笈必攜》等。《翠娱閣選評行笈必攜》中有《詞菁》二卷，為陸雲龍評選，自叙云：「試取《花間》、《草堂》並咀之，《草堂》自更新綺者，特其中有欲求新而得誤，似為吴歈作祖，予不敢不嚴剔之。誠以險中有菁，俳不可為菁耳，具眼者倘亦不罪我而知我。」是書分類選詞，依次為天文、節序、形勝、人物、宴集、遊望、行役、稱壽（以上卷一），離別、宫詞、閨詞、怨恨、寄贈、題詠、雜詠、居室、植物、動物、器具（以上卷二），選唐至明人詞作，有簡單的注釋，眉批刻印多有漫漶處。不是每首都有評，評語用字不多。此據内閣文庫藏明崇禎間陸氏崢霄館刊《翠娱閣選評行笈必攜詞菁》録詞話一百九十四則。

10. 沈際飛《草堂詩餘四集》

沈際飛，字天羽，自署古香岑居士、毘陵長湖外史等，崑山（今江蘇）人。行蹟不詳，明崇禎年間在世。四集即《正集》、《續集》、《别集》、《新集》。《正集》所據為雲間顧從敬選本，《新集》為錢允治編本，至於《續集》、《别集》則為沈氏編選，沈氏並對四集所收詞作評點箋註。此書前有秦士奇等人四序，而每集之前另各綴一序。沈際飛《序草堂詩餘四集》云：「故詩餘之傳，非傳詩也，傳情也。傳其縱古横今，體莫備於斯也。余之津津焉評之而訂之，釋且廣之，情所不自已也，嵇康曰：『著書妨人作樂耳。』其然？豈其然？」有凡例十一條，於「定譜」云：「維揚張世文作《詩餘圖譜》七卷，每調具圖，後繫辭於宮調，失傳之目為之規規而矩矩，誠功臣也。但查卷中一調先後重出，一名有中調、長調，而合為一調，舛錯非一。錢塘謝元瑞更為十二卷，未見釐剔。吴江徐伯曾以圈剔，墨白易淆，而直書平仄，標題則乖。且一調分數體，體緣何殊？《花間》諸詞未有定體，而派入體中，其見地在世文下矣。古歙程明善因之刻《嘯餘譜》，於天瑞兄弟也。餘則以一調為主，參差者明注字數多寡，庶定格自在，神明推人，即此是譜，不煩更覓圖譜矣。」則意在兼具詞譜之功能。沈氏評四集，規模龐大，略有辨説，間亦採録他人評語。是書今存刻本版本不一，而諸本評語互有漫滅或漏印處。此據東洋文化研究所藏明翁少麓刻本、上海圖書館藏明吴門童湧泉刻本和南京圖書館藏明末刊本録得詞話共計一千六百四十五則。其中個别處有朱墨筆批語，一並録附。

11. 陳仁錫《類選箋釋草堂詩餘》等

此書由三種組成，《類選箋釋草堂詩餘》六卷，題顧從敬類選，陳仁錫參訂；《類選箋釋續選草堂詩餘》二卷，題錢允治箋釋，陳仁錫校閲；《類編箋釋國朝詩餘》五卷，題錢允治編，陳仁錫釋。此為《續修四庫全書》影印明萬曆四十二年（一六一四）刻本，末有錢允治萬曆四十二年《合刻類編箋釋草堂詩餘序》，云：「先刻《草堂詩餘》，無如雲間顧汝所家藏宋本為佳，繼坊間有分類注釋本，又有毘陵長湖外史《續集》本，咸鬻於書肆，而於國朝未遑也。惟注釋本脱落繆誤，至不可句。太末翁元泰見而病之，博求諸刻，愈多愈繆，乃倩余任校讐之役，又命余搜葺國朝名人之作，并毘陵《續集》盡加注釋，凡三編焉。刻既成，復請序其事。」毘陵長湖外史《續集》本，即指沈際飛評選本。按：陳仁錫，字明卿，號芝台，長洲（今江蘇蘇州）人。天啟二年（一六二二）殿試第三人，入翰林，官終南京國子祭酒。錢允治，初名府，後以字行，更字功父，長洲（今江蘇蘇州）人，著有《少室先生集》。《類選箋釋草堂詩餘》前有陳仁錫萬曆四十二年叙，所據即嘉靖刊何良俊序《類編草堂詩餘》，只是重新分卷，並其原附詞話也刻入，凡一百餘條，多與元刊所附詞話同。《類選箋釋續選草堂詩餘》前有陳仁錫萬曆四十二年叙，其品評之言與箋釋之語一樣均置於詞作之中，又以位於詞末居多，為小字雙行，本編據以採録八十九則。《類編箋釋國朝詩餘》前有錢允治萬曆四十二年序，云：「兹因太末翁元泰强為彙萃，而見聞不廣，收録艱難，且時日局迫，引用乖方，未免顧此失彼，遺漏掛誤，詎能媲美《草堂》、《花間》詞選諸集？」其品評之言形式大體同《續選》本，本編據以採録品評之言凡八十二則。三種並其序文等，共録詞話二百八十二則。

12. 許銓胤《名家詩餘選》和《古今女詞選》

許銓胤，自稱高陽生，温陵（今福建泉州）人。行蹟不詳。編有《閒情雅言》，包括《名家詩餘選》、《古今女詞選》、《古今名妓文》、《唐人觀妓詩》、《古今名媛詩》，各一卷，許氏略有評批。《古今女詞選》有許氏《小引》，云：「古今女詩多矣，何以獨選詞？曰：詩有選，詞未有選也。……宋學士大夫，人人嫺詞，於是風流之所薰釀，笄黛多以詞鳴，如李易安、孫夫人之流，咏其得意語，令少遊、子瞻遇之而左次。故爾時女子之擅場名家者，凌厲蘇、黄、秦、柳，而為詞正宗，良非偶也。國朝專工帖括，冠進賢者，未必能詞，况女子乎？唯楊用脩夫人黄氏詩詞清新，與其君子寸力所敵，賡相唱和，是易安所不能得之趙明誠，而孫夫人所不能得之鄭文者也，亦希覯矣。梁小玉在烟花籍中，而文筆無脂粉氣，著述浩富，自詑如董狐，無乃野狐精乎？噫！宇宙寥廓，豈無有負奇幽閨而姓名不揚者，余聊以耳目覩記，録若干首，亦吉光片羽云，讀者無以管窺見嘲。」《名家詩餘選》選五代至明詞八十八首，《古今女詞選》選唐至明女詞人詞六十三首，或有眉評，此書僅見於尊經閣文庫所藏，為明刊本。此據《名家詩餘選》録詞話十六則，據《古今女詞選》録詞話三十一則。

除前文所述十三種詞集選本外，還有個別為著作中獨自成卷的詞選，此析出，一並説明。

1. 徐渭《調雋》

徐渭（一五二一—一五九三），字文清，號天池山人，晚號青藤，山陰（今浙江紹興）人。為諸生。

天才超軼，有盛名。後發狂自廢，坐事繫獄，得救免。遂恣游名山，歸鍵户，作書畫自給。著有《徐文長集》、《徐文長逸稿》、《徐文長佚草》、《路史》、《南詞叙録》、《四聲猿》等。另有《刻徐文長先生秘集》十二卷，是書前六卷為總集，即韻萃（諸體詩）、調雋（詞）、籟叶（樂府歌行）、麗華（賦）、筆華（雜文）、誌林（傳）。後六卷為小説。間有夾批、尾評。此書又名《天池秘集》，舊題明徐渭編，武林孫一觀校，《四庫全書總目提要》謂蓋為孫一觀所輯，僞托徐渭。孫氏，錢塘（今浙江杭州）人，行蹟不詳，天啓間在世。孫氏序云是書所載，大都是借悲歌慷慨之句，以寫其牢騷豪邁之懷，名其篇曰秘集，間有秘集中所未及收，而秘集中所必不可少者，妄以已意增定一二。「調雋」選唐至明人詞，略有評批，評語少則二字，多則四字，以二字居多。此據《四庫全書存目叢書》影印明天啟刻本《刻徐文長先生秘集》之「調雋」録詞話十六則。

2. 鄧志謨《詩餘風韻情詞》

鄧志謨，字景南，號竹溪風月主人，又號百拙生等，饒安（今河北）人。萬曆、天啓間在世。嘗遊閩，為余氏塾師。余氏為閩中書賈，志謨所編諸書如《古事苑》、《丰韻情書》、《花鳥争奇》、《梅雪争奇》、《風月争奇》、《童婉争奇》、《山水争奇》、《蔬果争奇》、《洒洒篇》等，多為余氏所刊，其中諸「争奇」諸書，録有大量詩詞曲文，且多附評語。《丰韻情書》六卷，其中卷五為附「詩餘風韻情詞」一卷，依春景、夏景、秋景、冬景録詞一百七十餘首，多有眉評，又有旁批，評語較為豐富，鮮及典事。此據臺灣天一出版社出版《明清善本小説叢刊初編》第七輯「鄧志謨專輯」影印明刊本録詞話一百三十七則。

另有黄溥，字澄濟，自號石厓居士，弋陽（今江西）人。正統戊戌進士。編有《詩學權輿》，凡二十二卷，兼收衆體，各爲注釋，復雜引諸説以証之。其中卷十二録歌行、古風、曲、調等，於卷末録唐李白及兩宋九家人各一詞，綴以評語，如於朱熹《水調歌頭》「長記與君别」云：「晦菴朱子爲千百世道學之宗，豈詞章云乎哉！然其日用應俗諸作，即景寫情，因物曲折，渾然天成。如大匠運斤，無斧鑿痕，回視餘子字鍊句煆、鏤冰出巧者，大有徑庭。」又於文天祥《沁園春》「爲子死孝」云：「人臣之節，莫大於死國；文章之作，貴關乎世教。此詞紀實，張巡、許遠忠節，足以立綱常，厚風教，誠有補於世，非徒然作者也。蓋亦宇宙間之不可無者，宜著之以傳。」朱、文二人詞作，明人批評的不多見，而所附評語多爲自得之言，於此可見一斑。

明人詞選集雖然不少是受《草堂詩餘》的影響，亦即《草堂詩餘》中的作品多能入選，但在此基礎上的擴延增益也是相當可觀的。而其評批，受《草堂詩餘》左右的不多，心得之言却不少，不似諸種《草堂詩餘》之評語轉相稗販，令人生厭。

三、明人詞别集

明人詞别集的評批並不多，另有附載於詩文别集或總集中，獨自成卷者，亦有眉評，此一並論之。

1. 施紹莘《秋水庵花影集》

施紹莘，字子野，自號峯泖浪仙，華亭（今上海）人。以諸生隱西佘，工樂府詞曲，以才豔稱。著

《秋水庵花影集》五卷，前四卷為曲，後一卷為詩餘，大抵皆紅愁緑慘之詞，多有眉評，間有旁批。此據《續修四庫全書》影印明末刻本《秋水庵花影集》録詞話一百十一則。

2. 朱一是《梅里詞》

朱一是，字近修，號欠菴，海寧（今浙江）人。崇禎十五年（一六四二）舉人，以述作自娱，年六十二卒。所著有《史論》、《可堂集》、《梅里詞》。《續修四庫全書》收有清初清遠堂刻本《梅里詞》三卷，卷端下題：「海寧朱一是近修著，同邑陸嘉淑冰修訂，天都孫默無言、西泠陳宗聖景行、姪文蔚美涵同評。」此據以録序及諸家評語一百三十六則。

3. 張廷玉《張石初也足山房尤癯稿》

張廷玉，字汝光，號石初，延安（今陝西）人。萬曆三十八年（一六一〇）進士，官至工部郎中。著有《張石初也足山房尤癯稿》、《理性元雅》。《張石初也足山房尤癯稿》一書眉端多有批語，其中卷五所載詞十二首，均有眉評，前有引言云：「古詞正、變調有體，各調字字句句用平用側、長押短押，有律作，較難於詩，余勉賦十二闋。」批者名姓不詳，按書前列有較閲批點姓氏二十餘人姓名，不能確認。此據《四庫禁燬書叢刊》影印明崇禎間刻本録入。

4. 夏雲鼎《崇禎八大家詩選》

夏雲鼎，字四雲，石首（今湖北）人。天啟四年（一六二四）舉人，屢困公車，乞新野教諭，薦陞涪州牧。輯《崇禎八大家詩選》，前有崇禎六年（一六三三）自序，八家為董其昌、陳繼儒、王思任、曹學佺、李明睿、譚友夏、楊文驄、季孟蓮，録八家詩詞，眉端有評語，又有旁批。其中陳繼儒、季孟蓮二家有詞一卷，評語少則僅一字，多則五十餘言，而以十字左右居多。此據京都大學文學部圖書館藏明刊本録評批陳繼儒詞話六則、季孟蓮詞話六十三則。按此書又有清康熙二十一年季正爵刻本，名《前八大家詩選》，《四庫禁燬書叢刊》收録，然所刻眉評多漫滅。

5. **卓發之《漉籬集》**

卓發之，字左車，號蓮旬，仁和（今浙江）人。行蹟不詳，崇禎時在世。有《漉籬集》二十五卷，其中卷九為詩餘，眉端刻有評語，書前詳列批閲氏籍人員，而詞之評者不能確知為誰。前有引言云：「陸云：先生此體正似青蓮詩餘，只寫意耳，未嘗彌連旖旎，而駿逸之氣見於眉端。」而所評之詞僅四首，此據《四庫禁燬書叢刊》影印明崇禎間傳經堂刻本録入。

6. **歐陽鉉《野獲園詩》**

歐陽鉉，字子玉，龍泉（今江西）人。崇禎十年（一六三七）進士，官休寧縣知縣。著《野獲園集》二卷，卷下附詩餘，前有引言，云：「聲不淫靡，趣多警冷，恰是醉翁家風。」有評語，評者不詳。此據《四庫全書存目叢書》影印明崇禎間刻本録詞話十一則。

7. **楊思本《榴館初函集選》**

楊思本，一作楊忍本，字因之，黎陽人，一作南城（今江西）人。明末人。有《榴館初函集選》，卷十附詩餘，有評語，評者不一，此據《四庫全書存目叢書》影印清康熙十三年楊日升刻本録詞話六則。

以上數種，多為明末刊印本，明季詞學漸見中興，除詞别集外，諸種《草堂詩餘》和明人詞選本大量出現，應是這種態勢下的詞學日趨振作的表現。

四、其他評批本詞集

這裏所述，主要是指除《草堂詩餘》外，明人對前代詞集的評批，現存數量不多，敘如下：

1. 李濂批點《稼軒長短句》

李濂（一四八八—一五六六），字川父，號嵩渚山人，祥符（今河南）人。正德九年（一五一四）進士，官山西僉事。少負俊才，慕信陵君、侯生之為人。里居四十餘年，著述甚富，有《祥符先賢傳》和《嵩渚集》一百卷，又有詞集《乙巳春遊稿》，文集、詞集均存。又有批點《稼軒長短句》，嘉靖十五年（一五三六）序：「長短句凡五百六十八闋，余歸甲多暇，稍加評點。間于登臺步壟之餘，負耒荷鋤之夕，輒歌數闋，神爽暢越，蓋超然不覺塵思之解脱也。惜乎世鮮刻本，開封貳郡歷城王侯讀而愛之，曰：『予忝為稼軒鄉後進，請壽諸梓。顧惠一言，以為觀者先。』余聊摭稼軒之取重於當時後世者如此，其中妙思警句，則評附本篇云。」李氏評詞達三百餘首，除個别為旁批、夾批外，大多數評語都刻在詞牌下。其間不少評語僅僅是「佳」字，或「佳甚」、「奇」、「奇妙」等，類似這樣的評語有一百四、五十首之多。總的看來，評語用字不多，絶大多數是在十字以內。此據南京圖書館藏明歷城王昭校刊本録詞話三百三則。

2. 湯顯祖評《花間集》

湯顯祖(一五五〇—一六一六),字若士,一字義仍,號海若、清遠道人,臨川(今江西)人。萬曆二十九(一六〇一)進士,累官禮部主事等。著有《玉茗堂集》、《續虞初志》、《臨川四夢》等,又評有《花間集》等。所評《花間集》凡四卷,湯氏萬曆四十三年(一六一五)序云:「《花間集》久失其傳,正德初楊用修遊昭覺寺,寺故孟氏宣華宮故址,始得其本,行於南方。《詩餘》流徧人間,棗梨充棟,而譏評賞鑒之者亦復稱是,不若留心《花間》者之寥寥也。余於《牡丹亭》之夢之暇,結習不忘,試取而點次之,評隲之,期世之有志風雅者,與《詩餘》互賞。」有眉評,有旁批。論風格,於温庭筠《菩薩蠻》「小山重疊金明滅」云:「十四首,而李翰林一首為詞家鼻祖,以生不同時,不得列入。今讀之,李如藐姑仙子,已脱盡人間煙火氣;温如芙蕖浴碧,楊柳挹青。意中之意,言外之言,無不巧雋而妙入,珠璧相耀,正自不妨並美。」談字法,於温庭筠《菩薩蠻》「夜來皓月纔當午」云:「十五(當作四)調中,如『團』字、『留』字、『知』字、『冷』字,皆一字法;如『惹夢』、如『香雪』,皆二字法;如『當山額』、如『金壓臉』,皆三字法。四五字、六七字皆有法,解人當自知之,不能悉記。」説平仄,於顧敻《酒泉子》「小檻日斜」云:「填詞平仄,斷句皆定數,而詞人語意所到時有參差,古詩亦有此法,而詞中尤多。即此詞中字之多少、句之長短,更换不一,豈專恃歌者上下縱横取協耶?此本無關大數,然亦不可不知,故為拈出。」此據内閣文庫藏明刊朱墨套印本録詞話一百九十七則。

3. 譚爾進《南唐二主詞》

譚爾進（一六〇四—？），字抑之。里貫行蹟不詳，萬曆間在世。校《南唐二主詞》，有萬曆四十八年（一六二〇）自序，云作此序時年方十七，疑爲年七十之訛。序云「爾旹家國陰陰如日將莫，二主廼别有一副閒心寄之詞調，竟以此獲不朽矣。是集世所傳《南唐二主詞》，特其一斑也。」又云：「但使二主不爲有國之君，居然慧業文人，自足風流千古，斯亦可爲二主之定論也。」卷端下題「明譚爾進抑之校」，又書末牌記云：「萬曆庚申春日壽梓於墨華齋中，虞光吕遠識。吕遠墨華齋刊本。」詞後間附有詞話，多是採自宋人之言。此據上海圖書館藏明萬曆庚申吕遠墨華齋刊本録詞話二十一則。

4. 黄嘉惠《蘇黄風流小品》

黄嘉惠，字長吉，自稱西湖寓客，海陽（今廣東）人。行蹟不詳。編《蘇黄風流小品》，自序謂：「陳眉公徵君謂二公之最妙在題跋，在尺牘，在小詞，當合之另行，余因取而併採諸評雋，雅者附之，每手一篇，真所謂寐得之醒，愠得之喜者。」輯録蘇、黄二人題跋、尺牘、小詞，其中「東坡小詞」和「山谷小詞」各二卷，採録劉辰翁、楊慎、王世貞、陳霆等人評語，並附己之評語，黄氏所評約占三分之一。此據内閣文庫藏明爾如堂校刻本《鐫蘇黄風流小品》本録詞話九十九則。劉辰翁以評點而著稱，所評唐宋諸名家詩集，今存有多種，而評點的詞集却不見有傳者，此書採録其評語二十二則，於蘇、黄二人詞各評十一首。此外採録楊慎十七則、陳霆二十一則，而這些評語，也不見於楊氏《詞品》和陳氏《渚山堂詞話》等中，王世貞的三則也是如此。雖然每則用語不多，可資輯補。

5. 周珽《删補唐詩選脈箋釋會通評林》

周珽，字無瑕，號青羊子，海寧（今浙江）人。為嘉興博士弟子員，最有聲，而蹭蹬場屋。初其曾祖周敬輯《唐詩選脉》一書，刋未竟而燬於倭變，珽輯綴殘稿，續成是編，名《删補唐詩選脈箋釋會通評林》，時為崇禎八年（一六三五），年已七十。是編凡六十卷，每體中各分初、盛、中、晚。書末附詩餘一卷，前有周氏引言，云：「唐興，文教際盛，歌曲繁美，詞人小詞率為伎樂傳習，流而太白剏為《憶秦娥》、《菩薩蠻》辭，漸開聲律。厥後如《花間集》等，篇目雖增，而體物緣情、切音屬詠。總之，不外古詩餘韻。」録唐五代詞人之作，略綴以評語。此據《四庫全書存目叢書補編》影印明崇禎八年刻本録詞話十四則。

6. 毛晉評批題跋諸詞集

毛晉（一五九九—一六五九），初名鳳苞，字子晉，别署隱湖書隱，世居虞山（今江蘇常熟）東湖。少為諸生，屢試不第，終生布衣。性嗜卷軸，訪佚搜秘，構汲古閣、目耕樓庋藏之。毛氏不僅藏書，而且還刋刻群書，經史子集，靡有不刻。編著有《宋名家詞》、《詞苑英華》、《六十種曲》、《詩詞雜俎》、《汲古閣毛氏藏書目録》等，毛氏所刻詞集，每種後均有題識，涉及版本的獲取與傳抄、作家的生平和佚事、作品的思想和風格等，或評述，或攷核，或校訛，或辨僞，表達了一己之得之見。《宋名家詞》眉端也刻有批校語，然多屬文字校異，不在本編採録範圍。又有《詞海評林》三卷，為毛晉所編詞譜，稿未定而卒，原屬《詞苑英華》中，今存有抄本。是書規模《詩餘圖譜》而更充廣之，旁搜博覽，彙綴成帙，釐為三卷，有眉批，有旁批。如於黄魯直《如夢令》「韻似江梅標致」云：「嘻咲成文，詞格不妨用諧。」於程靳山《醉蘆花》「秋山青」云：「細玩此詞，殊不似詞家聲調，當是歌行體詩餘，《圖録》誤録耳。」於高仲常《小梅花·將進酒》「城下路」云：「此詞欠婉轉，不似詞家體。」本編據《宋名家詞》、《詞苑英華》、《詩詞雜俎》、《汲古閣毛氏藏書目録》等録詞話二百四十一則。

丙、雜家雜編

此類以子部書居重，兼及史籍，也是屬於明代詞話中有較高文獻價值的部分，其中蘊含的學術性、文獻性也是值得注意的。

一、雜學之屬

雜學之屬諸書，其間所言多為立論發明，言詞也是如此，這類在子部書中是屬於價值較高的。

1. 陸深《儼山外集》

陸深（一四七七—一五四四），字子淵，號儼山，松江府（今上海）人。弘治十八年（一五〇五）進士，選庶吉士，授編修。歷國子祭酒，充經筵講官，卒謚文裕。所著有《陸文裕公外集》、《儼山文集》、《儼山詩微》、《儼山外集》等。《儼山外集》三十四卷，包括《河汾燕閒録》、《春風堂隨筆》、《金臺紀聞》、《願豐堂漫書》、《谿山餘話》、《玉堂漫筆》、《中和堂隨筆》、《史通會要》、《春雨堂雜抄》等十餘種，其子楫彙為一集，為劄記之文。此據影印文淵閣《四庫全書》本《儼山外集》録詞話十四則，雜録五代宋人詞作及詞事，間附己見。

2. 郎瑛《七修類稿》和《七修續稿》

郎瑛（一四八七—一五六六），字仁寶，仁和（今浙江杭州）人。生有異質，淡於進取，家藏書史雜家甚盛，日危坐諷讀其中。著書凡數種，所著有《萃忠録》、《青史衮鉞》、《七修類稿》、《七修續稿》。《七修類稿》五十一卷、《七修續稿》七卷，為筆記，分天地、國事、義理、辨証、詩文、事物、奇謔七門，所載有明史諸志所未及、足資考證者。此據《續修四庫全書》影印明刊本録詞話四十一則。大抵録前人説詞之事，並加以考核發明，如卷三十四「南詞難拘字韻」條，就前人詞作中同一詞牌存在的字數多寡、押韻平仄不同等問題，云：「以予論之，南詞但要音律和諧，或平或仄俱可也。二句合作一句，一句分成二句者，則句法雖不同，字數不差，妙在歌者上下縱横所協耳。頭句不拘，正如律詩之起亦然，但多少數字，似不可也，况至於多少二三十字者哉？」其中徵引廣博，辨析詳細。

3. 焦竑《焦氏筆乘》

焦竑（一五四〇—一六二〇），字弱侯，號漪園，又號澹園，江寧（今江蘇南京）人。嘉靖舉人，萬曆十七年（一五八九）殿試第一，除修撰，充東宫講官。以丁酉主試北闈文體險誕，謫州同知，復削籍歸，專事著述。編著有《澹園集》、《易筌》、《國朝獻徵録》、《筆乘》、《類林》、《玉堂叢語》等書。《焦氏筆乘》六卷《續集》八卷，是書多攷證舊聞。此據《續修四庫全書》影印明萬曆三十四年謝與棟刻本《焦氏筆乘》録詞話十五則，多録與金陵有關的詞作及詞事，或考釋語句出處。

4. 胡應麟《少室山房筆叢》

胡應麟（一五五一—一六〇二），字元瑞，號少室山人，蘭溪（今浙江）人。萬曆四年（一五七六）舉人，以依附王世貞得名。先後購經史子集四萬餘卷。所著有《少室山房類稿》、《少室山房筆叢》、《甲乙剩言》、《詩藪》等。《少室山房筆叢》為考据雜説，徵引典籍極為宏富，此據《廣雅叢書》本録詞話六十則，涉及到詞語的運用、詞義的解讀、詞調的來源、詞之本事等。大多是就楊慎論詞之言而發明辨析。

5. 顧起元《客座贅語》

顧起元（一五六五—一六二八），字太初，號遯園居士，江寧（今江蘇南京）人。萬曆二十六年（一五九八）會試第一人，殿試一甲三名。官至吏部左侍郎兼翰林院侍讀學士。退居遯園，七征不起。居家絶蹟公府，學識淵博，著作精核。所著有《嬾真草堂集》、《熱庵日録》、《説略》、《客座贅語》、《顧氏小史》等。《客座贅語》十卷，所記皆南京故實及諸褀事，亦多神怪瑣屑之語。此據《續修四庫全書》影印明萬曆四十六年刻本録論詞曲之言十九則。

6. 徐𤊹《徐氏筆精》

徐𤊹（一五七〇—一六四五），字維起，一作惟起，更字興公。閩縣（今福建福州）人。萬曆間與曹學佺主持閩中詩壇，以布衣終。博文多識，工文，善草隸。喜藏書，藏書處為紅雨樓。所著有《徐氏筆精》、《客惠紀聞》、《諧史續》、《紅雨樓家藏書目》、《紅雨樓題跋》等。《徐氏筆精》八卷，分易通、經臆、詩談、文字、襍記五門。此據臺灣學生書局出版《雜著秘笈叢刊》影印明崇禎五年刊本録詞話二十六則，談説宋、明人詞事，其中談及明代詞人較多。

7. 沈德符《萬曆野獲編》及《續編》

沈德符（一五七八—一六四二），字景倩，又字虎臣。嘉興（今浙江）人。萬曆四十六年（一六一八）舉人，年四十始上春官。著有《清權堂集》、《萬曆野獲編》及《續編》、《敝帚軒剩語》、《著飛鳧語略》、《顧曲雜言》等。《萬曆野獲編》二十卷、續編十二卷，有萬曆三十四年（一六〇六）自序和萬曆四十七年續編小引。其書上記朝章掌故，下及風土人情、瑣事軼聞，凡內閣原委、詞林雅故，以及詞曲技藝、士女諧謔，無不畢陳。另有《補遺》四卷，係沈氏後人所輯。此據《續修四庫全書》影印清道光七年刻同治八年重校刊補本《野獲編》録詞話二十七則。其間論戲曲之言較多，言詞則只及本朝人，如「二相詩詞」談夏言詞風及詞之本事等。

8. 徐應秋《玉芝堂談薈》

徐應秋，字君義，自稱鄉嬛外史，西安（今浙江衢州）人。萬曆四十四年（一六一六）進士，官至福建左布政使，為魏忠賢所銜，削奪歸里。喜讀未見之書，著書甚富，所著有《玉芝堂談薈》、《雪艇塵餘》、《古文藻海》、《古文奇艷》等。《玉芝堂談薈》三十六卷，為考證之學，嗜博愛奇，大抵採自小説雜記者居多。此據廣陵古籍刻印社影印《筆記小説大觀》本録詞話三十七則。其例立一標題為綱，備引諸書以證之，詞話也是如此，大凡於用語、物事、風俗、服飾、天文等，均是廣徵博引前人著作中已用之文字相印證，或文或賦，或詩或詞，羅列排比，間有堆垛零亂之感。

9. 徐樹丕《識小録》

徐樹丕，字武子，自稱活埋菴道人，長洲（今江蘇蘇州）人。明末秀才，行蹟不詳。著有《埋菴集》、《識小録》。《識小録》四卷，雜載歷朝諸事。此據《涵芬樓祕笈》本影印徐武子手稿本録詞話二十二則，抄録宋至明詞曲之事，多録原作，間有辨説。

二、類書之屬

現存明人編著的類書有不少，除四庫類系列叢書所收的外，日本還存有很多，如東洋文化研究所就藏有不少，原屬仁井田文庫之物，多為明刊本。汲古書院曾出版有《中國日用類書集成》，影印了數種，為日本各地所藏。

1. 王可大《國憲家猷》

王可大，字元簡，上元（今江蘇南京）人。嘉靖三十二年（一五五三）進士，初授刑曹，出補瓊州，轉台州知府。所著有《懸笥集》，又編《國憲家猷》五十六卷，分十四部，雜採故事，依類排纂。此據《四庫全書存目叢書》影印明萬曆十年自刻本録詞話七十三則，所録多為唐五代宋人詞事，訛字頗多。

2. 彭大翼《山堂肆考》

彭大翼，字雲舉，揚州（今江蘇）人，一作通州海門（今江蘇）人。貢生，萬曆二年（一五七四）通判梧州，浩然解組歸。日事繙閱，積四十年，編成類書《山堂肆考》，凡二百二十八卷、《補遺》十二卷。書編成於萬曆二十三年（一五九五），浸淫散佚，越二十餘年，其孫堉張幼學尋繹舊聞，踵事增定，遂成完帙。此據臺灣藝文印書館出版《類書薈編》影印明萬曆梅墅石渠閣刊本録詞話二百十二則。涉及面較廣，内容較豐富，其中徵集卷十七「音樂・樂章下」録詞作詞事達四十五則。

3. 陳耀文《天中記》

陳耀文，生平詳前。編《天中記》六十卷，為類事之書，以所居近天中山，故題曰《天中記》。是書援引繁富，且一一著所由來。此據臺灣文海出版社影印明刊本録詞話四十四則，多為唐人詞曲之事，間及宋、金。

4. 余象斗《新刻天下四民便覽三台萬用正宗》

余象斗，字仰止，自稱三台館山人，建安（今福建）人。書商，萬曆間在世。編刊有《皇明諸司公案》、《南遊記》、《北遊記》、《萬用正宗》等書。此據東洋文化研究所藏明萬曆二十七年余氏雙峰堂刊本《新刻天下四民便覽三台萬用正宗》録詞話七十二則，其間所載多俗詞，可資輯佚，詳後文。

5. 劉子明《新板全補天下便用文林玅錦萬寶全書》

劉子明，號雙松，籍貫不詳。書商，萬曆間在世。編印有《萬寶全書》。此據汲古書院出版《中國日用類書集成》影印明萬曆四十年書林安正堂劉氏刻《新板全補天下便用文林玅錦萬寶全書》録詞話四十四則。

6. 徐企龍《新刻搜羅五車合併萬寶全書》和《新全補士民備覽便用文林彙錦萬書淵海》

徐企龍，號筆洞，豫章羊城（今江西南昌）人。行蹟不詳。編有《萬寶全書》，扉頁題：「徐筆洞先生精纂，《萬寶全書》，存仁堂梓。」卷端下題：「豫章羊城徐企龍編輯，古閩書林樹德堂梓行。」按，又有《萬書淵海》一書，扉頁題：「徐企龍先生編輯，《萬寶全書》，萩林積善堂梓。」卷端下題：「雲錦廣寒子編次，萩林楊欽齋刊行。」蓋書商改頭換面，另行别本，兩書所載出入頗多。此據汲古書院出版《中國日用類書集成》影印明萬曆古閩書林樹德堂刻《新刻搜羅五車合併萬寶全書》和影印萬曆三十八年清白堂楊欽齋刻《新全補士民備覽便用文林彙錦萬書淵海》録詞話二十八則。

7. 徐會瀛《新鍥燕臺校正天下通行文林聚寶萬卷星羅》

徐會瀛，字華宇，撫金（今江西）人。行蹟不詳，編有《新鍥燕臺校正天下通行文林聚寶萬卷星羅》三十九卷，前有五雲豪士又樂生萬曆二十八年（一六〇〇）序，此書編輯除與《萬用正宗》、《萬寶全書》、《五車拔錦》等相似外，還載有野史小説，又與《國色天香》、《萬錦情林》、《燕居筆記》等相似。此據《北京圖書館古籍珍本叢刊》影印明萬曆刻本録詞話十二則。

上述自余象斗以下三家所編類書，書名不同，編輯的方式却是大同小異，内容重見却不少，只是互有出入，此外還有艾南英《新刻艾先生天禄閣彙編採精便覽萬寶全書》、龍陽子《鼎鋟崇文閣彙纂士民萬用正宗不求人》、鄭世魁《新鍥全補天下四民利用便觀五車拔錦》、趙植吾《新刻四民便覽萬書萃錦》等多如此，稗販味尤濃厚，然不同書之文字多有歧出。又其中引録有不少俗詞，為宋、元、明人所作，具有一定的文獻價值。

三、雜抄之屬

此類多屬讀書之餘，見有會心得意處，隨手摘録，日積月累，於是彙編成帙，冠以書名，其中或間出己意。

1. 徐伯齡《蟫精雋》

徐伯齡，字延之，錢塘（浙江杭州）人。天順時在世，為隱居不仕者。著有《醉桃佳趣》、《舊雨堂稿》、《蟫精雋》。《蟫精雋》十六卷，雜採舊文，兼出己説，大抵文評詩話居十之九。此據影印文淵閣《四庫全書》本録詞話四十七則，録宋元明人詞事，多抄自他書之言，間附以己説。其間原本多缺文，即採録詩詞作品時，或僅抄録作品題名及首句二三字，其後則空缺。《四庫全書總目提要》云：「《千頃堂書目》作二十卷，此本僅十六卷，前後無序跋，亦無目録，不能知其完缺。其中多闕字闕句，又所録詩文往往但存其標題，而其文皆作空行，蓋繕録者圖省工力，因而漏落，今於有可考者補之，無可考者則亦姑闕焉。」然《四庫》本仍有能補全而失補者，本編採録時，則參照他書補全。

2. 田汝成《西湖游覧志》和《西湖遊覽志餘》

田汝成，字叔乐，錢塘（今浙江杭州）人。嘉靖五年（一五二六）進士，官終福建提學副使，罷歸。博學，著有《田叔禾集》、《西湖游覧志》、《浙天行邊紀聞》、《九邊志》等。《西湖遊覽志》二十四卷、《志餘》二十六卷，《西湖遊覽志》叙列山川，附以勝蹟。《西湖遊覽志餘》多載南宋舊聞。二書多紀湖山之勝，於南宋史事尤多。此據早稻田大學藏明刊本録詞話一百七則，詞話雜採舊文，以詞之典事與佚聞為主。除兩宋人外，尚有論明朝者，如瞿佑、馬洪、徐伯齡等數詞事。

3. 高鶴《見聞搜玉》

高鶴，字若齡，號望梅山人，山陰（今浙江）人。嘉靖二十九年（一五五〇）進士，官至南京户科給事。編著有《可也居集》、《見聞搜玉》、《定遠縣志》等。《見聞搜玉》八卷，萬曆十九年（一五九一）自序云以言忤權貴歸，搆小齋於萬緑園，日遊息其中，暇則取古書誦讀之，於殘編折簡、野史他誌諸所未經目者，援筆記之，凡可以垂訓、豁心目、辨考訂、發逸思者，罔不搜羅。是書雜抄他書，分君臣、父子、論述、辨正、釋尼、格訓、規戒、托諷、刺譏、詞調、歌曲、題詠、詩話、雜詠、雜志等五十一類，其中所載多詩話。此據内閣文庫藏明萬曆十九年函弍館刻本録詞話四十三則。

4. 李贄《初潭集》、《李氏逸書》、《枕中十書》和《開卷一笑》

李贄（一五二七—一六〇二），號卓吾，别號温陵居士，晉江（今福建泉州）人，回族。嘉靖壬子舉人，官至姚安府知府。坐妖言逮問自殺。著有《李温陵集》、《藏書》、《續藏書》、《焚書》、《續焚書》等。

又編有《初潭集》、《李氏逸書》、《枕中十書》、《開卷一笑》等，其中或屬僞託，非李氏所編。《初潭集》三十卷，所集説部，分類凡五：夫婦、父子、兄弟、君臣、朋友，雜採古人事蹟加以評語。《李氏逸書》十三卷，自叙云：「適李子行謫判夷陵，臭味久孚，窮愁驟言，子行遂緩赴吏事，從余策杖，入武當山中，課内典三閲月，其大指不離是非之局，有慨乎世眼窄、道情談耳。子行既出就正稿相訂，余亦謬成《逸書》……《逸書》勘聖校愚，叱凡譽雅，明軌人事，怪談鬼神，旁及鱗虫草木、文史醫卜之屬。」雜採諸書，分類成帙。《枕中十書》題李贄輯著，有袁宏道序，云昔令吴時，與李氏遊黄鵠磯，語及著述，李云所著别有十種，約有六百餘紙，或集諸書，或附己意，尚未終册。己酉袁氏主陜西試事畢，夜宿三教寺，偶於古寺高閣敝篋中獲其稿，遂梓而壽之。十種爲《精騎録》、《筫窓筆記》、《賢奕選》、《文字禪》、《異史》、《博識》、《尊重山》、《養生醍醐》、《理譚》、《騷壇千金訣》。《開卷一笑》分上下集，世間可喜可笑之事，齊諧游戲之文，無不備載。上集録長篇之作，爲同時代人及李氏所撰俳諧之文。下集則是採録前人筆記雜纂中故事，尤以蘇軾爲多。此書又改名曰《山中一夕話》，分上下集，但各標作七卷，與《開卷一笑》上下集連續標作十四卷不同。又除上集卷一至卷三篇目次第略有變動外，其他均同。此據内閣文庫藏明蘇州閶門刊本《李氏逸書》和明刊《枕中十書》、《續修四庫全書》影印明萬曆刻本《初潭集》、以及臺灣天一出版社出版《明清善本小説叢刊》影印明刊本《開卷一笑》並參照早稻田大學藏明刊《山中一夕話》録詞話六十一則，除《開卷一笑》上集外，其他多是抄録唐五代至明人詞事，而以兩宋人居重，間附己説。

5. **蔣一葵《堯山堂外紀》**

蔣一葵，字仲舒，號石原居士，常州（今江蘇）人。萬曆二十二年（一五九四）舉人，官至南京刑部主事。編著有《堯山堂外紀》、《堯山堂偶雋》、《長安客話》、《八朝偶雋》等。《堯山堂外紀》一百卷，《堯山堂外紀顛末》自云幼善強記，喜《齊諧》諸書，然家無書，有蓄異書者，徒步數十里外求，每乞一編歸，窮日之力閱之。及長，命童子以奚囊隨，會解頤處，則以片楮録之。歲久成帙，命曰《堯山堂外紀》。是書取軼聞軼事，輯為一編，上起古初，下迄明代，每代俱以人名標目。此據《續修四庫全書》影印明刊本録詞話四百四十八則，始於隋，止於明，抄録舊説，間附己意，其中抄録的作品較為豐富。所録多兩宋人詞事，明人雜學雜編著作中涉及到的，多見載於此書中。又録元、明人詞曲之事，其中明人有五十餘條，也是較為可觀的。

6. **倪綰維《群譚採餘》**

倪綰維，一作倪綰惟，字綏甫，晉安（今福建）人。行蹟不詳，編輯《群譚採餘》，多載詩話之語。此據内閣文庫藏明萬曆刊本録詞話六十二則。多載宋人詞事，間及元、明。其中録洪皓《滿江紅》「萬里龍荒」一闋及其本事，為現存的宋人著作所不載，明代其他著作也罕及，其詞《全宋詞》等也失載。

7. **張鼎思《琅邪代醉編》**

張鼎思（一五四三—一六〇三），字睿父，號慎吾，安陽（今河南）人。萬曆五年（一五七七）進士，官至江西按察史。編著有《琅邪代醉編》、《瑯琊曼衍》。《琅邪代醉編》四十卷，為自給事中謫滁州驛丞時，雜抄諸史百家之言而成。有感於歐陽修在滁州時有醉翁亭，適宦其地，以著書代飲酒，故名《代醉編》。此據《四庫全書存目叢書》影印萬曆二十五年陳性學刻本録詞話三十九則。

8. **葉向高《説類》**

葉向高（一五五九—一六二七），字進卿，號臺山，福清（今福建）人。萬曆十一年（一五八三）進士，選庶吉士，累官吏部尚書，建極殿大學士，引病歸。光宗立，召還。所著有《蒼霞草》、《小草篇》、《玉堂綱鑑》、《説類》等。《説類》六十二卷，有葉氏序，云在留曹日，偶得一書，皆唐、宋小説，凡數十種，摘其可廣聞見供談資者録而存之，間以示同里林茂槐，林氏稍加增汰，定為六十餘卷。故是書或又作林茂槐編。按林茂槐，字穉虚，福清人。萬曆二十三年進士，授梧州推官，官至吏部郎中。此據日本東洋文庫藏明刊《説類》録詞話二十九則，均是採録舊説，其中卷十三「陽關三疊」條末空白處有墨筆批云：「癸亥年，余在閩南，高雲客兆為余餞別，歌《陽關三疊》，第一疊歌令首，次各於每句上去二字為第二疊，三乃於首句上去四句歌之，為第三疊，凄楚不堪聞也。□公《陽關三疊》似當以此為正。康熙甲申九月廿三日閲此，因記其事。」癸亥為康熙二十二年（一六八三），當為由明入清者所題，可知清初時《陽關三疊》唱法之一，録於此。

9. **諸茂卿《今古鈎玄》**

諸茂卿，字子茂，諸城（山東）人。行蹟不詳。《今古鈎玄》四十卷，所取以小説為多，不分門類。

此據《四庫全書存目叢書》影印明抄本録詞話六十六則，所載均注明出處，其間有些引録的書後已失傳。

四、女史之屬

明人編輯的專載女性事蹟的著作，今存尚有數種，或為叢編，或為小史。或以生平行蹟為主，或以載藝文為重。上至后妃閨秀，下及貧女歌妓。其間涉及詞事詞話的也是可觀的。

1. 田藝衡《詩女史》

田藝衡生平詳前。《詩女史》十四卷《拾遺》一卷，採録閨閣之詩，上起古初，下迄明代，採摭頗富。《四庫全書總目提要》以其間疏謬太甚，非田氏所編，疑為書肆託名。此據内閣文庫藏明嘉靖三十六年刻本録詞話三十則。

2. 酈琥《彤管遺編》

酈琥，號玄厓山人，會稽（今浙江紹興）人。行蹟不詳。編輯《彤管遺編》二十卷，隆慶元年（一五六七）自叙云博閲羣書，得女性工於文翰者幾四百人，編次成帙，取「彤管有煒，説懌女美」意，名《彤管遺編》。早稻田大學藏有明隆慶元年刻本《姑蘇新刻彤管遺編》，此本總目和正文均止於卷十六，即前集卷一至四、後集五至十四、續集十五至十六，而《四庫未收書輯刊》影印的是明隆慶元年刻補修本，所收總目和正文均作二十卷，後四卷為續集卷十七、附集卷十八和別集十九至二十。此據早稻田大學藏本(前十六卷)和《四庫未收書輯刊》(後四卷)録詞話四十七則。

3. **秦淮寓客《緑牕女史》**

《緑牕女史》十四卷,引言署名秦淮寓客,其姓氏不詳,字蕙君。其書輯録歷代有關女性方面的著作,分十部,依次為閨閣、宫闈、緣偶、冥感、妖豔、節俠、神仙、妾婢、青樓、著撰,每部又分細目。此據内閣文庫藏明刊本和臺灣天一出版社出版《明清善本小説丛刊》影印明刻本録詞話七十七則。

4. **梅鼎祚《青泥蓮花記》**

梅鼎祚(一五四九—一六一八),字禹金,宣城(今安徽)人。性不善經生業,以古學自任,搆天逸閣,著述其中。所著有《梅禹金集》,編輯有《歷代文紀》、《漢魏八代詩乘》、《古樂苑》、《唐樂苑》、《青泥蓮花記》等。《青泥蓮花記》十三卷,有萬曆二十八年(一六〇〇)自序,又有萬曆三十年題識。録古今倡女之可取者,分記禪、記玄、記忠、記義、記孝、記節、記從七類,又附外編,分記藻、記用、記豪、記遇、記戒五類。自謂寓維風於諧末,奏大雅於曲終。此據《續修四庫全書》影印明萬曆三十年鹿角山房刻本録詞話六十八則,多載宋元女子詞事,或略附考證辨説。

5. **張夢徵《青樓韻語》**

《青樓韻語》四卷,卷端下題曰「武林環應居士朱元亮輯注併校證,六觀居士張夢徵彙選併摹像」,張夢徵,字錫蘭,號六觀居士,武林(今浙江杭州)人。行蹟不詳,萬曆間在世。朱元亮,號玄度子,又號環應居士,武林人,行蹟不詳,萬曆間在世。有朱氏萬曆四十三年(一六一五)序和張氏萬曆四十四年撰凡例，又張夢徵跋謂輯古今詞妓凡百八十人，韻語計五佰有奇，人品知愚賢不肖。一般是首標以兩對偶之句，揭櫫大意，次則列詩詞曲諸作。此據東京大學綜合圖書館藏明萬曆刊本録詞話三十六則，其中所録宋、元、明諸妓詞曲作品，有不少是可供輯佚的。

另有夏樹芳《女鏡》八卷，所載起周太任，終于明之搗衣女，輯古昔之哲后賢妃令母貞女凡四百七十五人。其中卷七至八亦載詞事。以上諸種，除《青樓韻語》外，其他所載，内容上多有互見者，當然是有詳略之别及行文之異的。

五、稗説之屬

明人雜纂之書中，有相當一部分書，雜載詩、詞、曲、文、小説以及詩話、詞話、曲話、文話等，而小説因其篇幅長，往往占全書的比重就高，成為書的主要部分。叙如下：

1. 王世貞《豔異編》

王世貞生平詳前。此為《新鐫玉茗堂批選王弇洲豔異編》四十卷《續編》十九卷，前有湯顯祖序。正編分星、神、水神、龍神、仙、宫掖、戚里、幽期、冥感、夢游、義俠、幻異、妓女、妖怪、鬼十五部類，續編分神、龍神、仙、鴻象、宫掖、幽期、情感、妓女、夢游、義俠、幻術、鱗介、器具、禽、昆蟲、胥、鬼、徂異、定數、冥蹟、冤報、草木二十二部類，彙録小説雜記。此據上海古籍出版社出版《古本小説集成》影印明刊本録詞話七十則，多載宋、元人詞事，也有記明朝事者。

2. 潘之恒《亘史抄》

潘之恒，字景昇，歙縣（今安徽）人，僑寓金陵（今江蘇南京）。太學生，嘉靖間官中書舍人。所著有《鸞嘯集》。又編有《黄海》、《亘史抄》、《名山注》、《涉江詩選》、《新安山水志》、《葉子譜》等。《亘史抄》，《明史·藝文志》、《千頃堂書目》作九十一卷，今存本有过百卷者。分内紀内篇、外紀外篇、雜篇，内紀内篇載忠孝節義、懿行名言之行，外紀外篇載豪傑奇偉、技術艷異、山川名勝之事，雜篇載草木鳥獸、鬼怪瑣屑、恢諧隱僻之類，用列紀以類其事，篇以類其言。此據《四庫全書存目叢書》影印明刻本《亘史抄》録詞話十八則，多為野史小説之言，有採録自他人撰述者，也有為潘氏本人的見聞評議，所録有些僅見於此書。

3. 佚名《燕居筆記》

《燕居筆記》原編者名氏不詳，今存明人增補本有三，即林近陽《新刻增補全相燕居筆記》、何大倫《重刻增補燕居筆記》和馮夢龍《增補批點圖像燕居筆記》，諸本互有出入。此據早稻田大學藏明書林余泗泉梓行林氏《新刻增補全相燕居筆記》録詞話一百一十則。其中個別殘破缺字，則參照上海古籍出版社出版《古本小説集成》影印明萬曆二十五年周氏萬卷樓刊本補訂。

4. 余象斗《萬錦情林》

余象斗生平詳前，編纂《新刻芸窓彙爽萬錦情林》，六卷，雜載疏、書、聯、判、詩、吟、行、詞、歌、賦、曲、文、贊、箴、銘、狀、小説等，此據上海古籍出版社出版《古本小説集成》影印萬曆二十六年余文台繡梓本録詞話一百一則。

5. 吴敬所《國色天香》

吴敬所，號養純子，撫金（今江西）人。行蹟不詳，萬曆間在世。輯有《國色天香》十卷，卷端除第一卷題作「新刻京臺公餘勝覽國色天香」外，其餘九卷均題作「新鍥幽閑玩味奪趣羣芳」，雜載詩文小説等。此據臺灣天一出版社出版《明清善本小説叢刊》影印明萬曆年間金陵書林周氏萬卷樓刊本録詞話四十五則，其中卷一《賀正德皇帝南巡回鑾帳詞》和《龍會蘭池録》，為其他同類書所不載。又小説《劉生覓蓮記》、《花神三妙傳》、《天緣奇遇》、《鍾麗情集》、《張于湖傳》等因篇幅過長，且已見録於《萬錦情林》等書中，此略。

6. 赤心子《繡谷春容》

《繡谷春容》十二卷，扉頁題「起北齋輯，繡谷春容」，版心題作「繡谷春容」，而卷端却題「選鍥騷壇摭粹嚼麝譚苑」，卷端下題：「羊洛敕里起北赤心子彙輯，建業大中世德堂主人校鍥。」起北赤心子，其人不能詳。前有魯連居士序，書中所載，與《國色天香》、《萬錦情林》、《燕居筆記》等為同一類，雜録小説、詩文、詞曲、野史、嘉言、雜纂等，所載條目内容文字等互有出入，其中所録小説《吴生尋芳雅集》、《龍會蘭池全録》、《聯芳樓記》、《劉熙寰覓蓮記》、《申厚卿嬌紅記》、《白潢源三妙傳》、《祁生天緣奇遇》、《古杭紅梅記》、《辜生鍾情麗集》等，因篇幅過長，且已見録於《國色天香》、《萬錦情林》、《燕居筆記》等中，此略，本編只録其詩詞雜纂部分談論詞事者。此據上海古籍出版社出版《古本小説集成》影印明世德堂刻本録詞話八十三則，其間漫漶處，參照《明清善本小説叢刊》影印明刊本訂補。

7. 胡文煥《稗家粹編》

胡文煥，字德甫，號全菴，又號抱琴居士，錢塘（今浙江杭州）人。萬曆間在世，行蹟不詳。喜編輯和刻印圖書，有《格致叢書》、《文會堂琴譜》、《詩學彙選》、《胡氏粹編》、《壽養叢書》等。《胡氏粹編》包括《稗家粹編》、《游覽粹編》、《諧史粹編》、《寸札粹編》、《寓文粹編》五種。《稗家粹編》八卷，有萬曆二十二年（一五九四）胡氏自序。是書分倫理、義俠、狙異、幽期、重逢、宫掖、戚里、妓女、男寵、夢遊、星、神、水神、龍神、仙、鬼、冥感、幻術、妖怪、禽獸、報應，凡二十一部，載野史、小説、雜記等，首倫理，終報應，意在勸懲。此據《北京圖書館古籍珍本叢刊》影印明萬曆刊本《稗家粹編》録詞話十六則。其中有不見於他書者，如《杜麗娘記》載有二詞，又《唐珏狥義録》引録唐氏《金菊對芙蓉》「仁義傳家」一詞，不見於《全宋詞》及其《補編》等。

8. 馮夢龍《情史類略》

馮夢龍（一五七四—一六四六），字猶龍，號顧曲散人、墨憨齋主人等，吴縣（今江蘇蘇州）人。才情跌蕩，詩文麗藻，尤工經學，崇禎時以貢生選壽寧知縣。編著有《七樂齋稿》、《智囊》、《古今譚槩》、《太霞新奏》、《喻世明言》、《警世通言》、《醒世恒言》、《情史類略》等。《情史類略》二十四卷，自序云：「情史，餘志也。是編分類著斷，恢詭非常，雖事專男女，未盡雅馴，而曲終之奏，要歸於正。」分情貞、情緣、情私、情俠、情豪、情愛二十四類，雜載男女情事。此據上海古籍出版社出版《古本小説集成》影印明刊本録詞話九十七則。

以上除王世貞《豔異編》、胡文焕《稗家粹編》和馮夢龍《情史類略》外，其餘編輯方式、所載内容等大多相同，但略有出入，版式均為上下欄，目録標類不盡同，行文也如此。

六、書畫之屬

書畫之類所載，多是源自手蹟，間附編輯者題識文，或歷朝人士相關的序跋文。

1. 朱存理《珊瑚木難》

朱存理（一四四四—一五一三），字性父，號野航，長洲（今江蘇蘇州）人。不樂仕進。汲古不倦，聞人有異書，必欲訪求，手自鈔録，自少至老，未嘗一日忘學問。所著有《野航漁歌》、《鶴岑集》、《吴郡獻徵録》、《珊瑚木難》等。《珊瑚木難》八卷，録所見字畫題跋，附己評隲品題。此據《適園叢書》本録詞話十五則。

2. 趙琦美《趙氏鐵網珊瑚》

趙琦美（一五六三—一六二四），字元度，號清常道人。常熟（今屬江蘇）人。少入國子監，終刑部郎中。博學強識，酷嗜藏書，脈望館為其藏書處。編著有《容臺小草》、《趙氏鐵網珊瑚》、《脈望館書目》等。此據影印文淵閣《四庫全書》本《趙氏鐵網珊瑚》録詞話三十則。

3. 李日華《六硯齋筆記》

李日華(一五六五—一六三五),字君實,號竹懶,又號九疑,嘉興(今浙江)人。萬曆二十年(一五九二)進士,累官太僕寺少卿,告歸。恬於仕進,能書畫,善賞鑒。著有《李太仆恬致堂集》、《六硯齋筆記》、《紫桃軒襍綴》、《畫媵》、《書畫想像録》、《墨君題語》、《味水軒日記》、《雅咲篇》等。《六研齋筆記》三集,各四卷,所記論書畫者十之八,其體類題跋,每一真蹟,必備録其題詠、跋語、年月、姓名,足以資考証。此據臺灣新興書局出版《筆記小説大觀》影印明刊本録詞話二十一則,所載多為作者詞之手稿,或詞之法書真跡,略綴以識語。

4. 張丑《清河書畫舫》和《真蹟日録》

張丑(一五七七—一六四三),字青父,號米庵,崑山(今江蘇)人。精鑒賞,知書畫。曾於萬曆四十三年(一六一五)得米芾《寶章待訪録》墨蹟,故名其書室曰寶米軒,並以自號。編著有《清河書畫舫》、《真蹟日録》。《清河書畫舫》十二卷,萬曆四十四年編成。所録書畫題跋不盡出於手蹟,多從諸家文集録入,或據傳聞編入,間附己見。《真蹟日録》三集,各一卷,所載隨見隨書,不復差次時代。此據影印文淵閣《四庫全書》本於兩書録詞話四十五則。《清河書畫舫》多録前人詞作法書真跡,《真蹟日録》則多載張氏觀書畫後所賦之詞曲,又云祝允明手抄《碧雞漫志》一册,止有上中下三卷,無卷首總論。今所知《碧雞漫志》存有一卷不全本和五卷足本,而三卷本所載不詳。

5. 郁逢慶《書畫題跋記》

郁逢慶，字叔遇，別號水西道人，嘉興（今浙江）人。行蹟不詳，崇禎時在世。撰《書畫題跋記》十二卷、《續題跋記》十二卷，跋自云生在江南，值太平之世，遊諸名公家，每每出法書名畫，共相賞會，因録其題咏，積數十年，遂成卷帙。書成於崇禎七年（一六三四）。此據《風雨樓叢書》本《書畫題跋記》和影印文淵閣《四庫全書》本《續題跋記》録詞話三十則。

6. 汪砢玉《珊瑚網書録》和《畫録》

汪砢玉，字玉水，徽州（今安徽）人，寄籍嘉興（今浙江）。崇禎中官山東鹽運使判官。留心著述，築凝霞閣以貯書畫，收藏之富甲於一時。編著有《珊瑚網書録》、《畫録》。《珊瑚網書録》和《畫録》編成於崇禎十六年（一六四三），凡法書題跋二十四卷、名畫題跋二十四卷。法書題跋自叙云幼趨庭，見其父所藏書畫，心竊儀之。壯而於知交間得掌録名蹟以至老，積有廿餘帙。因莊盆罷鼓，聊爾剖鈔寄情。凡名書法書自晉、唐以來，為各自成部。又名畫題跋自叙云一覩名圖，即披佳句，歲月即深，硯穿囊綻，所録不下法書。此據《適園叢書》本《汪氏珊瑚網法書題跋》和《汪氏珊瑚網名畫題跋》録詞話五十七則，多録宋元明人詞作。

以上諸書，其中有的僅是抄録原手跡詞作，前後無相關聯的序跋題記，本編一般就不採録了。

七、尺牘之屬

尺牘之類的書，是屬日用文之類，性質略同於類書。其中言及詞者價值也不大，只是有些是國内已失傳之書，擇數種略述於下：

1. 王世貞《翰墨雙璧》

王世貞生平詳前。此書扉頁題：「捷報佳音，居家寶鏡，翰墨雙璧。」不標明卷數，卷端題作「王世貞家藏寶鏡翰墨雙璧」，或題作「王世貞家藏名公報牘翰墨雙璧」以及「王世貞居家寶鏡翰墨雙璧」等，末有李柱國删補「王世貞家藏考疑問答家禮補遺」一卷。李柱國萬曆四十一年（一六一三）《翰墨雙璧引》云：「坊間翰墨，奚至充棟，然非太繁，則太簡也。近得一集，乃王世貞家珍手釋，凡冠婚喪祭不辨時宜者，悉補而正之。中揀文人翰札，並交接賀聯等事，無不畢載。是集出日用吉凶行移體式，俱不足以難我矣，誠居家寶鏡也，故曰《翰墨雙璧》。」末有牌記云：「萬曆歲在癸丑瀚海李柱國梓」。此據尊經閣文庫藏本録詞話四則。

2. 黄耀宇《新鐫施會元彙纂士民捷用一鴈横秋》

黄耀宇，里貫不詳。書商，萬曆時在世。輯刻有《新鐫施會元彙纂士民捷用一鴈横秋》，自序云：「昔蘇武使匈奴，繫書鴈足，鴈雖蠢，猶毛羽而衡陽可通，後因有鴻便之説者。昉於此，夫本堂新鐫手柬，標謂《一鴈横秋》，亦盛此義爾。」此據東洋文化研究所藏明萬曆三十九年黄耀宇自刊本録詞話四則，其中卷三「切要情書」之《奉情郎書》附載「愁風吹落葉」詞一首，可資輯佚。

3. **趙師聖《新鍥增補書言魚倉故事》**

趙師聖，字我白，南豐（今江西）人。萬曆二十六年（一五九八）進士，選庶吉士，位至九列。著《漱芳樓集》，又編有《新鍥增補書言魚倉故事》，卷端下題曰：「太史我白趙師聖彙輯，書林奇泉陳孫賢繡梓。」此據東洋文化研究所藏明萬曆元年（一五七三）書林陳孫賢刊本録詞話四則。

4. **王宇《新鐫時用通式翰墨全書》**

王宇，字永啟，閩縣（今福建）人。萬曆三十八年（一六一〇）進士，歷南兵部武選員外郎。擢山東督學參議，又轉北户部員外郎。著有《烏衣集》、《經書説》。又編《新鐫時用通式翰墨全書》，天啓六年（一六二六）自序云，弱冠即以詞翰自許，追騁足皇路，以簡札往來者甚衆，或删繁就簡，或存液黜浮，大率十得其半，書成，授諸梓人，以鬻於市。此據日本寛永二十年田原仁尤衛門刊本録詞話十二則。

5. **鍾惺《如面談》和《如面譚二集》**

鍾惺（一五七四—一六二四），字伯敬，號退谷，竟陵（今湖北）人。萬曆三十八年（一六一〇）進士。歷官南京禮部郎中，福建提學僉事。著有《隱秀軒集》，編有《如面談》和《如面譚二集》，又與譚元春合編《詩歸》。此據《四庫禁燬書叢刊補編》影印明刊本《如面談》和《如面譚二集》録詞話八則，其中《如面談》卷六「借貸門」有《借詩餘》云：「聞詩餘盛傳，敢假一閲，以為山中舞蹈之助。弟亦能按腔擊節也。呵呵。」又有《借〈玉簪記〉》,可補詞話、曲話之一事。

6. 童養中《鼎鍥四民便用翰海瓊濤詞林武庫》

童養中,號備我,自稱洪都逸士,知是江西南昌人。行蹟不詳。編《詞林武庫》,扉頁題曰「明雅堂江氏,詞林武庫、粹語,敬雲居梓行」,卷端題「鼎鍥四民便用翰海瓊濤詞林武庫」,下題「洪都逸士備我童養中編次,閩建書林雲明江氏梓行」,末牌記題曰:「萬曆歲次冬月穀旦,江氏雲明繡梓允行。」此據東洋文化研究所藏明萬曆閩建書林江雲明刻本録詞話四則。

7. 吴子用《新鐫增補較正寅幾熊先生捷用尺牘雙魚》

吴子用,號雨來。里貫行蹟不詳。編《新鐫增補較正寅幾熊先生捷用尺牘雙魚》,有陳繼儒序,云雨來吴子用集古今尺牘,分為二編,一以富淺人之貧,一以贈深人之慧。此據早稻田大學藏明刊本録詞話三則。

8. 何偉然《尺牘青蓮鉢》

何偉然,字仙臞,仁和(今浙江杭州)人。行蹟不詳。輯著有《尺牘青蓮鉢》、《四六霞肆》,又與閔景賢輯有《快書》,有天啓六年(一六二六)刊本,又與吴從先輯《廣快書》,有崇禎二年(一六二九)序刊本,知為明末人。《尺牘青蓮鉢》卷端下題曰「西湖何偉然仙郎纂,天都鮑山在齊、練江閔景賢士行訂」,前有何氏《刻尺牘青蓮鉢紀事》云「記事始丁卯秋初,奏工戊辰穀日」,知編成於崇禎初年。是書集諸交游尺牘,分類而編排,與他書稗販不同,多録交遊文字。此據早稻田大學藏明香艸居刊本録詞話五則。

9. **李光裕《增補較正贊延李先生捷用鴈魚錦箋》**

李光裕，號贊廷，一作贊延，劍邑人。行蹟不詳。編有《鼎鐫贊廷李先生增補積玉全書》和《增補較正贊延李先生捷用鴈魚錦箋》等，其中「贊延」即「贊廷」，《鴈魚錦箋》前有欣賞齋居士序，按焦竑有欣賞齋，序或為焦氏所作。此據早稻田大學藏日本寬文二年大和田九龍衛門刻本《增補較正贊延李先生捷用鴈魚錦箋》録詞話四則。

以上多為書商編印，所載内容多是轉相抄録，略作更改而已，原本是為人提供日用文編寫的套路格式，文中略有注釋，間引録有詞句、詞事。此類書四庫系列叢書收録了一些，不贅。

丁、詩話

明人詩話專著，現存有一百餘種，此外還有詩學大成、詩法大成之類的著作，不少是介於類書與詩話著作之間的。

1. **瞿佑《歸田詩話》**

瞿佑（一三四一—一四二七），字宗吉，錢塘（今浙江杭州）人。學博才贍，洪武中為宜陽縣學教諭。永樂間詩禍作，編管保安。洪熙初赦還，復原職，内閣辦事。佑博學能文，所著有《存齋遺稿》、

《鼓吹續音》、《歸田詩話》、《樂府遺音》、《剪燈新話》等。此據《續修四庫全書》影印明刻本《歸田詩話》録詞話十則。其中專論詞者不多。

2. 陳霆《水南稿》之「詩話」

陳霆生平詳前，《四庫全書總目提要》載《渚山堂詩話》三卷，雜論唐、宋以來詩句工拙，而明詩為多。是書今未見有單行本，而所著《水南稿》最後二卷(卷十八、十九)為詩話，可免遺憾。此據《四庫全書存目叢書》影印明正德五年刻本《水南稿》録詞話十一則，主要論説的是宋人詞，其中「畫芙蓉」一則，《渚山堂詞話》已談及，但文字出入頗多，至於其他，僅見於此，可補《詞話》之一筆。

3. 俞弁《逸老堂詩話》

俞弁(一四八八—一五四七)，字子容，號守約道人，長洲(今江蘇蘇州)人。能詩，通醫，酷嗜藏書，喜抄書，藏書處名紫芝堂。所著有《山樵暇語》、《約齋閒録》、《逸老堂詩話》等。《逸老堂詩話》有正德十四年(一五一九)自撰跋文，據序及跋云：少貧窮，性疏懶，平居自糲食粗衣外，無有嗜好，寓情圖史，披閱繙校，竟日忘倦。《逸老堂詩話》二卷，此據《續修四庫全書》影印清抄本録詞話十八則。

4. 楊慎《升菴詩話》

楊慎生平詳前。《升菴詩話》，有明嘉靖刻本，凡四卷，又有《詩話補遺》三卷。萬曆四十四年(一六一六)顧起元校刊《升菴外集》，凡一百卷，其中卷六十七至七十八為「詩品」，即詩話，凡十二卷，清李調元《函海》本《升菴詩話》十二卷，當是據此而來。此據臺灣學生書局出版《雜著祕笈叢刊》影印明萬曆顧起元校刊《升菴外集》本録詞話三十六則，其中有與楊慎文集、《詞品》等所載重見者，而文字或有出入。

5. 郭子章《豫章詩話》

郭子章（一五四二—一六一八），字相奎，號青螺，又號蠙衣生，泰和（今屬江西）人。隆慶五年（一五七一）進士，歷官至湖廣右布政、福建左布政，加太子少保兵部尚書。子章於書無所不讀，著述幾於汗牛。有《蠙衣集》、《黔志》、《豫章書》、《豫章詩話》、《吉州人文紀畧》等。《豫章詩話》六卷，論其鄉人之詩與詩之作於其鄉者，多採自郡縣志書。此據《四庫全書存目叢書》影印明萬曆三十年吳獻台刻本録詞話二十六則，記江西士人或與江西有關的詞事。

6. 姜南《蓉塘詩話》

姜南，字明叔，號蓉塘，仁和（今浙江杭州）人。行蹟不詳。撰《蓉塘詩話》二十卷，前有陸深嘉靖二十二年（一五四三）引言云：「古稱文章止於潤身，而學以經世為大，是集所録經世之端蓋多矣。」此據《續修四庫全書》影印明嘉靖二十二年張國鎮刻本録詞話十則。談宋、元人詞，如於張叔夏《高陽臺》「古木迷鴉」云：「余嘗讀此詞，不覺為之增嘆再三。夫花石之盛，莫盛於唐之李贊皇，讀《平泉莊記》則見之矣。而宋之艮嶽，至南渡愈盛，而臨安園圃如此者，不可屈指數也，今誰在耶？余為童子時，見所謂慶樂園，其峯磴石洞猶有存者，至正德間，盡為有力者移去矣。杭城假山，稱江北陳家第一，許銀家第二，今陳家者已鬻之而折去矣，止遺一坎。許氏者，自余結髪已來，不三十年，已七易主矣。吁！此奢僭之尤者也。君子貽厥孫謀，當訓之以勤儉，慎毋蹈此而取誚於後人焉。余因讀叔夏之詞，重有感也，於戲！」可備張氏詞之箋證。

7. 胡應麟《詩藪》

胡應麟生平詳前。《詩藪》二十卷，凡内編六卷、外編六卷、雜編六卷、續編二卷，皆評詩之語。此據《續修四庫全書》影印明刊本録詞話三十三則，以言詩為主，兼及詞，以唐五代人為多，間及宋、金、遼人。其中綜論數則，論詞體演變，實乃時世變遷所致。又云讀詞、曲，可知宋、元之所以衰亡，是聲與政通之意。

8. 王昌會《詩話類編》

王昌會，字嘉侯，松江府（今上海）人。王圻之孫，行蹟不詳。輯有《詩話類編》三十二卷，摭拾諸詩話，參以小説，裒合成書。此據《四庫全書存目叢書》影印明萬曆刻本録詞話二百三十七則。

9. 謝肇淛《小草齋詩話》

謝肇淛（一五六七—一六二四），字在杭，長樂（今福建）人。萬曆二十年（一五九二）進士，歷南京刑部主事，轉工部郎中。出為雲南參政，升廣西按察使，歷左布政使。於學無所不窺，著有《小草齋詩集》、《文集》、《續集》、《五雜組》、《麈餘》、《文海披沙》、《小草齋詩話》、《長溪瑣語》等。《小草齋詩話》五卷，分内篇、外篇、雜篇，此書國内已失傳。内閣文庫藏明刊本，存卷一至三；又藏有日本江户寫本，二册，五卷，無格欄，半頁十行，行二十字，有讀耕子題識，讀耕子生於寬永元年（一六二四），即明天啓四年，知寫本的時間相當於清時。此據明刊本及寫本録詞話七則，所言多採録他人之言。

10. **胡震亨《唐音癸籤》**

胡震亨（一五六九—一六四五），字孝轅，號赤城山人，自稱遯叟，海鹽（今浙江）人。萬曆五年（一五七七）舉人，官至兵部員外郎。性好學，家多藏書。所撰有《唐音統籤》、《海鹽圖經》、《讀書雜記》諸書行世。《唐音統籤》十集，前九集皆録唐詩，第十集為《唐音癸籤》，録唐詩話，為目有七，即體凡、法微、評彙、樂通、詁箋、談叢、集録。此據《續修四庫全書》影印清康熙刻配范希仁抄補本《唐音統籤》之「癸籤」録詞話二十七則，多載歌舞曲牌名，凡可考知者，均詳述其名稱所由來。

11. **季汝虞《芸林古今詩話》**

季汝虞，字徐于，號芸林，南豐（今江西）人。學士。有《古今詩話》，又名《芸林詩話》、《芸林古今詩話》，凡十二卷，有萬曆二十二年（一五九四）自序。卷一至四分格式、總論、雜録、規諷、慨嘆、戲謔、送别，卷五為杜子美、李太白、陶淵明、白樂天，卷六為韓文公、柳子厚、歐陽修、蘇東坡附老泉穎濱，卷七至八為劉禹錫、晏殊、王安石，卷九至十一為天時、鳥獸、草木、君臣、夫婦、隱逸，分類殊怪異。此據日本蓬左文庫藏明萬曆刻本録詞話三十六則，多為引録兩宋人詞事。

12. **李奇英《詩彀》**

李奇英，字涵萬，號平如，陽瓜（今雲南蒙化）人。知恩平縣。著《詩彀》，有萬曆四十年（一六一二）自序，云政暇，採其議論，編次成篇，附以己意，為卷五，為類目十一，付之剞劂。此據内閣文庫藏明萬曆四十年刻本録詞話六則。

以上諸種，有些是國内已不存，如謝肇淛《小草齋詩話》、季汝虞《古今詩話》、李奇英《詩彀》，雖然採録的詞話少有發明處，以其珍稀，並叙之。

戊、詩文别集

現存的明人别集，數量還是可觀的，據四庫系列叢書所收粗略統計，有一千三百八十種的樣子，其間有少量為叢書間相互重收者。

本編自别集採録的主要是帳詞。帳詞，一作障詞、障語、幛詞、旗帳等，主要是餞别、送行、祝壽時所撰寫的序文，後附以詞作。也有附以詩，或楚辭體，不過一般不稱作帳詞。明人别集中絶大多數歸帳詞為文類，少數置於詞類中。現存帳詞存在的方式有四：一是序文與詞合在一起的，這是較普遍的做法；二是序文與詞分開，即序文歸文類，詞歸詞類，個别會注明，如顧潛《静觀堂集》卷八載障詞序文二，即《送胡太守赴山東參政》和《送林太守赴山東憲副》，題下均注曰「詞見六卷」。三是只存序文而無詞者，如藍田《藍侍御集》卷七載帳詞序文七首，又顧磐《海涯文集》卷七「旗帳引」十一首，版心上刻作「帳詞」，均為序文，未附詞作。四是序文不存，只存詞及標題的，這類一般在詞類中。帳詞絶大多數是用駢體文寫成，也有個别是用散文寫的，如汪應珍《青湖先生文集》卷二《贈南侯述職序》。一般是一篇序文附一首詞，也有少數是附兩首或以上詞的，如張天復《鳴玉堂稿》卷八《賀督府石公陞户侍帳詞》附二首《喜遷鶯》和孟思《孟龍川文集》卷七《送楊四泉明府赴召詞》附二首《鶯啼序》，又如張時徹《皇明文範》卷十四録洪貫《賀江陰王尹築城禦寇障詞》附《滿江紅》和《春從天上來》詞二首。也有寫了一篇帳詞，意猶未盡，再寫一篇的，如鍾芳《筠谿文集》卷三十《送太守陳高吾入覲》就是如此，分别附有《宴清都》和《錦纏道》詞二首。因是餞送，就會有送行者，而送行者的規模有的是非常龐大的，如毛朴等輯《毛襄懋先生别集》，載有不少帳詞，詳列送行者名單，所列人名單一次有的多達五六百人。今明别集中保存的大量帳詞，對其他送别人員則罕有提及。帳詞的内容多是贊美之言，甚至流為諛詞套語，然其間或可考知被送者的仕宦情況，此外也可知被送者的籍貫、登科、轉徙、年歲等信息。

除帳詞外，明人别集中其他言詞論詞的話語就非常有限了，用空谷足音一詞來形容，真不為過。此擇數家述於後：

1. **楊慎《升菴先生文集》**

楊慎生平詳前。今存有明萬曆刊《升菴先生文集》八十一卷，收詩文雜學等。據明人撰述記載，楊氏編撰的詞學類著作有：《升菴長短句》、《長短句續集》、《詞林萬選》、《百琲明珠》、《填詞選格》、《古今詞英》、《詞選增奇》（一作《詞苑增奇》）、《填詞玉屑》、《草堂詩餘補遺》、《詞品》、《詞品拾遺》、《江花品藻》等，均不見文集中，其中《填詞選格》、《古今詞英》、《詞選增奇》（一作《詞苑增奇》）、《填詞玉屑》、《草堂詩餘補遺》等今已不存。楊慎為明代學術大家，明人編輯刊印其文集外，屬彙編的還有《升菴外集》、《升菴雜刻》（一名《升菴别集》）等，前文已略有介紹。《升菴外集》所收多屬雜學雜記和詩話詞話之類，楊氏雜學雜記之言，尚有《丹鉛餘録》、《丹鉛摘録》、《丹鉛續録》、《丹鉛雜録》及《丹鉛總録》，《秇林伐山》、《譚苑醍醐》等數十種，明均以單行刊印，而與《升菴先生文集》、《升菴外集》、《升菴雜刻》等所載重見的有不少，蓋經不同年代、不同人的編輯，同一則内容的，諸書所載文字詳略也是互有不同。本編據内閣文庫藏明刊本《升菴先生文集》録詞話一百一則，其中仍以採自雜學雜論之言居多，序跋文很少。内閣文庫藏明刊楊慎文集有三種，一種末有增補内容，增補詩十六首、曲一套，套曲後有楊氏題識，云：「近有人作月詞，聲調粗叶，而句多疵復。酒邊為倚歌而易之，滇中多傳唱者，聞之知音，其不笑老翁真個似童兒乎？漫録於此，為一噱之資云。」雖是論套曲，以其珍貴，一並收録。

2. 李開先《李中麓閒居集》

李開先（一五〇二—一五六八），字伯華，號中麓，章邱（今山東）人。嘉靖八年（一五二九）進士，授户部主事，累陞太常少卿。能詩文，善填詞，與唐順之、趙時春等稱八才子。著有《中麓閒居集》、《四時行樂詩》、《中麓畫品》等。《李中麓閒居集》十二卷，此據《續修四庫全書》影印明刻本録詞話二十八則。其間多屬序文，序詩、詞、曲、戲文、傳奇等，即使是談曲、戲文、傳奇等，其中也談及詞，並録之。又《煙霞小稿序》與《歇指調古今詞序》一文談及曾自選唐宋元明《浪淘沙》詞二卷，又選《風入松》詞一帙，以兩種詞至明時猶能依古按其聲調而歌唱，而其他則不能。專輯一種詞調的古今詞作而編成選集，僅見於此，可謂詞之專題性選本，惜不存於世。

3. 王世貞《弇州山人四部稿》和《弇州山人續稿》

王世貞生平詳前。王氏才學富贍，博綜典籍，諳習掌故，繼楊慎之後，為明代又一學術大家。所著詩文別集有《弇州山人四部稿》一百七十四卷、《弇州山人續稿》二百七卷，所謂四部，即賦部、詩部、文部、説部。此據早稻田大學藏明萬曆五年王氏世經堂刻本《弇州山人四部稿》録詞話八十八則，又據内閣文庫藏明刊本《弇州山人續稿》録詞話二十七則，共計一百十五則。除「詞評」三十則外，其間還有採自曲品雜談、書畫碑帖、石刻序跋等，而採自書畫碑帖、石刻序跋尤多，均為王氏收藏涉詞作或詞事者，如《山谷書東坡「大江東去」帖》云：「銅將軍鐵着板唱『大江東去』固也，然其詞跌宕感槩，有王處仲撾鼓意氣，傍若無人。魯直書莽莽，亦足相發磊塊。時閲之，以當阮公數斗酒。」又於《山谷書東坡〈卜筭子〉詞帖》云：「『缺月挂踈桐』一帖，山谷書，蒼老欝怒，大是奇筆。坡此詞亦佳，第為宋儒解傳時事，遂令面目可憎厭耳。詞尾『寂寞沙洲冷』，一本作『楓落吴江冷』，『楓落』是崔信餘詩語，不如此尾與篇指相應。」論法書真蹟，評説蘇詞之心得。

4. 陳繼儒《白石樵真稿》和《晚香堂集》

陳繼儒（一五五八—一六三九），字仲醇，别字眉公，松江華亭（今上海）人。少工文，與董其昌齊名，工詩善畫，未三十棄諸生，築室東佘山，以著述為事。輯刊《寶顔堂秘笈》，著述頗豐，有《白石樵真稿》、《晚香堂集》、《眉公全集》以及《讀書鏡》、《書畫史》、《虎薈》、《偃曝談餘》、《巖棲幽事》、《銷夏部》、《辟寒部》、《珍珠船》、《羣碎録》等。此據《四庫禁燬書叢刊》影印明崇禎間刻本《白石樵真稿》録詞話十八則和影印明崇禎間刻本《晚香堂集》録詞話三則，又《續修四庫全書》有影印明萬曆四十三年史兆斗刻本《陳眉公集》，其中有題序二則已見於前書，但文字有出入。所録詞話多屬序跋文，《白石樵真稿》卷十九有「題詞曲」一類，凡六篇，均是論施紹莘詞曲者，另有叙施氏《秋水庵花影集》一文。

以上四家詩文别集中採録的詞話，除帳詞外，是屬於相對多者。此外，就屬於少者，這並不是説其價值就小。事實上，即使採録的只有二三篇，其學術價值也是不容低估的。如葉盛《菉竹堂稿》卷八《書草堂詩餘後》云有坊本《草堂詩餘》前集八卷、後集八卷，前後集各上下四卷，始周美成《水龍吟》，終蘇東坡《卜算子》，此本今不存。又如陳文燭《二酉閣續集》卷一《花草新編序》，《花草新編》今存上圖，然卷一、二並其序均殘缺，陳氏序文可考知此詞選者情況、刊刻與否等。又梅鼎祚《鹿裘石室集》卷二《刻周少隱存集序》言萬曆十六年於金陵得宋人詩餘集百家，其中提及《竹坡老人詞》和《履齋詞》，其他詞集名不能詳，而《竹坡老人詞》和《履齋詞》均見《直齋書録解題》中著録的宋刊《百家詞》，梅氏所得，或與此書有關，有裨於考核宋人詞集文獻的流傳情況。至於陶汝鼐《榮木堂合集》卷三《陳長公選刻名家詩餘序》云陳長公屏跡湘陰選古今填詞極佳者為一編，又劉鳳《劉子威集》卷三十七《詞選序》云為門人所葺宋、元之作，均有助考知明人編輯的詞選集。又趙南星《趙忠毅公詩文集》卷七《刻花草粹編序》對陳耀文其人及其詞選本得失的論説,又云吳貞復曾刻《花草粹編》,此本今不見。又陳子龍《安雅堂稿》卷三於《三子詩餘序》論詩餘不可廢,於《王介人詩餘序》言宋人詩餘體與境等特點。又姚舜牧《來恩堂草》卷三《題花間集》、馮夢楨《快雪堂集》卷一《序田子藝先生縵園心調》,王若瀛《弗告堂集》卷二十二《蘄將軍擬譜詩餘題辭》等,或論説學術,或談及文獻,均可資考核。

己、書目

明末清初人黄虞稷《千頃堂書目》卷十載明朝公藏和私家藏的書目共有九十餘種,其中存佚參半。今存的明朝公私藏書目有三十餘種,而著録有詞集的有二十餘種。所載以兩宋詞集為主,旁及金、元、明人詞集,但其中很少有著録版本的。

一、公藏

明代公藏書目有四五種,主要為明前期所編,距宋、元尚不遠,所載詞集當以宋、元刊本居多。

1. **楊士奇《文淵閣書目》**

楊士奇(一三六五—一四七九),名寓,以字行,號東里,泰和(今屬江西)人。少孤貧力學,授徒自給，官至少保兵部尚書。楊氏為四朝宰臣，性喜聚書，著《東里文集》等。又與人編有《文淵閣書目》，前有正統六年（一四四一）六月進呈《文淵閣書目題本》。《四庫全書總目提要》云：「考明自永樂間，取南京藏書送北京，又命禮部尚書鄭賜四出購求，所謂鋟板十三，抄本十七者，正統時尚完善無缺。此書以千字文排次，自『天』字至『往』字，凡得二十號五十櫥，今以《永樂大典》對勘，其所收之書世無傳本者往往見於此目，亦可知其儲庋之富。」知刻本占十分之三，抄本占十分之七。又明謝肇淛《五雜組》卷十三云：「內府秘閣所藏書甚寥寥，然宋人諸集十九皆宋板也。」知明初內府所藏宋刻本頗多，其中詞集也應如此。《文淵閣書目》卷十「詩詞」類著録有二十一家詞集，其中除《西庵樂府》、《元先生長短句》、《静軒樂府》、《滕玉霄詞》外，其他為宋人詞別集，而辛棄疾詞集就列有五種，除《稼軒長短句》外，還有《辛稼軒詞》（一部二册）、《辛稼軒詞》（一部三册，闕）、《辛稼軒詞》（一部四册，完全）、《辛稼軒詞》（一部四册）。又載有《續東几詩餘》，為岳珂詞集，宋人著述中未見提及。《元先生長短句》不能詳其作者。又載詞選集三種，其中《草堂詩餘》當源自宋刊。詞總集有《諸家詩詞》、《諸家燕宴詞》，前者五册，後者三十册，不能詳其細目。又載《琴趣外篇》，不知是指一家詞集，還是二家以上者。

2. 錢溥《秘閣書目》

錢溥，字原溥，華亭（今上海松江）人。明英宗正統四年（一四三九）進士。歷官吏部尚書，卒謚文通。所編《秘閣書目》，前有憲宗成化二十二年（一四八六）自序，云登進士第之次日，詔選入東閣，日閲中秘書，凡五十餘大廚，録其目，名曰《秘閣書目》。其書著録的詞集頗多，往往與文集、詩集混抄在一起，計得一百十二種，其中書名有脱漏和錯訛者，如《立詞》疑為《立齋詞》，《初寮》當為《初寮集》或《初寮詞》，《黜軒詞》當為《默軒詞》，《西樵語業》當為《西樵語業》，《桃源詞》疑為《洮湖詞》。《歸里詞》疑為《歸愚詞》。又《清真集》、《東堂集》、《蘆川集》、《友古集》、《逃禪集》、《袁去華集》、《知稼翁集》、《養拙堂集》等，其中有的是指詞集，有的是指詩文集，不能確認。又有《丹青詞》，不能知其作者。又《元長先生長短句》，楊士奇《文淵閣書目》載有《元先生長短句》，當指同一人作品，後者脱「長」字，考宋人字元長者有范冲、蔡京、劉有慶等，元人字元長的有朱伯不花、鍾耆德等，其人俟考。《家晏録》，當指宋刊《百宋詞》中的《家晏集》。在這一百餘種詞集中，絶大多數為兩宋人詞集，少數為元、明人的。

3. 孫能傳等《内閣藏書目録》

《内閣藏書目録》為孫能傳、張萱等編。孫能傳，字一之，寧波（今屬浙江）人。萬曆四十四年（一六一六）進士，官為中書舍人主事、工部員外郎。撰《剡溪漫筆》等。張萱（一五五七—一六四一），字孟奇，號九嶽山人，博羅（今廣東惠州）人。萬曆十年舉人，授殿閣中書，歷吏部郎中等。《内閣藏書目録》所載詞集不多，略有提要。如卷四「總集部」載有《樂府混成集》，云：「一百五册，不全。莫詳編輯姓氏，皆詞曲也，内有腔板譜，分五音十二律，類次之，原一百二十七册，今闕二十二册。」按此書較早見於周密《齊東野語》卷十，云：「《混成集》，修内司所刊本，巨帙百餘，古今歌詞之譜靡不備具，只大曲一類幾數百解，他可知矣，然有譜無詞者居半。」知為録有詞之樂譜的書，至遲明中葉尚存於世。又載有《中州元氣》，云：「四册，不全。莫詳編集姓氏，皆古樂府詞曲也，凡十册，今闕其六。」此書今不存。

二、私家藏

現存的明人私家藏書目載有詞集的有二十餘種，明人著録詞集往往和詩文集混抄在一起，且於作者、版本、卷數等每每不在意。此擇其著録詞集較多者列於下。

1. **葉盛《菉竹堂書目》**

葉盛（一四二〇—一四七四），字與中，號蛻庵，崑山（今屬江蘇）人。正統十三年（一四四八）進士，官至吏部左侍郎，卒謚文莊。性喜聚書，喜抄書，築菉竹堂儲之。著有《水東日記》、《南畿志》、《菉竹堂書目》。《菉竹堂書目》諸本著録詞集不盡同，《四庫全書存目叢書》影印上海圖書館藏清抄本，著録的詞集有十七種，而《粤雅堂叢書》本著録的詞集與之略有出入，其中為抄本不載的有：《遺山樂府》一册，《西庵樂府》一册，《元先生長短句》一册，《淮海居士長短句》一册，《草堂詩餘》一册。合抄本，共計二十三種。考其所著録的詞集，與《文淵閣書目》所載多同，只是不似《文淵閣書目》著録的多有殘缺，應該説兩書著録的詞集存在着淵源關係。所載《諸家燕宴詞》三十册和《諸家詩詞》五册，其中存録的宋人詞别集當不少。

2. 李廷相《濮陽蒲汀李先生家藏目録》

李廷相(一四八一—一五四四),字夢弼,號蒲汀,濮州(今山東范縣)人。弘治壬戌(一五〇二)進士及第,授翰林院編修。官至禮部尚書,卒謚文敏。著有《濮陽蒲汀李先生家藏目録》,其中載宋、元人詞别集八種,選集《梅苑》、《花間集》二種。又載《南詞》二套,抄本,八十五册。《南詞》為明李東陽輯録的詞集叢編,李東陽序云:「予從故藏書家得珍秘繕本,載宋、元諸名家所作詞本凡六十四家。」此書今存有抄本。

3. 晁瑮《晁氏寶文堂書目》

晁瑮,字君石,號春陵,開州(今貴州開陽)人。世宗嘉靖二十年(一五四一)進士,授翰林修撰,進國子監司業。未幾以疾卒於官。子東吴(一五三二—一五五四),字叔泰,嘉靖三十二年進士,改庶起士,讀書中秘。有文名,尤善摹古書法。父子二人好藏書,藏書處為寶文堂。父子合編有《晁氏寶文堂書目》,書中載詞曲類著作頗多,有六十餘種,多為明人之書。其中載有《詞話總龜》和宋刻本《增廣箋注名賢草堂詩餘》,《草堂詩餘》現存最早的為元朝刊本,而此書目所載,可為宋人説增加一佐證,《書目》另著録有《草堂詩餘》(兩套),或有明朝人所編者。又《詞話總龜》(兩套),疑就宋阮閲《詩話總龜》摘録其論詞之言而成,而輯録者不詳。又有《名詞類編》和《唐宋詞選》,不知是詞選集,還是詞集彙編。又載有《群英詩餘》,疑為《群公詩餘》,見宋刊《百家詞》。此外,《碧山樂府》有兩套,按:宋王沂孫的詞集一名《碧山樂府》,而明王九思的《碧山樂府》所收為元曲,其詞集則稱作《碧山詩餘》。又《誠齋樂府》，宋楊萬里和明朱有燉作品集均此名，而內容實不同，一為詞，一為曲。又有《秋江詞》、《葵軒詞》等，其人時代不能確認。

4. 高儒《百川書志》

高儒，字子醇，號百川子，涿州（今屬河北）人。明世宗嘉靖時為武弁，好藏書。著《百川書志》，除收録經史子集外，還載有戲曲、小説、歌詞，歌詞見於卷六，著録五代至明時詞曲集五十二種，略有提要，述作者時代、籍貫、存詞情況等，有裨後人考核。如於《東坡樂府》云：「宋文忠公蘇軾撰，止二十四闋。」於《豫章黄山谷詞》云：「宋太史山谷翁黄庭堅魯直撰，六十八令，一百七十五闋。」説明集中存詞量，有助於版本的考核。至於云《東坡樂府》只載詞二十四首，未云缺佚，疑為二百十四之訛。又如於《草堂詩餘》云：「《通考》云書坊所編，各有注釋引證，皆五代及宋人之作也，分五十九題，幾四百闋。」云《草堂詩餘》載四百首，與何元朗序《草堂詩餘》云顧氏家藏宋本所載數吻合。

5. 趙用賢《趙定宇書目》

趙用賢（一五三五—一五九六），字汝師，號定宇，常熟（今屬江蘇）人。隆慶五年（一五七一）進士，官至吏部侍郎，卒謚文毅。性喜書，廣求博訪，精校勘，藏書處為脈望館。著有《松石齋集》、《三吴文獻志》、《趙定宇書目》等。《趙定宇書目》録詞曲著作四十餘種，其中《蓮詞》疑為張掄的《蓮社詞》。而《樽前集》、《樂府補遺》合一册，向豐之、白石、竹屋、履齋等詞集合一册，張元幹、戴復古詞合一册，這些合册書，或原本屬於詞集叢編中之物，待考。又《周美成詞》云抄自《百家詞》，考陳振孫

《直齋書録解題》著録《百家詞》本，周邦彦詞集名《清真詞》二卷《後集》一卷。此外尚有《碧山樂府》二本，其中或指王沂孫詞集。

6. **陳第《世善堂藏書目録》**

陳第（一五四一—一六一七），字季立，號一齋，連江（今屬福建）人。諸生，喜談兵，為京營裨將。萬曆年間，戚繼光罷，邊事漸壞，遂棄官。時年近五十，遂絶意仕進，以著述自任。家有世善堂，為其藏書之所。著有《寄心集》、《一齋詩集》、《世善堂藏書目録》等。《世善堂藏書目録》卷下載詞集十五種，其中柳永《樂章集》九卷，與毛晉所藏宋刊足本同。又載李洪兄弟《李氏花萼樓詞》，與宋刊《百家詞》所載名稱略異。又載《樂府雅詞》十四卷，與宋、元、明、清以來著録的卷數和今存本迥異，可資考證。

7. **董其昌《玄賞齋書目》**

董其昌（一五五五—一六二〇），字玄宰，松江華亭（今上海）人。萬曆十七年（一五八九）進士，歷官南京禮部尚書，加太子太保致仕。著《容臺集》、《玄賞齋書目》等。《玄賞齋書目》卷七録著宋、元、明人詞集三十九種，以兩宋居多。其中有宋詞選集六種，現存的唐、宋人詞選本除《陽春白雪》外均在，而周密《弁陽老人絶妙詞選》明代就罕見著録。又載有《古今詞》一書，不知是詞集叢編，或僅是個選本，俟考。

8. **趙琦美《脈望館書目》**

趙琦美生平詳前。《脈望館書目》載唐五代至明詞曲集、詞話等六十五種。其中《蓮詞》疑指張掄的《蓮社詞》。又胡元《草堂詩餘》當為胡元任《草堂詩餘》之訛,按:宋胡仔,字元任,元黄溍《金華黄先生文集》卷三《記居士公樂府》有「右居士公和東坡《百字令》,見苕溪胡仔所編《草堂詩餘》」云云,由此可證明署名胡仔所編的《草堂詩餘》在明朝確實存在。又著録的四册《百家詞》,應指宋刊《百家詞》,而非明吴訥所編《百家詞》,考明、清人書目稱吴氏編本均作《唐宋明賢百家詞》、《宋元百家詞》等,不直呼《百家詞》。此外尚有《玉川詞》一本、《石門樂府》一本、《詞調元龜》六本、《詞選》一本等,其編著者及時代俟考。

9. **王道明《笠澤堂書目》**

王道明,句容(今屬江蘇)人,舉明經,官通判。有《笠澤堂書目》,其中載宋至明詞别集、選集、總集、詞話、詞譜二十七種,凡别集五種,選集四種,總集二種。又有《風雅餘音》一册,疑為宋林正大《風雅遺音》之訛。陳德武的《白雪遺響》,或題作《白雪詞》,或題作《白雪遺音》,未見題作《白雪遺響》的,可資參考。又載總集二種,一是《花萼集》,即宋刊《百家詞》中的《李氏花萼集》,為李洪兄弟五人的詞總集。一是《宋四十家詞》,其子目不詳。合計所載詞别集、詞選集,計六十多種。

10. **毛晉《汲古閣毛氏藏書目録》**

毛晉生平詳前。《汲古閣毛氏藏書目録》著録五代兩宋詞别集、選集、合集等凡一百四十種,其中兩宋詞别集九十四種、注本二種、選集五種。與陳振孫《直齋書録解題》卷二十一所載詞集比照,毛氏《書目》所載均見於《直齋》,而且作者、書名、卷數也是絶大多數相同,不同者,除毛氏《書目》中人名、書名訛字較多外，其他如《陽春録》，毛氏《書目》作五卷，而《直齋》作一卷。又宋刻《百家詞》中除《王武子詞》、趙彦端《介庵詞》、侯延慶《退齋詞》、侯寘《嬾窟詞》、盧炳《烘堂集》、楊炎正《西樵語業》和李洪等《李氏花萼集》七種不見載於毛晉《書目》外，餘均在。可以肯定，毛氏《書目》所載即使不是宋刻本，也是抄自宋刊本。不過《書目》所載，與其汲古閣校刊的《宋名家詞》等所載兩宋詞集頗有出入，如書名卷數的不同，又有為汲古閣所刊而《書目》不載者。

除上述外，其他著録詞集雖然不多，也可珍視者，如李鶚翀《江陰李氏得月樓書目摘録》載有宋板《東坡詞樂府》，凡三本，稱蘇軾詞集為《東坡詞樂府》的，宋以來未見有記録者。

庚、餘話

明代戲曲傳奇的盛行，娱樂功能的增强，相對而言，詞之遣興佐歡功能就顯得更單一薄弱了。明人的創作，除小説戲曲外，詩文的創作始終籠罩在擬古風氣之中，詞也受到了一定的影響，熱捧和追慕宋人，也是比較突出的，《草堂詩餘》刊印和評批本的不斷出現，就説明了這個問題。此外就是唱和《草堂詩餘》的，如李賢《古穰集》卷十三《中憲大夫南京都察院右僉都御史張公神道碑銘》云張楷悉和《草堂詩餘》，又陳霆《渚山堂詞話》卷三云陳鐸嘗和《草堂詩餘》，幾及其半。而詞學中述而不作的成份也比較濃，不過有特色的評論還是有的，如祝允明《祝子知罪録》卷九云：

今所謂詞者，或呼為南詞，或為慢詞，或長短句、新樂府、詩餘、近代詞曲，名亦不定，妙亦不傳。蓋其製興於唐，妙亦息於唐。源發漢府樂府，波漸李氏，於時知音之俊，遂能用律而度為之，可弦可管。其初作於明皇、太白，則與詩之盛唐齊出，豈謂麄淺於詩哉？全唐之世，存見無幾，今惟《金奩》、《花間集》、《尊前》三書可畧見之。餘固本少編集，今日舊書又稀，益罕得聞。然自其後五代宋初，世稱文弊，而詞學無降。宋自一二輩外，淺薄遼遠，無復前規，雖一時所號文宗世家，竟不能步驟前輩一迹。及其愈後愈變，遂至頑嚚麄戇，細屑破碎，儇浮褊躁，醜怪千狀。至如駔儈之隱語，譁訟之詭詐，屠沽之罵詈，兇盜之椎搏，鬼魅之嘯哭，市瓦紈袴之乳口，蟚蚓蛙鴉之聒噪，可厭可惡之極，而難乎復耳。顧世之資性相近者，轉溺愛之，遂令販鬻之徒，不能刻布《荃》、《花》等編，而妄聚宋人冗屑之物，如《草堂詩餘》、《翰墨全書》之類，盈耳遮目，無計袪除。大槩唐人無不精神妙絕，青蓮，聖者，飛卿諸俊繼之。及諸南唐、西蜀等流，固是濁世之佳公子。宋惟永叔等特當綴旒，同叔少近，亦異同盟。此外乃屬之耆卿、邦彥，辭已不倫，而情猶躡足，謂其尚能律，故能代匱。又後多推幼安，乃至伯可、堯章，亦以姑諳音調，而辭則瞠乎後矣，故是趙氏之凡姿也。至如秦、黃、晁、張等，特為市廛小家之子。蘇益木强疎脱，而時反尊之，斯亦宋人崇道學，尚杜詩，雅六家文，一律之見，無事煩陳。又如元好問等，大率皆然，更不遑及。

推崇唐五代詞人，以為詞之妙，在唐已發揮至極，如同唐詩，五代詞人尚承其緒餘。至宋則不足論，因此貶抑兩宋詞人，尤其用力，或有感於《草堂詩餘》等在明代的泛濫。祝氏所持的觀點，是大異其他人的，這在明代詞論中是不多見的。

一、學術話題

盡管説明人述而不作的現象比較普遍，但在説詞論詞中，對有關幾個熱門話題的探討還是有價值的，開啟了後人從學理上對詞的起源、風格等問題的研究。

1. 詞之起源

關於詞的起源，明人談得較多，認為濫觴於六朝成為主流的看法。較早持這一觀點的是楊慎，其後承其説者不少，列如下：

詩辭同工而異曲，共源而分派。在六朝，若陶弘景之《寒夜怨》，梁武帝之《江南弄》，陸瓊之《飲酒樂》，隋煬帝之《望江南》，填辭之體已具矣。若唐人之七言律，即填辭之《瑞鷓鴣》也。七言律之仄韻，即填辭之《玉樓春》也。若韋應物之《三臺曲》、《調笑令》，劉禹錫之《竹枝辭》、《浪淘沙》，新聲迭出。孟蜀之《花間》，南唐之《蘭畹》，則其體大備矣，豈非共源同工乎？然詩聖如杜子美，而填辭若太白之《憶秦娥》、《菩薩蠻》者，集中絕無。宋人如秦少游、辛稼軒，辭極工矣，而詩殊不強人意，疑若獨蓺然者，豈非異曲分派之説乎？（楊慎《詞品叙》）

詞者，樂府之變也。昔人謂李太白《菩薩蠻》、《憶秦娥》，楊用修又傳其《清平樂》二首，以謂詞祖。不知隋煬帝已有《望江南》詞，蓋六朝諸君臣頌酒賡色，務裁豔語，默啓詞端，寔爲濫觴之始。（王世貞《詞評》）

世所盛行宋元調曲，咸以昉於唐末。然實陳、隋始之，蓋齊、梁月露之體，矜華角麗，固已兆端。至陳、隋二主，並富才情，俱湎聲色。所爲長短歌行，率宋人詞中語也。煬之《春江》、《玉樹》等篇尤近，至《望江南》諸闋，唐、宋、元人沿襲，至今詞曲濫觴，實始斯際。（胡應麟《少室山房筆叢》卷四十一）

嘗考唐調所始，必以李太白《菩薩蠻》、《憶秦娥》及楊用修所傳其《清平樂》爲開山，而陶弘景之《寒夜怨》、梁武帝之《江南弄》、陸瓊之《飲酒樂》、隋煬帝之《望江南》，又爲太白開山。（湯顯祖評點《花間集》自序）

余考詞鼻祖，梁武有《江南弄》，陳後主有《秋霽》、《玉樹後庭花》，徐陵、蕭淳有《長相思》，伏知道有《五更轉》，隋煬有《夜飲朝眠曲》、《湖上曲》。唐始名於太白，小濫於五代，極盛於兩宋。（王圻《稗史彙編》卷一百二）

對六朝諸人樂府作品，楊慎《詞品》卷一分別有詳細地評析和發明，如云：「梁武帝《江南弄》云：『衆花襍色滿上林，舒芳耀彩垂輕陰。連手躞蹀舞春心。舞春心，臨歲腴。中人望，獨踟躕。』此辭絶妙。填辭起於唐人，而六朝已濫觴矣。其餘若《美人聯錦》、《江南稚女》諸篇皆是，樂府具載，不盡録也。」如此，除了音樂因素外，還有就是着眼於其長短句式而言，也就是由聲詩向長短句的轉換。

此外，陳霆《渚山堂詞話序》云：「始余著詞話，謂南詞起於唐，蓋本諸玉林之説。至其以李白《菩薩蠻》為百代詞曲祖，以今考之，殆非也。隋煬帝築西苑，鑿五湖，上環十六院。帝嘗泛舟湖中，作《望江南》等闋，令宮人倚聲為棹歌。《望江南》列今樂府，以是又疑南詞起於隋。然亦非也，北齊蘭陵王長恭及周戰而勝，於軍中作《蘭陵王》曲歌之，今樂府《蘭陵王》是也。然則南詞始於南北朝，轉入隋而著，至唐、宋昉製耳。」主詞起於南北朝，與楊慎説法略異，又謝天瑞《新鐫補遺詩餘圖譜序》云：「自三百篇之後，繼之古體，變為律詩，迨南北朝，始有詩餘焉，盛於唐、宋，極於金、元，而國朝諸名家尤加綺麗。」與陳霆説法相同。不過對於隋煬帝《望江南》，楊慎的意見是有所保留的，認為「不類六朝人語，傳疑可也」（《詞品》卷一）。

除主詞起源於六朝外，還有其他説法的。如陳子龍《安雅堂稿》卷三《三子詩餘序》云：「詩餘始於唐末，而婉暢穠逸極於北宋。」又陶汝鼐《榮木堂合集》卷三《陳長公選刻名家詩餘序》：「詩餘肇於唐，推太白兩詞為祖。」主起源於唐，符合今天人的普遍看法。

2. 詞之正變

詞之正變，指詞之正宗和變體。詞産生於唐五代，盛行於兩宋，以《花間集》為代表的婉約詞風成為主導，而婉約詞體的正宗地位因此而確定，其他詞風則被視為變體，兩宋有其實而無其説，至明朝則有正變之説。王世貞《詞評》兩則具有代表性，其云：

詞須宛轉緜麗，淺至儇俏，挾春月煙花於閨幨内奏之，一語之豔，令人魂絶，一字之工，令人色飛，乃為貴耳。至於慷慨磊落，縱横豪爽，抑亦其次，不作可耳。作則寧為大雅罪人，勿儒冠而胡服也。

嚴分詩莊詞媚界綫的意思是很明顯的，沈際飛《草堂詩餘别集小序》云：「夫雕章縟采，味腴搴芳，詞家本色。則掀雷扶電，瞋目張膽者，大雅罪人矣。」即是承王氏之説，秦士奇《草堂詩餘叙》也是如此。王世貞又云：

《花間》以小語致巧，世説靡也。《草堂》以麗字取妍，六朝隃也。即詞號稱詩餘，然而詩人不為也。何者，其婉孌而近情也，足以移情而奪嗜，其柔靡而近俗也。詩嘽緩而就之，而不知其下也。之詩而詞，非詞也。之詞而詩，非詩也。言其業，李氏、晏氏父子、耆卿、子野、美成、少游、易安至矣，詞之正宗也。温、韋豔而促，黄九精而刻，長公麗而壯，幼安辨而奇，又其次也，詞之變體也。

明確提出了詞之正宗與變體，不過稱温庭筠、韋莊也屬變體，或二人之詞於婉約有歉，徒以艷詞麗字取悦人目。不過又云：「温飛卿所作詞曰《金荃集》，唐人詞有集曰《蘭畹》，蓋皆取其香而弱也。然則雄壯者，固次之矣。」似又承認温詞的正宗性。又云：「詞至辛稼軒而變，其源實自蘇長公，至劉改之諸公極矣。南宋如曾覿、張掄輩應制之作，志在鋪張，故多雄麗。稼軒輩撫時之作，意存感慨，故饒明爽。然而穠情致語，幾於盡矣。」南渡以還，國破家亡，慷慨激烈之詞漸多，至辛棄疾而大其聲勢，「其詞慷慨縱横，有不可一世之槩，於倚聲家為變調而異軍特起，能於翦紅刻翠之外屹然别立一宗，迄今不廢。」(《四庫全書總目提要》)自此，豪放詞派確立，形成與婉約詞派並峙的兩大陣營。

王世貞外，涉及詞之正變的還有，何良俊《草堂詩餘序》云：「然樂府以皦逕揚厲為工，詞以婉麗流暢為美，即《草堂詩餘》所載，如周清真、張子野、秦少游、晏叔原諸人之作，柔情曼聲，摹寫殆盡，正辭家所謂當行、所謂本色者也，第恐曹、劉不肯為之耳。假使曹、劉降格為之，又詎必能遠過之耶？」又茅暎《詞的》凡例云：「幽俊香艷，為詞家當行，而莊重典麗者次之，故古今名公悉多鉅作，不敢攔入，匪曰偏狥，意存正調。」所謂當行本色，即指婉約詞而言。湯顯祖評點《花間集》於毛熙震《臨江仙》「南齊天子寵嬋娟」云：「長短句盛於宋人，然往往有曲詩曲論之弊，非詞之本色也。」即是指宋人于婉約之外，另闢蹊徑，非本色的東西漸多，或新人耳目，或自存面目，而蘇、辛又是特立獨行、影響重大者，王驥德《曲律》卷四「雜論第三十九下」云「詞曲不尚雄勁險峻，只一味嫵媚閒豔，便稱合作。是故蘇長公、辛幼安並寘兩廡，不得入室。」排斥非本色之意味是很明顯的。

宋優人有丈二將軍與十八女郎演唱蘇、柳詞之喻，已隱含了蘇軾詞是對傳統詞風的背離，這也成了後人判斷蘇詞是非的一個標識。姚希孟《清閟全集·響玉集》卷之餘《媚幽閣詩餘小序》：「『楊柳岸、曉風殘月』與『大江東去』總為詞人極致，然畢竟『楊柳』為本色，『大江』為別調也。蓋《花間》、《草堂》為中晚詩家鏤冰刻玉、綿脂膩粉之餘響，與壯夫彈鋏、烈士擊壺，何啻河漢？」對此，也有持不同看法的，如孟稱舜《古今詞統序》云：

樂府以皦逕揚厲為工，詩餘以宛麗流暢為美。故作詞者率取柔音曼聲，如張三影、柳三變之屬。而蘇子瞻、辛稼軒之清俊雄放，皆以為豪而不入於格。宋人所評《雨淋鈴》、《酹江月》之優劣，遂為後世定律矣。予竊以為不然，蓋詞與詩曲體格雖異，而同本於作者之情，古來才人豪客，淑姝名媛，悲者喜者，怨者慕者，懷者想者，寄興不一。或言之而低徊焉、宛戀焉，或言之而纏綿焉、悽愴焉，又或言之而嘲笑焉、憤悵焉、淋灕痛快焉。作者極情盡態，而聽者洞心聳耳，如是者皆為當行，皆為本色，寧必姝姝媛媛學兒女子語而後為詞哉？故幽思曲想，張、柳之詞工矣，然其失則俗而膩也。古者妖童冶婦之所遺也。傷時弔古，蘇、辛之詞工矣，然其失則莽而俚也。古者征夫放士之所託也。兩家各有其美，亦各有其病，然達其情而不以詞掩，則皆填詞者之所宗，不可以優劣言也。

也就是説人的情感世界是豐富多樣的，作為抒情的主要文體之一，詞所展現的情感世界也應是多姿多彩的，婉約或豪放，也僅僅是兩種表現形式，能傳達作者之情，即可。當詞演化成為一種抒情言志的載體時，這是無法回避的。

3. 詞之體派

這個話題，又是與詞之正變相關聯的，只是視角各有側重。詞之體派的提出，是基於談論詞之風格而來，始於明人。張綖《詩餘圖譜》，明代有不同的刊本，其中明萬曆二十七年謝天瑞刻本前有「凡例」十二條，其七云：

按詞體大畧有二：一體婉約，一體豪放。婉約者欲其辭情醖藉，豪放者欲其氣象恢弘。蓋亦存乎其人，如秦少游之作多是婉約，蘇子瞻之作多是豪放。大抵詞體以婉約為正，故東坡稱少游為今之詞手，後山評東坡詞雖極天下之工，要非本色。今所録為式者，必是婉約，庶得詞體。

此又見於《古今詞統》引録，作張綖《論詩餘》，而無末三句。其中提到婉約、豪放二體，是就風格而言的。張綖《草堂詩餘後集別録》於辛棄疾《水龍吟》「渡江天馬南來」云：

嘗謂詞有二體：巧思者，貴精工；宏才者，尚豪放。人或不能兼，若幼安「羅帳燈昏，哽咽夢中語」、「怨春不語，筭只有、殷勤畫簷蛛網，盡日惹飛絮」之類，綢繆情語，少游無以過。若「君莫舞，君不見玉環飛燕皆塵土」、「座中豪氣，看君一飲千古」及此詞之類，高懷跌宕，則又東坡之流亞也。

針對的也是這兩種風格，而所指的對象有二，即秦觀和蘇軾。

宋人論詞中也談到了婉約和豪放，針對的也是秦觀和蘇軾，但並不是指風格。如許顗《許彦周詩話》：「近時僧洪覺範頗能詩……又善作小詞，情思婉約，似少游。」這裏的「婉約」是指思想情感的表達方式。朱弁《曲洧舊聞》卷五云：「章楶質夫作《水龍吟》詠楊花，其命意用事清麗可喜。東坡和之，若豪放不入律吕，徐而視之，聲韻諧婉，便覺質夫詞有織繡工夫。」又陸游《老學庵筆記》卷五云：「世言東坡不能歌，故所作樂府詞多不協，晁以道云：『紹聖初，與東坡别於汴上，東坡酒酣，自歌《古陽關》。』則公非不能歌，但豪放，不喜裁剪以就聲律耳。」這裏的「豪放」均是指品性的表現。秦觀詞風體現為婉約的特質，其詞作的主體風格也是如此。蘇軾以作詩的形式和方法填詞，拓寬了詞體的表達功能，在内容和風格、表現手法等方面多有創新處。他的詞，不固守傳統詞風，既有婉約之作、豔麗之詞，又有清曠之曲、豪放之歌。風格多樣，不限於一種，其中最為後人争議的，就是其詞作的豪放性的問題。

俞彦《爰園詞話》云蘇軾豪放之作也止「大江東去」一詞，一般以為豪放是指風格而言，主要指詞中所體現出來的氣勢恢宏、剛健雄壯的特色。若以這個標準衡量，蘇軾的豪放詞是不多的，如《江城子》「老夫聊發少年狂」、《念奴嬌》「大江東去」等寥寥數首而已，俞彦之言有些絶對，但不是没有道理的。蘇軾在《書吴道子畫後》一文中説：「道子畫人物，如以燈取影，逆來順往，旁見側出，横斜平直，各相乘除，得自然之數，不差毫末。出新意於法度之中，寄妙理於豪放之外。所謂遊刃餘地，運斤成風，蓋古今一人而已。」這裏的豪放，是指不為傳統方法所局限的創作，即内容上的豐富多樣，構思上的自由馳騁，手法上的收放自如，風格上的灑脱不羈，如果在這個層面上理解「豪放」的含義，那麽蘇詞中的不少作品，都可以讓人體會到這種力度美。宋人曾慥《東坡詞拾遺跋》云：「江山秀麗之句，樽俎戲劇之詞，搜羅幾盡矣。傳之無窮，想像豪放風流之不可及也。」其間提到的豪放，就有這方面的意思。蘇軾詞的反傳統性，除了以詩為詞外，又如以議論為詞，這在他的長調慢詞中多有表現。如《滿庭芳》「蝸角虚名」，純以議論為主，表達了對功名利禄的鄙視，抒寫了時不我待、及時行樂的思想。其中對充滿着爾虞我詐的仕途的反思，抒發了希望能遠離是非、放任自在的情懷。詞意以感悟為主，微含牢騷，稍覺頹廢。語淺意深，頗耐人尋味。又如《沁園春·赴密州早行馬上寄子由》「孤館燈青」，也是以議論為主，抒寫了入世與出世的矛盾心理。以議論入詞，有助於增强詞氣的豪邁剛健之感，也是豪放詞風的一種表現。豪放是蘇詞風格中的一種體現。宋人曾季貍在《艇齋詩話》中説：「東坡之文妙天下，然皆非本色，與其他文人之文、詩人之詩不同。文非歐、曾之文，詩非山谷之詩，四六非荆公之四六，然皆自極其妙。」也就是説蘇軾的各類文體不僅具有强烈的反傳統性，而且都能給人以耳目一新的感覺，其魅力就在於此。其詞的創作也是如此，屬於「非本色」的東西有不少，而其詞之豪放性正是「非本色」的體現。

由婉約、豪放之風格而指向流派，則是入清後的事，如王士禛《花草蒙拾》云：「張南湖論詞派有二：一曰婉約，一曰豪放。僕謂婉約以易安為宗，豪放惟幼安稱首。皆吾濟南人，難乎為繼矣。」不過言流派，明人已有説法，如閔元京、凌義渠編《湘煙録》一書前有「湘煙録十條」，其七云：「評詞者曰：逸品上矣，雄詞次之，斯則詞分二派已。然飛卿故自喻於《金荃》，學士亦受嘲於綽板。」逸品當指婉約，雄詞即指豪放，只是没有明確地用「婉約」、「豪放」之詞罷了。

4. 詞之代專

一代有一代之文學，這種看法，在明代為多數人所認同。胡應麟《少室山房類藁》卷九十八「史論」於「歐陽修」云：

故文之高下雖以世殊，而作者遞興主盟不乏，自春秋以迄勝國，概一代而置之，無文弗可也。若夫漢之史，晉之書，唐之詩，宋之詞，元之曲，則皆代專其至，運會所鍾，無論後人踵作不過緒餘，即以馬、班而造史，於唐李、杜而掞詩，於宋吾知有竭力而亡全能矣。

提出了代專的問題，這種共識常見於明人的其他著作中，如：

漢之賦，唐之詩，宋、元之詞，明之小題，皆精思所到者，必傳之技也。（王思任《王季重雜著》「雜序」《吴觀察宦藁小題序》）

楚騷，漢賦，晉字，唐詩，宋詞，元曲。（倪綰維《群譚採餘》卷二「文史」）

友人卓珂月曰：我明詩讓唐，詞讓宋，曲又讓元，庶幾吴歌《掛枝兒》、《羅江怨》、《打棗竿》、《銀絞絲》之類，為我明一絶耳。（陳弘緒《寒夜録》卷上）

先秦、兩漢詩文具備，晉人清談、書法，六朝四六，唐人詩、小説，宋人詩餘，元人畫與南北劇，皆是獨立一代。（董其昌《筠軒清秘録》卷上）

先秦兩漢，詩文具備。晉，清談、書法。六朝，四六。唐，詩、小説。宋，詩餘。元，畫與南北劇。（陳繼儒《太平清話》卷下）

能成為一代最具活力的文體，或文藝樣式，是有其原因的，對此，明人也從不同的角度提出了各自的看法。如胡應麟《詩藪·内篇》卷一有兩則云：

詩至於唐而格備，至於絶而體窮。故宋人不得不變而之詞，元人不得不變而之曲。詞勝而詩亡矣，曲勝而詞亦亡矣。明不致工於作，而致工於述；不求多於專門，而求多於具體，所以度越元、宋，苞綜漢、唐也。

四言不能不變而五言，古風不能不變而近體，亦時也。然詩至於律，已屬俳優，況小詞艷曲乎？宋人不能越唐而漢，而以詞自名，宋所以弗振也。元人不能越宋而唐，而以曲自喜，元所以弗永也。

分別從時代的變遷和文體的自身發展規律，揭示了文體本身之所以盛衰的内外因素。又俞彦《爰園詞話》云：

詞何以名詩餘，詩亡然後詞作，故曰餘也，非詩亡，所以歌詠詩者亡也。詞亡，然後南北曲作，非詞亡，所以歌詠詞者亡也。謂詩餘興而樂府亡、南北曲興而詩餘亡者，否也。周東遷以後，世競新聲，三百之音節始廢；至漢而樂府出，樂府不能行之民間，而雜歌出；六朝至唐，樂府又不勝詰曲，而近體出；五代至宋，詩又不勝方板，而詩餘出。唐之詩，宋之詞，甫脱穎，已遍傳歌工之口，元世猶然，至今則絶響矣。即詩餘中有可採入南劇者，亦僅引子，中調以上，通不知何物，此詞之所以亡也。今世歌者惟南北曲，甯如宋猶近古。

又王驥德《曲律》卷三「雜論第三十九上」：

唐之絶句，唐之曲也，而其法宋人不傳。宋之詞，宋之曲也，而其法元人不傳。以至金、元人之北詞也，而其法今復不能悉傳，是何以故哉？國家經一番變遷，則兵燹流離，性命之不保，遑習此太平娛樂事哉？今日之南曲，他日其法之傳否，又不知作何底止也。為嘅，且懼。

兩人也是從兩方面來解讀文體之所以盛衰的原因，朝代的動蕩更迭，會造成對文獻的巨大破壞，失傳或滅蹟，傳承的斷代，一種文體的衰落，也就在所難免。而新時代的出現，又會有適應此時代且更富有活力的文體的出現。這在錢允治《類編箋釋國朝詩餘序》説得更詳細更明確，其云：

竊意漢人之文，晉人之字，唐人之詩，宋人之詞，金、元人之曲，各擅所能，各造其極，不相為用。縱學窺二酉，才擅三才，不能兼盛。詞至於宋，無論歐、晁、蘇、黄，即方外閨閣，罔不消魂驚魄，流麗動人。如唐人一代之詩，七歲女子亦復成篇，何哉！時有所至，天地元聲，不發於此，則發於彼，政使曹、劉降格，必不能為，時乎？勢乎？不可勉强者也。……詞興而詩亡，詩非亡也，事理填塞，情景兩傷者也。曲者，詞之餘也。曲盛而詞泯，詞非泯也，雕琢太過，旨趣反蝕者也。詩降而詞，筋骨盡露，去漢、魏樂府千里矣。詞降而曲，略無藴藉，即歐、蘇所不屑為。而情至之語，令人一唱三歎，此無他，世變江河，不可復挽者也。嗟乎！有一代之興，必有一代之製。

時代的更迭與文體的發展始終是糾結在一起的，而創新又是人類社會之所以向前發展與進步的動力。從始盛，到衰落，除時代因素外，其間人為的原因，如雕琢太過，反傷元氣，以至活力喪失殆盡，詞是如此，其他文體也是如此，而文人們是難辭其咎的。

明人詞論的話題，往往是就楊慎、王世貞二人話語引發而來，其他人則檢討得失，争議是非，又如對《草堂詩餘》命名的討論、詞牌來源的解讀等，可參見陳耀文《正楊》、胡應麟《少室山房筆叢》相關條目。

二、文獻價值

明代詞學資料中記載的宋、元及明朝詞事是很豐富的，有些在現存的宋、元人著作中可尋見，有此則否，也有些與宋、元人的説法有出入，其文獻價值也是較為明顯的。

1. 可資輯佚

明人詞學資料中記載了大量的宋、元人詞事，可資輯佚。衆所周知的岳飛《滿江紅》「怒髮冲冠」一詞，就始見於明人多家的記載，如《古今詩餘醉》卷十五、《古今詞統》卷十二、《詞菁》卷二、以及《堯山堂外紀》卷五十七、《李氏逸書》卷二、《萬錦情林》卷五、《燕居筆記》卷二等，關於其真僞，今人多有説法。又如倪綰維《群譚採餘》卷六「交情」載云：

崔縱，字廷直，雲南人。紹興中爲御史，彈劾不避權貴，與待制洪皓厚。每以致君澤民爲勉，時秦檜主和，洪皓每廷折之，檜怒，遣爲通問使如金，縱忿然，上疏言洪忠直，檜黜使虜廷以害之。檜大怒，遣縱爲副使，與皓偕往。至太原，見元帥粘没喝，長揖不拜，聲色俱厲，遂流遞冷山，縱吟一律云：「萬里穹廬絶塞行，胡笳聲裏旅魂驚。君臣異域同屯蹇，朋友他鄉共死生。一旦拔刀猶鄭衆，十年持節效蘇卿。冷山寂寞荒凉地，風景何如五國城。」皓亦作《滿江紅》一闋云：「萬里龍荒，塵土染、堅持旌節。憑仗着，忠肝義膽，鎗唇劍舌。滿體遍傷嵇紹前，一腔盛積萇弘血。莫等閑，餒了浩然心，存貞烈。　戴天恨，終未雪。吴越怨，何時絶。奮筆鋒、殲破燕山缺。鼙鼓敲殘塞上霜，鴈聲叫落關山月。待迎還二聖覲天顔，愚忱竭。」及至冷山，陰風颯颯，衰草離離，節操愈厲。未幾，徽宗崩於五國城，身服斬衰，朝夕慟哭，北向操文以祭吊詩曰：「紫薇俄頃墜瑶空，晏駕驚回尺素封。仙世未歸華表鶴，碧天先返鼎湖龍。梓宫暴露經千里，鳳輦蒙塵隔九重。絶塞孤忠懷仰切，不勝哀戚恨填胸。」縱自徽宗喪後，旦夕悲號，遂卒於冷山。皓哭之盡哀，措置喪事，一遵治命。縱在金九年，忠肝義膽，可貫金石。與皓交厚，情踰兄弟，流離顛沛，死生似之。皓追思彌切，乃吟一律以吊之曰：「萬里風霜出漢庭，旅魂一旦隔湖城。君讐不與戴天地，交義自甘同死生。吴水渺茫鴛侶拆，楚天迢遞鴈行輕。龍荒持節全忠蓋，正氣堂堂日月明。」在金十五年，挺然不屈。後秦檜稱臣於金，中分天下，宋行人皆得遣還，遂持節榮歸。亟上表，明縱忠義，請以贈謚，朝廷從之。復與檜議事不合，被謫嶺南，月餘，沐浴更衣，端坐而逝。

此又見王昌會《詩話類編》卷六「忠孝」，所載洪皓詞為《全宋詞》及《補編》等所不載，既可補佚詞，又可考知本事。又如屠本畯《山林經濟籍》卷十二録有宋十朋《十八香詞序》，云：

予之小園植十八香於中：異香，牡丹也；温香，芍藥也；國香，蘭也；天香，桂也；暗香，梅也；冷香，菊也；韻香，荼蘼也；妙香，薝蔔也；雪香，梨也；細香，竹也；嘉香，海棠也；清香，蓮也；梵香，茉梨（當作莉）也；南香，含笑也；奇香，臘梅也；寒香，水仙也；柔香，丁香也；瑞香，仍其雅目。每花各冠小詞，寄聲《點絳唇》歌之。

序不見於今存的王氏文集中，《全宋詞》據《全芳備祖》和《温州府志》録有十八香詞，可參考。

明人筆記雜纂、野史小説等中記載的明人詞作雖然有限，但仍有可供採録的佚篇。除前文略有提及的外，類書中可輯補佚詞的就有不少，此以余象斗《新刻天下四民便覽三台萬用正宗》為例，卷十「打雙陸起例歌」之《西江月》「么六把門已定」，又卷十三「蹴踘門·初學蹴踘法」之《鷓鴣天》「虎掌蔡花六錠銀」，又「正賽天下子弟官籌」之《滿庭芳》「若説風流」、《鷓鴣天》「巧匠圓縫異樣花」和《滿庭芳》「十二香皮」，又「撞案社規」之《西江月》「請知諸郡子弟」，又卷十八「洞房春意仙方」之《西江月》「弄月追風才子」和「細想歡中之意」，又卷三十「相法門」之貴相圖、富相圖、窮通相圖、彌壽相圖、夭折相圖、貧賤相圖、孤苦相圖、兇惡相圖、流賊相圖、盜賊相圖、刑傷相圖以及「益父母相訣」、「尅妻歌」、「尅子歌」、「尅兄弟歌」，其中每類中均載有《西江月》詞一首，又卷三十「相法門·風鑑秘旨·五官五嶽六府圖訣」之眉為保壽官、耳為採聽官、口為出納官、眼為監察官、鼻為審辨官等，其中各載《滿庭芳》和《西江月》一首，諸如此類。除詞外，還有曲，如卷二十四「金丹詞曲」，録有大量詞曲，因僅僅是作品，不帶詞話（或曲話）性質，本編就不採録了。以上所録詞話也有互見於其他類書中者，如艾南英《新刻艾先生天禄閣彙編採精便覽萬寶全書》、李光裕《鼎鐫李先生增補四民便用積玉全書》、劉子明《新板全補天下便用文林玅錦萬寶全書》、龍陽子《鼎鋟崇文閣彙纂士民萬用正宗不求人》、武緯子《新刊翰苑廣記補訂四民捷用學海群玉》、佚名《新鍥天下備覽文林類記萬書萃寶》、鄭世魁《新鍥全補天下四民利用便觀五車拔錦》等，只是存在着條目的多寡、文字的多少等差異。不過這些俗詞，是宋、元人所為，抑是明人所為，難以斷定，如《滿庭芳》「若説風流」和「十二香皮」、《西江月》「么六把門已定」三詞，均見載於宋陳元靚《新編羣書類要事林廣記·戊集》卷二，只是文字上略有差異，至於其他詞，則不見録於陳氏之書。又如《新板全補天下便用文林玅錦萬寶全書》卷六「律法門」

之律令行移《西江月》四首和例分八字《西江月》「以紀文身合死」、卷八「八譜門・齊雲軌範・毬譜戲覽」之《水調歌頭》「八鑾朝鳳闕」等，其中《水調歌頭》「八鑾朝鳳闕」一詞也見於陳元靚之書，之所以如此，固然與類書編纂的性質有關，這也使得詞作時代的歸屬多了些不確定的因素。又如《新刻艾先生天禄閣彙編採精便覽萬寶全書》卷五「拜堂致語」之《鷓鴣天》「婚禮今朝請拜堂」、卷十二「勸諭門」收録夏言勸諭《西江月》四首和酒色財氣《西江月》四首、卷十九「洞房捷語」之《西江月》「莫戀歌樓妓館」以及「洞房春意妙方」之《西江月》詞二首等，以上諸詞，除見於陳氏《事林廣記》的四詞已收入《全宋詞》外，其他均未見載於《全宋詞》或《全明詞》及其《補編》等，這僅僅是所録詞話中涉及的詞。

此外，馬大莊《天都載》卷四和王昌會《詩話類編》卷一等載丘濬《滿庭芳》「歲歲年年」一詞、徐廣《談冶録》卷八引録朱之藩步韻辛棄疾《一枝花》「得饒須放手」一詞、鄧球《閒適劇談》卷二録釋正洪四詞以及卷四載鄧氏所撰《風花雪月四調》，以及陳九川《明水陳先生文集》卷五《送王南皐別駕考蹟詞》附《喜遷鶯》「四山横黛」、焦竑《焦氏澹園續集》卷七《贈大都督王公總戎東粤帳詞》附《水調歌頭》「隴西辛慶忌」、費宏《太保費文憲公摘稿》卷一《滿庭芳・為閩邑里老賀杜侯望之平逆賊還縣》「鼓角喧天」等詞作，也不見載於《全明詞》及其《補編》，可資鈎沉。此外，楊慎的《江花品藻》載詞曲二十四首，也可資輯補。

2. 可資考證

除了詞作輯佚外，明人詞學資料中有助於考核詞人生平及其詞事者尚有一些。此以柳永為例，關於柳永的生卒年及其行蹟仕履等情況，宋人的記載較為駁雜，説法多含混不清，或互有牴牾。而今人考論的文章也不少見，關於柳永的生年，今人就有太祖開寶四年（九七一）、太宗太平興國五年（九八〇）前後、太宗雍熙元年（九八四）前後、雍熙二年（九八五）或四年（九八七）、太宗至道元年（九九五）等説法，前後相差少則數年，多則二十餘年。據蔣一葵《堯山堂外記》卷四十五載：

周月仙，餘杭名妓也，柳耆卿年甫二十五歲，來宰兹郡。造玩江樓於水滸，每召月仙至樓歌唱，調之，不從。柳緝知與隔渡黄員外昵，每夜乘舟往來。乃密令艄人至半渡，強贏勾之，月仙不得已從焉，惆悵作詩一絶云：「自歎身為妓，遭淫不敢言。羞歸明月渡，懶上載花船。」明日，耆卿召佐酒，酒半，柳歌前詩，月仙大慚，因與耆卿歡洽，耆卿喜，作詩曰：「佳人不自奉耆卿，却駕孤舟犯夜行。殘月曉風楊柳岸，肯教辜負此時情。」自此日夕常侍耆卿，耆卿亦因此日損其名。

此又見載於酈琥《彤管遺編·別集》卷二十、《山堂肆考·角集》卷十五、馮夢龍《情史》卷十八，文字或略有出入，其中所載柳永品行是非故且不論，然其云柳永宰餘杭時二十五歲，應是確認柳永生年的一條重要線索。檢《嘉慶餘杭縣志》卷二十一「名宦傳」載：「柳永，字耆卿，仁宗景祐間餘杭令。長於詞賦，為人風雅不羈。而撫民清静，安於無事，百姓愛之。建玩江樓於溪南，公餘嘯詠，有潘懷縣風。舊縣誌」又據卷十九「職官志」載知仁宗景祐元年(一〇三四),柳永為餘杭令。又卷十七「古跡」載:「玩江樓,在通濟橋南面,瞰苕溪,宋令柳耆卿建。萬曆縣誌。在橋南豐樂坊,宋令柳永建,旋廢,後建苕溪館於上,今亦廢。續縣誌」則嘉慶志所據為明萬曆舊志,「名宦傳」云其景祐元年知餘杭,柳永生年應是真宗大中祥符三年(一〇一〇)。較蘇軾長二十六歲的樣子。又據明人的記載,兩人是有交往的。

明刊《新刻注釋草堂詩餘評林》,卷四於蘇軾《滿庭芳》「香靉雕盤」附詞話一則云:

玉林詞選云:柳耆卿有《晝夜樂》詞云:「繡者(按:一作秀香)家住桃花徑,散神仙才堪並。層波細剪明眸,膩玉圓搓素頸。愛把歌喉當筵逞,遏天邊雨雲愁凝,言語是嬌鶯,一聲聲堪聽。洞房飲散簾幃靜,擁香衾歡心逞。金爐麝嫋青煙,鳳帳燭摇紅影。無限狂心乘酒興,這歡娱,漸入佳境。猶自怨鄰雞,道秋宵不永。」蓋謂贈坡妓也,此辭豔麗以淫,不當入選,以東坡嘗用其語,故收録之。

又明刊《新鍥李太史注釋草堂詩餘旁訓評林》也有同樣的記載,又陳仁錫《類選箋釋草堂詩餘》卷二作「蓋為贈坡作也」。或謂贈蘇軾之妓(古代妓與姬通,或指侍妾),或云為贈蘇軾之作,即是說柳永與蘇軾是有交往的。按:柳詞見黃昇《唐宋諸賢絶妙詞選》卷五,其中評云:「此詞麗以淫,不當入選，以東坡嘗引用其語，故録之。」未言是否為贈蘇軾之妓之詞。據蔣一葵等人的記載和李廷機、陳仁錫評批本《草堂詩餘》等，知柳永與蘇軾生活在同一時期，柳比蘇略早些。此外，可以從以下幾點，可證明柳永生於真宗大中祥符三年其合理性之所在，以及與蘇軾交往的可能性：

其一，明何喬遠《閩書》卷九十七「英舊志・建寧府・崇安縣・宋科第」載：「柳宏，字巨卿。父崇，見韋布。宏，咸平初進士。宏兄宜官濟州，奉父就養，父歿於濟，宏適按獄密州，聞訃，跣雪奔喪。有詔起，服闋，三上章乞終制，不報。後因官江東，過廬山，樂之，卒居焉。官終光禄卿、河南開國伯，贈司徒。子真齡，比部員外郎；真公，太子中舍；真尚（筆者按：原脱『真』字，據《康熙崇安縣志》卷七『人材志上・甲科』補），國子博士。兄子永。」據王禹偁《小畜集》卷三十《建溪處士贈大理評事柳府君墓碣銘》知柳崇有六男子：宜、宣、寘、宏、寀、察，並云跣雪奔喪者為柳宜，非柳宏。明凌迪知《萬姓統譜》卷八十七云柳崇有子七，即寀與察之間另有密。宜為長子，柳永為柳宜子，柳宏為柳永叔父，真齡、真公、真尚為其堂兄弟，而柳真齡兄弟却與蘇軾、黄庭堅等有交往。黄庭堅《山谷集・别集》卷十六《答陳季常書二》云：「聞安期丈年七十七，耳目聰明，白首一節，欽歎。柳七從來謹約，知柳四洗脚上船，亦為克家之子，乃老人晚福也。……小子相已十歲，頗頑壯，稍知讀書，辱問及，甚惠。」安期丈即柳真齡，據蘇軾《鐵拄杖》詩「叙」云：「柳真齡，字安期，閩人也。家寶一鐵拄杖，如楖栗木，牙節宛轉天成，中空有簧，行輒微響。柳云得之浙中，相傳王審知以遺錢鏐，鏐以賜一僧。柳偶得之，以遺余，作此詩謝之。」其中柳七、柳四，據語意，當為柳真齡子侄輩者，時柳真齡七十七歲，確定此文寫作時間，即可知柳真齡的生年。按黄庭堅有子一，名黄相，生於宋神宗元豐七年（一〇八四），至其十歲，為哲宗元祐八年（一〇九三），則《答陳季常書二》作於是年夏，時柳真齡七十七歲，其生年為真宗天禧元年（一〇一七），小柳永七歲左右。又《蘇軾文集》卷五十三《與陳季常十六首》之九云：「柳簿云某奉訝者，不知得之於誰？安有此理？來書雄冠之語，亦無人見。但有《答柳二書》云『陳季常要寫《脊記》，欲與寫』云。文武寀寮，常居禄位，亦如與季常書作戲耳，何名為訝哉？想公必不以介意，不答最妙。」此文作於神宗元豐年間謫居黄州時，清王文誥《蘇文忠公詩編注集成·總案》卷二十云：「公《與陳季常書》中有柳簿，亦稱柳二，元祐中見公於京師，合考河東拄杖，真齡信其人也。」如此，柳真齡排行第二，若是依同宗父輩兄弟們的排行，則應比柳永年歲大，果如此，柳永之生年更不會早於真宗天禧元年，出現這種情況較為合理的解釋是兩人的行第不是據同一起點排列，參見下文。若依前引諸人推測的柳永生年，其比柳真齡年歲大至少是十七歲，至多是四十餘歲，問題是已知在柳宜諸子中，柳永至多為第四子或更在其後（詳下文），也就是説若依諸人推算，至少柳宜的前三子，甚至包括柳永都有可能比其叔父柳宏大，甚至大得多，以是知其間多有不合理處。就蘇軾及門弟子們等與柳永堂兄弟們有交往這一點來看（除前文提到的柳真齡外，蘇轍《欒城集》卷十二有詩《以蜜酒送柳真公》、《次韻柳真公閒居春日》等），應該説柳永是與蘇軾等人生活在同一時期而稍前，且較蘇軾諸人年長些。

其二，據《太宗皇帝實録》卷七十八載：至道二年（九九六）八月「癸亥，殿中丞柳宜上言，第三男蒙叟願於揚州崇道觀度為道士，許之。」已知柳永前至少有兩兄，即柳三接與柳三復，據宋彭百川《太平治跡統類》卷二十七、宋祁《景文集》卷三十一、胡宿《文恭集》卷十五和《嘉靖建寧志》卷十五等知柳三接和柳永同年登進士第，曾為大理寺丞、太常博士，官至都官員外郎；又據《福建通志》卷三十三等載，知柳三復為真宗天禧三年（一〇一九）進士，官至比部員外郎。柳宜究竟有幾子，無從考知，但蒙叟不可能是三接或三復，也不可能是柳永，蒙叟或為乳名，其被度為道士的原因不得而知，舊時由家人將自己的孩子送往道觀或寺廟度為道士或僧人，一般是在十歲左右，甚至更小，蒙叟也應如此，而柳永只能比蒙叟小，由此也可證前文引録諸家推測的柳永生年多是不正確的。柳永究竟是柳宜的第幾子，鄙意以為據其行第，可能是第七子，理由是：前文云柳永有堂弟柳真齡行第一，即歲數較柳永小，行第數却比柳永大，而柳永至少還有兩個哥哥，則知兩人行第是據不同起點排列的，稱柳永為第七或是據同父兄弟間依年齡大小排列而然，這在宋人行第的稱呼中是常見的（參見拙著《宋人行第考録》之王安國、韓絳、蘇軾等條説明），這樣，柳永生於真宗大中祥符四年左右是不會有什麼問題的。

其三，據宋張舜民《畫漫録》載：「柳三變既以調忤仁廟，吏部不放改官，三變不能堪，詣政府，晏公曰：『賢俊作曲子麼？』三變曰：『只如相公亦作曲子。』公曰：『殊雖作曲子，不曾道「綵線慵拈伴伊坐」。』柳遂退。」既稱「賢俊」，是年長者稱晚輩的口吻，晏殊生於太宗淳化二年（九九一），前文引諸人推算柳永生年除一説云柳小晏四歲外，餘均是柳長於晏。據《宋史·仁宗本紀》載：天聖三年（一〇二五）十月辛酉晏殊為樞密副使，五年正月己未罷。康定元年（一〇四〇）三月戊寅晏殊知樞密院事，九月戊辰為樞密使。慶曆二年（一〇四二）七月戊午晏殊加平章事，三月戊子為集賢殿大學士並兼樞密使，四年九月庚午晏殊罷。或云柳永仁宗景祐元年中進士，則其見晏殊當在康定元年九月至慶曆四年九月五年間，柳時三十歲左右，晏長柳二十歲的樣子，稱之「賢俊」，也合情理。其四，胡仔《苕溪漁隱叢話·後集》卷三十三於《復齋漫録》引晁補之話云：「張子野與柳耆卿齊名，而時以子野不及耆卿，然子野韻高，是耆卿所乏處。」宋祝穆等《新編古今事文類聚·續集》卷二十四「歌舞部·歌曲·詞話」稱「元祐間，晁無咎作《樂章評》」，知晁氏語在神宗時。其云柳永與張先齊名，也就肯定了柳、張二人是生活在同一個時代的人。張先長蘇軾四十餘歲，與蘇軾交往密切，以前文考論柳永長蘇軾二十餘歲，以及蘇軾兄弟及其門弟子與柳永堂兄弟有交往來看，他們與柳永處在同一時期，且有交往，就不應有問題，只是關係親疏的問題。另外從詞調發展史的角度來看，晏殊及同時代的歐陽修等創作詞時，是以短調小令為主，而長調慢詞的盛行是在晏、歐諸人之後出現的，柳永是大量創作長調慢詞的人，張先也是擅長寫慢詞的人，從這點來看，柳若比晏年長，出現這種現象，也是令人費解的。

從明人的記載，參以宋人的説法，知柳永與蘇軾生活在同一個時代，這是没問題的。明人記載柳永的事，有一些是不見於今存的宋人著作中的，如東洋文庫藏《新刊大字明心寶鑒》卷上「訓子篇第十」録「柳屯田勸學」云：「父母養其子而不教，是不愛其子也。雖教而不嚴，是亦不愛其子也。父母教而不學，是子不愛其身也；雖學而不勤，是亦不愛其身也。雖學，養子必教，教則必嚴，嚴則必勤，勤則必成。學則庶人之子為公卿，不學則公卿之子為庶人。」宋人記載中人們得到柳氏的負面印象比較深刻，而此相反，前引《嘉慶餘杭縣志》録明萬曆舊志云柳氏知餘杭時：「撫民清静，安於無事，百姓愛之。」或是柳永為官時勸學所作，又可見柳氏的另一面。

往年撰寫《兩宋詞集的接受史研究》涉及到《草堂詩餘》，在國家圖書館、上海圖書館、南京圖書館等處，翻閲明刊本諸種《草堂詩餘》，遇有序跋文及評批之語，均一一抄寫輯録，這是較系統地搜集明代詞學資料之始，那時所得已有數十萬言了。《宋金元詞話全編》問世後，承蒙鳳凰出版社總編姜小青先生的信任，編輯卞岐先生、韓鳳冉先生的支持，彙編明代詞學資料的工作就提到了日程上來。其間得到江蘇省政府留學獎學金的資助，在業師王水照先生的關心和積極聯係下，二〇〇九年得以到日本早稻田大學作訪問學者。訪學期間，主要翻閲是日本公藏、私家藏以及高校圖書館所藏的詞集文獻，其次就是國内失傳或不易見到的明人著作，以雜學、類書、尺牘等為主。早稻田大學的内山精也先生在訪學的聯係與落實，以及訪學中的學習、生活、訪書等方面，都給予了極大的關心和幫助。其間還得到了同志社大學副島一郎先生、立命館大學芳村弘道先生和萩原正樹先生、後樂寮中方室長周曉光先生、復旦大學訪問學者陳廣宏先生、四川大學訪問學者李瑄老師、中山大學留學生李曉紅同學等的幫助。此書的編輯過程中，也得到了南京師範大學鍾陵先生、平湖葛渭君先生、江蘇教育學院馮保善先生、江蘇教育學院圖書館沈仁國先生和蔡懷舜先生、山東師範大學陳元峰先生、中山大學張海鷗先生、中國人民大學諸葛憶兵先生、河北大學田玉琪先生、華東師大彭國忠先生、上海大學楊萬里先生、南京師範大學曹辛華先生等的關心和支持。責編韓鳳冉先生、李豔麗女士、汪允普先生認真審核，提出建議，使得此書得以順利地出版。在此，均一一表示衷心地感謝！其中不足之處，尚祈方家同仁批評指正！

鄧子勉

二〇一二年四月於南京

凡例

一、本編所據，為現存明朝人編撰的著作，以子部、集部類之書為主，旁及部分史籍。而明人編著的純話本小説集如「三言二拍」、《型世言》之類，以及長篇小説，本編不採録。至於《燕居筆記》、《萬錦情林》、《國色天色》、《繡谷春容》等書，實為雜纂之書，除載小説外，還有詩、詞、文、曲、詩話、詞話、雜述等，諸書彼此輾轉稗販，因小説篇幅過長，雖然彼此文字、所載詞作有出入，本編一般只據一書録入，其餘書只録雜載部分論詞談詞者，而小説部分則不再重録。

二、明人編撰的著作中，轉相稗販的現象比較常見，類書因其編書的性質，如此還可理解，而其他類別的書也不同程度的存在這個問題，孰是孰非，如今也無從判斷，其間文字或略有出入，從校勘與傳播學的角度來看，還是有其文獻價值的。基於保存資料出處的原貌，均依現存書採録。

三、明人著作中，有些編著者實屬託名，其間真假或難以辯認，凡此，依現存書所署名歸入其人名下。至於内容相同的一本書，却標作不同的書名和作者，如陸紹珩《醉古堂劒掃》，有日本嘉永六年刻本，而早稲田大學藏有孫懋昭《培風堂彙豔集》，為明刊本，兩書所載内容完全相同，序文也同，只是序文所署撰者名不同。對此，兩書各自立目，分别録入。又如葉華《迦陵音指迷十六觀》，實際是割裂拼凑和增删《詞源》卷下所言以及《中原音韻》相關條目而已，對此也同樣採録。

四、明人編著的書，如《古今説海》等，既收有單篇作品，又收有書，今人或歸作叢書，《四庫全書》歸作子部雜家，今據此録入。

五、本編是以現存書的著者或編者立目，據現存書的性質，凡屬自撰的，則標作「某某詞話」；凡屬編輯的，則標作「某某輯詞話」；至於少數人既有自撰的，又有編輯的，則標作「某某著輯詞話」。凡詩文别集、總集等中為他人所撰談及詞的序跋文，依序跋文作者單獨立目。

六、明人評批的諸種《草堂詩餘》以及由此衍生的詞集選本如沈際飛《草堂詩餘四集》、《詩餘廣選》、《花草粹編》等，均以書名立目，即標作「某某書詞話」，理由如下：其一，其書多有評批之語，或附載有詞話，除個别外，彼此間存在有轉相稗販的現象，但在文字、條目等方面又有出入；又其間諸評批之語不盡為一人之言，往往夾雜有同時代其他人的言論，或是引録宋、元人的評語。其二，這些詞集，往往會有前序後跋，而這些序跋文上也會有眉批，如沈際飛《草堂詩餘四集》等；又如何良俊的《草堂詩餘序》，多為他書引録，有的任意割裂，或增删原文，或標明原序作者名，或否。其三，有些詞選集前會附載一些詞論詞話等，多為彙輯他人之言。除以上三點外，更重要的是基於保存該詞集選本資料的完整性，也便於學人從傳播和接受角度對相關問題的研究。

七、本編所據明人著作，首先盡可能採用明刊本，或影印的明刻本；其次為清刊本、抄本，或影印的清刊本和抄本等。其中的明刊本，主要採自中國國家圖書館、上海圖書館和南京圖書館等所藏之書，以及日本公藏（如内閣文庫、東洋文庫、蓬左文庫）、高校圖書館所藏（如早稻田大學圖書館、東京大學綜合圖書館和東洋文化研究所、立命館大學圖書館、京都大學文學部圖書館）、私家藏書（如静嘉堂文庫、尊經閣文庫）等。而影印的明刊本等所據主要是江蘇教育學院圖書館購藏的四庫全書叢書系列，至於臺灣出版影印的中小型叢書如《明代論著叢刊》、《明清善本小説叢刊》、《雜著秘笈叢刊》等，以及日本出版影印的小型叢書如《中國日用類書集成》和《和刻本漢籍隨筆集》、《和刻本類書集成》等，均為早稻田大學圖書館所藏。

八、本編所據之書，均以一種版本為主，對於其中脱字、譌誤之處，則據他書括注於後，不改動原文。個别採用了今人的整理本，在斷句、標點等方面或略有改動。

九、帳詞之類，明人文集中絶大多數多歸於文類，個别則置於詞中。其存在的方式有四：一是序文與詞合在一起的，這是絶大多數。二是序文與詞分别放置的，即序文放在文類中，而詞放在詞類中，這種情況不多。三是今只存序文而詞作不存的。四是只存詞作及題目而序文不存者，這類絶大多數是歸在詞類。本編只録前三種，至於第二種，原書已著明的，則採録時給予合併。

十、詞曲雖云一家，本編只就論曲著作、論戲文散曲之序跋文中，提及詞句或談及詞事的則採録，另外少數評小令隻曲的因夾雜於論詞條目中，也就隨手録入，至於品評套曲的，一般不採録。其中楊慎文集，内閣文庫藏有三種明刊本，其中一種書末有增補，載有套曲一，且有楊氏評語，本編採録。

十一、本編所録詞話，均標示版本出處。又因採録諸書衆多，版本也不同，其間同一字或有多種異體字、繁體字等，録入時不作統一。

葉子奇詞話

葉子奇，字世傑，號静齋，龍泉（今浙江）人。至正庚寅以薦試方州，中第四，退隱不仕。明初浙江行中書省以學行薦廷試高等，授岳州巴陵簿，尋致仕卒。所著有《静齋詩集》、《静齋文稿》、《範通玄理》、《太玄本旨》、《草木子》、《草木子餘録》。《草木子》或云二十八篇，正德丙子，其裔孫溥重刻之，約為八篇，每二篇為一卷。自序云洪武戊午春，適至巴陵縣學，因城隍神未祭事，以株連而就逮，幽憂於獄。囹中獨坐，閑而無事，見有舊籤簿爛碎，遂以瓦研墨，遇有所得，即書之，日積月累，忽然滿卷。及事得釋，歸而續成之，因號曰《草木子》。其書自天文地紀、人事物理一一分析，頗多微義，其論元代故事亦頗詳。此據東洋文化研究所藏正德十一年刊本録詞話十一則。

一 俗樂多胡樂也，聲皆宏大雄厲，古樂聲皆平和。（《草木子》卷二「原道篇」）

二 歌調且因今之曲調而諧之以雅詞，庶乎音韻和而歌意善，則得矣，毋但泥古而廢之，而長用胡樂也。（同前）

三 周子曰：樂聲淡則聽心平，樂詞善則歌者慕，故風移而俗易也。妖聲艷詞之化人也亦然，此不易之確論也。（同前）

四 樂則郊祀天地，祭宗廟，祀先聖，大朝會用雅樂，蓋宋徽宗所製大晟樂曲也。宴用細樂，胡樂駕行，前部用胡，駕前用清樂、大樂，其部隊遵依金制。駕後用馬軍栲栳隊，其俗有十六天魔舞，蓋以珠瓔盛飾美女十六人為佛菩薩相而舞。（同前書卷三「雜制篇」）

五 傳世之盛，漢以文，晉以字，唐以詩，宋以理學，元之可傳獨北樂府耳。宋朝文不如漢，字不如晉，詩不如唐，獨理學之明，上接三代。元朝文法漢，歐陽玄玄功、虞集伯生是也；字學晉，趙孟頫子昂、鮮于樞伯機是也；詩學唐，楊載仲弘、虞集是也；道學之行則許衡平仲，魯齋先生、劉因静齋先生夢吉是也。亦皆有所不逮。（同前書卷四「談藪篇」）

六 唐之詞不及宋，宋之詞勝於唐，詩則遠不及也。（同前）

七 宋樞密文及翁嘗詠一雪詞，乃《百字令》，其詞云：「没巴没鼻，霎時間做出，謾天謾地。不問高低并上下，平白都教一例。鼓弄滕六，招邀巽二，只恁施威勢。識他不破，至今道是祥瑞。最是鵝鴨池邊，三更半夜，誤了吴元濟。東郭先生都不管，挨上門兒穩睡。一夜東風，三竿紅日，萬事隨

流水。東皇笑道，山河元是我底。」此蓋讖賈相之打量也。（同前）

八　伯顔丞相與張九元帥席上各作一《喜春來》詞，伯顔云：「金魚玉帶羅襴扣，皁蓋朱幡列五侯，山河判斷在俺筆尖頭。得意秋，分破帝王憂。」張九詞云：「金裝寶劍藏龍口，玉帶紅絨掛虎頭，緑楊影裏驟驊騮。得志秋，名滿鳳凰樓。」帥才相量，各言其志。（同前）

九　宋宫人王昭儀名惠清，字冲華，丙子北行，題驛中有《滿江紅》詩（一作詞）云：「太液芙蓉，全不似、舊時顔色。常記春風雨露，玉階金闕。名播椒蘭妃后裏，歡承笑語君王側。聽一聲、鼙鼓揭天來，繁華歇。　龍虎散，風雲滅。銅駞恨，何堪説。對山河百二，淚沾襟血。驛館夜驚塵土夢，宫車曉轉關山月。問姮娥、垂顧肯相容，從圓缺。」中原士人多誦之，但惜末句欠爾。（同前）

一〇　元將亡，都下有《駡玉郎》曲，極其淫泆之狀，蓋桑間濮上之風，居變風之極也。（同前）

一一　俳優戲文始於王魁，永嘉人作之，識者曰：「若見永嘉人作相，宋當亡。」及宋將亡，迺永嘉陳宜中作相。其後元朝南戲尚盛行，及當亂，北院本特盛，南戲遂絶。（同前書卷四「雜俎篇」）

貝瓊詞話

貝瓊，字廷琚，一名闕，字廷臣，崇德（今浙江）人。篤志好學，博通經史百家，言善屬文。洪武初聘修《元史》，既成，受賜，歸後舉至京，授國子助教，後改中都國子監，教勳臣子弟。致仕歸，尋卒。所著有《海昌集》、《雲間集》、《兩峰集》、《金陵集》、《中都集》、《歸田稿》，統稱《清江貝先生文集》，又有《詩集》。此據《四部叢刊》影印明初刊本《清江貝先生文集》和《清江貝先生詩集》録詞話三則。

一　《緑陰亭記》：過轂波橋東，履碕嵌，南折而西，抗飛甍萬竹間，為緑陰亭，中可坐七客，隱然有林谷趣。方夏，九州一火，宅而亭之，左右接葉雲布，日光亭午不到地，可誦可弦，可燕可弈，羊角風至，襃青舞翠，雖崇桃眩晝，積李縞夜，惡有茂密蒙翳如緑陰者哉？予既登嵐光清霽樓下，憩是亭，俯游儵，仰飛翼，徘徊久之，足以祛其煩而泄其憤，顧奔走勢利者，不知有兹幽勝也。因取至元間一時宗工仇山村、王菊存、李篔房、曹梅南唱和緑陰詞，俾刻之亭上，使遊者覽焉。（《清江貝先生文集》卷五）

二 《瓊臺集序》：滄海之涯，赤城之麓，有學道者嘗製《瓊臺法曲》，十年而始成。其音律之和，可以合於鈞天九奏，乃率弟子按之玉霄峰頂，出神魚，下玄鵠，鬼神恍惚而至也，信非人間世俗之樂所能侔者焉。欲往而求之，其人已化千有餘年，而其詞亦已佚不存矣，又安得天才雋拔如長庚仙人者起而補之乎？且將訪之四方，冀其有遇也。適來中都，會李廷鉉氏，因出其所著《蘆軒藁》，語奇而意深，大抵出入法曲之遺，將續其響於既絶，誠不易得也。余聞廷鉉以彭城郡侯桂巖之孫、謙善處士君敬之子，而嘗受業於森碧先生孟公之門，一時薦紳多稱之。近謫居潁上，奪其山水之樂土，而置之狐兔之墟，失其綺紈之貴遊，而混於樵牧之賤，宜其壹鬱無聊，不能一朝居也，乃能肆意於詩，籠絡萬象，入於肺腑，可謂不以貧賤撓其中者歟？熟玩是編，無慮數十百篇，其五言、七言、近體必擬杜甫，其歌謡、樂府必擬李白。嗚呼！志亦勤矣。余嘗謂詩至中州，槩乎無足論者，而乾坤清氣恒靳於人如此，苟得之，則發為麗藻，使千萬人攻之而不足，吾獨從容為之而有餘，抑可畏已夫。越二年，復見余，求書其首，既喜而不厭，遂復題之曰《瓊臺集》。俾覽者知東南猶有若人，而無誚山中之寂寥云。（同前書卷二十八）

三 《玉笙賦》并序：昔余主雲間，夏景淵氏凡歲時燕賓，合族必奏伎為驩，鄭、雅並進，余甚陋之。

錢唐陸生攜玉笙相過，會於呂紫芝之玄霜臺，為作數闋，瀏亮淒切，不啻聞鈞天廣樂於洞庭之野，使忘客居之憂。遂出句曲張外史《玉笙引》，求余和，因賦長短句以贈之。既而余遊吴門，觀濤江，返寓於海昌之黄灣，與生不相知者二十年，而玉笙之音猶隱隱於耳也。雨窓孤坐，壹鬱無聊。友人張子雨來謁，手持《玉笙詩》一卷，曰：「生所得近百篇，兵變之後，亡佚不存，此特記其尤膾炙人口者。今附李氏子，求公詩於二百里外，可謂好之篤矣。」余讀而喜之，且知玉笙固無恙，操翰欲書，向之所作，病其骫骳無氣，譬諸瓦釜廁於黄鐘、大吕之間，其不斥而罵者鮮矣。然俯仰今昔，悵然有感於中，可無復於生耶？夫笙簫之器，古之人精音律、工文辭者，已極其形容之盛。玉笙之名雖著，而其器則未見也，故略而不及。余因摹寫其聲，著而為賦，以補其遺焉。辭曰（略）。（節録自《清江貝先生詩集》卷十）

陳謨詞話

陳謨（一二九三—一三八八），字一德，自號心吾，泰和（今江西）人。行義修潔，以《易》、《詩》、《書》教授學者，為鄉郡所宗。洪武初徵議禮，以老辭，終于家。所著有《海桑集》、《書經會通》、《詩經演疏》。此據影印文淵閣《四庫全書》本《海桑集》録詞話三則。

一

《張子静樂府序》：始予得張子静《靈宫樂部曲》四章而讀之，愛其兼有《麗情》、《團扇》、《花間》之趣，且辭翰俱美，恨不識其人，意非今時耳目所及也。暨物色解后，則吾廬陵先輩也，僅僅交一臂而去，嘗恨不得其全集而讀之。兹復聚首，乃辱以集為貺，桂隱、聞廷二劉先生序其端矣，極所推服，予晝簾夜燭把玩，不能釋手。子静復介予題辭，嗚呼！予七十又二，子静踰八望九矣，「三影」之韻度，于湖之俠氣，尚往來於心，不尚可徵乎？當其壯遊武昌，我龍洲道人神交物表，買桂花，上南樓，載酒黄鶴磯下，少年俊邁，蓋可想見。今具存集中，惜無好事者刻梓以傳，徒使四方見其一二者以為古人也。昔留侯佐漢，服其籌策者以為必雄傑偉丈夫也，及見，則如美婦人焉。讀子静詞，孰不曰此月下秦淮海、花前晏小山也。抑有知其皤然雪顛，歉然寠人、癯然列仙者乎？吾又以子静盛年不偶於場屋，安知其中無留侯之所存哉？若留侯者，方益斂其華，擊節於大風之歌，彼其薈蔚朝隮，婉孌斯饑，國風之傷，楚騷之怨，蓋未嘗一介懷抱，則吾子静獨擅之。嗚呼！世道之感歎欷噓，其不在是哉？（《海桑集》卷五）

二　《秋雲先生集序》：秋雲先生，吴會之英也，學貫經史，而尤邃於《春秋》，文肆天葩，而尤麗於詩苑。余不及見其著述，而獲其詩詞讀之，大概律詩有廷（當作庭）筠、義山之風流，宫詞得仲初、文昌之格調，變陳言為雅辭，發新意於衆見，第之作者，允為名宗。會稽陳中常，其高弟子也，慨先生舊藁不存，僅僅收拾詩詞若干篇，手自編次，以示予，曰：「所謂千百之十一爾，幸序其端。」余始讀中常詩歌樂府，敬其卓越非凡，而不知其水木之有源本在是也。嗚呼！安得梓刻而傳，以與好吟者共之哉？（同前）

三　《答或人》：或問：詩至唐而拘四聲，始有律之名，律者，取其可歌也，今人律唐之律若填曲腔，然亦皆可歌乎？曰：曷為而不可也？夫情發於聲，詩言志也。聲成文，謂之音，歌永言也。五聲依夫歌之永，十二律和夫聲之依，詩歌固有自然之律，而聲律緣以起也。李太白《清平調》詞，李龜年歌之。王之渙二友不相下，三人者入旗亭中約曰：「勿多言，第聆妓歌。」則聞多唱之渙《凉州詞》者，久之，又聞連歌之渙他詩，而二人者各一詩而止，之渙大笑，二人始服。又如東坡樂府，才大不能束程度，歌者猶隱括入調，矧詩固古樂府哉？矧唐律哉？曰：或命唐詩為音，可乎？曰：可。曰：謂中唐無盛唐之音，晚唐復無中唐之音，然乎？曰：非然也？朱子論風雅頌部分，蓋曰辭氣不同，音節亦異。論風雅頌正變，蓋曰其變也，事未必同，而各以其聲附之。蓋變風，風之聲，故附正風；變雅，雅之聲，故附正雅。時異事異，故辭氣亦異。然而以聲相附者，聲猶後世所云調若腔也。盛唐、中唐、晚唐，律同則音同，謂其辭氣不同，可謂其音不同，不可況盛唐。亦有辭氣類晚唐者，晚唐復有類盛唐者乎？嘗欲取盛唐諸家和平正大、高明俊偉者，不分古體律絶，類為盛唐詩，其辭氣頗類晚唐者，類為晚唐之祖，合為一卷。中唐、晚唐各為一卷，其辭氣頗類盛唐者，則類為各卷之首。中唐、晚唐、盛唐，所謂係一人之本者，詩之正變，則詩人之性情，而辭氣不同耳。使學習之審如是，晚唐可入盛唐；不如是，盛唐則至晚唐靡靡而後已，亦少補也。問者退，因謾書之。（同前書卷十）

徐一夔詞話

徐一夔，字大章，天台人。工文，洪武二年詔纂修禮書，明年書成，將續修《元史》，王禕為總裁官，以一夔薦，以疾辭不至。未幾，用薦教授杭州，召修《大明日曆》，書成，將授翰林院官，又以足疾辭，賜文綺遣還。所著有《始豐類稿》、《杭州府志》、《宋行宫攷》。此據《武林往哲遺著》本《始豐稿》録詞話三則。

一 《自得齋類編序》：河南高公德進甫有藏脩之室，曰自得齋，既得宗工鉅儒為之論著，而先隴白雲山舍亦皆有述，其子巽志慮其久而散軼也，彙而次之，合記、序、銘、贊、誌、狀、詩、詞凡若干首，將鋟諸梓，題曰《自得齋類編》，而請余序。初公以清才粹質、積學素行蒙部使者推擇為掾，歷中外御史府、行部、朔南，進廉能而退貪鄙，赫有聲光，而恒虛心抑志，樂從宗工鉅儒遊，以廣器業，若故虞文靖公集、歐陽文公玄、曹文穆公鑑、余文忠公闕、户部尚書貢公師泰、監察御史程公文，今江浙行省左丞周公伯琦、翰林學士承旨張公翥、危公素、直學士張公以寧咸親承焉。久而相知之深，是以不靳於論著，非徒作也。竊嘗論之，國家文章之盛，泰定、天曆以來，敷張神藻，潤色鴻業，聳元德於漢、唐之上者，三數公而已，今公皆與之遊，可謂極黄河、太華之觀而無憾者矣。矧又得其論著，鏗訇炳耀，可以侈當今而誇後世哉！昔唐柳侍御文學博雅，盡交天下知名士，而柳州先生，實其子也。欲著其父之善，取凡尤厚者六十七人，疏其出處，刻石以傳後世，君子韙焉。徐考其實，不過示交遊之廣而已。而彼六十七人者，未嘗有所論著如歐、虞諸君子之於高公也。今論著之廣，既足以度越前人，而巽志梓行，以貽永久，其意不尤厚乎？雖然，是編之成，一以成公志，一以集宗工鉅儒之善，視世之曲學謏聞，而遽以不腆之言加災於木以衒名者，相去何如也，因不讓而序之。公名某，由御史掾出官淮南廉訪司照磨，調浙東宣慰司都事，善詞詩，有《紀夢集》十卷。巽志字士敏，華年篤志，以善屬文稱，用薦為鄮山書院山長云。（《始豐稿》卷二）

二《何憲副集天台山賦為詩序》：天台山在於越之南，名雖不齊於五嶽，而神秀所鍾，有雄麗絶特之觀焉。晉孫興公為章安令，嘗慕其勝，著《遊天台山賦》，其賦既成，以示友人范榮期，曰：「此賦擲地，必作金聲。」兹山之勝，古未有發其祕者，自興公始發之。其後名公鉅人若唐翰林供奉李白、元余文忠公闕皆有作，以嗣其響焉。李翰林有《至天台曉望》詩，余文忠公有《勸農至桐栢》詩，其詩妙麗，膾炙人口，而未有檃括孫賦而播為篇什者也。僉憲宣城何公行部至天台，覩其雄麗絶特之狀，左顧右盼，有不欲捨去之意。然職在巡訪，勢不能窮幽極夐，甚戀嫪焉。方外士有以趙文敏公所書《天台山賦》刻本獻者，按而讀之，目之所遇，與賦之所及，意領而神會，遂集賦内所指景物，如東坡先生檃括陶淵明《歸去來辭》為樂府故事，以題詠焉，得近體詩若干首。其還司也，且以示，凡能言之士悉集其句為之，且戒不用其語而用己語，雖工弗采，且屬余以言弁其首。余也世居天台，凡勝地之見於篇什者，少時侍先人杖屨嘗遊焉。竊較赤城之霞氣，瀑布之飛流，莓苔之滑石，而皆莫若瓊臺雙闕之為奇特，峭崿峥嶸，懸磴萬丈，比至其頂，地平如砥，九嶺環擁，雙闕夾路，瓊臺中居，五芝含秀，八桂森出，樓閣縹緲於彤雲彩霧之中，彷彿如在天上，故興公之賦目為仙都，而述其地特加詳焉。今余留落他郡且老，而鄉邑之勝未嘗不往來於懷，若興公之賦蚤嘗習之，當夫懷土之心生。蓋嘗臨風一誦，以祛愁思，而習熟見聞之久，終不能祛也。今見公所集其句之字為詩，組織工緻，模寫圓熟，逸興飛動於層巒疊嶂之間，政如李光弼入郭子儀軍，部伍雖舊，號令一出，風采新矣，不其奇哉！是詩也，使它方之士見之天台之勝如在目前，況如余之舊所遊者哉！寧不為之欣快？因不辭而序於公詩之次。凡承命而作者，則請以次書焉。（同前書卷十一）

三　《俞子中墓碣》：錢唐俞子中之葬也，五年於兹矣，而誌墓之石未樹。其友有為潭府臣僚者，以王有臨池之好，取子中遺墨以獻，王既覽，若曰：「以予而觀其筆意，亦足以發，不可使此人泯焉無聞。」王適遣使如浙，因賜鈔若干貫，俾其家為石刻費。使者既至，召其孤授之，其孤既西向拜受，乃來謁余請銘。余與子中有交遊之誼，固不得而辭，矧遇賢王貤恩於子中既歿之後？誠希遇也。於！凡文翰之士亦與有光，何敢不銘之哉？子中為人不尚表襮，與俗浮湛若玩世。然少時得見趙文敏公，用筆之法極力，攻書，書日益有名，篆、楷、行、草各臻於妙。一紙出，戲用文敏公私印，識之人莫能辨其真贋。至其臨摹晉、唐人法書，尤稱妙絶，高堂廣廈，風日清美，賓友會集，酒數行後，濡筆伸紙，一揮數十行，波戈趯磔，轉換神速，真有驚蛇入草、飛鳥出林之態已，乃停筆按紙，詫衆客，曰：「顛長史不我過也。」人争購之，以為珍玩。而雅不樂仕進，至正初，朝廷修遼、金、宋三史，成書，移文江浙行省繕寫鏤版，遣翰林應奉張公翥來視工，而行省參知政事秦公從德任程督事，既開局，集儒生繕寫，張公謂秦公曰：「此朝廷盛典，字畫懼不如式，宜得精書法如俞子中者校正。」秦公是之。即日命有司奉幣，請子中入局，如式校正。時行省得自除未入流官，既竣事，秦公擬以學校官處之，子中固謝曰：「某以國家有文事，効薄勞耳，不願仕也。」秦公以其有高志，亦弗强之。當是時，文章鉅家如黄文獻公溍、陳監丞旅，前後相繼為江浙提舉，每為文脱稿，必致子中書之，一時名勝亦莫不與子中遊。而方外高士若句曲外史張公伯雨以辭翰名世，與子中往來尤密。壬辰之亂，避地隣縣之黄岡，嘯傲於海風山月之閒者久之，比還故廬，故舊彫謝。出門四顧，無復向時繁華，第見山青水緑，則俛首蹙額，感慨係之。呼酒獨酌，賦近體詩，歌長短句，援筆書之，以寫其無聊不平之思，而其草聖猶飛動如初。其居有醉墨軒，嘗屬余記之。余未及為而竟銘其墓上之石，悲哉！子中諱和，別號紫芝生，本嚴之桐廬人。自其父章遊錢唐，因家焉。娶楊氏，先十五年卒。子男三：長琮，次瑾，次珩。

女三：長適趙仁本，次三皆適士族。以洪武十五年三月七日卒，享年七十有六，卒之月十又七日，葬於其縣南山仙芝塢之原。銘曰：有德有藝，洎焉自守。不遇於生前，而遇於死後，豈其用之也薄、故其發之也厚？理有固然，又何足究？有石如圭，永貽不朽。（同前書卷十三）

張以寧詞話

張以寧（一三〇一—一三七〇），字志道，人稱翠屏先生，古田（今福建）人。元泰定中進士，累官翰林學士。洪武間徵至京師，拜翰林侍讀學士，知制誥兼修國史。遣使安南，卒，詔歸葬。工詩文，所著有《翠屏集》及《春秋考胡傳辯疑》。此據影印文淵閣《四庫全書》本録詞話一則。

一

《予少年磊隗負氣，誦稼軒辛先生鬱孤臺舊賦〈菩薩蠻〉，嘗慨然流涕。歲庚辰，過鉛山先生神道前，有詩云云，見〈南歸紀行藁〉。後會贛州黄教授，請賦鬱孤臺詩，復作近體八句，亡其舊藁。因念功名制於數定，材傑例與時乖，自昔不遇，若先生者蓋亦多矣。然猶惜其未能知時審己，恬於静退，幾以斜陽烟柳之詞陷於種豆南山之禍。今二十九年矣，舟過是臺，細雨，閉蓬静坐，忽憶舊詩，因録於此，見百念灰冷、衰老甚矣云》：鬱孤臺前雙玉虹，一盃遥此酬英雄。風雲有恨古人老，天地無情流水東。精衛飛沉滄海上，鷓鴣啼斷晚山中。清江不管人間事，烟雨年年屬釣翁。（《翠屏集》卷二）

凌雲翰詞話

凌雲翰，字彦翀，仁和（今浙江）人。博通經史，工詞章，元至正十九年鄉薦，除學正，不赴。作梅詞《霜天曉角》一百首、柳詞《柳梢青》一百首，號梅柳争春，韻調俱美。洪武初舉杭州府學訓導，陞成都府學教授。所著有《柘軒集》，此據《武林往哲遺箸》本録詞話三則。

一《蘭畹説》：騷人以滋蘭比潔，大夫以贊蘭為誠，滋蘭止於九畹，樹蕙乃至於百畝，是蕙不及蘭也。大夫得以贊蘭，士惟得以贊茝，是茝不及蘭也。蘭之類十有五，而蘭為長，則其貴可知已。蘭之種有九，而蓺之中谷，有山澤之異。生於山者，可襲而不可佩；生於澤者，襲可則而佩也（此句一作「則可紉而佩也」）。予不識澤蘭而識山蘭，即山谷所謂一幹一花而香有餘，晦翁亦謂今花得古人名者，宋人集其長短句，亦以《蘭畹》題名，凡歐、蘇、黄、秦諸公之作在焉，則是《蘭畹》者，衆芳之所聚也。臨海俞餘善，儒士也，其質甚偉，其髯甚美，工於翰墨，長於草聖。弱冠遊浙西，素學益進，遂分教昌化邑，以蘭畹自號，俾其友徐子方氏求説於予。抑聞之《家語》有曰：與善人居，如入芝蘭之室，久而知其芳，則其所號實因乎字。今築室以近畹，則室邇而畹遐，而畹則室可見矣，《易》曰：「同心之言，其臭如蘭。」子方其同心者歟？謝家語曰：「芝蘭玉樹欲生於階庭。」餘善其生於庭階者歟？是為説。（《柘軒集》卷四）

二　《莫隱君墓誌銘》：隱君名昌，初名維賢，字景行，其得姓則以有熊氏後之季連，其得氏則以莫敖官後之屈生，秦、漢、魏、唐代有顯者，在宋自始祖諱延瑛而下一十世，由進士科仕州縣、佐躋郎官法從者五十四人，是為吴興莫氏，自始祖之義宋刑部侍郎諱君陳而下，至高祖宋承事郎諱之濱為六世，徙居錢唐，乃生曾祖諱世榮，是為錢唐莫氏，曾祖生祖諱大有，祖生子四人：長諱如德，次諱大中，則伯父；次諱如貴，則父；次諱如敬，則叔父。君實叔父出，父無子，出而繼之者也，先其叔父配孫氏，於前元大德六年壬寅六月二十一日生君於積善里，少顯悟，知為學，長益俊邁，知克家。自刑部至君已九世，以宗遠澤斬，思振家聲以為世楷，時處士以君□□承意，遂及時行樂，優游以卒歲焉。……皇朝洪武三年始建學立師為英才首，君以《詩經》為杭州府學訓導，所教者咸一鄉之俊士。晚懼族譜散逸，薄遊吴興，搜訪故迹，歸與從子約作家傳，凡先世之遺文翰墨附其後，為若干卷，曰《吴興莫氏家乘》，及所與文敏諸子倡和，目《苕溪紀行》。又嘗訪吴淞，故時所過題詠，目曰《雲間紀

遊》。計平昔所為詩詞等，號為《廣莫子藁》，又有《和陶詩集》，纂《名物抄》若干篇，藏於家云。（同前）

三　《鳴鶴遺音序》：世傳全真馮尊師《蘇武慢》廿篇，前十篇道遺世之情，後十篇論學仙之事，道園先生謂費無隱獨善歌之，則能知者亦罕矣。及觀先生所作，非惟足以追配尊師，而使世之汩没塵埃、流連光景者聞之，而有遺世獨立、羽化登仙之想，則是篇於世，其可少乎？著雍閹茂之歲燈夕後三日，偶閱《道園遺稿》，欲盡和之，甫成一篇，輒為韻拘筆，弗得騁。於是行思坐惟，或得一句一韻，索紙書之，越三日又成四篇，尚少大半，意殊悶悶。廿三日，城南醉歸，擁爐孤詠，連得四篇，半興未已，而夜寒手龜，不能足也。明日更成二篇半，并《無俗念》一篇，凡十又三篇，覽者幸為正焉。（同前書卷五）

夏節詞話

夏節，字文度，錢塘（今浙江杭州）人。洪武癸酉舉人，壽州同知。所著有《退庵集》。

此據《武林往哲遺箸》本凌雲翰《柘軒集》録詞話一則。

一

《錢塘凌先生行述》：先生諱雲翰，字彦翀，生元至治癸亥歲，家羲和安國里闤闠間，以柘軒自號。早遊黟南程公以文之門，好學，博通經史，潛心周、孔之書。處一室，左圖右書，講習其間，研几極深，嚴寒盛暑不輟。維揚朱仲誼，世號博聞，於人慎許可，過而取其文讀之，稱奇士，遂定交。至正十九年已亥，浙省以便宜開科取士，登鄉試榜，以道梗，不及赴都，授紹興路蘭亭書院山長，不赴，教授姑蘇之常熟。高郵張氏兵起，退居吴興梅林村，號避俗翁。國朝洪武初，建立學校，招延文學老成，經明行修之士，訓廸生徒，時則典教葉居仲、徐大章，司訓王好問、瞿士衡、莫景行、何彦恭適同其事，咸稱得人。浙省參政鄱陽周公伯温扁其讀書處曰安易，總制馬公、參政徐公接以賓禮，與之唱和。洪武辛酉以薦舉召授四川成都教授，卒於官，時洪武戊辰歲也。……先生之學本之《六經》以明道，參之《史》、《漢》、《莊》、《騷》以為文，題跋古今書畫，考論詳備。其為詩詞，賦情詠物，纖縟穠麗而不失其正，至今膾炙人口，傳誦不輟。予幼從存齋瞿公得侍先生几杖，見其談笑議論，雖古今傳記、稗官、小説、卜筮、陰陽、雜家一切諸書，莫不歷覽記誦。今先生已歿四十年，舊藁再經兵燹，所存者十不一二。其孫文顯能不墜其業，命子昱為邑庠弟子員，數過從。予間至其家報謝，與文顯昆仲談及往昔，因出所存藁，蓋輯於癸亥之歲者，其間塗註點竄，不可盡識。歸至夾城别業，時平地積雪數尺，門無雜賓，推測文義，補綴殘缺，其間不能無舛訛之憾，乃次第詩文為若干卷，命長子暹繕寫成帙，俾藏於家，以傳將來。……今因凌氏之請，姑書此於末簡，候知者為之序。永樂二十年歲在壬寅冬閏十二月望日，鄉貢進士同知壽春里生夏節拜手謹述。（節録自《柘軒集》附録）

林弼詞話

林弼，字元凱，龍溪（今福建）人。元至正戊子進士，爲漳州路知事。明初以儒士修禮樂書，授吏部主事。知豐城，有善政，後爲考功郎中，出爲登州知府。所著有《林登州集》、《梅雪齋稿》、《使安南集》、《宋儒會解》。此據《北京圖書館古籍珍本叢刊》影印清康熙刻本《林登州集》録詞話一則。

一

《梁山樵唱集序》：梁山樵唱者，古定倪君孟明樂府集也。君蚤歲自大江以南游揚州，歷覽燕、趙、齊、魯之墟，嵩、岱、河、洛之雄。僑京師十數年，鉅公聞人定文字交，貴游豪士氣誼相許，其偉邁奮發，醖藉風致，一寓樂府。故或追事吊古以舒情泄憤，或嘲花誚柳以賞心行樂，其意雄，其詞婉，其聲渾和壯厲，有中州作者氣，大為酸齋貫公、玉霄滕公稱賞。洎來漳，愛梁山泉石之勝，卜築其下，酒酣耳熱，浩歌一曲，樵夫牧子皆狎聞之而知其譜，因名曰《梁山樵唱》云。一日出示余，余雖不審其聲，而粗識其語意，知其足以鳴國家治平之盛，與《陽春白雪集》並行於世也。然余聞長短句者，詩之餘也，雖南北之聲不同，其為詩之餘也則一，君能詩，得李、杜家法，具在別集。是編特其緒耳，知孟明者當不專於是也。（《林登州集》卷十三）

胡翰詞話

胡翰（一三〇七—一三八一），字仲子，一字仲申，人稱長山先生，金華（今浙江）人。從吴師道遊，博習經史。從吴萊學古文，復登許謙之門，學益邃。游元大都，公卿交譽，或勸之仕，不應。既歸，遭天下大亂，避地南華山，著書自適。明太祖下金華，召見，授衢州教授。洪武初聘修《元史》，書成，以金帛贈歸，卜居長山之陽。所著有《胡仲子集》、《長山先生集》、《信安集》、《春秋集義》、《古樂府詩類編》。此據《金華叢書》本《胡仲子集》録詞話二則。

一

《古樂府詩類編序》：太原郭茂倩裒次樂府詩一百卷，余采其可傳者，更定為集若干卷，復論之曰：周衰，禮樂崩壞，而樂為尤甚，自制氏為時樂官，能紀其鏗鏘鼓舞，而不能言其意，則天下之知者鮮矣。況先王之聲音度數不止其所謂鏗鏘鼓舞，其人固不能盡紀也。以是言之，豈不難哉？若聲詩者，古之樂章也，雅鄭得失，存乎其辭，辨其辭而意可見，非若聲音度數之難知，而國家之制作、風俗之歌謡，詩人之諷咏，至於後世遂無復雅頌之音，雖用之郊廟朝廷，被之鄉人邦國者，猶世俗之樂耳，獨何歟？蓋詩之為用，猶史也，史言一代之事，直而無隱，詩繫一代之政，婉而微章，辭義不同，由世而異。中古之盛，政善民安，化成俗美，人情舒而不迫，風氣淳而不散，其言莊以簡，和以平，用而不匱，廣而不宣，直而有曲，體順成而和動，是謂德音。及其衰也，列國之言各殊，儉者多嗇，强者多悍，淫亂者忘反，憂深者思蹙。其或好樂而無主，困敝而思治，亦隨其俗之所尚，政之所本，人情風氣之所感，故古詩之體有美有刺，有正有變，聖人並存而不廢。唯所以用之郊廟朝廷，非《清廟》、《我將》之頌，不得奏於升歌宗祀，非《鹿鳴》、《四牡》、《大明》、《文王》之雅，不得陳於會朝燕享，内之為閨門，外之為鄉黨。非《關雎》、《麟趾》，則《鵲巢》、《騶虞》之風情深而文明、氣盛而化神，故可以感鬼神，和上下，美教化，移風俗，今茂倩之所次有是哉！以其所謂郊祀、安世、黄門、鼓吹、鐃歌、横吹、相和、琴操、雜曲，攷之漢辭，質而近古；其降也為魏，魏辭温厚而益趨於文；其降也為晉，晉之東，其辭麗，遂變而為南北，南音多艷曲，北音雜胡戎，而隋、唐受之；故唐初之辭婉麗詳整，其中宏偉精奇，其末纖巧而不振，雖人竭其才，家尚其學，追琢襞積，曾不能希列國之風，而況欲反乎雅頌之正？滋不易矣。是以郊廟祭祀，則非有祖宗之事，美盛德、告成功之實，會朝燕享君臣之間，則非有齋莊和悦之意以發先王之德，盡羣下之情。哇聲俚曲，若秦、楚之謳，巴、渝之舞，凉、伊之技，莫不雜出，以為中國朝廷之用，慆心盈耳，不復知其為教化風俗之蠧。夫民不幸，不見先王之禮樂，考其聲詩，蓋有足言者。然以唐初之盛，不能無憾焉。吾於此見其風氣之淳、人情之泰、政治俗尚之美，皆非古矣。其治亂得失、是非邪正，雖去之千數百載，不待其言之著，而今皆可見者，則詩之為用，豈不猶史之事哉？故合而論之，以寓吾去取之意，將望於後之作者焉。（《胡仲子集》卷四）

二《文官花贊》：草木之植，鍾美於天地，著見於古今者，其品多矣。大率以不恒有為瑞，以不多得為貴，華平賓連，紫脱瀾閱，國家之瑞也，曠代始有之。揚之瓊花，潤之玉蕊，天下之美也，豈世所多得哉？物皆然，今鎮江其地，即潤也。范氏世居之，為望族，有花曰文官，先世所植也。自吴中富人及京洛公卿之家斥苑囿，飾亭館，競一花一卉之奇以夸示世俗，極游觀之娱者，往往求若是花，蔑乎未有聞也。當唐之世，唯學士院有之，其曰文官，意亦以是邪？范氏世業儒，以詩書起家為令宰，任司臬者衣冠相望於宋、元二百年之間，其於是花亦有不期而符者邪？天地生物自形而色，白者不能以為緋，碧者不能以為紫，今以一植而具有其美，一日而遞為之變，其得於造化之妙，非人力能致之。唐人以戎王子為異花，若文官，乃異花也。夫以造化所鍾之異，天下不多得之物，而又植於衣冠之族，又有名公卿如辛幼安者，本其所自而書之，製為樂府以歌之，雖謂之美瑞，可也，而曾不厠於瓊花、玉蕊之列者。蓋范氏，故閥閲也，其花先世所植，手澤也，非若蕃釐招隱老佛之宫瓊花、玉蕊，人得趨而見之，使人得而見之，有力者將取而去之矣。則范氏珍之，宜至而傳之不廣也。天下之物，負其所有，不自見於世者，皆是類也。余老矣，於世無所好，顧以平生不知有此花，一旦聞之，可為寡陋之歎，不能無幼安豪發之情焉。乃述其事，以貽其後人，從而為之贊曰：泰圜委和，嘉植挺生。抱素含貞，揚采敷榮。如彼命服，品秩有章。下民所望，君子之光。我徵前聞，厥類匪一。瑞木四照，神芝五色。不貴異物，邁種厥德。于古有訓，君子是式。（同前書卷八）

宋濂詞話

宋濂（一三一〇—一三八一），字景濂，號潛溪，浦江（今浙江）人。嘗從吴萊學，遊柳貫、黄溍之門。元至正中薦授翰林編修，辭不行，入龍門山著書。明太祖取婺州，召見，除江南儒學提舉，兼命授太子經，尋改起居注。充《元史》總裁官，遷贊善大夫，擢學士承旨，致仕。以長孫慎獲罪，安置茂州，卒於夔。濂於學無所不通，朝廷典禮及大制作悉以委濂，為開國大臣之首。正德中追謚文憲。所著有《潛溪文集》、《後集》、《續集》，為元時所作。又有《宋學士文集》、《蘿山吟稿》、《宋學士詩集》、《潛溪文粹》、《宋學士全集》、《周禮集説》、《孝經新説》、《浦江人物志》、《蘿山雜言》等。此據《四部叢刊》影印明正德刊本《宋學士文集》和《金華叢書》本《宋學士全集》録詞話十一則。

一《記李歌》：李歌者，霸州人。其母一枝梅，倡也。年十四，母教之歌舞，李艴然曰：「人皆有配偶，我可獨為倡邪？」母告以衣食所仰，不得已。與母約曰：「媪能寬我，不脂澤，不葷肉，則可爾，否則有死而已。」母懼，陽從之。自是縞衣素裳，唯拂掠翠鬟，然姿容如玉雪，望之宛若仙人，愈致其妍。有招之者，李必詢筵中無惡少年乃行，未行，復遣人覘之，人亦熟李行，不敢以褻語加焉。李至，歌道家遊仙辭數闋，儼容默坐，或有狎之者，輒拂袖徑出，弗少留。他日或再招，必拒不往。益津縣令年頗少，以白金遺其母，欲私之。李持刀入户，以巨木撐拄，罵曰：「吾聞縣令為風化首，汝縱不能，而忍壞之耶？今冠裳其形而狗彘其行，乃真賊爾，豈官人耶？汝即來，汝即來，吾先殺汝而後自殺爾。」令驚走。時監州聞其賢，有子方讀書，舉秀才，聘為之婦，李尚處子也。居數年，天下大亂，夫婦逃難，俱為賊所執，賊悦李有殊色，欲殺其夫而妻之，李抱其夫，訴曰：「汝欲殺吾夫，即先殺我，我寧死，決不從汝作賊也。」賊怒，并殺之，吁！倡猶能有是哉，可慨也。（《宋學士文集》卷十）

二《題温日觀蒲桃圖》：人知中言師以善畫名世，而不知其結字清逸，有晉人之風，知其字之佳者，縱有其人，而又不知其超悟心宗而有翛然出塵之趣，是以趙魏公、鮮于奉常雖服其用筆精絶而師之，忘去翰墨町畦，玩弄於人間世者，要未必能察之也。今觀此卷，或書雜詩詞，或畫蒲桃三數枝，意到即成，略無礙滯。而蛟龍奮迅之勢自不可掩，豈所謂天機全者固自有異人人邪？（同前）

三《王弼傳》：王弼，字良輔，秦州人。游學延安北，遂為龍沙宣慰司奏差，龍沙即世謂察罕腦兒者也。弼以剛正忤上官去，隱於醫。至正二年吉巫王萬里與從子尚賢賣卜龍沙市，冬十一月，弼往謁

焉。……頑童善歌，遇弼飲，則唱《漢東山》及他樂府為壽，弼連以酒酹地，頑童輒醉，應對皆失倫。（節録自同前書卷十二）

四　《元故奉訓大夫江西等處儒學提舉楊君墓誌銘》：君姓楊氏，諱維禎，廉夫，其字也。……所著書有《四書一貫録》、《五經鈐鍵》、《春秋透天關》、《禮經約》、《君子議》、《歷代史鉞補正》、《三史綱目》、《富春人物志》、《麗則遺音》、《古樂府》、《上皇帝書》、《勸忠辭》及《平鳴》、《瓊臺》、《洞庭》、《雲間》、《祈上》諸集，通數百卷，藏於家。……名執政與憲司紀者黜君之文，無不投贄願交，而薦紳大夫與岩穴之士踵門求文者，座無虚席，以致崖鐫野刻布列東南間。然其風神夷冲，無一物縈懷。遇天爽氣清時，躡屐登名山，肆情遐眺，感古懷今，直欲起豪傑與游而不可得。或戴華陽巾，被羽衣，泛畫舫於龍潭鳳洲中，横鐵笛吹之，笛聲穿雲，而上望之者疑其為謫仙人，晚年益曠達，築玄圃蓬臺於松江之上，無日無賓，無賓不沉醉。當酒酣耳熱，呼侍兒出歌白雪之辭，君自倚鳳琶和之，座客或蹁躚起舞，顧盼生姿，儼然有晉人高風。（節録自同前卷十六）

五　《跋東坡寄章質夫詩後》：蘇文忠公子瞻為翰林學士日，章莊簡公質夫以直龍圖閣出知慶州，二公素友善。質夫以崔徽真為寄者，頗寓相謔之意。蓋徽乃河中倡婦，寫真寄裴敬中，而元微之所為作歌者也，故子瞻賦詩，有「知君被惱更愁絶」及「未害廣平心似鐵」之句，實解嘲云。然二公相謔，初不止此，質夫作廣帥時，送酒六壺，書至而酒不達，子瞻作詩戲之，且謂青州從事化為烏有先生，蓋亦猶前意也。質夫乃高州刺史、檢校太傅、西北面行營制置使，仔鈞諸孫非惟立功邊徼，為國家保障。

至於辭章，亦非人所易及。嘗咏柳花撰《水龍吟》寄子瞻，瞻嘆其妙絶，來者無以措辭，則其尊尚為何如，所以善謔者，特出於相愛之至情耳，非若後人流連狎褻而不知止者也。論二公者，當以濂言為不誣。子瞻之書此詩年已五十又二，實元祐二年丁卯，故其老氣尤森然云。方外老友全室翁出示徵題，因走筆識之。（同前書卷二十三）

六《故朱府君文昌墓銘》：予居浙水東時，得朱君好謙之文，嘆其善於修辭，惜未及與其交，而好謙歿於兵。及來京師，又得好謙從弟文昌詩，閲之，冲澹類漢魏，雄健如盛唐。……文昌諱嗣榮，文昌字也，姓朱氏。出唐散騎常侍滿之後，滿本歙人，來徙金溪明暘里，世為衣冠甲族。宋道州營道丞登生太學上舍生恢之，恢之生銓，銓生貴清，貴清生仲梓，文昌父也。元初避地桃峰，復還家焉。文昌治舉子業，甚精通《毛氏詩訓》，故折衷於朱子之説，毫分縷析，唯恐不合情性之真，下筆千餘言不休。……不幸以洪武七年二月十四日卒，壽五十六，所著書有《政鑒》若干卷，燬於兵，尚存詩詞三百餘首，題之曰《燹餘集》。（節録自同前書卷四十九）

七《故温州路總管府判官宣君墓誌銘》：彦昭姓宣氏，昺，其諱也，世為浦江人。生長富家而不染綺紈之習，别無嗜好，唯購書不知休，或請脱衣巾以償，亦不靳。入仕，極清白，凡所需之物，必取給於家，毫分不受於民。……元亡，大明受命，有詔起江南文學之士，而彦昭與焉。上將官之，彦昭辭以疾不受，復還故山。彦昭之兄，財賦總管府知事彦高，風流醖籍，為多士之冠。彦昭與共論上下二千年治亂，至抵几太息。間操觚成詩，酬答不已。襟懷冲曠，外物若不能擾之。兄弟又善音樂，遇風

日和麗，對坐海棠洞底，取檀槽琵琶彈之，侑以樂府新聲，釃酒仰天而飲，不至於醉不休。（節録自同前書卷六十一）

八《太古正音序》：余少時則好琴，嘗學之，而患無善師與之相講説，雖時按書布爪，滌堙欝而暢懣憒，心弗自是也。後聞冷君起敬以善琴名江南，當時學琴者皆趨其門，余尤慕之，以為安得一聽以償夙昔之好乎？及入國朝，余既被命起仕，而冷君亦繼至，時天子方注意郊社宗廟之祀，病樂音之未復乎古，與一二儒臣圖所以更張之。冷君實奉明詔定雅樂，而余預執筆製歌辭，獲數與冷君論辨。冷君間抱琴為余鼓數曲，余瞑目而聽之，悽焉而秋清，盎焉而春煦。寥寥乎悲鴻吟，而鶤鶴鸞鳳追而和之也；砯砯乎水合萬壑，瀑布直瀉其上，而松桂之風互答而交衝也；懇懇乎如虞夏君臣上規下諷，而不傷不怒也；熙熙乎如漢文之時天下富實，而田野耆耄乘車曳屣，嬉遊咲語，弗知日之夕也。余倦，為之忘寢，不自知心氣之平，神情之適，閲旬日，而餘音繹繹在耳。誠知其美，欲從而學焉。而余已老耄，不可勉矣。既而冷君出其所次琴譜曰《太古正音》者示余，且曰：「子之所聞者皆出乎此，所未聞者，可按譜而學也，子可以序之重（一本作『乎』）。余，有感焉，樂之為教也大矣，古之人自非居喪服有異故，則樂未嘗違乎左右，所以攝忿戾之氣，通神明之德，其助豈為細哉？後世古樂寢久寢亡，今之所存若琴者無幾，士大夫又鮮能而寡聽之，雖如余之有志於學，猶有耄老無聞之悔，況不若余之質固者乎？誠以有其器而無其譜，有其譜而其制不全故也。今冷君獨不自私其藝，將使人人可按譜而學，豈非古人之用心哉？然余恐人見其易而忽之也，故道願學之意，以見其為術之難，述

所聞者以告之，使人知冷君之用志於琴甚久，非特空言而已也。冷君名某，某郡人，今為協律郎。（同前書卷七十三）

九《跋黄山谷書樂府卷後》：右行書一卷，涪翁五十九歲所書，蓋晚年之筆也。翁初學周子發，後游荆，得名本《蘭亭》，始悟古人用筆意。及謫黔中，見藏真帖，於是結體飄逸，頓入妙品，人以學子發為言，而翁深諱之矣。然翁寫此時，正自鄂渚遷宜州，當屢讁之餘，孰能不鬱鬱於中？翁則游戲翰墨，書雜辭二千餘言，以寄其媚家李粢德，索驩欣和豫之意，尚洋溢於行間。其樂天知命為何如，覽者若有得於斯，則於問學之益不少矣，字畫云乎哉！（《宋學士全集》卷十四）

一〇《張府君墓誌銘》：無錫有卓偉倜儻之士曰張君飛卿，身長七尺，面如頳玉盤，雙瞳炯炯照人，鬚鬣奮張，見者為之改容。然氣岸孤騫，不同一世側媚士，雖當時貴人言不循理，必面折不少貸。……天祐出降，所活數十萬人。胡公去，民争聯帛為帳，賦詩詞餞之，君皆為作行草書，鳳舞鸞翔，人以為不可及。（節録自同前書卷二十一）

一一《故翰林侍講學士中奉大夫知制誥同修國史同知經筵事金華黄先生行狀》：先生諱溍，字晉卿，姓黄氏。黄為婺名族，至宋太史公庭堅，族望尤著。太史之從父昉生景珪，俱來浦江。景珪生琳，娶忠簡宗公澤之女弟，始遷於義烏。琳生中輔，力學尚氣節，當秦檜柄國，士有議己者輒捕殺，猶奮然題樂府太平樓上，有「劍欲斬，佞臣頭」之語，人至今誦之。晚以轉運使薦，當得官，命垂下而卒。中輔生紹祖，紹祖生伯信，於先生為高祖，迪功郎，累贈朝散大夫。（同前書卷二十五）

鎦績詞話

鎦績字孟熙，先世洛陽（今河南）人，徙於山陰（今浙江紹興），一作南昌（今江西）人。父渙，通毛詩，元時嘗為三茅書院山長，績承其家學。然素貧，轉徙無常地，所至書鬻文榜於門，得所酬物，輒市酒樂賓客，不事生産。所著有《嵩陽集》、《霏雪録》、《穿雲集》。《霏雪録》二卷，襍述舊聞，辨核詩文疑義，此據影印文淵閣《四庫全書》本録詞話六則。

一　湖州磁湖鎮道士磯，即唐張志和所謂「西塞山前」者也。顔魯公真卿與志和友善，公刺湖州時，與門客會飲唱和，為漁父詞，志和首唱云云，真卿與陸鴻漸、徐士衡、李成矩共唱和二十五首，遞相評尚。（《霏雪録》卷上）

二　粉牋書字不經久，近年作者多鹵莽不精，不一二年，字畫已漫漶矣。康伯可謂向薌林出李重光金花牋手書長短句，歲久剥落，其辭不全，亦一證也。古人於藝必精到，尚復若此，矧鹵莽者乎？（同前）

三　康伯可工長短句，其爲人備見於其友吴興□君所爲引，謂其少時性豪放，殆麒麟天馬不可羈。及揮麈劇談，浩歌滿飲，發爲詞章，秀潤風雅。靖康間，攝淮西帥幕，嘗上《中興十策》，不報。南渡後，落魄吴越間，抱志鬱鬱，以詞章自娱。且曰：「吾必追漢晉風流，唐宋諸賢非我師也。」嘗以小闋促蘇養直赴雪夜溪堂之約，即《醜奴兒令》者是也。溪堂在荆州，蘇公報章，其略云：「自秋晚迄今，凡三作書，并酒去。今日雪後方辱報，并以佳詞見招，數十年來無此風味。某已裝酒上船，來日若晴，須有月，若溪堂聞横笛聲，即我至矣。所謂莫掩溪門，真成一段奇事。」予每想像二公風致，手書此詞并後湖書語，與好事者玩之。（同前）

四　柳柳州「漁翁夜傍西岩宿，曉汲清湘燃楚竹。烟消月出不見人，欸乃一聲山水緑。回看天際下中流，岩上無心雲相逐。」東坡乃截去尾兩句。（同前書卷下）

五　唐人七言絶句有上五字下二字成句者，此類甚多，如樂天《重宿驛感題》云「羨君猶夢見兄弟」、王建《題蔡中郎碑》云「不向圖經中舊見」、郎士元《聞吹楊葉者》云「此時應卷盡驚沙」、司空圖《白菊》云「今朝第七十重陽」、鮑溶《懷仙》云「曾見周靈王太子」、齊己《偶作寄毛秘書》云「借問秘書郎此意」、裴誠《添聲楊柳枝詞》云「願作琵琶槽那畔」、成文幹《柳枝詞》云「艸澤無人處也新」、漢州朱衣人

《題崇聖寺》云「細想十年前往事」、賈島《送于揔持歸京》云「别來二十一春風」之類也，此亦一例。（同前）

六　僧仲璋《念奴嬌》一闋，見蘭谷先生《天籟集》，其辭語亦雅健可愛，因録于此：「消磨九日，筭年年、唯有黄花白酒。把酒簪花能有幾，七十光陰回首。人恨難期，酒盃有限，花色應如舊。花醲酒釅，問君著甚消受。　彭澤千古英雄，有花能折，有酒能傾否。萬事悠悠輸一醉，花酒休教離手。明月西風闌珊，酒盡憔悴花枝瘦。酒腸花眼，正宜年少時候。」（同前）

劉基詞話

劉基（一三一一—一三七五），字伯温，青田（今浙江）人。元末登進士，為浙江儒學提舉，棄官隱青田山。明太祖下金華，定括蒼，徵基入見，陳時務十八策，建禮賢館處之。佐太祖滅陳友諒，執張士誠，降方國珍，北伐中原，遂成帝業。即位，拜御史中丞，兼太史令。三年，封誠意伯，卒謚文成。所作文章，為一代稱首。所著有《覆瓿集》、《犁眉公集》、《誠意伯文集》、《寫情集》、《春秋明經》、《郁離子》、《多能鄙事》、《解皇極經世稽覽圖》等。此據《四部叢刊》影印明成化刊本《眉庵集》録詞話一則。

一《聽老京妓宜時秀歌慢曲》：春雲陰陰圍綉幄，梨花風緊羅衣薄。白頭官妓近前歌，一曲纔終淚先落。收淚從容説姓名，十三歌學郭芳卿。先皇最愛芳卿唱，五鳳樓前樂太平。鼎湖龍去紅粧委，此曲宜歌到人耳。潛向東風作慢腔，梨園不信芳卿死。從此京華獨擅場，時人争識杜韋娘。芙蓉秋水黄金殿，芍藥春屏白玉堂。風塵回首江南老，衰鬢如絲顔色矯。深嘆無人聽此詞，縱能來聽知音少。説罷重歌爾莫辭，我非徒聽更能知。樽前多少新翻調，一度相思一皺眉。（《眉庵集》卷二）

鄭濤詞話

鄭濤，字仲舒，浦江（今浙江金華）人。官太常禮儀院博士，元至正十年爲經筵檢討權參贊官，授國子助教，入明爲太常博士。編著《旌義編》、《浦江鄭氏家範》。此據《續修四庫全書》影印清初毛氏汲古閣抄本《浦江鄭氏家範》録詞話三則。

一　既稱義門，進退皆務盡禮，不得引進娼優謳詞，獻妓娱賓狎客，上累祖宗之嘉訓，下教子孫以不善，甚非小失，違者，家長箠之。（《浦江鄭氏家範》）

二　俗樂之設，誨淫長奢，切不可令子孫聽，復習肆之，違者，家長箠之。（同前）

三　棋枰、雙陸、詞曲、蟲鳥之類，皆足以蠱心惑志，廢事敗家，子孫當一切棄絶之。（同前）

孫作詞話

孫作，字大雅，以字行，一字次知，自號東家子，江陰（今江蘇）人。元至正末避兵於吴，初受張士誠之招，旋去之松江。洪武癸丑召修日曆，書成，除翰林院編修，以老病乞外，授太平府教授，入為國子助教，尋遷司業，以事廢為民，復官長樂縣教諭。所著有《滄螺集》、《東家子》、《邯鄲枕》。此據《粟香室叢書》本《滄螺集》録詞話一則。

一

《遊采石詩序》：予掾姑孰文學之九月，始讀《太平圖經》，得覽所謂峨眉、牛渚之賦詠，思欲一至其處。會客有宋公子昭、陳君宗禮、向君子南欣然與俱，而采石遞運官李振文又以扁舟來迓，於是四人者循城而西，道姑溪河，不一舍至采石，時已昳午，便艤舟水府祠下，眺華光閣，捫蘿而上，俯見灘石磊磊，煙罾霧艇，鷗翔鷺集，宛如惠崇所畫洞庭小景。上觀瀾，登蛾眉，勢益高，而覩益遠，大江蜿蜒，出天門山，直走高下，憤如萬馬西來，以臨堅城，迄至矢亡石盡，魂消氣沮，不得已而東折，然後滔滔汩汩，以就安流，蓋韓南澗所謂「倚天絕壁，直下千尺」，即其地也。天門即東西梁山，望之隱如修眉浮空，故其高名曰蛾眉。前有洲，亘四十里，至蛾眉而東，江復為一，瀰茫浩渺，過於天門。是日，天微陰，潮已落，水自西激，磯石出没，如古槎、如崇牙、如伏黿、如暴龜，其淺碎舟，其深莫測，世傳下有水府，晉温嶠於此出其水怪，理或然也。觀瀾之下，淺灘之中，復有響石，説者謂水激石響，鏗鍧清越，如石鐘。然亭自兵燹，無復遺址，荆棘草莽，蒼煙落日，殆難為懷。子昭賦詩一首，予既次韻，復和南澗《霜天曉角》詞，還，宿李振文家。明日，謁太白墓，賦長句，遂臨大江，北望和城。日亭午，諸生張謹復以舟次岸延，止蛾眉。座客數人皆沾醉賦詩，予又為《西江月》一闋，歌以侑觴。須臾返照入江，水波盡赤，微風不興，莫色黯然，衆客始興盡而歸。按采石，自古為要衝，為重鎮，為河山之險，天下一則，商帆賈舶，東西萬里，貨財川集。南北分則，兵戈戰艦，倚積如山，而肝腦塗地，故其地之興廢，率與天運相離合。兵興二十餘年，民居蕩析，而後及見四海一家，蠻夷通道，梯山航海，至無虚日，民始稍稍如病而起，如蟄而蘇，雖江山之勝自如。然過者猶不無茫然而思，慘然而悲，憮然而興懷也。於是集諸士大夫之作，并予所自為詩詞合為一通，以覽觀焉。而又紀其一時所睹之跡，序以冠之，俾有考於歲月之遷謝。時洪武甲寅冬十月某日序。（《滄螺集》卷二）

劉夏詞話

劉夏（一三一四—一三七〇），字迪簡，號商卿，安成（今江西安福）人。洪武年間用薦者言擢授尚賓館副使，時大旱，應詔言二事稱旨，差往汴、陝訪採前代政績，筆削成書以獻。尋復差往交阯，竣事，没於南寧。有《劉尚賓文集》五卷附録一卷、《劉尚賓文續集》四卷，此據《續修四庫全書》影印明永樂劉抽刻、成化劉衢增修本録詞話二則。

一

《贈高安簿尉施德祥就任改辟宣徽掾詞》：瑞之高安簿尉施君德祥，爲尉將滿三年，改辟宣徽掾。戒行之九江，其縣令劉君元海屬余代之爲詞一闋以餞施君，詞成，而郡僉府謝公君直以其所贈施君序文不鄙示余，讀之再三，喜公之文意與僕詞意合，故寘詞卷末，以見一時作者意趣略同。仍不敢進，與卷中詩文並驅，且以是作主於縣令者為嫌，而終不見録也。詞之為名《念奴嬌》：「高山仙縣，自前代、多有賢人為令。嘆我無才，從簿尉、相與商量衆政。斟酌民情，支持府事，君我遥相應。如何離别，九江忙赴嚴命。　九江何處為郎，宣徽調玉食，共承神聖。文武兼資，還又聞、院使嚴劉懸鏡。痛燭群蒙，多情應念我，小邦黎姓。時時談説，辛苦徹他清聽。」（《劉尚賓文續集》卷一）

二　民間淫詞艷曲，又如《楊文廣》、《花關索》中言姦雄之事，一宜禁絶。（同前書卷四「陳言時事五十條」）

劉崧詞話

劉崧（一三二一—一三八一），字子高，自號槎翁，泰和（今江西）人。七歲能詩，元末舉於鄉，洪武三年以人材薦授職方郎中，遷北平按察司副使，拜禮部侍郎，攝吏部尚書，尋致仕歸。踰年再為國子司業，未旬日，卒。所著有《槎翁詩集》、《槎翁文集》、《職方集》、《北平八府志》、《北平事迹》、《嶺南録》、《東遊録》等。此據影印文淵閣《四庫全書》本《槎翁詩集》、《北京圖書館古籍珍本叢刊》影印明萬曆刊本《劉槎翁先生詩選》、《四庫全書存目叢書》影印明嘉靖元年徐冠刻本《槎翁文集》録詞話四則。

一

《題故宋太祖十三世孫孟堅所賦〈寶鼎見〉樂章，賀其叔母太恭人淳祐八年戊申歲上元日壽旦

也，其詞用官綾書之》：王孫自昔擅詞華，仁族敦親出内家。惆悵百年遺墨在，吳綾猶似勅綾花。（《槎翁詩集》卷七）

二 《筠陽春日述懷》：城南酒樓相見時，滿堂賓客捻新知。酒闌月落渾忘却，猶殢吳姬唱小詞。（《劉槎翁先生詩選》卷十一）

三 《劉尚賓東溪詞藁後序》：余友陳子泰、蕭子儀數過余，稱東溪劉尚賓之賢，因出其所賦詞藁一帙，凡數十闋，余亟請誦之，則其閑寧清適，如空山道者；其風流疎俊，如金陵子弟；其閑情幽怨，如放臣棄婦色悿意莊；其述懷撫事，如故京老人感今道舊，語咽欲泣，亦何能言哉！昔稼軒送春一詞沉痛忠憤，悲動千古，至今讀之，使人毛髮寒豎，淚落胷臆，真悲歌慷慨之雄士哉！尚賓芳年雅志，亹亹傾竭，庶幾聞風而興者。惜余不習音律，不能為尚賓商歌之。然憂患之餘，亦不忍聞矣。余友有蕭翀者，雅好古，善洞簫，他日尚賓能過余武山北岩下，風清月白之夕，當與數子者命洞簫，為子和《品令》之章，而尚賓自歌之，其亦有足樂於余志者乎？二友歸，其為尚賓言之。（《槎翁文集》卷八）

四 《題胡忠簡公所畫〈清江引〉并詩後》：昔唐顔太史以直節挫叛臣，而世恒以其書名。宋胡忠簡公以蹈海却僭虜，而世或以其畫傳，此無他，士君子博於游藝而不遺小物，類如此，矧書心畫也，而書與畫又異趨而同出者乎？今觀此圖，乃公所製《清江引》，又自題詩其後，以遺張慶符者也。其徒步而挽舟，騎而挾從，作忍寒狀，與罾魚而舟居者勞佚遠矣。雖不可知其命名意之所自，然規置精密，意態生動，有非尋常畫史之可及者，蓋真蹟也。抑吾聞自昔忠臣義士翰墨所在，天必閟而攝之，若大師碑刻類。然斯圖也，安知天不勅六丁下而取將乎？胡氏子孫尚慎藏之哉！（同前書卷十四）

王禕詞話

王禕（一三二二—一三七三），字子充，義烏（今浙江）人。幼敏慧，長師柳貫、黄溍，遂以文章名世。嘗遊元大都，陳時務七八千言，宰相格不以聞。明太祖取婺州，召見。爲南康同知，有惠政。洪武二年詔與宋濂爲《元史》總裁，書成，擢翰林院待制，兼國史院編修官。命齎詔諭雲南，遇害。建文中贈翰林學士，謚文節，正統中改謚忠文。所著有《王忠文公集》、《華川前集》《後集》、《大事記續編》、《造邦勳賢略》。此據《金華叢書》本《王忠文公集》録詞話二則。

一 文訓：華川王生學文於豫章黄太史公，三年而不得其要，倀倀焉食而不知其味，皇皇焉寢而不安其居，望望焉如有求而不獲也。太史公一日進生而訓之曰：子之學文有年，於兹志則勤矣。吾聞天地之間有至文焉，子豈嘗知之乎？夫雲漢昭回，日星宣朗，烟霞卷舒，風霆鼓蕩者，天文之所以暢；山嶽鋪峙，江河流行，鳥獸蕃衍，草木茂榮者，地文之所以成。天地之文不能以自私誕賦於人，人則受之，故聖賢者出，以及瓌人畯士相繼代作，莫不大肆於厥辭。蓋自孔氏以來，兹道大闡，家修人勵，致力於斯。其間鞠明究曛，疲弊歲月，刓精竭思，耗費簡札者紛趨而競馳，孰不欲争裂綺繡、斥攀日月，高視萬物之表，雄峙百代之下，卓然而有為？然而躑躅而不進、骫骳而不振、思窮力蹙、吞志而没者往往而是，而能登名文章之籙者，其實無幾。則所謂至文者，固夫人所罕知。是故文有大體，文有要理，執其理則可以折衷乎羣言，據其體則可以剸裁乎衆製。然必用之以才，主之以氣，才以為之先驅，氣以為之内衛，推而致之，一本於道，無雜而無蔽，惟能有是，則統宗會元，出神入天，惟其意之所欲言而言之，靡不如其意，斯其為文之至乎？凡吾之説，子豈嘗知之？苟知之，其試以語我。生曰：文之為物，貴適時好，粲然相接，合喜投樂，有如正始不完，文氣遂偏，俗尚化遷，而排偶之習興焉。四屬六比，騈諧儷聯，抽黄對白，調朱施鉛，五采相宣，八音相便，握擒穠纖，啽哢寒暄，豐腴醲酣，眩麗媚妍，珠璣溢緘，膾炙滿篇。凡慶函與賀牘咸累幅而疊番王公之門下，逮閭閻彝儀縟典，往來交際，率奉之以周旋。又如大雅既遠，詩歌日變，玉臺、西崑其流也。漸支為詞曲，争媸競艷，字分重輕，句協長短，浮聲切響，清濁和間。羽振宫潛，商流徵泛，笙簧觸手，錦繪迷盼。風月留連，鶯花凌亂。振妙韻於沈冥，託葩辭於清婉。性情因之以暢宣，光景因之而呈獻。好會暌離，懽忻悲嘆，莫不假是以託情，固無間於貴賤也。若是者，其為文何如？太史公曰：古語變而四六，古聲變而詞曲，文之弊也甚矣，請置勿道，為言其他。生曰：命鄉選士之法廢而科舉乃興，以文取士，設為範程，漢有射策，唐有明經，復有詩賦，逮宋日益增經衍為義，而三篇以明。賦本於律，而八韻以成，咸各專其科，各精其能，其義則意融旨切，言粹辭達，枝語蔓引，叢論英發，剗聖德而立辯，斡天機而生説。其賦則句鍊字戛，音嚴韻軋，藻秀春擷，花艷晴掇，較姸醜於錙銖，品抑揚於毫髪。他若宏辭制舉，大科别設，文法靡不該，文格罔弗列，又必學稱博極，才號閎傑，乃能攻其業。凡習於斯者，皆賈勇詞場，角雄藝闥，不厲兵而日戰争，奪弧而先拔。若工若拙，三年是力，若勝若劣，一日而決。及其中文衡，入文彀，則遂圍棘，聲徹榜金，名揭上賢，書於天府。承洪恩於帝闕，乃躋膴仕，乃展遐轍，若卿若相，鮮不由兹而出矣。上以此而求賢士，以此而致身，文之用世，信不可誣也歟？……（節録自《王忠文公集》卷十五）

二《吾邱子行傳》：吾邱子行者名衍，太末人也。其先為宋太學生，留弗歸，因家錢塘，至子行比三世。子行嗜古學，通經史百家言，工於篆籀，其精妙不在秦、唐、二李下，而於音律尤精。然性放曠，不事檢束。眇左目，左足跛，而風度特醞藉。一言一笑，皆可喜。對客輒吹洞簫，或弄鐵如意，或援筆製字，旁若無人。每以郭忠恕自比，自號貞白處士。僦居陋巷中，教生徒常數十人，未成童者坐之樓下，賓客談笑，喧動鄰舍，而樓上下之徒常肅然。達官貴人聞子行名，款門候謁，非其意，斥弗與見；或從樓上遥與語，弗為禮；或與為禮矣，送之，弗下樓也。東平徐公子方，海内大老也，持部使者節浙西，所蓄古器物款識多莫能辨，咸以為非子行無能知者，徐公即命駕訪子行，子行為一一鑒定之，徐公未嘗不嘆服其精敏，於是人皆謂徐公能下士，而子行非果於傲世者矣。子行為詩不純守法律，而善著書。所著有《尚書要略》、《聽元（當作玄）集》、《九歌譜》、《十二月樂詞譜》、《重正卦氣》、《楚史檮杌》、《晉文春秋》、《道書援神契》、《說文續解》、《周秦刻石音釋》、《學古編》，其修詞立論，皆識見超詣，人所弗及，故用是自負，藐視一世。其所稱許者，惟錢唐仇仁近、永康胡汲仲、穆仲三人，於他詩人文士悉少許可，動加譏刺，不顧人喜怒，不知者不堪其謔侮，知者以其類乎滑稽不卹也。……（節録自同前書卷十七）

瞿佑詞話

瞿佑（一三四一—一四二七），字宗吉，錢塘（今浙江杭州）人。學博才贍，洪武中爲宜陽縣學教諭，遷國子助教。永樂間官周王府右長史，永樂間詩禍作，編管保安。洪熙初赦還，復原職，内閣辦事。佑博學能文，所著有《存齋遺稿》、《春秋貫珠》、《詩經正葩》、《閲史管見》、《鼓吹續音》、《歸田詩話》、《樂府遺音》、《剪燈新話》等。此據《續修四庫全書》影印明刻本《歸田詩話》和影印明抄本《樂府遺音》、早稻田大學圖書館藏明刊本《剪燈新話》、上海古籍出版社影印《説郛續》本《宣和牌譜》録詞話二十則，又據上海古籍出版社出版《古本小説集成》影印明嘉靖刊本《剪燈新話句解》附録瞿氏跋文一則。

一　詩能解患：詩雖能致禍，然亦能解患。王維陷賊中，受僞命，禄山於凝碧池置宴作樂，維有詩云：「萬户傷心生野煙，千官何日再朝天。秋槐葉落空宫裏，凝碧池邊奏管絃。」及唐收復兩京，凡污於賊者，以五等定罪。肅宗見此詩，得免。太白坐永王璘事，繫潯陽獄。朝命崔圓鞫問於獄中，上詩曰：「邯鄲四十萬，同日陷長平。能回造化筆，或冀一人生。」得減死，流夜郎。東坡為舒亶、李定等所論，自湖州逮繫御史臺獄，時宰欲致之死，於獄中作詩寄子由曰：「聖主如天萬物春，小臣愚暗自亡身。百年未滿先償債，十口無歸更累人。是處青山可埋骨，他年夜雨獨傷神。與君世世為兄弟，更結來生未了因。」「柏臺霜氣夜凄凄，風動琅璫月向低。夢繞雲山心似鹿，魂飛湯火命如雞。眼中犀角真吾子，身後牛衣愧老妻。百歲神遊定何處，桐鄉知葬浙江西。」神宗見而憐之，遂得出獄，謫授黄州團練副使。後作中秋月詞云：「惟恐瓊樓玉宇，高處不勝寒。」神宗覽之，曰：「蘇軾終是愛君。」得改汝州，聽便。（《歸田詩話》卷上）

二　因詩見罪：薛令之為太學正，有詩云：「初日上團團，照見先生盤。盤中何所有，苜蓿長闌干。」明皇見之，怒。續題云：「鴟鴞觜爪長，鳳凰羽毛短。若嫌松柏寒，任逐桑榆暖。」因斥去之。王維攜孟浩然在翰林，適駕至，得見，命誦所為詩，有「北闕休上書，南山歸故廬。不才明主棄，多病故人疎」之句，怒曰：「卿自棄朕，朕何曾棄卿？」即放還山。惟太白召見沉香亭，應制作《清平調》詞三首，頗見優寵，然僅得待詔翰林而已。及在禁中，與貴妃宴樂，妃衣褪，微露乳，以手捫之曰：「軟柔新剥雞頭肉。」禄山在傍接對云：「滑膩如凝塞上酥。」帝續之曰：「信是胡兒只識酥。」不怒而反以為笑，謬

戾如此，天下安得不亂？（同前）

三 富貴氣象：晏元獻公詩不用珍寶字，而自然有富貴氣象，如「梨花院落溶溶月，柳絮池塘淡淡風」、「樓臺側畔楊花過，簾幕中間燕子飛」等句，公嘗舉此謂人云：「貧兒家有此景致否？」晏叔原，公姪（當為子）也，詞云：「舞低楊柳樓心月，歌罷桃花扇底風。」蓋得公所傳也，此二句，勾欄中多用作門對。（同前）

四 《漁家傲》：范文正公守延安，作《漁家傲》詞曰：「塞上秋來風景異，衡陽鴈去無留意。四面邊聲連角起，千障裏，寒煙落日孤城閉。濁酒一盃家萬里，燕然未勒歸無計。羌管悠悠霜滿地，人不寐，將軍白髮征夫淚。」予久羈關外，每誦此詞，風景宛然在目，未嘗不為之慨歎也。然句語雖工，而意殊衰颯，以總帥而所言若此，宜乎士氣之不振，所以卒無成功也。歐陽文忠呼為「窮塞主」之詞，信哉！及王尚書守平涼，文忠亦作《漁家傲》詞送之，末云：「戰勝歸來飛捷奏，傾賀酒，玉階遥獻南山壽。」謂王曰：「此真元帥之事也。」豈記嘗譏范詞，故為是以矯之歟？（同前）

五 沈園感舊：陸放翁驚斗（筆者按：二字旁有批作「末日」）過沈園二絶句云：「葿（當作落）日城西畫角哀，沈園非復舊池臺。傷心橋下春波緑，曾見驚鴻照影來。」「夢斷香消四十年，沈園柳老不吹綿。此身行作稽山土，猶弔遺蹤一泫然。」詩意極哀。然初不曉所謂，後見劉克莊《續詩話》，謂翁初婚某氏，伉儷相得，而失意於舅姑，竟出之。某氏改事人，後遊沈園，邂逅相遇，翁作詞，有「錯錯錯」、「莫莫莫」之句，蓋終不能忘情焉爾。翁得年最高，有句云「世味掃除和蠟盡，生涯零落並錐空」、「老病已全惟欠死，貪嗔雖去尚餘癡」、「客從謝事歸時散，詩到無人愛處工」，予垂老流落，途窮歲晚，每誦此數聯，輒為之凄然，似為予設也。（同前書卷中）

六　翰院《憶江南》：虞邵庵在翰林有詩云：「屏風圍坐鬢毿毿，銀燭燒殘照暮酣。京國多年情盡改，忽聽春雨憶江南。」又作《風入松》詞云：「畫堂紅袖倚清酣，華髮不勝簪。幾回晚直金鑾殿，東風軟、花裏停驂。書詔許傳宮燭，輕羅初試朝衫。　御溝冰泮水挼藍，飛燕語呢喃。重重簾幕寒猶在，憑誰寄、銀字泥緘。報道先生歸也，杏花春雨江南。」蓋即詩意也，但繁簡不同爾。曾見機坊以詞織成帕，為時所貴重如此。張仲舉詞云：「但留意江南，杏花春主，和淚在羅帕。」即指此也。（同前書卷下）

七　香奩八題：楊廉夫晚年居松江，有四妾：竹枝、柳枝、桃花、杏花，皆能聲樂。乘大畫舫，恣意所之，豪門巨室，争相迎致。時人有詩云：「竹枝柳枝桃杏花，吹彈歌舞撥琵琶。可憐一解楊夫子，變作江南散樂家。」或過杭，必訪予叔祖，宴飲傳桂堂，留連累日。嘗以《香奩八題》見示，予依其體作八詩以呈，稾附家集中，忘之久矣。今尚記數聯，《花塵春跡》云：「燕尾點波微有暈，鳳頭踏月悄無聲。」《黛眉顰色》云：「恨從張敞毫邊起，春向梁鴻案上生。」《金錢卜歡》云：「織錦軒牕聞笑語，採蘋洲渚聽愁吁。」《香頰啼痕》云：「斑斑湘竹非因雨，點點楊花不是春。」廉夫加稱賞，謂叔祖云：「此君家千里駒也。」因以「鞋」「盃」命題，予製《沁園春》以呈，大喜，即命侍妓歌以行酒。詞云：「一掬嬌春，弓樣新裁，蓮步未移。笑書生量窄，愛渠儘小。主人情重，酌我休遲。醖釀朝雲，斟量暮雨，能使麴生風味奇。何須去，向花塵留跡，月地偷期。　風流到手偏宜，便豪吸雄吞不用辭。任凌波南浦，惟誇羅襪。賞花上苑，祇勸金巵。羅帕高擎，銀瓶低注，絕勝翠裙深掩時。華筵散，奈此心先醉，此恨難知。」歡飲而罷，袖其槀以去。（同前）

八　鍾馗圖：鄉丈凌彥翀，名雲翰，號柘軒。至正間，以《周易經》與士衡叔祖同登浙省鄉牓，授平江路學正，不赴。才高而學博，為鄉黨所推。一日來訪，叔祖不在，以所和石湖《田園雜興》詩一帙留寄舍下，數日，予盡和之。及見，大驚喜，為作序文於前，因是遂刮目相視，且歎叔祖之不能盡知也。繼以梅詞《霜天曉角》一百首、柳詞《柳梢青》一百首，號梅柳争春者，屬予和之。予亦依韻和就，大加賞拔。予視先生猶大父行，而先生不以齒德自居，過以小友見待，每於諸長上前，稱之不容口，喜後進之有人也。洪武庚申冬，為人題鍾馗圖云：「朔風吹沙目欲眯，官柳搖金梅綻蘂。終南進士倔然起，帶東藍袍靴露趾。手掣硬黃書一紙，若曰上帝錫爾祉。蝟磔於思含老齒，頤指守門荼與壘，肯放妖狐摇九尾。一聲爆竹人盡靡，明日春光萬餘里。」不數日，為鄉人官於外郡者飛舉，里胥臨門，不容辭避，迫脅上路，到京，授四川學官，遂成詩讖。在任，以乏貢舉，謫南荒以卒。歸骨西湖，予送之葬，有絕句云：「一去西川隔夜臺，忍看白璧瘞蒼苔。酒朋詩友凋零盡，只有存齋冒雨來。」蓋感知己也。（同前）

九　哀姑蘇：吴元年，國兵圍姑蘇，臨危，張士誠聚其族齊雲樓，舉火焚之，自縊不死，就擒。王叔潤有詩哀之，云：「天星夜墮水犀軍，又見吴宫走鹿群。睥睨金湯徒自棄，倉皇玉石竟俱焚。將軍只合田横死，國士今無豫讓聞。風雨明年寒食節，麥盂誰灑太妃墳。」先伯亦有絶句云：「虎鬬龍争既不能，雞鳴狗盜亦何曾。陳平韓信皆歸漢，只欠彭城老范增。」蓋張氏據有浙西富饒地，而好養士，凡不得志於前元者，争趨附之，美官豐禄，富貴赫然。有為北樂府譏之云：「皂羅辮兒緊扎梢，頭戴方簷帽。穿領闊袖衫，坐個四人轎，又是張吴王米蟲兒來到了。」及城破，無一人死難者，武夫健將，惟束手賣降而已，詩意有所謂也。（同前）

一〇　年老還鄉：鄞士黄德廣，至正初，入大都求仕，所望不過南方一教職而已，交遊竟無一援引之者。客居以教書為生，娶妻生子，二十年餘。元末，天下擾攘，比歲饑饉，南北路阻，始附海舟而歸。去日少壯，回則蒼顔華髮，故舊罕在者。誦賀知章「兒童相見不相識，却問客從何處來」之句，以寓慨歎。予從先師往訪之，見其所持扇上一詩，乃在北日所作者，詩云：「東風一曲《浣溪沙》，客子行吟對日斜。猶記金陵貰春酒，小姬能唱《後庭花》。」亦醖藉可誦，而命運不遇如此。蓋元朝任官，惟尚門第，非國人右族，不輕授以爵位，至於南產，尤踈賤之，一官半職鮮有得者。馴至失國，殆亦由此云。（同前）

一一《滕穆醉游聚景園記》：延祐初，永嘉滕生名穆，年二十六，美風調，善吟詠，為衆所推重。素聞臨安山水之勝，思一遊焉。甲寅歲，科舉之詔興，遂以鄉書赴薦。至則僑居湧金門外，無日不往於南北兩山及湖上諸刹，靈隱、天竺、净慈、寶石之類，以至玉泉、虎跑、天龍、靈鷲，石屋之洞，冷泉之亭，幽澗深林，懸崖絶壁，足殆將遍焉。七月之望，于麯院賞蓮，因而宿湖，泊雷峰塔下。是夜，月色如畫，荷香滿身，時聞大魚跳擲於波間，宿鳥飛鳴於岸際。生已大醉，寢不能寐，披襟而起，逍堤觀望，行至聚景園，信步而入。是時宋亡已四十年，園中臺館，如會芳殿、清虚閣、翠光亭皆已頹毁，惟瑶津西軒巋然獨存。生至軒下，倚欄少憩。忽見有一美人先行，一侍女隨之，自外而入，風鬟霧鬢，綽約多姿，望之殊若神仙。生於軒下屏息以觀其所為，美人曰：「湖山如故，風景不殊，但時移世换，令人有《黍離》之悲爾。」行至園北太湖石畔，遂詠詩曰：「湖上園亭好，重來憶舊遊。征歌調《玉樹》，閲舞按《梁州》。徑狹花迎輦，池深柳拂舟。昔人皆已殁，誰與話風流。」生放逸者，初見其貌，已不能定情。及聞此作，技癢不可復禁，即于軒下續吟曰：「湖上園亭好，相逢絶代人。嫦娥辭月殿，織女下天津。未會心中意，渾疑夢裏身。願吹鄒子律，幽谷發陽春。」吟已，趨出赴之。美人亦不驚訝，但徐言曰：「固知郎君在此，特來尋訪耳。」生問其姓名，美人曰：「妾棄人間已六十矣，欲自陳叙，誠恐驚動郎君。」生聞此言，審其為鬼，亦無所懼。固問之，乃曰：「芳華姓衛，故理宗朝宫人也，年二十三而殁，殯於此園之側，今晚因往演福訪賈貴妃，蒙延坐久，不覺歸遲，致令郎君於此久待。」即命侍女曰：「翹翹，可於舍中取茵席酒果來，今夜月色如此，郎君又至，不可虚度，可便於此賞月也。」翹翹應命而去。須臾，以氍毹鋪於中庭，設白玉碾花樽，碧琉璃盞，醪醴馨香，聞於空際，與生笑謔笑詠，言詞清婉。復命翹翹歌以勸酒。翹翹請歌柳耆卿《望海潮》詞，美人曰：「對新人不宜歌舊曲。」即于席上自製《木蘭花慢》一闋，令翹翹歌之曰：「記前朝舊事，曾此地，會神仙。向月砌雲階，重攜翠袖，來拾花鈿。繁華總隨流水，歎一場春夢杳難圓。廢港芙渠滴露，斷堤楊柳垂煙。兩峰南北只依然，輦路草芊芊。恨別館離宫，煙銷鳳蓋，波浸龍船。平時銀屏金屋，對漆燈無焰夜如年。落日牛羊隴上，西風燕雀林邊。」歌竟，美人潸然出淚，生言慰解，仍以微詞挑之，以觀其意。即起謝曰：「殂謝之人，久為塵土，若得奉事巾櫛，死且不朽。且郎君適間詩句，固已許之矣。願吹鄒子之律，而一發幽谷之春也。」生曰：「向者之詩，率口而成，實本無意，豈料便為語讖。」良久，月隱西垣，星沉北嶺，即命翹翹撤席。美人曰：「敝居僻陋，非郎君之所處，只此西軒可也。」遂與生攜手而入，息於軒下。交會之事，一如人間。將旦，揮涕而別。明日，生往訪於園側，果有宋宫人衛芳華之墓。墓左一小丘，即翹翹墓也，生感歎逾時。（節録自《剪燈新話》卷二）

一二《愛卿傳》：羅愛愛，嘉興名娼也，色貌才藝，獨步一時。而又性識通敏，工於詩詞，是以人皆敬而慕之，稱為愛卿。佳篇麗什，傳播人口，風流之士，咸修飾以求狎，懵學之輩，自視缺然。郡中名士嘗以季夏望日，會于鴛湖凌虛閣避暑，玩月賦詩。愛卿先成四首，坐間皆閣筆。詩曰：「畫閣東頭納晚凉，紅蓮不似白蓮香。一輪明月天如水，何處吹簫引鳳凰。」「月出天邊水在湖，微瀾倒浸玉浮圖。搴簾欲共嫦娥語，却恨林間鳥亂呼。」「手弄雙頭茉莉枝，曲終不覺鬢雲欹。珮環響處飛仙過，願偕青鸞一隻騎。」「曲曲欄干正正屏，六銖衣薄懶來憑。夜深風露凉如許，身在瑶臺第一層。」同郡有趙氏子者，第六，亦簪纓族，父亡母在，家貲巨萬，慕其才色，以銀伍百兩聘焉。愛卿入門，婦道甚修，家法甚整，擇言而發，非禮不行，趙子嬖而重之。聘之二年，趙子有父黨為吏部尚書，以書自大都召之，許授以江南一官。趙子欲往，則恐貽母妻之憂；不往，則又恐失功名之會。躊躇未決，愛卿謂之曰：「妾聞男子生而桑弧蓬矢以射四方，丈夫壯而立身揚名以顯父母，豈可以恩情之篤而誤功名之期乎？君母在堂，温凊之奉，甘旨之供，妾任其責有餘矣。但年高多病，而君有萬里之行，李令伯所謂事陛下之日多，報劉之日少，君宜常以此為念。望太行之孤雲，撫西山之落日，不可不早歸爾。」趙子遂卜大都之行，置酒酌别于中堂，酒三行，愛卿請趙子捧觴為太大人壽，自製《齊天樂》一闋以侑之，其詞曰：「恩情不把功名誤，離筵又歌《金縷》。白髮慈親，紅顔幼婦，君去有誰為主。流年幾許，況悶悶愁愁，風風雨雨。鳳折鸞分，未知何日更相聚。蒙君再三分付，向堂前侍奉，休辭辛苦。萬里皇恩，五花官誥，要待封妻拜母。君須聽取，怕日薄西山，易生愁阻。早促回程，綵衣相對舞。」歌罷，坐中皆垂淚。趙子乘醉解纜而行。至都，而尚書以疾廢，無所投托，遷延旅館，久不能歸。太夫人以憶子之故，遂得重疾，伏枕在床。愛卿事之甚謹，湯藥必親嘗，饘粥必親進。求神禮佛，以逭其災，虚辭詭説，以寬其意。沉眠數月，因遂不起。一旦，呼愛卿而告之曰：「吾子以功名之故，遠赴京都，遂絶音耗。吾又不幸感疾，新婦事我至矣。今而命殂，無以相報，但願吾子早歸，新婦異日有子有孫，皆如新婦之孝敬，皇天有知，必不相負。」言訖而没。愛卿哀毁如禮，親造棺槨，置墳壠，葬之于白苧林。既葬，旦夕哭於靈几前，悲傷過度，為之瘦瘠。至正十六年，張士誠陷平江，十七年，達達丞相檄苗軍帥楊完者為江浙參政，拒之於嘉興。不戢軍士，大掠居民，趙子之家為劉萬户者所據，見愛卿之姿色，欲逼納之，愛卿紿之以甘言，接之以好容，沐浴入閤，以羅巾自縊而死。萬户聞而趨救之，已無及矣。即以繡褥裹屍，瘞之於後圃銀杏樹下。未幾而張士誠通款於浙省，王參政為所害，麾下皆星散。趙子始問闞海道，由太倉登岸至嘉興，則人民城郭皆已非矣。投其故宅，荒廢無人居，但見鼠竄于梁，梟鳴於樹，蒼苔碧草，掩暎階庭而已。求其貲産，皆已蕩然，尋其母妻，不可復有，惟中堂巋然獨存，乃灑掃而息焉。明日，行至于東門外，至紅橋側，遇舊使老蒼頭于道，呼而問之，具述其詳，則母已辭堂，妻亦没矣。遂引趙至白苧林其母葬處，指其墳壠而告之曰：「此皆六娘子之所經理也。」指其松栢而告之曰：「此皆六娘子之所植，太夫人以郎君不歸，感念成疾，娘子奉之至矣，不幸而死，遂葬於此。娘子身被衰麻，手扶棺櫬，親自負土，號哭墓下。葬之三月，而苗軍入城，宅舍被占。有劉萬户者，欲以非禮犯之，娘子不從，遂以羅巾自縊，就於後圃葬之矣。」趙子大傷感，即歸至銀杏樹下發掘之，顔貌如生，肌膚不改，趙子抱其尸而大慟，絶而復甦者再。乃沐以香湯，被以華服，買棺而附葬於母墳之側，哭之曰：「娘子平日聰明才慧，流輩莫及。今雖死矣，豈可混同凡人，使絶靈響。九原有知，願賜一見。雖顯晦殊途，人皆忌憚，而恩情切至，實所不疑。」於是出則禱於墓下，歸則哭於圃中。將及一旬，月晦之夕，趙子獨坐中堂，寢不能寐，忽聞暗中哭聲，初遠漸近，覺其有異，急起視之曰：「倘是六娘子靈，何吝一見而叙舊也？」即聞之曰：「妾即羅氏也，感君憂念，雖處幽冥，實所惻愴，是以今夕與君知聞爾。」言訖，如有人行，冉冉而至，五六步許，即可辨其狀貌，果愛卿也，淡妝素服，一如其舊，惟以羅巾擁其項。見趙子，施禮畢，泣而歌《沁園春》一闋，其所自製也。詞曰：「一别三年，一日空秋，君何不歸。記尊姑老病，親供藥餌，高墳埋葬，親曳麻衣。夜卜燈花，晨占鵲喜，雨打梨花晝掩扉。誰知道，把恩情永隔，書信全稀。干戈滿目交揮，奈命薄、時乖履禍機。向銷金帳底，猿驚鶴怨，香羅巾下，玉碎花飛。要學三貞，須拚一死，免被傍人話是非。君相念，算除非畫裏，重見崔徽。」每歌一句，則悲數聲，悽愴怨咽，殆不成腔。趙子延之入室，謝其奉母之孝，營墳之勞，殺身之節，感愧不已。（節録自同前書卷三）

一三　《翠翠傳》：翠翠，姓劉氏，淮安民家女也。生而悟穎，能通詩書，父母不奪其心，就令入學。同學有金氏子者，名定，與之同歲，亦聰明俊雅。諸生戲之曰：「同歲者當為夫婦。」二人亦私以自許。金生贈翠翠詩曰：「十二闌干七寶臺，春風隨處豔陽開。東園桃樹西園柳，何不移來一處栽。」翠翠和之曰：「平生每恨祝英臺，懷抱何為不早開。我願東君勤用意，早移花樹向陽栽。」已而翠翠年長，不復至學。及年十六，父母欲其議親，輒悲泣不食，以情問之，力不肯言，久乃曰：「必西家金定，妾已許之矣，若不相從，有死而已，誓不登他門也。」父母不得已而聽焉。然而劉富而金貧，其子雖聰俊，門户甚不敵。及媒氏至其家，果以貧辭，慚愧不敢當，媒氏曰：「劉家小娘子必欲得金生，父母亦許之矣。若以貧辭，是違背其誠意，而挫過此一好姻緣也。今當語之曰：『寒家有子，粗知詩書，貴宅見求，敢不從命。但華門圭竇之人，安於貧賤久矣，若責其聘問之儀，婚娶之禮，終恐無從而致。』彼以愛女之故，當不較也。」其家從之。媒氏復命，父母果曰：「婚姻論財，夷虜之道。吾知擇婿而已，不計其他，但彼不足而我有餘，我女至彼，必不能堪，莫若贅其子入門可矣。」媒氏傳命再往，其家不敢違。遂卜日結婚，凡幣帛之類，羔鴈之屬，皆女家自備。迎婿入門，二人相見，喜可知矣。是夕，翠翠於枕畔作《臨江仙》一闋贈生曰：「曾向書窓同筆硯，故人今作新人。洞房花燭十分春，汗霑蝴蝶粉，身惹麝香塵。殢雨尤雲渾未慣，枕邊眉黛羞顰。輕憐痛惜莫辭顰，願郎從此始，日近日相親。」邀生繼和。生遂次韻曰：「記得書齋同筆硯，新人不是他人。扁舟來訪武陵春，仙居鄰紫府，人世隔紅塵。海誓山盟心已許，幾番淺笑深顰。向人猶自語頻頻，意中無別意，親後有誰親。」二人相得之樂，雖翡翠之在赤霄，鴛鴦之游緑水，未足以喻也。（節録自同前）

一四　《秋香亭記》：適高郵張氏兵起，三吴擾亂，生（指商生）父挈家南歸錢塘，輾轉兕乩、四明以避亂，女家亦北徙金陵，音耗不通者二載。洪武初元，國朝統一，區夏道路行李往來無阻。時生父已没，獨奉母居錢塘故址，遣舊使蒼頭往金陵物色之，則女已適太原王氏，生一子矣。蒼頭回報，生雖悵然絶望，然終欲一致款曲於女，以道達其情，遂市剪綵花二盝，紫綿脂百餅，以其負約，不復作書，止令齎二物往以通音問。蒼頭至門，趑趄進退，未敢遽入也，值女垂簾獨立，見其行止，亦頗識之，遽搴簾呼問：「得非商兄家舊人也？」蒼頭曰諾，遂以二物進，并致生意，女動問良久，淚數行下，乃剪烏絲欄為簡回生曰：……生得書，置之巾箱，每一展玩，則鬱鬱不樂者累日，蓋終不能忘情焉爾。遂次其詩韻以見意云：「秋香亭上舊因緣，長記中秋半夜天。鴛枕沁紅粧淚濕，鳳衫凝碧唾花圓。斷絃無復鸞膠續，舊盒虚勞蝶使傳。惟有當時端正月，清光能照兩人邊。」生之友山陽瞿佑，與生同里，往來最熟，備知其詳，既以理諭之，復作《滿庭芳》一闋以釋其情云，詞曰：「月老難憑，星期易阻，御溝紅葉堪摽。辛勤種玉，擬弄鳳凰簫。可惜國香無主，儘零落、路口山腰。尋春晚，緑陰清晝，鶗鴂已無聊。藍橋，雖不遠，世無磨勸（當作勒），誰盗紅綃。帳歡蹤永隔，離恨難消。回首天香亭記一上，雙桂老，落葉飄飄。相思債，還他未了，腸斷可憐霄宵。」又叙其始終離合之跡，以附於古今傳記之末，使多情者覽之，則章臺柳折，佳人之恨無窮，俠義者聞之，則茅山藥成，俠士之心有在，又安知其終如此而已也？（節録自同前書附録）

一五　《跋〈漁家傲〉壽楊復初先生》「喜來不涉邯鄲道」：復初以村居自號，凌先生彦翀壽以《漁家傲》詞，復初從而和之，邀予繼和。按此詞舊譜皆以仄聲起，歐公呼范文正為「窮塞主之詞」，首句所謂「塞上秋來」者正此格也。他如王荆公之「平岸小橋千嶂抱」、周清真之「幾日春陰寒惻惻」、謝無逸之「秋水無痕清見底」、張仲宗之「釣笠披雲青嶂遶」，亦皆如是。今二公起語以平聲易之，予迫於酬和，不敢有違，特著於此，以俟知音者詳云。凌詞云：「采芝步入南山道，山深宛似蓬萊島。聞説村居詩思好，還被惱，蒼苔滿地無人掃。　載酒亭前松合抱，客來便許同傾倒。玉兔已將靈藥搗，秋意早，月華長似人難老。」楊和韻云：「當時承望求仙道，那知薄命如郊島。留得殘生猶自好，多懊惱，塵緣俗慮何時掃。　子已成童無用抱，醉眠任使和衣倒。今歲砧聲秋未搗，凉氣早，看來只懼中年老。」（《樂府遺音》）

一六　《跋〈望江南〉辛丑元夕》「元宵景」等四詞：自興河失守後，民多逃竄，城市蕭索，唱佛曲者亦不復出。學子王和侍寢，因與話吾鄉風景之盛，於枕上賦《望江南》四闋，歌以授之。和，南京直隷廣德人，省父來此，相從數載矣。年十六能通《四書》大義，工五七言律詩，異日南還，如詠此曲，當記一時師友相聚之好也。（同前）

一七《跋〈浣溪沙〉》「王事賢勞衆所知」等八詞：山西澤州陽武貳令趙選，字大用，部運糧儲，至保安，赴衛倉交納訖事，所屬吏民各製旗帳以贈，因予友劉洊咸來請着語，為賦小令八闋授之。（同前）

一八《跋〈畫堂春〉題崔鶯故事》「好風摇動拂墻花」等二詞：蹇舍以崔鶯故事畫作《春閨歡會》、《秋郊惜别》二圖求題，為製二詞，俾書于上。（同前）

一九《跋〈水仙子〉贈雍凱》「五年相守在邊城」等二詞：雍生凱從學五年，最為親密。今被選唱佛名歌曲，每乘夜來過，輒為予歌數首。或留宿不去，嘉其情義之篤，為製《水仙子》二首，俾度腔歌之，因以為贈。（同前）

二〇《跋〈德勝令〉會飲》「瓦盎貯香醪」等十詞：右北樂府十首，已亥歲夏頒降佛曲，從學諸生多被拘集在官歌唱。其於音律素所未習，不免有扞格之患。為製北曲十首，授之，俾度控按譜，依聲依永以歌焉，庶或得其梗槩。而音律克諧，抑亦指引之一助也。是歲七月在保安城南寓舍。（同前）

二一　少日讀書之暇，性善著述，螢牕雪案，手筆不輟，每為鄉文柘軒凌公所稱許。不知者，有玩物喪志之譏，而决意不回。殆忘寢食久，而長編巨册積成部帙，治經則有《春秋貫珠》、《春秋捷音正葩》、《掇英誠意齋課稾》，閱史則有《管見摘編》、《集覽鐫誤》，作詩則有《鼓吹續音》、《風木遺音》、《樂府擬題》、《屏山佳趣》、《香臺集》、《采芹稾》，攻文則有《名賢文粹》、《存齋類編》，填詞則有《餘清曲譜》、《天機雲錦》，纂言紀事則有《遊藝録》、《剪燈録》、《大藏搜奇》、《學海遺珠》等集。自戊子歲獲譴以來，散亡零落，略無存者。投棄山後，與農圃為徒，念夙志之乖違，憐舊學之荒廢，書空默坐，付之長太息而已。間遇一二士友求索舊聞，心倦神疲，不能記憶，茫然無以應也。近會胡君子昂以《剪燈新話》四卷見示，則得之於四川之蒲江，子昂請為校正，而唐君孟高、汪君彦齡皆親為謄録之，字畫端楷，極為精緻。蓋是集為好事者傳之四方，抄寫失真，舛誤頗多。或有鏤版者，則又脱略彌甚。故特記之卷後，俾舛誤脱略者見之，知是本之為真確，或可從而改正云。抑是集成於洪武戊午歲，距今四十四禩矣。彼時年富力强，鋭於立言，或傳聞未詳，或鋪張太過，未免有所疏率。今老矣，雖欲追悔，不可及也，覽者宜識之。永樂十九年歲次辛丑正月燈夕，七十五歲翁錢塘瞿佑宗吉甫書于保安城南寓舍。（《剪燈新話句解》附）

葉蕃詞話

葉蕃，字叔昌，安固（今浙江瑞安）人。洪武間爲永嘉儒學訓導。此據《四部叢刊》影印明刊本劉基《太師誠意伯劉文成公集》録序文一則。

一《寫情集序》：《寫情集》者，誠意伯栝蒼劉先生六引三調之清唱，四上九成之至音也。先生生於元季，蚤藴伊、吕之志，遭時變更，命世之才，沉於下僚，浩然之氣，阨於不用。因著書立言以俟知音者，其經濟之大，則垂諸《郁離子》；其詩文之盛，則播爲《覆瓿集》；風流文彩英餘，陽春白雪雅調，則發泄於長短句也。或憤其言之不聽，或鬱乎志之弗舒，感四時景物，託風月情懷，皆所以寫其憂世拯民之心，故名之曰《寫情集》，釐爲四卷。其詞藻絢爛，慷慨激烈，盎然而春温，肅然而秋清，靡不得其性情之正焉。宜其遇知聖主，君臣同心，撥亂世反之治，以輔成大一統之業，垂憲于萬世也。先生當是之時，深知天命之有在，其蓋世之姿，雄偉之志，用天下國家之心，得不發為千彙萬狀之奇而龍翔虎躍也。嗚呼！千載之前，千載之後，英邁挺卓，能幾人哉？今先生既薨，其仲子仲璟與其長孫廌謀以是編鋟梓垂遠，以蕃於先生辱平昔之好，命為之序。顧蕃愚陋，何敢措詞？追慕高風，其容讓乎？旹洪武十三年歲在庚申春正月上澣，永嘉儒學訓導、安固紫華山葉蕃叔昌序。（《太師誠意伯劉文成公集》序）

烏斯道詞話

烏斯道，字繼善，慈谿（今浙江）人。與兄本良俱有學行，洪武中斯道以薦授石龍知縣，調永新，坐事謫役定遠，放還卒。工詩古文，兼精書法。所著有《秋吟稿》、《春草齋集》。此據《四明叢書》本《春草齋集》録詞話一則。

一

《跋余伯熊古詞長歌》：余伯熊書自製贈理問沈子和吹簫曲，并與諸友夜飲歌各一篇，皆佳作也。曲清新俊逸，如玉樹倚風，蒼鷹度海，有姜白石之高韻；歌風流跌蕩，如青鸞翔漢，良馬脱韁，有李翰林之風度，良可嘉歎也。記伯熊年十四五時，學舉子業，有文名，余嘗比張童子，韓文公勖童子進於成人之道，竟寂寂無聞。今伯熊尚壯，記、序、箴、銘、章、表、詞、賦之文尤簡潔雅麗，時流共稱，豈童子比？今而後吾知伯熊希賢之功，殆未可量也。（《春草齋集》卷十一）

賈仲明詞話

《録鬼簿續編》一卷，未著録撰者名，或云賈仲明所作，賈氏（一三四三——一四二二），又作賈仲名，號雲水散人，淄川（今山東淄博）人。明初寓居金陵，成祖即位前，曾為其侍從。創作雜劇十六種，現存《玉梳記》等五種。此據《續修四庫全書》影印天一閣藏明抄本《録鬼簿續編》録詞話十七則。

一　周德清，江右人，號挺斋，宋周美成之後。工樂府，善音律。病世之作樂府有逢雙不對、襯字尤多失律俱謬者，有韻脚用平、上、去不一而唱者，有句中用入聲、拗而不能歌者，有歌其字、音非其字者，令人無所守。迺自著《中州韻》一帙，以為正語之本，變雅之端。其法以聲之清濁定字為陰陽，如高聲從陽，低聲從陰，使用字之隨聲高下情為詞，各有攸當。以聲之上下分韻為平分，如直促，雜諧音調，故以韻之入聲悉派三聲，誌以黑白，使用韻者隨字陰陽，各有所協，則清濁得宜，上下中律，而無凌犯逆物之患矣。奎章虞公之叙，以傳於世。又自製為樂府甚多，為回文、集句、連環、簡梅花，軃此作，當世之人不能作者。有古樂府詠頭指甲云：「朱顔如退却，白首恐成空。」有言外之意。切對有「殘梅千片雪，爆竹一聲雷」，雪非雪，雷非雷，皆佳作也。長篇短章，悉可為人作詞之定格，故人皆謂：「德清之韻，不但中原，迺天下之正音也；德清之詞，不惟江南，實天下之獨步也。」信哉！信哉！（《録鬼簿續編》）

二　鎦廷信，先名廷玉，行五，身長而黑，人盡稱「黑鎦五舍」。與余先人至厚，風流蘊藉，超出倫輩。風晨月夕，唯以填詞為事，有「枕頭痕一綫印香腮」雙調，和者甚衆，莫能出其右。又有「絲絲楊柳風」、「金風送晚凉」南吕等作，語極俊麗，舉世歌之。兄廷幹，任湖藩大參，因之卒於武昌。（同前）

三　蘭楚芳，西域人。江西元帥，功績多著。豐神秀英，才思敏捷。劉廷信在武昌，賡和樂章，人多以元、白擬之。時有名姬劉婆惜筵間切膾，公因隨口歌《落梅花》云：「金刀細，錦鯉肥，更那堪玉葱纖細。」劉接云：「得些醋，成風味美，誠當俺這家滋味。」才子佳人，誠不多見也。（同前）

四　花士良，高郵人。至正末，從張士誠住吳下，為省都鎮撫。天兵下浙西，洪武初，擢知鳳翔府事，引年歸老，家於錢塘。公天資高邁，學術過人。孫、吳之書，樂府、隱語，靡不究意。善丹青，吹鳳簫，彈紫檀槽，歌《白苧》詞，萬其佳趣，天下知名，時人戲呼為「花巧兒」。後以事死非命，士林中深痛惜

之。（同前）

五 宣庸甫，晉陵人。元末避兵，居吳江。為人誠信質樸，善與人交。後還晉陵，日與詩人墨客討論經史，商確古今，或賦詩飲酒，填詞歌曲，蹴踘吹簫，誠一代人物也。（同前）

六 金元素，康里人氏，名哈剌。故元工部郎中，陞參知政事。風流醖藉，度量寬洪。笑談吟咏，別成一家。嘗有咏雪《塞鴻秋》為世絕唱。後隨元駕北去，不知所終。（同前）

七 金文石，元素之子也。至正間，與弟武石俱父廕補國子生。因其父北去，憂心成疾，卒於金陵。幼年從名姬順時秀歌唱，其音律調清巧，無毫厘之差，節奏抑揚或過之。及作樂府，名公大夫、伶倫等輩舉皆嘆服。（同前）

八 金堯臣，淮東人，住吳門。左司郎中。豐神秀拔，文有華藻，時人不及者多矣。樂府有《金人捧露盤》、《沉醉東風》等行於世焉。（同前）

九 沐仲易，西域人。故元西監生，讀書教括。工於詩，尤精書法，樂府、隱語皆能窮其妙，一時大夫士交口稱嘆。公貌偉雋，有自賦大鼻子《哨遍》，又有《破布衫》、《耍孩兒》盛行於世。（同前）

一〇 王彥中，諱庸，武林人。通音律，善詩詞。有《百梅藁》三百篇行於世，士林中皆推公為詩禪宗主云。（同前）

一一 俞行之，名用，臨江人。博極群書，長於詞詩。臨池灑翰，一掃滿軸。樂府小令，極其工巧。善琴操，亦能寫竹，時人不（脱「及」字）者多矣。永樂中，嘉其才，官以謄膳大使，後家金陵。（同前）

一二　賈伯堅，名固，山東沂州人。任揚州路總管。善樂府，皆（當作諧）音律。有「硃砂漬玉鼎」《慶元貞》盛行於世。至初任滿時，新太守到任，僚屬設席於路後堂慶堂送舊，席間，新指上高竿為題，求公樂府，公不停思，咏《水仙子》一闋，滿座稱賞。後拜中書左參政事。其文章政（脱『績』字）載諸列傳，可考。（同前）

一三　倪□□（當作『元鎮』），諱瓚，錫峰人，自號風月主人，又號雲林子。先大父為道録官，嘗於常州玄妙觀塑老君并七子聽經。先生自幼讀書，過目不忘。暨長，群書博極。愛作詩，不事琱琢。善寫山水小景，自成家，名重海内，姑蘇陸道判以子素鬻妻之。先生清眉秀目，丹口鬚髯，吴、越人皆稱為神仙中人。平居所用手帕、汗衫、衣襪、裹脚，俱以蘭烏香薰之。善琴操，精音律。所作樂府有送行《水仙子》二篇，膾炙人口。後卒於荆溪。（同前）

一四　孫行簡，金陵人。洪武初以才行任上元縣縣丞，急流湧（當作勇）退，變衣冠卜商，遊湖海名山勝處，探覽殆遍，足迹所至，俱有詞章紀述。有十數險韻《滿廷（當作庭）芳》，底板皆「無夢到金鑾」，盛行於世。尤善隱語。交余甚厚，與余子言、周仲彬、達古今、張碧山、魏文質、繆唐臣輩為詩禪友，後不相聞。（同前）

一五　徐孟曾，蘭陵人，號愛夢。世業醫。幼而穎悟，書史涉獵，醫家諸書皆誦。治人之疾，一診視間決死生，猶燭照一龜卜，士大夫多稱譽之。平居好吟咏，樂府尤工。然其氣岸高峻，時人以為矜傲，呼為戇齋。日與東廓唐永銘先生輩更唱迭和，淺斟低唱，以適其所樂而終焉。（同前）

一六 郝啓文，仲誼之子。任中書宣使。文學過人，克繼其父，亦善樂府、隱語。（同前）

一七 賈仲明，山東人。天性明敏，博究群書，善吟咏，尤精於樂章、隱語。嘗傳文皇帝於燕邸，甚寵愛之。每有宴會，應制之作，無不稱賞。公豐神秀拔，衣冠濟楚，量度汪洋，天下名士大夫咸與之相交。自號雲水散人。所作傳奇、樂府極多，駢麗工巧，有非他人之所及者。一時儕輩，率多拱手敬服以事之。後徙居蘭陵，因而家焉。所著有《雲水遺音》等集行於世。（同前）

蘇伯衡詞話

蘇伯衡，字平仲，金華（今浙江）人。博洽羣籍，為古文有聲。元末貢於鄉，明太祖置禮賢館，伯衡與焉。尋用為國子學録，遷學正，擢翰林編修，力辭歸。起處州教授，以表箋誤忤旨，坐罪卒於獄，士論悲之。所著有《蘇平仲文集》，此據《四部叢刊》影印明正統壬戌刊本録詞話一則。

一 《范氏文官花詩序》：京口范氏自宋至今為郡望族，其先世嘗植文官花以為庭實，辛稼軒所為賦《水龍吟》者也。近代趙松雪、鄧素履諸賢咸有題詠，総若干首。是花唐時惟學士院有之，其殊形異色，余固未嘗得見。竊誦諸賢之賦詠而想望焉，豈非范氏之嘉祥哉？蓋草木於天地間為物雖微，乃若鍾夫粹美，溢為英華，忽焉而榮，倏焉而悴，是則下偶然也。故孔林之檜，斯文之興喪係焉。廣陵之瓊花，世道之盛衰係焉。田氏之荆，王氏之槐，門祚之升降係焉。則草木有關於人事也久矣，而况天地生物有定形則有定色，白者不能碧，紅者不能紫，今以一卉之微，一日之間而遞為之變，而具有其色，又花之異常而不多得者也，孰謂范氏之有是花也？暢茂敷榮，數百年猶一日而可委諸偶然乎？是宜諸賢喜傳而樂道之也。於戲！言天者常徵於人，則於是花可以見范氏之所積矣。觀物者取必於天，則於是花亦可以見造物之厚范氏矣。不然，宋德既爽，元入中國，元德既爽，皇明膺運天命之去留，人事之廢興，且至於再，故家喬木不與海桑俱化者鮮矣，何獨是花之在范氏庭砌間雖運去物改而其舒翹挺秀自若也？世之勃然赫然，以貴富之家身得之而身失之者多矣，又何獨范氏一門？傳緒愈遠，而流澤愈長。賢材繼作，項背相望，不惟詩禮纘承，抑且組綬蟬聯也。吾祖文忠公之銘三槐堂，謂魏公之德與槐俱萌，君子之於范氏觀德，有不在是花乎？范氏之嗣人尚無替封殖哉？他日余過京口，倘獲寓目，當賦角弓之詩，而諸賢之篇什，僉憲君方將鋟板以傳，故為之序。（《蘇平仲文集》卷四）

宋諾詞話

宋諾（一三四四—一三八〇），字子重，號金齋，故城（今河北）人。嘉靖乙未進士，授户部主事，累遷兖州知府。詔入覲，卒於都下。著《金齋集》。此據《四庫全書存目叢書補編》影印明萬曆刻本録詞話七則。

一 《賀曹象泉膺奬詞》有序：伏以有漢循良百里，柄諸侯之用；皇明品式一方，當畿縣之雄。教化為遠邇儀刑，時惟善治，任用必科場俊乂，意在得人。往古盡然，於今尤盛。恭惟邑侯象泉先生：南陽碩士，泌水名家。經世文章，一舉鶴鳴在野；作人氣節，即看鴻漸于磐。是殆如鼎彝當庭，而雲天焕采；復奚趐龍泉出匣，則牛斗騰輝。採司牧于甘陵，懋嘉績于燕薊。播承宣之化，雷動風行；運晶斷之明，山增水闢。甘棠滿地，烏雀不喧。春草侵階，豺狼屏跡。良美雖傳之宦海，本原實出自民謡。激濁揚清，柱下重掄材巨典；廉頑立懦，臺端嚴馭吏微權。惟象泉首見甄收，迺東省争先超擢。勤修勵俗，有懷召父之風；善教得民，實踵文翁之武。室家胥慶，名實咸孚。白叟黄童，盡迓翩翩之薦剡；香輪曲蓋，行瞻燁燁之徵書。喜溢閭閻，光生尊俎。諾等感在庇庥，聿深欣抃。言無足采，敢云三嘆之音；事有可徵，竊附兩岐之頌。詞曰：「盡皷填填，彩旗獵獵，歡呼聲動庭階。見一封褒奬，牒下霜臺。治行云誰第一，都則讓、南豫鴻才。堪羡處，循良勛業，伉爽襟懷。　簾前，昨夜聽微雨，祥光晴色昭回。稱夙昔挾負，宇字琪瑰。香泛青州從事，祝當筵，引滿霞盃。措置經綸，大展高陟三槐。」右調《鳳凰臺上憶吹簫》(《宋金齋文集》卷二)

二　《賀明府李西園膺奬詞》并序：金烏高揭，萬里光輝絢曉晴；玉盞横飛，四座衣冠增春色。錫類不匱，共驚曠世之觀；期月有成，争仰大人之變。芳休懋著，令譽旁昭。恭惟西園邑父母李公：寰宇宗工，永寧華胄。質毓乾坤秀淑，胞羅星斗文章。價重雞林，風高槐市。承淵源之家學，擅月旦之公評。謝丹鉛點勘於芸窗，任簿領倥傯于花縣。威宣百里，爵列諸侯。出治有方，更化多術。堂階清切，情周于遠地孤村；志慮淵深，幾洞于覆盆蔀屋。四境迢迢雞犬静，無慚列宿之封；千家夜夜杼軸鳴，盡賞百城之表。蓋異才實出所性，故利器允發深藏。屬三月報政之期，見一日膺功之奏。膏沃而光必燁，皷鐘則聲自聞。徹糾察之烏臺，博旌奬于豸史。昭兹禮席，倬彼公庭。觴豆星羅，笙簧鼎沸。春風一盃酒，須教今日盡歡；夜雨十年燈，想象當時不負。維寮屬群彦，隨少府崔君。沐愛孔殷，仰德如晛。式圖燕賀，來藉蜩鳴。某也愧久鈍于詞鋒，奈聿堅于祈請。敢將芹意，用託蕪詞。詞曰：「華筵秩秩人如簇，簾捲蘭香馥。簷端乾鵲報佳音，喜溢琴囊書櫝。銀帶緋袍，寒冰華玉，涼月穿脩竹。　褒揚飛送盈尺牘，聲價薄雙轂。撫廵交牒應相逐，仰徹皇闈清穆。頌獻青雲，詔銜丹鳳，遠邇同拭目。」右調《御街行》。（同前）

三　《賀楊東溪膺勑命詞》有序：子承父訓，義方之教昔所傳；父藉子榮，褒封之典今為重。惟聞詩聞禮，儲用世之才于家庭；故如綍如綸，隆自出之恩于天府。錫從異數，獲匪幸成。恭惟東溪先生：甞參孕秀，汾霍效靈。初賦質以温仁，終完德于醇樸。業儒幾世，鱣堂藹藹承休風；垂教一經，膝底彬彬融佳士。香分蟾窟，高標樹望于中條；邑試牛刀，清譽映澈于漳水。治理勤渠三載，聲華卓冠一時。屬交薦于臺端，爰奏最于銓部。聖天子恩推所自，不負養中養才之心；賢大夫貴及于親，用酬事父事君之志。矧方迎養，正值貤封。玉軸金虬，焕綸音于帝闕；銀文紗帽，應冠珮于璇霄。老人協婺彩以交輝，庭闈怡豫；郎宿偕少微而並耀，宦邸峥嶸。事出罕聞，情深具慶。蓋父子夫婦，共承天上恩光；廼遠邇童旄，俱詫邑中盛美。自今伊始，允超揚璞之銀黄；更克有終，會見裴公之金紫。無慙朝貴，益焕鄉榮。海闊天空，源源沐皇恩之浩蕩；川恒日至，常常浴提祉之淵深。念余與衛陽咸屬通家之末，顧時承令子並垂覆庇之私。感功蛩衷，思申燕賀。聊陳短韻，用付長謳。詞曰：「驀然見神仙，明霞綴錦。更瑩晶銀帶腰横，原是德福合併，瑞發蒼旻。恁地時、名壽駢臻。欣欣喜色，懽悰九陌如醺。一百年見此封君，箇中事，人解否，別有慇懃。卜吾儂、記屏有分。」右調《鳳凰閣》。

（同前）

四　《賀州倅楊公榮膺臺獎詞》并序：伏以春秋汎舟之役，實開水運之先。而秦人北河之倉，乃貯瀕海之粟。行齋居送，民患寔繁。引渭穿渠，敝端屢見。唐宋勝國，措置不常。迨我皇明，立法畫一。避海運之險，盡免漂溺之虞；置會通之河，大利江淮之涉。先生海宇名流，中華間氣。沖襟露湛，泰宇春融。博綜墳典之華，玄覽天人之奥。爰捧除書于東省，來佐瀛渤之篠城。以教得民，用儒飾吏。王休徵暫從別駕，沂山蒙康賴之休；韋評事判事姑蘇，仕路奏旁達之譽。巡河臺使，灼見賢能。亟騰嘉獎之書，用昭顯比之典。諒政蹟登山公之啓事，將姓名列内殿之御屏。卓邇公廷，嚴設禮席。好風一杯酒，須教今日盡歡；夜雨十年燈，想像當時不負。凡沐休德，莫罄名言。惟曠世之偉儀，慰闔邑之紳珮。仰申燕賀，來需蛩吟。某荷二天之覆庇，慶一日之遭逢。喜極欲狂，愛莫能助。請傾衆耳，咸聽我詞。詞曰：「聲名茂，幾見冰寒玉漱。使君底事人推右，羡中州華胄。　袖中雙劍初售，水部文章今又。明年拜嘉封章奏，鑾坡趨宫漏。」右調《謁金門》。（同前）

五　《送蓮幕陳少松權寧波府廣盈司倉詞》并序代作：伏以光捧絲綸，喜九遷之發軔；職專會計，看四座之稱觴。蓋馮謙履本水鏡之資，宜顔師古獲幹治之擢。芳聲懋著，允矣風動東瀛；利器咸宜，行見露積南紀。恭惟少松先生：八閩令族，一代遐標。門擅橋梓之榮，世濟衣冠之盛。祥毓于金鷄白鹿，肉映花顔；秀出于月嶼靈岩，才脱錐穎。讀書萬卷，竟收讀律之功；服政幾時，早得服官之要。詎意甘陵佐牧，浹寒暑于三周；即爾鄞水司倉，寄出納于萬斛。融融和氣，欣沐花封；喈喈賢聲，頓別蓮幕。攀留無計，憐黃童白叟之情；藉賴方深，孤秋菊春蘭之仰。時維九月，序屆重陽。瞻僕夫之在門，式供張于祖道。莫辭桑落，難窮今日之懽；緩徹陽關，預計明朝之望。全也甫來視篆，辱荷贊襄。茲值趣裝，益切傾注。雖詞鋒之久鈍，奈蘭味之同馨。南浦夢魂，寧效江淹之賦；西樓風雨，謾賡丁卯之詩。伏願永矢初心，彌堅晚節。命儲胥之峙，司徒所以利民；而委吏之除，聖人亦以行道。簡書知畏，夙夜在公。佇奏榮名，旋膺上考。渙五色之鳳檢，奮九萬之鵬程。勉綴荒詞，代申衆志。詞曰：「金風綺浪河橋路，津鼓參旗留不住。荒城回首渺烟波，挂帆夜宿天邊樹。　宦牒程嚴遄往赴，山煙海月隨人去。他年還最大明宮，會沐汪洋新雨露。」右調《玉樓春》。（同前）

六　《賀張性原發解詞》有序：恭惟性原：致稽古之力，抒掇科之才。名在月中，聲馳日下。丙子貢士，明主司曾許無雙；丁丑狀頭，聖天子必擢第一。是謂經綸有用，無慙雪案螢光。且見術藝咸宜，得意風簾燭影。透文奎之華焰，發宦署之先途。士氣既昌，雲程無阻。某自媿無聞，雅承推遜。曾緣説易，因辱問奇。喜斯文一脉之傳，罄赤衷欲言之意。蓋國家取士，不徒富貴其人；而士子逢時，要在忠貞其節。侍穆清則，克勤于紀言紀動；居密勿則，入告以嘉謀嘉猷。位三公而燮理陰陽，弼一人而寅亮天地。必商周乎治化，務堯舜乎君民。庶幾不負生平，是迺有光吾道。勉為遠業，勿棄微言。詞曰：「莫不與，一介書生發舉。當日初承勸駕，恩波今如許。　明歲桃花浪急，南宮多士雲集。試看臚傳君第一，引領羣仙入。」右調《謁金門》。（同前）

七　《賀邑博劉文田膺臺奬詞》代筆：伏以五教淑世，貴乎達材；三德誠身，要于獲上。蓋英才之育所當樂，而君子之道焉可誣。睠茲善誘之循循，仰見緝熙之穆穆。恭惟先生：數年學易，一日歸仁。宜家夭桃，故國喬木。蚤趨過庭之對，聞禮聞詩，繼詠舞雩之風，樂山樂水。惟我與爾，素有用行之幾；非予而誰，自任覺民之重。來倡木鐸，丕振金聲。以正己之大人，造何述之小子。高矣美矣幾及，宜右登天；輔之翼之悠久，所以成物。言其上下，察及鳶魚。孰有後先，譬諸草木。以俟能者，既引發而躍如；將欲從之，咸瞻忽于卓爾。惟與進與潔之有道，故斯行斯立以無遺。養心而知雞犬之求，蹈仁而見水火之甚。為之小，為之大，曲能有成；故進之，故退之，知其所止。溥大化為時雨，視不義如浮雲。是以簡濫而有文理之章，充實而著光輝之大。置郵傳命，不遠千里。而來嘉樂宜人，庶幾永終之譽。遂洋洋乎盈耳，舉欣欣以相傳。筵肆宮墻，器設瑚璉。當絺綌之暑，奏管籥之音。恭敬是將，儀物成享。正席以坐，雖菜羹而必齊；取瑟而歌，惡鄭聲之亂雅。于斯為盛，時然後言。媿我牛刀，稱彼驥德。顧學未入室，難左右以逢源；而文莫猶人，乏始終之條理。草創效裨諶之筆，潤色無東里之賢。雖既竭吾才，亦奚有于是。其詞曰：「梧几時憑，韋編日啓，質疑無數書生。腹為經笥，隨叩喜隨鳴。静後閑觀萬物，活潑潑、魚躍鳶騰。虛堂裏，爐烟輕裊，瑟罷韻猶鏗。閑評，堪與那，關西伯起，先後齊名。羡褒章飛至，實大聲宏。人道文章有用，謂夫子、不負生平。從茲去，華階頻轉，屈指到公卿。」右調《滿庭芳》。（同前）

楊士奇詞話

楊士奇(一三六五—一四四四),名寓,以字行,泰和(今江西)人。少孤貧,力學,授徒自給。建文初用薦入翰林,尋試吏部第一,供職翰林。成祖即位,改編修,入直文淵閣,參機務,累遷左諭德。帝北狩,留輔太子。乃解進翰林學士左春坊大學士。仁宗立進禮部侍郎兼華蓋殿大學士,尋進少保,兵部尚書。正統初進少師,卒進太師,謚文貞。士奇歷相四朝,文章德業為一時輔臣之冠。所著有《東里文集》、《東里詩集》、《東里續集》、《玉堂遺稿》、《三朝聖諭録》、《文淵閣書目》等。此據《四庫全書存目叢書》影印明刻本《東里文集》和影印文淵閣《四庫全書》本《東里續集》録詞話八則。又據《讀畫齋叢書》本《文淵閣書目》録所載詞集。

一《遊東山記》：洪武乙亥，余客武昌。武昌蔣隱溪先生始，吾廬陵人，年已八十餘，好道家書。其子立恭，兼治儒術，能詩。皆意度濶略，然深自晦匿，不妄交遊，獨與余相得也。是歲三月朔，余三人者攜童子四五人，載酒殺出遊隱溪。乘小肩輿，余與立恭徒步。天未明，東行過洪山寺二里許，折北穿小徑，可十里，度松林，涉澗，澗水澄徹，深處可浮小舟。傍有磐（一作盤）石，容坐十數人。松栢竹樹之陰森布蒙密，時風日和暢，草木之葩爛然，香氣拂拂襲衣，禽鳥之聲不一類。遂掃石而坐，坐久，聞雞犬聲。余招立恭起，東行數十步，過小岡，田疇平衍彌望，有茆屋十數家，遂造焉。一叟，可七十餘歲，素髮如雪被兩肩，容色腴澤，類飲酒者，手一卷，坐庭中，蓋齊丘《化書》。延余兩人坐，一媪捧茗盌飲客。牖下有書數帙，立恭探得《列子》，余得《白虎通》，皆欲取而難於言，叟識其意，曰：「老夫無用也。」各懷之而出，還坐石上，指顧童子摘芋葉為盤載肉，立恭舉匏壺注酒，傳觴數行，立恭賦七言近體詩一章，余和之。酒半，有騎而過者，余故人武昌左護衛李千户也。駭而笑，不下馬，徑馳去。須臾，具盛饌，及一道士偕來。道士，岳州人劉氏，遂共酌，道士出《太乙真人圖》求詩，余賦五言古體一章書之。立恭不作，但酌酒飲道士不已，道士不能勝，降跽謝過，衆皆大笑。李出琵琶，彈數曲，立恭折竹竅而吹之，作洞簫聲，隱溪歌費無隱《蘇武慢》，道士起舞蹁躚，兩童子拍手跳躍隨其後。已而道士復揖立恭曰：「奈何不與道士詩？」立恭援筆書數絶句，語益奇，遂復酌，余與立恭飲少皆醉。起，緣澗觀魚，大者三四寸，小者如指，余糝餅餌投之，翕然聚，已而往來相忘也，立恭戲以小石擲之，輒盡散不復。因共嘅嘆海鷗之事，各賦七言絶詩一首。道士出茶一餅，衆析而嚼之，餘半餅遺童子遺余兩人。已而夕陽距西峰僅丈許，隱溪呼余還，曰：「樂其無已乎？」遂與李及道士別，李以卒從二騎送立恭及余，時恐晚不能入城。度澗折北而西，取捷徑，望草埠門以歸。中道隱溪指道傍岡麓，顧余曰：「是吾所營樂丘處也。」又指道傍桃花語余曰：「明年看花時，索我於此。」既歸，立恭曰：「是遊宜有記。」屬未暇也。是冬隱溪卒，余哭之。明年寒食，與立恭豫約詣墓下，及期，余病，不果行。未幾，余歸廬陵，過立恭宿，别，始命筆追記之，未畢，立恭取讀慟哭，余亦泣下，遂罷。然念蔣氏父子交好之厚，且在武昌，山水之遊屢矣，而樂無加乎此，故勉而終記之，手録一通遺立恭。嗚呼！人生聚散靡長（一作常），異時或相望千里之外，一展讀此文，存没離合之感，其能已於中邪？既遊之，明年八月戊子記。（《東里文集》卷一）

二《沈學士墓表》：嗚呼！此吾友翰林學士沈公之墓。沈世家松江華亭。大考諱德輝，嘗為郡史，平反寃獄百數十人，鄉稱長者。妣宋氏。考諱易仕，為諮議參軍，無幾，棄官養親，而授徒里中，惇行倫誼，集五倫詩以教學者，而甘貧樂義，人號苦節先生。妣顧氏，有善德。二子，長即公，諱度，字民則；次粲，字民望。公天資温雅敦實，自幼嗜學，博涉經史。……閒暇閉户焚香，鳴琴賦詩以自樂，人號自樂先生。襟宇澄澹，風韻蕭散。所好惟載籍法書、名畫古器。自題其齋居曰樂琴書處，裸列花卉奇石。高人韻士至，必具觴酌，或吟或奕，意度翛然。所作詩文有《滇南藁》、《隨筆録》、《西清餘暇自樂藁》，藏於家。年七十有八。一日，微病，猶作和王行儉詹事小洞天詞，明日捐館，宣德甲寅十月廿二日也。（節録自同前書卷十六）

三　《歸田趣序》：士奇竊禄於朝三十有三年，祇事三聖，皆在翰林春坊論思贊輔之地。顧學術迂陋，才智卑淺，不能效分寸裨益。仰荷三聖天地之仁，包容保全，不加譴斥，而屢有升進。然内竊自省，慚愧兢惕，惟日不足，蓋位高禄厚，而能薄才鮮，一也。當精力彊固之時，不克少自見，顧今老病困憊，視聽步履不復可自勉彊，而一借助於人，此豈能復有所自效？二也。且固陋椎鈍愚戇之資，不能洪涊取容於衆，三也。固上之大德，寢食不敢忽忘，而其如三者何哉？朝廷有七十致事之典，士奇犬馬之齒，來歲實維其期，聖恩必垂憫而曲成之，則其鄉之山水原田可稼可漁，可樵可牧。又幸有三男子，長者幾壯，次者將十五，幼者十二，頗勝使令。而小孫亦逷膝可娱樂，雖四時景候不同，而衰殘之軀既無所用其思慮，則几杖逍遥於其間，亦庶幾可自適矣。因暇，豫作《滿江紅》詞四首，俟承恩歸休，與漁翁田叟歌之，以樂太平，以榮上之厚賜，以優游其餘年。間出示素所厚者，於是朱孔易分繪為圖，沈民則作隸古，題其首曰《歸田趣》云。（《東里續集》卷十五）

四　《木鍾集》：《木鍾集》一册，朱子門人永嘉陳埴器之著。余初得於江夏樊思齊子賢，子賢遺余他書尚多，後率為親友持去，今獨存此集及韓文耳。余弱冠至武昌逆旅，與子賢居相接，一見相好如平生，時年已七十。其少與郡人聶炳、南昌包希魯交厚，嘗親見虞、揭、歐陽、原功、許可用諸公。其為學有要領，治《詩經》，評論古今人物，及忖度事後當成敗，皆有理，而浮湛市廛以賣書為業，雖鄉人莫或知之者，獨吴啟公佑時來就之，然不知其意也。頗喜作中州樂府，以為馮海粟之豪俊，張小山之精麗，當兼而有之。時有所作，輒為余誦焉。余一日效其體和數篇，見之，愀然不懌，曰：「老夫豈以是望賢者？」又曰：「老夫過矣。」余甚愧焉，自是不復與余言樂府矣，可謂愛人以德者也。未幾而別，別未幾遂卒。惜哉！不肖駑劣，既無副前輩之望，獨其拳拳厚意，至於今未始一日忽忘之也，故因此書，識余之情。（同前書卷十八）

五　《録楊伯謙樂府》：楊伯謙，名士弘，其先襄城人，後官臨江，遂家焉。父兄皆武職，伯謙始讀書為儒，工於詩，又工樂府。嘗選《唐音》，前此選唐者皆不及也，虞道園為之序。而所與交游講論詩學者傅若金、辛敬、萬石、曠達、練高、周禎、劉永之之徒，皆有詩名。伯謙嘗為漣水教官，有詩集刻焉。余昔得之，以遺本之，此樂府四十九首，吾友吴中楊仲舉手録，而近得之曹冀成也。（同前書卷十九）

六　《歸田趣卷後》：士奇作此詞之數月，不幸先皇帝棄羣臣，方悲苦在疚。今上皇帝嗣大寶，一惟先朝舊人是咨是任，士奇辱在不擯斥之列，而義不敢言其私。間覽此詞，蓋有不勝愧且感者，豈優閒散誕之適造物者不以輕畀人耶？抑固畀之而各有其時與？噫！士奇今年七十有一，日月遷逝，前途幾何？誦老氏之言，思殆辱之幾，愧感逾深，噫！（同前書卷二十二）

七　《與朱與言書》：某來，承政務之暇，鈞候起處多福，良慰懷思。且具道足下所以愛厚之意，尤非尋常面交、苟為從臾者所可跂及，銘感尤深。但所怪自北而南者籍籍，譽道某人有輔翼之功，某人有薦引之德，某善政出某人，某善令出某人，而都無片語及僕。若欲勉進於僕者，甚善，甚善，當敬佩服。僕素闇劣，學術智識一無可取，其不能分毫有益於時者，僕誠自知不待人言，彼言者之不見及，亦僕實事，不足怪，不足怪。但人之流言，智者察焉。今皇上仁聖大德，日新兩宮，聖人體天之心，行天之道，以覆育天下，過於漢明德、宋宣仁遠矣。故凡今一切仁施義舉皆出於上，雖政事之臣一不過，奉行朝命而已。況僕之闇劣，又非處政事之地，其能有所效乎？而亦匪獨僕為然矣。如必曰某事某人之功，某事某人之德，孔子云：「吾誰欺，欺天乎？」欺天而竊天之功，不有陽責，必有陰誅，吾為之懔懔懼矣。若彼媚寵小人，傳虛張妄，獲罪於天誅，責又當甚焉？其不我及，誠我之幸。然彼妄愚，譬之矇瞽倀倀冥行，亦可憫惻。古謂爾有嘉謀嘉猷，則入告於君爾。乃順之於外，曰我君之德，此臣職之當然也。王文正、韓忠獻薦人，未嘗自言，人莫之知。王沂公為相，范文正曰：「明揚士類，在公獨少。」沂公曰：「恩若已出，怨將誰歸？」歐陽文忠以為名言，書之簡册。此皆大臣君子實有其事，尚推而弗居，況實無之而敢竊冒哉！此妄愚之人所可憫惻者也。僕之實無天日臨鑒，不敢自欺。顧殘疾之軀，今年七十有二，無裨於世，而尚玷班行，不圖引退，夙夜自思，深用愧赧。但以躬受三朝厚恩，今皇上新嗣大寶，念其舊人，撫存加厚，故未敢即言退者，大義之所係也。然久病且衰，亦終不能少效分寸，豈敢久孤寵禄？且區區此心，已非一日，宣德九年，僕時六十有九，嘗豫陳致仕之情，先帝笑曰：「未可遽言致仕，朕來春還南京，亦命卿鄉里一行。」時竊幸喜，謂賜歸有漸，退即豫作《歸田詞》四首，今録奉觀之，亦可知其素志也。感足下厚意，不覺煩聒，惟心照。小兒旦夕遣歸，先墓事尤乞指教。不具。（同前書卷四十七）

八　《題東禪老僧所藏陳舉善小景并序》：東禪雲所上人道行俱高，其年踰八望九，與絶聽聞公同輩行，叢林大老也。此畫洪武三年，吾泰和丞會稽陳能舉善作，極蕭散之趣，超然絶俗也，其人品亦高。

題詩六人，惟于閔，余不及識。其第一首名經字中常，陳丞之父，巋然前輩矩度，於作中州樂府尤精，張小山高弟也。第二羅楚材先生，初名晉用，後易為進德，異人授岐黃術，孝友端介之行追配古人。第三海桑陳先生，邑大儒，江右學者皆崇山斗之仰。羅先生官至德安府同知，鄧先生官至四川鹽運經歷，二先生皆皦乎冰玉之操，之五六君子者，當時所謂千人亦見、萬人亦見者，非雲所，何足以得之？而謝世遠者七十年，近亦五六十年，今見而知之者寡矣。雲所之玄孫寶藏此卷，重裝潢，以求余題，既為具諸老大略，而係之詩，匪曰續貂，亦以識慕仰之意，云：「雲所道人飛錫遠，白雲猶護舊禪房。向來聚得昆岡玉，長向林中起夜光。」（同前書卷六十二）

九　《遺山樂府》一部一册，闕。　《西庵樂府》一部一册，闕。　《元先生長短句》一部一册，闕。　《淮海居士長短句》一部一册，闕。　《稼軒長短句》一部一册，闕。　《柳公樂章》一部一册，闕。　《静軒樂府》一部一册。　《澗泉詩餘》一部一册，完全。　《續東幾詩餘》一部一册，完全。　《草堂詩餘》一部一册，闕。　《諸家詩詞》一部五册，闕。　《辛稼軒詞》一部二册。　《辛稼軒詞》一部三册，闕。　《辛稼軒詞》一部四册，完全。　《辛稼軒詞》一部四册。　《滕玉霄詞》一部六册，闕。　《須溪詞》一部二册，完全。　《琴趣外篇》一部一册，闕。　《簡齋詞》一部一册，闕。　《梅苑詞》一部一册，闕。　《煙波漁隱詞》一部六册，闕。　《諸家燕宴詞》一部三十册。　《陽春白雪》一部一册。　《選唱賺詞》一部一册，闕。　《白石道人歌曲》一部一册，完全。　《清江漁譜》一部一册，闕。（節録自《文淵閣書目》卷十「詩詞」）

宋訥詞話

宋訥，字仲敏，滑縣（今河南）人，元至正中舉進士，任鹽山尹，棄官歸明。洪武十三年薦授國子助教，陞文淵閣大學士，遷國子祭酒，卒於官。正德中追謚文恪。著《西隱集》、《東郡志》。此據影印文淵閣《四庫全書》本《西隱集》録詞話一則。

一

《題滑州節判鮑錫中踈懶〈釣魚圖〉十二韻》：先生稱達者，踈懶意如何。遠識遺鍾鼎，華齡厭綺羅。芒鞋紅霧外，茅屋碧山阿。磯穩重磐石，衣輕細織蓑。垂鈎忘歲月，却餌傲風波。絲上蜻蜓立，竿前翡翠過。夕陽青草岸，春水錦鱗窠。幽夢隨鷗鷺，深盟隱薜蘿。恢諧留月笑，欸乃對雲歌。高會左元放，新詞張志和。松圍青偃蓋，山遶翠堆螺。誰寫滄洲趣，知君樂處多。（《西隱集》卷二）

鄭真詞話

鄭真，字千之，號滎陽外史，慈溪（今浙江）人。研窮六籍，尤長於《春秋》。洪武四年鄉試第一，授臨淮教諭，陞廣信教授。所著有《滎陽外史集》、《鄭氏學範》，又編《四明文獻》。此據影印文淵閣《四庫全書》本《滎陽外史集》録詞話六則。

一

《梅堂記》：東南多奇葩異卉，求其鐵心石腸，凌厲於風霜雪月間，莫梅若也，是以君子比德焉。《書》稱「若作和羹，用汝作鹽梅」，其取譬精矣。後世名臣貞士若何遜、宋玉、林逋之流，模寫而形容之，非夸大其詞以炫耀流俗也，蓋其心意所適，有至理存焉。乃若堂搆基圖，祖孫相繼手植，所存恭敬弗怠，亦足以觀世澤之深厚永久矣。鳳陽府壽州儒學正潘先生懷玉，世為三山閥閱，蓋宋太師河南鄭王美之後，由鄭王而下，峩豸臺端相繼，號四葉中丞。傳及數世，曰徵曰衢者，在祥符間聯登進士第，有司號其鄉曰一難，里曰同榮。又傳及十有八世諱繼賢字彦能號梅堂處士者，則懷玉先大父也。處士生於咸淳末年，入元，以先世為宋顯官，杜門求志，不嗜仕進。嘗築堂三水上，而對磨石山，控引形勝，種梅百本，巾履逍遥，吟咏自適。今去處士數十年，根深本固，而梅堂故無恙。縉紳之士過其下者，為之徘徊顧瞻而不忍去。想夫晚節歲寒，萬木僵僕，正人心永保貞固之時也。而梅作其花，皜素呈露，固有以見陽春之澤無有間斷寧息矣。天日卓午，鳥語風微，傳盃素笑，芳馨静幽，天地造化之心於是乎在矣。梅乎，梅乎，處士其有得於兹乎？懷玉以處士嫡孫之賢，封而殖之，升堂肅躬，顧盼流睞，靈遊燕娱，錫兹祉福，其可量哉？唐李德裕自著《平泉記》以為壞一草一木，非吾子孫，況祖考神明道德之所在者乎？然則保有先澤，與其家相為無窮，在懷玉有不容辭矣。予家居四明，去閩中為遠，每從縉紳論東南文獻故家，於處士每想其風範，而以生晚不及親炙為恨。今越在淮海，與懷玉同在斯文，安得摳衣上堂，心領神會於暗香、疎影間耶？是為記。（《滎陽外史集》卷七）

二 《送固始縣税課局大使胡子貞考滿序》：予嘗讀《宋史》，紹興八年戊午，王倫及金使張通古以詔諭江南為名，來言歸河南、陝西之地，詔侍從臺諫論得失。胡忠簡公者為密院編修官，上封事，乞斬秦檜等，貶公監廣州倉。未幾，檜敵思陵詔示天下，指為横議，言之不用，又以為罪。國家之治亂，中外之盛衰判然矣。君子以是知宋之南渡，不復以北，猶周之東遷，終不得而西也。嗚乎！君父之讎，義不戴天，宋世之禍慘矣。下穹廬之拜，公豈忍見之哉？身為嶺海之行，名如泰山之重，士君子公論有在矣。然而秦檜以公異己，必欲置之死地。南荒瘴癘，轉徙萬里，而守臣復有希其指意為窘辱之者，而公不以死生患難為意，且著詩詞以自見。迨至阜陵御極，公道大開，召還，叙復位，躋榮顯，年逾八十，壽考令終，豈非天也哉！予客中都，嘗預修《九郡圖史》，因得宋順昌郡人王明清所著《揮麈録》觀之，載公遺事為多。至及王倫家世出處大致，益知公之指斥其狎邪無賴不誣也。然而倫之使金，終能守節以死，其公之言有以激之也耶？今去公二百餘年，誦其言而論其世，凛然如見其人，况其子孫文獻之足徵者乎？光州固始縣税課局副使胡子貞，世家吉安，為忠簡公之後，年四十餘，器質修謹，言論疏爽，而直亮慷慨之氣恒見於日用間，識者以為有忠簡公之遺風。夫忠簡以直言去國，出司錢穀，執政者固有以擠之也。子貞方以材藝薦，不登諸館閣，列之郡縣而征商之司，乃無異忠簡之貶秩，何哉？是不然，忠簡當權奸用命、主懦國弱，其由内斥外，固宜重嘆，以為不幸。今明良相逢，萬方一統，而子貞由小及大，升高自卑，殆將歆羡稱美而不已者，豈曰錢穀貨財之職為非所當為者哉？士之懷才抱德者以得時為難，時有用舍，身有顯晦，子貞其可謂得時矣。昔宋宰執侍從家多在大江以西，廬陵歐陽氏至承旨原功而益著，清江劉氏至集賢良甫而復顯，若盱江曾氏、臨川王氏、晏氏、平園周氏，亦有文學政事繩其祖武者，公侯子孫，克復其始。胡氏與諸家相望，子貞其不當以忠簡公自期乎？左氏載陳敬仲之占有曰：「八世之後，莫之與京。」子貞上泝忠簡公已九世，功名事業其不在今日耶？無念爾祖，聿修厥德，予於子貞實有望焉。因其考滿如京師，庸叙其家世之淵懿以為贈。（同前書卷二十一）

三 《送烏先生歸四明序》：吾鄉烏先生繼善居慈溪文元楊公之里，姿貌玉雪。自壯歲得公所著書，妙悟心契，雄文懿行，模範後進者幾四十年。際聖運肇興，徵入天官，授知化州府石隆縣事。縣當海徼，遠王化，號難治，先生以其道教誘之。隣邑寇竊發，率其民為備具，寇不敢犯境。三年考滿，調吉安之永新，永新之民素健訟，先生訓以仁義，則皆化服。由是興學校，禮賢才，創建節婦祠，以風厲流俗。先時民苦苛役，逃居他邑者二千餘口，至是聞先生之政，來歸恐後，遂以經濟之學聞諸列郡。不寧惟是，凡縉紳士大夫有所撰述，皆請為執筆，而先生之言遂被於江廣間矣。不幸旁邑事累，當置對御史，廉知無罪而末如之何，坐輸作鳳陽之池河。先生躬事隴畝，飢窘勞苦，不為戚戚。暇則抱琴自適，著古詩文樂府以見意，且謂人曰：「吾知所以自處矣。」逾二年，蒙詔旨，許還故里。過濠梁，以同郡兩世之契，慰藉良厚，予因起而告之曰：「傳所謂無入而不自得者，先生之謂乎？」夫獨行不愧影，獨寢不愧衾，儒先君子之處憂患，而檢身律己之為也，況先生素有志於聖人之道者乎？故其仕也，知道之當行；其謫也，知道之當晦；其歸也，知道之當止。凡其身之所存，皆其道之所寓。窮通隱顯，曾何芥蔕於胷臆也耶？維吾明文獻之邦，自漢以來董子以孝行稱，任奕以文章顯，降至有宋慶曆、淳熙，諸大老道德性命之學有名於朝，至於公侯卿相衣冠蟬聯，百年之後猶有其人，其立言行事，足以垂世立教者甚多。然而世緒湮微，討論訂正，固有望於後人矣。今仕宦以歸老為難，晚節完人，尤世所少。先生年逾耆艾，遄而言歸，豈天欲壽斯文而默有以相之耶？故家遺澤之僅存者，旁搜遠訪，旴分類別，以傳諸天下後世，使天下之人曰文獻足徵在吾明郡，豈非鄙賤之所望哉？洪武十三

年夏六月朔日鄉貢進士同郡鄭真序。（同前書卷二十七）

四　《記所見》：揚州羅君保以才望歛歷中外，仕至中大夫廣東宣慰都元帥，其子巴延特穆爾奢侈非法，嘗以金錢擲地，俾衆妓争拾以為戲，人目之為羅金錢。中奉公既歿，紅寇陷維揚，資産蕩然，竄身江南，貧無以自存。後來明之鮫川，予適與之遇，出示先公宣命及其所為詩詞隸若，且歷言平生歡樂事。别去，不知所適。後二年曹郡張鎮撫來，始知其乞食於杭，餒死途路間。嗚乎！世家子不知習以禮義，至於淫奢無度以破家辱身者矣，若羅氏者，豈不可為永鑒哉？（同前書卷三十五）

五　《録鄉先生詞翰後題》：先祖蒙隱先生樂於稱道人，有一詞之善，必手録之，夷考其人，皆吾鄉典刑，後學模範。數十年來，衣冠故家凋喪零落，問其子孫，不知宗譜之傳，况敢望誦其遺文於殘編斷簡之一二乎？此原伯魯之訓，當世君子深嗟重嘆而不自已者也，予於是竊有感焉。詞凡若干篇，并録集後，皆倣此，庶使覽者知吾鄉文獻所自云。（同前書卷三十七）

六　《用金太守寫懷及登天寧寺樓韻》（之二）：曾將樂府擬《三臺》，錦繡胸襟絶點埃。帝闕封章須特奏，客廳俎席為誰開。紗窓夢醒牀依竹，石徑行吟履印苔。鶵從平安頻得報，東風落日尚遲徊。（同前書卷九十三）

金幼孜詞話

金幼孜（一三六八—一四三一），名善，以字行，號退閣，新淦（今江西）人。建文二年進士，授户科給事中。永樂初改翰林檢討，與解縉等同直文淵閣，遷諭德兼侍講。又遷翰林學士，尋拜文淵閣大學士。仁宗立，進户部右侍郎，尋加太子少保兼武英殿大學士。洪熙初遷禮部尚書兼官如故。卒贈少保，謚文靖。所著有《金文靖集》、《北征録》。此據影印文淵閣《四庫全書》本《金文靖集》録詞話一則。

一

《書墨妙卷後》：西昌劉士皆氏，以四川按察僉事得代還京師，乃求一時朝士之名能書者，各書古人詩詞，萃為一卷，而題之曰《墨妙》。今改調河南，將行，復來，徵予言以識末簡。夫天下之物有可以愛玩嗜好，不至於沉溺賈禍者，惟翰墨為然。而昔東坡猶以為戒，謂不可以留意，若留意於此，則亦足以為病。士皆脱灑超邁，其篤好於此，必能得其樂而無所病焉。政事之隙時，一展而玩之，想故人於天上，豈不重《停雲》之感而有無窮之思者乎？卷中所書，予未暇有所評品，然皆各臻其妙，使在後日觀之，此亦為難得矣。士皆尚愛重之。（《金文靖集》卷十）

吴訥詞話

吴訥(一三六八—一四五四),字敏德,號思庵,常熟(今江蘇)人。力學尚義,兼善醫術。永樂間以醫士舉至京,懇辭。洪熙元年擢監察御史,出巡浙江,宣德五年陞右僉都御史,尋陞左副都御史,致仕,年八十六卒,謚文恪。編著有《小學集解》、《文章辯體》、《性理羣書補注》、《唐宋名賢百家詞》等。《文章辨體》五十卷《外集》五卷《總論》一卷,採輯前代至明初詩文,分體編録,各為之説。此據《續修四庫全書》影印明天順八年劉孜等刻本録詞話一則。

一　四六為古文之變，律賦為古賦之變，律詩雜體為古詩之變，詞曲為古樂府之變。西山《文章正宗》凡變體文辭皆不收録，《東萊文鑑》則兼載焉。今遵其意，復輯四六對偶及律詩歌曲共五卷，名曰外集，附於五十卷之後，以備衆體，且以著文辭世變。（《文章辨體》「凡例」）

龔斆詞話

龔斆，字文達，鉛山（今江西）人。學問該博，德行篤實。洪武初以明經為府學教授，御史葉孟芳高其學行，薦至京師，遷國子司業，尋陞祭酒，卒於官。所著有《鵞湖集》、《經野類抄》。此據影印文淵閣《四庫全書》本《鵞湖集》録詞話一則。

一　《贈石鎮歸省餘杭序》：錢塘為古杭州，由餘杭而得名耳。雖僻在海隅，而山有龍飛鳳舞之奇，水有左江右湖之險，民物繁夥，財粟充牣。宋仁宗以為東南第一州，不虛語也。余往年嘗目覩其盛矣，暇日登鳳凰山，覽南宋之故宫，輦路寢園猶有存者；過六橋，弔蘇公之遺跡，而水光山色舉在目前；詠月香水影之詩，歌釣叟蓮娃之曲，則逋仙蕭散放曠之懷，柳詞清新飄逸之風，皆可以想見其當時矣。不跡其地幾五十年，静言思之，如隔夢寐，不知年來風景還有同與？意必有良才秀民生其間，而未之見也。乃洪武乙丑，生員石鎮與同郡何復初俱以歲貢肄業胄監已三年，觀二生之聰敏好學，大異於庸衆人，豈湖山之孕秀猶未泯與？戊辰孟秋，石生將歸省餘杭，需片言以自勗。余曰：此仁人孝子之良心有所不免也。生今肄業上庠以求事君之忠也，還故鄉以求事親之孝也，忠孝兩盡，人生之志願足矣，余於此復有勉焉。生二親方富於春秋，正以禄為養之時，温清旨甘，必無久暌之理，毛義之檄，可指日而捧也。（《鶖湖集》卷五）

解縉詞話

解縉（一三六九—一四一五），字大紳，吉水（今江西）人。年十九舉鄉試第一，洪武戊辰進士，授庶吉士，改御史，用薦召為待詔。成祖入京，擢侍讀，命入直文淵閣，預機務。累進翰林學士，兼春坊大學士。出為廣西參議，改交阯。入奏事，會太祖北征，見東宫辭去，為高煦所譖，下獄，命獄吏沃以燒酒埋雪中死。所著有《文毅集》、《春雨齋集》、《似羅隱集》、《學士集》、《解學士奏議》。此據影印文淵閣《四庫全書》本《文毅集》録詞話二則。

一

《翰林院修撰王欽止先生墓表》：予友翰林修撰王君欽止諱艮，殁之日，識者皆嘆息推服而懷思之。……君文章雄偉光耀，常曰：「悖於理而工於辭者，非不知理悖也，欲希世而盗名也，吾切耻

之。」詩詞古雅，一以理為主，警策淵永，字畫精楷，皆稱其為人。其稿若干卷，藏於家，皆可傳也。（節録自《文毅集》卷十二）

二

《趙君用哲墓誌銘》：君諱哲，字用哲，始祖不佇，從宋高宗南渡，官至提舉，封吉水縣，子因家焉。後五世至必璺，宋進士，僉書吉州判官聽公事，元以為四會尹，不拜，公高祖也；曾祖啓元，祖叔順，父存誠。君生而敏顥，不為嬉戲。稍長，益務學，好讀書，寒暑忘倦。詩詞出語驚人，時學闕弟子員，縣官聞其賢，欲招致之。（節録自同前書卷十三）

胡廣詞話

胡廣（一三七〇—一四一八），字光大，號晃菴，吉水（今江西）人。建文二年廷試第一，更名靖，授翰林修撰。成祖即位，廣偕解縉迎附，擢侍講，復名廣。遷右庶子兼左春坊大學士，尋拜文淵閣大學士。卒贈禮部尚書，謚文穆。奉勅與人編有《周易大全》、《書傳大全》、《詩經大全》、《禮記大全》、《春秋大全》、《四書大全》、《性理大全書》等。著有《胡文穆公文集》、《晃菴扈從集》、《胡文穆雜著》。此據《四庫全書存目叢書》影印清乾隆十五年刻本《胡文穆公文集》録詞話一則。

一

《集句詩序》：集句起於近代，然非該博廣覽、用意精到者，弗能佳也。夫散取古人詩句萃成篇章，牽聯掇拾，必意貫辭達，如發於己心，出于己口，使人讀之不厭不倦，不覺為古人之言，斯為佳矣。若王文公之送劉貢甫、吴顥道，及《明妃曲》、《虞美人》、《胡笳十八拍》諸歌詞之類，雖弛張遊戲，然脱灑流麗，不涉形跡，尤為絶倡。又若丞相信國文公集杜句二百首，寓其孤忠憤切之情，宣其羈困堙鬱之氣，要非苟為之者。夫作詩為難，集句為尤難。情動於中而形於言者，詩也。隨所感而發，隨所至而止，意窮則辭盡，抑揚開闔，宛轉布置，易於為工，作固不難於集爾。若夫裒古人之句以為詩，得其上或遺其下，得於此或忘於彼，苟不遺忘，求其意之聯屬，無相齟齬，油然如出諸己者，戛戛乎其鮮矣。是以一篇之詩，必窮其智力，竭其心思，搜索研磨，協情比類，既諧且和，始克成就，是故集又難於作也。會稽劉天錫先生集古句為詩，彙為一卷，總若干首，間以示廣，凡贈遺酬荅、感寓題詠，各極其情意之所至，誦之，纚然如貫珠，翕然如奏樂，俯仰疾徐，咸得其趣意，何其善集也！蓋其遇太平無事之時，演冲澹和平之音，一本於性情之正，是又以集為作也。摘其精醇，擷其華美，長篇短章，春容典則，求於作者意度，或有過之。先生專門正葩之學，長於六藝，故得其切妙，集句特其餘。

（《胡文穆公文集》卷十二）

楊榮詞話

楊榮（一三七一—一四四〇），字勉仁，建安（今福建）人。建文庚辰進士。永樂初授翰林編修。成祖命直文淵閣大學士，兼翰林學士，階奉政大夫，知制誥。仁宗即位，累進太子少傅，謹身殿大學士，階資善大夫，陞工部尚書。宣宗即位，進少傅，階榮禄大夫。英宗即位，進少師。請告歸命，中官護行，卒於武林驛。歷事五朝，特見寵任，卒贈特進光禄大夫、左柱國、太師，謚文敏。所著有《文敏公集》、《玉堂遺藁》、《兩京類藁》。此據影印文淵閣《四庫全書》本《文敏集》録詞話三則。

一

《上元賜觀燈》：鑾輿臨御九門開，耿耿星河繞玉臺。百辟陪班天表近，六鼇擁翠月華來。簫韶樂奏更籌静，寶篆香飄淑氣回。影動翠雲連罘罳，光浮玉殿映罘罳。千枝火樹霞凝彩，百寶星毬錦作堆。銀燭夜光仍燦爛，瓊花春發孰栽培。謳歌迭奏《清平調》，詞賦争呈白雪才。紫陌已令嚴禁弭，銅壺莫遣漏聲催。龍顔有喜頻頒宴，鵷序承恩得共陪。霑沐小臣無補報，只將歌頌獻蓬萊。（《文敏集》卷一）

二　《雅集圖》：汴京富戚里，王氏乃其賢。雍容重文學，瀟灑樂林泉。名園足勝概，景物俱清妍。嘉時愜幽賞，休暇適所便。一時英俊流，冠蓋來翩翩。坡翁絶世資，揮灑筆如椽。偉哉丹陽公，據几方凝然。主家兩名姬，並立何嬋娟。珠翠盛容飾，雲鬟下垂肩。雙松高崔嵬，上有凌霄纏。石床清且潔，古器相駢聯。玉卮發光潤，瑶琴絙徽絃。伊誰寫兹圖，云是李龍眠。潁濵暨山谷，傍觀志何專。淮海自知音，側耳碧虚前。飄飄米南宫，灑翰飛雲烟。王郎獨仰觀，但覺蛟龍騫。亦有蒲團僧，趺坐語空圓。劉君諦聽之，無乃好逃禪。陰森古檜茂，晻靄芭蕉連。清風灑脩竹，芳氣出蘭荃。恠石倚幽壑，泉聲落潺湲。佳景已如此，况復開賓筵。諒匪塵中人，不異瀛洲仙。良會雖一時，英聲振八埏。蘭亭付陳迹，蓮社徒荒阡。奇哉西園集，圖畫今流傳。嗟我懷昔人，景仰心惓惓。摩挲想風采，歌詠聯詩篇。斐然愧續貂，願以厠末編。（同前書卷二）

三　《賀許編脩父壽日》：名家自是簪纓裔，種德綿延今幾世。遐齡可比竇家椿，賢嗣宜方郤林桂。

朅來初度屬昌辰，鶴算今逾七十春。遥想瓊筵開盛宴，衣冠滿座來嘉賓。玉堂令子尤歡慶，緘寄詩詞遠伸敬。紫誥曾頒已賜官，綵衣新製還相稱。伊予千里仰芳聲，未及登堂舉壽觥。尚期黄髮膺嘉祉，更沐天朝雨露榮。（同前書卷四）

王英詞話

王英（一三七六—一四五〇），字時彦，號泉坡，金谿（今江西）人。永樂甲申進士，選庶吉士，掌機密文字，與修《太祖實録》。仁宗即位，歷右春坊大學士，乞歸省。宣宗立，還朝，正統初擢南京禮部尚書。英端凝持重，歷仕四朝，朝廷大制作多出其手。卒謚文忠。所著有《泉坡集》。此據《續修四庫全書》影印清樸學齋抄本《王文安公詩文集》録詞話二則。

一

《彭御史挽詩序》：嗚呼！士之死，固可哀也。有可哀，而求其死而無愧，則奚以哀為？然所謂士者，以其賢於人也。賢者或困讒毁而嗇於其年，雖無愧於死，而人必哀之，甚則咨嗟慨嘆，發之於言辭，而挽詩之所以作焉。此其情動于中，蓋有不能自已者矣。西昌彭百鍊以進士為監察御史，百鍊氣剛，志鋭力學，工文詞，為御史卓然可稱，屢廵歷外郡，在兩淮則聲望尤著。推姦剔蠹，吏畏民服，淮人極口稱頌之。以母老婦侍于鄉。百鍊自負介直，論人物賢否，別白是非，其言侃侃，無所顧忌。見嫉於鄉之澆薄者，竟以事傾陷之。逮至京，得白，復侍選于天官矣。然其中猶鬱鬱不平，竟以疾而死，其年才四十有八耳。縉紳之士以百鍊，士之賢者也。嫉於讒邪，誣往方直，而其年止于斯。哀其死也，競賦詩詞以挽之，予讀而悲焉。嗚呼！百鍊死不可復見矣！死而可哀，與所謂無愧者，非百鍊乎？人無賢不肖，皆有死也，彼傾百鍊者，獨不死乎？雖不死，必有所自愧，況死而豈有哀之如百鍊者乎？則百鍊雖死，其又何憾哉！予故為之序。（《王文安公詩文集》卷一）

二 《故醫士徐先生挽詩序》：嗚呼！子宇其亡矣，人之哀子宇者，何其至哉！子宇世居姑蘇，洪武初，父仲宏以富室徙居京師。子宇力學，讀經史，工於醫，以藥療人疾，無貧富貴賤，皆予之，輒有奇效，而不責人之報。都人以宋清稱之，既隸大醫，有薦其為醫官者，力辭，遂移疾家居。子宇孝友誠恪，不伍流俗，以琴棊觴咏自樂，公卿大夫莫不敬之，卒壽七十有二。人人為之哀哭，而能言者又作為詩詞以挽之。嗚呼！向使子宇以醫取利，以能醫取一官，居闤闠之中，務華靡之習，無脩潔之行，人烏得而敬之？殁而烏得而哀之哉？士之生世，雖無一命之貴，而死則為人所哀慕焉，惟賢者如此，其子宇之謂歟？子宇雖没，復何憾哉！其子繼東悲慕之至，以挽詩請予序其首。予知子宇名久矣，故不辭而書之，且以泄繼東之哀云。（同前）

李昌祺詞話

李昌祺（一三七六—一四五二），名禎，以字行，廬陵（今江西）人。永樂甲申進士，選庶吉士，授禮部郎中。歷官廣西、河南左布政使。所著有《容膝軒草》、《運甓漫稿》。此據影印文淵閣《四庫全書》本《運甓漫稿》、早稻田大學藏明刊本《剪燈餘話》録詞話七則。

一

《傳奇美人才貌歌》：俊儀美女名靈芝，緑雲為鬓冰為肌。心聰手巧性温婉，喜嗔語默皆相宜。芙蓉娉婷海棠豔，百媚千嬌一身占。非但天生絶世姿，填詞和曲尤華贍。或吹或拍或彈絃，般般自小都學全。臂繫紅綃入彤邸，應知命合夙因緣。牡丹作花三月半，日日教來花側畔。《金縷》悠揚斂笑謳，《霓裳》轉折低鬟按。侍奉追陪不暫離，逡巡又及暮秋時。安排鬧熱濃粧扮，演習新鮮妙傳奇。

府裏偏矜重九節，賞菊芳筵早鋪設。淡掃蛾眉捧玉觴，一時粉黛空羅列。二八年齡歡樂多，好風好景洒消磨。中和亭上《清平調》，會耍庵前宛轉歌。通音曉律諳文墨，納令聯麻俱解得。珍翰過蒙賜詠篇，香紈更荷圖顔色。蓮步輕移拜案傍，氣飄蘭麝啟鶯吭。寵恩隆厚何由報，惟祝綿延寶算長。崔徽徒聞擅才藝，枉寫形容緘恨寄。光榮詎敢比靈芝，佳章佳畫褒佳麗。（《運甓漫稿》卷二）

二 《題東坡遊赤壁圖》：東坡先生人中龍，才高屢被羣小攻。遭讒近謫齊安東，漁樵混跡忘顯融。豈以得喪留心胸，弔古惟訪前代蹤。兩遊赤壁當秋冬，扁舟泛泛波溶溶。東山月出來清風，舉酒屬客談從容。緬懷公瑾真英雄，破敵於此成奇功。老瞞膽落摧兵鋒，烟塵漲天烈火紅。樓櫓灰滅須臾中，故壘回首生蒿蓬。運去物改世不同，沉沙遺戟埋榛蘩。臨流但見雙崖穹，崖根下俯馮夷宫。滔滔江漢仍朝宗，孫曹意氣寧重逢。千年往事付畫工，興亡割據俱已空，惟有兩賦傳無窮。（同前）

三 《青城舞劍録》：至正間，有道士真本無、文固虚，不知何許人。客威順王門下，通劍術，曉兵，深于智略，號文武才。王雖畜之，未始奇也，惟樊口衛君美重之。……明日，大設宴，君美首席，兩美人捧牙盤盛明珠十、黄金百兩為壽，君美不敢却，但唯唯謝，於是劇飲大醉。本無賦詩曰：「蓋世英雄蓋世才，關河百戰起塵埃。天下黄金謾築臺。壯志已成終古恨。遼東白鶴空留語，殘編付與後人哀。東風萬斛曹瞞艦，盡化周郎一炬灰。」固虚續吟曰：「豪傑消磨歎五陵，髮衝烏帽氣填膺。眼前不是無英俊，身後何須論廢興。當道有蛇魂已斷，渡江無馬識難憑。可憐一片中原地，虎嘯龍吟幾戰争。」其詩大抵類此，則其人可想矣。君美知所吟不能出其右，乃製《喜遷鶯》一闋，執杯酬謝於二公，自歌以侑焉，詞曰：「乾坤如昨，歎往事凄凉，長才蕭索。景物都非，人民俱換，非是舊時城郭。世事恰如棊子，當局方知難着。勝與敗，似一場春夢，何須驚愕。　寥落，相見處，萍水異鄉，爛熳清宵酌。説到英雄身同夢，澁畫劒鋒蓮鍔。看破浮雲變態，休問誰强誰弱。堪歎息，這一番歸去，似遼東鶴。」明日求歸，二人曰：「唐有紅線，今有碧線，當令送君也。」至則一好女子，其年可十七八，負竹箱，隨真、文同送君美青城道上。顧謂曰：「後會難期，請為起舞。」碧線開箱，取白丸四，大如雞卵，乃雌雄劒也。二人引而伸之，飛躍上下。須臾，天地晦冥，風雲慘淡，惟於塵埃中見電光翕欻，交繞互纏。君美股戰，行不成步，回望其居，皆陟壁窮崖，殊無有路。君美乃氣不得出，目不得合，常若刃在其頸，心膽俱落。舞罷，失二人所在，獨碧線旁立，君美倒皮囊中酒共飲。伺夜，握君美手東南而逝，將三更許抵家，但見金珠在榻，碧線亡去久矣，竟不知其何術也。洪武二十年，君美有壻單公鉉為庫官，嘗為人道婦翁事，亦與此脗合焉。（節録自《剪燈餘話》卷二）

四　《秋夜訪琵琶亭記》：洪武初，吴江沈韶，年弱冠，美姿容，詩學薩天錫，字學邊伯京，皆為時輩所稱許。……翌日，往究其實，躊躕之間，了無所見，興闌體倦，方欲言還，忽奇香馥鬱，縹緲而來，韶異之，延竚以俟。茶頃，一麗人宫妝豔餙，貌類天仙。二小姬前導，一持黄金吊爐，一抱紫羅繡褥，冉冉登階。意必貴家宅眷臨賞於此，隱壁後避之。小姬鋪褥庭心，麗人席地而坐。顧姬曰：「何得有生人氣？無乃昨夕狂客在是乎？」韶懼其使人搜索，超出拜見，且謝唐突，麗人曰：「朝代不同，又無名分，何唐突之有？但諸郎夜來談笑，以長安娼女、浮梁商婦見目，無亦太過乎？」韶倉卒莫知所對。麗人呼使同茵，辭讓再四，固命之，乃就席。因問其姓氏，麗人曰：「欲陳本末，懼駭君聽，然吾非禍於人者，幸勿見訝。妾僞漢陳主婕妤鄭婉娥也，年二十而死，殯於亭近。二侍兒，一名鈿蟬，一名金鴈，亦當時之殉葬者。」韶素有膽氣，兼重風情，不以為怪也，麗人曰：「妾沉鬱獨居，無以適意，每於此吟弄，聊遣幽懷，詎意昨宵為諸郎所據，敗興浩歌而返。今幸對此良宵，復遇佳客，足以償矣。」使鈿蟬歸取酒殽，飲於亭上，自歌其詞，曰：「朗憶之乎？即昨日所謳之《念奴嬌》也。」詞曰：「離離禾黍，歎江山似舊，英雄塵土。石馬銅駝荆棘裏，閲遍幾番寒暑。劍戟灰飛，旌旗鳥散，底處尋樓艣。喑嗚叱咤，只今猶説西楚。　憔悴玉帳虞兮，燈前掩面，淚交飛紅雨。鳳輦羊車行不返，九曲愁腸謾若（當作苦）。梅瓣凝妝，楊花翻曲，回首城章終古。翠螺青黛，絳仙慵畫眉嫵。」歌竟，勸韶盡飲。數杯後，韶豪態逸發，議論風生，與麗人談元末群雄起滅事，歷歷如目睹，且詢陳主行事之詳。麗人曰：「《春秋》為尊者諱，為親者諱，此非妾所敢知也。」韶曰：「余請遂言其為人，煦煦而少英斷，貿貿然而昧幾微。委任臣僚，非才者衆，如陳平章、姚平章皆斗筲小人，而使之秉鈞軸，握兵符；詹同文、魏杞山，乃金玉佳士，而使之在散地，處閑官。武弁則縱情酒色，文吏則惟事空言。城門狹而弗能容輦，爰作飛橋；九江陋而鋭于建都，猶餘故址。如此之類，可笑甚多。況復潛弑壽輝，顯居厥位。改元建號，弟兄井底之子陽；狹量淺謀，奴僕江南之李景。而猶奮攘螳臂，拒抗鷹揚。豕殪蛇殂，大將已殲于湖水；鯨誅鯢戮，幻身旋斃於箭鋒。一敗天亡，六軍星散。若其密籌帷幄、弘濟艱難者，特五大王一人而已。嗚呼！當群雄鼎沸之秋，居草昧風塵之日，而謀臣智將，拂士才官，厘厘若此，烏得而不敗亡哉？」麗人凄然，淚數行下。泣已，收淚曰：「且談風月，不必深言，徒令人懷抱作惡耳。」（節録自同前）

五　《瓊奴傳》：瓊奴，姓王氏，字潤貞，常山人。二歲而父歿，母童氏攜瓊奴適富人沈必貴，沈無子，愛之過已生。年十四，雅善歌辭，兼通音律，言德工容，四者咸備，近遠争求納聘焉。時同里有徐從道、劉均玉者，請婚猶切。徐本華胄而清貧，劉實白屋而暴富。徐之子名苕郎，劉之子名漢老，皆儀容秀整，且與瓊奴同年。必貴欲許劉，則鄙其閥閲之卑微；欲許徐，則慮其家道之窮迫。猶豫遲疑，莫之能定。……偶童氏小恙，苕郎入問疾，而瓊奴正侍母湯藥，不虞苕之至也，廻避弗及，乃相見於母榻前。苕郎盼之，姿色絶世。出而私喜，封紅箋一幅，使婢送與瓊奴。拆之，空紙也，瓊奴笑成一絶以答苕曰：「茜色霞箋照面頳，玉郎何事太多情。風流不是無佳句，兩字相思寫不成。」苕郎持歸，以誇於漢老。漢老正恨其奪己之配，以白均玉。均玉不咎子之無學，反切齒徐、沈入骨，恨之，即誣以事，俱不得白。徐闔室役遼陽，沈全家戍嶺表。訣别之際，黯然銷魂，觀者莫不為之下淚，遂散去南北不相聞。已而必貴傾殂，家事零落。惟童氏母女在，蕭然茅店，賣酒路傍。雖患難之中，瓊奴無復昔時容態，而青年粹質，終異常人。有吴指揮者悦之，欲娶以為妾，童氏以許人辭。吴知其故，遣媒謂曰：「徐郎遼海從戍，死生未卜，縱饒無恙，又安能至此而成姻乎？與其癡守空營，蹉跎歲月，盍不歸我貴家？任汝母女受用，亦不虚度一生也。」瓊奴堅然不肯。吴又使媒嫗行言，且壓以官府，童氏懼，與瓊奴謀曰：「一從苕去，五閲星霜，地角天涯，魚沉鴈杳，真所謂君處北海，寡人處南海，風馬牛之不相及也。汝之身事，終恐荒唐。矧又父遽淪亡，他鄉流落，權門側目，欲強委禽，吾孤兒寡婦，其何術以拒之？」瓊奴泣曰：「徐門遭禍，本自兒身，脱别從人，背之不義。且人之異於禽獸者，以其有誠信也，棄舊好而結新歡，是忘誠信，苟忘誠信，殆犬彘之不若也，有死而已，其肯為之乎？」因賦古詞一闋以自誓，其調寄《滿庭芳》，云：「綵鳳分群，文鴛失侶，紅雲路隔天台。舊時院落，畫棟積塵埃。謾有玉京離燕，向東風、似訴悲哀。主人去，捲簾恩重，空屋亦歸來。涇陽憔悴女，不逢柳毅，書信難裁。歎金釵脱股，寶鏡離臺。萬里遼陽郎去也，甚日重回。丁香樹，含花到死，肯傍别人開。」是夜，自縊于房中，母覺而救解，良久方甦。（節録自同前書卷三）

六　《芙蓉屏記》：至正辛卯，真州有崔生名英者，家極富。以父蔭補浙江温州永嘉尉，攜妻王氏赴任。道經蘇州之圌山，泊舟少憩，買紙錢牲酒，賽於神廟，既畢，與妻小飲舟中，舟人見其飲器皆金銀，遽起惡念。是夜，沉英水中，並婢僕殺之，謂王氏曰：「爾知所以不死者乎？我次子尚未有室，今與人撑船往杭州，一兩月歸來，與爾成親，汝即吾家人，第安心無恐。」言訖，席捲其所有，而以新婦呼王氏，王氏佯應之，勉為經理，曲盡殷勤。舟人私喜得婦，然漸稔熟，不復防閑。將月餘，值中秋節，舟人盛設酒殽，雄飲痛醉。王氏伺其睡沉，輕身上岸，行二三里，忽迷路，四面皆水鄉，惟蘆葦菰蒲，一望無際，且生自良家，雙彎纖細，不任跋涉之苦。又恐追尋者至，於是盡力而奔。久之，東方漸白，遥望林中有屋宇，急往投之。至則門猶未啟，鐘梵之聲隱然。少頃開關，乃一尼院。王氏徑入，院主問所以來故，王氏未敢以實對，紿之曰：「妾真州人，阿舅宦游江浙，挈家皆行，抵任而良人没矣。孀居數年，舅以嫁永嘉崔尉為次妻，正室悍戾難事，箠辱萬端。近者解官，舟次於此，因中秋賞月，命妾取酒杯，不料失手，墜金盞于江，必欲置之死地，遂逃生至此。」尼曰：「娘子既不敢歸舟，家鄉又遠，欲別求匹偶，卒乏良媒。孤苦一身，將何所托？」王惟涕泣而已。尼又曰：「老身有一言相勸，未審尊意如何？」王曰：「若吾師有以見處，即死無憾。」尼曰：「此間僻在荒濱，人跡不到，茭葑之與鄰，鷗鷺之與友，幸得一二同袍，皆五十以上，侍者數人，又皆淳謹。娘子雖年芳貌美，奈命蹇時乖，盍若捨愛離癡，悟身為幻，被緇削髮，就此出家。禪榻佛燈，晨飡暮粥，聊隨緣以度歲月，豈不勝於為人寵妾，受今世之苦惱而結來世之仇讐乎？」王拜謝曰：「是所志也。」遂落髮於佛前，立法名妙圓。王讀書識字，寫染俱通，不期月間，悉究內典，大為院主所禮待。凡事之巨細，非王主張，莫敢輒自行者。而復寬和柔善，人皆愛之。每日于白衣大士前禮百餘拜，密訴心曲，雖隆寒盛暑弗替。既罷，即身居奧室，人罕見其面。歲餘，忽有人至院隨喜，留齋而去。明日，持畫芙蓉一軸來施，老尼張於素屏。王過見之，識為英筆，因詢所自，院主曰：「近日檀越布施。」王問：「檀越姓名？今住甚處？以何為生？」曰：「同縣顧阿秀，兄弟以操舟為業。年來如意，人頗道其劫掠江湖間，未知誠然否？」王又問：「亦嘗往來此中乎？」曰：「少到耳。」即默識之。乃援筆題於屏上曰：「少日風流張敞筆，寫生不數今黃筌。芙蓉畫出□（當作最）鮮妍，豈知嬌豔色，翻抱死生冤。粉繪淒涼餘幻質，只今流落誰憐。素屏寂寞伴枯禪，今生緣已斷，願結再生緣。」其詞蓋《臨江仙》也，尼皆不曉其所謂。（節録自前書卷四）

七　《鞦韆會記》：元大德二年戊戌，孛羅以故相齊國公子拜宣徽院使，奄都剌為僉判，東平王榮甫為經歷，三家聯住海子橋西。宣徽生自相門，窮極富貴，第宅宏麗，莫與為比。然讀書能文，敬禮賢士，故時譽翕然稱之。私居後有杏園一所，取「春色滿園關不住，一枝紅杏出牆來」之意，花卉之奇，庭樹之好，冠于諸貴家。每年春，宣徽諸妹諸女邀院判、經歷宅眷，於園中設鞦韆之戲，盛陳飲宴，歡笑竟日。各家亦隔一日設饌，自二月末至清明後方罷，謂之鞦韆會。適樞密同僉帖木耳不花子拜住過園外，聞笑聲，於馬上欠身望之，正見鞦韆競蹴，歡鬨方濃，潛于柳陰中窺之，覩諸女皆絕色，遂久不去。為閽者所覺，走報宣徽。索之，亡矣。拜住歸，具白於母。母解意，乃遣媒于宣徽家求親。宣徽曰：「得非窺牆兒乎？吾正擇婿，可遣來一觀，若果佳，則當許也。」媒歸報，同僉飾拜住以往。宣徽見其美少年，心稍喜，但未知其才學，試之曰：「爾喜觀鞦韆，以此為題，《菩薩蠻》為調，賦南詞一闋，能乎？」拜住揮筆，以國字寫之，曰：「紅繩畫板柔荑指，東風燕子雙雙起。誇俊要争高，更將裙牢繫。　牙床和困睡，一任金釵墜。推枕起來遲，紗窗月上時。」宣徽雖愛其敏捷，恐是預搆，或假手於人，因盛席待之，席間再命作《滿江紅》詠鶯，拜住拂拭剡藤，用漢字書呈宣徽，宣徽喜曰：「得婿矣。」遂面許第三夫人女速哥失里為姻，且召夫人，並呼女出，與拜住相見。他女亦於窗隙中窺之，私賀速哥失里曰：「可謂『門闌多喜氣，女婿近乘龍』也。」擇日遣聘，禮物之多，詞翰之雅，喧傳都下，以為盛事。拜住鶯詞附録於此：「嫩日舒晴，韶光豔，碧天新月。正桃腮半吐，鶯聲初試。孤枕乍聞絃索悄，曲屏時聽笙簧細。愛綿蠻、柔舌韻東風，愈嬌媚。　幽夢醒，閒愁泥。殘杏褪，重門閉。巧音芳韻，十分流麗。入柳穿花來又去，欲求好友真無計。望上林、何日得雙棲？心迢遞。」既而同僉豪宕，簠簋不飾，竟以墨敗。繫御史臺獄，得疾囹圄間。以大臣例蒙疏放回家醫治，未逾旬，竟爾弗起，闔室染疾，盡為一空，獨拜住在，然冰消瓦解，財散人亡。宣徽將呼拜住回家教而養之，三夫人堅然不肯。蓋宣徽內變雖多，而三夫人者獨秉權專寵，見他姬女皆歸富貴之門，獨已婿家反凋弊如此，決意悔親。速哥失里諫曰：「結親即結義，一與訂盟，終不可改。兒非不見諸姊妹家榮盛，心亦慕之。但寸絲為定，鬼神難欺，豈可以其貧賤而棄之乎？」父母不聽，別議平章闊闊出之子僧家奴，儀文之盛，視昔有加。暨成婚，速哥失里行至中道，潛解腳紗，縊於轎中，比至而死矣。夫人以其愛女輿回，悉傾家奩及夫家聘物殮之，暫寄清安僧寺。拜住聞變，是夜，私往哭之，且扣棺曰：「拜住在此。」忽棺中應曰：「可開柩，我活矣。」周視四隅，漆釘牢固，無由可啟，乃謀於僧曰：「勞用力，開棺之罪，我一力承之，不以相累，當共分所有也。」僧素知其厚殮，亦萌利物之意，遂斧其蓋。女果活，彼此喜極，乃脫金釧及首飾之半謝僧。計其餘，尚值數萬緡，因托僧買漆整棺，不令事露。拜住遂挈速哥失里走上都。住一年，人無知者。所攜豐厚，兼拜住又教蒙古生數人，復有月俸，家道從容。不期宣徽出尹開平，下車之始，即求館客，而上都儒者絕少。或曰：「近有士自大都挈家寓此，亦色目人，設帳民間，誠有學問。府君欲覓西賓，惟此人為稱。」亟召之，則拜住也。宣徽意其必流落死矣，而人物整然，怪之，問：「何以至此？且娶誰氏？」拜住實告，宣徽不信，命舁至，則真速哥失里，一家驚動，且喜且悲。然猶恐其鬼假人形幻惑年少，陰使人詣清安詢僧，其言一同。乃發殯，空櫬而已。歸以告宣徽，夫婦愧歎，待之愈厚，收為贅婿，終老其家。拜住三子：長教化，仕至遼陽等處行中書省左丞，早卒。次子忙古歹，幼子黑廝，俱為内怯薛帶禦器械。忙古歹先死。黑廝官至樞密院使，天兵至燕，順帝御清寧殿，集三宫后妃、皇太子同議避兵，黑廝與丞相失列門哭諫曰：「天下者，世祖之天下也，當以死守。」不聽。夜半，開建德門而遁。黑廝隨入沙漠，不知所終。（同前）

袁華詞話

袁華，字子英，崑山（今江蘇）人。少潁悟不羣，工詩，尤長於樂府。與顧阿瑛友善，其家所藏書畫悉經品題。洪武初為蘇州府學訓導，後以其子為吏被罪坐累，卒於京師，所著有《耕學藁》、《易恒九成》。此據影印文淵閣《四庫全書》本《耕學齋詩集》録詞話一則。

一

《題姜養浩寄顧玉山詩後》：虎頭少年才且賢，俠遊不減杜樊川。善和牡丹天下白，看花走馬春風前。東家蝴蝶西家去，雙雙高飛向何處。尊前一曲斷腸詞，荒草寒烟暗平楚。（《耕學齋詩集》卷七）

董紀詞話

董紀，字良史，以字行，更字述夫，號一槎，上海人。洪武壬戌舉賢良方正，廷試對策稱旨，授江西按察使僉事，未幾告歸。築西郊草堂以居，因即以名其集曰《西郊笑端集》。此據影印文淵閣《四庫全書》本録詞話一則。

一

《閒處光陰記》：上海之沙岡有隱居，為章文浩氏，於其墅之西偏外齋之後鑿地為池，壘石為壇，樹以松桂，旁有古梅、碧桃、栢夾拱；池中畜金魚，植嘉蓮池之上。又作小軒通外齋，以為遊息之所。其廣三間，袤則不逾尋丈。花香竹色，熏染几席，雲影天光，出没闌檻，幽閒寥敻，不知有塵世之膠膠擾擾也。因取少游詞中語，名之曰閒處光陰，而求予為之記。予謂少游雪月中人，咳唾珠玉，故其言雖淺近，而意味無窮。登是軒者，覩其名而思其實，一軒之義盡矣，備矣。雖然，光陰一也，豈有閒不閒之謂哉？閒不閒，此天之所以予奪於人而人不能自必者，光陰不知也。人得其閒，不得其處，則徒有其閒而為虚度矣。雖得其處，不得其閒，則徒有其處而為虚設矣。既得其閒，又得其處，光陰豈有不假乎人者哉？文浩好尚高潔，胸次蕭灑，上勤賦税之供，下盡事育之責，退而休偃於此，避喧樂静，此豈非有得於閒處光陰之所者乎？至於風日佳時，牕户洞啓，與夫二三郡人談名理，討論往事，或觴或詠，或琴或奕，或焚香讀書，或啜茶觀畫，無一不適其宜，此豈非有得於閒處光陰之時者乎？且夫光陰者，百代之過客也，其在天地則無窮，在乎人則有限，以有限而言之，古無今之日，今無古之時。文浩有見於此，得所與時矣。閒處勿虚設也，光陰勿虚度也，如此則於少游之言為無愧，命軒之意為無負矣。視朝暮運甓，恐不堪事者，今亦何在？又安能以彼而易此哉！文浩作而曰：「某雖不敏，請事斯語矣。」遂書，為之記。（《西郊笑端集》卷二）

陳敬宗詞話

陳敬宗（一三七七—一四五九），字光世，號澹然居士，慈谿（今浙江）人。永樂癸未進士，選庶吉士。預修《永樂大典》成，授刑部主事。永樂十二年預修《高皇實録》成，改翰林侍講。宣德改元，轉南京國子監司業，秩滿，陞祭酒。以師道自任，嚴立教條，威儀端整，士林重之。官太學二十餘年，諸生多位至卿貳，公獨久不調，意豁如也。景泰初致仕，嘉靖中贈禮部侍郎，謚文定。著《澹然集》。此據《四庫全書存目叢書》影印清鈔本《澹然先生文集》録詞話三則。

一

《題趙文敏公一家遺墨卷》：此趙文敏公一家遺墨，凡六幅，首之以行可類記事一封，公親札也，而其天然之妙，無容喙矣。次之以《漁父詞》四首，公之内魏國曾夫人仲姬所作，亦親書之，詞婉而正，筆清而勁，雖工於詞翰者，未易能及。次之以《送剛父學正詩》，趙孟頫作，或以爲文敏弟也，而其筆意絶不類其家傳，果何如哉？又次以《秋興》八首，趙奕仲光和元中郎中之作，仲光，文敏之子，仲穆之弟，隱後不仕，日以詩酒自娱，故其詩與字綽有父兄風致。又其次孝廉集，先生《乞粟疏》，趙麟彦徵所作，彦徵，文敏孫，仲穆之子也。一疏甚工，藹然仁人君子之心，况其書惇實典則，蓋亦無忝於祖父者矣。又其次乃王子猷訪戴安道叙，前後截去姓名，不知其爲誰作也。昔元之仁宗嘗取公合魏國夫人及子雍書裝爲卷軸，識以御實，命藏之秘書，曰：「使後世知我朝有一家夫婦父子皆善書也。」嗟夫！公書一家翰墨已爲當時人之所重如此，况後世學者哉？此卷爲公鄉生俞奎所集，寶之重之，奚啻圭璧？間請予議於其後，予之言何足爲公重輕哉！書此，以致敬仰之意云爾。（《澹然先生文集》卷六）

二《跋唐韋莊借樂章帖》：右唐韋莊借樂章遺墨六十八字，國朝翰林學士宋公景濂得之於流落之餘，今守備南京襄城伯李公復得之於遺佚之後。唐宋距今六百餘年，而墨色如新，誠可寶也。莊字端己，杜陵人，在昭宗乾甯間舉進士，時中原多故，往依蜀節度使王建，建薦爲掌書記、起居舍人，歷官至平章事。以行書名於當時，莊以依王建得官，事業可知，但其字畫温潤清麗，得晉人風格爲近，有足觀者矣。字首尾有「政和」「宣和」收藏印記，復有「紹興内府圖書」，則是南渡時流落越中，後爲宋公所得，宋公爲學士，居京師，又爲士人得之，是帖決非士人座篋所藏之物，譬之美玉，豈汙壤所能

蝕哉？李公得此，表而出之，可謂得所託矣，誠足為端己百世之幸也。（同前）

三　《跋趙文敏公樂辭》：此趙文敏公聖節應制樂辭，其愛上之城，忠厚悃愊，藹然溢於言外，有頌禱之深意焉。詩曰：「天子萬壽，天子萬年。」又曰：「如山如阜，如岡如陵，如日之升，如月之恒。」以為古之詩人頌禱其君，備極其至。今觀詞中至言「與天齊壽」，則其言為尤切矣。人君貴為天子，富有四海，所不可必者，壽而已。文敏公其知所以忠愛，真君者哉！況其翰墨又深得晉唐人遺意，千載之下，皆足以使人敬之。山陽教諭王麟㳽藏之甚謹，宜矣。（同前）

彭汝實詞話

彭汝實，字子充，嘉定州（今四川）人。正德十六年進士。授南京吏科給事中。嘉靖初，吕柟、鄒守益以争大禮下詔獄，汝實抗草論救。數忤當事，遂奪職歸。奉親結廬山中，講授生徒。所著有《兑陽集》、《六詔紀聞》。此據上海古籍出版社影印《彊村叢書》本《中州樂府》録序文一則。

一

《近刻中州樂府叙》：聲韻之流，至於樂府，不知其變，其凡有幾。漢《房中》樂昉有斯名，周人宫中樂章已奏《關雎》、《鵲巢》矣。李唐而下，其變斯極。按《樂録》、《技録》、《樂府遺聲》、《新聲》所載瑟調、楚調、鐃歌、和歌，正附幾五十門，為魚龍鳥獸，為車馬征戍，為佳麗怨思，為蕃胡都邑，神仙游俠，時景觴酌，各若干十百曲。說者謂兩《出塞》、《蜀道難》，音響足比金石，皆樂府曲諸不易作也。沈宋以降，直至宋、金、元世，至有以樂府名家，如吴彦高學士者矣。《中州樂府》一帙，蓋金尚書令史元遺山集也，凡三十六人，總一百二十四首，以其父明德翁終焉。人有小敘志之，中閒亦有一二憐材者，文亦爾雅，蓋金人小史也。蜀左轄我儼山陸先生，會計之暇，目不瞬於檢閱，偶得是編，示予兑陽山樓，曰：「金、宋分疆，程學行於南，蘇學行於北，一時文獻未可謂無人。三百年來，完顔立國淺陋，故前為宋所掩，後為元所壓，使豪傑無聞焉，甚可痛也。編中譌誤，煩為校讎，與瑞成謀梓之，且以寓世變之感。」夫遺山，當有金哀宗之季，國步危促，宋知金仇之不可共，而忘豺狼之不可親，慘禍交臨，不幸生際其時與士者，為之臣妾，莫能奮飛，悲憤於邑之情可想也。故其形之聲韻，暢懷杯酒，繫念君國，多可哀愍，采風者所不棄也。明妃、烏孫主、蔡琰之流，皆以嬋娟不能自謀，遠嫁胡沙，馬上之樂，呻吟節拍，世皆憐而存之，矧是編乎？嗚呼！王風國風，由俗而變，江河之趨也。變至檜陳，亂極思治矣，此仲尼删詩意也。然則我儼山先生圖刻之意，其重有感於是編乎？其重有取於是編乎？嘉定守貴陽高登遂刻之九峰書院云。嘉靖十五年歲次丙申冬，漢嘉後學彭汝實拜書。（《中州樂府》）

林右詞話

林右，字公輔，臨海(今浙江)人。洪武初為中書舍人，與方孝孺友善。奉璽書行邊有功，進春坊大學士。命輔導皇太孫，以事謫中都教授，尋挂冠歸。聞孝孺死，為位哭於家。成祖召之，不至，命武士械至京，對語不遜，劓其鼻死。著有《林公輔集》。此據《四庫全書存目叢書》影印清康熙間查慎行家抄本《天台林公輔先生文集》録詞話一則。

一

《送林思度歸隱後序》：人之貧賤富貴，皆天也。世之不知天者則曰：彼漠漠在上，何預乎人？人之貧賤富貴，皆係於力之强弱耳，于是用力以求富貴，去貧賤，卒至用力愈多，富貴不可求，貧賤不可去，則憂形於色，戚戚然以悲。嗚呼！何不思之甚也！原憲居魯，茨室蓬户，桑樞甕牖，上漏下濕，幽坐而絃歌自如。曾子居魯，縕袍無表，顏色腫噲，手足胼胝，曳屣而歌，商聲滿天地，若出金石。彼二子，非不知富貴之愈乎貧賤，峻宇雕墻之安乎陋室，狐貉繡裳之榮乎縕袍，執世引纛之泰乎幽坐曳屣也，然皆順而受之者。蓋知貧賤富貴，天之所命，莫克為之，所以安乎天也。吾心既安乎天，則方寸之間，莫非精義之融液，至理之流行。幽坐而絃，曳屣而歌，足以自樂，又曷知孰為富貴？孰為貧賤乎？此君子所以貴乎知天也。若吾友林君思度，其知天者乎？思度，古衣冠族也，通經學古，工書經，善詩詞，世之落落知名者，未之或先。僑居白雲山之陽有年矣，人勸之曰：「以君之才，少屈尋丈，則富貴可立致也。」思度曰：「吾世居黃山之新塘，有弊廬三楹，茆葦之可以蔽風雨，有田數畝，穀麥之可以療朝夕。有園一區，桑麻之可以禦寒暑。仰天之時，因地之利，雖籍以老焉，可也，吾何以富貴為哉？」於是辭所往來，拏舟東歸，將友麋鹿，伴衆石，甘心焉。嗚呼！其可謂善知天者矣。其亦異於世之人委天於漠漠而戚戚於富貴貧賤者矣。雖然，嘗觀復之卦矣，剥盡則純陰，為十月之卦，而陽氣以生。積之踰月，而陽體始成，故十有一月，其卦為復。此陰極陽生之機，否極泰來之象也。故曰：「七日來復，利有攸往。君子於斯之時，當享亨道焉。」吾知林君，其自今以往，不為卦之復乎？富貴之來有所不能辭矣。右雖不敏，尚冀為君他日大書不一書也。林右序。（《天台林公輔先生文集》）

王達詞話

王達，字達善，號耐軒居士，無錫（今江蘇）人。洪武中以明經薦爲縣學訓導，改大同府學，後遷國子助教。永樂初擢編修，官至侍讀學士。年六十五卒。著有《天游雜稿》、《筆疇》、《景仰撮書》等，此據《四庫全書存目叢書》影印明正統間胡濱刻本《翰林學士耐軒王先生天游雜稿》録詞話一則。

一

《憶梅十詠》：塞外百物不産，所見者黄沙而已。平生清事，付之茫然。緬懷故鄉梅花，賦成十詠，時一歌之，亦足以遣鄙惡之懷云。不用詩，時用詞者，蓋余有《梅花百詠》板行于世，今不再用詩也。

月中梅，右《賀新郎》：「記得家鄉日，傍湘簾、一株索咲，古枝擎月。今歲花開人去遠，辜負滿園香雪。天有意、縱他孤潔，萬里一輪冰鑑浄，廣寒宫、路杳人輕别。酒杯閑，歌聲歇。 離離翠影殊清清（筆者按：衍一『清』字）絶，想蟠根、緑苔千古，冷光明滅。玉笛一聲空吹出，芳心千重似結。雲淡淡、曉風生髮，青鳥不來歸夢醒，嫦娥妬重愁偏切。天所愛，休攀折。」鶴邊梅，右《木蘭花曼（當作慢）》：「江南别後，勞歸夢，路難通。想鶴外遺踪，梅邊佳興，意味無窮。自來幽致，況瑶花千尺，玉羽更相從。半夜舞殘斜月，一聲叫斷清風。 熒熒千古頂丹紅，料不比，那時同。嘆風塵物表，暗香馥郁，疎影玲瓏。多少乾坤清氣，望東南山水一重重。何日幅巾歸去，叮嚀畫入圖中。」竹邊梅，右《滿江紅》：「翠袂凝寒，斗杓轉、瑶臺初曉。破五更殘夢，一聲青鳥。疎影横斜餘雪凍，王妃不語窺天巧。念古今高節有誰憐，知音少。 緑陰底，苔花遶。清香外，春風早。想孤山堂上，白頭逋老。竹外一枝真似畫，人間此語相傳好。看他年、驢背我歸來，君知道。」水底梅，右《燭（脱「影」字）摇紅》：「露冷平湖，波心皎皎沙痕潔。一枝斜浸水中天，錯認瑶池雪玉凝，春寒尚劣。捲珠簾、半鈎殘月。蒼龍應駭，錦鯉還疑，看來殊别。截斷銀河，水流不去光澄徹。賞心唯有白鷗知，未許人攀折。素女心腸如鉄，新浴罷、廣寒宫闕。自憐别後，一寸歸心，幾番愁絶。」雪中梅，右《喜遷鶯》：「垂虹亭畔，數百里、玉樹瓊林不斷。鞭影敲寒，馬蹄踏凍，是處梅花堪玩。皎皎呈輝鬭潔，幾度使人迷眩。香撲鼻，見一枝斜斜，竹梢相伴。 君看難畫處，百里懸崖，風捲花零亂。細剪清冰，輕鋪素練，新月一鈎雲錠，當時緩吟低唱，鶴外風生高岸。于今聽得，一聲畫角，數聲長嘆。」杖頭梅，右《醉蓬萊》：「記夕陽江上，看罷行雲，折梅歸去。一片春風，在杖頭高處。滿路清香，滿肩疎影，咲清狂如許。「玉骨娟娟，冰魂悄悄，耳邊無語。今日天涯客中，心緒半夜相思，一鐙風雨。安得敲門，向琳宫翠宇。玉笛聲中，對清風、拉箇賞心瓊侶。此意茫然，欲宣離恨，愧無佳句。」鐙前梅，右《水調歌頭》：「華館鐘初歇，湘簾捲暮寒。青燈一點照見，玉樹影溥溥。棋子幾番敲碎，欲上瓊樓高處，吹笛倚闌干。緒帳香初□，春風雪未乾。銀缸淺，蘭膏暈，夜曼曼。坐來閑剔，剔處心事起千端。今日天涯久別，何年酒邊歡悦，折取一技看。但惪孤根在，何憂會面難。」缾中梅，右《漢宫春》：「簾幙沉沉，正門掩微寒，樹□新旭。明窓净几，手貯一瓶春禄。古心誰賞，有參差、萬株群玉。真堪愛、一枝斜倚東風，潤資瓶腹。鶴邊夢魂春熟，似無言有意，暗傳芳馥。借成生意，一段風流俱足。于今別後，幾經年、佳期頻卜。看它日、拂衣歸去。再縛箇、水西茅屋。」松下梅，右《念奴嬌》：「九龍峰下，向僧房、兩箇長松凝緑。一樹瑶花相映發，萬里月華堪掬。露濯芳枝，鶴行疎影，驚落梢頭玉。千秋老幹，瀟然同在幽谷。雲聯十畝層陰，素娥相倚，無限歲寒心曲。一片迴飈忽吹起，夜半清香千斛。世念消除，凡心滌盡，翠髯如沐。可憐別後，夢中浪翻銀屋。」琴邊梅，右《晝錦堂》：「曲澗東頭，衆峰凹處，坐弄膝上冰絃。皎皎一株玉樹，斜倚吟肩。風飄暗香凝兩袖，漱孤根一脉流泉。雙耳潔，滌去塵心，江空玉鏡高懸。娟娟，良夜□，疎影瘦，清風兩鬢瀟然。彈到曲終人静，露顆初圓。斷橋流水孤蓬底，裁雲翦鶴同還。真無價，萬古西湖清事，盡屬逋仙。」

余賦成十詠之後，一以寄浙江諸高僧，一以寄梁溪諸朋友，俾其知我懷抱未嘗一日而忘清事也。客曰：「先生學道二十年，而猶未免於凝滯，非所謂達者也。」余曰：「梅花，清物也，古人愛者多矣，詠之何害？况鄉園者，祖宗墳墓、骨肉之所在也，詎能忘情耶？于此而忘情，則入於荒唐不論之學矣，豈吾儒之道哉！」客退，復自識於十詠之後。旹洪武三十一年正月十六日，天游道者燈下書。（《天游雜稿》卷六）

朱權詞話

朱權（一三七八—一四四八），明太祖朱元璋第十七子，自號大明奇士、臞仙、涵虚子、丹丘先生等。初封大寧，故稱寧王，卒謚獻，世稱寧獻王。永樂前後，王室多殘殺猜忌之事，權韜晦自隱，寄情於戲曲、鼓琴、讀書、釋道間，日與文學士相往還，託志翀舉。著有《太和正音譜》、《臞仙文譜》、《詩譜》、《詩格》、《西江詩法》、《原始祕書》等多種。《西江詩法》一卷，前有宣德五年自序，謂初得黄聚《詩法》二篇，後又得元儒所作詩法，芟其繁蕪，校其優劣，編成此書，分二十五目。此據東洋文庫藏萬曆周氏萬卷樓刊本《原始祕書》、《續修四庫全書》影印明洪熙刻本《臞仙神奇祕譜》和影印民國九年影抄明洪武本《太和正音譜》、齊魯書社整理出版《全明詩話》本《西江詩法》録詞話八則。又據影印文淵閣《四庫全書》本《頤庵文選》録序文一則。

一 胡部：《唐·禮樂志》曰：自周、陳以上雅、鄭淆雜而無別，隋文始分雅、俗二部入俗樂，二十八詞（當作調）是也。又有俗四本寫樂，形類樂音，而曲出於胡部，此名胡部之始也。復有銀字中管之別，皆前代應律之器，後人失其傳而更異名，故俗部諸曲悉源於雅樂。《筆談》曰：外國之聲，前（脱「世」字）自別為四夷樂，唐玄宗時始詔法曲與胡部合奏，自此全失古法，以先王之樂為雅樂，前世新聲為清樂，合胡部為宴樂。（《原始祕書》卷六「樂器音樂門」）

二 諸調：《筆談》曰：宫、商、角為正聲，徵、羽為變聲，加變徵，則從變之聲已瀆矣。隋鄭譯始調具之均，展轉相生，為八十四調，清濁混淆，紛亂無統，並況為新聲，自後有犯聲、側聲、正煞、寄煞、偏字、傍字，從半字之法，然則今胡部諸調皆源于鄭譯。（同前）

三 《三臺》：三十拍曲名也。《劉公嘉話録》曰：三臺送酒蓋因此，齊文宣毁銅雀臺，别築三臺，宫人拍手呼上臺，因以送酒。《李氏資暇》曰：昔鄴中有三臺，石季龍遊宴之所，樂工造此曲促飲也。又一説蔡邕自御史累遷尚書，三日之間，歷三臺，樂府以邕曉音律，製此曲以悦之，未知孰是？（同前）

四 小詞：《筆談》曰：古詩皆詠之，然後以聲依之詠以成曲，謂之協律，詩有律和聲，所謂曲也。唐人乃以詞填入曲中，不復用和聲，此格雖云自王涯始，然德宗、憲宗之時已多為之者，有（當作自）涯前者，又有「咸陽沽酒寳釵空」之句云李白作，《花間集》乃云張泌所為，未知孰是？ 塲（當作楊）繪《本事曲子》云：近世謂小詞起於温飛卿，然王建、白居易前於飛卿久矣。王建有《宫中三臺》、《宫中調笑》，樂天有《謝秋娘》，咸在本集，與今小詞同。《花間集》序則云起自李太白。《謝秋娘》一云《望江南》，又云近傳一闋云李白製，即今《菩薩蠻》，其詞非白不能及此，信其自白始也。劉斧《青瑣集》、隋《海中記》有《望江南》調，即煬帝世已有之矣。（同前）

五　《烏夜啼》：臞仙曰：是曲者，蓋古曲也。按《唐書·樂志》曰：《烏夜啼》者，宋臨川王義慶所作也。元嘉十七年，徙彭城王義康於豫章，義慶時為江州刺史，至鎮相見而哭，文帝聞而怪之，徵還宅，大懼，伎妾夜聞烏夜啼聲，扣齋閤云：「明日應有赦。」其年更為南兗州刺史，因是而作《烏夜啼》之曲。蓋臨川王之作古樂府耳，非琴操也，大槩樂府之於琴操喻意同耳。（《臞仙神奇秘譜》卷下「霞外神品」）

六　登崇山則知喬木之衆也，既而入巴蜀，登岷峨，見梓檀焉，小者合拱，大者千尺，枝幹層雲，根蟠巨壑，經千萬歲而風霜不能凋，斤斧不能加者，則知其材矣。其於人也亦然，見歐陽公以為幸也，及見曾南豐、蘇子，則又知其人焉。今士之於世也，可以立身，可以行道，而不棄於當世者，有如歐、蘇、南豐者乎？其文章之作有比於三子者乎？抱貫道之器，而馳騁乎廟堂之上，游泳乎六經之中，規矩乎政治，繩墨乎綱常，醞釀成太平之業，其道將以傳乎萬世之下者，非老於文學，曷能行其道哉？是書者，豫章頤庵先生國子祭酒胡公之文集也。觀先生之文，則知先生之德之行、之才、之志出於人也尚矣。蓋文可以觀人，可以取士，故聖王之所以得人，未有不由於斯，自漢、唐以下得其文之優者，獨稱韓、柳二人，而繼之以歐、曾、蘇三君子而已，文豈易言哉？今先生之文，其辭雍容，而其氣洋……其莆田方伯静者，好學之士也，嘗得先生之文稿焉。一日，予以文學自論，伯静乃出是書而獻之，其間文理皆出人言意之外，或一篇之中、一句之内有得性理之奥者，有出於神奇之妙者，不覺心與妙融，且驚且愕，未嘗不為之掩卷興嘆，慨然自釋，便覺胸中有所自得。若述志感寓，歸休之賦，别墅之文，聽雪之記，大有過於人矣。其楚詞也，如《謁文丞相祠》及《石鼓》、《毀璧》、《秋風》等篇，皆深得騷體，其意趣高古，而人所形容不至者而皆得之矣。又若《友竹》、《友桐》之序，皆能摹寫造化而得物之性情，可謂盡其神矣，豈庸腐可得而想像哉？至於詩詞樂府之作，如《述古》、《雜詠》之詩，大能感發人之情興，又可嘅也。其碑銘墓誌也，如《温忠武公廟碑》之作，皆能昭述前烈以繼後世萬古一日也，若是者，實文章之歐冶，可以陶鑄後學。嘗謂文章，乃天下之公器，其高下淺深，蓋有不可揜者矣。故君子欲成人之美者，豈無一言以述之乎？是謂桴布鼓於雷門，擊瓦缶於宣室，誠可愧耳。宣德壬子正月十六日涵虚子臞仙書。（節録自《頤庵文選》）

七　古帝王知音者：伏羲始製《扶來》、《立本》之音，神農製《扶持》、《下謀》之音，黄帝製《雲門》、《大卷》、《咸池》之音，少皞製《太淵》之音，顓帝製《六莖》之樂，帝嚳製《五英》之樂，堯帝製《大章》之樂，舜帝製《大韶》之樂，禹王製《大夏》之樂，湯王製《大濩》之樂，武王製《大武》、《房中》之樂，周公製《勺》，唐太宗製《秦王破陣》之樂，唐玄宗製《霓裳羽衣》之曲，及乎唐讓皇帝、後唐莊宗、南唐李後主、宋徽宗、金章宗，皆知音者也。（《太和正音譜》卷上「詞林須知」）

八 又有近體即律詩也，有絶句，有雜言，有三五七言自三言而終於七言，隋鄭世翼有此體。有五六言晉傅休奕《鴻雁生塞北》之篇是也，有一字至七字，唐張南史《雪》、《月》、《風》、《花》等篇是也又隋人應詔有三十字詩，凡三句七言、一句九言者，不足為法。有三句之歌，《大風歌》是也，古《華山畿》二十五首，多三句之詞。有兩句之歌，荆卿《易水歌》是也，又古詩《青驄白馬》、《兒女子》之類皆兩句。有一句之歌，《漢書》「枹鼓不鳴」是也，又童謡云「千乘萬乘上北邙」、「青絲白馬壽陽來」皆是一句之詞。有口號或四句或八句，有歌行古有《鞠歌行》、《短歌行》，有樂府，漢武定郊祀，命採齊、楚、趙、魏之聲以入樂府，可被於管弦者。樂府者，總其詞之衆名也。有楚辭，騷些也，屈、宋以下效此體皆謂之楚辭。有琴操，孔子有《猗蘭操》，後又有《水仙操》，韋德源作。《别鶴操》，高陵牧子作。曰謡，古有《獨酌謡》，穆王有《白雲謡》，其他尤多。曰吟古詞有《斷腸吟》、《隴頭吟》、《梁甫吟》、《白頭吟》之類，曰辭有《秋風辭》、《木蘭辭》，曰引有《箜篌引》、《飛龍引》，曰詠，《選》有《五君詠》，儲光羲有《群鴟詠》。曰唱魏明帝有《氣出唱》，曰弄樂府有《江南弄》，曰長調、短調。即今之詞調也，名不同，總言之爾。（《西江詩法》「詩體源流」）

九 嘗謂詩不足以盡其意，變而為詞，名曰詩餘。詞不足以盡其意，變而為曲，名曰樂府。大概法度與詩法同，觀賦體則知作套數之法矣，觀歌行則知作小令之法矣。今取其新樂府四章為作樂府模範。要知得氣概如此，方是法度。（同前書「作樂府法」）

朱有燉詞話

朱有燉(一三七九—一四三九),號誠齋,自稱全陽子、錦窠老人等,明太祖孫,襲封周王,謚憲,人稱周憲王。所作雜劇三十一種,名《誠齋樂府》,又有散曲集《誠齋樂府》,詩文集《誠齋新録》、《誠齋集》、《誠齋詞》等。此據《奢摩他室曲叢》本《瑶池會八仙慶壽》和《羣仙慶壽蟠桃會》録引文二則。

一 《瑶池會八仙慶壽引》:慶壽之詞,於酒席中,伶人多以神仙傳奇為壽。然甚有不宜用者,如《韓湘子度韓退之》、《吕洞賓岳陽樓》、《藍采和心猿意馬》等體,其中未必言詞盡皆善也。故予製《蟠桃會》、《八仙慶壽》傳奇,以為慶壽佐樽之設,亦古人祝壽之意耳。宣德七年季冬良日,錦窠老人書。

(《瑶池會八仙慶壽》)

二《羣仙慶壽蟠桃會引》：自昔以來人遇誕生之日，多有以詞曲慶賀者，筵會之中，以效祝壽之忱。今年值初予度，偶記舊日所製南吕宫一曲，因續成傳奇一本，付之歌，唯以資宴樂之嘉慶耳。宣德歲在己酉正月良日書。(《群仙慶壽蟠桃會》)

王直詞話

王直（一三七九—一四六二），字行儉，號抑庵，泰和（今江西）人。永樂甲申進士，改庶吉士，授修撰。歷事仁宗、宣宗，累遷少詹事，兼侍讀學士，在翰林二十餘年。正統初進禮部右侍郎，八年拜吏部尚書。卒贈太保，謚文端。所著有《抑菴集》。此據影印文淵閣《四庫全書》本《抑庵文集》録詞話一則。

一

《曾子啓輓詩序》：烏呼！予於曾公之亡，其心有不能已於哀者，其故何也？斯文之中如公者無幾，而今已矣，况復有鄉郡之好、友朋之誼而欲已於哀，可得邪？初予從公取進士，入翰林，凡上之所命與身之所處，大要皆同其所不同者。獨以憂去，五六年之間耳。及其後也，公與臨川王君及予三人者，其官同，其所任事同，飲食起居無不同者，凡十年，常自謂三人之契合如此，宜相與保其終。孰知公乃先棄之，則予之哀其可已邪？公之質端厚凝重，其存心也仁，其處友也周，其待物也寬而惠，其學於書無所不讀。至其為文，則思發如湧泉，大篇短章，各極其趣，詩詞尤雄放清麗，出入盛唐諸大家。精於草書，筆勢縱逸，若秋隼奮揚，天驥決驟，不可追躡，四方之人愛之若拱璧，則今之有慕於公而不可得者，其誰不悼嘆？矧同氣之求、受麗澤之益若予者，其何能不哀邪？初公之訃聞，天子為之惻然，贈公禮部左侍郎，令有司致祭，歸其喪永豐，為治墳葬焉，可謂恩榮始終矣。然士大夫惜公不久存，而蓄傷於懷者不以是而哀，於是皆為輓詩，使執紼者歌以送公而寓其哀。嗚呼！於此亦可以觀公之德矣。予固不能已於哀者，故書其所可哀，以為輓詩序，使觀者得詳焉。（《抑庵文集・後集》卷八）

龔詡詞話

龔詡（一三八二—一四六九），字大章，號純庵，崑山（今江蘇）人。父詧，洪武中官給事中，以言事遣戍五開衛，詡遂隸軍籍，後調守金川門。燕王篡位，詡變姓名遁歸，賣藥授徒以自給。正統己未巡撫周忱薦為松江學官，不就，又薦為太倉學官，亦不就。成化己丑始卒，年八十八，門人私謚曰安節先生。所著有《野古集》。此據上海書店出版《叢書集成續編》影印《對樹書屋叢刻》本《龔安節公野古集》録詞話一則。

一《題葉義士討賊〈鷓鴣天〉詞後》：有元叔季綱維絶，天狗下舐生人血。草萊隨處起戈矛，人命輕如冶中雪。姑蘇城東淞水南，有巍佛廬名福嚴。中潛秃虺二三輩，怒噓毒氣光炎炎。時逢毅哉葉君子，不是世間文墨士。智謀勇烈出萬夫，竟取凶狂付殊死。一從歌罷《鷓鴣天》，民方帖席得安眠。至今聞者比昨日，毛髮如竹猶森然。春去秋來百年久，精爽不隨骸骨朽。玩寇高駢劉巨容，地下相逢忸怩否。繇來五世得賢孫，善保忠孝弘家門。人見黄河浩浩入東海，誰信發源萬里來崑崙。五世孫與中守獨石有聲。（《龔安節公野古集》卷中）

錢溥詞話

錢溥(一四〇八—一四八八),字原溥,號九峰,又號瀛洲遺叟,華亭(今上海)人。正統己未進士,授檢討。歷官吏部尚書,卒謚文通。著有《使交録》、《朝鮮雜志》,又有《秘閣書目》,為其致仕歸里後所作,稱入東閣為史官,日閲中秘書,凡五十餘大橱,因録其目,藏以待考。此據書目文獻出版社出版《明代書目題跋叢刊》影印本録所載詞集。

一

《柳公樂章》一,《續東幾詩餘》一,《諸家詩詞》五,《滕玉霄詞》六,《静軒樂府》,《澗泉詩餘》一,《草堂詩餘》一,《辛稼軒詞》二,《須溪詞》二。(節録自《秘閣書目》「文集」)

二

《元長先生長短句》二,《淮海居士長短句》一,《稼軒長短句》四,《梅苑詞》一,《諸家燕晏詩(脱詞字)》三十,《琴趣外篇》一,《煙波漁隱詞》一,《陽春白雪》一,《選唱賺詞》一,《白石道人歌曲》一。(節録自同前「詩辭」)

三　《曾旅父詩詞》,《立詞(有脱字)》,《瓦全居士詩詞》,《南唐二主詞》,《陽春録》,《家晏録》,《珠玉集》,《張子野詞》,《杜壽域詞》,《立詞(有脱字)》,《樂章集》,《閒適集》,《晁叔用詞》,《小山集》,《清真集》,《東堂集》,《東山寓聲樂府》,《溪堂詞》,《竹友詞》,《冠柳詞》,《北溪詞》,《聊復詞》,《後湖詞》,《大聲集》,《石林集》,《蘆川集》,《劉行簡詞》,《順庵樂府》,《樵歌》,《丹陽詞》,《酒邊集》,《漱玉集》,《焦尾集》,《友古集》,《相山詞》,《浩歌集》,《可軒曲林》,《王武子詞》,《樂齋詞》,《鳳城詞》,《介庵詞》,《竹齋詞》,《丹青詞》,《燕喜詞》,《退圃詞》,《省齋詩餘》,《克齋詞》,《敬齋詞》,《袁去華集》,《樵隱詞》,《蘆溪詞》,《呂聖求詞》,《退齋詞》,《金谷遺音》,《歸里詞》,《信齋詞》,《澗壑詞》,《懶窟詞》,《王周士詞》,《哄堂詞》,《定齋詩餘》,《坦庵長短句》,《近情集》,《野逸堂詞》,《松坡詞》,《黜(當作默)軒詞》,《岫雲詞》,《西樵語叢(當作業)》,《雲溪樂府》,《西園鼓吹》,《李東老詞》,《東浦詞》,《李氏花萼集》,《好庵遊戲》,《鶴林詞》,《㗊㗊詞》,《銷閑詞》,《吴彦高詞》,《姜白石詞》,《桃源詞》,《審齋詞》,《海野詞》,《蓮齋詞》,《梅溪詞》,《竹屋詞》,《劉改之詞》,《冷然齋詩餘》,《蒲江詞》,《欸乃詞》,《花翁詞》,《蕭閒詞》(節録自同前「詩集」)

張宇初詞話

張宇初（？—一四一〇），字子璿，貴溪（今江西）人。道陵之裔，洪武十年襲掌道教，賜號無為真人，永樂八年卒。所著有《峴泉文集》。此據影印文淵閣《四庫全書》本《峴泉集》録詞話一則。

一 《趙原陽傳》：趙原陽名宜真，吉之安福人也。其先家浚儀，宋燕王德昭十三世孫某，仕元為安福令，因家焉。原陽幼穎敏，知讀書，即善習誦，博通經史百家言。長習進士業，未幾，試於言，以病不果赴。……有詩詞若干篇，已行世，凡奥密言論則見諸法要云。（節録自《峴泉集》卷三）

岳正詞話

岳正（一四一八—一四七二），字季方，號蒙泉，漷縣（今北京通州）人。正統十三年會試第一，進士及第，授編修。天順初以修撰入直内閣。謫欽州同知，尋繫獄，予杖，戍肅州。憲宗即位，以原官值經筵，出為興化知府，遂致仕。正博學能文，剛鯁負才氣，望重一時。嘉靖中贈太常卿，謚文肅。所著有《類博稿》、《類博雜言》。此據影印文淵閣《四庫全書》本《類博稿》録詞話一則。

一

《題陶穀郵亭圖》：雪水烹茶詫黨姬，玉堂明日有人知。如何千里江南使，又向郵亭製小詞。（《類博稿》卷二）

王與詞話

王與(一四二四—一四九五),字廷貴,武進(今江蘇)人。景泰辛未賜進士第三人,爲南京祭酒,授翰林編修,進講經筵,屢預纂修,累官吏部尚書。卒贈太子太保,謚文肅。著有《毘陵志》、《王文肅集》等。此據《續修四庫全書》影印明弘治刻本《思軒文集》録詞話一則。

一 《倡和壽詞後題》:聽玉楊公叔理,錫山徵士也。蓋其家故高貲,其昆弟多爲顯官,其爲人亦有才可用。公一不以屑意,脱略紈綺,遺落世故,幽棲一壑,扁舟五湖,日與幽人韻士相從爲文字遊,泊然如布素中人。至於酒酣興至,作爲詩歌,清新俊逸,景與意會,點染成圖,平淡簡遠,又儼然晉、宋間人風致。雖嘗斥其餘貲，以濟貧餒，朝廷聞之，授以冠服，然終非其志也。公今年五十有六，嘗於誕降之辰，作詞自壽，其昆弟子姓和之，其塾賓李舜明和之，士林諸友又和之，而公又手録其先每遇誕日所作詩并舜明所通和為一卷，携來南都，予竊觀焉。前輩嘗言白樂天為人誠實洞達，好為詩以紀年歲，蓋自壯至老，無歲無之。蘇長公素重樂天，間亦效其所作，千載之下，取而閱之，不必觀公年譜，考公家傳，可以備得其為人。聽玉此作，其亦有慕於二公者哉？公去，是其福益臻，其壽益永，紀年之作亦日以富。後之人又將有慕而為者，其名豈不與二公同垂於不朽哉？（《思軒文集》卷十一）

楊守陳詞話

楊守陳（一四二五—一四八九），字維新，號鏡川，鄞（今浙江）人。登景泰二年進士，選庶吉士，授編修，歷侍講學士。孝宗初由少詹事擢吏部右侍郎兼詹事府丞，卒贈禮部尚書，謚文懿。所著有《楊文懿公集》、《詩私抄》、《書私抄》等，此據《四部叢刊》影印明刊本劉基《太師誠意伯劉文成公集》録序文一則。

一 《重鋟誠意伯文集序》：國初，誠意伯劉公伯温嘗著《郁離子》五卷、《覆瓿集》并《拾遺》二十卷、《犂眉公集》五卷、《寫情集》暨《春秋明經》各四卷，其孫廌集御書及狀序諸作曰《翊運録》，皆鋟梓行世。然諸集渙而無統，板晝久而寖堙，學者病之，廵濞御史戴君用與其宷薛君謙、楊君琅謀重鋟，廼録善本，次第諸集，而冠以《翊運録》，俾杭郡守張君僖成之，屬守陳序。嗟乎！自昔夷主華夏，不過羶一隅腥數載耳，惟元奄四海而垂八紀，極弊大亂，開闢以來未有也。公以命世豪傑之才出佐我高皇，剪羣雄，混六□（當作合），掃百年之胡俗，復三代，四方尚能道之。方其未遇也，鬱積感憤，發之文辭，若四嶽之出雲無窮，若公輸之督衆宇各盡其制，若孫武子之師戈甲蔽野而不聞喑嗚叱咤之聲，若大海浩渼中畜虬螭鮔鱣黿鼉之屬，覩者駭愕而莫能名，然皆載道之航輪，濟世之粱帛，時已傳誦之。及達而施之朝廟，播之華夷，垂之百世之下，焯乎不可朽也，三代之英卓矣。漢以降，佐命元勳多崛起草莽甲兵間，諳文墨者殊鮮，子房之策，不見辭章，玄齡之文，僅辦符檄，未見樹開國之勳業而兼傳世之文章如公者，公可謂千古之人豪矣。而世或疑其仕元，或獨稱其觀象者，是猶訾伊尹之五就，知周公止於才藝而已，不已陋乎？三御史之重鋟兹集，蓋高山景行之志也，守陳之序，居培塿而論嵩岱，持土苴而寘之夜光朝采之上，可乎哉？成化六年夏六月吉，賜進士出身、奉訓大夫、太子洗馬兼經筵講官、同修國史、前翰林侍講四明晚學楊守陳序。（《太師誠意伯劉文成公集》）

周是修詞話

周是修，名德，以字行，泰和（今江西）人。少孤貧，自奮於學。洪武末舉明經，為霍邱訓導。預翰林纂修，所著有《詩集義》、《論語類編》、《廣衍太極圖》、《邇言》、《家訓》、《觀感録》、《芻蕘集》、《進思集》、《綱常懿範》等書。《綱常懿範》十卷，閒居，感其母彭氏教以忠孝大端，因採輯前言往行，以培植綱常，風動百世。此據《四庫全書存目叢書》影印明崇禎三年周應鰲刻本《綱常懿範》録詞話三則。

一　煙波釣徒：張志和，字子同，金華人。母夢楓生腹上生志和，初名龜齡，肅宗命待詔翰林，賜今名。因親喪不仕，居江湖，號烟波釣徒。每垂釣，不設餌，志不在魚也。號玄真子。觀察使陳少游表其居曰玄真坊，為買地，大其廬，號回軒巷。門前阻水，為構一橋，號大夫橋。陸羽聞訊，與往來，答曰：「太虛為室，明月為燭，與四海諸公共處，未嘗少別，何有往來？」帝賜奴婢各一，志和配為夫婦，名曰漁童樵青。有《漁歌》三疊傳于世。（《綱常懿範》卷九）

二　奉身勇退：辛幼安，名棄疾，號稼軒居士。宋寧、理朝擁節鉞，奉身勇退，悉以家事付兒曹。作《西江月》云：「萬事雲烟忽過，一身蒲柳先衰。而今何事最相宜，宜醉宜遊宜睡。　早起催科早納，更量出入收支。乃翁依舊官暨（當作呰，即些字）兒，管竹管山管水。」（同前）

三　買山結屋：宋自遜，字謙父，南昌人，號壺山。詞筆絕高，嘗作《騫（當作蹇）山溪》自述云：「壺山居士，未老心先嬾。愛學道人家，辦竹几、蒲團茗枕（當作椀）。青山可買，小結屋三間。開一徑，俯清溪，修竹栽教滿。　客來便請，隨分家常飯。若肯小留連，更薄酒、三杯兩盞。吟詩度曲，風月任招呼，身外事，不相關，自有天公管。」有詞集名《漁樵笛譜》。（同前）

羅鶴詞話

羅鶴，字子應，號應庵，泰和（今江西）人。與楊士奇有連，明初時人。著《應庵隨録》十四卷，是書欲仿《容齋隨筆》、《學齋佔俾》諸書，考證多據所聞見，以意襃貶。此據《四庫全書存目叢書》影印明萬曆間刻本《應庵隨録》録詞話三則。

一

國朝瞿存齋宗吉《歸田詩話》載一僧題其所書淵明《歸去來辭》一絶云：「典午山河半已墟，褰裳宵逝望歸廬。玉堂學士宋公子，好事多應夢裏書。」詞不迫而意篤至云。蓋孟頫以詩詞書畫之美，士大夫多溺愛之，而獨往往見譏於僧，乃知名節一隳，雖異流殊教之人亦為所賤，而况賢人君子乎？（《應庵隨録》卷五）

二　市隱賢豪：江夏樊思齊子賢，楊文貞公弱冠至武昌逆旅，與子賢居相接，一相見如平生，時年已七十。其少與郡人聶炳、南昌包希魯交厚，嘗親見虞、揭、歐陽、原功、許可用諸公，其為學有要領，治《詩經》，評論古今人物及忖度事後當成敗，皆有理，而浮湛市廛，以賣書為業，雖鄉人莫或知之者。獨吳啓公佑國子祭酒時來就之，然不如其意也。頗喜作中州樂府，以為馮海粟之豪俊、張小山之精麗，當兼而有之。時有所作，輒為文貞誦焉。一日，文貞效其體和數篇，見之，愀然不懌，曰：「老夫豈以是望賢者？」又曰：「老夫過矣。」文貞甚愧之，自是不復與文貞言樂府矣，此可謂愛人以德者也。嗟乎！十室之邑，必有忠信，今之閭巷市廛豈無抱道浮湛者邪？第予未見斯人耳。援筆慨嘆，漫志以思。（同前書卷七）

三　優人不避諱：古之優人於御前嘲笑，不但不避諱，雖天子后妃亦無所諱。唐中宗時，裴談為御史大夫，妻悍妬，談畏之，一日内宴，優人唱《廻波詞》，中一優大唱云：「廻波爾時栲栳，怕婸也是大好。外間只有裴談，内裏無過李老。」李老，蓋指中宗，懼韋后也，時后亦在，聞之，意色自得，以至賤之伶優面斥天子為李老，又直呼大臣之名，而俱安之，不惟中宗時事可知，後之權歸嬖倖而荒淫無度者，亦可戒懼矣！（同前書卷十三）

劉璟詞話

劉璟，字仲璟，青田（今浙江）人。基次子。洪武二十三年太祖命襲父爵，以讓其兄子廌，乃特設閤門使授之。尋為谷王府左長史，燕王稱兵，隨谷王歸京師。成祖即位，召之，稱疾不至，逮入京下獄，自經死。福王時贈大理少卿，謚剛節，入清謚忠節。所著有《易齋稿》、《無隱稿》。此據《續修四庫全書》影印抄本《易齋稿》録詞話一則。

一

《贈沈思善》：沈生壯遊今幾年，復回故山看畫船。西湖新水碧於酒，岳墳古樹青含烟。陶情經史三千卷，得意詩詞數百篇。眼底風光真可樂，儘將窮達付蒼天。（《易齋稿》卷二）

胡儼詞話

胡儼，字若思，南昌（今江西）人。洪武末以舉人授華亭教諭，建文初授桐城知縣。永樂初擢翰林檢討，直内閣，遷國子祭酒。洪熙元年加太子賓客，致仕。宣德初以禮部侍郎召，辭歸。家居二十年而卒。所著有《頤庵集》、《胡祭酒集》。此據影印文淵閣《四庫全書》本《頤庵文選》和《北京圖書館古籍珍本叢刊》影印明刊本《胡祭酒集》録詞話五則。

一

《梅花百詠詩序》：刑部主事前江西參政浦城潘賜文錫以其《梅花百詠》詩寓書於布政使孟公，求余序之。文錫，永樂初余讀卷時進士也，其學富，其才敏，其施於政治亦有猷有為也。當朝廷清明，六官政簡，而文錫乃於政事之餘優游暇日，發其所藴，見於詩章，吟詠其性情，舒寫其懷抱，其用心勤矣。余少宦游吴中，見故元馮海粟及釋中峰嘗有是作，彼此相誇，海粟卒為中峰所屈已，不直於君子也。朋游盍簪傳誦，以資談論，而所謂《百詠》者遂行於世矣。今觀文錫所作，雖不拘拘於體物，而諷詠之間，其心志亦未嘗不在乎梅也，好之而不忘，詠之而無已，是必有可好可詠者矣。雖然，昔人之於梅，好而詠之者不少矣。何遜之詩，宋廣平之賦，杜甫、林逋之作，皆見稱於世。而近代論詠梅者，獨以逋詩為工，虞邵庵則曰：「以少陵『安得健步移遠梅，亂插繁花向晴昊』之句，視『疎影』、『暗香』、『昏月』、『淺水』之語為何？如其氣象，固有逕庭矣。」學者知此，乃可與言詩也。余知文錫之《百詠》特寄興焉耳。至於發揮事業，涵泳膏澤，美教化，移風俗，達乎公平廣大，以鳴乎國家之盛於無窮，豈止於詠物而已哉？昔左太冲《三都賦》成，有賴於皇甫士安之序。余休致山林，日就衰朽，勉强執筆，言實無文，抱士安之疾，孤文錫之意，祇自懷慚，曷以增重？姑述所聞以為序云。（《頤庵文選》卷上）

二 《唐人羯鼓歌》：手如白雨點，頭若青山峰。牙床不動花楸急，太蔟震越淩高空。小殿風清日初旦，雲母屏開烟霧散。千葩萬卉淺含春，一曲未終俱煥爛。花奴秀瑩玉無瑕，砑光帽子紅槿花。絕倫之藝誰得似，梨園弟子空咨嗟。苑中正奏《春光好》，如何翻作《秋風早（疑作高）》。沉香亭畔走妖狐，凝碧池頭宴芳草。長安月冷夜沉沉，舊曲聽來思不禁。耶婆色雞短無尾，却憶開元淚滿襟。（同前書卷下）

三 《題秋江獨釣圖二首》：「放舟不向蘆花宿，醉後獨持一竿竹。青山兩岸暮猿深，風葉蕭蕭湘水綠。

白鷗慣聽古滄浪，鳧鷺却散隨波逐。」右用柳子厚《漁翁》詩韻，柳詩云：「漁翁夜傍西岩宿，晚汲清湘燃楚竹。煙消日出不見人，欸乃一聲山水緑。迴看天際下中流，岩上無心雲相逐。」東坡謂：「詩以奇趣為宗，反常合道為趣，熟味此詩，真有奇趣，然尾兩句不必亦可。」愚謂必得二句，庶趣遠而意足，因題此圖，漫及之耳。「漁家幾世住林塘，朝朝暮暮見鴛鴦。蘆花雪暗門前路，楓葉紅垂屋角霜。蕭蕭林籟吹清樾，隱隱青山樹如髪。烟開一棹度中流，持竿獨釣秋江月。」右用蘇養直《清江曲》韻。（同前）

四　《題李白月夜泛舟圖》：夜郎長流無歸期，得歸不受樊籠羈。采石江頭好山水，鶺鴒留連花滿枝。幾回泛舟過牛渚，星河浮空月當午。醉披宫錦倒芳樽，何處有人歌《白紵》。樽前對影成三人，八荒蕩蕩清無塵。舉杯邀月月將落，桂樹倒挂波粼粼。沉香亭前昔開宴，羯鼓聲高花影顫。一時寫就《清平》詞，白璧生蠅那得知。自從棄置不復道，緑水青山空寄傲。春去苔生沽酒壚，夜寒雲掩燒丹竈。詩卷空留天地間，騎鯨一去竟不還。若非瓊玉烟霞館，定在蓬萊鸞鶴班。馬嵬魂斷音塵絶，終古長庚光不滅。一抔黄壤枕江邊，至今猶照當時月。（同前）

五　《譙樓畫角三弄記》：儼幼聞諸伯父虞部府君曰：世之鼓樓曰譙樓者，謂門上為高樓以望也，畫角之曲有三弄，乃曹子建所譔，其初弄曰：「為君難，為臣亦難難又難。」次弄曰：「創業難，守成亦難難又難。」三弄曰：「起家難，保家亦難難又難。」今角音之嗚嗚者，皆「難」字之曳聲耳，所以使人昏曉之間、燕息之際，聞之有所儆發也。至唐節度使辭日，賜雙旌雙節，行則建節，立六纛入境，州縣立節樓，迎以鼓角，今州郡有樓以置鼓角，必會府而後可，非受方面之任而置鼓角，皆僭也。（《胡祭酒集》卷十四）

趙弼詞話

趙弼，字輔之，號雪航，南平（今福建）人。博學多識，清潔自好，尤邃於《易》。教授鄉邑，學者稱爲雪航先生。永樂初以明經授翰林院，任漢陽儒學教諭。所著有《雪航膚見》，成於正統、景泰間。又有《效顰集》三卷，宣德戊申自序謂效宋洪邁《夷堅志》和明瞿佑《剪燈新話》，編述傳記二十六篇，皆聞先輩碩老所談，與己目之所擊者。紀報應之事，意寓勸懲。此據《續修四庫全書》影印明宣德王静刻本録詞話二則，此本多漫漶，參照臺灣天一出版社《明清善本小説叢刊》影印舊抄本補。

一

《蓬萊先生傳》：先生林姓，字孟章，古渝人也。資（當作姿）儀脩偉，負才使氣，以豪俠自任。嘗謂人曰：今之士大夫或頗挾才藝，而貌多不颺，其他不過冠玉而已。若吾之才貌，可謂表裏相稱。雖當方面，登臺省，有何忝焉？又大言曰：大丈夫既無千鍾之禄，惟當日飲千鍾之酒，借使不及三傑之功名，亦可効八達之放逸，詎可鬱鬱甘於齏鹽而為守錢之虜哉？嘗築軒居，顔曰小蓬萊，因號蓬萊先生。自題詩云：「清風一榻小蓬萊，日飲流霞數百杯。醉後舞嫌天地窄，浩歌嘹亮響天台。」自是家醞既熟，必招交遊者飲之，期醉乃止。閑則於經書詩詞中摘其微句以為酒令，第遇筵宴，必舉而行之。繼室邢氏妙年，頗有姿色，以林嗜飲太過，諫曰：「君終日酕醄，非攝生之道。恐沉湎至甚，或成艱疾，將若之何？」林笑曰：「非汝婦人所知也，豈不聞謫仙歌曰：『古來賢達皆寂寞，惟有飲者留其名。』吾獲與劉伶、畢卓之徒遊於地下，足矣。」後果成疾，年餘弗瘥。一日，友人夏公子數輩問疾，慰曰：「先生貴恙將勿藥乎？」林嘆曰：「吾採薪之憂已在膏肓，就木必矣。」衆駭曰：「先生何為出此言也，有陰德者，必享其樂，宜自開懷，善加調攝以享期頤也。」林曰：「人生五十不為夭，吾將六旬，死何憾焉？第以一事慊於心耳。」衆問其故，不言者良久，再三叩之，林忽變色，指其妻謂曰：「諸君無目乎？吾逝世之後，觀此尤物之容，不逾月而必適人矣。」言既，俛首太息。衆復開慰再三，揖別而去。邢泣進曰：「妾侍巾櫛二十餘年，先生猶不知妾心，出此絶義之言乎？縱先生有不諱，妾豈不能效共姜令女之志乎？胡為姦妾之甚也。」林恚曰：「吾平昔耽於麴糵，遊於醉鄉，觀汝怨恨之心形於聲色，非衣食不汝足，抑非珠翠無汝飾而致是也？良由枕衾之樂，弗克遂爾之情耳。吾窀穸後，若擇所從，必如嫪毐而後可稱汝之心矣。幽冥之中，無鬼神則已，如其有神，吾必復取厥良，俾汝孀居終身，愁死於孤枕也。」言既，長吁而卒。邢哀毀殊甚，具衣衾棺槨之禮而葬之。逮一月餘，邢偶染疾，延醫者蔣允思胗視。時允思先已喪偶三月，林病革，已懷覬覦之心矣。聞邢請，即盛服往視之，胗脈良久，乃聲嗟氣嘆而謂邢曰：「今者六脈沉細，由夫七情感傷，愁怨鬱結於心耳。苟不速開懷抱而盡綢繆之樂，必有屬纊之憂，深可吁也。且夫人生兩間，青春難得，白髮易生。不趁時而追歡，徒含悲而衰老。昔文君之知音，尚有相如之私奔；易安之才學，亦有汝舟之再適。佳人未至不惑之年，何苦毀傷懷抱，顦顇形容，甘為林下之塵？縱有貞節之名，誰為書之？」邢起而謝曰：「君之藥言，誠中妾肺腑之疾，敢不聽訓？」即呼侍女春蘭置酒肴於窓下，與允思對按（當作案）而酌，杯觴酬酢，極其歡謔。時窓外有秋千架，允思指謂邢曰：「佳人可盡興於此，極其勞倦，夜則寐矣。不然，春宵漏永，豈無展轉反側之嘆乎？」邢曰：「妾新遭從子之戚，敢為秋千之戲？是蓋春蘭偕隣家幼女戲為耳。」酒至半酣，允思口占《滿庭芳》一闋以勸邢飲，其詞曰：「燕燕雙飛，鶯鶯對囀，韶華正是三陽。風輕雲淡，花卉競芬芳。對此□融和好景，乍教人、孤守蘭房。紅樓上，佳人才子，絃管醉壺觴。　想共姜令女，河間南子，總是亡羊。最堪嗟、兩鬢容易星霜。願作朝雲暮雨，枕幃中忻夕徜徉。歡娛事，趁時消遣，切莫負春光。」邢大笑，舉杯飲畢，命春蘭易巨觥滿酌，自製《好事近》一闋以酧允思云，其詞曰：「春色正融和，簾卷閑庭人靜。自覺朱顏憔悴，羞對菱花鏡。　落花無數惱愁腸，愈益風流病。既謝東君雅意，願與孤鸞並。」允思大喜，跽而罄飲，斂手告曰：「切念小子，內焉失助，中饋乏人。既承金石之言，何用冰人之請？　非惟賤子斷絃再續，抑且佳人破鏡重圓。俾桃李逢春，又是一番之新慶；庶鸞鳳葉吉，永為百世之于飛。事豈偶然？皆由前定。」言既，拜伏於地。邢扶之起曰：「妾既許諾，必無食言。今日曛矣，欲留君於此，恐聞者有鑽穴逾牆之譏，非惟有玷於妾，抑且污君之清德也。君請暫歸，仍假斧柯之道，以將筐篚之儀，卜其星期，成其合巹，俾名正言順，又何畏傍人之多喙哉？」允思拜辭而去。翌日，遣媒妁導意，納聘娶之，時林纔喪三十有八日矣。邢既歸允思，魚水之情，極其娛樂，非林所可擬也。及十月餘，邢有夢熊之喜。一日，允思臨直，邢獨寢於室，忽聞門外剥啄之聲。啟扉視之，見林儼然衣冠若平昔，趨入，即挽邢袂謂曰：「枕席之娛足乎？」邢大駭，罔知所為，拜而泣曰：「先生捐館後，妾度日艱難，衣食無所得，故棄志忍辱於此，實慙負天地，奈何？」林厲聲曰：「汝勿長舌，豈不聞餓死事極小、失節事極大？汝今獲遂婁豬艾豭之情，必恨吾死晚矣。」言畢，坐於卧榻，謂邢曰：「矮郎安在？」邢曰：「今宵臨直，宿於府齋也。」林從容謂邢曰：「吾為汝夫，汝為吾婦，二十一年之恩愛，頓爾分離；百千萬種之風流，難期再會。雖死生之有限，痛繼嗣以無人。苦淚徒傾，歡情永訣。烏飛兔走，俄驚草木長孤墳；鳳舞鸞鳴，豈料雨雲生别館？新郎歡愛，渾如錦上添花；舊日因緣，宛似水中摸月。已見熊羆入夢，行看老蚌生珠。仍有短吟，聊為一賀。」詩云：「昔年笑我老籧篨，雨意雲情不遂渠。今日既求鸞鳳友，如何又伴一侏儒。」允思身短小，故云。邢泣曰：「妾念先生之心，肝腸寸斷。今者不幸飢寒所迫，失身於人，先生奈何出此言，以妾為河間之比也？」林笑曰：「汝之口思，而心未嘗思也。有酒吾可飲，不必以矯飾之辭，徒增吾之傷感耳。」邢命酒飲之，林連飲數觴，拊髀吟曰：「昔日和諧鼓瑟琴，朱絃中斷兩傷心。月明獨卧麒麟塚，夜永誰娱翡翠衾。于祐謾傳紅葉句，文君已負《白頭吟》。平生豪氣冲牛斗，羞對斜陽灑淚襟。」詩畢，謂邢曰：「吾往矣。汝善事新人，宜盡其歡。第恐樂極憂生，仍不免於牢落也。」言既，拂袖而出。邢大驚夢覺，毛髮皆竦，舉身流汗，神思弗寧。明日，允思歸，邢以其事告之，允思曰：「此魍魎之類假名為妖，不足徵也，慎勿介意。」又兩月餘，允思染疾，七日始汗，少瘥。其夕，邢臨產，弗能免，舉家驚惶。允思力疾扶持，次夕始生一子。允思雖釋懷，而疾勢復大作矣。其夜，士人文友誠夢林至其第，謂曰：「文君別來無恙乎？」文忘其死，即延入堂，賓主而坐，談論逾時。文因設酒肴待焉，飲至半酣，林忽長嘆曰：「吾不能遺青史之名，反有戴緑巾之污。悠悠蒼天，胡為致此？」言既，泣下沾巾，乃索紙筆書一律，以似文云：「十載豪名播蜀州，功名未遂此身休。乾坤老矣杯中月，風景凄然笛裏秋。謾有故園當北斗，更無清興到南樓。不堪兩眼英雄淚，灑作長江錦水流。」文驚曰：「先生往日以英邁之名播諸遐邇，今何出此卑下之言而又傷感若此？與平昔大不侔矣。」林正色作氣曰：「子，吾故人，猶不知吾家未亡人之事耶？曩者蔣允思嘗立吾舘下，既以醫業，又為忘年之交，不憶棄芝蘭之化，違膠漆之情，吾觀化未及三旬，乃作有狐綏綏之態，以風月之詞而誘雨雲之興，棄人倫之道，背師友之恩，借使吾家尤物不良，亦當念久要之盟也。吾已訴於冥司，今宵特來追取此子。」言既，懷中出文狀一幅與文視之，其狀云：「伏以先生施教，有傳經授業之恩；朋友輔仁，結寄子託妻之義。實五倫之大理，誠萬世之常彝。既無心喪三年之情，當守聖訓四箴之戒。人而無恥，反是不思。今某悖師之道，負友之情。始懷周默之心，已起陳相之意。絃歌在耳，寧忘絳帳之音；風月動情，便改青松之色。不念擔簦負笈之志，却為抱布貿絲之形。雉壇之誓尚聞，雞黍之期安在？生時義重，嘗為師傅之稱；死未骨寒，忍作姨夫之喚。氓蚩蚩而可惡，友切切以無聞。雖然此日宜其室，樂其家，得其所哉。不憶他年博以文，約以禮，是以教也。稔愆實重，於理難容。苟不訴於陰司，誠遺羞於陽世。抑以懲背師之弟子，尤當戒心獸之交朋。大家同入鬼門關，連袂共辭人世路。雲收雨散，永拜離鴛頸交媾之歡；樂極憂生，也來受馬鬣凄凉之苦。衷情已訴，主者施行。」文看畢，勸解再三。林愈怒，掣手而去。文大駭，夢覺，急以紙筆記其言。翌日，遣人於蔣宅視之，而允思已於五更死矣。（《效顰集》卷中）

二　《青城隱者記》：華陽士人李有，字若無。涉獵書史，工於詩詞，而樂山水之趣。一日，引一家僮，負琴劍，携酒肴，遊於青城山。觀其峰巒礧磚，秀拔天表，嘆玩不足。時值仲春，羣芳競艷，百卉争妍，燕語鶯啼，樵歌牧唱。生喜而言曰：山水之佳，足以洗塵俗之胸襟，開幽栖之懷抱。吾當於此飽煙霞而飫風月矣。乃坐松陰之下，横焦尾之琴，鼓《猗蘭》之操。命童子具酒肴，坐盤石之上，自歌自酌，久而半酣，乃拂袖而起，家僮後隨，散步緩行。因其景物牽情，不能自已，而乃乘興登崇崗，度邃壑，迨十里餘。廻首視之，第見淡煙荒草，林木森然，忘其歸路矣。正疑慮間，忽聞林外語聲，趨往問之。見一老叟，龎眉皓髮，衣冠甚偉，左手扶筇，右攜一兒，行於溪側。生揖而進曰：「僕李姓，名有，世居華陽。因聞福地清幽勝妙，故遊覽於此。覩景忘情，不覺失其歸路。日色將曛，進退無所，冀丈人不以鄙棄，顧假一宿，幸垂金諾。」叟曰：「吾居此歲久，未嘗見一外人。此間山窮水盡之處，子既不以老夫側微之辱，幸為枉駕一顧耳。」生大悦，隨叟行，及五里許，則見雲寒翠嶂，煙鎖琪林。岩檜鋪青，泉聲漱玉，真若神仙之境。復轉一逕，則川平地廣，茆屋參差，雞犬聲喧，桑麻掩映，居有百餘家。叟延生入宅，叙賓主禮畢，揖生上坐，以瓦甌獻茶，味甚香美。生起而問曰：「敢問丈人尊族出於何氏？何年棲遲於此？願聆其詳。」叟曰：「山林野夫，焉有姓字？僭呼青城隱者，孟蜀廣政中，叨受太常典禮，後因宋遣王全斌下蜀，吾攜妻子避兵於此，其諸比隣亦皆同時來者也。初於此處披榛誅茆，創立居第，耕田而食，鑿井而飲。男婚女嫁，已見雲仍。但見梅開菊綻，寒暑往來，不知是何年、是何代也？」生大駭，謂曰：「宋自太祖下蜀，歷至徽、欽二帝，遭金虜之寇，中原失守。高宗南渡中興，歷孝、光、寧、理、度五君，至幼主德祐二年，歸於大元，宋祚已終。元自世祖至順宗，天命歸於聖朝，國號大明，四海混同，萬方一軌，今臨洪武庚戌萬年之歲也。」叟曰：「審如此，宋至元，元至今幾何年歟？」生曰：「宋太祖建隆庚申開基，傳一十六帝，至幼主德祐乙亥，凡三百一十六年。鼎移於元，元自世祖中統庚申平一，傳一十帝，至順宗至正丁未，凡九十三年。歸命大明，至今四百一十四年矣。」叟垂泣，嘆曰：「吾歸山野，不知年華遄邁，已過三朝矣。憶曩時之事猶昨日，静言思之，良可傷感。」生因請問孟蜀興廢之故，叟具述曰：「後唐明宗長興四年二月，以孟知祥為蜀王。至閔帝應順元年，知祥稱帝，建元明德，以趙季良為司空平章事。是年四月，唐潞王從珂立，改元清泰。七月知祥卒，其子仁贊立，更名昶。晉天福三年，改元廣政。宋太祖乾德三年正月，遣王全斌等下蜀，昶降，與其母李氏至大梁，封昶開府儀同三司檢校太保兼中書令。數日卒，追封楚王。昶卒，其母不哭，舉酒酹地曰：『汝不能死社稷，貪生至今日，吾所以不忍死者，爲汝在也。汝既死，吾安用生？』因不食，數日亦卒。計孟氏據蜀傳二世，凡四十一年而亡。」言既，垂淚而言曰：「吾居山林，第聞猿啼虎嘯之聲。今日獲聆吾子雋永之論，使人懷抱豁然。」已而天暮，生乃就宿。明日，烹鷄置酒，與生對酌，因呼一嫗出見。謂曰：「此老荆布也，曩爲孟氏宫人，後主所賜。迨今尚記宫壼之事。」酒行數巡，叟自製《醉蓬萊》一闋以侑觴。其詞曰：「憶兔走烏飛，龍争虎戰，許多時候。走狗良弓，儘忘生桃鬬。被甲朝眠，啣枚夜進，萬死功成就。地老天荒，英雄安在，惟有青山依舊。退隱林泉，竹籬茅舍，木枕藤床，自甘卑陋。麵麥雕胡，薿薿連雲茂。女織男耕，桑麻滿圃，不用青蚨售。酒釀松花，羹烹葵菽，自歌還自壽。」歌罷，媼與生談蜀後主之妃張太華花蘂夫人，顔色才思，極其詳細，乃言：「廣政初，後主與太華同輦遊青城山，宿九天丈人觀中，月餘不返。李廷珪諫曰：『大梁之人窺國釁久矣，陛下遨遊累旬，不思社稷之重，臣恐一旦劍門有警，將何以扞禦？且青城山乃九天丈人之福地也，今陛下久駐鸞輿，嬪姬數百居宿於此，豈無穢瀆？雖云醮祀祈福，實爲招譴。』主不聽。又數日，雷雨大作，若失白晝，主大駭怖，急呼道士誦經禱祈。而太華已被震殞矣，主及嬪御之人無不哀悼，乃以紅錦龍褥裹其屍，瘞於觀前白楊樹下。翌日，急趣廻鸞，悲痛無已。復數年，鍊師李若冲，因晚霽閑步觀側，忽見白楊樹下一美人，翠眉雪肌，仙姿窈窕。吟曰：『一别鸞輿今幾年，白楊風起不成眠。常思往日椒房寵，淚滴衣襟損翠鈿。』詩畢，放聲而泣。若冲問曰：『子，人耶？鬼耶？何事至此？』美人斂衽而前，再拜曰：『妾，蜀主之妃張太華也。因陪大家遊此，宿於琳宫，被雷震而死。追今魂滯幽陰，未獲出離，伏望鍊師哀憐，乞賜薦拔，俾早出冥途，妾當結草。」若冲曰：「今年秋中元令節，吾設黃籙大齋。既知汝名，吾當為汝奠長生金簡，誦生神玉章，以此功德度汝往生。」美人聞之，再拜而謝，倏然不見。至期，若冲果依前盟，醮畢，夜夢美人謝曰：「妾荷鍊師薦悼之恩，已受生於人世矣，壁間鄙句一絶，幸希電覽。」明日若冲視之，果有黃土書一絶云：「符吏匆匆叩夜扃，便隨金簡出幽冥。蒙師薦拔恩非淺，領得生神九卷經。」主聞之，厚賜若冲。是後惟花蘂夫人寵冠後宮，乃營重光殿、太虛閣、會真宮、凌波亭，皆用金玉翠珠為飾，瑪瑙為堦，光彩耀日。宮嬪五千人皆妙年絶色，無過三旬者，後主自製詞章，教之歌舞。花蘂夫人亦賦宮詞百首，皆紀其宮中富貴之景。又曰：「向使後主不極奢靡，不荒遊宴，尊賢用能，時使薄斂，縱然宋之兵甲精强，未必王全斌以五萬衆六十六日而能取全蜀之地也，蓋由當時兵民已困，財力已殫，人多含怨，欲其速亡耳。」言既，叟嘆曰：「姑置舊事，且開懷飲酒。」乃呼童子洗爵再酌，至夜分，生大醉而寢。明日，告歸，叟賦七言歌一篇以餞生行，其歌曰：「成都八月秋風起，爛漫芙蓉照江水。紅芳萬樹奪春容，錦繡連城四十里。重光寶殿會真宮，金碧嵯峨霄漢中。鳳管紫簫吹翠閣，龍涎香篆騰珠櫳。百官班退煙雲曉，妹姬接駕爭妍姣。非惟御宴羅八珍，便器猶能粧七寶孟昶以七寶飾便器。神仙境界青城山，美人同輦遥躋攀。豈憶阿香轟霹靂，可憐荒草埋花顔。遨遊累歲無時歇，宋已興師惡人説。一朝輿櫬詣軍門，降卒三千盡流血。蹇余幸得歸林泉，女有桑麻男有田。自甘淡泊老丘壑，豈希名像圖凌煙？烏飛兔走光陰速，向日同年俱白骨。翻思故主恩遇隆，謾對斜陽拊膺哭。棲遲此地足優游，花開葉落知春秋。

煙霞態度琴三弄，風月襟懷酒一甌。感君不遠臨蓬蓽，蓬蓽光輝意何極。莫嫌村酒味茅柴，盡我薄情須飲醓。音密，盡也。明日送君雪澗濱，我行緑野君紅塵。若到人間如遇問，彷彿上古無懷民。」叟遂送生出於谷口，再拜而別。至家數日，憶叟、嫗必非常人，乃具酒肴，尋舊路訪焉。至則荆棘叢叢，不可復得。但見蒼崖翠壁，白石青松，老樹生風，寒猿長嘯而已。生惆悵久之，無聊而歸。因追思世事，乃有泉石煙霞之志，遂棄家入青城山脩道，不知所終。（同前書卷下）

李賢詞話

李賢（一四〇八—一四六六），字原德，鄧州（今河南）人。舉鄉試第一，宣德癸丑進士，授驗封主事，遷文選郎中。擢兵部右侍郎，轉吏部，兼翰林學士，入直文淵閣，尋進尚書。憲宗即位，進少保、華蓋殿大學士，知經筵事。卒謚文達。所著有《古穰集》、《古穰續集》、《天順日録》、《鑒古録》、《古穰雜録》等。此據影印文淵閣《四庫全書》本《古穰集》録詞話一則。

一

《中憲大夫南京都察院右僉都御史張公神道碑銘》：天順庚辰冬十一月，南京都察院右僉都御史張公致慶禮於京師，居公邸數日，一疾而逝，是月七日也。上聞訃，驚悼良久，特遣官諭祭，復令有司為營葬事，其子銜哀乞碑銘於予。按其鄉人編脩楊守陳狀：公諱楷，字式之，浙之寧波慈溪人。天資顓敏，讀書過目即成誦，年十二，能屬文，有司聞其名，召補邑庠生，公益奮力進學。十七領鄉薦，登永樂甲辰進士，愈肆力於古文辭。……其學浩瀚，善行草隸篆，所著有《四經糠粃》、《大明律解》、《律條撮要》諸書，至於《選詩》、《唐音》、李杜詩、《草堂詩餘》凡十數家，公悉和之，累數百卷，皆豪贍壯麗，海内之士莫不口腴而心悦之，外國亦市其集而慕其風采，狀之所稱者如此。（節録自《古穰集》卷十三）

劉定之詞話

劉定之（一四〇九—一四六九），字主静，一作字主敬，號呆齋，永新（今江西）人。正統元年會試第一，授編修。成化二年以太常少卿兼侍讀學士入閣輔政，進吏部左侍郎，官至禮部侍郎兼翰林院學士，卒贈禮部尚書，謚文安。著《呆齋前稿》、《呆齋存稿》、《呆齋續稿》、《易經圖釋》、《否泰録》、《呆齋宋論》、《文安策略》等。此據《四庫全書存目叢書》影印明萬曆二十二年楊一桂補刻本《呆齋續稿》録詞話一則。

一 《採桑子》詞：予同年友陳布政尚勉解組歸，老於鴻江，予為作《採桑子》詞，言其隱居春秋之景，於四時獨欠夏冬，以待尚勉自述。昔歐陽永叔賦《歸田樂》，亦與梅聖俞各分二時，蓋與人樂樂之意也。「鴻江歸趣，春時好、花映堦墀。柳拂漣漪，對景偏堪把酒巵。腰金暫解衣船卸，斜插折枝。細數垂絲，不堪緑陰漸漸移。」「鴻江歸趣，秋時好、丹桂颻芳。金菊又香，倚醉徒教兩鬢霜。昔年宦業逢昭代，考選才良。總治炎荒，晚景偷閑却勝忙。」（《呆齋續稿》卷二）

鄭文康詞話

鄭文康（一四一三—一四六五），字時乂，號介庵，崑山（今江蘇）人。登正統戊辰進士，以父母繼喪，遂不仕。平橋為其所居地，居家閉門講學，枕藉經史，尚友古人，操觚頃刻千言稿成。所著有《平橋集》、《平橋漫録》。此據影印文淵閣《四庫全書》本《平橋集》録詞話三則。

一

《和鈍庵弔樂庵龍洲蓮峰半山四古墓》（其二）：一篇醉渡浙江詞，不是尋常句讀詩。空有故人三十萬，等閒盡付酒家兒。（《平橋集》卷三）

二

《懷賢録序》：東崑沈倥侗，壯宋龍洲劉先生當壽皇時上書謂中原可一戰而復，擯弗用，竟以客死。於是採其行為小傳一通，以補前史之闕，復散收其詩詞若干篇，將刻梓以傳，題曰《懷賢録》。予取而讀之，嗚呼！南渡君臣之不振也甚矣，蓋盈虛消長，此天之道，亦理勢之常也。雖以三代之盛，有不能免焉者，殷衰於小辛，高宗則中興之；周衰於厲王，宣王則中興之。然則二君果何為而能爾哉？余嘗有以考之矣，高宗躬默思道，夢帝賚以良弼，乃使人旁求於天下，得傅説於版築之間，與之論列天下之事。宣王内修外攘，若仲山甫、尹吉甫、南仲諸公布列左右，出則征伐，入則相理，所以光復舊物，再造邦家。彼南渡諸君包羞忍恥，忘不共戴天之讐，豕突鼠伏，今日議和，明日議和，曾有高、宣一日之志乎？於良弼也，既無夢賚之徵，又無物色之勤，幸而挺身有龍洲者出，以布衣而任天下之重，雖未敢謂其可以比擬商、周人物，然其忠義之氣固無以異也。當時國柄付之小人，使斯人之訏謨遠猷不得少見，不亦悲夫！雖然，天生龍洲不在朝廷而在江湖，有如龍洲者，或在朝廷，又隨用隨罷，甚至竄殺無已。嗚呼已焉哉！是誰為之，此天意之於趙氏薄矣，豈宜獨歸罪於人事也哉？（《平橋集》卷七）

三　《周知縣墓誌銘》：始予從監察御史季温周先生游，見其季父天澤翁往來其家，衣冠杖屨，步趨閒雅。壯時從事，江湖養親，其所經山川道里，向人道，歷歷能記，且曰：「路有險夷，安危繫之，人多慎險而忽夷，恒於夷覆敗，我獨視夷猶險，夷固安，險亦安也。」善音律，時或製新樂府，穠豔纖麗，多有寓譏刺意者。（節録自同前書卷十三）

倪謙詞話

倪謙（一四一五—一四七九），字克讓，號静存，上元（今江蘇南京）人。正統己未進士及第，奉使朝鮮，文翰風采傾動海邦。天順己卯主試順天，黜權貴子，誣構謫戍開平。成化初復職官，至南京禮部尚書。贈太子少保，謚文僖。所著有《玉堂稿》、《上谷稿》、《歸田稿》、《南宫稿》、《倪文僖公集》、《遼海編》、《朝鮮紀事》。此據《武林往哲遺箸》本《倪文僖公集》録詞話三則。

一　《題李白應召圖》：仙人本在九天上，謫向人間特豪放。酒酣詩思捲滄溟，吐出燄光高萬丈。名花歡賞宜新聲，玉環正倚沉香亭。翰林供奉在何許，天子呼來猶未醒。《清平調》進詞偏美，白璧青

蠅生暗毀。采石江頭恨不窮，明月沉沉浸秋水。（《倪文僖公集》卷三）

二 《跋泉坡先生書》：自漢張芝創為草書，筆勢流動，縱放不羈，遂為學者所宗。至晉王氏父子以善書名天下，而逸少乃謂我書比鍾繇，當抗衡，比張芝，猶當雁行，其重芝如此。然論者謂逸少書飄若浮雲，矯若游龍。子敬書如丹穴鳳舞，清泉龍躍，世遂稱為字聖。今觀泉坡王先生為艾崇振氏書虞郤（當作卲）庵《風入松》辭一闋，俊邁飄逸，不窘邊幅，整整斜斜，真有羲、獻氣韻，其得宗家之典刑也耶？蓋先生道德文章著於事業者，赫然為昭代之名臣，胸中所養，浩瀚端邃，故形於翰墨，清灑神妙，不求工而自工者如此。崇振寶而重之，其知所好尚哉！（同前書卷二十四）

三 《書黄學士鐃歌鼓吹曲後》：余嘗被命在東閣纂修天下地志，欲採當代人物以見其郡邑之所産，然名公鉅人建功立業者莫詳於國史，乃發内閣秘藏，因得拜觀累朝《實録》，而太祖、高皇帝創業垂統之跡、制禮作樂之典具在，然其所作之樂用於郊廟而隷太常者則皆譔新曲而協雅調，用於朝會燕享而隷教坊者則皆譔新辭而用舊調，至於戎旅、啓行、凱還之際，所以揚武德而振國威者，其樂則未之見焉，豈朝廷惟務偃武修文而未遑及之歟？故迄今用於戎旅之樂雖協舊調，抑亦有其聲而無其辭耳。翰林學士金城黄廷臣先生嘗撰《鐃歌鼓吹十六曲》以備紀我朝太祖、太宗之神功聖德，辭意宏壯，音調鏗鏘，誠可施之戎旅者也。使朝廷於啓行、凱還之際，舉而奏之，豈不足以補戎樂之未備乎？若先生可謂有志於禮樂者矣，莊誦之餘，敬識其末以俟。（同前）

唐文鳳詞話

唐文鳳，字子儀，號夢鶴，歙縣（今安徽）人。少而穎異，長益自奮，永樂中以文學薦授江西贛州府興國縣知縣，改趙府紀善，卒年八十有六。著有《梧岡集》。此據《北京圖書館古籍珍本叢刊》影印明刊《唐氏三先生集》本《梧岡文稿》録詞話四則。

一　《題鄭斗庵墨蹟後》：歙西長林之鄭為衣冠望族，世有文人。鄭君彦斌號斗庵，為教授，希賢公之子，雩都縣尹之從子，御史彦昭公之從弟。幼服禮義之訓，侍父兄間，耳濡目染，固有異於庸常者。前朝至正中登參政全公子仁之門，以儒雅推敬，使之親炙於左右，給文墨之役，一時省府僚佐尊而嚴憚之，詩詞翰墨，人争寶蓄。遭壬辰兵變，隱居故鄉，慕子真之高致。無何，駙馬都尉王公子敬鎮徽，禮羅為館賓，執師道甚。不以威怵，不以貴諂，甘淡薄而樂道義。與六安鄭士恒篤交友之契，吟哦紬繹，反復論難，知其學之有得而才之有成也。及王公移戍紹興，又鎮撫南閩，嘗掖以自隨，而不忍朝夕舍，其好之密，脗合無間，古道之僅見於今焉。以病瘻弱，不能久客異土，歸，歲餘，卒於家。嗚呼，惜哉！君之才學宜用於時而弗克有所施設，使如馬周之遇常何條疏而薦於朝，曰臣客馬周之筆也，則其見用為何如哉！豈不重可惕也？夫君之次子詢早失所天，而長兄謙相繼傾棄，凡君之墨蹟放失不存，詢拳拳求訪而未得。予每聞之先君子白雲翁，而知締交於彥斌之祖父，殆若李唐通家也。猶記辛丑歲江西權伯文都事留歙，君與之偕詣先君於槐塘三峰精舍，讀天台丁仲容《秋江送別圖》長句，喜而和之，君亦欣然揮筆，僂指歷數已廿又七年矣。檢閱故篋，偶獲此紙，君之手澤尚新，雖字畫之微，而生平精神心術之所寓，流風遺韻，有足觀者，為子若孫，一注目之頃孝思之心豈不油然而動於中？起敬起慕，惡可已也？予故叙君履歷之詳以跋於後，而歸於詢，俾珍襲之，以傳永久。詢謹飭好學，今讀書邑庠，將有以昌阜其宗而無愧於顯揚也。（《唐氏三先生集》卷二十七《梧岡文稿》）

二　《跋張小山所書樂府》：前元全盛之時，海內昇平幾八十餘禩，人才蝟興，比隆唐、宋，休明之運，淳龎之氣，見於文章，散於篇什，率皆光華俊偉，一掃衰世委靡之習。當時所尚樂府新聲，至於文士才子，講治正學之餘，往往嗜好，矢口而成，揮筆而就。於瓊筵綺席間度以歌喉，協以聲律，亦可謂快意矣。昔之所稱者，北有關漢卿、馬九臯輩，語意雄渾，殊乏纖巧態。南有張小山，自《吴鹽集》一出，流傳京師，寵書於奎章，膾炙人口，珠璣璀燦，錦襭青紅，新奇而工緻，豔麗以清腴，論渾厚之氣，則有間矣。小山張公聰明過人，博聞廣記，推其才，究其所蘊，殆不止於是，惜乎以樂府之名掩其所長。今汪景榮氏購得此卷，乃生平親灑字畫，雖不拘於草法筆勢，翩翩自成一家也。展玩之餘，輙題其末，當永葆之。（同前）

三 《跋楊彦華書虞文靖公〈蘇武慢〉詞後》：余嘗讀虞文靖公《道園集》，觀其高文大策，醇辭雅論，知公所學博洽淹貫，而究極本原，研精探微，心解神會，故經緯彌綸之妙，臻古作者之域，真一代大手筆也。推其緒餘，字畫之偉，歌詞之麗，亦皆超詣而不凡。今按調寄《蘇武慢》詞十二闋，蓋和馮尊師所作。其自序經閱累歲而成，飄飄然有出塵想，如在九霄之上，下視世紛膠擾，曾不足以入其靈臺丹府，所謂不喫烟火食所道，迺神仙中人語也。史稱南嶽真人降生，豈其然乎？余僚友楊春庵酷嗜此詞，喜而書之，聯為巨軸，字體蕭散俊逸，有晉、唐人氣。或遇風清月霽之夕，馮、虞二公有知，當乘雲御風而來，尋歌審音，玩書留跡，亦復絶倒也。故跋以歸之。（同前）

四 《松雪趙公畫梅跋》：三代以還，梅之實載於詩書禮而不言花，南朝以降，梅之花見於詞人之吟詠而不言實，豈世之所尚異宜而梅之所遇有時耶？不然，屈子騷經下至蘭茝蕭艾靡不采録，而獨遺於梅，何耶？林逋老仙隱居孤山，為梅出色，神交意會，「暗香」「疎影」、「水邊」「籬落」之句，非特得梅之標格，而并得其風韻，數千載不遇之幽憤，一旦發之無遺矣。今觀此圖，一枝斜出，猶可想像孤山吟餘之趣。後有趙魏公題名。嗚呼！自逋仙後，梅之知己幾何人哉？魏公以玉堂之清興，侣茅舍之幽姿，而特為寫生，未為不知己也。然公自號但有取於松雪，而亦未遑於梅雪，又何耶？梅如有神，當招老逋跨舊時雙鶴，裴回於小橋流水間，長空月明，鐵笛三弄，起魏公而一詰之。（同前）

丘濬詞話

丘濬（一四一八—一四九五），字仲深，瓊山（今海南）人。景泰甲戌進士，授編修。成化初晉侍講。歷禮部侍郎，掌國子監祭酒，晉禮部尚書。弘治中晉文淵閣大學士，參預機務。卒於官，贈太傅，謚文莊。博極羣書，尤熟典故。編著有《瓊臺類稿》、《大學衍義補》、《家禮儀節》、《世史正綱》、《故事雕龍》、《朱子學的》等。此據日本汲古書院出版《和刻本類書集成》影印享保十年刊本《故事雕龍》、影印文淵閣《四庫全書》本《大學衍義補》和《重編瓊臺藁》録詞話八則。

一 字學：自蒼頡觀鳥跡以製文字，而書契始興，迨後有龍書，有穗書，有龜書，有鍾鼎書，皆隨所見而製者也……然有字，必有音，沈約始創四聲，天竺繼以七音，然四方之聲氣不同，而古今之語意亦異。是以撐犁孤塗，雖陸機猶莫之知。魏冒踰糟，使無由恭，則朱輔其何録，此猶可曰是夷習之未定也。若夫南方都之音豬，見於《禮記》。宋人來之音離，見於匡衡。此中國禮樂之自出，而迺如是耶？《檀弓》：居之為姬，但之為地，實在魯也。公羊：郲曰郲婁，得來曰登來，實在齊也。此聖賢之舊居，而亦是耶？噫！然特舉其微矣。上古之《詩》、《易》，近世之詩歌，五言始於蘇、李，七言起於《柏梁》，後之歌行、怨、謡、曲、吟、詞、調，押韻用字，多有不一。其聲韻之謬，不能悉述也，安得會之？以四方之極，正之以中原之音，而令字學翻然一新乎？（節録自《新刻丘瓊山先生故事雕龍》卷上）

二　貞烈：女德之不貞，婦之慝也。女而至貞然烈然，婦命之奇也。故共姜《柏舟》自誓，趙女彈箏明志。高行劓鼻，以辭使命。荀采粉書，以見節操。豈曰勢利？貞心頓改哉！陶嬰《黄鵠》有歌，淑蘭孤燕有吟。是以斷臂者不恤其肢，嚼舌者皇顧其口，剔目者無嫌其首，截髮者寧醜其形？此顧不以存亡易心而盛衰改節者也。至若從義而死，不從義而生，樂羊之婦夫為忠臣。我為忠臣婦，昂發之妻，秋霜其概，松筠其操矣。王昭儀有《滿江紅》之詞，至正十三年，元人入杭，宋謝、全兩后以下皆赴北，有王昭儀者，題《滿江紅》於驛内，有云「繁華歇，龍虎散，風雲滅，千古恨」，末云：「驛舘夜驚塵土夢，宫車曉碾關山月。顧嫦娥相顧肯從容，隨圓缺。」朱夫人有四言篇之詩。王氏投崖清風之嶺，口占可泣；韓氏赴水岳州之漬，長句堪涕。更有不記名，如徐君寶之妻《滿庭芳》之詞可痛也，肯辱身胡虜哉？岳州徐君寶之妻某氏，同韓被虜，自岳至杭，相隨數千里，主虜欲犯，終以巧計脱。因謙曰：「俟妾祭先夫，歸君未遲也。」主喜諾，為焚香，婦再拜，默視南向，飲血題《滿庭芳》於壁，投大池而死，中云：「幸此身未北，猶客南州。破鑑徐郎何在？空惆悵、相見無由。從今後，斷魂千里，夜夜岳陽樓。」嗚呼！天地如存，烈名長在。簪堅折白玉，瓶沈斷青綆。一時之命，萬古之名。千載以下，莫不為之歔欷，雖死生也。玉骨花顔，冰魂雪魄，長伴烈風，照彤史矣。（同前書卷下）

三 歌舞：歌舞之記，不絶於史乘……至於舞，則東夷荷茅，西楚拔劍。纓綉乍拂於風起，掘柘初起於蓮開。陳游《樂苑》曰：羽調有《柘枝曲》，商調有《掘柘枝》曲，此舞因曲為名。用二女童，幢施金鈴，抃轉有聲，其來也，於二蓮花中藏之，花折而後見，對舞相呈，實舞中雅妙者也。陶謙興勝人之嘆，定王益桂陽之封。驚旋夏之忽求，羨象箾之為美。則舞之可述者也，噫！天下之長袖善舞者幾人哉？邵子曰：「疑將百年事，都入一聲歌。」斯俱達觀之解者乎？（節録自同前）

四 以上論樂律之制，臣按：禮樂之制作，其微也久矣，而樂為甚。非其情義之難明也，而其所謂制度者失其傳焉耳。……漢唐以來，郊廟燕享未嘗不用樂，而樂之用或至於用鄭、衛之音，今吾稍存古人之意，以倣古人之樂，雖不全於古，而猶彷彿於古，豈不愈於鄭、衛之音也哉？程子曰：古人之詩如今之歌曲。古人之詩，其音調不復可知已。而今之歌曲雖出時人之口，而亦有所沿襲。如向所謂十二詩，於《鹿鳴》等六詩云黄鍾清宫，註云俗呼正宫；《關雎》等六詩云無射清商，註云俗呼越調。所謂黄鍾清宫、無射清商，世俗固不知所以為聲。而正宫、越調之類，宋世所謂詩餘，金、元以來所傳南北曲者，雖非古之遺音，而猶有此名目也。夫人能為之而聞之者，亦能辨別其是否，誠因今而求之古，循俗而入於雅，以求古人之所彷彿者萬一。天生妙解音樂之人，如師曠、州鳩、信都芳、萬寳常、王令言、張文收之輩，必能因其彷彿而得其純全者焉，因聲以攷律，正律以定器，三代之樂亦可復矣，然如此之人豈易得哉？（節録自《大學衍義補》卷四十四「治國平天下之要·明禮樂·樂律之制下」）

五　《和李子搆都門春日韻》（之一）：碧桃花底共鳴珂，雲淡風柔氣候和。輦路雨餘生嫩草，官河冰泮動微波。近天樓閣逢春早，向日園林得暖多。我有新詞三百闋，興來呼酒對君歌。（《重編瓊臺稾》卷五）

六　《〈菩薩蠻〉迴文秋思有序》：予幼時嘗讀朱文公、劉静修文集，俱有《菩薩蠻》迴文詞，惜其隨句倒讀，不免意復，不如至尾讀迴為妙已。曾以村居為題作一闋矣，後失稿。閒中復戲作此云，朱、劉二先生詞附此，朱詞云：「晚紅飛盡春寒淺，尊酒緑陰繁。老仙詩句好，長恨送年芳。」又次劉圭父韻一闋云：「暮江寒碧縈長路，花塢夕陽斜。客愁無勝集，醒似醉多情。」劉詞云：「水圍山影紅圍翠，溪近水橋西。隱人誰與問，孤鶴對言無。」　紗窗碧透横斜影，月光寒處空幃冷。香炷細燒檀，沈沈正夜闌。　更深方困睡，倦極生愁思。含情感寂寥，何處别魂消？（同前書卷六）

七　《三禽言·行不得也哥哥》：金兵追宋元祐后至章貢，幾及之，時人有詞曰：「天晚正愁予，春山啼鷓鴣。」蓋言行不得也：行不得也哥哥，十八灘頭亂石多。東去入閩南入廣，溪流湍駛嶺嵯峨，行不得也哥哥。（同前）

八　《雲庵集序》：古之言文者，必與人俱。《易》之賁卦，以人文並言，兹六經言文之始。彖曰：「文明以止人文也。」人與文合而為一，後世言文者岐而二之，故近世大儒有以人論文，以文論人之説，其意蓋謂以人論文，若歐、蘇之儔顥顥焉，以文名天下，以文論人，若司馬文正公，文名雖不及歐、蘇，然心術正，倫紀厚，持守嚴，踐履實，積中發外，詞氣和平，非徒言之為尚也。今觀五雲劉公《雲庵集》，殆亦近於《涑水傳家集》。與公世家廬陵，由永樂甲辰進士歷中外，終刑部尚書。考其一生履歷，所居之官率以刑名政務為職，宜乎於鉛槧之習、辭采之華有不暇及焉者。今其兹集，凡世所謂詩、詞、序、記之類諸體無不備焉，斯文也，以文論其人，而不區區於辭藝者與。公之子按察副使喬出公是集，俾識一言。濬對大廷時，公為讀卷官，得區區所對策，甚欲寘之舉首，為當筆者所抑，不果，公於濬不可謂不知已也。公易簀時，不及致一辭、奠一觴，負公多矣。今得附一名於公集末，豈非幸哉？雖然，濬於公之斯文深有慨焉。當我朝洪武、永樂之盛，一時公卿大臣類多能言之士，文質彬彬，何君子之多也。非獨職詞翰官館閣者為然，凡布列中外，釐政務、理兵刑者莫不皆然，馴至於宣德、正統之間，亦多有之，公其一人也。公捐館舍，今餘十年矣，世求如公者，非獨其文不可多得，而人之如公者，蓋亦鮮焉。噫！可以觀世矣。（同前書卷九）

卞榮詞話

卞榮（一四一九—一四八七），字華伯，江陰（今江蘇）人。正統乙丑進士，官户部郎中。能爲歌古詩，文章汪洋亭蓄，在景泰間盛有詩名。居郎署二十年，朝騎甫歸，持牘乞詩者擁塞户限，日應百篇，名動吴越間。性曠達，逍遥徜徉殆三十年，以老疾卒。有《蘭堂集》、《卞郎中詩集》。此據《四庫全書存目叢書》影印明成化十六年吴綖刻本《卞郎中詩集》録詞話一則。

一

《書所見次韻》：（其二）客邊懷抱倩誰寬，樓上花枝一笑看。晤語昨宵曾入夢，趍蹌今日且承歡。周南舊什存穠李，江左新詞與弱蘭。稱體六銖衣欲弊，自拈針線製冰紈。（其三）一曲《霓裳》舊譜傳，風吹別調落樽前。便從今日長相見，無復當時笑獨眠。貌與南威皆絶品，嚬如西子益增妍。緑蕉堪寫相思句，何必區區十樣箋。（《卞郎中詩集》卷七）

曹端詞話

曹端，字正夫，澠池（今河南）人。永樂初中鄉舉。任山西蒲、霍二州學正，嚴立教條，講授不倦，卒於官。博通諸經，尤好性理之學，學者宗之，稱月川先生。所著有《孝經述解》、《四書詳説》、《太極圖》、《西銘》、《通書解》、《家規輯略》、《存疑録》、《夜行燭》、《儒宗統譜》等書。此據影印文淵閣《四庫全書》本《曹月川集》録詞話一則。

一　碁枰、雙陸、詞曲、蟲鳥之類，皆足以蠱惑心志，廢事敗家，子孫一切棄絶之。（《曹月川集》「家規輯略」）

葉盛詞話

葉盛(一四二〇—一四七四),字與中,崑山(今江蘇)人。正統乙丑進士,授給事中。景泰時,遷山西右參政,天順時以右僉都御史巡撫兩廣,尋改撫宣府。憲宗朝擢禮部右侍郎,終吏部右侍郎。卒謚文莊,所著有《水東文稿》、《水東詩稿》、《菉竹堂小稿》、《涇東小稿》、《菉竹堂集》、《西垣奏草》、《邊奏存稿》、《兩廣奏草》、《上谷奏草》、《葉文莊公奏議》、《秋臺詩話》、《水東日記》、《南畿志》、《菉竹堂書目》等。《水東日記》四十卷,以其書成於淞水之東,故名。其書專於記事,裒古綜今,記明代制度及一時遺文逸事,多可與史傳相參。此據臺灣學生書局出版《中國史學叢書》影印明末刻康熙庚申補修本《水東日記》、《四庫全書存目叢書》影印清初抄本《菉竹堂稿》和影印清抄本《菉竹堂書目》録詞話八則。

一　初予有關北之行，叔簡司丞手書《漁家傲》一闋見贈，云是范魏公經略西邊時所作，其辭曰：「塞下秋來風景異，衡陽鴈去無留意。四面角聲相對起，千嶂裏，長煙落日孤城閉。　濁酒一盃家萬里，燕然未勒歸無計。羌管悠悠霜滿地，人不寐，將軍白髮征夫淚。」兹來南中，得唐裴晉公二詩，其一曰：「有意効承平，無功答聖明。灰心緣忍事，霜賓為論兵。道直身還在，恩深命轉輕。鹽梅非擬議，葵藿是平生。白日常縣照，蒼蠅謾發聲。嵩陽舊田里，終欲謝歸耕。」其二曰：「危事輕非一，浮榮得是空。白頭官舍裏，今日又春風。」又得宋崔清獻公題劍閣詞云：「萬里雲間戍，立馬劍門關。亂山極目無際，直北是長安。人苦百年塗炭，鬼哭三邊鋒鏑，天道久應還。手寫留屯奏，炯炯寸心丹。　對青燈，搔白髮，漏聲殘。老來勳業未就，妨却一身閑。梅嶺緑陰青子，蒲澗清泉白石，怪我舊盟寒。烽火平安夜，歸夢到家山。」又得我朝巡撫南畿尚書周公恂如《感懷》一首云：「日晏忘飡夜半興，簿書煩擾為無能。秉心初擬逢衡鑑，任意寧知越凖繩。法在恤民民反病，事因除弊弊逾增。前非未悟羞蘧瑗，敢歎微軀踐薄冰。」數篇者，於予有槩（當作慨）於中焉，因取筆記之。（《水東日記》卷十）

二　李易安《武陵春》詞：「風住塵香花已盡，日晚倦梳頭。物是人非事事休，欲語淚先流。　聞説雙溪春尚好，也擬泛輕舟。只恐雙溪舴艋舟，載不動，許多愁。」玩其辭意，其作於序《金石録》之後歟？抑再適張汝舟之後歟？文叔不幸，有此女；德夫不幸，有此婦。其語言文字，誠所謂不祥之具，遺譏千古者矣。（同前書卷二十一）

三　盧陵楊文貞公年幾七十，即作歸田趣四時《滿江紅》詞四首，豈亦呂居仁之作，有以感發其興趣歟？當時卷首沈民則學士隸古，先生自序并詞皆錢塘蔣廷暉書，畫四段則華亭朱孔昜筆也。民則、廷暉書固已名世，而孔昜畫，評者謂其作家、士氣皆具，亦今之罕有者矣。予嘗從叔簡得石本，而厄於誉火，再求，得之，則石已壞於牆壓。叔簡因以詩來曰：「歸田詞畫富流傳，猶是難兒舊日鐫。愛護無人悲寸毁，近來模本不如前。」公詞今録於此，春牧：「霜鬢蕭蕭，皇恩重、賜歸田里。郊郭外、草亭四面，青山緑水。好鳥好花春似昔，同時同輩人無幾。一布袍、棕帽任消遥，東風裏。　芳草岸，平如砥。垂楊徑，清如洗。散牧處，冉冉晴霞飛綺。江色比於懷抱净，都無一點閒塵滓。更小兒牛背有書聲，清人耳。」夏耘：「詔歸田里，長散誕、天恩深厚。尋早歲、釣遊之處，風煙依舊。萬物方當嘉會日，一年最是清和候。暢幽懷、緩緩步東皋，觀耕耨。　竹色净，槐陰茂。荷鋪翠，葵舒繡。農忙際、兒子大家趍走。頻有鶯聲迎杖屨，渾無塵影霑襟袖。望水南雲似玉光浮，籠巖岫。」秋漁：「七十歸來，西江上、堪遊堪釣。秋水共、長天一色，也堪吟嘯。穩坐木蘭漁艇子，大兒能網中兒棹。小兒自、理會爇香鑪，烹茶竈。　蘋花渚，雪争耀。楓葉岸，霞相照。山無數、清比方壺員嶠。放浪不知天地外，蕭閒底用玄真號。聽數聲長笛白鷗前，江南調。」冬樵：「白首閒居，冬風冷、偏欺衰老。晨光動、瀰漫院落，六花飛繞。坐煖茅柴煨芋栗，老妻孫子圍爐好。更兒曹、腰斧析枯薪，歸來早。　階前璐，池邊縞。都總出，天工巧。□石山峰亭下，盡成瓊島。況是太平豐稔瑞，教兒愛護休輕掃。看園林、一鶴意蕭條，尋瑶草。」（同前書卷二十二）

四 歐陽公《豐樂亭記》:「仰而望山,俯而聽泉。」用白樂天《廬山草堂記》「仰觀山,俯聽泉」語。張子野「雲破月來花弄影」,亦用白公《三遊洞序》「雲破月出」之句。(同前書卷二十五)

五 《柳公樂章》一册。《静軒樂府》一册。《澗泉詩餘集》一册。《續東幾詩餘》一册。《草堂詩餘》一册。《諸家詩詞》五册。《辛稼軒詞》四册。《滕玉霄詞》六册。《須溪詞》二册。《琴趣外篇》一册。《簡齋詞》一册。《梅苑詞》一册。《煙波漁隱詞》一册。《諸家燕宴詞》三十册。《陽春白雪》一册。《選唱賺詞》一册。《白石道人歌曲》一册。《清江漁譜》一册。《遺山樂府》一册。《西庵樂府》一册。《元先生長短句》一册。《淮海居士長短句》一册。《草堂詩餘》一册。(《菉竹堂書目》,《遺山樂府》以下據《粤雅堂叢書》本補)

六 《書道園遺稿後》:《道園遺藁》,虞文靖公之詩,樂府附焉。板為虞堪之孫吴江虞湜典,在陸守道家,未贖,此册妻舅氏蕭墅張世昌所見惠者,考圖書,則陸大用家藏書也。陸名天庸,號吴淞漁隱,與袁子瑛輩游,蓋世昌内人之外大父,陸無子,世昌今有其家業。予所得世昌家書,尚有《雅正鄉詩》一册、《記纂淵海》十二册,其家他書尚多,亦零落矣。(《菉竹堂稿》卷七)

七 《書草堂詩餘後》:《草堂詩餘》前集八卷,後集八卷,此則書坊本,前後集上下四卷,始周美成《水龍吟》,終蘇東坡《卜算子》,有脱板,校之别本字稍大者,則此本闕七十四首,疑此是續刊節本,然又有别本所無者,因録補遺一卷附後。盛幼時,先叔父家見此書,手之不置。先叔父見之,斥曰:「童子未讀書,何用得此?」即奪而藏之。先是,先叔父嘗一日對客,坐讀仁孝《勸善書》,時盛垂髫,還自塾中，旁立侍，叔父初不知盛之稍有知也。他日，復對客，偶及《勸善書》某事，取檢未得，盛即請曰在第幾卷第幾板，果然，由是以穎異見稱，期勉甚至也。嗚呼！言猶在耳，今三十餘年矣。碌碌無成，其于先生長者期待之意，何如哉！（同前書卷八）

八　《書〈文章辨體〉後》：《文章辨體》十二册，凡五十卷，吴思庵先生之所編也。始于古歌謡辭，終于祭文。每體自為一類，各以時世為先後，每類有序題，略叙制作之意，復以四六、律賦、律詩、褉體、詞曲，凡變體諸作為外集五卷附焉。先生之意固主《文章正宗》，特以正宗四類每類之中未免衆體並出，此則專以辨體制為先，善矣。但其云：場屋經訓，性理之説，不當施詩賦及贈送褉作之中，故于《太極圖説》、《西銘》等作皆所不載，且以西山之意亦出于此，則不能無可疑耳。黄晋卿《太極賦》今亦在辨體中，而太極非所謂性理之云乎？先生孫御史厚伯嘗以碑銘褉著等録本二册留予所者久矣，前年寓還，厚伯之子木，而木惠予此編，今考其中去取，亦多不同，蓋先生用心此書良苦，予也甚恨不得承教左右，卒有所請耳。（同前）

黄瑜詞話

黄瑜（一四二三—一四九八），字廷美，香山（今廣東中山）人。景泰丙子舉人，入太學，成化己丑授長樂知縣。有惠政，直道忤上官，浩然求去。手植槐二，搆亭吟嘯其間，自稱雙槐老人，又自稱琴堂傲吏，卒年七十有三。所著有《雙槐集》、《雙槐歲抄》。《雙槐歲抄》十卷，有弘治乙卯七十自序，云日事操觚，每遇所見所聞暨所傳聞，輒即抄録，自景泰丙子，以迄於今，凡四十年成編。此據《續修四庫全書》影印明嘉靖三十八年陸延枝刻本録詞話二則。

一　彭陸論韻：古人用韻，大率因六書諧聲而來，往往通而不拘，如《六經》可見已。宋吴棫才老《韻補》乃據唐、宋諸文士以律古人，是不足為準也。成化初，陸諭德鼎儀釴大不然之，彭學士彥實華與之書曰：「夫有聲而後有字，合字與聲而後有韻書。韻也者，類其聲之叶者也。使古韻書盡存，則古人字音固可盡得矣。古韻至魏、晉時尚多知之，宋、齊而下，浸以湮滅。然有博雅好古之士，若唐韓退之、柳宗元、白居易，宋歐陽永叔、蘇子瞻、子由，猶能深考古韻而用之。夫謂之古韻，則古人字音與後人有不同，明矣。《詩》三百篇，強半出於閭門里巷，其所韻非當時語而何？且一字而有兩音者，如左、右之類；三音者，如樂、惡之類；四音者，如行與洚之類。古今人皆然，何獨謂明、鳴二字？古人未必讀為芒，特叶韻時強轉其聲邪？足下謂明、鳴等字今人未嘗讀為芒，古人之音不應大相絕如此。夫沈約距今纔幾時，而今之韻於支與微之類，合其二而為一。麻與遮之類，分其一而為二。其不同已如此，而況數千百年欲其一一若自一口出，得乎？如今人讀服為房六切，而服之見於詩者，皆當為蒲北，無與房六叶者，古人未嘗讀為房六也。今讀慶為丘正切，而慶之見於《易》、《詩》者，皆當為驅羊，無與丘正叶者，古人未嘗讀為丘正也。《左傳》以皮叶多，坡以皮得聲，則皮初讀為蒲波切，轉而為蒲縻耳。顏延年以霾叶施，霾以狸得聲，則霾初讀為陵之切，轉而為亡皆耳。莫之取義，日在茻中也，後人乃妄加以日字。臺之取義，築土堅高，能自勝特也，後人乃訛轉為苔音。若此者，未可遽以一二數，姑就足下所及者而言之。夫古今人不同，多矣，試以字文韻語觀之。字自倉頡古文變而為籀，篆文變而為小篆，又變而為隸，又變而為楷，為草。以今之草律石鼓之古文，吾不知同邪？異邪？詩自三百篇變而為《離騷》，又變而為五言，又變而為七言，又變而為近體，為小詞，以今之詞律雅、頌之古句，吾不知同邪？

異邪？凡古之禮樂制度，後世廢易殆盡。所幸存而未泯者，賴有載籍之傳焉。字之音韻亦猶是也，於今可見古人音考者，獨賴經傳中韻語耳。足下因古人之叶韻非今人之所讀，遂謂古人强轉其聲，何溺於今而誣古人也？」彭所論如此，惜陸所與書無聞焉。（《雙槐歲抄》卷九）

二　一月千江：宋景濂《序瑞巖和尚語録》云：「人生而静，性本圓明，如大月輪，光明徧照凡蘇迷盧境界。具濕性者，大而河海，小而沼沚，莫不有月，而中天之月未嘗分也。月譬，則性也；水譬，則境也。」曹端夫首倡理學，以月川自號，豈有取於月映萬川之喻與？薛文清曰：「萬川總是一月光，萬物體統一太極也，川川各具一月光，物物各具一太極也。」佛氏書謂：「一月普現一切水，一切水月一月攝，」得此意矣。陳公甫嘗作《西江月》二闋，張學士元禎和韻云：「一月千江千月，一通萬感萬通。先生何必苦加功，無用中藏有用。　一個法身如粟，大千有象皆籠。不須淘净不須鎔，本自無迎無送。」「了了千條萬緒，皇皇四達八通。入頭下手怎施功，外面中間夾用。　眼孔毫芒洞見，肚皮天樣包籠。聖賢坯璞此陶鎔，船快更加風送。」鄒汝愚亦嘗著論曰：「天下豈有性外之物哉？嘗觀諸月矣。出没乎丹崖青壁之上者，月也；容與乎虚室空谷之間者，月也；蕩乎江、止乎淵、依乎樹杪者，月也。古人之所見者，月也；今人之所見者，月也。其為月也，豈有異乎哉？」視宋、薛稍廣。予按，程子謂佛氏言性，猶太陽之下置器，其間方圓大小不同，特欲傾此於彼爾。然在太陽幾時動，是日亦可喻，不獨月也。夫中者，天下之大本性，固萬理之一源，又奚必取諸禪？名理而取諸禪，吾儒其衰矣夫？（同前書卷十）

黎淳詞話

黎淳（一四二三—一四九二），字大樸，人稱樸庵先生，華容（今湖南）人。天順丁丑進士第一，初為翰林院修撰，歷官春坊、諭德、少詹事，陞吏部侍郎，以南京禮部尚書致仕，卒謚文僖。有《黎文僖公集》十七卷，此據《續修四庫全書》影印明嘉靖三十五年陳甘雨刻本録詞話一則。

一

《静齋詩集序》：《静齋詩集》一卷，今瑞陽郡文學莆田林英文華編其父用宏先生遺稿也。先生没已二紀餘，手澤尚新，文華以示予，徵為序。夫發言成章謂之文，而詩又文之精華也。君子觀詩道之隆替，可以驗世道之盛衰。古詩三百篇卓已，聖人删之，非徒尚其文，亦將以為世道計耳。下此一變而為騷，再變而為選，三變而為歌行、詞調，則去古已遠，而聖人刪詩之意殆泯泯焉。後世論詩者率有取於盛唐，非以三百年崇文之治氣還渾雅，時則有若李、杜、韓、柳諸人，詩道至此而始昌耶？先生，莆陽大家，生有異質，涵泳詩書之澤，而講授於鄉先達之門。發為詩文，氣充理暢，專法盛唐。其古風淡而腴，其聲律清而雅，其長歌短引則思深而飄逸，蓋庶幾韓、柳諸人之心法也。先生之志鑿鑿乎欲追古作者之為，於此可以見國家詩道之隆，況使在當時得沾一命，翱翔乎鑾坡鳳沼之同掌帝之制，則金殣琳琅之篇，鋪張贊頌，必有以昭聖德而闡鴻猷。惜乎終晦山林，年幾强仕，賫志以没也。然先生雖不獲效用當時，有子如文華之賢，紹緝其遺言，亦足以發潛德之幽光。然則是編也，可以壽先生之名於無窮矣。先生別有古文若干卷，文華他日類為一編，鋟梓行之。韓子曰：無亦使其無傳焉，可也。（《黎文僖公集》卷十）

王越詞話

王越（一四二三—一四九八），字世昌，濬縣（今河南）人。景泰辛未進士，為御史，巡撫大同，右副都御史，進太子太保、兵部尚書，總制大同及延綏、甘寧軍務。凡三出塞收河套地，身經數十百戰。以功封威寧伯，佩征西前將軍印，加少保兼太子太保，贈太傅，卒謚襄敏。有《王太傅集》、《王襄敏公集》等。此據《四庫全書存目叢書》影印明嘉靖九年刻本《黎陽王太傅詩文集》録詞話九則。

一

《送駱公岳丈旗帳》：霜落澄江，月色静涵素練；雪融古岸，梅花香沁孤舟。别意無窮，會期未卜。緬惟陳公履道，幽人考槃隱者。東牀受三刀之寄，北渚營半子之居。言念親情，允懷天樂。遠來歡聚，今適還鄉。越上山川，慨想故鄉之盛；郢中雲樹，難為後夜之思。爰賦小詞，用書綵帳。載歌短調，以侑金罇。亡其詞（《黎陽王太傅詩文集》卷下）

二　《沁園春》送趙掌教先生廣西主考：吾濬掌教趙先生：清才雅望，邃於經術。雖守青氊，志在黄甲。今歲作噩之秋，適天下里選廣右，當道諸公列剡交薦，往典文衡。時維仲夏，風日尚炎。祖席既陳，賓從如雨。衆乃舉栝相屬，曰：「故事當鑒古人，公道正在今日。」先生笑而頷之。老懶厠坐婁尾，酒酣秉筆，為賦《沁園春》，用續驪駒之後。使善歌者擊節侑觴，未必不鼓吾斯文之氣也。「廣右開科，遠勞使者，來聘先生。看燈下朱衣，卷中白雪，寸心公道，兩眼光明。杜牧當魁，劉幾可黜，山斗尊崇在此行。好男子，擬登春榜，允協文衡。故人莫問歸程，且倚銀瓶酒滿傾。正水漲雲深，日長天闊，槐花雨霽，楊柳風清。小隊紅旗，新詞綵帳，燕雀驚飛鼓吹聲。郵亭上、殷勤把袂，不為離情。」（同前）

三　《木蘭花》送濬邑許牧宰三載考績：青齊許公圖南，以丁丑名進士牧宰吾濬。推軾以來，外嚴内寬，廉明相濟，吾民始畏之，今愛之也。魯政告成，舜典在陟，西臺之選，不卜可知矣。邑庠廣文暨諸生素荷作興之雅，相與聯綵為帳，約吾為詞以侑觴。按歌擊節，敢希伐木之音；吹笙鼓簧，聊續驪駒之尾。「花對新報政，金榜上，舊蜚英。好語不逢迎，貌雖嚴厲，心最寬平。更喜清廉似水，秋月一般明。才識許多高處，便山川艸木也須驚。做出三年公道，化成百里仁聲。又攜六事謁銓衡，冠蓋擁行旌。看綵帳題詩，銀瓶泛酒，玉琯調笙。預卜西臺妙選，沛隨車，甘雨濟蒼生。豪氣高騰萬

丈,莫教壓倒離亭。」(同前)

四 《木蘭花慢》贈許先生九載榮滿:東昌許宗儀先生,學行真醇,襟懷光霽。自科目來,分教濬庠。熟於義經,老於舉業,日新月盛,造就英才多矣。榮滿及瓜,促裝在邸。同寅沐麗益之澤,諸生蒙訓誨之恩。相與崇肉載酒,製綵為帳。余塡短詞,歌和於衛河之滸,以華其行。祝曰:此行賢路甫開,郡邑臺諫,宜無不可。先生行矣,瓶罄罍耻,三揖遂别。悵北去之征帆,難禁離思;顧南來之歸鴈,拱聽佳音。「愛先生學行,更瀟灑,好襟懷。似萬壑層冰,九秋孤月,絕點塵埃。坐擁皐比講《易》藹,菁莪之化育英才。泮水久沉奎壁,廣文今上蓬萊。　喬遷,賢路正初開,筆底起風雷。或粉藻黄堂,絃歌花縣,步武烏臺。總是吾儒能事,諒蒼天公道,自有安排。離思征帆北去,佳音歸鴈南來。」(同前)

五 《滿江紅》贈王賢輔先生榮滿詞:吾濬庠司訓王賢輔先生,端謹忠厚,同寅沐其春風,諸生沾其化雨,皆不自知其游泳於德教中也。兹任滿,留不可得,乃聯綵帳,丐予為詞以華行色。然昌黎以師道自重,學者仰之如泰山北斗,先生此行,毋以區區功業是較,但當盡其在己者,以順其在天者。造化乘除,必不負人。先生曰:「不如其言,有如王橋之柳。」遂别。詞云:「忠厚先生,真箇是、循循善誘。官滿也、苦留無計,好難分手。翦下彩雲香一片,題上餞行詞一首。歌聲未徹促征鞍,三杯酒。　命在天,不可苟。道在己,當自守。想師儒尊重,泰山北斗。萬里前程須信步,人生窮達原非偶。問從今、何處繫離情,王橋柳。」(同前)

六《酹江月》送方先生榮滿帳詞：方克誠先生，分教吾濬，以歲計之，復道一周，化雨深矣。兹以滿考別去，同寅顧先生天澤率諸生聯綵為帳，丐余填詞，餞送於郵亭之上，相與勸酬。命知音者歌此，以侑樽酢。而分袂日落酒醒，回視伾山，明月皎皎，詞雖未工，特描先生畫中離思也。「先生行也，正日躔析木，仲冬時節。千里郵亭簫鼓鬧，小控玉驄金勒。冠蓋紛紛，英才濟濟，曾立程門雪。莫辭梧酒醉，容易離別。欲向綵帳題詞，紅旗染翰，指冷霜毫怯。聊按新聲歌短調，好似陽關三疊。老樹號風，凍雲鋪水，一片冰花結。不堪回首，大伾山上明月。」（同前）

七《滿庭芳》賀舉人李器之：萊陽山水秀麗鍾，而為人自是不凡。若髦士李器之，蚤以明經著稱，尊甫哦松於吾濬，時來省視，見其年少學富，深器重之。弘治壬子秋，適山東鄉試，揚眉吐氣，三戰皆捷，遂登優選。其友某等在濬聞之，喜而不寐，相與製綵為帳，丐余詞以賀。然過此以往，將與天下士角藝於南宮，龍門一躍，雷震萬里，是屬望之至云。「豯澤鍾靈，蒼山孕秀，天教產此英才。少年學富，鄉選舉塲開。五色筆端雲錦，駕長風、掃盡塵埃。平步上，廣寒宮裡，折得桂花來。試看賓朋歡慶，詞填綵帳，酒泛金桮。願言黃榜，早占文魁。正是魚龍變化，趂桃花浪暖春回。得意處、萬人洗耳，齊聽一聲雷。」（同前）

八《沁園春》送駱太守簾外歸：伏以三楚開科，俊秀吐衡湘之氣；六經較藝，文章增奎壁之光。睠彼所司，昭此盛典。緬惟太守駱君：少年豪傑，獨步循良。任簾外之賢勞，布場中之公道。研精亥豕，剗削丕休。允以輿情，相成里選。有始有卒，言還言歸。江聲舞萬壑之潛蛟，秋色載一船之明月。春飛綵帳，香泛瑶觴。爰製小詞，用伸私賀：「太守賢明，諸公推薦，戮力科場。任簾外浩繁，糊名編號，易書對讀，多少關防。未識顔標，不通楊億，先與朱衣做主張。好鄉舉，出群人物，經世文章。 去時節丹桂飄香，回首也，東籬菊正黄。一蓬秋色，滿懷歸思，楚江空闊，郢樹微茫。綵帳新詞，紅旗小隊，簫鼓聲中泛玉觴。齊歌頌，斯民有幸，吾道增光。」（同前）

九 《挽麻城李方伯》：麻城李方伯，是我知己友。胷中耿耿絶點塵，滿貯文章七八斗。經也有，史也有。詩詞歌賦之淵藪，紛紛案牘若牛毛，决斷人稱霹靂手。倦鳥投林歸去來，功名盡付三杯酒。老終含笑入重泉，更無遺恨於身後。衆吟哀些幾千篇，我獨喜歡吟一首。子能善繼而善述，寬厚詳明練達久。孫乃獨立而敢言，宋之石介如斯否？繩繩接武宴瓊林，三世奇才傳不朽。（同前）

鄭棠詞話

鄭棠，字叔美，浦江義門(今浙江)人。受業宋濂。永樂初召修大典，授檢討。告歸卒。著有《道山集》、《全史評》。此據《四庫全書存目叢書》影印清活字印本《道山集》録詞話一則。

一

《琴軒記》：樂音感人心之和平，惟琴為高妙。然非精通律吕書者，莫能製琴曲。其於大樂之中，協應樂章，固代有其人。其學擅專門之業，譜操有聲無辭，深達律吕，得製琴之本。由晉稽、阮輩後，久曠其作。琴南、郭楚望諸子始集厥大成，徐氏之先，雪江俞紹述其傳，同毛敏仲於楊守齋館删定前譜，新製浙曲，今所傳《紫霞洞譜》是也。後人宗之，莫或間然矣。敏仲等後不聞，惟徐氏，迨今世其業多有聞人，秋山、曉山父子名著元時，與完顏壽輩講訂北操，今所傳完顏譜是也。二譜今編入《大典》，通傳天下。惟徐門達其秘，梅澗翁、惟謙父子際今盛世，益又顯榮，通國中言琴學者咸出其門，未聞或之並行也。惟謙之先子不但藝學也精，而史學亦擅所長。觀其《續通鑑要言》，得朱子《綱目》書法，視陳桱續編，其著統舉綱，殊為允當，則知琴學亦在該博文史者，能精藝入神，思其所删定格調之深妙，神情之高邁，迥出乎時俗之表。其取聲作用幾於無迹，粹然玉之無瑕。蓋亦自有所傳，匪淺學所窺也。梅澗之榮遇見知于潛邸之日，惟謙因之得近清光，以大雅正音進達天聽也。其眷遇恩賚之稠疊，視近臣為隆厚。優之以暇逸，不煩以職事。其華屋賜宅巷聯戚里，接近鍾山之麓，景趣幽雅，翠筠佳卉駢植，隙地前榮扁字「琴軒」，人因以琴軒先生稱之。凡朝紳之納交者，多有聽琴之作，形容取聲之妙，不減顥師之章，鏘乎其音律矣。而述其世美前休，知之詳者亦寡。周給事中宗琬以余舊習琴學，知其源之所自，欲得文以記其軒，談音樂於師曠之庭，誠雖乎其言爾。姑承命述所聞，願有聽焉，請為鼓一再行，知音亦何敢讓。（《道山集》卷三）

曾鶴齡詞話

曾鶴齡，字延年，一字延之，泰和（今江西）人。永樂辛丑進士第一，授翰林修撰，預修實録，陞侍讀學士，官至侍講學士。著有《松坡集》、《臞叟集》，又作《松臞集》。此據《四庫全書存目叢書》影印清乾隆五年刻本《重刻襪線集》録序文一則。

一

去古既遠，士習益降，攻文章，不狥流俗者蓋鮮矣。前三十年，予家居時，見學者唯科舉之文是務，究理趣，稽程式，摘裂先聖賢遺言，融以己意以就篇章，差可屬讀，善矣。至於卓然自立，欲追古作以名家者，非惟弗之習，亦弗暇也。其後至京，訪於所知，僅得樂安蕭君德容可尚焉。德容自鄉薦以及會試，皆有程文在，録以行於世。至擢進士，授吏部文選主事。其古作益盛出一時，縉紳大夫士皆奇之，以為非習之於衆所不暇之日，卓然欲追古作，不至是也。方是時，予僅一二見之，未獲盡窺其所有。今年其子超進編次其遺稿，僅盈帙，不遠數千里，因進士楊貢詣予求序，予披而覽之始末，合數十篇。其文紆徐曲折，綢繆反復，出新意而去腐語，駸駸乎古人規模，信善作者也。問其餘，則曰藏於家者猶存四百餘篇，詩歌、長短句在外。噫！何其能哉！向使不罹不幸，而至于今，其多固不止是，其進又豈特如是而已耶？為文誠本於學，而亦由艱難困苦然後成。予聞德容生士族，上世多善人，至其祖母張，遭世變，而凛然有節操，見故董長史所為傳。其先君躬孝行，夷險一致，見今少師楊公所譔《墓誌》。德容自少失恃，鞠於祖母，以長以教。晚乃幸其先君自謫所還，無幾復卒。則其學之所成，至于多且美者，良由艱苦中得，非偶然也。惜乎天與之以是才，而不使之展于用，而又竟嗇其壽。永樂末，詔求直言，德容性素剛，問學藴蓄素深，於是言過切直，中傷任事之臣，衆搆陷之，遂坐是以死，死時年四十。嗚呼！讀其文者，思其人而悲其志，良亦可深慨也夫！良亦有景仰也夫！正統五年秋八月辛巳，翰林侍講學士、奉訓大夫兼修國史、泰和曾鶴齡頓首拜撰。（《重刻襪線集》序）

孫瑀詞話

孫瑀，字原貞，以字行，德興（今江西）人。永樂乙未進士，授禮部主事，擢河南右參政，遷浙江左布政，拜兵部右侍郎，官至兵部尚書。卒年八十七。有《歲寒集》二卷，此據《四庫全書存目叢書》影印明嘉靖七年孫啤刻本録詞話一則。

一

《醉琴軒記》：吾友樂平蔡君天錫雅好琴，扁其軒曰醉琴，子讓之曰：「昔李白醉於詩，張旭醉於草書，皆有待於酒，以發其清新俊逸之思，揮其飛躍流動之勢，所謂『斗酒詩百篇，醺來草聖傳』是已。若之於琴有如此乎？」天錫乃焚香拂琴，端坐而言曰：「吾之醉琴，於酒何有？請以歌吟曲調相與酬酢於龍池鳳沼之上，以共入醉鄉，可乎？」於是按徽理軫，七絃以調，五音相宣，六律相應，徐而鼓之，其心之運指，指之取聲，聲之入耳，耳之順心，心得其趣，無非醉也。若夫醉在高山，乃鼓《樵歌》；醉在流水，乃鼓《漁父吟》。鼓《南風》之歌，則醉在虞廷；鼓《杏壇》之吟，則醉在孔門。《夢蝶》，醉於適也；《離騷》，醉於怨也；《白雪》，醉於清也；《春光》，醉於和也。以至《猗蘭》、《別鶴》之操，《雉朝飛》、《烏夜啼》之曲，莫不各得其趣，而至於醉也。余心醉甚，隱几而寐，夢游帝所，觴我於丹府，酌以元和之盃，酒半酣，俄有縉紳先生，自稱漢尚書邕携焦尾以進，鼓於靈臺之上，但聞蒼龍之吟，丹鳳之鳴，而諧鈞天廣樂之奏也。驚喜且寤，天錫猶鼓琴自若，顧謂余曰：「醉乎？醒乎？」余於是知天錫之於琴，非如白之於詩、旭之於草書託於酒以助其能也。是醉也，優游怡愉，以入廣博易良之域，不知天錫之醉琴，琴之醉我邪？是為記。（《歲寒集》卷上）

何喬新詞話

何喬新(一四二七—一五〇二),字廷秀,號椒丘,廣昌(今江西)人。景泰五年進士,弘治中歷官刑部右侍郎,出為南京刑部尚書,拜疏乞歸。博綜羣籍,聞異書輒借鈔,積三萬餘帙,皆手校讐,著述甚富,尤篤濂洛之學,與人少合。卒謚文肅,所著有《椒丘文集》、《宋元史臆見》、《周禮集注》、《策府羣玉續編》、《勳賢琬琰集》。此據臺灣偉文圖書出版社有限公司出版《明代論著叢刊》影印康熙三十三年活字印本《何文肅公文集》録詞話八則。

一

廢后郭氏薨竄内侍閻文應於嶺南:仁宗,宋之賢君也,其寬仁恭儉,後世無異議焉。獨郭后之事,何其思之不熟、處之不審耶?后之廢也,文應實主其謀。時移事往,帝稍悔悟,樂府之賜,密使之召，黠奴瞷之久矣。后之存，文應安得晏然而已乎？其設謀措慮，欲除其所忌，顧未有間耳。一旦后有小疾，挾醫診視，尚有人也，顧以命文應，而黠奴得乘間進毒以殞之，可哀也已。予嘗見野史云：「后既崩，文應遽殮之而後聞。」則后以弒殞明矣。帝盍思之前日主廢后之謀者誰歟？挾醫診視者誰歟？后胡為而暴崩？文應胡為而遽殮歟？考問侍姬，啓棺診驗，則罪人立得矣。而帝念不及此，雖深悼之，顧亦何益哉！夫黠奴弒主母，天下之大惡也，帝不之察，僅以仲淹之奏竄於嶺南而不肆諸市朝，豈足以泄神人之憤哉？嗟夫！匹婦不獲其死，古之人猶曰「時予之辜」，況天下母耶？其為帝盛德之累大矣。讀史者，安得不掩卷而三歎？（《何文肅公文集》卷五「史論·宋」）

二《桂坡稿序》：司封主事左君時翊彙次其所作歌行、選律、詞調、箴銘、贊賦、書奏、記序、題跋、碑銘、表志之文為十卷，其為佛老氏作者，别為《方外稿》一卷，總題之曰《桂坡稿》，屬予序之。時翊故山東參政訥庵先生之子也，自幼穎敏絶人，七歲有能詩聲，稍長博學，無所不窺，自六經諸史以至百氏之説，莫不含其英、咀其華而飫其實。既而侍訥庵宦遊四方，浮江踰淮，抵京師，東遊齊魯，南走楚粤，所至輒求其俊傑之士，與之上下其議論，而其所見喬岳長河，摩霄漢而盪煙雲者，有以發舒其精神，繇是其學益博，其氣益充，其文日新而未已。予竊評之：其詞氣雍容，如藻率鞞鞛陟降明堂之上也；其論辨雄偉，如龍盾虎韔馳騁轅門之間也；其體製古雅，又如離磬崇鼎陳列於清廟之東西也。是雖本於問學之功，要之其資性有過人者而然也。吾盱自宋號稱多士，其以文章名世者，如直講李公泰伯、曾文定公子固與其弟文昭公子開，雄詞健筆，與歐、蘇並驅而争先。數十年來諸老殂謝殆盡，雖作者不乏，然未有能攀三君子之逸駕者，以時翊質之美、學之博，苟能服膺，韓子所謂無迷其塗、無絶其源者而不已焉，則其文將駸駸乎上薄古人，異時起衰振陋，以追蹤三君子者，非時翊而誰耶？ 予少時亦嘗有志於斯，及官刑曹日，閲訟牘弊弊焉不少暇。暮歸，輒昏然欲睡，豈復能琱琢文章以與作者並騁於翰墨之場哉？ 而時翊自登第以來，所歷皆清選，益得肆力學問，其文之日新也，固宜先冡宰與訥庵為同年友。 予與時翊通家兄弟也，故序其文，既致歆慕之私，又悼予學之無成云。（同前書卷九）

三 《鼓山紀遊詩序》：鼓山在福州治城東二十里，其氣雄勢秀，為附郭諸山冠。予與寮友約同遊者屢矣，輒為事所奪。成化六年春二月辛未，監察御史清漳陳君彌旦將之京，過福城，迺相與遊焉。是日，陳君肩輿先抵山下寺，予從憲使永新劉君叔榮，副使四明錢君廷珍、淮西潘君景澄，僉事羊城康君文瑞、泰和康君主一、淦川周君守謨視事罷，乃行，共飯寺中，遂登山。過圓通庵，歷半山亭，約五里許，乃至山上寺。林樾蒼潤，巖壑谽谺，真佳境也。茶罷，屏騶從遊寺左靈源洞，洞有泉出石罅，據石飲之，甘寒可愛。又行數百步，至天風海濤亭，亭額紫陽朱夫子所書也。其遺刻在山巔，欲往觀之，以倦於躋攀不果，徜徉久之，迺還。抵寺，出酒共飲，寺僧亦汲泉瀹茗以飲客，酒酣，童子歌雅詞數闋，賓主歡甚。陳君首賦律詩一章，諸君子亦相繼有作，薄暮乃歸。劉君謂清遊不可多得也，命侍史録諸作，刻之壁間，而予為之序。遊之又明日，盱江何喬新序。（同前）

四 《錦溪小墅記》：吴中山水名天下，高人韻士占幽勝，治臺館，靡有遺矣。若錦溪之勝，則前世未有發之者。今福建參知政事陸公孟昭始發其勝而居焉，初孟昭家太倉城之巽隅，所居之西有地數百，弓規為園。園之左澄溪溶溶，自東南來，芙蕖芰荷列植其間，花時爛若錦繡，故以錦雲名為溪云。孟昭愛其幽雅，遂徙家於玆，伐石為堤，陶甓為墉，高柳古槐，綠陰布覆。前為堂五楹，扁曰寳勅，龍光煒然，上燭晴昊，所以藏列聖所賜璽書也。次為屋五楹，扁曰壽安，疎檽邃閣，夏凉冬温，所以奉其母太宜人也。又次為屋五楹，扁曰世榮，琴册在几，簪笏在床，所以居其諸子也。東為一軒，聚石為山，扁曰翠雲小朶，奇峰佐壑，岈然窪然，蒼潤可愛，怳然終南、廬阜飛來庭户間也。園之東西為二亭，其一幽蘭白芷，香襲巾襆，故扁曰灑香。其二晨嵐暮靄，翠浮几席，故扁曰霏翠，合而名之曰錦溪小墅。因其地也，孟昭謂予曰：吾於世味泊然，顧獨嗜嘉山水，方家食時，循溪而遨，坐喬木之繁陰，酌幽泉之清泚，容與乎溪風山月之間，歌石湖三高之詞，繼以晦翁武夷九曲之調，胸次悠然，蓋不知舞雩之風、濠上之遊，其樂視今為何如也。自吾從仕於朝，以至出參藩政，宦轍南北，日憧憧焉。追念釣遊之處，山川景物之勝，未嘗不悵然遐思，而動蓴鱸之興焉。子尚為吾記之，時一展翫，亦足少慰舊遊之思也。予謂天下山水含清負奇者多矣，然非襟宇清曠者不能發其勝，非心無富貴之累者，雖知其勝而不能樂也。錦溪勝積數千年，未有知者，孟昭得而發之，遂有聞於時，非襟宇清曠者歟？士之彯纓垂組者，志之所存，功名富貴而已。舊遊泉石，曾足嬰其念哉？孟昭有章綬之榮，而不忘山水之樂，非心無富貴之累者歟？孟昭賢於人遠矣。顧予之言，豈足以狀玆溪之勝哉？姑識其概，使後之人有考焉。（同前書卷十三）

五《琴軒記》：琴軒者，予弟喬年藏修之室也。喬年生宦族，而性淳謹，於世之子弟所好馳馬、試劍、博奕、度曲、遨放之事，一無所動於中。顧於讀書吟詠之餘，頗留意於琴，静處一室，灑掃明潔，置琴書薰爐於其間。每有賢人良客來蒞，則延之琴軒，為之鼓中聲一二操，倏然自樂，而忘塵世之憂也、疾疹之苦也。遇非其人，則迫之，不肯鼓，至欲破琴而棄之。聞四方有善琴者必就而學焉。初聞南城儒生有吴清齋者精於琴，因往訪焉。清齋為出琴，鼓浙操，喬年聽之，曰：「此衰世之音也，徒事擘抹吟揉以取聲，是其起陳、隋之際乎？」清齋又為鼓江操，喬年聽之，曰：「此亡國之音也，是其汪水雲所作與？宋末之聲樂，如泣如訴，如怨如慕，宜南渡之不可復興也。」清齋又為鼓北操，喬年聽之，曰：「是有北鄙殺伐之聲，非孔子所謂『由之瑟，奚為於丘之門者乎』？顧聞其他。」清齋於是授以《杏壇吟》，喬年聽之，曰：「是聖師在上而弟子各言其志之時乎？」於是賡之以宣父之《猗蘭操》，喬年聽之，曰：「是其憂愁而不怒，鬱悒而不哀，其吾夫子傷道之不行也歟？」清齋又為之鼓《昭君出塞》，其聲哀而傷，悲而慚，喬年聽之，曰：「是昭君傷失身於沙漠，故形於琴歟？」清齋又為鼓《履霜操》，喬年聽之，曰：「是孝子傷不得於其親，不可以為人而無所赴愬乎？」又為之鼓《南薰操》，喬年聽之，曰：「是蓋唐虞之世和氣充塞於天地，可以阜吾民之財、解吾民之愠乎？雖有他操，吾不願聽矣。」一日，予至琴軒，喬年出琴鼓之，且言其所學於清齋者如此，因謂予曰：昔歐陽子有曰：有幽憂之疾，不能自療，故學琴焉。且謂藥之毒者，能攻疾之聚，不若聲之和者，能散其心之所不平，故吾於琴切有志焉。兄其為吾記之，使吾子孫知吾所好者，非箏琶之音，乃聖賢與忠臣孝子所鼓之琴也。

吾之好琴，非以説耳，乃以養心也。子孫從事於斯，庶幾有得於心，養其中和之德，救其氣質之偏乎？乃為之記，以示其子孫，俾率先人之訓云。（同前書卷十四）

六 《跋閩人余應詩》：「皇宋第十六飛龍，元朝降封瀛國公。元君詔公尚公主，時蒙賜宴明光宮。酒酣舒指爬金柱，化為龍爪驚天容。元君含笑語羣臣，鳳雛寧與凡禽同。侍臣獻謀將見除，公主夜泣沾酥胸。瀛公晨馳見帝師，大雄門下參禪宗。幸脱虎口走方外，易名合尊沙漠中。是時明宗在沙漠，締交合尊情頗濃。合尊之妻夜生子，明宗隔帳聞笙鏞。乞歸行營養為嗣，皇考崩時年甫童。文宗降詔移南海，五年乃歸居九重。壬癸枯乾丙丁發，西江月下生涯終。至今兒孫主沙漠，吁嗟趙氏何其雄。惟昔皇祖受周禪，仁厚綽有三王風。雖因浪子失中國，世為君長傳無窮。」此詩叙元順帝為瀛國公之子，乃閩儒余應所作也。其詩有「壬癸枯乾丙丁發」之句，蓋壬癸為水，丙丁為火，元以水德王，而宋以火德王也。又云「西江月下生涯終」，故老相傳順帝北遁，殂於應昌，倉猝取西江寺梁以供梓宮之用，梁間隱隱有字，亟視之，乃《西江月》一調，有「龍蛇跨馬亂如麻，可汗却在，西江寺下」之句，或云太保劉秉忠所作，故應云爾也。考之於史，瀛國公以德祐丙子降元時，年六歲。後十有二年，為至元戊子，瀛國公學佛法於吐蕃。又二十八年，為延祐丙辰，仁宗遣明宗出鎮雲南，明宗不受命，逃之漠北，其與瀛國公締交，蓋在此時也。妥懽帖睦耳以元統癸酉即位，是為順帝，其年十四，其生當在元祐庚申，上距丙子凡四十四年，而瀛國公年始五十矣，應之詩或有徵也。史又云：文宗以乳母失言，明宗在日，素謂上非其子，黜之江南。召奎章閣學士虞集書詔播中外，而不言順帝為何人之子，蓋諱之也。予年二十時，赴江西鄉試，於館人家見古樂府一帙，内有《沙漠主》一篇，云楊廉夫所作。予方從事科舉之業，不暇録，但記其篇末句云：「吁嗟乎！鳳為鳩，龍為魚，三百年來龍鳳裔，竟墮左衽稱單于。」又識其後云：「宋太祖之德至矣，肇造帝業，不傳諸子而傳諸弟。太宗負約，金人之旣，舉族北遷，而太祖之末孫復紹大統，有江南者百餘年，為元所滅，而瀛國公之子陰纂元緒，世為漠北主，天之報太祖一何厚哉！」其言頗與應合。近考《鐵崖樂府》無此篇，豈出於假托耶？抑有所遺耶？新安程克勤録此詩，示予，因具疏予所聞見者，以廣異聞云。（同前書卷十八）

七　《跋晦庵遺墨》：吾盱包氏兄弟俱遊紫陽朱夫子之門，故得朱夫子手書為多。其藏於光風霽月閣者凡二十五紙，宋末兵火之餘，逸其大半，楚國程文憲公嘗跋焉。元季焚掠之酷，又復散失，其存者僅此數紙與文憲公之跋耳。而包氏子孫不能守，故此卷遂歸於郡之大家，可慨也已！予友左君時翊學朱而希包者也，購得此卷，寶之愛之，殆若《河圖》、《大訓》然。或者顧謂善學朱子者，亦惟志於其道焉耳，區區遺墨，朱子之糟粕也，胡為睠睠於是哉？是不然，朱子之手書，其詞，則心聲也；其字，則心畫也。讀而玩之，使人形神肅、鄙吝消，固可因是以得其心於數百年之下矣。是豈世之尋常詞翰徒以供耳目之娱者比哉？明窗净几，展而玩之，要當悚然易視，如與朱子唯諾於武彝（當作夷）九曲之間，斯可謂善學者矣。（同前）

八　《祭劉侍郎文》：嗚呼！惟公風標俊偉，冰襟磊落，才邁王楊，學宗濂洛。其於文也，浩乎蘇、王之雄渾；其於書也，淵乎馬、鄭之辯博；發於詩詞也，有若金聲玉振之鏗鍧；見於字畫也，不啻春蚓秋蛇之間錯。故其論秀詞場也，攄藻思之春容；其簪筆螭頭也，效忠言之謇諤；其進貳憲卿也，休聞揚於羣公；其出佐藩服也，嘉績冠於列岳。胡一疾之弗痊，奄九原之不作？是何志之壯而氣之漓、才之豐而命之薄耶？然而年垂五十，不可謂夭也；官躋三品，不可謂小也；承家有子，慶綿綿也；制行無慚，名皦皦也。則公之云歿，亦復何憾乎？所可悼者，朝失良臣，民失父母，矧於予輩亦失益友？哀訃忽傳，乃心孔疚。葬莫執紼，予莫撫柩，臨風灑淚，酹此巵酒。（同前書卷二十七）

沈周詞話

沈周（一四二七—一五〇九），字啓南，號石田，長洲（今江蘇蘇州）人。祖孟淵、父恒吉皆高隱。周嘗以賢良薦，筮得遯之九五，遂耕讀於相城里，所居曰有竹莊。博覽書籍，畫法董源，書法黄庭堅，詩出入於杜甫、白居易之間，興至，對客揮灑，煙雲滿紙，名著東南，文徵明、唐寅師從之。著有《石田詩集》、《客座新聞》、《石田雜記》等。又有《酒概》四卷，卷端下題「震旦醚氏沈沈囦囦父輯」，自序末署曰「褐之父囦囦沈沈題於泰之覼衍居」，《欽定續通志》作沈周撰。書仿陸羽《茶經》之體，以類酒事。此據影印文淵閣《四庫全書》本《石田詩選》、《續修四庫全書》影印清抄本《石田翁客座新聞》和影印明刊本《酒概》録詞話六則。

一 《支硎山麓逢楊君謙》：林谿相值夕陽邊，迹似無官意有仙。高笠冒雲宜我畫，小詞磨石信僧鐫。山逢佳處肩隨轎，眼落閒時袖出編。隨後擔夫亦殊俗，花筐酒榼兩頭縣。（《石田詩選》卷六）

二 東坡生日，置酒赤壁磯下，倨高峰，俯鶻巢，酒酣，笛聲起於江上，使人問之，則進士李委聞坡生日，作一曲曰《鶴南飛》以獻，呼之使前，則青巾紫裘，腰笛而已。又奏一闋，嘹然有穿雲裂石之聲，坐客皆引滿。（《酒概》卷三）

三 宋宣和中，士女觀燈者賜酒一杯，有夫婦並遊，宣傳聲急，夫不獲進，其婦蒙賜飲，輒懷其酒杯，謝詞一闋：「歸來恐被兒夫怪，願賜金杯作證明。」上賜之。（同前）

四 有頭是曲名，尾是二十八宿，四箇字不間。東坡曰：「《黄鶯兒》《撲蝴蝶》不着，虛張尾翼。」佛印曰：「《二郎神》《遶佛閣》想是（當作『相視』），鬼奎危婁。」（同前書卷四）

五 有前用一曲名，後用一句詩。賈平章曰：「我有一局棋，寄與《洞中仙》，洞中仙不受，云：『自出洞來無敵手，得饒人處且饒人。』」馬廷鸞曰：「我有一魚竿，寄與《漁家傲》，漁家傲不受，云：『夜静水寒魚不餌，滿船空載月明歸。』」江萬里云：「我有一犁鋤，寄與《使牛子》，使牛子不受，云：『且存方寸地，留與子孫耕。』」蓋譏似道。（同前）

六 袁御史：袁凱，松江人。國初任御史，導駕郊天，是日陰雲大風，聖意咨嗟，謂天不鑒其衷誠，凱奏曰：「此正雲從龍、風從虎之兆也。」上悦，後每食，必輟饌與之，凱知上之寵遇特厚，乃辱之機也。一日，侍班，忽跌仆，迷決，舁歸，遂發狂，執刀殺子與妻，妻與子皆不能堪，家人鎖之。少寬，則入市號呌殺人。上撥醫調治，不愈，歲餘，乃放歸。終日蓬頭裸體，沿街拾穢，呌罵逐人，人不敢近，雖平故舊亦遠避。後高皇登遐，凱不知之，其友一人知所為，却擎拇指謂曰：「失却這箇，今日先生已無虞矣。」遂拍手大笑。回家衣冠之，始與人接。方作狂時，家人略不知察，何其智哉！凱在元時，伯顏用事，乃作二詞揭朝門，詞曰：「長門柳枝千萬縷，總是傷心處。行人折柔條，燕子啣芳絮。不鳳城，春做主。」又云：「長門柳條千萬結，風起花如雪。別離更別離，攀折無多，舊時枝葉。」伯顏察知，物色凱，凱一面匿名不出。國初始出仕。（《石田翁客座新聞》卷十一）

尹直詞話

尹直（一四二七——一五一一），字正言，號謇齋，晚號澄江，太和（今江西）人。景泰甲戌進士，累官至太子少保，兵部尚書，入内閣，官至大學士。卒謚文和。致政家居，肆力制作。所著有《澄江集》、《明良交泰録》、《謇齋瑣綴録》、《南宋名臣言行録》、《明朝名臣言行通鑑》等。此據《四庫全書存目叢書補編》影印明弘治刻本《南宋名臣言行録》録詞話一則。

一　棄疾雅善長短句，悲壯激烈，有《稼軒集》行世。紹定六年贈光禄大夫。咸淳間，史舘校勘謝枋得過棄疾墓旁僧舍，有疾聲大呼於堂上，若鳴其不平，自昏暮至三鼓不絶聲。枋得秉燭作文，旦且祭之，而聲始息。德祐初，枋得請於朝，加贈少師，謚忠敏。（《南宋名臣言行録》卷七「都承旨辛忠敏公棄疾」）

陳獻章詞話

陳獻章（一四二八—一五〇〇），字公甫，號石齋，居白沙里，學者稱白沙先生，新會（今廣東）人。性至孝，偶出外，母有念，輒心動馳歸。正統丁卯舉人，以薦授翰林院檢討，母疾乞歸，不辭而去。正統間，聞吴與弼倡道臨川，從之遊。歸築陽春臺，静坐其中，不越閾者十年。其學貴自得而後傳之，以典籍教人，但令端坐澄心，於静中養出端倪。七十三卒。萬曆中從祀文廟，追謚文恭。著有《白沙集》、《白沙子》、《白沙遺編》、《白沙文編》、《白沙詩教》、《詩教外傳》等。《白沙詩教》凡一百六十六篇，皆闡發性理之作，明湛若水註。《詩教外傳》五卷，皆獻章語録之類，足與詩相發明者。若水以類排纂，各為之標目。此據《四部叢刊》影印明嘉靖刊本《陳白沙集》和《四庫全書存目叢書》影印明刻本《白沙先生詩教解》附《詩教外傳》録詞話五則。

一　《夕惕齋詩集後序》：受樸於天，弗鑿以人，稟和於生，弗淫以習。故七情之發，發而為詩，雖匹夫匹婦胸中自有全經，此風雅之淵源也。而詩家者流，矜奇眩能，迷失本真，乃至旬鍛月煉，以求知於世，尚可謂之詩乎？晉魏以降，古詩變為近體，作者莫盛於唐，然已限（當作恨）其拘聲律、工對偶，窮年卒歲，為江山草木，雲煙魚鳥，粉飾文貌（當作豹），蓋亦無補於世焉。若李、杜者雄峙其間，號稱大家，然語其至，則未也。儒先君子類以小技目之，然非詩之病也。彼用之而小，此用之而大，存乎人，天道不言，四時行，百物生，焉往而非詩之妙？用會而通之，一真自如，故能樞機造化，開闔萬象，不離乎人倫日用，而見鳶飛魚躍之機，若是者，可以輔相皇極，可以左右六經，而教無窮小技云乎哉！今之名能詩者，如吹竹彈絲，敲金擊石，調其宫商，高者為《霓裳羽衣》《白雪陽春》，稱寡和，雖非《韶》、《頀》之正，亦足動人之聽，聞是亦詩也，吾敢置不足於人哉？少參任君涖吾省間，過白沙，攜其先公詩集，求一言於卷末，予故以詩道略陳之，若夫先公吟詠之情具在集中，覽者當自得云。（《陳白沙集》卷一）

二　《與張廷實主事先生門人》：數句來，無一的便，故不奉問後山。不意騷擾，崐岡之焚，玉石雜處，能無誤傷者乎？承示諸作，驟看似勝前。細看詞調欠古，無優柔自得，忘言之妙，看來詩真是難作。其間起伏往來，脈絡緩急浮沉，當理會處，一一要到，非但直說出本意而已，此亦詩之至難，前此未易語也。文字亦然，古文字好者，都不見安排之跡，一似信口說出，自然妙也。其間體制非一，然本於自然不安排者，便覺好。如柳子厚比韓退之不及，只為太安排也。據拙見如此，不審然否？世卿修志邑中，近方下手，其行恐在冬春之間。匡山之遊不遂，約秉常早晚可得一會否？近稿頗有之，倦不多録，俟續寄。（同前書卷二「書簡」）

三《跋清獻崔公題劍閣詞弘治甲寅十月作》：「萬里雲間戍，立馬劍門關。亂山極目無際，直北是長安。人苦百年塗炭，鬼哭三邊烽鏑，天道久應還。手寫留屯奏，炯炯寸心丹。對青燈，搔白髮，漏聲殘。老來勳業未就，妨却一身閑。梅嶺緑陰青子，蒲澗清泉白石，怪我舊盟寒。烽火平安夜，歸夢到家山。」右調《水調歌頭》，吾鄉先輩菊坡先生宋丞相清獻崔公鎮蜀時題劍閣，即此詞也。曩夢拜公坐我於床，與語平生仕止久速，偶及之，仰視公顏色可親，一步趨間，不知其已翱翔於蓬萊道山之上，欲從之上下而無由。因請公手書，公欣然命具紙筆。烏虖！古今幽明一理，人之所見則有同異，感而通之，其夢也耶？其非夢也耶？今書，遺其後七世孫同壽云。（同前書卷四）

四《公在蜀中，嘗賦〈水調歌頭〉一篇，其詞曰：「萬里雲間戍，立馬劍門關。亂山極目無際，西北是長安。人苦百年塗炭，鬼泣三邊鋒鏑，天道久應還。手寫留屯奏，炯炯寸心丹。對青燈，搔白髮，漏聲殘。老來勳業未就，妨却一身閑。蒲澗清泉白石，梅嶺緑陰青子，怪我舊盟寒。烽火平安夜，歸夢到家山。」夢中對菊坡論，舉此詞，故中聯及之》：《宋史》記中堪列傳，菊坡門下豈無人？彈文驚世頻登閣，散髮從師懶著巾。嶺海一星元屬李，古今全筆摠歸陳。山齋夢破今何在，夜半歌聲徹四僯。（同前書卷七）

五「萬里雲間戍，立馬劍門關。亂山極目無際，直北是長安。人苦百年塗炭，鬼哭三邊烽鏑，天道久應還。手寫留屯奏，烱烱寸心丹。　對青燈，搔白髮，漏聲殘。老來勳業未就，妨却一身閑。梅嶺緑陰青子，蒲澗清泉白石，怪我舊盟寒。烽火平安夜，歸夢到家山。」右菊坡先生宋丞相清獻崔公鎮蜀時題劍閣，即此詞也。曩夢拜公坐我於牀，與語平生仕止久速，偶及之，仰視公顏色可親，一步趨間，不知其已翺翔於蓬萊道山之上，欲從之上下而無由。因請公手書，公欣然命具紙筆。嗚呼！古今幽明一理，人之所見則有同異，感而通之，其夢也耶？　其非夢也耶？（《白沙先生詩教解》附《詩教外傳》卷十三「穿鑿第六」）

李默詞話

李默，字時言，甌寧（今福建）人。正德辛巳進士，嘉靖時官至太子少保、吏部尚書兼翰林學士。為趙文華誣陷，下詔獄瘐死。萬曆中追謚文愍。所著有《羣玉樓稿》、《困亨别稿》、《孤樹裒談》、《建寧人物傳》等。《孤樹裒談》十卷，録有明事蹟，起自洪武，迄於正德，所引用羣書凡三十種，例則編年，體則小説，大抵皆委巷之談。此據内閣文庫藏明刊本録詞話一則。

一　太宗開宴賞月，而月為濃雲所掩，因命解學士縉賦詩，解作《風落梅》（當作《落梅風》）：「嫦娥面，今夜圓，垂簾不着臣見。拚今宵倚闌，不去眠，看誰過，廣寒殿。」上覽之，懽甚，留縉飲樂，方白。（《孤樹裒談》卷三「太宗」）

閔珪詞話

閔珪（一四三〇—一五一一），字朝瑛，烏程（今浙江）人。天順甲申進士，授監察御史，歷廣東按察使。擢都察院僉都御史，巡撫江西。左遷廣西按察使，弘治初復官，尋以都御史，總督兩廣軍務，官至南京刑部尚書、左都御史。正德初請老，卒贈太保，謚莊懿。有《閔莊懿集》，此據《四庫全書存目叢書》影印明萬曆十年閔一范刻本《閔莊懿公詩集》録詞話五則。

一 《送周方伯考績赴京》：恭惟方伯周公：仕歷三廣，族冠萬安。瑩然長天秋水之襟懷，允矣霽月光風之家學。自登崇於藩府，益注眷於楓宸。氣養之浩然，四夷在其控制；道識其大者，十郡賴以甄陶。喜三年而有成，無一夫之不獲。雙鳳闕前獻績，擬沐天恩；五羊城下停舟，庸歌野調。詞曰：「早歲登名金榜，清時位列三臺。山前榕樹嶺南梅，盡是甘棠遺愛。落日長亭酒盡，西風野水帆開。五雲深處是蓬萊，咫尺天顔寵賚。」右調《西江月》。（《閔莊懿公詩集》卷一）

二　《送陶僉憲考最》：恭惟僉憲陶公：簪纓宦族，文武奇才。愛物仁民，政有同乎卓魯；運籌決策，智不愧乎良平。職任憲臺，權兼帥府。山猺海獠，望風喪蛇豕之心；幽谷窮林，到處絶豺狼之欲。適當滿秩，正值新正。曉度梅關，驄馬一鞭春色；晨趨楓陛，綉衣兩袖天香。策獻奇功，恩霑特寵。兹因遠别，敬賦短詞。詞曰：「早年抱負青雲器，宰巨邑、多奇異。盡道牛刀何小試，鐵冠象簡，朱衣綉豸。果遂澄清志。　臺官節鉞將軍幟，文武奇才兩兼備。獻績春來朝玉陛。凱歌一曲，《陽關三疊》，酒盡人分袂。」右調《青玉案》。（同前）

三　《送謝大參考最》：恭惟大參謝公：族冠兩省，仕歷三朝。金豸鐵冠，夙播激揚之譽；高牙大旆，尤專節制之雄。臨大事而決大疑，若蓍龜之先見；得其禄而得其壽，如松栢之後凋。民所具瞻，邦之表率。數載宣恩于百粤，一朝獻績于九重。騶從在途，柳外鞭敲。金鐃響，驪歌罷唱；沙頭酒，盡玉瓶空。聊述鄙詞，少伸别意。詞曰：「早登天榜宴瓊林，衣綉豸盤金。一自旬宣南粤，遍十郡盡棠陰。　春草碧，緑波深。惜分襟，雙龍闕下，五鳳樓前，重聽綸音。」右調《訴衷情》。（同前）

四　《送何太守朝京二首》：伏以世際唐虞，當五百年之昌運；官居牧伯，實二千石之崇階。述職之典舊存，趨朝之期在邇。恭惟郡守何公：三山望族，兩浙名邦。氣養之浩然，道識其大者。恢宏度量，卓犖才華。登金榜而宴瓊林，名揚四海；歌皇華而還粉署，譽動兩京。凛凛黄堂，森森晝戟。宣仁布德，春回化筆之端；摘伏發奸，日照覆盆之下。大才一展，宿弊頓銷。民得恬安，寧有駭群之馬；吏遵條約，絶無遊釜之魚。人所具瞻，邦之表率。化行七邑，喜六事之交脩；治及三年，無一夫之不獲。政在湖民，心馳魏闕。江淮迢遞，驛路三千；日月光華，天顔咫尺。宴歌湛露，寵錫彤弓。人情欲借寇恂，相業終歸黄霸。敬陳鄙句，庸餞榮行。詞曰：「八閩英俊，符剖吴興郡。宏度量，堅清慎。化敦仁厚俗，才展平生藴。民瘼事，從頭都向閶闔問。陰谷回春信，黎庶歌仁聞。隨車雨，如膏潤。憂民雙鬢短，述職天顔近。明黜陟，喬遷藩省由公論。」右調《千秋歲》。「府臺應合宣政化，推仁愛。陰霾掃盡霽色開，窮谷歡聲藹。册獻治功，恩加獎賚。進巖廊，不用猜。謝吴興相才，何蜀郡去懷。到今日，遺風在。」右調《朝天曲》。（同前）

五 《代送倪貳守》：伏以勤勞盡忠，固人臣事君之大義；進退以禮，亦君子守身之常規。事在知機，物皆有止。恭惟貳守倪公：邦畿鍾秀，家學傳芳。高名占秋試之魁，乙榜屬春官之薦。池芹壇杏，振教鐸於濟南；金府天城，典文衡於陝右。菁莪在泮，桃李盈門。夢葉三刀，最爾一州之牧；喬遷半刺，巍然兩郡之榮。甘雨盡霏霏，仁風春蕩蕩。覆盆無隙，從今得見太陽輝；涸轍有鱗，自此重霑仁惠澤。民無愠色，巷有歡聲。冰檗操堅，累見烏臺奬勵；循良績獻，欽承鸞誥褒封。腰下近黄，目前擬赤。當急流而勇退，遇微恙以懇辭。得旨自天，歸榮有日。黄童白叟，徒爾攀轅；緑水青山，飄然拂袖。某等數年同事，情若弟兄。此日臨岐，路分南北。勒碑鎮安郡，曾聞百姓之思；艤棹吴興塘，寧無一言之贈。詞曰：「學究麟經，名魁虎榜，芹宫化雨溟溟。政宣州郡，到處問蒼生。盡道陽春有脚，争先望、别駕屏星。黄堂上、一輪明月，盆下燭幽情。清聲聞遠邇，金門奏最，錦誥褒旌。顧丹心、依舊白髮新增。疏乞聖恩俞允，整歸裝、一鶴隨行。甘棠樹，緑陰晻藹，遺愛滿苕城。」右調《滿庭芳》。（同前）

周瑛詞話

周瑛（一四三〇—？），字梁石，學者稱翠渠先生，莆田（今福建）人。成化己丑進士，知廣德州。弘治初為四川參政，進右布政使，以母憂歸。編著有《教民雜録》、《祠山雜辨》、《經世管鑰》、《律呂管鑰》、《字書纂要》、《翠渠類稿》、《翠渠摘稿》、《詞學筌蹄》、《書纂》等。此據影印文淵閣《四庫全書》本《翠渠摘稿》和《續修四庫全書》影印清初抄《詞學筌蹄》録詞話二則。

一

《皇華使節詩序》：古者行人使於列國，列國之君饗之，則相與賦詩以見意，大而解紛息争，輯戎紓禍，小而通情結好，承教拜嘉。其所賦詩皆取諸三百篇，以其宜於事者為賦，故當時遣使，必擇其習古能文者為之，不文不遣也。後世此禮不講，凡有燕饗，優談伶語，妄相詆譏，如孔道輔使遼，遼以宣聖為戲，此其失在主也。陶穀使江南，南人遣驛妓歌穀所賦詞，此其失在客也。凡此既不足以息争紓禍，又不足以結好致嘉。稽諸古禮，是為使事之累，君子蓋羞道之。皇明御世，天下一統，以詩書禮義陶化人心，士生其間，多習古能文，而勵廉恥之節。弘治六年秋，蜀惠王薨，天子有事於其國，命保定侯梁公往諭祭，又擇通曉典故者相之。時廬陵王君壽以進士拜行人司副，天子若曰：「喪禮之相，壽也可。」於是君副梁公以行，其冬抵蜀，自始諭祭，以至卒。祭無違禮，國中每祭必有宴，宴必侑以幣，君皆辭之。明年春，禮成，藩臬諸大夫饗之。及旅君起，求誨言，諸大夫皆賦唐人雜體諸詩為贈，瑛曰：「非古也。」於是左方伯韓公為賦《四牡》，君曰：「『豈不懷歸，王事靡盬。』公所以悉鄙懷也，敢以為謝。」右方伯鄭公為賦《皇華》，君曰：「『載馳載驅，周爰咨諏。』公所以教使臣也，敢申以為謝。」憲使洪公又賦《杕杜》之首章及《大東》之卒章，君曰：「兵疲于戍守，民困於徭役。大夫之憂也，使臣歸，當以上告天子」然則論使事於三代之後，若王君者，可謂習古能文者乎？可謂行已有恥者乎？而吾藩諸大夫所以處君者，可謂慎於禮而不瀆乎衆，謂君行，宜有贈。瑛因譔次其事，以為君贈。（《翠渠摘稿》卷一）

二《詞學筌蹄序》：詞家者流，出於古樂府，樂府語質而意遠。詞至宋，纖麗極矣。今考之詞，蓋皆桑間濮上之音也。吁！可以觀世矣。《草堂》舊所編以事為主，諸調散入事下。此編以調為主，諸事併入調下。且逐調為之譜，圜者平聲，方者側聲，使學者按譜填詞，自道其意中事，則此其筌蹄也。凡為調一百七十七，為詞三百五十三，釐為八卷。編録之者，托蜀府教授蔣華質夫；考正之者，則蜀士徐樀山甫也。弘治甲寅，翠渠病叟莆田周瑛書。（《詞學筌蹄》）

羅倫詞話

羅倫（一四三一——一四七八），字彝正，别號一峰，永豐（今江西）人。成化丙戌進士第一，授修撰，釋褐甫三月，以疏劾大學士李賢謫泉州市舶副提舉。明年詔還，復原官，改南京供職，尋以疾辭歸。退居金牛山，授徒講學以終，人稱一峰先生，嘉靖間追謚文毅。所著有《一峰文集》、《周易説旨》、《禮記集註》、《中庸解》、《五經疏義》。此據影印文淵閣《四庫全書》本《一峰文集》録詞話一則。

一　《蕭冰厓詩集序》：詩非為傳世作也，本乎情性，止乎禮義，詩不能以不傳也，若三百五篇是已。當周之盛，國風之詩多出於田夫閨婦之口，而其辭義之奥、音節之正，皆可以被於弦歌而為法於天下，夫豈學而能哉？ 蓋先王仁義禮樂之教，自閨門而達於邦國，由朝廷而下於閭巷，所以漸其心志而形諸四體，和其聲音而發於文章，有不自知其如此之盛也。 王迹既熄，風雅道喪，宏材碩士，句攻字琢，用意非不精，用力非不勤，卒無異空花眩目、好音過耳，夫豈才之相遠哉？ 所以教而化之者，無其本也。 然太極之運不息，則人心之天不喪，是故豪傑之士間生，其中亦無愧於古者，若靈均之憂憤、杜陵之忠愾、陶彭澤之冲澹，皆本乎性情之真，庶乎禮義之正，關於民彝物則之大，視風雅不知何如，惡可以後世之詩例視之哉？ 宋氏有國三百餘年，治教之美，遠過漢、唐，道德之懿，上承孔、孟。南渡以後，國土日蹙，文氣日卑，而道德忠義之士接踵於東南。 其間以詩詞鳴者，格律之工，雖未及唐，而周規折矩，不越乎禮義之大閑，又非流連光景者可同日語也。 若冰厓蕭公，亦其一人矣。 公諱立之，寧都蕭田人，登進士科，仕至通守，遭世搶攘，未及上，迺自放於詩，當其意到，睨若觀岳馬，矯若凌雲鶴，媚若春園之桃李，蒼若冬嶺之松筠，視三君子者，不知何如？ 亦南渡以後之高品也。 公詩宗江西派澗泉趙公、章泉韓公，雅愛澗谷羅公，公為澗谷所知，則其詩可知矣。 同時以道德鳴者草廬吴公，以忠義著者疊山謝公，公納交於草廬，又見知於疊山，則其人可知矣。 公子士贇註李太白詩，今行於世。 公集舊板燬於兵，嗣孫儀鳳繼顯前聞，欲重壽諸梓，屬其序於予。 予嘗病科舉之業，詞賦之工害天下之學術，欲變之而未能，乃為公序而傳之，何也？ 喜其近於本，不為無益之空言也。

（《一峰文集》卷二）

沈愚著輯詞話

《懷賢録》，明沈愚編，周恭續補。沈愚，字通理，號倥侗生，盧陵（今江西）人。世業醫，愚讀書工詩，與劉溥諸人稱景泰十才子。善行草，曉音律、詩餘、樂府，傳播人口。著有《篔籟集》、《吴歈集》、《續香奩》。又編有《懷賢録》，壯南宋劉過之爲人，採其行爲小傳一通以補前史之闕，并録其詩詞若干篇附後，名《懷賢録》，又採前人與時人題詠、詩文及雜記於其中。此據上海圖書館藏明刻本録詞話八則。

一

小傳：劉過，字改之，吉州太和人也。少有志節，負才不羈，尚氣，喜飲酒，傲睨萬物，高視一世，恒以功業自期。博學經史百氏之文，通知古今治亂之畧，尤長於談兵。嘻笑怒駡，輒成文章，落筆數百言，豪放美特，著聲當時。若陳亮、陸游、辛棄疾輩，世稱人豪，皆折氣岸與之交，而加敬畏焉。宰相周必大聞其人，欲客之，不就。嘗就試有司，累不第。復以書干用事者，陳恢復方畧，謂中原可一戰而取，不聽，以是落落無所遇合。乃南遊襄漢間，每登峴山，北顧中原，即為之悲歌慷慨，流涕欷歔，識者知其意有在也。時與金虜議和，行人失詞，屢辱國命，衆推過才可任，詔起於家，以疾不果行。及光宗即位，遘疾彌年，又感李后之言，遂爾兩宫隔絶，人情洶洶，過於是伏闕上書，極言温清之禮有缺，請速過宫，以慰壽皇之心，辭意剴切，尤為中外所推許，自號龍洲道人。始故人潘友文宰崑山，過客其所，遂娶婦而家焉。既卒，無子，貧不能葬，時友文知儀真，聞其死也，出私錢三十萬緡，囑其友以營葬事，其友繼死，迁延者七年。後得主簿趙希楙始克買地馬鞍山東麓以葬，并立祠東齋之側，大府寺丞陳振為銘其墓，嘉熙二年上蔡吕大中復為文以表之。過所著甚多，散失無存，惟《龍洲集》并詩餘行於世。予謂過有才無時，弗獲用世以盡其所藴，卒使賫志而没，可悲也夫！故為摭其始末梗槩著於篇，用補《宋史》之闕云。（《懷賢録》）

二 《桯史》所載劉改之事跡：廬陵劉改之過以詩鳴江西，厄於韋布，放浪荆楚，客食諸侯間。開禧乙丑過京口，余為饟幕庾吏，因識焉。廣漠章以初升之、東陽黄幾叔機、敷原王安世遇、英伯邁皆寓是邦，暇日相與摭奇弔古，多見於詩，一郡勝處悉留題焉，不能盡記，獨録改之多景樓一篇云：「金焦兩山相對起，不盡中流大江水。一樓坐斷天中央，收拾淮南數千里。西風把酒閒來遊，木葉漸脱人間秋。關河景物異南北，目斷神京雙淚流。君不見王勃詞華誰得似，當時未遇庸人耳。翩然落魄豫章城，滕王閣中悲帝子。又不見李白才思如飛湍，翰林供奉難為官。一朝放跡金陵去，鳳凰臺上望長安。我今四海遊將遍，東歷蘇杭西漢沔。第一江山最上頭，天地無人獨登覽。樓高意遠愁緒多，樓乎樓乎奈爾何？安得李白與王勃，名與此樓長突兀。」以初為之大書，詞翰俱卓犖可喜，囑余刻之樓上，會兵事起，不暇也。又嘉泰癸亥歲，改之在中都，時辛稼軒棄疾帥越，聞其名，遣介招之，以事不及行，作書歸輅者，因效辛體作《沁園春》一詞併與緘往，下筆即能逼真，其詞曰：「斗酒彘肩，風雨渡江，豈不快哉？被香山居士，約林和靖，與東坡老，駕勒吾回。坡謂西湖正如西子，濃抹淡粧臨照臺。二公者，都掉頭不顧，只管銜杯。

白云天竺飛來，圖畫裏、崢嶸樓觀開。看縱横雙澗，東西水繞，兩峯南北，高下雲堆。逋曰不然，暗香疎影，争似孤山先探梅。蓬萊閣，訪稼軒未晚，且此徘徊。」辛得之，大喜，致餽數百千，竟邀之去，館燕彌月，酬唱亹亹，皆能似之，稼軒愈喜。垂別，賙之千緡，曰：「以是為求田資。」改之歸，竟蕩於酒，不問也。詞語峻拔，如尾腔對偶錯綜，蓋出唐王勃體而又變之。余時與之飲西園，改之中席自言，掀髯有得色，余率尔應之曰：「詞句固佳，然恨無刀圭藥療君白日見鬼證（當作症）耳。」坐中哄堂一笑。既而别去，如崑山，大姓董氏者愛之，女焉。余未及瓜而

聞其訃，以初後四年來守九江，以憂免，至金陵亦卒。遊從歷歷在目，今二君之墓木拱矣，言之曷勝於邑！（同前）

三 《崑山志》所載劉龍洲事跡：劉過，字改之，自號龍洲居士，本廬陵人也。客崑山，依妻家而居。過為人尚氣節，喜飲酒，為詞章豪放英特，如登多景樓有「中原在望莫登樓」之句，讀之，使人悲感。又如「斗酒彘肩，風雨渡江，豈不快哉」等詞，至今膾炙人口。扣閽一書，請光宗過宫，辭極剴切，尤為諸公所推許。死葬馬鞍山東齋之西岡，陳止安誌其墓。其後詩人即東齋為祠，每歲暮春，縣官率士友酹祠下，貳卿湯壽嘗作文遺祭，及騷人墨客弔詠甚多，俱留祠壁，邑人吕大中為褒集諸詩，作楚些遺音行於世。（同前）

四 《閱龍洲詞偶作》：樂府新聲譜舊腔，少年豪俠信無雙。彘肩斗酒堪乘興，風雨孤舟晚渡江。（同前）

五 《天香引》一闋題龍洲先生遺像：「美髭髯，雙袖翩翩。氣吐虹霓，筆掃雲煙。柰落魄無家，飛騰無路，際遇無緣。　跨鶴背來參稼軒，占鰲頭、輪與龍川。觴詠留連，詞翰流傳。湖海英豪，風月神仙。」倥侗製。（同前）

六 倥侗沈先生裒《懷賢録》積四十餘年，至弘治丁巳歲，友人嚴君景和始相行之，然皆龍洲逸詩，非故藁也，惜哉！無以備見於世。恭近得蔣平仲《山房隨筆》載改之見辛幼安一事，又宋子虚《嗿囈集》載改之題岳鄂王廟《六州歌頭》詞一首，及陶九成《輟耕録》録改之《沁園春》二首詠美人指甲與足者，用以績後。恭也不能讀天下書、遊江海訪先生全集而夢寐有感焉。今是《録》行於天下，必有同志考先生遺事者，仰先生高風，求是集而并傳之，庶先生之精英與天地元氣俱永久而流行矣。是歲七月朔，邑人周恭書。（同前）

七 《輟耕録》載龍洲先生賦《沁園春》二首以咏美人之指甲與足者，尤纖麗可愛。一曰：「銷薄春冰，碾輕寒玉，漸長漸彎。昆鳳鞵泥污，偎人强剔，龍涎香斷，撥火輕翻。學撫瑶琴，時時欲剪，更掬水、魚鱗波底寒。纖柔處，試摘花香滿，縷（當作鏤）瓜成斑。時將粉淚偷彈，記綰玉曾教柳傅看。算恩情相著，搔便玉體，歸期暗數，畫徧闌干。每到相思，沈吟静處，斜倚朱唇皓齒間。風流甚，把仙郎暗掐，莫放春閒。」一曰：「洛浦凌波，為誰微步，輕塵暗生。記踏花芳徑，亂紅不損，步苔幽砌，嫩緑無痕。襯玉羅慳，銷金樣窄，載不起、盈盈一段春。嬉遊倦，笑教人款捻，微褪些跟。有時自度歌聲，悄不覺微尖點拍頻。憶金蓮移换，文鴛得侣，繡絪催衮，舞鳳輕分。懊恨深遮，牽情半露，出没風前煙䙬裙。知何似，似一鈎新月，淺碧籠雲。」（同前書補遺）

八 題鄂王廟詞：元宋子虚《啽囈集》載廬陵劉改之題《六州歌頭》詞於題岳鄂王廟曰：「中興諸將，誰是萬人英身。草莽氣填膺，尚如生。年少起河朔，弓兩石，劍三尺，定襄漢，開虢洛，洗洞庭。北望帝京，狼虎依然在，何事先烹？過舊時營壘，荆鄂有遺風。憶故將軍，淚如傾。當年事，知恨苦，不奉詔，僞邪真？臣有罪，陛下聖，可鑒臨，一片心。萬古分茅土，終不到奸臣。人世猶，白日照，忽開明。衮佩冕圭，百拜九泉下，萬感君恩。看年年三月，滿地野花春，鹵簿迎神。」改之，天下奇男子，平生以義氣撼當世，其詞激烈，讀者感焉。（同前）

彭華詞話

彭華(一四三二——一四九六),字彦實,號素庵,安福(今江西)人。景泰甲戌會試第一,歷官禮部侍郎兼學士,入内閣,參機務,由吏部尚書加宫保致仕。卒贈太子少傅,謚文思。著有《彭文思集》六卷,此據《四庫全書存目叢書》影印清康熙五年彭志楨刻本《彭文思公文集》録詞話一則。

一 《與吴鼎儀論韻學書》:辱同館從事偶及韻學,足下退而以書見諭,破區區之愚,誠懇懇勤勤,非見愛深者,其克爾邪? 朋友講論切磨之道缺久矣,不復意見足下也。然所諭終與僕私指謬異,請略陳固陋。夫有聲，而後有字，合字與聲，而後有韻書。韻也者，類其聲之叶者也。使古韻書盡存，則古人字音固可盡得矣。古韻至魏、晉時尚多知之，宋、齊而下浸以湮滅，然有博雅好古之士，若唐韓退之、柳宗元、白居易、宋歐陽永叔、蘇子瞻、子由猶能深考古韻而用之。夫謂之古韻，則古人字音與後人有不同明矣。詩三百篇，强半出於閭門里巷，其所韻，非當時語而何？且一字而有兩音者，如左右之類，三音者如樂惡之類，四音者如行與洚之類，古今人皆然，何獨謂明鳴二字古人未必讀為芒？特叶韻時强轉其聲邪？足下謂明鳴等字今人未嘗讀為芒，古人之音不應大相絶如此。夫沈約距今纔幾時，而今之韻於支與微之類合其二而為一，麻與遮之類分其一而為二，其不同已如此，而況數千百年欲其一一若自一一出，得乎？如今人讀服為房六切，而服之見於詩者皆當為蒲北，無與房六叶者，古人未嘗讀為房六也。今讀慶為丘正切，而慶之見於《易》、《詩》者皆當為驅羊，無與丘正叶者，古人未嘗讀為丘正也。《左傳》以皮叶多，坡以皮得聲，則皮初讀為蒲波切，轉而為蒲麋耳。顔延年以霾叶施，霾以貍得聲，則霾初讀為陵之切，轉而為亡皆耳。莫之取義，「日」在茻中也，後人乃妄加以「日」字。臺之取義築土堅，為能自勝持也，後人乃訛轉為苔者。若此者，未可遽以一二數，姑就足下所及者而言之。夫古今人不同多矣，試以文字韻語觀之。字自倉頡古文變而為籀篆，又變而為小篆，又變而為隸，又變而為楷、為草，以今之草律石鼓之古文，吾不知同邪？異邪？詩自三百篇變而為《離騷》，又變而為五言，又變而為七言，又變而為近體，為小詞，以今之詞律雅頌之古句，吾不知同邪？異邪？凡古之禮樂制度，後世廢易始盡，所幸存而未泯者，賴有載籍之傳焉。字之音韻，亦猶是也。於今可見古人音考者，獨賴經傳中韻語耳。足下因古人之叶韻，非今人之所讀，遂謂古人强轉其聲，何溺於今而誣古人也。以意見而遂譏僕之張喙何自信之篤而謬僕也。僕每觀足下默默自處，誠以為無可語者，若僕環視其中，蔑如也。故每有所疑，輒以質於高明，夫豈好辯哉？誠惡夫坐井觀天，穴牖窺日者之自小也。惟足下不却棄，以僕之言稽之古，察之四方，訊之一二博古之士，求其至當歸一之論以賜教益，則幸甚，幸甚。（《彭文思公文集》卷四）

史鑑詞話

史鑑（一四三四—一四九六），字明古，號西村，吴江（今江蘇）人。隱居不仕。博洽好學，執古信禮，尤熟於史，論千載事歷歷如見。綱羅舊聞，筆之成編。家居水竹幽茂，客至陳三代秦漢器物及唐宋以來書畫，相與鑒賞。好著古衣冠，曳履揮麈。少受知於徐有貞，與吴寬、沈周為友。所著有《西村集》，此據影印文淵閣《四庫全書》本録詞話四則。

一

《跋沈啟南畫贈吴汝器》：詩畫真世間何物，而人愛之若此者，豈不以其天地至清之氣所發而然歟？石田此幅畫兩盡其妙，誠不多見也。歸余後逾年，吴汝器來觀，有欲炙之色，因掇以贈，俾於學文之餘，歌其詞，玩其跡，以求夫理之所存，將使人利欲之心盡忘，是亦為學之一助也。若徒玩之以

喪志，豈吾望於汝器者哉？（《西村集》卷六）

二　《書贈卜子華詞後》：自金源氏入中國，有新聲樂府，即今所謂北曲也。元人因之，遂大行於世，而唐、宋之音則幾乎熄矣。然浙人所歌，猶舊聲也，豈當南渡之後，流風遺韻猶有存者乎？今聞子華之歌紆徐宛轉，得古人一唱三歎之旨，因戲填一闋遺之，以為後人欲聞前代遺音者當於是焉求之，固非樂其外者也，覽者詳之。（同前）

三　《記風篁嶺靈石山煙霞洞五》：東行二里許，至一寺，有洞在西北山上，以煙霞名之，寺又以洞名名之。僉憲倦步，欲不往，衆强輿至。洞約高二丈，中窅然深黑，不知所止。溜水下滴石上，歲久成波浪粼然，洞頂及兩壁皆鍾乳凝結，青碧黄白相間，其紋如雲氣，如雨脚，如蓮花龍鳳，不可勝計。雖甚巧，莫能角其技焉。欲一飲，從者咸不在，寺僧慧無自攜山蔬新釀來供，而傅上人在六通，遲客久不至，遣治裝者賫酒肴隨路訪之。崎嶇歷數處，問樵者，始追及。山下立夫望見，懽呼曰：「酒至矣。」予喜舞，僉憲笑曰：「是生未醉先狂矣。」乃列飲洞中，令童子歌《竹枝詞》以侑觴，客從而和之，悠揚飄飖，如步虚聲鳴雲霄上也。於是飲酒樂甚，醉後猶連索未已，不復言他往矣。俄有言象頭峰始撤而往觀，有鼻蜷然下垂，甚肖似也，撫玩者久之。噫！今世之名有力者，往往逞志於泉石，窮險阻，竭工費，以聚其秀且異者於私苑之中，務在盡取必得而後已。然求如彼自然之奇，曾不能彷彿其萬一。今乃知造物者之巧與力，豈區區私智所可擬倫哉？（節録自同前書卷七）

四　《記石屋虎跑玉岑山六通寺六》：上人導客往觀虎跑泉，泉在佛殿西階上，覆以畫亭，護以朱闌，泉流階除下汨汨然。云性空中法師開山時，患無水，將遷他處，忽二虎跑地出泉，師遂止不去。東坡蘇學士守杭時，曾於此養疾，所賦詩石刻猶在延入滴翠軒壁間，有求無已禪師畫像，因憶鑑為兒時，聞先君子言虎跑之勝，杭郡諸山無以過之，且甚愛求師之為人，别後不能忘懷，至形於詩詞。然以事阻，不及再遊，俯仰隔世，悽然久之。復遊翠濤軒上，軒内外花木几格，種種皆可愛。有倪雲林樹石圖，上書為德常畫題二絶句，云：「春雨春風滿眼花，夢中千里客還家。白鷗飛去江波緑，誰採西園穀雨茶。」「燕子低飛不動塵，黄鶯嬌小未勝春。東風緑盡門前草，細雨寒烟愁煞人。」詩佳，而畫非真蹟，其戴文進摹欸？亦亂真矣。此蓋啟南所云出門見夕陽在山，山色盡紫。松枝上有鳥，如山雀，毛羽蒼緑，見客不驚，意甚閒雅。頃之，經南高峰，至玉岑山下，遊慧因寺，寺又名高麗，像塑繪畫皆神采生動，故宋時名手也。遂往六通寺，與傳上人會。寺僧慧天澤，亦予之鄉人，設酒樂客，客困，不甚飲，夜就宿焉。（節録自同前）

祁順詞話

祁順（一四三四—一四九七），字致和，號巽川，東莞（今廣東）人。天順庚辰進士，廷對當首舉，以姓名近御諱，傳臚弗便，乃抑寘二甲第二。授兵部主事，巡山海關，歸轉户部員外郎中，督餉臨清。成化乙未建儲，賜一品服，使朝鮮。出為江西参政，謫知石阡府。歷江西左布政使。著《石阡志》、《巽川集》。此據《四庫全書存目叢書》影印清康熙二年在兹堂刻本《巽川祁先生文集》録詞話二則。

一

《東溪詩序》：《東溪詩》一帙，縉紳君子為余從兄以信先生作也。先生居寶安城外東北二里許，有溪水環千村郭，通于大川，以達于海，其沚湜湜，其流不息，挼藍鋪練，與天一色。朝而潮，晚而汐。

日出而波紅,烟收而空碧。飛潛動植各適其適,溪之風致不可得而具述也。先生結屋溪東,因以東溪為號。居於斯,會宗族賓客於斯,橋梁以通往來,舟楫以供出入,四時之景,萬物之情,充理趣而助笑談。先生雖業農圃,手一編,未嘗釋。暇即臨溪坐石,誦聲琅琅然。為詩操筆立就,不費思索。時起而曳歌張志和「西塞山」詞及杜荀鶴「篷底獨斟」之句。或自為詞以歌曰:「溪木兮悠悠,濯我纓兮溪之流。或理吾釣兮,或棹吾舟。忘吾機兮狎鷺鷗,身之外兮又何求。」又曰:「朝日出兮融融,居仁宅兮挹光風。萬彙發育兮至仁流通,吾心默會兮斯道無窮。憫世俗之頽弊兮,吾欲障百川而之東。」蓋綽綽然有自得之意。於是年且六十,安貧樂道,一切聲利視之若無聞焉。余嘗從先生溪上,擊鮮酌酒為樂,酒酣,出諸君子所作東溪詩相與讀之。余因請曰:「諸作類能言東溪之趣,抑先生自得之樂,有詩所不能盡者也。」先生笑曰:「吾之樂,吾自得之,吾亦不能言耳。」余曰:噫,妙哉!東溪之樂也,已不能言,況他人乎?況知其一不知其二,知其淺不得其深者乎?遂書為東溪詩序。(《巽川祁先生文集》卷十一)

二《題志伊詩藁》:父子之道,天性也,生而愛之,歿而悲之,情之不能自已者也。祁氏子志伊,年十三以卒,所遺七言律、絶詩及舉業破題凡數帙,余每見之,悲不自勝。藏之數年,啓而讀之,悲猶前日也。嗟夫!余之所以悲志伊者,庸有窮乎?志伊自幼喜讀書,侍余官京師,習詩與舉子業,頗達理趣,雅愛劉伯温先生《覆瓿集》中歌詞,手抄口誦,無慮百十篇。其他文集所載,及一時士大夫之作相傳誦者,志伊得於見聞,輒能記憶。間造余官署,即取架上書熟讀詳味,有所感發,則掇拾成章,筆而藏之，月以為常。余弟思正領甲午鄉薦，至京，于時志伊病疽，且喪其母，甚戚，然侍側求教無倦容。既而思正南還，志伊久病憂鬱，嘗竊為詩以洩其思，多嗟嘆不平之態，蓋將卒而自哀其不幸者也。夫志伊年弗及長，業弗克進，片言雙字，奚足以聞於人？然余悲其有志於學而莫之遂，是雖命之不幸，而其志庸可泯乎？乃擇其詩頗近於理者，得七言絶句若干首、七言律若干首，全章失而僅存者若干句，併録成編，以圖永久，其舉業諸作不預焉。昔人有詩曰：「眼看白璧埋黄壤，何况人間父子情。」誠哉！言也。然則余之所以悲志伊者，庸有窮乎？（同前書卷十六）

陳敏政詞話

陳敏政，字志行，其先長興（今浙江）人，後卜居仁和（今浙江杭州）。宣德丁未進士，初授潛江知縣，景泰中由通判擢知南康府，建白鹿書院。此據《續修四庫全書》影印明抄本《樂府遺音》録序文一則。

一

《樂府遺音序》：古人之詩如今之歌，□□可協之聲律，故可用之閨門鄉黨而達於邦國，以感發人之善心，而懲創逸志，其有關於世教，非小小也。迨夫周室陵夷，詩廢不講，而世俗之樂流於淫僻，詩樂始岐而為二。至漢高祖有《房中歌》十七章，武帝定郊祀之禮，乃立樂府，采詩夜誦，有趙、代、秦、楚之謳，凡歌詩二十八家三百十四篇，此樂府之始也。下迨魏、晋、唐、宋，始以詩詞為樂府，多述民俗之事矣。然大率作於文人才士，而非採之里巷者也，其於古人勸懲之意微矣。鄉先達存齋瞿先生，自少英敏，負雋才，無書不覽，靡學不通，而尤長於詩詞，□通音律，其所作樂府，皆可詠可歌，□□□愛之。敏政每以宦遊東西，不獲□□（按：《明詞彙刊》本作『一親』）儀範為恨。今致仕歸，乃獲聞其制□□（按：《明詞彙刊》本作『作一』）二於交游間，適先生猶子暹携《樂府遺音》集過予，曰：「先伯遺文甚多，知者往往來索觀，酬應弗給也。今將以是集刊梓，以應朋友之求，幸先生有以序其首。」予曰：「先生之文，當世所重也。顧予何人，而敢犯運斧郢門之譏乎？」於是辭之再，辭之三，而暹不予諾也。乃伏而讀之，則見其五七言、古近體可與唐之儲王諸作者並駕，而長短句、南北詞直與宋之蘇、辛諸名公齊驅，非獨詞調高古，而其間寓意諷刺，所以勸善而懲惡者，又往往得古詩人之遺意焉。是集一出，天下之士莫不争先快覩，其傳世垂遠也必□（按：《明詞彙刊本作『矣』），姑書此以塞暹請，且致景仰之意。□（按：《明詞彙刊》本作『暹』）字德宣，少居京師，能走四方，懋遷有無，以奉其親，殖其家。而倜儻仗義，善交士大夫，中朝名公貴人莫不愛而重之。晚年以先塋在杭，不可遠離，與其兄德恭歸錢唐。既徵文立碑以顯其先德，復營宅置産以居其弟昆。其於先生遺文，若《興觀集》，若《詠物詩》，若《剪燈新話》，集覽鐫誤，俱已刊行。其餘蓋將次第刊之未已也。吁！若德宣者，其可謂富而好禮者歟！因併及之。天順七年歲在癸未仲冬吉旦，賜同進士、中議大夫、南康府知府致仕，同郡陳敏政序。（《樂府遺音》）

吴寬詞話

吴寬(一四三五—一五〇四),字原博,長洲(今江蘇蘇州)人。成化壬辰舉禮部、廷試皆第一,授修撰。弘治中歷遷禮部尚書,卒贈太子太保,謚文定。寬行履高潔,兼工書法,以文章德行負天下重望。著《匏翁家藏集》,此據《四部叢刊》影印明正德刊本録詞話四則。

一

《上元夜戴中書宅賞燈》:南客相逢惜此宵,燈詞酒令破寥寥。莫教隱几生春夢,就可聯鑣去早朝。月色漸臨青瑣闥,風光多在玉河橋。休文不赴斯文約,應是嗔人折簡招。時沈廷美不至。(《匏翁家藏集》卷三)

二

《次韻仲山詠兵部芍藥》:赤雲司裏隔紅塵,手種名花過雨新。舊譜未誇金帶品,清詞合製《玉

樓春》。閩中陳紫空佳味，洛下姚黄豈侍臣？老眼摩挲須此物，買栽甘作灌園人。（同前書卷十八）

三《跋天全翁詞翰後》：長短句莫盛於宋人，若吾鄉天全翁，其庶幾者也。翁自賜還後，放情山水，有所感歎不平之意，悉於詞發之。既没，而前輩風流文采，寥寥乎不可見已。明古舊為翁所知愛，得此數篇，示予光福舟中，酒酣耳熱，相與歌一二闋，水風山月間有不勝其慨然者矣。（同前書卷四十九）

四《跋蘇東坡書〈醉翁操〉》：予嘗得坡翁此紙，尾八印爛然，莫知為何人藏也。一日偶閲《虞邵庵先生文集》，至《李梅亭續類稿序》，謂梅亭為宋中書舍人、直學士院、寶章閣待制臨川李公劉字公甫，而備述其入蜀，歷守榮、眉，進總漕事，并總蜀帥成都，守本路憲、四川都大賣茶買馬等司，凡八印，謂公平日所得圖書，輒以八印識之，予因出此紙，視其印文皆合，乃知其嘗為李公所藏無疑。邵庵又云：公所藏近時或散失，民間猶及見什伯於一二，安知此紙非及見者耶？然《類稿序》，邵庵為其孫積而作，去公尚未遠，已有散失之語，顧予乃欲聚而得之，豈非愚哉？坡翁翰墨，知書者必能品評，未暇論，予獨喜，知其所自出而尤有可歎息者在，故題之。（同前書卷五十）

方鳳詞話

方鳳，字時鳴，號改亭，崑山（今江蘇）人。正德戊辰進士，歷御史。世宗時出為廣東提學僉事。著《改亭存稿》、《改亭續稿》、《方改亭奏草》、《物異考》等。此據《續修四庫全書》影印明崇禎十七年方士驤刻本《改亭續稿》録詞話二則。

一　詞引：予性嗜山水，每遊畢，輒記以小詞，凡得三十首。其他名園小勝、尊俎閒樂者不與焉。（《改亭續稿》卷六）

二　《耆民送縣尹》：伏以陟明有典，昭大舜取善之誠；立賢無方，表成湯執中之德。必名實之相副，斯薦揚之攸歸。恭惟君侯：德器寬宏，性資淳樸。登名黄甲，擅芳譽於一時；分篆花封，播仁恩於百里。因民利而利，再興襦褲之謡；以民心為心，咸戴帡幪之惠。守己惟甘於嚙蘗，臨政寔同於履冰。卹孤則歲歉儲糧，寒有衣而饑有食；聽訟則夜深秉燭，近者悦而遠者來。待學校雅得其情，絃歌夜月；接士夫恭而有禮，俎豆春風。為徭役之頻煩，則編審必求乎公當；謂奸憸之侵擾，則懲艾不爽乎錙銖。持己畏四知，何慚楊震；當官服三事，不忝張堪。古之所謂循良，今之所謂豪傑也。兹者名騰薦剡，已受知於上官；檄捧銓司，將超遷於要地。攀轅無計，命駕有期。排禁苑之雲霞，發軔千里；沾仙班之雨露，極品三孤。揭彩陳詞，聊以彰其盛事；引觴崇酒，□將展其微忱。仰冀尊慈，俯垂鑒亮。詞曰：「聖世清平，賢科貴重，明良際會風雲。看出司縣牧，自責攸存。一點仁心敷布，民安業、雞犬相聞。到如今，聲名上逮，政績超群。酬勳，名揚薦剡，清才高操，眼底無倫。好擄忠獻納，報荅君恩。趂此鵬摶時運，排雙翮、玨入天門。還應見、豐功懋烈，照耀乾坤。」右調《鳳凰臺上憶吹簫》。（同前）

蕭鎡詞話

蕭鎡(?—一四六四),字孟勤,泰和(今江西)人。宣德丁未進士,為庶吉士,授編修。正統三年進侍讀,為國子監祭酒。景泰初以老疾辭,以本官兼翰林學士入直文淵閣,進户部右侍郎,加太子少師。《寰宇通志》成,進户部尚書。英宗復位,削籍,天順八年卒。著《尚約居士集》,此據《四庫全書存目叢書》影印清光緒三十一年蕭氏趣園刻本《尚約文鈔》録詞話一則。

一

《書程氏澤存卷後》:世之為子孫者,於其祖考手澤,或連篇累牘棄置弗惜,或片紙雙字寶愛之不忘，豈人之趣向殊爾哉？賢不肖存乎其間也。若國子博士程君溥澤存卷可尚已，君之尊府世勣翁燈花詞，蓋一時寓興之作，而君珍襲之二十年於今，若大訓然，豈非賢哉？君子謂觀人者，於其微可以知其大，予於程君亦云。（《尚約文鈔》卷七）

李齡詞話

李齡，潮陽（今廣東）人。宣德己酉舉人，正統丙辰授賓州學正，晉國子學録，薦授監察御史，督學京輔，特晉詹事府丞，入史館。景泰丙戌典京闈，督學江西，後被蜚語去，歸未逾月卒。著《宫詹遺稾》三卷、《外編》三卷，此據《四庫未收書輯刊》影印明萬曆二十七年李一軒刻本録詞話一則。

一 《金文靖公文集序》：文莫深於六經，然經以載道，非為作文設，而其文自彰焉。辟如天地之道運而為陰陽，為四時，燦然而日月明，秩然而河岳分，雜然而草木蕃。禽魚生於其間，非有意于物，物以形色之，而其文自成焉。此六經之文所以即天地之文，而非後世所能及也。三代之文，至戰國變而為邪亂，正紫奪朱，文斯弊矣！漢之文雖不及古，猶有先秦之遺烈。歷晉、魏、齊、梁，而光芒氣熖埋蝕以盡。唐韓愈氏始推孟而振起之，唐之文涉五季而弊，宋歐陽脩復推韓而折之於至理，使斯文正氣可以扶持人心，羽翼六經者，二公之力也。近世作文務為琢刻藻繪，以誇耀一時為工，而去道遠矣。江西自古以文章鳴，代不乏人，若今少保金文靖公是已。公世為臨江望族，生而岐嶷英邁夙成，奇偉秀出。父雪崖先生喜而遣從前進士聶先生鉉授《左氏春秋》，鈎玄剖微，得屬詞比事之旨。既長，入邑庠，與諸士子遊，涵煦陶養，德器大就，遂韞櫝六經，博極群書，操觚吐辭，動千百言。蕩達疎暢，若決江河而注之海，滔滔汩汩，衝風激石，噴薄萬狀，而奇變自生，卒本於仁義道德之淵源，此公之文所以駸駸乎前作，而非近世之務為工巧者可擬倫也。洪武庚辰由鄉薦登進士第，授户科給事中。恭遇太宗文皇帝即位，首以文名與少師楊公士奇等推入内閣，參謀機密，弼亮四聖。公忠鯁弼亮，勲業巍然，而凡典章訓誥之製，賦、咏、詩、詞、序、記諸作温潤而豐縟，典雅而清麗，誠足以宣揚皇澤，發明功德，播夏夷，垂翰簡，以照一代文明之治於無窮，其有裨於世道也大矣。昔人以韓愈、歐陽脩為挽百川之頹波，息千古之邪説，信乎然也。然愈不獲周於用，修亦弗克究其所為。今觀公之文章如此，勲業如此，遭遇如此，則修未盡用，公大用矣。非斯文之幸，實斯道之幸也。齡自弁歲聞公之名節，嘗誦公文，恒以不得見其全集為恨。今年春，督學至臨江，公之冢嗣給事君昭伯始以斯集見示，且俾序其首簡。晚學淺聞，受而讀之，累日不能窺其門墻，敢引乘於足下之前也耶？固辭弗獲，謹述所見，以俟後之知言君子云。（《宫詹遺藁》卷三）

陸容詞話

陸容（一四三六—一四九四），字文量，號式齋，太倉州（今江蘇）人。成化丙戌進士。授南京主事，進兵部職方郎中，官至浙江右参政。所著有《式齋集》、《浙藩稿》、《菽園雜記》、《太倉州志》。《菽園雜記》十五卷，為其劄録之文，於明代朝野故實叙述頗詳，多可與史相考證，旁及談諧雜事。此據《墨海金壺》本録詞話四則。

一

古諸器物異名贔屭，其形似龜，性好負重，故用載石碑。螭吻，其形似獸，性好望，故立屋角上。徒牢，其形似龍而小，性吼叫，有神力，故懸於鐘上。憲章，其形似獸，有威性，好囚，故立於獄門上。饕餮，性好水，故立橋頭。蟋蜴，形似獸，鬼頭，性好腥，故用於刀柄上。蠻蛭，其形似龍，性好風雨，故用於殿脊上。螭虎，其形似龍，性好文彩，故立於碑文上。金猊，其形似獅，性好火煙，故立於香爐蓋上。椒圖，其形似螺螄，性好閉口，故立於門上，今呼鼓丁，非也。蚏蜴，其形似龍而小，性好立險，故立於護朽上。鰲魚，其形似龍，好吞火，故立於屋脊上。獸吻，其形似獅子，性好食陰邪，故立門環上。金吾，其形似美人首，魚尾，有兩翼，其性通靈不睡，故用巡警，出《山海經》、《博物志》。右嘗過倪村民家，見其雜録中有此，因録之，以備參考。如詞曲有「門迎四馬車，户列八椒圖」之句，八椒圖，人皆不能曉，今觀椒圖之名，義亦有出也。然考《山海經》、《博物志》皆無之，《山海經》原缺第十四十五卷，聞《博物志》自有全本，與今書坊本不同，豈記此者嘗得見其全書與？（《菽園雜記》卷二）

二　予未第時，未嘗作詩餘。天順己卯赴會試，夢至一寺，老僧出卷求題，予為一闋與之。既覺，猶記其半云：「一片白雲，人留不住。一坐湖山，人移不去。翠竹吟風，蒼松積雨，此是怡情處。」及下第歸，讀書海寧寺，僧文公出《白雲窩卷》求題，宛如夢中。癸未會試，嘗夢人贈詩云：「一篙春水到底渾，入指不見波濤痕，霹靂為我開天門。」至期，貢院火，蓋術家有「霹靂火」之名，而「到底渾」、「不見痕」，如其兆矣。成化癸巳，初入職方，夢訪李閣老題其壁云：「浴日青山雨，文天碧海霞。臣言甘主聽，騎馬夜還家。」戊戌在武庫時，夢為小詞云：「風剪剪，花枝偃，鈴索一聲驚卧犬。可人期不來，半窗明月珠簾捲。」乙巳居憂時，夢為一詩云：「海中種珊瑚，遠意為兒女。十年失採掇，一枝遽如許。」俱未解其何謂也。（同前書卷十）

三　歐公記錢思公坐則讀經史，卧則讀小説，上廁則閲小辭，未嘗頃刻釋卷。宋公在史院，每走廁則挾書以往，諷誦之聲琅然外聞。此雖足以見二公之篤學，然溷廁穢地，不得已而一往，豈讀書之所哉？佛老之徒於其所謂經，不焚香不誦也。而吾儒乃自褻其所業如此，可乎？若歐公於此搆思詩文，則無害於義也。（同前書卷十三）

四 《西湖竹枝詞》，楊廉夫為倡，南北名士屬和者，虞伯生而下，凡一百二十二人，吴郡士二十六人，而昆山在列者一十一人。其間最有名，時稱郭、陸、秦、袁，謂羲仲、良貴、文仲、子英也。陸本昆山太倉人，其稱河南，蓋姓原郡望耳。秦則崇明人，居太倉，崇明時屬揚州，故稱淮海。吕敬夫稱東倉，即太倉。漫録廉夫原叙如左，以見吾鄉文事之盛，有自來矣。（同前）

賀欽詞話

賀欽（一四三七—一五一〇），字克恭，定海（浙江）人，以戍邊籍義州。成化二年登進士，授户科給事中。弘治改元，用閣臣薦起為陝西参議。天啟初追謚恭定。學不務博涉，專讀四書六經小學，期于反身實踐。隱居醫巫閭山下，别號醫閭。所著有《醫閭先生集》、《醫閭言行録》、《醫閭漫記》。此據《四明叢書》本《醫閭先生集》録詞話一則。

一

《漫記》：年年有敕燒荒去，却境外荒草，使虜遠遁，如何有燒裏荒之理。我曾面見都司王備禦大人，他説不曾燒，賢壻可自斟酌。他日，城中無燒柴，牛馬無穀草，要荒草用修邊，人馬用柴草，何以得之？又射箭一事，賢壻莫道我已能射，要必步下馬上日日習之，軍士當以敵愾為心，於武藝固當致精，而凡一語一默，一動一静皆專，專以武為念可也。講求陣法，攻戰擊刺，奮忠立節，除患安邊，一切著實事務，雖戲劇亦以武事，如李廣好射，席間亦以射為戲，且凡飲酒扮戲又皆取忠勇者，詞曲談話亦然，久之成俗，人人皆忠勇向義，於安邊何難哉？（《醫閭先生集》卷七，按此又見於《醫閭漫記》）

彭教詞話

彭教（一四三八—一四八〇），字敷五，號東瀧，吉水（今江西）人。天順甲申進士第一，授翰林修撰，預修《英宗實録》，書成，進翰林院侍講，拜白金文綺之賜。主試南宫，時稱得人。有《瀧江集》、《東瀧遺稿》。此據《四庫全書存目叢書》影印鈔本《東瀧遺稿》録詞話一則。

一　《滄州詩集序》：近年安福刻《石初集》，今永豐刻《滄州集》，宋末元季時事斑斑見於詩詞尺牘間，皆鄉郡文獻所不可少。而滄州詩尤風格可喜，不特可為事案也。當易姓改物之世，倏忽變幻，何所不有？其乘時梟獍，身為戎首，固不必言。而薰香膏沐，自進於膚達裸將之列；摇毫吮舌，揚揚於從軍五鑾之句，固謂一時之適已。二君非世臣貴戚之家，有封疆城郭之守，購亡縣捕之急，而崎嶇山谷，顛沛道塗，哀吟悲些，無所容其身於宇宙，亦獨何哉？於是見君臣之義性於天結於人心有不可解者。《石初》一時羣雄蜂屯蟻聚之事甚悉，大抵悼喪亂之未平，而豺虎荆棘之可畏耳。《滄州》則悲憤激烈之詞為多，裂眥嚼齒，勃勃之氣如可想見，趙氏累世深厚之積，中國衣冠禮樂之懿，使其遺黎往往有圖山易水之音至久而不泯者，不可誣也。饒君嘗守邊郡，有奇績，既老，常有馬革裹屍意。其刻此集，蓋慷慨英傑之風有相感發者。集末有《祭水心文》，觀辭致事，非文山當時語甚明，當是原本亡逸，後有勦取充入之，殊不類也。幸訪求本色，以備羅氏。彭教序。（《東瀧遺稿》卷一）

陶輔詞話

陶輔（一四四一—？），字廷弼，號夕川老人，又號安理齋、海萍道人，鳳陽（今安徽）人。以貴遊子薄武藝而不事，專志于經史翰墨間。以廕任應天衛指揮僉事，不茍合于時，即丐恩休致。所著有《桑榆漫筆》、《花影集》、《夕川愚特》。《花影集》四卷，凡二十篇，嘉靖二年自序云壯年嘗得瞿佑《剪燈新話》、李昌祺《剪燈餘話》、趙輔之《效顰集》，讀而玩之，不自揣，遂較三家得失之端，約繁補略，為文二十篇。此據中華書局整理本録詞話二則。

一

《四塊玉傳》：繆以文者，淮陰之佳士也，幼而聰穎勤學，既長才貌絶倫，任俠使氣。家世富饒，但為聲妓所溺，遂不留志於功名。時永樂萬歲之元，因與同流十許人，各攜重貨往陝右生理。星行露宿，備及辛苦。月有二旬，乃達彼矣，遂居旅館。其同伴中有賈其姓者及鄒其姓者，與以文最相親昵，雖飲食必同，居宿必共，然二子亦能吟咏。時值新秋，其三子雖在旅間，而倜儻吟弄之志略不少怠。以文曰：「此間漢唐所都，山川秀麗，幸而得暇，欲與二兄挾榼一遊，可乎？」賈、鄒曰：「諾。」翌日，携酒肴，從童僕，緩轡從容，且遊且咏。雖駐蹕、嵯峨之山，灃、渭、灞、滻之水，細柳、長平之坂，昆明、太液之池，明光、含元之宮殿，褒姒、柏梁之臺觀，其他苑囿陵墓，寺觀祠廟，遊賞將遍。每遇故宮廢址，未嘗不發於吟吊。其以文之洪詞，二友之璧和，惜乎不得悉筆，幸録其一二云耳。《題温泉》云：「長安西望暮雲愁，宮枕空山草木秋。泉水溶溶渾似舊，更無人露玉鷄頭。」《影娥池》：「斷雲横樹古臺荒，人去千年事渺茫。惟有舊時池上月，為誰清夜静涵光。」《褒姒臺》：「一灣野水抱沙流，臺畔閒雲任去留。當日但期開一笑，那堪終古笑無休。」《阿房宮》：「遺惡秦兒苦運危，函關再破勢崩雷。可憐六國生民血，盡作咸陽一炬灰。」其三子往來必經同昌門，於門外白馬寺為中食之所。其住持不知何許人，號和光上人，年逾耳順，甚有清規，又能援接逢迎，騷人詩客多與交狎。以文等往來既熟，遂相契厚。是後，值中秋節，和光自念：二三君子俱在客邸，遇此佳辰，不無有孤雲之望耶？遂備瓜果之酌，命行童竟往招焉。三子欣然而赴，至彼，和光笑而迎曰：「山僧有幸，何吾子之不我棄也。」至暮移席於臨流亭畔，所設雖不豐厚，齊楚可愛。四人圍坐而飲。少間東山月上，水天一碧，河漢介空，萬籟俱寂。和光曰：「吾儕文士也，不可同俗子之會。須各吟一章，以較勝負。如詩不成，浮以巨觥，亦足以賞心歟？」衆曰：「唯命。」和光又曰：「作詩故佳，但短章促句，不能暢幽述景。

今者宜為古詞，以先吟者為韻，衆續而和之。」衆曰：「善。」又曰：「主人致酒客致令，以文先生當立題意。」以文沉思久之，曰：「水亭夜宴《滿庭芳》，和上人為東，當啓也。」於是，和光推讓不獲而吟曰：「幻體如漚，浮生若夢，風燈石火誰憐。一塵無翳，萬慮盡須捐。得悟真空不二，莫教色相拘牽。獨卧白雲山岫裏，蒼翠古巖邊。　水滿磯頭，雲屯洞口，紛紛花雨龕前。曹溪不遠，别有定中天。方得騰身性海，瑶空寶月如鈿。惟見梅開知臘去，誰管是何年。」賈生續曰：「一帶青山，半林黄葉，三秋佳景宜憐。蒼苔翠老，庭樹帶霜捐。碧漢露華初重，澄空月皢霞牽。共賞芳筵清夜永，亭子蓼花邊。　契合三生，醉談千古，不須紅袖樽前。青山倒影，清鑒浄涵天。喜煞吾師好士，競賡險韻分鈿。問道别來重會日，約在二三年。」鄒生賡曰：「萍梗相逢，斯文雅會，難期易别堪憐。上人洪什，珠玉笑相捐。繞岸溪光碧湛，沿堤風柳青牽。古寺原頭紅樹裏，流水小亭邊。　風月襟懷，林泉氣味，塵埃悔殺從前。花陰滿地，皓月正當天。水荇巧分翠縷，金波晴漾荷鈿。此地勝游難再也，風景自年年。」以文和曰：「客底心情，水亭佳趣，姮娥有意相憐。青春難再，歲月莫輕捐。可惜無花白醉，教人忽忽相牽。暗想前朝佳麗質，多少古叢邊。　唐室楊妃，漢家飛燕，芳魂疑似從前。晴宵良夜，清恨抱中天。零落翠翹金雁，塵埋珊珮珠鈿。幽墜漆燈空自照，玉匣夜如年。」吟畢，哄然一笑。賈生執一巨觥，斟滿於和光、以文前曰：「二公之詩雖佳，其中似有可論者。和公之作，失水亭夜宴之格。以文之詞，失之淫放，不可不浮之。」鄒生曰：「當。」以文曰：「予不能飲。」遂下堤奔去，良久不返。和光命行童曰：「汝可告以文先生，但歸坐，吾不復勸酒矣。」其行童遠近尋請不見，眾皆驚訝。隨命僧徒，或持炬燭，或持火把，周遍十餘里間，並無蹤跡。賈、鄒大痛曰：「欲意落於巖則山平，溺於水則河淺，山野空原亦無村舍，其為魑魅所攝耶？虎狼所啖耶？」和光曰：「貧僧處此四十餘年，未嘗有魍魎虎狼之害。」至曉，問於漁樵則不知，訪於耕牧亦不見。或告諸官，或榜諸市，叩諸佛，禱諸聖。將及旬月，並無影響，雖本處居人亦以為異。後及一年，鄒、賈買賣事畢欲回，對眾泣曰：「吾儕三人同來，以文獨不知所向，不無失此良友，亦恐至家遭其告累耶。」眾慰解曰：「予輩共備酒肴，再至白馬寺，一則與二兄釋悶，再加留意一尋可也。」至期，由舊路而往，將及便橋，遥見沙際有二人席地而飲。眾疑曰：「此山野之處，有此金綺之人，又無從者，得無為妖歟？」少近視之，則一男子一婦人也。再近，則以文同一美人也。以文見眾至，急起，與美人携手而逝。眾友大呼而逐之，不半里遂及焉。其女赧甚，遂自没於河。眾急挽救，不及矣，皆驚愕不知所為。賈、鄒執以文手且泣曰：「子為如此事而不使我知，幾迫人至死地。今又累人婦女投溺，如何是好？」以文低首長吁，竟無一語。眾曰：「到寺度之。」至寺，眾告和光以前事。和光曰：「以文所為已無可改，勿相迫責。但言誰氏婦女，緣何相從。」以文俯首不答。眾解譬良久，則曰：「向者吾於水亭被酒，披襟捫腹，乘月沿流而東。將里許，側顧水左桂花一株，下有盤石。吾遂坐於石上，仰瞻天宇，俯對清流，露華澄寂，桂香襲人，雖仙境不若也。遂將前詞朗吟數遍，偶見一姝拜於前曰：『妾本寺東鄰賀宅侍兒紅牙也，妾之女郎知公避酒，令妾敬請過臨寒寓一茶，萬冀勿托，幸幸。』況于久離家室，一旦聞女郎見招之言，不料可否，欣然即往。其女導前，屈折幽徑，陰林蔭翳，約里許至彼矣。華屋粉牆，朱門掩映，其女郎候於門左，迎予笑曰：『水亭之作，何相憐之至耶？』遂携予手入焉。越庭閣數重，皆極華麗，最後一小軒，乃女郎所居也。予意貴室，無故而入，似有難色。女曰：『無傷也。』命茶畢，女曰：『妾本比鄉巴氏女也，名玉玉，幼時潔白，尊執又號妾為四塊玉。少習音律，為此富人賀郎之妻。不料賀郎輕情重利，遠商交廣，將越五霜，捐妾與紅牙二人守此空宅。况當青年，負此良夜，豈不有孤鸞之憶乎？久窺君於鄰寺，故含恥以相邀。倘不見鄙，實腐穢之有憑，鬱情之得遂。』予曰：『某故幸矣。奈二友何？』玉玉曰：『和光與妾夫最善，若二友知之，妾事敗矣。』予遂從之。少間，設奇肴異饌，命侍兒紅牙歌以侑樽。於是，紅牙理喉演拍，將發停雲之聲。玉玉笑而目之曰：『對新人不可歌舊曲。』謂予曰：『妾雖不敏，勉欲足貂，僭用夫子前韻，亦作《滿庭芳》以自況。仰承夫子，幸勿以見嗤耶。』於是，玉玉白，令紅牙歌曰：「愁鎖蛾眉，倦開海眼，絲絲腸斷誰憐。春秋空度，珠淚暗中捐。倚遍樂山玉品，難忘翠結絨牽。慚愧雙環塵土蝕，風月玉樓邊。　斜耽毾頭，横偎郎袂，停停每對樽前。《梁州》一曲，雲葉遏遥天。彩縷雙蟠金鳳，紅牙笑拾花鈿。薄幸賀郎何在也，孤枕度芳年。」歌畢，觥籌交雜，杯斝疊酬。已而月沉西浦，畫燭再更，遂宿於彼矣。次早，予欲暫回，玉玉曰：『妾已令人店中打聽，諸公事畢，自當奉别，焉敢久屈君子，仰誤歸期乎？』予不合苟聽斯言，久違諸契。」賈曰：「若然，其居安在？」以文曰：「即寺東鄰也。」和光曰：「噫，寺之週迴林木荒凉，皆廢陵古塚，烏得有此富室？其為妖不誣矣，不煩外論。但希以文導吾儕達彼，真僞自見矣。」以文窮迫，不免前行。出寺東行里許，指一古墓之側一小塚曰：「此是也。」和光笑曰：「吾得之矣！此大墓者，乃唐玄宗樂官賀懷知之墓也。此小塚，人傳為琵琶塚也。以文言比鄉巴氏，又名四塊玉者，以四玉字加於比、巴之上，豈非琵琶乎？彼所和詞中又皆琵琶情狀也。言嫁賀郎者，實懷知之遺物也。」以文視其所處，聞其所論，魂魄俱失，憂怖之色擁萃於面。和光曰：「無傷，無傷，既得其詳，安知非發福之美歟？」遂命諸弟子發之，啓土纔一尺，得一石函，銘其蓋曰：「天寶御賜。」啓視，果有百香攢成七寶妝嵌琵琶一面，紅牙縷金板六扇，煥然如新，異香襲人，光彩奪目，背有金泥小篆《琵琶頌》一章，首尾一百三十五韵。頌曰……（節録自《花影集》卷三）

二《龐觀老録》：元至元間，江南初附，民情未淳，法禁尚弛。金陵乃要衝重鎮，人物繁雜。其龍江關之側，有劉生者博學好古，以詩酒自娱，以正大自處。凡親友相識之間，或吝於營求，或耽於風月者，則絶目不視。至於言語少涉褻慢，則必加之以叱責，人恒伏之。然吟作故雖有時，而飲酒通無節限，雖常以夜繼晝，亦未嘗見其甚醉也。故時人號其混名曰「劉醅瓮」，言其腹之容酒如釀瓮也。又常因人論及男女之道，則曰：「夫婦者，天地也，乃人倫之本，萬物之源，五常之所宗，三綱之所主。聖人删《詩》，獨取《關雎》冠之經首，所以正男女重人倫也。何期今之淺俗，或敗家之子，或游手之徒，不知義禮，恣意妄為，輕則傷財敗德，重則殺身亡家，愚莫此甚，真可哀也。」是以人皆伏其正大。然劉之為人剛傲好勝，人皆得以諂譽欺之。其諸友之中有張生者，為人性凶而輕佻，使氣而好强，人莫敢犯。或少逆之，雖死不悔，人咸謂之「張捨命」。又有王生者，家産巨萬，其性好奢，揮金如土，人以「王十萬」呼之。然二人皆以能飲有名，又能以甘言巧譽，故劉醅瓮亦與之契密。先是江口下市，有名娼號為四水和者，才色絶類，富商過客輻輳其門。張捨命恃其惡名，霸占不容留客。又因用度不足，乃誘王十萬同遊，飲博以取其利。不料十萬暗用金珠私買四和之心，遂使疏遠捨命。捨命雖憤恨切骨，奈何十萬人情財力，無計可治。常懷殺十萬之心，佯為親善。一日捨命謂十萬曰：「我想劉醅瓮妝孤作態，假老成，未必其心果能堅正。兄當邀彼痛飲，浮以巨觥，多方勸酬，務令沉醉。僕同兄送去四水和家，則真僞可見矣。」十萬如其言，至期醅瓮果大醉，二人相笑，扶送四和家，囑令留宿。二人復大笑而歸。及四鼓，醅瓮乃醒，啓目視之，不知何處，見一美娃在側，而問曰：「此何處也？」娃答曰：「妾四水和也。日間君飲王郎處，頻興眷妾之言。王郎以至契，不較彼此，奉君之意，以妾為薦，又不知君何以見責，不釋衣冠，假寢待旦。」醅瓮嘆曰：「予自不謹，為小物所欺。」良久，復大笑曰：「我雖非陶穀之可迷，然於清濁之間不可不白。」遂作《風光好》辭一闋，大書於壁。其辭曰：「理難明，事難明，可笑無情負有情。佳人莫作傷春泣，終無益，守殘更。争奈巫山徹曉晴，夢何成。」書畢，擲筆於几，飄然往矣。既歸，王、張相携大笑而入曰：「昨晚樂乎？」醅瓮大怒，正色責之曰：「古云益者三友，損者三友。公等故能損人，於己何益？」二人再三伏過，良久，醅瓮相待如初。既而復命共飲，將半，醅瓮忽出白金數兩，謂十萬曰：「此金煩寄與昨日之婦。我雖與彼秋毫無私，然大丈夫無故據人牀榻，混男女之分。彼雖不介，我心其獨安之？」十萬不辭，遂依其命。（節録自同前）

單宇詞話

單宇，字時泰，號菊坡，臨川（今屬江西撫州）人。英宗正統己未（一四三九）進士，除嵊縣知縣。英宗北狩，宇憤中官監軍諸將不得進止，疏請盡罷之，以重將權，景帝不納。好學，有文名，三爲知縣，咸以慈惠聞。著有《菊坡叢話》二十六卷，前有成化元年自序。其書採古今論文之語編次成帙，分二十六門，論詩者二十四卷，論四六者一卷，論樂府者一卷，所采自樂府古詞以下宋人居多，多抄撮舊文。此據《續修四庫全書》影印明成化刻本録詞話七十則。

一

梅窗老人有《元宵詞》，乃《阮郎歸》調，用回文體作，其詞曰：「皇州新景媚晴春，春晴媚景新。

萬家明月醉風清，清風醉月明。人遊樂，樂遊人，遊人樂太平。御樓神聖喜都民，民都喜聖神。」予自諸暨解印歸臨川，明年辛巳正月，大雪間作，直至上元夜始晴，戲作回文詩二首，其一《正元雪霽》詩曰：「正元見雪兆年豐，物與民心此樂同。瓊樹改柯流凍液，玉梅飄檻拂輕風。橫雲綵結連天際，麗日紅蒸徧國中。清氣一元調化運，晴開喜色瑞葱葱。」其二《元夕觀燈》詩曰：「春城滿眼照燈毬，市陌街多許徧遊。珍簇萬蓮金燄吐，錦籠千蠟絳虹流。塵香豔舞嬌垂手，樂奏喧聲巧囀喉。人看人歌清夜永，新晴雪月霽雲收。」句雖未工，聊適一時之興而已。（《菊坡叢話》卷三「時令類」）

二　朱文公云：頃年過七里灘，見壁間有胡明仲題字刻石，拈出嚴公懷仁輔義之語，以厲往來士大夫，未嘗不為之摩挲太息也。後再過石，不復存，意或者惡聞而毀滅之也，獨一老僧能誦其詞，甚習，為予道之，俾書之册。詞曰：「不見嚴夫子，寂寞富春山。空留千丈危石，高出暮雲端。想象（當作像）羊裘披了。一笑兩忘身世，來插釣魚竿。肯似林間翮，飛倦始知還。　中興主，功業就，鬢毛斑。驅馳一世，人物相與濟時艱。獨委狂奴心事，未羨癡兒鼎足，放去任疎頑。爽氣動星斗，終古照林巒。」或云此詞實亦先生所作也。文集　（同前書卷六「宫室類」）

三　李太白《聽黄鶴樓吹笛》詩云：「一為遷客去長沙，西望長安不見家。黄鶴樓中吹玉笛，江城五月落梅花。」復齋云：古曲名有《落梅花》，非謂吹笛則梅落，詩人用事不悟其失耳。胡苕溪云：余意不然之，蓋詩人因笛中有《落梅花》曲，故言吹笛則梅落，其理甚通，用者甚衆，若以為失，則《落梅花》之曲，何獨笛中有之？決不虚設也。謫仙又有《觀胡人吹笛》云：「胡人吹玉笛，一半是秦聲。十月吴山曉,梅花落敬亭。」又戎昱《聞笛》云:「平明獨惆悵,飛盡一庭梅。」崔魯《梅》詩云:「初聞已入雕梁盡,未落先愁玉笛吹。」黄魯直《侍兒》詩云:「催盡落梅春已半,更吹三弄乞風光。」泛觀古人用事一律,可見復齋之妄辯也。(同前書卷七「器用類」)

四 杜子美《吹笛》詩云:「吹笛秋山風月清,誰家巧作斷腸聲。風飄律吕相和切,月傍關山幾處明。胡騎中宵堪北走,武陵一曲想南征。故園楊柳今摇落,何得愁中却盡生。」蓋笛之古曲有《關山月》、《折楊柳》,又有《武溪深》詞也。(同前)

五 客有獻李衛公以古木者,且云有異,公命剖之作琵琶槽,其文自然成白鴿。予嘗語晁次膺曰:「公《緑頭鴨》琵琶詞誠絶妙,蓋自曉風殘月之後,始有移船出塞之曲。然某亦曾有一詩。」公曰:「云何?」曰:「白鴿飛來入紫槽,朱鸞飛去唳青霄。江邊塞上情何限,瀛府《霓裳》曲再調。謾道靈妃鼓瑶瑟,虚傳仙子弄雲璈。小憐破得春風恨,何似今宵月正高。」曰:「詩亦不惡。」(同前)

六 黄魯直《江亭即事》詩云:「閉門覓句陳無己,對客揮毫秦少游。正字不知温飽味,西風吹淚古藤州。」任天社云:「閉門覓句、對客揮毫,乃二君實録也。」無己坐黨廢錮,既而自徐學除秘書省正字。少游自苗州貶所北歸,至藤州,卒於光化亭中。初,少游夢中作《好事近》長短句,有「醉卧古藤陰下,了不知南北」之句,殆若讖云。胡苕溪云:「山谷以今時人形入詩句,蓋取法於少陵,詩云:『不見高人王右丞,藍田丘壑蔓寒藤。』又如『復憶襄陽孟浩然,清詩句句盡堪傳』之類是也。」故山谷云:「司馬丞相驟登庸」,又云「閉門覓句陳無己,對客揮毫秦少游」之類是也。近世風俗誕甚,悉以丈相呼，更不復知其字疇，敢形入詩句，必相顧而失色。《禮記》云：「年長以倍則父事之，十年以長則兄事之，五年以上則肩隨之。」今不問其長幼，悉以丈呼之，是不識《禮記》，寧不羞乎？（同前書卷八「人物類」）

七　徐東湖晚年在德興作《漁父詞》，甚高雅。詞云：「七澤三湘碧草連，洞庭江漢水如天。朝廷若覓玄真子，不在雲邊即酒邊。明月棹，夕陽船，遊魚一似鏡中懸。絲綸釣餌都收却，八字山前聽雨眠。」此「遊魚一似鏡中懸」，本沈雲卿詩：「船如天上坐，魚似鏡中游。」上句老杜曾用，下句東湖用之。東湖嘗對予誦此詞，且云本雲卿之句，自擊節不已。（《艇齋詩話》）（同前）

八　賀方回少為武吏，換文資，善長短句。《王直方詩話》云：「方回嘗言學詩於前輩，得八句云：『平澹不流於淺俗，奇古不隣於怪僻，題詠不窘於物象，叙事不病於聲律，比興深者通物理，用事工者如己出，格見於成篇渾然不可鐫，氣出於言外浩然不可屈。』盡心於詩，守而勿失。」其《題定林寺》一詩云：「破冰泉脈漱籬根，壞衲遥疑桂樹猿。蠟屐舊痕尋不見，東風先為我開門。」荆公見之，大加稱賞，緣此知名。（同前書卷九「古今詩人類」）

九　陳後山《寄曹州晁大夫》詩云：「墜絮隨風化作塵，黄樓桃李不成春。只今容有名駒子，困倚闌干一欠伸。」自註云：「周昉畫美人，有背立欠伸者，最為妍絶，東坡為賦《續麗人行》也。」任天社云：「此篇言徐州風物。」後山嘗有詞并序云：「晁大夫增飾披雲，初欲壓黄樓，而張、馬二子，皆當年樽下世所謂英英、盼盼者。盼卒，英嫁，而盼之子瑩，頗有家風。而曹妓未有顯者，黄樓不可勝也。作《南鄉子》以歌之曰：『風絮落東鄰，點綴繁枝旋花塵。闗鎖玉樓巢燕子，冥冥，桃李摧殘不見春。流轉到如今，翡翠生兒翠作衾。花樣腰身官樣立，婷婷，困倚闌干一欠伸。』蓋前云風絮以屬英，塵花以屬昉（當作盼），名駒子以屬瑩瑩之母馬氏也。（同前書卷十「風懷類」）

一〇 「冰肌玉骨清無汗，水殿風來暗香滿。繡簾一點月窺人，欹枕釵横雲鬢亂。起來庭户悄無聲，時見踈星度河漢。屈指西風幾時來，不道流年暗中换。」世傳此詩為花蘂夫人作，東坡嘗用此作《洞仙歌》曲。或謂東坡託花蘂以自解耳，不可知也。《竹坡詩話》（同前）

一一 元豐初，虜人來議地界，丞相韓玉汝自樞密院都承旨出分畫。玉汝有愛妾劉氏，將行，與飲通夕，且作樂府詞留别。翌日，神宗已密知，忽中批步軍可遣人為般家追送之。玉汝初莫測所因，久之，方知其自樂府發也。蓋上以恩禮待下，雖閨門之私，亦恤之如此，故中外士大夫無不樂盡其力。劉貢父，玉汝姻黨，即作小詩寄之以戲云：「票姚不復顧家為，誰謂東山久不歸。卷耳幸容携婉孌，皇華何啻有光輝。」玉汝之詞由此亦盛傳於天下。《石林詩話》（同前）

一二 錢某者，衣冠之後，年餘四十，無室。後成親有期，作《于飛樂》詞曰：「年少踈狂，北里平康，十年占斷風光。似一場春夢，飲散高陽。如今休也，醉眼獨自恓惶。但古人，有無錢斷酒，臨老剃度何妨。散花紅頂花帽，作個新郎。低頭失笑，幾回浪子從良。」（同前書卷十一「婚嗣」）

一三 張子野年八十五尚聞買妾，陳述古令東坡作詩以戲之曰：「錦里先生自笑狂，莫欺九尺鬢眉蒼。詩人老去鶯鶯在，公子歸來燕燕忙。柱下相君猶有齒，江南刺史已無腸。平生謬在安昌客，略遺彭宣到後堂。」《高齋詩話》云：「尚書郎張先，字子野，嘗有詩云『浮萍斷處見山影』，又『雲破月來花弄影』，又『隔墻送過秋千影』，世謂之張三影。」《石林詩話》云：「子野能詩及樂府，至老不衰，居錢塘，年八十餘，家猶蓄聲妓，子瞻嘗贈以詩，有鶯鶯燕燕之語，全用張氏故事戲之。」（同前）

一四　生日。吴叔經代人上黄畊叟太夫人壽，乃三月十四也。其詞曰：「天邊將滿一輪月，世上還鍾百歲人。」識者謂若十三日亦使得，不若云「猶欠一分」，方見得十四日也。嘗見樂人聖壽致語，初用「老子長上古而不老」對「董舒歷萬世以無弊」，固以云好，然「不老」二字乃是語忌，豈若詩人婉其辭云「永錫難老」，多少委曲和緩。又如天子萬年如南山之壽，俾爾壽而臧，皆曲盡祝壽之意也。封人祝堯，能如許乎？（同前書卷十二「致政者壽類」）

一五　伊川生日致齋恭肅，不事飲燕歌樂，蓋念劬勞之力。今人誕辰極意歡娱，其壽詞多用律吕體狀其月，蓂莢形容其日。然蓂莢若在月半前則日長一葉，乃是增數為美，若在月半後則日凋一葉，乃是減數，實為語忌，烏可使也？用事當嚴，又要脱俗，方是作家。且如八月十六日生辰，有人作歌曰：「昨夜萬家齊笑語，祝君千歲共團圓。」又如一僧上秦師垣壽曰：「不祝公兮椿與松，椿松老大無不空。不祝公兮鶴與龜，鶴龜汩没徒雲泥。祝君願作天上月，歲歲年年常皎潔。錦城初動五更鍾，引領衆星朝北闕。」秦公大悦。《螢雪叢話》（同前）

一六　欒城公悟悦禪定，門人有以《漁家傲》詞祝公生日，言及濟川，公以非其志也，乃和其詞云：「七十餘年真一夢，朝來壽斝兒孫奉。憂患已空腹痛，心不動，此間自有千鈞重。蚤歲文章供世

用，中年禪味疑天縱。石塔成時無一縫，誰與共，人間天上隨他送。」《欒城遺言》（同前）

一七　壽詞樂府，辛稼軒壽趙茂中郎中，時以置廣濟倉賑濟除直秘閣《沁園春》云：「甲子相高，亥首曾疑，絳縣老人。看長身玉立，鶴般風度，方頤鬚磔，虎樣精神。文爛卿雲，詩凌鮑謝，筆勢駸駸更右軍。渾餘事，羨仙都夢覺，金闕名存。門前父老欣欣，換奎閣，新褒詔語温。記他年帷幄，須依日月，只今劍履，快上星辰。人道陰功，天教多壽，看到貂蟬七葉孫。君家裏，是幾枝丹桂，幾樹靈椿。」（同前）

一八　又呈茂中賑濟事《滿江紅》云：「我對君侯，長怪見、兩眉陰德。更長夢、玉皇金闕，姓名仙籍。舊歲炊烟渾欲斷，被公扶起千人活。算胸中、除却五車書，都無物。溪左右，山南北。花遠近，雲朝夕。看風流杖屨，蒼髯如戟。種柳已成陶令宅，散花更滿維摩室。勸人間、更住五千年，如金石。」（同前）

一九　趙龍圖自詠《念奴嬌》云：「吾今老矣，好歸來、了取青山活計。甲子一周餘半紀，諳盡人間物理。婚嫁隨緣，田園粗給，知足生慚愧。心田安逸，自然綽有餘地。還是初度來臨，葛巾野服，不減貂蟬貴。門外烟波風浪惡，我已收心無累。弟勸兄酬，兒歌女舞，樂得醺醺醉。滿堂一笑，大家百二十歲。」（同前）

二〇　辛稼軒壽人七十《感皇恩》云：「七十古來稀，人人都道，不是陰功怎生到。松姿雖瘦，偏奈雲寒霜冷。看君雙鬢底，青青好。樓雪初晴，庭闈嬉笑，一醉何妨玉壺倒。從今康健，不用靈丹仙

草。更有一百歲，仍難老。」（同前）

二一　又《感皇恩》慶嬸母七十云：「七十古來稀，未為稀有，須是榮華更長久。滿床袍笏，羅列兒孫新婦。精神渾似箇，西王母。　遥想畫堂，兩行紅袖，妙舞清歌擁前後。大男小女，逐個出來為壽。一個一百歲，一盃酒。」（同前）

二二　《最高樓》詞壽洪内翰七十云：「金閨老眉，壽正如川，七十且華筵。樂天詩句香山裏，杜陵酒債曲江邊。問何如，歌窈窕，舞嬋娟。　更十歲，太公方出將，又十歲，武公方入相。留盛事，看明年。直須腰下添金印，莫教頭上欠貂蟬。向人間，長富貴，地行仙。」（同前）

二三　《鵲橋仙》慶人八十云：「朱顔暈酒，方瞳點漆，閑傍松間荷杖。不須更展畫圖看，自是個、壽星模樣。　今朝盛事，一杯深勸，更把新詞齊唱。人間八十最風流，長貼在、兒兒額上。」（同前）

二四　《品令》慶族姑八十來索俳語云：「更休説，便是個、住世觀音菩薩。甚今年、容貌八十歲。見底道、才十八。　莫獻壽星香燭，莫祝靈椿龜鶴。只消得、把筆輕輕去。十字上、添一撇。」（同前）

二五　張孝祥帥潭日，壽黄倅母淑人《木蘭花》詞云：「兹闈生日，見説今年年九十。戲綵盈門，大底孩兒七個孫。　人間盛事，只這一般難得似。願我雙親，都似君家太淑人。」（同前）

二六　《鷓鴣天》二闋云：「九十吾家兩壽星，今夫人賽昔夫人。百年轉眼新開衷，十月循環小有春。生日到，轉精神，目光如鏡步如雲。年年長侍華堂宴，子子孫孫孫又孫。」「壽母開年九十三，佳辰就養大江南。緹屏晃耀新寧國，繡斧斕斑老樸庵。　傾玉斝，擘黄柑，兩孫垂綬碧於藍。便當刊頌崆峒嶺，留與千年作美談。」（同前）

二七　又慶母夫人同前調云：「帝里風光别是天，花如錦繡柳如煙。還逢令節春三二，又慶慈闈歲八千。　斟壽斝，列長筵，子孫何以詠高年。各裒千首西湖什，一度生朝獻一篇。」（同前）

二八　樸庵知平江日，壽母《感皇恩》云：「覓得個州兒，稍供綵戲。多謝天公作排備，一輪明月，謳作清廉滋味。傾入壽杯裏，何妨醉。　我有禄書，呈母年萬，計八十三那裏暨。便和兒算，恰一百四十地。這九千餘歲，長隨侍。」（同前）

二九　劉隨如壽趙路分八十《感皇恩》云：「八十最風流，那誰不喜。況是精神可人意，太公當日，未必榮華如此。兒孫列兩行，萊衣戲。　好景良辰，滿堂和氣，唱個新詞管教美。願同彭祖，尚有八百來歲。十分纔一分，那裏暨。」此詞用「那底暨」三字，蓋本康伯可之詞。（同前）

三〇　俞紫芝，字秀老，揚州人。少有高行，不娶，得浮圖心法，所至翛然。工詩，王荆公居鍾山，愛其往來，每見於詩，所謂「公詩何以解人愁，初日芙蕖映碧流。未怕元、劉妨獨步，不妨陶、謝與同遊」者是也。秀者嘗有「夜深童子唤不起，猛虎一聲山月高」之句，尤為荆公所賞，亟和云：「新詩比舊仍增價，若許追攀莫太高。」秀老卒於元祐初，惜不得與林和靖名於隱逸。其弟澹，字清老，亦不娶，滑稽善謔，曉音律，能歌，荆公亦喜之。晚年作《漁家傲》等樂府，每山行，使澹歌之。然澹使酒好駡，不若秀老之介静。一日見公，云：「吾欲去為浮屠，但貧，無錢置祠部爾。」公欣然為置祠部，澹約日祝髮。過期，寂無音耗，公問之，澹徐曰：「吾思僧亦不易為，公所贈祠部，已送酒家償債矣。」公為之大笑。黄魯直嘗作三詩贈澹，其一云：「客夢起超然，去髮脱塵冠。平明視青鏡，正爾良獨難。」蓋述荆公事也。（《石林詩話》）（同前書卷十三「釋梵類」）

三一　胡澹庵雷州《和朱秀才渡海》詩云：「何人着眼覷征驂，賴有新詩作指南。螺髻層層明晚照，蜃樓隱隱倚晴嵐。仲連蹈海徒虚語，魯叟乘桴亦謾談。争似澹庵乘興往，銀山千疊酒微酣。」胡銓自新州又移吉陽軍編管。先是廣東經略使王鈇以胡銓未過海嘗賦詞云「欲駕輕車歸去，有豺狼當轍」，奏銓唱和毀謗，而有是命。張棣選人項筒，銓徒步過海。澹庵此詩不少屈撓，真鐵漢，又過於劉器之。（同前書卷十六「送贈類」）

三二　劉後村《贈高九萬并寄孫季蕃》詩云：「諸人凋落盡，高叟亦中年。行世有千首，買山無一錢。紫髯長拂地，白眼冷看天。古道微如綫，吾儕各勉旃。」又「菊磵説花翁，飄零向浙中。無書上皇帝，有句惱天工。世事年年異，詩人個個窮。築臺並下榻，今豈乏英雄？」方云：「高九萬詩俗甚，為老妓詩二首尤俗於後村。孫季蕃老於花酒，以詩禁，僅為詞，皆太平時節閑人也。」（同前）

三三　《遯齋閑覽》云：張子野郎中以詞名擅一時，宋子京尚書奇其才，先往見之，至其家，遣侍者謂曰：「尚書欲見『雲破月來花弄影』郎中。」子野即於屏後呼曰：「得非『紅杏枝頭春意鬧』尚書耶？」遂出，置酒盡歡。蓋二人所舉，皆其警策也。又云：子野初謁見歐公，公迎謂曰：「好『雲破月來花弄影』。」恨相見之晚也。（同前書卷十九「戲謔類」）

三四　宋朝陶穀使江南，韓熙載命妓秦弱蘭詐為驛卒之女擁帚掃地，陶因與狎，贈之以詞，名《風光好》云：「好因緣，惡因緣，祇得郵亭一夜眠。別神仙。　琵琶撥盡相思調，知音少。待得鸞膠續斷弦，是何年。」既而李主宴陶穀，令弱蘭歌此詞。陶大沮，即日北歸。（同前）

三五　賀方回作《青玉案》詞，有「梅子黄時雨」之句，士大夫稱其工，謂為賀梅子。郭功父有《示耿天隲》詩一首，王荆公為書其尾云：「廟前古木藏訓狐，豪氣英風亦何有。」後方回晚倅姑孰，與功父遊甚歡。方回髮少，功父指其髻曰：「此真賀梅子也。」方回乃捋其鬚曰：「君可謂郭訓狐矣。」以其白鬚而胡，故有是語。（同前書卷二十「身體類」）

三六　寇忠愍公詩思悽惋，蓋富於情者。如《江南春》云：「波渺渺，柳依依，孤村芳草遠，斜日杏花飛。江南春盡離腸斷，蘋滿汀洲人未歸。」又云：「杳杳煙波隔千里，白蘋香散東風起。日落汀洲一望時，愁情不斷如春水。」觀此語意，疑若優柔無斷者。至其端委廟堂，决澶淵之策，其氣鋭然，奪仁者之勇，全與此不相類，蓋人之難知也如此。《漁隱叢話》（同前）

三七　辛幼安，號稼軒，宋寧宗朝擁節鉞，奉身勇退，以家事付兒曹，作《西江月》云：「萬事雲烟忽過，一身蒲柳先衰。而今何事最相宜，宜醉宜遊宜睡。　早起催科了辦，更量出入收支。乃翁依舊管些兒，管竹管山管水。」（同前）

三八　趙德麟《侯鯖録》云：東坡老人在昌化，嘗負大瓢，行歌田畝間，所歌者，蓋《哨遍》也。饁婦年七十，云：「内翰昔日富貴，一場春夢。」坡然之。里人呼此媪為春夢婆。坡一日被酒獨行，遍至子雲諸黎之舍，作詩云：「符老風流可奈何，朱顔減盡鬢絲多。投梭每困東隣女，换扇惟逢春夢婆。」是日復見老符秀才，言此春夢婆之實也。（同前）

三九　王建《霓裳詞》云：「弟子歌中留一色，聽風聽水作《霓裳》。」《羽衣曲》，今教坊尚能作其聲，其舞則廢而不傳矣。人間又有《望瀛洲》、《獻仙音》二曲，此其遺聲也。《霓裳曲》，前世論説頗詳，不知「聽風聽水」為何事也。白樂天有《霓裳歌》，甚詳，亦無「風水」之説。第記之者，或有遺亡者爾。《六一詩話》（同前書卷二十三「文史類」）

四〇　王荆公《泊鴈》回文詩曰：「泊鴈鳴深渚，收霞落晚川。柝隨風斂陣，樓映月低絃。漠漠汀帆轉，幽幽岸火燃。壑危通細路，溝曲遶平田。」朱文公亦有《菩薩蠻》詞二首，其一《次圭父韻》曰：「暮江寒碧縈長路，路長縈碧寒江暮。花塢夕陽斜，斜陽夕塢花。　客愁無勝集，集勝無愁客。醒似醉多情，情多醉似醒。」又呈秀野詞曰：「晚紅飛盡春寒淺，淺寒春盡飛紅晚。樽酒緑陰繁，繁陰緑酒樽。　老仙詩句好，好句詩仙老。長恨送年芳，芳年送恨長。」二公之詩詞皆冠絶。（同前）

四一　薛道衡《昔昔鹽》詩云：「垂柳覆金堤，蘼蕪葉復齊。水溢芙蓉沼，花飛桃李蹊。采桑秦氏女，織錦竇家妻。關山别蕩子，風月守空閨。常斂千金笑，長垂雙玉蹄。盤龍隨鏡隱，彩鳳逐幃低。飛魂同夜鵲，倦寢憶晨鷄。暗牖懸蛛網，空梁落燕泥。前年過代北，今歲往遼西。一去無消息，那能惜馬蹄。」《資治通鑑》云：隋煬帝善屬文，不欲人出其右。薛道衡死，帝曰：「更能作『空梁落燕泥』否？」王胄死，帝誦其佳句曰：「『庭草無人隨意緑』，復能作此詩耶？」胡苕溪云：「人君不當與臣下争能，故煬帝忮心一起，二臣皆不得其死，哀哉！然為人臣者亦當悟其微旨。晉武帝欲擅書名，王僧虔遂不敢顯迹，常以拙筆書。宋文帝好文章，自謂莫能及，鮑照於所為文章，遂多鄙言俚句。故二君者亦無得以嫉之，終見容於二世，豈非明哲保身之要術乎？」《玄怪録》載篴篨三娘工唱《阿鵲鹽》，又有《突厥鹽》、《黄帝鹽》、《白鴿鹽》、《神雀鹽》、《疏勒滿座鹽》。唐詩有云「媚賴吴娘唱是鹽」，又有云「更奏新聲刮骨鹽」。然則歌詩謂之鹽者，如吟、行、曲、引之類，今南岳廟獻神樂曲有《黄帝鹽》，俗傳以為《黄帝炎》、《長沙志》從而書之，蓋不考也。（《詩林廣記》（同前）

四二 誠齋評為詩隱蓄發露之異：太史公曰：「《國風》好色而不淫，《小雅》怨誹而不亂。」《左氏傳》曰：「《春秋》之稱微而顯，志而晦，婉而成章，盡而不污。」此《詩》與《春秋》記事之妙也。近世詞人閑情之靡，如伯有所賦趙武所不得聞者，有過之無不及焉，是得好色而不淫乎？惟晏叔原云：「落花人獨立，微雨燕雙飛。」可謂好色而不淫矣。唐人《長門怨》云：「珊瑚枕上千行雨，不是思君是恨君。」是得為怨誹而不亂乎？惟劉長卿云：「月來深殿早，春到後宫遲。」可謂怨誹而不亂矣。近世陳克《詠李伯時畫寧王進史圖》云：「汗簡不知天上事，至尊新納壽王妃。」是得為微、為婉、為不污穢乎？惟李義山云：「侍燕歸來宫漏永，薛王沉醉壽王醒。」可謂微婉顯晦，盡而不污矣。（同前書卷二十四「詩話類」）

四三 《庚溪詩話》云：宋堯壽太上皇帝，當内脩外攘之暇，尤以文德遠服，至於宸章睿藻，日星昭垂者非一。至紹興二十八年，將郊祀，有司以太常樂章文義弗協，遂親製《郊丘》、《宗廟》、《原廟》共二十四章，肆筆而成，睿思雅正，所謂「大哉王言」也。至於一時閑適寓景而作，則有《漁父辭》十五章，清新簡古，備騷雅之體。其辭有曰：「薄晚煙林淡翠微，江邊秋月已明輝。凝望處，適天機，水底閑雲片段飛。」又曰：「青草開時已過船，錦鱗躍處浪痕圓。竹葉酒，柳花氈，有意沙鷗伴我眠。」又曰：「水涵微雨湛虛明，小笠輕簑未要晴。明鑑裏，縠紋生，白鷺飛來空外聲。」辭多不録。觀此數篇，雖古之騷人詞客老於江湖擅名一時者，不能跂及。（同前書卷二十六「樂府類」）

四四　紹興間，陳侍郎相之使虜，至燕山，驛壁間得一詞云：「書劍憶遊梁，當時事、底處不堪傷。念蘭苔嫩葉，遊吴南浦，杏花微雨，窺宋東墻。禁城外、燕隨青步障，絲惹紫遊韁。曲水古今，禁煙前後，緑楊樓閣，芳草池塘。　回首斷人腸，流年去如電，雙鬢已如霜。欲遣當年遺恨，頻近清觴。聽出塞琵琶，風沙淅瀝，寄書鴻鴈，煙月微茫。不似海門潮信，猶到潯陽。」然不署名，此必中原士大夫淪於異鄉者所作也。以樂府《風流子》按之，可歌也。（同前）

四五　濠梁許伯楊庭為柳詞五章，寄意於古，而詞語清新。其一曰：「不見昭陽宮内柳，黄金齊撚輕柔。東君昨夜到皇州。玉階金井，無處不風流。　悵望翠華春欲暮，六宫都鎖春愁。暖風吹動繡簾鈎。飛花委地，時轉玉香毬。」其二曰：「不見清河堤上柳，緑陰流水依依。龍舟東下疾於飛。千條萬葉，濃翠梁旌旗。　記得當年春去也，錦帆不見西歸。頻抛輕絮點人衣。如將亡國恨，説與路人知。」其三曰：「不見陶家門外柳，柴扉一逕遥通。閑門終日掩清風。感君高節，緑蔭向人濃。　籬落蕭疎鷄犬静，日長飛絮濛濛。先生一醉萬緣空。經時高卧，不到翠光中。」其四曰：「不見都門亭畔柳，春來緑盡長條。橋邊行色馬蕭蕭。一枝折贈，相見又何朝。酒盡曲終人去也，風前亦是無聊。祇應於我恨偏饒。東君特地，付與沈郎腰。」其五曰：「不見灞陵原上柳，往來過盡蹄輪。朝離東楚暮西秦。不成名利，贏得鬢毛新。莫怪枝條憔悴損，一生唯苦征塵。兩三煙樹倚孤村。夕陽影裏，愁殺宦遊人。」以樂府《臨江仙》按之，可歌也。（同前）

四六　《竹坡詩話》云：大梁羅叔恭為余言：「頃在建康士人家，見王荆公親寫小詞一紙，其家藏之甚珍。」其詞云：「留春不住，費盡鶯兒語。滿地殘紅宮錦污，昨夜南園風雨。小憐初上琵琶，聽來思繞天涯。不肯畫堂朱户，東風自在楊花。」荆公平生不作是語而有此，何也？儀真沈彦述謂余曰：「荆公詩如『萬緑枝頭紅一點，動人春色不須多』、『春色惱人眠不得，月移花影上闌干』，皆王平甫詩，非荆公詩也。」沈乃元龍家壻，故嘗見之耳。叔恭所見，未必非平甫詞也。（同前）

四七　《浪淘沙》，李後主春日懷舊詞，云：「簾外雨潺潺，春意闌珊，羅衣不煖五更寒。夢裏不知身是客，一餉貪歡。獨自莫憑欄，無限江山，别時容易見時難。流水落花春去也，天上人間。」《西清詩話》云：「南唐後主歸朝後，每懷江國，且念賸妾散落，鬱鬱不自聊，遂作此詞，含思悽惋，未幾下世矣。」（同前）

四八　《燭影摇紅》柳耆卿作閨情詞云：「妝粉輕勻，黛眉巧畫宫妝淺。風流天賦與精神，全在嬌波轉。早是縈心可慣。更那堪、頻頻顧盼。幾回相見，見了還休，争如不見。燭影摇紅，夜闌飲散春宵短。當時誰解唱陽關，離恨天涯遠。無奈雲收雨散。憑闌干、絲絲淚眼。海棠開後，燕子來時，黄昏庭院。」《後山詩話》云：「柳三變遊東都南北二巷，作新樂府，天下詠之，遂傳至禁中。仁宗頗好其詞，每對酒，必使侍從歌之再三。三變聞之，復作宫詞號《醉逢萊》，因内官達後宫，且求其助。仁宗聞而覺之，自是不復歌其詞矣。會改京官，乃以無行黜之。後改名永，仕至屯田員外郎。」（同前）

四九　《御街行》，范希文秋月懷舊詞，云：「紛紛墜葉飄香砌，夜寂静，寒聲碎。真珠簾捲玉樓空，天淡銀河垂地。年年今夜，月華如練，長是人千里。　愁腸已斷無由醉，酒未到，先成淚。殘燈明滅枕頭欹，諳盡孤眠滋味。都來此事，眉間心上，無計相回避。」後蘇東坡居潁，春夜對月，王夫人曰：「春月可喜，愁月使人愁耳。」公謂前人未及也，遂作詞云：「不似秋光，只與離人照斷腸。」《後山詩話》（同前）

五〇　《水龍吟》章質夫詠楊花詞云：「燕忙鶯懶芳殘，正堤上柳花飄墜。輕飛點畫青林，誰道全無才思。閑趁遊絲，静臨深院，日長門閉。傍珠簾散漫，垂垂欲下，依然被、風扶起。　蘭帳玉人睡覺，怪春衣、雪霑瓊綴。繡牀漸滿，香毬無數，纔圓却碎。時見蜂兒，仰粘輕粉，魚吞池水。望章臺路杳，金鞍遊蕩，有盈盈淚。」蘇東坡依韻和云：「似花還似非花，也無人惜從教墜。抛家傍路，思量却是，無情有思。縈損柔腸，困酣嬌眼，欲開還閉。夢隨風萬里，尋郎去處，又還被、鶯呼起。　不恨此花飛盡，恨西園、落紅難綴。曉來雨過，遺蹤何在，一池萍碎。春色三分，二分塵土，一分流水。細看來，不是楊花，點點是離人淚。」詩話云：「章楶質夫作此詞，其命意用事清灑可喜。東坡和之，若豪放不入律吕，徐而視之，聲韻諧婉，便覺質夫詞有組繡工夫。」晁叔用云：「東坡如毛嬙、西施，净洗却面，與天下婦人鬬好，質夫豈可比耶？」（同前）

五一《惜分飛》毛澤民作贈別詞云：「淚濕闌干花着露，愁到眉峰碧聚。此恨平分取，更無言語空相覷。 斷雨殘雲無意緒，寂寞朝朝暮暮。今夜山深處，斷魂分付潮回去。」《百家詩序》云：「元祐中，東坡先生守錢塘，澤民為法曹掾，公以衆人遇之，秩滿辭去。是夕宴客，有籍妓歌贈別小詞，卒章云：『今夜山深處，斷魂分付潮回去。』公問誰所作，妓以毛法曹對。公語客曰：『郡寮有詞人不及知，某之罪也。』翌日，折簡追還，留連數月，澤民因此得名。」（同前）

五二《天仙子》張子野作送春詞云：「水調數聲持酒聽，午醉醒來愁未醒。送春春去幾時回，臨晚鏡，傷流景，往事後期空記省。 沙上並禽池上瞑，雲破月來花弄影。重重翠幙密遮燈，風不定，人初静，明日落紅應滿逕。」《古今詩話》云：「有一客謂張子野曰：『人皆目公為張三中，即心中事、眼中淚、意中人也。』公曰：『何不目之為張三影？』客不曉，公曰：『「雲破月來花弄影」、「嬌柔懶起，簾壓倦花影」、「柳逕無人，墜飛絮無影」。此余平生所得意也。』」又《高齋詩話》云：「子野嘗有詩云『浮萍斷處見山影』，又長短句云：『雲破月來花弄影』，又『隔墻送過秋千影』，並膾炙人口，世謂張三影。」《苕溪漁隱》云：「細味二説，當以《古今詩話》所載三影為勝。」（同前）

五三《玉樓春》宋子京詠春景詞云：「東城漸覺風光好，縠皺波紋迎客棹。緑楊煙外曉寒輕，紅杏枝頭春意鬧。 浮生長恨歡娛少，肯愛千金輕一笑。為君持酒勸斜陽，且向花間留晚照。」《遯齋閑覽》云：「張子野郎中以詞章名擅一時，宋子京尚書奇其才，先往見之，謂其侍者曰：『尚書欲見「雲破月來花弄影」郎中耳。』子野屏後呼曰：『得非「紅杏枝頭春意鬧」尚書耶？』遂出，置酒盡歡。」

蓋二人所舉，皆其警策也。（同前）

五四　《浣溪沙》蘇東坡詠村景詞云：「簌簌衣巾落棗花，村南村北響繰車，牛衣古柳賣黄瓜。」《高齋詩話》云：「東坡長短句云：『村南村北響繰車。』參寥詩云：『隔林彷彿聞機杼，知有人家在翠微。』秦少游詩云：『菰蒲深處疑無地，忽有人家笑語聲。』三詩大同小異，皆奇句也。」（同前）

五五　作詞要綺靡，如温庭筠《湖陰曲》警句云：「吴波不動楚山碧，花壓闌干春晝長。」此庭筠工於造語，極為綺靡。《花間集》可見，《更漏子》一詞尤佳，其詞云：「玉爐香，紅蠟淚，偏照畫堂秋思。眉翠薄，鬢雲殘，夜長衾枕寒。　梧桐樹，三更雨，不道離情正苦。一葉葉，一聲聲，空階滴到明。」《漁隱叢話》（同前）

五六　《玉樓春》温飛卿作恨别詞云：「緑楊芳草長亭路，年少抛人容易去。樓頭殘夢五更鐘，花裏離愁三月雨。　無情不似多情苦，一寸還成千萬縷。天涯地角有窮時，只有相思無盡處。」《詩眼》云：「晏叔原見蒲傳正云：『先公平日小詞雖多，未嘗作婦人語。』傳正云：『如「緑楊芳草長亭路，年少抛人容易去」，非婦人語乎？』晏曰：『公謂「年少」為何語？』傳正曰：『豈不謂其所歡乎？』晏曰：『公言是也。』因遂賦樂天詩兩句云：『欲留所歡待富貴，富貴不來所歡去。』傳正笑而悟，然此詞語意高雅。」（同前）

五七　《踏莎行》秦少游作春恨詞云：「霧失樓臺，月迷津渡，桃源望斷無尋處。可堪孤館閉春寒，杜鵑聲裏斜陽暮。　驛寄梅花，魚傳尺素，砌成此恨無重數。　郴江幸自遶郴山，為誰流下瀟湘去。」《冷齋夜話》云：「少游到郴江，作此詞，東坡絶愛其尾兩句，自書於扇曰：『少游已矣，雖萬人何贖。』」又范元實《詩眼》云：「余誦淮海小詞云：『杜鵑聲裏斜陽暮』，山谷曰：『此詞高絶，但既云「斜陽」，又曰「暮」，即重出也。』欲改『斜陽』為『簾櫳』，余曰：『既言「孤館閉春寒」，似無「簾櫳」。』山谷曰：『亭傳雖未必有「簾櫳」，有亦無害。』余曰：『此詞本模寫牢落之狀，若曰「簾櫳」，恐損初意。』山谷曰：『極難得好字，當徐思之。』然余因此曉句法，不當重疊。」（同前）

五八　黄山谷亦有《踏莎行》賞春詞云：「臨水夭桃，倚牆繁李，長楊風掉青驄尾。　坐中有酒可酬春，更尋何處無愁地。　明日重來，落花如綺，芭蕉漸著山公啓。　欲牋心事寄天公，教人長壽花前醉。」《草堂詩餘》云：「山谷曾親書此詞寄祝有道云：『諸樂府雖有賞歎其詞，未深解其意味者，故並奉寄。』」（同前）

五九　《雨中花》王逐客作夏景詞云：「百尺清泉聲陸續，映瀟湘碧梧翠竹。面千步回廊，重重簾幙，小枕欹寒玉。　試展鮫綃看畫軸，見一片瀟湘凝緑。待玉漏穿花，銀河垂地，月上闌干曲。」《漫叟詩話》云：「余嘗觀此詞，不用『浮瓜沉李』之事，而天然有塵外凉思，其詞語非觸熱者之所知。」（同前）

六〇　《憶秦娥》李太白詠秋思詞曰：「簫聲咽，秦娥夢斷秦樓月。　秦樓月，年年柳色，灞陵傷别。　樂遊原上清秋節，咸陽古道音塵絶。　音塵絶，西風殘照，漢家宫闕。」（同前）

六一　《漁家傲》歐陽永叔詠初冬詞云：「十月小春梅蘂綻，紅爐暖閣新妝徧。　錦帳美人貪睡暖，羞起懶，玉壺一夜冰澌滿。　樓上四垂簾不捲，天寒山色偏宜遠。　風急鴈行吹字斷，紅日晚，江天雪意雲撩亂。」（同前）

六二　《醉落魄》汪彦章詠額詞云：「小舟簾隙，佳人半露梅妝額。　緑雲低映花如刻，恰似秋宵，一半銀蟾白。　結兒梢朵香紅扐，鈿蟬隱隱摇金碧。　春山秋水渾無迹，不露牆頭，些子真消息。」《苕溪漁隱》云：「漾舟行汴中，見岸傍畫船有映簾而觀者，止見其額，故作此詞。」（同前）

六三　《品令》黄魯直詠茶詞云：「鳳舞團團餅，恨分破、教孤另。　金渠體净，隻輪慢碾，玉塵光瑩。湯響松風，早減二分酒病。　味醲香永，醉鄉路、成佳境。　恰如燈下，故人萬里，歸來對影。口不能言，心下快活自省。」《苕溪漁隱》云：「魯直諸茶詞，余謂《品令》一詞最佳，能道人所不能言，尤在結尾三四句。」（同前）

六四　又詠茶《阮郎歸》詞云：「歌停檀板舞停鸞，高陽飲興闌。　獸烟噴盡玉壺乾，香分小鳳團。雲浪淺，露珠圓，捧甌春笋寒。　絳紗籠下躍金鞍，歸時人倚欄。」《古今詞話》云：「觀者嘆服此詞，八句狀八景，音律一同，殊不散亂。　人争寶之，刻之琬琰，掛於堂室之間。」（同前）

六五　《鷓鴣天》晏叔原作重會勸酒詞云：「綵袖殷勤捧玉鍾，當年拚却醉顔紅。　舞低楊柳樓心月，歌盡桃花扇裏風。　從别後，憶相逢。　幾回魂夢與君同。　今宵剩把銀釭照，猶恐相逢是夢中。」《雪浪齋日記》云：「晏叔原此詞云『舞低楊柳樓心月，歌盡桃花扇裏風』，不愧六朝宫掖體。」又趙德麟《侯鯖録》云：「晁無咎云：『叔原不蹈襲人語，而風調閑雅，自是一家。如「舞低楊柳樓心月，歌盡桃花扇裏風」，自然可知此人不生於三家村中也。』」（同前）

六六 《念奴嬌》李漢老詠月詞云：「素光練净，映秋山、隱隱修眉横緑。鳷鵲樓高天似水，碧瓦寒生銀粟。萬丈斜暉，奔雲湧霧，飛過盧仝屋。更無塵氣，滿庭風碎梧竹。誰念鶴髮仙翁，當年曾共賞，紫巖飛瀑。對影三人聊痛飲，一洗離愁千斛。斗轉參横，翩然歸去，萬里騎黄鵠。滿天霜曉，叫雲吹斷横玉。」《苕溪漁隱》云：「李漢老此詞有『滿天霜曉，叫雲吹斷横玉』之句，乃用崔魯《華清宫》詩『銀河漾漾月輝輝，樓礙天邊織女機。横玉叫雲清似水，滿空霜逐一聲飛。』或云『叫雲』乃笛名，非也。」（同前）

六七 《漢宫春》晁叔用詠梅詞云：「瀟灑江梅，向竹梢深處，横兩三枝。東君也不愛惜，雪壓風欺。無情燕子，怕春寒，輕失佳期。惟是有、年年塞雁，歸來曾見開時。清淺小溪如練，問玉堂何似，茅舍疎籬。傷心故人去後，冷落新詩。微雲淡月，對孤芳、分付他誰。空自倚、清香未減，風流不在人知。」《苕溪漁隱》云：「此詞用玉堂事，乃唐人詩云『白玉堂前一樹梅，今朝忽見數枝開。君家門户重重閉，春色何因得入來。』或云宫苑之玉堂，非也。」（同前）

六八 《滿庭芳》秦少游詠離情詞云：「山抹微雲，天連衰草，畫角聲斷譙門。暫停征棹，聊共引離樽。多少蓬萊舊事，空回首、煙靄紛紛。斜陽外，寒鴉數點，流水繞孤村。銷魂，當此際，香囊暗解，羅帶輕分。謾赢得、青樓薄幸名存。此去何時見也，襟袖上、空染啼痕。傷情處，高城望斷，燈火已黄昏。」《侯鯖録》云：晁無咎云：「比來作者皆不及秦少之詞，如『斜陽外，寒鴉數點，流水繞孤村』，雖不識字者，亦知是天然好語也。」（同前）

六九　《點絳唇》林和靖詠草詞云：「金谷年年，亂生春樹誰為主。餘花落處，滿地和煙雨。　又是離歌，一闋長亭暮。王孫去，萋萋無數，南北東西路。」《詩話總龜》云：「林和靖善為詞，作此《點絳唇》，乃草詞也，謂終篇無草字。」（同前）

七〇　《水仙子》，《苕溪漁隱》云：「賈芸老舊有水閣在苕溪之上，景物清曠。沈會宗工詞，為賦此詞云：『景物因人成勝槩，滿目更無塵可礙。等閑簾幙小闌干，衣未解，心先快，明月清風如有待。　誰信門前車馬隘，别是人間閑世界。坐中無物不清凉，山一帶，水一派，流水白雲長自在。』其後水閣屢易主，今已摧毁久矣。遺址正與余水閣相近，同在一岸，景物悉如會宗之詞。故余嘗有鄙句云：『三間小閣賈芸老，一首嘉詞沈會宗。無限當時好明月，如今總屬績溪翁。』蓋謂此也。」（同前）

倪岳詞話

倪岳（一四四四—一五〇一），字舜咨，號青谿，上元（今江蘇南京）人。天順進士，改庶吉士，授編修。弘治中累官尚書，改南京吏兵二部，還為吏部尚書。有文武才，善斷大事，卒贈少保，謚文毅。所著有《青谿漫藁》，此據《武林往哲遺箸》本録詞話二則。

一

《望海潮·題水仙扇面》：「冰玉為肌，沉檀為骨，天然素體傾城。鼓瑟湘潭，捐瑺澧浦，凌波微度飛瓊。何處是蓬瀛，正忍寒送目，借水成名。東閣官梅，兩般標格一般清。　嬌黄膩粉輕盈，有心安冷淡，節抱幽貞。壓倒酴醿，攙先桃李，花時争遣交幷。臨鏡漸分明，但半奩掩面，千里闗情。山谷山礬，出門一笑大江横。」　姻叔盧廷弼丈以水仙扇索題，久未之復，暑雨，公務稍簡，因填《望

海潮》詞一闋於其上，所謂觀音老人堅坐不去者，亦此意耳。（《青谿漫稾》卷九）

二《大明故少保兼兵部尚書贈特進光禄大夫柱國太傅謚肅愍于公神道碑》：按狀：公諱謙，字廷益，姓于氏，號節庵。……平居好學，手不釋卷，為文有奇氣，詩詞清麗，在江西時和祭酒胡頣庵《山居十詠》，在河南時和馮海粟《梅花百詠》詩，皆頃刻而就，膾炙人口。尤長於奏疏，至今視以為凖，當政務旁午，章日數十上，累千萬言，揮筆如流，一切皆中事機，人服公明決，率推為天下奇才焉。平生著述甚多，今僅存《節庵詩文稿》、《奏議》各若干卷。（節録自同前書卷二十一）

朱存理著輯詞話

朱存理（一四四四—一五一三），字性父，號野航，長洲（今江蘇蘇州）人。不樂仕進。少從杜瓊遊，汲古不倦，聞人有異書，必欲訪求，手自抄録，自少至老未嘗一日忘學問。所著有《樓居雜著》、《野航漁歌》、《鶴岑集》、《經子鉤玄》、《吴郡獻徵録》、《珊瑚木難》。《珊瑚木難》八卷，録所見字畫題跋，附己評隲品題。此據《適園叢書》本《珊瑚木難》和影印文淵閣《四庫全書》本《樓居雜著》録詞話十六則。

一　聽雨樓：玉雪坡篆，至正廿五年四月廿七日，黄鶴山人王叔明於盧生聽雨樓中書。生名恒，字士恒，時東海雲林生同在此樓。……「少年聽雨歌樓上，銀燭昏羅帳。壯年聽雨客舟中，天濶雲低，斷雁叫西風。而今聽雨僧廬下，鬢已星星也。悲歡離合總無情，一任空階，點滴到天明。」右竹山先生所藏（一作賦）之詞，予偶獲觀此卷，因舉是詞，誠（一作成，下同）甫俾書於卷末。夫聽雨，一也，而詞中所云不同如此。蓋同者，耳也；不同者，心也。心之所發，情也，情之遇於景，接於物，其感有不同耳。誠甫，中年人，有樓聽雨，吾意其與在僧廬之下者同其情，誠甫乃曰：「吾聽雨，吾知在吾之樓而已。」遂書。竹山姓蔣，名捷，字勝欲，義興人也。卷中諸先輩之先輩。詞之腔，《虞美人》也。韓奕（節録自《珊瑚木難》卷一）

二　韓奕，字公望，吴之良醫也，好與名僧遊。所云蔣竹山者，則義興蔣氏也，以家（一作宋）詞名世，其清新雅麗，雖宋人周美成、張玉田不能過焉。（同前「聽雨樓諸賢記」）

三　《破窗風雨》古田隸：「紙窗風破雨泠泠，十載山中對短檠。老矣江湖歸未遂，畫間如聽讀書聲。」劉君性初以破窗風雨自居，諸公賦詩成卷，因作此圖，并題絶句於左。時至正廿六年歲在丙午暮春之初，遂寧人王立中彦强。……《破窗風雨》，敬為性初徵君賦，幸祈斤正。吴興筠庵王國器再拜：「潤逼疎櫺，寒侵芳袂，梨花寂寞重門閉。檢書翦燭話巴山，秋池回首人千里。記得彭城，逍遥堂裏，對牀夢語塵聲碎。林鳩呼我出華胥，恍然枕石聽流水。」右《踏莎行》「檐宿吴雲，風經楚袂，門深不似春宵閉。碧疏吹溜濕鐙花，客鄉無夢尋珂里。翦韭吟遥，聽潮浪裏，江懸漏杳歸心碎。相思鳩外緑蓑寒，一簾蕉響秋如水。」嘉興張翟用前韻。……「草帶殘編，荷衣斷袂，破窗風雨深深閉。江南倦客正思家，灺花摇夢來鄉里。翠竹檐前，碧蕉叢裏，秋聲鬬合愁心碎。不教潘鬢總成霜，也應有淚如鉛水。」金炯和王筠庵《蹋莎行》韻……此卷王雲松所藏，雲松見訪，持以相示，留余書樓兩月，遂為録一過。記三通，詩雜體凡三十六首、詞三闋、跋一篇，凡四十一人，皆名翰也。辛丑元宵，雪晴，漫記。（節録自同前書卷二）

四「當年圖畫知何處，如今身向滄洲住。吾亦愛吾廬，芸窗幾卷詩（一作書）。青山天際小，目送飛鴻杳。試問釣魚船，蘆花淺水邊。」《菩薩蠻》。學子陸祖允敬題（同前「水村圖」）

五「草草三間屋，愛竹旋添栽。碧紗窗户，眼前都是翠雲堆。一月山翁不出，連雪水村清泠，木落遠山開。唯有平安信，留得伴寒梅。唤家童，開門看，有誰來。客來一笑清話，煮茗更傳杯。有客不愁無酒，有酒又愁無客，酒熟且徘徊。明日人間事，天自有安排。」「分湖新卜築，適與此詞同，如今不是畫，真在水村中。」延祐丙辰十一月十有一日，郭麟孫題。（同前「水村圖」）

六「長愛秦郎絶妙詞，荒寒暗合輞川詩。斜陽萬點寒雅（當作鴉）處，流水孤村又一奇。」丙午清明羅志仁題（同前「水村圖」）

七「翰林妙寫谿村趣，荷屋知何處。谿翁想像住谿灣，一笑如今家在畫圖間。西風門掩蘆花溆，聊與漁家伍。人間不信有張翰，翦取吴淞，空向卷中看。」右調《虞美人》延祐丁巳中秋日，德鈞携此卷，俾賦小詞，為題。湯彌昌（同前「水村圖」）

八《依緑軒記》：季道為甫里賢子孫，余久客其門，束書相隨於分湖，於其第宅東偏池上架屋亢爽，扁「依緑」，俾二三子於焉澄懷滌意，詠詩讀書。暇日倚闌，俯瞰魚行鏡中，無遯形，天寒水落，石嶄然離列。其涯可坐而釣，其流清澈滉瀁，非斷港絶潢，居然有濠濮之想。予嘗獨立蒼茫，欲窮水脈之所自來，第見短篷拂蘆葦叢，往來烟波之上，若鳧鷖然，悠悠乎不知其所之。中秋雨歇，夕陽依依，季道謂予曰：此距汾（前作分）湖數里，子能共載以遊否？遂呼輕舟泛中流，雲破月出，水月上下，輝燭照澈肝膽。徘徊者久之，東望樵李，渺然有無間，分湖水之半舒舒焉。西南向趨第宅之旁，不為湖所吞，而資其所潤，故其積停者得以為沼為沚，演迆於闌檻之下而不去。岐而東西以逝者，其為澤，抑為川乎？然觀水有術，必觀其瀾者，非耶？二三子睇流動而得其固有之智，詠淪漪而得其自然之文，因盈科而進，悟成章而達，未必不為藏修游息之一助，某水某丘，童子釣遊云乎哉！余老學落，不工於文，然紀其勝，為季道言之，曰：「子之言不虛，其書為記。」延祐二年正月望日，通川錢重鼎記。《小重山》：「楊柳絲絲兩岸風，前村谿路遠，小橋通。人家依約水西東，舟一葉，移過荻花叢。清景迴涵空，好山青未了，莫雲重。是誰驚起幾征鴻。天然趣，却在畫圖中。」合肥束從周……《祝英臺近》：「染秋雲，圖澤國，野趣入游戲。能事何須五日畫，一水重重，楊柳陂塘，茅茨□（一作籬）落，鱸鄉外，西風漁計。　晚烟霽，有客乘扁舟，延緣度疎葦。欲訪幽居，宛在碧谿尾。浩然目送飛鴻，醉歌欸乃，谿光裏、亂山橫翠。」湯彌昌敬題　（節録自同前「水村圖」）

九、虞提刑尚書父子詞翰二帖：一帖，用子和韻送玨西歸就試，玨屢勸予早還家，因一致意：「兒有掌中杯，但把歸期苦苦催。奕世衣冠仍上第，公台元自詩書裏面來。秋色為渠開，先我梁山馬首回。猨鶴莫輕窺，蕙帳驚猜。荅步歸休亦樂哉。」嘉定元年秋七月丁丑，漢中澤物堂書。一帖，寶慶秋半十四夕，浮雲破處，華月（一作「月華」）倍明，閒中得此涼天佳景，其視紛紛夸奪而履危機者何如哉？賦五十六言，即事敬呈。詔使户部大監兼柬諸親友，玨頓首再拜。「未滿看虚亭，小飲勝凴闌。浮雲畫（一作盡）捲堂堂見，清影將圓處處歡。一點神光千里在，三秋佳景四並難。人生幾度逢今夕，更覺閒中天地寬。」（同前）

一〇 閱《松江志》，見瑁瑚留題一詞，因次其韻：「對九峰無語，聽一聲清唳，華亭孤雲深處。當代才華知蓋世，日下長虹光吐空，為弔英魂延佇。回首中原狐兔穴，問洛陽宫闕今誰住。吴與晉，在何許。　人生莫道儒冠誤，便卧龍躍馬，必竟也歸黄土。争似扁舟鴟夷子，煙浪五湖歸去。一笑起將如意舞。□教咸陽黄犬歎，渺吴淞不住流今古。斜照裏，羡雙鷺。」　會稽陽明洞天在秦望山後，禹廟之西南，云即古禹穴，越之勝境也。洞有東嶽行宫及道宫，深邃盤礴，諸峰羅立環聳。予嘗留宿道宫，次日有老道士鶴髮朱顔，延至其室，室横置一壽具，云已十餘年矣，未能即棄人間世，而入此木匣也。其後軍臨城下，道士乃先沐浴冠帶，絶粒飲，與衆别，而卧於棺中七日，不死。軍至，開其棺，復食之，而生。數月城不破，而軍退。道士乃入城，病卒。向之具不可得矣，豈非亦有分定與？陳睿字思可（同前書卷四）

一一 酸齋降筆作《清江引》一闋贈鐵笛道人：「鐵笛一聲江月曉，催上長安道。金帶紫羅袍，象簡烏紗帽。誰不説，玉堂春事好。」（同前）

一二 《弁陽老人自銘》表弟前承議郎王英孫填諱：弁陽老人周密，字公謹父。其先齊人，六世祖諱芳隱居歷山，熙寧間以孝廉徵，不就，賜光禄少卿。五世祖諱孝恭，吏部郎中，知同州，贈殿中監。高祖諱位，贈大中大夫。曾大父諱祕，御史中丞，贈少卿，隨蹕南來，始居吴興。大父諱珌，刑部侍郎，贈少傅。先君諱晉，知汀州。妣章氏宜人，參政文莊公良能女。老人生於紹定壬辰五月廿一日，娶楊氏匠監伯嵒女。以大父澤，初調建康府都錢庫，廉勤自持。或以為材，自是六上辟書，畿漕京閫幕府，由豐儲倉□改秩陞朝，出宰婺之義烏。平生及物榮親之志，至此謂可少酬，而時異數奇，素抱弗展。耄且及之矣，非天歟？景定限民田，毘陵數最夥，朝命往督之，至則除其浮額十之三，大忤時宰意，禍且不測。會母病，即日歸養，醫藥刲體，捐年再歲，卒罹憂棘，盡心葬禮。輯《慎終篇》五卷。三女弟，皆庶母出，殫力治具，悉歸之名閥疏族。貧者賙給之，無靳色。人有疾，裹藥拯療，不憚煩，雖翹蠋之微，亦欲其全生遂性。然剛腸疾惡，聞見有不平，怒髮抵掌，毅然亦不少貸也。自幼朗悟篤學，慕尚高遠，故家多書，心惟手抄，至老不廢。或勉以安佚耆養，然性自樂之，不知其勞也。於古今得失治亂之故，必審其是。不喜隨聲接響，嘗謂班孟堅不過以成敗論人物，況近世私好竊古眩世者哉！　作詩少負奇崛雄疑(一作贍)，晚乃寖趣古淡。間作長短句，或謂似陳去非、姜堯章。家藏名畫法書頗多，皆嘗集録為譜，今百不一存，而嗜古之癖故在。性滑稽，益刓去垠堮，簡易混俗，然汶汶者，正自不能汙我。異時故巢傾覆，拮據誅茅，至是又為杭人矣。所居有志雅堂、浩然齋、弁陽山房，樹桑藝竹，壘臺疏池。間遇勝日好懷，幽人韻士談諧吟嘯，觴咏流行，酒酣，摇膝浩歌，擺落羈羇，有蜕風埃、齊物我之意。客去，則焚香讀書，晏如也。所著有《經傳載異》、《浩然齋可筆》、《齊東野語》、植勳事，不克應事，無所肖似，嗚乎！《詩詞叢談》及詩文樂章等。烏乎！

《臺閣舊聞》、《澄懷録》、《武林舊事》、《詩詞叢談》及詩文樂章等。烏乎！無所肖似，不克應事，植勳趾美文獻，然贏謹操修，辱知諸老晤嘗識拔，與一時名輩頡頏盛際者餘二十年。自惟平生大節不悖先訓，不叛官常，俯仰初終，似無慊怍，庶乎可以見吾親於地下矣。偷生後，死甲子且一周，是用飾巾治棺，以俟考終，或土或火，隨時之宜。歸祔先塋，以遂首丘之志。若歲月之詳，則俟異時子孫輩填刻於後云。銘曰：一身之承兮，百世之澤。始終無端兮，運化莫測。景翳翳其將莫兮，媿修名之不立。海水羣飛，弊於天航兮所不淪。胥以溺持此，以復吾親兮尚訓。名之弗失，畸於人而偶於天。不為金砥兮，庶乎其瓦全。其所當為者，為之不敢不力。有志而不得為者，天也，吾何與焉？何誕漫兮，騖荒遠而無成。何底澤（一作滯）兮，不能與時而偕行。渺六合兮，菀於遠反乎誰伸？曠千載兮，庶或鑒於予心。然進不登於雜傳，退不列於隱淪。烏乎！雖予亦不能自名其為何人也。（同前書卷五）

一三（雲林）上允同：瓚再拜，夜來獲聚首，言笑之樂，經宿不面，想履候平善也。《漢鑑》書中有一紙草稾，恐在葉内。篷上雨潺潺。幸一檢付至，無則已。并書院中書几上有貞居寫夷則宫《雪獅兒》二詞，後有賤子寫《滿江紅》未了，則在彼乞付至，檢本寫足付去，不在此則已，草草得罪。計廿七帖，後一帖曩時於李兵部先生借録别紙，恐遺失，乃聚於此本云。（同前書卷六）

一四　王叔明詞：余觀《邵氏聞見録》，宋南渡後汴京故老呼妓於廢圃中飲，歌太白「秦樓月」一闋，坐中皆悲感，莫能仰視，良由此詞。乃北方懷古，故遺老易垂泣也。予亦嘗填《憶秦娥》一闋，以道南方懷古之意：「花如雪，東風夜埽蘇隄月。蘇隄月，香銷南國，幾回圓缺。錢唐江上潮聲歇，江邊楊柳誰攀折。誰攀折，西陵渡口，古今離別。」太白創此曲後，繼踵者甚衆，不過花間月下男女悲歌之情。就中有道者，惟有：「花溪側，秦娥夜訪金釵客。金釵客，江梅風韻，海棠顏色。尊前醉倒君休惜，不成去後空相憶。空相憶，山長水遠，幾時來得。」自完顏莅中土，其歌曲皆淫哇喋嚶之音，能歌《憶秦娥》者甚少，有能歌者求予畫，故為畫此詞之意。（同前書卷七）

一五　鮮于公詞一帖：近覽鏡，白鬚漸多，戲作《滿江紅》長短句，繡江先生拜參上馬，敢録呈醜，幸乞一笑。鮮于樞頓首：「詩酒名場，人都羡紫髯如戟。今已矣，星星滿頷，不堪重摘。衰老自知來有漸，窮愁誰道尋無迹。笑劉郎，辛苦覓仙方，終無益。東逝水，西飛日，年易失，時難得。賴此身健在，寸陰須惜。生死百年朝有暮，盛衰一理今猶昔。問人間誰是魯陽戈，杯中物。」（同前書卷八）

一六　《跋鳴鶴餘音後》：右《鳴鶴餘音》一卷，所刻馮尊師、虞學士《蘇武慢》二家詞也。學士從孫字勝伯者，居吴中，有文稱於時。里人金伯祥與其子鏐從遊，勝伯嘗刻學士《道園遺稿》，復刊此詞，皆鏐手書也。鏐字南仲，别有巾箱小板之刻，與此無異。勝伯裝嵌成册，手書跋後。成化間，予從其家得之，求題於匏庵吴公，公出示項秋官所作，喜為書一過於此册後。他日又得凌雲翰之作，附書之。吾友沈潤卿購藏金氏刻板，今併二家以寄潤卿，俾續刻之。雲翰與秋官生雖先後同為杭人，蓋此詞和者甚寡，項亦將因雲翰而唱和之者乎？伯祥名天瑞，與弟析居十年，復合，庭生瑞竹，有楊廉夫、鄭明德一時名作美之，别號安素。其平生樂善尚義，著聞鄉邦，實吴之名士也。浸浸百餘年間，遂將泯没之矣。故特於斯附見，弗為贅也。然潤卿富而好禮，少年嗜學，蓋與伯祥今古同心也。（《樓居雜著》）

程敏政詞話

程敏政（一四四五—？），字克勤，號篁墩，休寧（今安徽）人。以神童薦，英宗召試，詔讀書翰林院。成化丙戌進士，歷左諭德，直講東宫，學問該博，為一時冠。孝宗嗣位，擢少詹，直經筵。弘治初御史王嵩等以雨災劾敏政，因勒致仕，五年起，官歷進禮部右侍郎，後贈禮部尚書。編著有《篁墩集》、《新安文獻志》、《明文衡》、《宋遺民録》等。《宋遺民録》十五卷，書中前列王炎午、謝翺、唐珏三人事蹟及其遺文，而後人詩文之為三人作者並類列焉。七卷以後則附録張宏毅、方鳳、吴思齊、龔開、汪元量、梁棟、鄭思肖、林德暘等八人。此據影印文淵閣《四庫全書》本《篁墩文集》和《四庫全書存目叢書》影印明嘉靖二年至四年程威等刻本《宋遺民録》録詞話十五則。

——《保訓樓記》：保訓樓者，富溪程氏子太珍所建，以奉其先世遺書者也。程之先自晉新安太守府君十四傳至梁將軍忠壯公，忠壯又十四傳至唐御史中丞都使公，值廣明之亂，起鄉兵，據東密巖，以保族庇民。其從孫炳始居富溪，炳孫可思嘗列所居之景爲八詠歌之，而富溪之名始著。可思元孫卓仕爲歙州學正，始以儒倡其家，而産亦充。卓子汝礪、孫思禮、曾孫驤三世皆有聞於時，而驤舉宋開慶進士，歷官中書舍人，其族益顯。驤孫以忠、曾孫存、元（當作玄）孫億三世皆有著述，藏於家，而以忠從弟克紹仕爲遂安簿，嘗表章太守府君之塋域，存從弟嘗又編刻族譜，建祠堂而收族，貽後之制益備。存季子僐生齊，齊生三子：尚德，尚褧，尚質，皆能以亢宗起廢爲志，而尚德則太珍之大考也。太珍自以先世多納交，一時知名士，在宋則有若宗老端明公珌、左史吕公午紫巖、汪公宗臣，在元則有若虚谷方公回、筠軒唐公元、杏庭洪公焱祖、萬户吴公訥，在國朝則有若學士朱公升、春坊汪公仲魯、主事范公準，或師之，或友之，故於其生也有慶，其没也有銘。亭宇丘園，有説、有記，編纂倡酧，有序、有跋、有詩、有詞、有賦，太珍懼其散遺而無統也，乃告尚質暨諸父兄相與闢基，别構一樓而藏之。凡唐、宋以來文書别集，與夫宦牒公移之屬，悉以類附。縹囊位置，錦軸交輝，百世之手澤宛然在目，而富溪之山川改觀於一日矣。乃顔其上曰保訓，偕其從父正思，請予記，以詔其後人。於戲！訓者，先世之所遺爲子孫者，所當奉以周旋而不可斯須忽焉者也。古之人固有爲天子之相，廼以山石草木遺子孫，而誓其勿鬻。有爲諸侯之子，受簡三年，不能習而亡之，然則先世之貽謀與後人繩武，若富溪程氏文獻之足徵者，豈非千百之十一哉？雖然，念其人，必思踵其迹；敬其言，必思踐其行。謹繼述之，道於輪奐之外，以求無忝其所生，則太珍亦不可不自勉也。予與富溪同出忠壯公後，竭者屏居里中，抱恙終歲，一切文事謝遣已久，而太珍請之，龥覬之，確禮之，屢往返十數而不自沮，予故嘉其志，書以畀之，然意荒詞謭，其何足副其誠而為斯樓之重也哉？（《篁墩文集》卷十七）

二　《壽徵圖記》：南京工部尚書胡公還政居淳安十年矣，弘治丙辰歲三月朔，壽當八十，客有以古壽仙圖上慶者遣書抵京師告走曰：凡人之以詞壽公，而各致其隆焉者比比也。顧公之所以受知上下者或未之及，蓋公以御史考績，都憲陳僖敏公書之曰：「清慎公明。」太宰王文端公書之曰：「勤慎。」初受勅，則有詳慎端方之褒；再授誥，則有清慎之褒；三受誥，則有清謹與全節之褒。言無間於朝野，無間於久近，目擊耳聞，翕然一談，謂美之者非溢詞，當之者無愧色，公議確然，不可易如此。予職史氏，願書之，為公壽，而因以儆夫名實之不可爽也。走家新安，往來青溪，必拜公於里第，竊窺其德容撝謙，詞氣淳雅，操履峻潔，將使夫側媚者自沮，淺薄者自慚，躁慢者自失，誠有如列聖所嘉與前輩所許者，宜其享高年，備盛福，而為之遠祝，前期者未艾也。相昔畢公以四朝元老保釐東郊，康王稱之曰：「惟公懋德，克勤小物。」仲山甫為王喉舌，而吉甫美其令儀令色，小心翼翼，且以明哲保身，夙夜匪懈為言，蓋古之君子進德修業，孜孜焉不以老壯而異也。考公平生，自擢高第，仕中外，歷五朝官，大司空典留，務恭勤畏慎，效法畢公，而明哲始終，比跡山甫，《書》所謂：「吉人為善，惟日不足。」《詩》所謂「瑟彼玉瓚，黄流在中。」其公之謂乎？矧今八十伊始，精力堅强，將由茲而九十，以底於百歲，巋然偓佺之流，安期羨門之屬？如斯圖所繪者，有司因鄉射之行而問政，天子舉養老之禮而乞言，號壽俊於一時，稱人瑞於天下，垂盛美於後來，誠邦家之光也，豈直吾黨私慶而已？客為金陵貝珙，蓋公故舊子弟而託為之言者，吾宗人禮部郎中愈，亦公姻家云。（同前書卷十九）

三　《壽吴孺人序》：子之於親，蓋無所不致其極，而稱壽，則其大者。故觴斝不足以盡歡，歌舞不足以養志，幣帛不足以將誠，惟文字可以揚厲德善，有古詩人頌客之至情，説親之道，於此為盛。然士夫間類以之為虚文不屑為，豈以請者多而作者厭乎？夫稱壽孝之大者而厭其多，是惡天下之為人子也，故凡有以壽文請者，不肖未嘗不欣然應之無難辭，推己之心，知人之我同耳。淳安諸生吴君禮之母方孺人壽七十而加健，因與其二兄祥、裕及其友生盧鴻輩謀所以稱慶者，乃走書其從弟監察御史祚、外弟禮部主事邵君新，於是兩君過余，乞為之辭，余不及識吴君而獨重其孝，則起請孺人之為人，曰：孺人故宋蛟峰先生之孫，嫁處士吴本輝父，本輝父棄世二十年，孺人不為奇絶之行，而家庭間為子者不悖，為婦者不妬，為僮僕者咸職其職而不敢肆，人以是賢孺人，兩君又各言孺人教愛之如己出，且黯然以不克親拜堂上為歉。夫子之當孝，常理，稱壽，常事。獨從子之於從母，率以為疏矣，而慕之如其子；其親戚子弟，又加遠矣，而慕之如其從子；其子之友生，異姓矣，而慕之如其親戚子弟，吾以是益知孺人之賢。夫賢者有後，孺人之兩子皆克家而又有才行，如季子者，他日起諸生，與御史聯步朝行，以底於顯親揚名之孝，則孺人享禄養，以介壽祺，方自兹始。孺人始生之日，在歲之秋九月二十九日，余不能製新詞，畀舞童歌以侑觴。竊聞之《閟宫》之詩曰：「俾爾昌而熾，俾爾壽而富。黄髮台背，壽胥與試。」又曰：「俾爾昌而大，俾爾耆而艾。萬有千歲，眉壽無有害。」余不敏，敢

以是為孺人敬誦之。（同前書卷二十一）

四　《跋西門汪氏所藏名公翰墨》：右名公翰墨四十八紙，故西門處士汪尚古先生所藏也。宋端明殿學士眉山蘇文忠公及兵部侍郎襄陽米公元暉各一紙，蘇帖稱仲車先生者，節孝徐公也。太師徽國朱文公三紙，為吏部獻靖公行狀初本，予嘗見其浄藁，及此皆用烏絲欄，蓋先正作事，雖屬草，不苟如此。丞相吉國程文清公一紙為奏稿，嘗在槐塘見丞相家有《日記》數十卷，已斷裂不完，此殆其一也。將作監簿西城吕公沆一紙，為自壽詩，沆，右文殿修撰竹坡午之子，竹坡忤史嵩之，西城忤賈似道，皆坐閒廢，士論高之，宋史並有傳。建德路總管虚谷方公回一紙，稱吕公内機學士，即西城也。元中書左丞烏克遜公幹卿二紙，為楊仲弘、黎芳洲詞，幹卿名良楨，號約齋，字流麗，在子山、伯機之間。仲弘，字伯謙，浦城人；芳洲，名廷瑞，江右人，詩家巨擘也。奎章閣侍書學士青城虞文靖公一紙，為汪用衡詩序，行款欹仄，字體模糊，蓋失明時所作，序稱用衡五世祖叔耕，亦出西門，所謂柳塘先生，師朱子而友西山者也。禮部尚書宣城汪文節公、聘君師山鄭公玉、環谷汪公克寬、禮部員外郎黟南程公文、國朝參政金陵端公復初、歙鄭公久成、提舉吴門朱公德潤、太子正字四明桂公彦良、教諭會稽屠公性、翰林編修金華蘇公伯衡，共十紙，皆與吴季實、季克者。季實名國英，居歙鳳凰山，從學環谷，仕至長洲學諭；季克，其弟朝英也。師山、環谷、黟南，皆吾郡碩儒，而文節之先亦出婺源鏞溪，一時文章節義之盛，可想見也。德潤，字澤民，以繪事名吴中，復初帖稱「令旨到府，有吉安之委」，蓋吴元年事。明年戊申，改元洪武矣。久成後更名士恒，字居貞，既又以字行，居歙長齡橋，參政河南。

而伯衡、彥良，國初文章巨公也。駙馬和陽王公克恭、翰林侍講學士風林朱公升、徽州知府江右權公緯、河南李公訥、推官徐公遜，及劉公昭父，某公良枘，共六紙，皆與唐仲實者。仲實名桂芳，號白雲，故筠軒山長元之子，仕為徽州路教授，父子皆以文名，風林詩稱杜君者，元待制清碧先生杜本也。克恭實繼衛國公鄧愈鎮徽州，好賢下士，而李公帖稱「職守粗遣，惟慮民貧，不能應承，且問政於仲實甚切」。徐公字敏夫，號靜學，詞亦豪雋可喜，一時賢守貳也。風林與環谷諸老相後先，而際龍飛之運，為帷幄元臣，斯文之窮達，固有數邪？昭父不知何許人，嘗見江敬弘《斐然集》載其與會稽唐肅輩在濠梁結詩社，疑即其人也。樵墅韓公廉及彥良二紙，皆與婺源馬氏，其稱敬齋者，為馬肅醫，而能詩，仕為江西醫學提舉。樵墅亦出婺源，詩畫與字號三絕，其稱則賢者，肅之子也。泉州路總管鄭公瀠、徽州通守何公翔卿、滎澤丞佘公鏞，及揭公樞、鄭公斌與仲實，共七紙，皆與呂旭者。旭字德昭，西城之裔，號菊籬，仕為延長教諭。仲實後一紙，即跋此卷者，禮部侍郎朱公同代書之，考其詳，則知前蘇、米、朱、程四帖本出呂氏，而樞則，豫章學士文安公之孫；同則風林之子也。「瀠」本作「濳」，字彥昭，號樗庵，居貞之父。鏞字子韶，號尚友，居休寧鳳湖。而斌之名亦見朝野詩選中，豈亦長齡之鄭乎？小山張公久可（當為「可久」）、翰林修撰鮑公穎、進士董公仲可，共三紙。小山，四明人，別號醒吟居士，以樂府名當世。穎字尚褧，居歙棠樾，師山門生也。劉公翼南一紙，為「琴趣」兩字，翼南，號拙庵，仕為禮部屬，蓋尚古先生，博學能詩，而尤善琴，故翼南書此貽之也。左都督追封定邊伯沐武襄公昂一紙，蓋武襄鎮雲南，嘗專書遣使迎先生，將授其指訣，聞之當時，以疾辭，亦不能往也。先生諱德，字以名，於先生曾祖妣太夫人為從姪，先尚書少保襄毅公正統中嘗拜之，予生晚，不及見也。先生之孫時春嗣藏此帖，每相與摩挲撫玩，不勝手澤之感，而一時老成前輩澌盡已久，因少著其出處之略附卷尾，俾觀者有考焉。而凡名蹟之焯然在人耳目，亦不能悉贅云。（同前書卷三十九）

五　《冰蘗老人傳》：老人姓鄭氏，名晉，字孟端。世居歙西貞白里之雙橋，代有聞人，而莫盛於師山先生。……會有請予言以壽老人者，因撮客語為之傳。吾聞老人甚康强，才思益不乏。好天良日，攜童子數人，坐雙橋之上，酒酣氣振，以杖扣石，取予詞而歌之，或從而和之，以獲附冰蘗之稿而傳焉，又非幸哉？（節録自同前書卷四十九）

六　《復李宗仁太守書》：承手教見示，欲於迎春之日罷無益之戲，别作二十四孝詩詞，俾民歌之，足見高明過人遠甚。因伏念我太宗皇帝御製孝順事實一書，正要四方家傳人誦，柰何世遠教弛，絶無挂心者。若賢侯有意迪民，必當以此為首，况兹歲杪多病，謭才縱使竭力有作，豈能出此？但二十四孝，人習知之，名載事實，僅十六人，今於事實中别採八人足之，其兩絶句凡平入者為詩，仄入者可准南曲，天下樂音調天下樂之名尤美，趂此三五日内，令民相肄，變鄙陋之俗，為正大之歸，則賢侯奉宣聖訓，惠迪我山鄉之人，厥功大矣。新增八人者，江革、薛包，小學之所取者；查道、鮑壽孫，出於休歙，尤易感人。二十四孝中婦女見録者二人，事實中亦只存一人，今增者三：叔先、李氏、張氏，庶民間子女均被觀感之化，理不可偏廢也。絶句内有二處詩，皆平入，兹略加移易，庶可叶調，其詳已語族姪孫材，俾一一申覆，惟尊照不宣。（同前書卷五十四）

七《十一月二日萬壽聖節暖壽致語》：四海無虞，喜值豐年之候；一人有慶，又當暖壽之辰。和音漸轉於黄鐘，瑞氣遥騰於紫禁。天下仰北辰之正，座中覩南極之光。伏惟皇帝陛下：有成湯好生之仁，有虞舜悦親之孝。聖經賢傳，崇正學於講筵；武烈文謨，得歡心於祖廟。鴻恩廣被，景福駢臻。青宫喜付託之得人，紫塞報烽烟之絶迹。法曲齊歌，《好事近》漫誇不老之丹；樂聲初奏，《萬年歡》共上長春之酒。九夷八蠻，朝使絡繹而來；三宫六院，賀儀次第而舉。臣等猥以賤工，叨居法部。天開壽域，從今朝日日開筵；德為聖君，看終歲人人得所。敬陳鄙句，上瀆天聽：幾日欣逢聖節來，御筵先向禁中開。西疇喜作豐年頌，南極光臨上壽盃。萬國瞻天朝帝座，五雲扶日上蓬萊。内前記取歡呼處，又熟蟠桃第一回。(同前書卷五十七)

八《中秋節宴奉皇太后致語》：伏以好月流光，三五夕良辰，莫勝於中秋；太平開宴，九重天佳慶，正逢於今日。慈歡極四海之養，聖孝罄六宫之誠。伏惟皇太后陛下：性本高明，有内肅外雍之美德；動遵禮法，有左圖右史之良規。鳳册龍章，尊為帝母；金容玉相，儼若天人。盛福已備於東朝，遐筭遠徵於南極。值暑退凉生之候，况河清海宴之時。置酒長樂宫，湛湛下金莖之灝露；趣駕廣寒殿，明明開寶鑑於層空。幔亭降武夷之仙，玉臼得長生之藥。宸闈有喜，萬方臣妾一聲歡；國祚無虞，兩宫聖人千歲壽。岩桂香乍飄來貝闕，梧桐影漸轉過銀床。水陸具陳，宫商迭奏。臣等猥以草茅之賤，夙抒犬馬之忱。樂部隨羣，曾未學《霓裳羽衣》之舞；御筵供事，幸竊誦「瓊樓玉宇」之詞。上溷天聰，載陳俚句：天上平分九十秋，奉慈開宴暑初收。金風薦爽隨鑾馭，寶月流輝滿鳳樓。德

似女英嘗佐舜，壽期文母再興周。歡聲一動珠簾捲，膝下稱觴見冕旒。（同前）

九《賀少詹學士鏡川楊公壽啓并詞》：恭諗儲端先生：懸弧勝日憲副，令子持節榮行。金帶緋袍，快兩世衣冠之覩；龍章鳳誥，均九重雨露之霑。長者之望益重於玉堂，少男之名又登於黄甲。古今鮮儷，喬梓相輝。矧六經訂誤之功垂成，宜百歲還童之壽伊始。慶不止於一再，禮寧較於尋常？走性迂疎，而蒙雅愛。稱觴之儀未舉，通家之好可慚。輒班蕪詞，兼馳菲具，幸回巨矚，少見微悰：「巧節踰旬，中元隔晝，年年記取登堂。朱顔似渥，任教兩鬢飛霜。況是豸冠擁節，新恩争羡白眉郎。騰歡處，腰黄相射，製錦重光。　後樂園中家燕，有冰盤賜果，玉斝飛觴。楚楚二郎在侍，金榜傳芳。願衍斯文壽脉，六經重遺蠹編香。鏡川水，東流不盡，遐筭同長。」右調《慶清朝》。（同前）

一〇《己酉歲休寧送諸士赴秋闈障語并詞》：伏以盛世掄材，赴賔興於棘試；賢侯勸駕，開祖餞於花封。願一朝而與計偕，想羣英之將潁出。連城定價，必獲賞音；下里蕪詞，先申賀意。詞曰：「青霄萬里鵬摶翮，又恰早、槐黄時廹。趂薰風、先與餞雲程，一一見、喜傳眉額。　京闈捷報題名客，應半是、東阡南陌。聽鹿鳴、華宴早歸來，為幾載、松蘿出色。」右調《步蟾宫》。（同前）

一一《己酉歲迎經魁汪循亞魁方嶅障語并詞》：伏諗秋風捷報來自南都，午夜文光徹於東壁。經魁與亞魁而並出，文運合治運以相高。駢首棲遲，越大比五科之久；一朝騰踏，占隣封諸士之先。此誠令尹作興，遂致生徒奮起。蘿山出色，固有驗於前言；楓陛傳臚，更相期於嗣歲。喜倍於衆，情見乎詞：「雙鳴鳳，曉日天飛雲縱。一舉歸來如伯仲，萬選青錢中。　畫鼓紅旗歡動，酒瀉緑醅銀

甕。得意杏園還與共，聽上賢臣頌。」右調《謁金門》。（同前）

一二 《翕樂堂辭序》：祁閶邑南康處士志高之年七十也，凡親疎之族、老壯之友、内外之戚稱觴祝壽，遠邇畢至，有請予記。其翕樂之堂，以致慶者矣，在邑之善和程氏曰：「儒學生啟復以文為需。」予固辭曰：「言不可若是其贅也。」而其請益堅，曰：「處士與啟之父用仁、叔用亨相友四十年，故啟兄弟亦得與處士之子佑、從子價輩篤世講之好甚久，宗長宜無靳一言。」予不獲，已而思之，得其説以告曰：在詩有之：「俾爾昌而熾，俾爾壽而富。黄髮台背，壽胥與試。」所以祝其人者至矣。而又曰：「俾爾昌而大，俾爾耆而艾。萬有千歲，眉壽無有害。」其言之諄復不厭，其祝之再三不已，誠以其人之賢也宜壽，故詩人美之不一而足焉如此。則予於康處士之壽，雖欲已於言，豈可得乎？然處士孝友之德、淑慎之行，所以增輝先人、垂裕後昆、揚芳里閈者，予前已述之，雖更僕，不出此矣。所以壽處士者，其賔從之都、讌集之豐、禮意之勤惓，亦可謂極一時之盛矣。若然，則予於處士之壽，亦何煩於嘐嘐而後為快哉！顧先民有云：情動於中，而長言之不足，故咏歌之，於是乎諧聲而播之於樂，今去古遠矣。大音既散，詞曲繼興，奏之閭巷之間，以為善人吉士之勸，亦有不可盡廢者焉。處士誕辰在五月二日，有嘉令筵，核殽維旅，長者奉盃酌而升，少者操几杖而侍，心豫體休，洩洩融融，益介壽祺。自今伊始，乃為辭一章畀啟，俾稱壽之際，付歌童調之以侑觴，處士能樂聽之，而罄一日之歡於翕樂之堂，則吾宗之所願望於處士者，亦庶其少副哉。詞曰：「翕樂堂中七十春，松喜津津，鶴喜津津。薰風開讌慶生申，主也精神，客也精神。 角黍蒲觴漸及辰，節又更新，曲又更新。願期遐筭比靈椿，不是堯人，誰是堯人？」（同前書「拾遺」）

一三《梁先生詩集叙》：先生姓梁，韓棟，字隆吉，其先湘州人。曾祖諱翼，字羽之；祖諱琛，字仲玉；父諱定，字安道。皆仕金國。金亡，安道公過江南，寓鄂州。先生以壬寅年十二月十六日生於鄂，後遷鎮江。弱冠領漕薦，戊辰登龍飛第，初選寶應簿，丁父憂。壬申再調錢塘仁和尉，辟入帥幕，一時聲名張甚。甲戌，避地建上。丙子，宋亡，歸武林閒處。守道安貧，澹如也。弟諱柱，字仲砥，入茅山，從老氏學。先生依焉。庚寅，遭詩禍，自是名益聞。卜居建康，時往來茅山中，江東人士從學甚衆。乙巳歲七月七日，無疾坐逝，壽六十有四，葬城南鳳臺西鄉。先生平日好吟詠，藁無存者，門人問曰：「先生何故不存藁？」答曰：「吾詩堪傳，人將有腹藁在。」可謂名言。惟先生清風峻節，無愧古人，世罕知者。詩抑末耳，先生豈欲以是名世？顧詩無傳，孝子慈孫不忍也。乃裒集門人所記者，得古律絶若干首，樂府若干首，并録其平生出處大槩，以俟後之君子云。皇慶癸丑上元金華胡迺書。（《宋遺民録》卷十二「梁隆吉」）

一四《讀虞集所草庚申君非周王己子之詔有作》此詩似是節文（余應）：「皇宋第十六飛龍，元朝降封瀛國公。元君詔公尚公主，時蒙賜宴明光宫。酒酣舒指爬金柱，化為龍爪驚天容。元君含笑語羣臣，鳳雛寧與凡禽同。侍臣獻謀將見除，公主夜泣沾酥胸。瀛公晨馳見帝師，大雄門下參禪宗。幸脱虎口走方外，易名合尊沙漠中。是時明宗在沙漠，締交合尊情頗濃。合尊之妻夜生子，明宗隔帳聞笙鏞。乞歸行營養為嗣，皇考崩時年甫童。文宗降詔移南海，五年仍歸居九重。壬癸枯乾丙丁發，西江月下生涯終。至今兒孫主沙漠，吁嗟趙氏何其雄。惟昔祖宗受周禪，仁厚綽有三王風。雖因浪子失中國，世為君長傳無窮。」跋（何喬新）：此詩叙元順帝為瀛國公之子，迺閩儒余應所作也。其詩有「壬癸枯乾丙丁發」之句，蓋壬癸為水，丙丁為火，元以水德王，而宋以火德王也。又云「西江月下生涯終」，故老相傳順帝北遁殂於應昌，倉猝，取西江寺梁以供梓宮之用，梁間隱隱有字，亟視之，迺《西江月》一調，有「龍蛇跨馬亂如麻，可汗却在，西江寺下」之句，或云太保劉秉忠所作，故應云爾也。考之於史，瀛國公以德祐丙子降元，時年六歲矣。後十有二年，為至元戊子，瀛國公學佛法於吐番。又二十八年，為延祐丙辰，仁宗命明宗出鎮雲南，明宗不受命，逃之漠北，其與瀛國公締交蓋在此時也。妥懽帖睦耳以元統癸酉即位，是為順帝，時年十四，其生當在延祐庚申，上距丙子凡四十四年，而瀛國公年始五十矣，應之詩，或有徵也。史又云：文宗以上乳母夫言明宗在日，素謂上非其子，黜之江南，召奎章閣學士虞集書詔，播告中外，而不言順帝為何人之子，蓋諱之也。予年二十時，赴江西鄉試，於館人家見古樂府一帙，內有《沙漠主》一篇，云楊廉夫所作，予方從事科舉之業，不暇録，但記其篇末云：「吁嗟乎！鳳為鳩，龍為魚，三百年來龍鳳裔，竟墮左衽稱單于。」又識其後云：「宋太祖之德至矣，肇造帝業，不傳諸子而傳諸弟，太宗負約，金人之禍，舉族北遷，而太祖之末孫復紹大統，有江南者百餘年，為元所滅。而瀛國公之子陰篡元緒，世為漠北主，天之報太祖一何厚哉！」其言頗與應合。近考《鐵崖樂府》無此篇，豈出於假託邪？抑有所遺邪？新安程克勤録此詩示予，因具疏予所聞見者，以廣異聞云。旹成化丁亥冬十有一月朔，椒丘子識。（同前書卷十五「宋遺事」）

一五　《西江月》詞：至元十三年，江南初内附，民間盛傳武當山真武降筆書長短句曰《西江月》者，鋟刻於梓，黄紙模印，帖壁間，即此詞也。「九九乾坤已定，清明節後開花。米田天下亂如麻，真待龍蛇繼繼，一作暨馬。依舊中華福地，古月一陣還家。當初指望甕生涯，死在西江月下。」右詞近世皆傳為太保劉秉忠所作，而陶宗儀記之如此，未知孰是？或曰元主皆娶甕吉刺氏為后，而此云「指望甕生涯」，蓋陰寓順帝非甕吉刺氏所出之意也。（同前）

黄溥詞話

黄溥，字澄濟，自號石厓居士，弋陽（今江西）人。正統戊戌進士，擢御史，歷任廣東、四川按察使。著有《石崖集》、《漫興集》，編有《策學輯略》、《治世正音》、《詩學權輿》等書。《詩學權輿》二十二卷，是書兼收衆體，各為註釋，定為名格、名義、韻譜、句法、格調諸目，復雜引諸説以証之。此據《四庫全書存目叢書》影印明天啓五年黄氏復禮堂刻本録詞話十九則。

一　清麗句：宋莒公見人佳句，皆書於齋壁，如「無可奈何花落去，似曾相識燕歸來」、「樓臺冷落收燈夜，門巷蕭條掃雪天」、「已定復摇春水色，似紅還白野棠花」、「江城氣候猶合雪，草市人家已掛燈」

之類，皆句之佳愛者。（《詩學權輿》卷三）

二　意脉貫通：「打起黄鶯兒，莫教枝上啼。幾回驚妾夢，不得到遼西。」此唐人詩也。人問詩法於韓公子蒼，公令參此詩以為法。「汴水日馳三百里，扁舟東下更開帆。旦辭杞國風微北，夜泊寧陵月正南。老樹挾霜鳴窣窣，寒花承露落毿毿。茫然不悟身何處，水色天光共蔚藍。」此韓子蒼詩也。人問詩法於吕居仁，居仁令參此詩以為法，後之學詩者熟讀此二篇，思過半矣。《小園解后録》　唐人嘗詠《十日菊》：「自緣今日人心别，未必秋香一夜衰。」世以為工，蓋不隨物而盡，如「酒盞此時須在手，菊花明日便愁人。」自覺氣不長耳。東坡亦云：「休休，明日黄花蝶也愁。」然雖變其語，終有此過，豈在謫所遇時感慨，不覺發是語乎？予寓吴江，值重九，有「鬢緣心事隨時改，依舊在天涯」、「多情惟有，籬邊黄菊，到處能華」，詩人讀之，凄然以為有含憤意。休齋　（同前）

三　造語綺靡：温庭筠《湖陰曲》警（脱「句」字）云：「吴波不動楚山遠，花壓欄干春晝長。」庭筠工於造語，極為綺靡，《花間集》可見矣。《更漏子》一詞尤佳，其詞云：「玉鑪香，紅蠟淚，偏照畫堂秋思。眉翠薄，鬢雲殘，夜長衾枕寒。　梧桐樹，三更雨，不道離情正苦。一葉葉，一聲聲，空堦滴到明。」漁隱　（同前）

四　歐陽公下字：歐陽永叔詞云：「堤上遊人逐畫船，拍堤春水四垂天，緑楊樓上出鞦韆。」此等語皆妙絶，只一「出」字，是後人着意道不到處。（同前書卷四）

五　承襲其意：「燕燕于飛，差池其羽。之子于歸，遠送於野。瞻望弗及，涕泣如雨。」此辭可以泣鬼神矣。張子野長短句云:「眼力不知人,遠上溪橋。」東坡《送子由》詩云:「登高回首坡壠隔,惟見烏帽出復没。」皆承襲其意。《許彦周詩話》(同前書卷五)

六　奇趣為宗:柳子原(當作厚)詩曰:「漁翁夜傍西巖宿,曉汲清湘燃楚竹。煙消日出不見人,欸乃一聲山水緑。回看天際下中流,巖上無心雲相逐。」東坡云:「以奇趣為宗,彼(當作反)常合道為趣,熟味之,此詩有奇趣,其尾兩句雖不必亦可。」欸乃,三老相呼聲相應也。(同前書卷六)

七　詩思悽惋:寇忠愍公詩思悽惋,蓋富於情者,如《江南春》云:「波渺渺,柳依依,孤村芳草遠,斜日杏花飛。江南春盡離腸斷,蘋滿汀洲人未歸。」又云:「杳杳煙波隔千里,白蘋香散東風起。日落汀洲一望時,愁情不斷如春水。」觀此語意,疑若優柔無斷者。至其端委廟堂,决澶淵之策,其氣鋭然,奮仁者之勇,全與此不相類,蓋人之難知也如此。漁隱(同前)

八　非窮兒語:崔中云:山谷稱晏叔原「舞低楊柳樓頭月,歌盡桃花扇底風」,定非窮兒家語。《王直方詩話》(同前書卷七)

九　富家詩:歐陽文忠云:詩原乎心者也,富貴愁怨見乎所處。江南李氏鉅富,有詩曰:「簾日已高三丈透,金爐次第添香獸,紅錦地衣隨步皺。佳人舞徹金釵溜,酒惡時拈花蕊嗅,别殿微聞簫鼓奏。」與「時挑野菜和根煮,旋斫山柴帶葉燒」異矣。《摭遺》(同前)

一〇　《水調歌頭》(黄庭堅魯直):「瑶草一何碧,春入武陵溪。溪上桃花無數,花上有黄鸝。我欲穿花尋路,直入白雲深處,浩氣展虹蜺。秪恐花深裏,紅露濕人衣。坐白石,攲玉枕,拂金徽。

謫仙何處，無人伴我白螺盃。我為靈芝仙草，不為朱脣丹臉，長嘯亦何為。醉舞下山去，明月逐人歸。」　山谷先生此篇才氣飄逸，風韻灑落，非拘攣補衲者可儗，故著之為後學法。（同前書卷十二）

一一《菩薩蠻》（李白）：「平林漠漠煙如織，寒山一帶傷心碧。暝色入高樓，有人樓上愁。　玉階空佇立，宿鳥歸飛急。何處是歸程，長亭更短亭。」　先儒謂太白天才，觀此詞雖近俗，人所易曉，而音調意趣俱不凡。（同前）

一二《漁家傲·秋思》（范希文）：「塞下秋來風景異，衡陽鴈去無留意。四面邊聲連角起，千嶂裏，長烟落日孤城閉。　濁酒一杯家萬里，燕然未勒歸無計。羌管悠悠霜滿地，人不寐，將軍白髮征夫淚。」　范文正公為宋名臣，忠在朝廷，功著邊徼。讀其秋思之詞，隱然見其憂國忘家之意，信非區區詩人之可擬也。（同前）

一三《浪淘沙·懷舊》（歐陽永叔）：「把酒祝東風，且共從容。垂楊紫陌洛城東，總是當年携手處，遊遍芳叢。　聚散苦匆匆，此恨無窮。今年花勝去年紅，可惜明年花更好，知與誰同。」　此詞寫出感物懷舊之情，惜老傷時之意甚真切。（同前）

一四《桂枝香·懷古》（王介甫）：「登臨送目，正故國晚秋，天氣初肅。（脱『千里』二字）澄江似練，翠峰如簇。征帆去棹殘陽裏，背西風、酒旗斜矗。綵舟雲淡，星河鷺起，圖畫難足。　念自昔豪華競逐，歎門外樓頭，悲恨相續。千古憑高對此，漫嗟榮辱。六朝舊事隨流水，但寒煙、衰草凝緑。至今商女，時時尚歌，後庭遺曲。」金陵懷古之作，古今不一而足。荆公此詞，覩景興懷，感今增喟，獨寫出人情世故之真，而造語命意飄然脱塵出俗，有得詩人諷諭之意。（同前）

一五 《西江月·警世》（朱希真）：「世事短如春夢，人情薄似浮雲。不須計較苦留（一作勞）心，萬事元來有命。幸遇三杯酒美，况逢一朵花新。片時歡笑且相親，明日陰晴未定。」（同前）

一六 《蝶戀花·警世》（秦少游）：「鍾送黄昏鷄報曉，昏曉相催，世事何時了。萬苦千愁人自老，春來依舊生芳草。忙處人多閑處少，閑處光陰，幾箇人知道。獨上小樓雲杳杳，天涯一點青山小。」與夫天道之變、君子樂天之常則一而已，讀之，能不益敦其脩身行素之志乎？（同前）

一七 次袁機仲韻《水調歌頭》（朱熹）：「長記與君别，丹鳳九重城。歸來故里，愁思悵望渺難平。今夕不知何夕，得共寒潭煙艇，一笑俯空明。有酒徑須醉，無事莫關情。尋梅去，疎竹外，一枝横。與君吟風弄月，端不負平生。何處車塵不到，有箇江天如許，争肯换浮名。只恐買山隱，却要鍊丹成。」晦庵朱子為千百世道學之宗，豈詞章云乎哉！然其日用應俗諸作，即景寫情，因物曲折，渾然天成。如大匠運斤，無斧鑿痕，回視餘子字鍊句煆、鏤冰出巧者，大有徑庭。（同前）

一八 《沁園春·題睢陽雙廟》（宋瑞）：「為子死孝，為臣死忠，死又何妨。自光嶽氣分，士無全節，君臣義缺，誰負剛腸。駡賊睢陽，愛君許遠，留得聲名萬古香。後來者，無二公之操，百鍊之鋼。（脱『嗟哉』二字）人生翕歘云亡，好烈烈轟轟做一場。使當時賣國，甘心降虜，受人唾駡，安得流芳。古廟幽沉，遺容儼雅，枯木寒鴉幾夕陽。郵亭下、有奸雄過此，子細思量。」人臣之節，莫大於死國；文章之作，貴關乎世教。此詞紀實，張巡、許遠忠節，足以立綱常，厚風教，誠有補於世，非徒然作者也。蓋亦宇宙間之不可無者，宜著之以傳。（同前）

一九　《蝶戀花·元日立春》（辛幼安）：「誰向椒盤簪綵勝，整整韶華，争上春風鬢。往日不堪重記省，為花長抱新春恨。　春未來時先借問，脱（一作晚）恨開遲，早又飄零近。今歲花期消息定，只愁風雨無憑準。」辛稼軒博學能文，尤工詞曲，觀此立春之作，撫景寫情，感慨悲壯之意超然高出物表，語倔奇，自成一家。（同前）

李東陽詞話

李東陽(一四四七—一五一六),字賓之,號西涯,茶陵(今湖南)人,以戍籍隸京師。舉順天鄉試,天順第進士二甲第一,選庶吉士,授編修,歷官侍講侍讀學士,禮部尚書,轉吏部,累遷禮部侍郎,文淵閣大學士。歷事四朝,預機務多所匡正。文章典麗,樂府有漢魏風。卒贈太師,謚文正。所著有《懷麓堂文集》、《詩集》、《後集》、《懷麓堂續稿》、《西涯古樂府》、《講讀録》、《求退録》、《燕對録》、《麓堂詩話》等,輯有《南詞》。此據影印文淵閣《四庫全書》本《懷麓堂集》和《知不足齋叢書》本《麓堂詩話》録詞話六則。又據國家圖書館藏董氏誦芬室抄本《南詞》録自叙一則。

一　《柳通判考滿旗帳詞代廣平府作》：六品郎階，已拜三回之命；兩年郡駕，兼書九載之勳。寮宷增輝，閭閻出色。恭惟别駕柳君：衣冠望族，詞賦雄才。秀擢瓊林，價高金部。分司漕路，操出納之平衡；揭榜公門，剗胥緣之宿弊。名移新檄，步輟通班。弭節南陽，旋車北甸。省耕問嫁，視民飢由（當作猶）已飢；斷獄明刑，處官事如家事。念朱歧之靡定，感墨突之未黔。方偉績之告成，屬喬遷之在佇。分襟誼，重永懷，與子偕行；卧轍心，勞皆欲，從公於邁。蓋季路之别有處，而何武之去見思。望騶奴如登仙，久矣吾其衰也；取青紫如拾芥，沛然誰能禦之。醉留貪公瑾之醪，持贈乏繞朝之策。齊州鶴去，長隨緑綺琴邊；燕市駿來，合置黄金臺畔。載歌雅曲，用託微情。（《懷麓堂集》卷四十「文稿二十」）

二　《蜀山蘇公祠堂記》：常州宜興之荆溪有蜀山，本獨山也，志稱蘇文忠公與蔣學士之奇同舉進士，買田卜築於兹山之麓，於是易「獨」為「蜀」。按《爾雅》：山獨者，皆為蜀。志又稱愛其名而居之者，理則然也。公嘗欲作亭，種橘，預名曰楚頌。後上表乞居常，及歸自嶺南，卒於州邸。其弟文定公以其喪去，葬於潁上，其家亦不復至常。當是時，蓋有所謂東坡書院者，尋輒廢。越七十年，郡守晁子健擇州學旁地建祠祀公，元僧敏機因山為祠，為之居守，晁公武、徐一夔皆有記。今常州祠尚存，而蜀山祠廢已久。弘治庚申，縣人沈公暉自南京工部侍郎致仕歸，以告撫按暨府縣，僉議既協，躬訪遺址，悉為居民所據，贖而歸之，得地三十餘畝，為堂六楹，肖公像其中寢，稱之為左右二亭，一刻公《楚頌帖》及諸詩詞，一刻興造之碑，東西廡及門各四楹，廳館庖湢諸室為楹者以十數。其外則甃石，為周垣百二十丈，視州祠深廣略稱而偉麗過之矣。既乃用表忠觀故事，命道士居之，咸奉祀焉。夫天下之論名臣碩輔者，或原於嶽降，或歸之地靈，文章氣節亦以為得江山之助，固也。及乎遐陬僻壤，一丘一壑，或有所憑藉，亦足以不朽於世，是所謂人與地者恒相須以顯，而亦不能不相為重輕，若君子去父母之道，則遲遲其行，越在他國，則觸物感事，懷思顧戀而不能已。是蓋存乎人而物不與焉，會稽之東山以謝傅名，其在金陵，亦築土以象之，天下之為東山者何限？而非其人，莫之名也。公之自蜀入洛，隱然重京師，父子兄弟之名遂擅天下，則公乃天下之人，俗傳三蘇生而眉山之草木皆枯者，妄也。及其流離貶竄，不能歸其鄉，卜居兹山，託名以寄意潁之山，名曰峩眉者，亦此義耳。後雖其體魄在潁，而魂氣之無不之者，安知不徘徊眷戀於兹山也耶？且公所謂不待生而存、不隨死而亡者，將流行充塞於天地間，而况其經過寄寓之地哉！公之文章氣節，天下莫不尊之，是雖不得與於天下之祭，揆之鄉先生社祭之義，有過而無不及，獨山之為蜀也，其社之類乎？然則是祠之設，固耆民俊士衣冠俎豆所宜周旋而傾注焉者也。夫使文章不如公，氣節不如公，則蜀之王萬亦嘗榜鄭邸為蜀舍，而朱俊民、劉跂為之記銘，然亦不顯。東陽，楚人而燕產，嘗因贈太師徐文靖公之約，買田兹鄉，而遽罹家難，竟莫之果。工部以其迹頗相類，而不知其文之弗稱也，請為建祠事之成，予於是亦誠有感焉，因用楚語作迎送神辭，其亦《橘頌》之遺意也夫。其辭曰：橘之樹兮如蓬，鬱青葱兮間玲瓏。彼亭兮在中，信吳邦兮楚風。橘之樹兮如蓋，采芳鮮兮薦甘脆。我公兮來歸，神陟降兮如在。公之樹兮荒萊，公之亭兮但空苔。植我兮構我，望游魂兮歸來。公歸來兮恍不可以見，渺惆悵兮悠哉。荆之土兮如酥，荆之米兮如珠。山有茶兮溪有魚，生不足兮没有餘。公去此兮何居，楚之調兮欷歔。蜀之山兮盤紆，神往復兮無定所，聊為此兮踟躕。生不為世所容兮，没將恣其所如。鑿余井而得泉兮，又安窮其所於彼。亭常存兮樹常實，待以薦公兮願少駐乎須臾。（同前書六十八「文後稿八」）

三　柳子厚「回看天際下中流，巖上無心雲相逐」，坡翁欲削此二句，論詩者類不免矮人看場之病。予謂若止用前四句，則與晚唐何異？然未敢以語人。兒子兆先一日過庭，輒自及此，予頗訝之。又一日，忽曰：「劉長卿『白馬翩翩春草細，邵陵西去獵平原』，非但人不能道，抑恐不能識。」因誦予《桔槔亭》，曰：「『閒行看流水，隨意滿平田。』《響閘》曰：『津吏河上來，坐看青草短。』《海子》曰：『高樓沙口望，正見打魚船。』《夜坐》曰：『寒燈照影獨自坐，童子無語對人閒。』以為三四年前尚疑此語不可解，今灑然矣。」予乃顧而笑曰：「有是哉。」（《麓堂詩話》）

四　國初稱高、楊、張、徐，高季迪才力聲調過三人遠甚，百餘年來亦未見卓然有以過之者，但未見其止耳。張來儀、徐幼文殊不多見，楊孟載《春草》詩最傳，其曰：「六朝舊恨斜陽外，南浦新愁細雨中。」曰：「平川十里人歸晚，無數牛羊一笛風。」誠佳，然綠迷歌扇，紅襯舞裙，已不能脱元詩氣習，至「簾為看山盡捲西」，更過纖巧，「春來簾幕怕朝東」，乃艷詞耳。今人類學楊而不學高者，豈惟楊體易識？亦高差難學故耶？（同前）

五　今之歌詩者，其聲調有輕重、清濁、長短、高下、緩急之異，聽之者不問而知其為吴為越也。漢以上古詩弗論，所謂律者，非獨字數之同，而凡聲之平仄亦無不同也。然其調之為唐、為宋、為元者，亦較然明甚，此何故耶？大匠能與人以規矩，不能使人巧。律者，規矩之謂，而其為調，則有巧存焉。苟非心領神會、自有所得，雖日提耳而教之，無益也。（同前）

六 詩太拙則近於文，太巧則近於詞。宋之拙者，皆文也；元之巧者，皆詞也。（同前）

七 自有詩，長短句寓焉，南風之操，五子之歌，是以周之頌三十一篇，長短句居十八；漢郊祀歌十九篇，長短句居其五，至短簫饒歌十八篇，皆長短句，謂非詞之源乎？迄於六代，江南《採蓮》諸曲，去倚聲不遠，其不即變為詞者，四聲猶未諧暢也。自古詩變為近體，而五七言絕句傳於伶官，樂府長短句無所依，則不得不更為詞。當開元盛日，王之渙、高適、王昌齡詩句流播旗亭，而李白《菩薩蠻》等詞亦被之歌曲，古詩之於樂府，近體之於詞分鑣并聘，非有先後，謂詩降為詞，以詞為詩之餘，殆非通論矣。予從故藏書家得珍秘繕本，載宋、元諸名家所作詞本凡六十四家，計八十七卷，目曰《南詞》，藏於家塾，庶幾可以洗《草堂》之陋，而倚聲知所宗矣。時歲在天順六年夏四月上浣，西崖主人書於懷麓堂之西書院。（《南詞》）

曹安詞話

曹安，字以寧，號蓼莊，松江（今上海）人。正統甲子舉人，官安邱縣教諭。所著有《讕言長語》一卷，《千頃堂書目》作二卷，成化二十二年自序云少游鄉塾，見先生長者嘉言善行，即筆於楮，長而奔走四方，所見居多，凡三四帙。攜來武邑，承乏安邱，暇日一一手録，以備遺亡，率皆零碎之辭，何益於事，因名曰讕言長語。讕言，逸言也；長語，剩語也。此據《寶顔堂祕笈·彙集》本録詞話五則。

一

文章之選，自漢而下，梁昭明太子統以一人之見，去取秦漢至元（當作晉）之文為《文選》。宋姚鉉以一人之見，去取唐三百年之文為《文粹》。宋吕東萊選宋人之文為《文鑑》，元蘇天爵選元人之文為《文類》。迂齋、疊山又各批點古文，又有《續文章正宗》諸集，古人之選亦備矣。以予觀之，在精不在多。韓退之嘗取己文二十六篇，為《韓子》。徐斯遠盡平生，文才二十餘首，首首稱善。然詩文不能兼工，故謂曾子固不能作詩，曾嘗云：「古者（一作之）作者或能文，不必工於詩；或長於詩，不必有文。」有以哉！昔人謂老蘇不工於詩，歐陽公不工於賦，曾子固短於韻語，黄魯直短於散語，東坡詞如詩，少游詩如詞。數公之文名世，而人猶非之，信矣，作文之難也。（《讕言長語》卷上）

二 予家有《陽春白雪》小本，元人如劉時中、關漢卿諸公之作尤多，大抵元之詞曲最擅名。予嘗私論之曰：漢之文，唐之詩，宋之性理，元之詞曲。試以漢之文言之，果有出於董、賈之策乎？以唐之詩言之，果有出於李、杜之什乎？以宋之性理言之，果有出於濂洛、關閩之論乎？以元之詞曲言之，果有出於《陽春白雪》之所載者乎？況四代人物又不止於此乎？（同前）

三 予十七游松江府學，見東齋壁宋昌裔草書《風入松》二詞，偶考虞伯生集云：此詞臨安士人作，末云「明日重携殘酒」，思陵改為「重携殘醉」。其一虞伯生在館閣作，以寄柯敬仲博士。二詞膾炙人口，夫詞調最難，周美成有《片玉集》，予嘗跋其某名某名者。康伯可九日遇雨《望江南》，句句有九日故事并雨。又一人題項羽廟《酹（當作酹）江月》云：「鮑魚腥斷楚將軍，鞭虎驅龍而起。空費咸陽三月火，鑄就金刀神器。垓下兵稀，陰陵道狹，月暗雲如壘。楚歌哄發，山川都姓劉矣。悲泣，呼醒虞姬。為伊死別，血刃飛花碎。霸業休休騅不逝，英氣烏江流水。古廟頹垣，斜陽紅樹，遺恨鴉聲裏。興亡休問，高陵秋草空翠。」（同前）

四　論詩文體製，《文章正宗》蔑以加矣，然諸體中亦有遺者，《元詩體要》為類三十有八：曰四言體，曰騷體，曰選體，曰樂府體，曰栢梁體，曰五言古體，曰七言古體，曰長短句體，曰雜古體，曰言體，曰詞體，曰歌體，曰行體，曰操體，曰曲體，曰吟體，曰嘆體，曰怨體，曰引體，曰謡體，曰詠體，曰篇體，曰禽言體，曰香奩體，曰陰門（當作何）體，曰聯句體，曰集句體，曰無題體，曰詠物體，曰五言近體，曰七言近體，曰五言排律體，曰七言排律體，曰五言絶句體，曰六言絶句體，曰七言絶句體，曰拗體，曰側體，固無不備，尚少擬古體，和唐體，倡和體，回文體。吴訥編《文章辯體》，其目有古歌、謡、詞、賦、樂府、書、記、序、論、説、解、辨、原、戒、題、跋、雜著、箴、銘、頌、贊、七體、問、時、傳、行狀、詩、諭、告、璽書、批荅、詔册、制誥、制策、表、露布、論、諫、奏、疏、議、彈文、檄、謚法、謚議、墓碑、墓碣、墓表、墓誌、墓記、埋名、誄辭、哀辭、祭文、連珠、判、律、賦、詩、詞、曲，亦無不備，尚少文、啟、表、狀、問、答、奏狀諸體，此外詩文有風、雅、頌、賦、比、興，又有典謨、訓、誥、誓命、教、令、勑、宣、紀、移、箋、簡、牒、劄子諸體，然則詩文之作難矣，不可不知也。（同前）

五　詩詞中有院落、籬落、村落、部落，落，居也。唐宫中巷有野狐落，落，亦居也。又有碧落，勾踐戰，敝卒三千人禽夫差於干遂，遂者，道也。干是水灣之高地，江干，河干是也。左思《吴都賦》云：「長干延屬。」金陵名長干，落、干二字，實字也。史云：「踰隱以待之。」隱，短墻也，與垣同。（同前）

羅玘詞話

羅玘（一四四七—一五一九），字景明，人稱圭峰先生，南城（今江西）人。少負才氣，成化丁未進士，選翰林庶吉士，授編修，陞侍讀。正德初遷南京太常，累擢南京吏部右侍郎。遇事嚴謹，僚屬畏憚，考績赴都，遂致仕。卒謚文肅，學者稱圭峰先生。所著有《類説》及《圭峰奏議》、《圭峰文集》。此據影印文淵閣《四庫全書》本《圭峰集》録詞話三則。

一

伏以瑞合聞韶，計升觀鼎。溥天率土，同軌殊途。乃睠牧守舒侯閣下：辭白雲司，作赤子母。霹靂手，吾方樂聞；魏闕心，乃其屬念。命倌人以夙駕，差吉日以子征。四邑四民，一德一心。皆曰執言在士，吾徒吾道，同聲同氣。敢謂讓職於他，第恐淮陽長孺，難再卧於郡中，忍使河内雍奴，不借留於闕下。是用效顰樂府，從兹代刻口碑。詞曰：「江上漾金波，波光渺渺。紅日初昇萬方曉。驛前楊柳，盡繫金鞍腰裊。驪歌唱發得，雕梁遶。　天上麒麟，人間鳳鳥。萬口歡聲使君少。此行去也，留作中朝儀表。甘棠在歲長，青青杪。」右調《感皇恩》。（《圭峰集》卷二十四）

二　竊聞錦因何製，琴以宓彈。順江漢，下而朝宗；同辟公，趨而述職。所以明府鄭侯閣下：以鑾觸視縣境，等燕蝠為民爭。秉燭龍之明，藉仙鳧之疾。俾夜作書，自旰徂燕。氓隸固比屋而興思，儒紳聊陳詞而寫意。詞曰：「風拂桂，況直黎明雨霽。旭曈曈，穿睥睨，沙頭人語。　彩鷁如飛誰繫，空負攀轅留計。但恐此行留作，礪遺愛，碑當製。」右調《謁金門》。（同前）

三　秋染霜林，萬里絢天張赤幟；水歸寒壑，千尋徹底浸琳宮。況雨畢則梁成，可星言而夙駕。兹遇邑大夫高侯閣下：秀出岷峨，世基蜀益。弓冶擅專門之業，橋梓承趾美之芳。懲雲途，屢蹶霜蹄；乃花封，暫淹驥足。竭來無愠，出治有方。惟屬詞比事，蘊諸平時；故剸繁治劇，乃其能事。甑雖生塵不顧，圄惟有草則安。以法令為師，視烝黎如子。赤棒在其左右，陽鱎不敢誰何。人徒感之，鏤骨銘心；士則知其，通今博古。頃者書最藩司，飛鳧帝里。孰不願執鞭而向導，人皆欲截鐙而攀留。其如鷁首既東，盪破碧波之月；遂使葵心傾北，仰穿紫閣之雲。舉旄倪，畢來瞻之；矧宮牆，在所督者。竊效輿人之頌，用配烝民之詩。其詞曰：「昨夜山頭明，月照四郊如晝。　曉來車騎如雲，向郵亭分手。　飄飄兩袖天風醉，數明春宮柳。定留金鼎調羹，肯南天回首。」右調《好事近》。（同前）

李承芳詞話

李承芳(一四五〇—一五〇二),字茂卿,號東嶠,嘉魚(今湖北)人。弘治庚戌舉進士,授大理寺評事。與其弟承箕隱黄公山講學,賦詩論治,以教化為本,雖蔬食屢空不悔。無鮮裘良馬,及陞寺副,遂謝病歸。有《東嶠集》,此據《四庫全書存目叢書補編》影印明嘉靖三年刻本《東嶠先生集》録詞話三則。

一 《送縣博帳》:嘉魚邑博朱先生請老辭位去,歸雲間。吾大夫士庶及諸弟子員張錦帳,具酒殽,餞之江之滸。大理官東嶠居士於帳而題辭曰:進以禮,退以義,聖賢時措之宜;釣於水,採於山,君子樂得其所。先生歸也,何氣象從容;子弟從之,則孝弟忠信。卓彼吾徒先覺,漫然清世閑人，無邊風月，更有誰争。自北光陰，斯為已有。贈以言，吾將强而附詩言志，衆情見乎詞：「先生真箇歸田去，却不為、鱸魚膾。晤得環間真境界，江山難老，麋鹿參會，身在塵埃外。世人柰圮儒官易，大根本、都從名教内。賢聖傳來符與契，乘流而仕，得坎而止，成就渾淪是。」

（《東嶠先生集》卷七）

二　《贈張明甫乃弟》：董召南為張君大器鄉前脩，孝義聞於當時，韓昌黎重之，言積實行，其名可流，因名言。其行益著，所以動天地，無愧於古今者矣。大器伯兄為嘉魚長，消息有聞，挾囊以資，家政實巨，治檝遄歸，來去得所處也。舉世之官，以官為家；大器之家，以家為官。是惟知有兄，不知其有官。蓋不私厚己，輒能自忘物。古之忘也，得於達；君之忘也，篤其恩。得於達，行乎勢之易；篤其恩，發諸情之真。其輕重何如耶？嗟哉！大器真孝弟人也，望召南相先後哉！維兹德鄉，宜其多人物矣。衆情惜別，共嘆其賢。屬大理評事李承芳立之言，且系以詞，詞曰：「花茂荆枝，被翻细浪，鴈飛能到瀟湘。愛鶺鴒沙煖，草長西堂。休論他鄉故里，容裕處、和樂相將。民情好，還為單父，或是桐鄉。悠悠，這回去也，江上水流情，也欲傍徨。嘯鳳凰臺古，吟弄誰長。惟有濠梁魚鳥，想會我、心域汇洋。處而今，直尋若箇蒙莊。」

《鳳凰臺上憶吹簫》。（同前）

三　《贈張明甫考績帳》：植政如耕獲，歲有成功報。政或速遲，時維效義。况扶濟衰敝之難，甚藥石之善療；若剸决盤錯之易，別斧斤之利施。非徒為樹官聲譽之華，是究極康民事為之實。允矣君子，賢哉長官。效仁人而贈言，尊出祖以供帳。循吏宜書國史，腐儒惟采路碑。詞曰：「魚龍渚，消得彈琴處所。白葦黄茅民舍古，縣衛堦尺土。一載報成當寧，只怕聖聰留住。三禩詩歌村巷語，千秋傳治譜。」右《謁金門》。（同前）

陳頎詞話

陳頎，字永之，號味芝居士，長洲（今江蘇蘇州）人。景泰庚午舉人，薦授開封府武陽縣學訓導，未幾致仕歸卒。頎博學，工古文，而清脩介特，人莫敢犯。其文典贍有法，好論議，而必根於理。所著有《適楚録》、《遊梁録》、《洪都紀行》、《味芝集》、《閑中今古》等。此據《續修四庫全書》影印明抄本《閑中今古》録詞話一則。

一 東坡守錢塘，毛滂澤民為法曹掾，公以衆人遇之，秩滿辭去。是夕宴客，有歌贈别小詞，卒章云：「今夜山城暮，斷魂分付潮回去。」公問誰所作，或以「毛法曹」對，公語坐客曰：「郡寮有詞人，而不及知，軾之罪也。」翌日折簡追回，留連數月，每預文酒之會，澤民因此得名。葛常之《韻語陽秋》

云：「東坡喜獎與後進，有一言之善，則極口褒賞，使其有聞於世而後已，故受其獎拂者亦踴躍自勉，樂於修進而終於令器。」近時公卿大夫則不然，以文章詞賦為餘事，間有一二好者，又多徇名遺實。其在高位者，則卑禮厚幣求之以觀美，且為先容之地，有滂之在下者，則號召而命之，稍合其意，則稱美於一時，意有不愜，則倖倖然形於色辭欲望。如裴晉公之厚償皇甫湜，幾何而不被其箠辱也哉！若有片善，而望於薦拔為尤難也。蓋黜陟之柄專於吏部，亦不肯以彼之公而分己之權，往往從而沮尼之，是以賄成者載塗，而守正者退處也。往時大司徒年公富建言，進賢退不肖，進退方面，二三大臣衆論以為至公者也。王天官特參奏其專權，選法欲加重辟頼。（《閑中今古》卷下）

楊廉詞話

楊廉（一四五二——一五二五），字方震，號畏軒，學者稱月湖先生，豐城（今江西）人。廉承家學，早以文行稱，舉鄉試第一。成化丁未進士，選庶吉士，授南京户科給事中。歷順天府尹，擢南京禮部右侍郎。世宗嗣位，遷尚書，疏争大禮不納，遂乞歸。卒贈太子太保，謚文恪。著書二十餘種。此據《續修四庫全書》影印明刻本《楊文恪公文集》録詞話一則。

一

《重選疊山先生註解唐詩絶句序》：程子謂古人之詩如今之歌曲，雖閭里童稺，皆習聞之。章泉、澗泉選唐人絶句詩凡百首，疊山先生註而序之，予猶以為尚多也，乃於四之中取其一焉，得二十有五首，亦欲使童稺習而聞之，庶幾有興於詩者耳。疊山序云：「此詩可聯轡齊驅於變風境上。」竊謂正風作於風俗之純，得其性情之正，固不可尚已。若變風《桑中》、《木瓜》之類，又此詩之所無者，宜曰可齊驅於風之變而不失其正者之境上，乃爲得之。噫！安得起疊山於九原而爲我改評也哉！

（《楊文恪公文集》卷二十六）

江朝宗詞話

江朝宗，字東之，巴縣（今重慶）人。景泰辛未進士，授翰林院侍讀學士，進講經筵，調廣東鹽課提舉。以文名於一時，後入覲，遂乞歸。此據《四部叢刊》影印明成化刊本劉基《眉庵集》録序文一則。

一　《眉庵詩集序》：予布衣時，雅聞楊孟載先生盛名，及入翰林，為史官奉勅纂脩《大明一統誌》。攷先生先世，予蜀嘉州人，因大父仕江左而生吴中，遂家焉。又誦先生詩云：「我家岷山更西住，正見岷山發源處。」於是乎益知先生雖生吴中，寔蜀人也。先生生於元末，仕於國初，宏遠之器，醇正之學。初任滎陽令，再謫鍾離，閑居江寧句曲，久之被薦，陞江西省幕賓，復使湖南廣右，累官山西按察使。誌載先生讀書，日記數千言，尤工於詩，與高啓、徐賁、張羽為詩友，故時有高、楊、張、徐之稱云。先生所著《眉庵集》，有五七言古體、五七言律詩及歌行、排律、絶句、詞曲，総若干篇，教授鄭鋼編集，已板行矣。字多訛謬，先後失序，而缺略尤甚，識者惜焉。吴中張公企翶以名進士累官廣東僉憲，素重先生之詩，每遇公暇，輒研究之，補其缺略，次其先後，履歷之，序字之，訛謬者悉攷正之，釐為十二卷，繡梓以廣其傳，其用心亦厚矣哉！間以示予，俾為之序。夫詩，言志也，三百篇之後變而為漢、魏，為六朝，宋元以前惟唐為盛，今先生之詩穠麗纖蔚，藹然正大和平之音，殆有唐人風味，夫豈易得者哉？僉憲公能俾先生之詩大顯於天下後世，天下後世即其詩可以知其志，知其志可以知其人，然則先生不但有光於吴，而且有光於蜀也。予後生小子，因僉憲公之命，不敢以繆悠辭而僭序之，其景仰之誠得不於是而少舒哉？成化二十年夏六月既望，賜進士奉直大夫廣東市舶提舉、前翰林侍讀學士經筵官、兼太子講讀，古渝江朝宗書。（《眉庵集》）

林俊詞話

林俊（一四五二—一五二七），字待用，號見素，莆田（今福建）人。成化戊戌進士。初授刑部主事，擢雲南按察副使、湖廣按察使，引疾歸。以薦起廣東右布政使，拜南都察院僉都御史。武宗初起仍巡撫江西，改撫四川，進右都御史。世宗即位，召為工部尚書，改刑部内侍。移疾乞休，加太子太保，卒贈少保，謚貞肅。所著有《見素文集》、《續集》、《詩集》、《泉州府志》、《濯舊》。此據影印文淵閣《四庫全書》本《見素集》録詞話一則。又據《續修四庫全書》影印清初抄《詞學筌蹄》録序文一則。

一

《進資善大夫四川右布政使致仕例進一階翠渠周公墓誌銘》：公諱瑛，字梁石，號蒙中子、白貫道人，翠渠，其最後號也。……所著有《翠渠集》、《經世管鑰》、《律呂管鑰》、《字學纂要》、《詞學筌蹄》、《地理蓍龜》、《周易參同契本義》。（節録自《見素集》卷十九）

二 《詞學筌蹄序》：壤歌衢謡，發而為鄉雲南風，為風雅頌，為《離騷》，為古樂府，為慢詞。嗚呼！亦極矣。都俞吁咈，渾噩變也；美刺興賦，比都俞吁咈變也。《上之為》、《君馬黄》、《有所思》、《出塞曲》，又變也，其又變則《青門引》、《帝臺春》、《金人捧露盤》、《魚遊春水》，是故言出為章，今固拘以體製；辭出為聲，今固拘以音律；洪殺翕闢，伸縮正變為天然，今固拘以刻意苦思。於呼！亦極矣。詞始於漢，盛於魏、晋、隋、唐，而又盛於宋，即所謂白雪體者，或以事名調，或以時名調，或以遇名調，或以人名調，或以句名調，被害絃，按歌板，法不得以己意損增。詞日多而調日廣，若《古今詞話》、《玉林詞選》、《草堂詩餘》所載，豪雄壯浪，綺麗而絢藻，要之，去鄭衛之音、女真之曲者無幾。第幸出大家言造意命，詞竟弗爽于正，故相鶩以為（筆者按：此後疑有脱文）李嶠《水調歌》，明皇謂真才子；王介甫金陵懷古《桂枝香》，東坡謂野狐精；少遊《踏莎行》，東坡謂「少遊已矣，萬人何贖」；冠卿《多麗》，識者謂拱璧夜光；仲殊之詞，謂篇篇字字高處不減唐人風致。其然耶？舊編以事為主，詞系事下，平側長短未易以讀。蜀藩方伯吾鄉周先生翠渠，以調為主，事併調下，調為譜，圜者平聲，方者側聲，讀以小圈，以便觀覽，以付蜀府教授蔣華質夫編録，蜀士徐摘山甫考正，調凡若干，詞凡若干，釐為八卷。後學程度較勝舊本，名曰《詞學筌蹄》，閱而序之如此。弘治九年歲在丙辰，見素子莆田林俊書。（《詞學筌蹄》）

張寧詞話

張寧，字靖之，號方洲，海鹽（今浙江）人。景泰甲戌進士，授禮科給事中。憲宗以論救王徽等與内閣忤，出為汀州知府，尋乞歸，家居三十年，累薦不起。所著有《方洲集》、《方洲雜言》、《奉使録》、《讀史録》。此據影印文淵閣《四庫全書》本《方洲集》録詞話二則。

一

《趙千里赤壁圖》：大江東去飛濤急，故壘西邊壁垂赤。玉堂學士天上人，兩度隨携漫遊客。放歌一曲下中流，洞簫倚和言更訓。清風明月不須買，欲與元化相周遊。酒酣袒卧蓬窗窄，不覺東方已生白。再來又是孟冬時，過眼江山忽殊色。披荒履險登崔嵬，劃然長嘯山應頽。迴舟蕩入鴻濛裏，時有孤鶴横江來。平生到處多佳遇，海市登舟亦奇事。文章變態發雕龍，意象飄飄夢中是。鐵騎長驅欲閉關，前珠後璧煥斕斑。伯駒圖畫鮮于字，二賦長流天地間。巢松幽人吕山下，收藏不惜千金價。清秋明月畫樓開，應有虹光徹長夜。（《方洲集》卷六）

二 《篆書卷跋》：正篆廓落圓美，得二李筆法，款識文交畫填墨處，類雙鈎，筆鋒稜刓委儸，在鐘鼎古器中見之，但體制不類，恐非一國書。或出戴衕《六書故》，要之皆不易得，非近世任意盤屈取姿媚者所能到。昔人謂正篆不宜為人寫詞曲，《歸去來》、《盤谷序》，晉、唐第一文章，自可無害，餘非所能喻也。（同前書卷二十）

夏鍭詞話

夏鍭（一四五五—一五三七），字德樹，號赤城，天台（今浙江）人。成化丁未進士，會主事李文祥、庶吉士鄒智、御史湯鼐等以論列大臣言直得罪，鍭抗章論救并劾大臣，詔逮錦衣衛，獄推治，無所得，釋送銓曹，謝病歸。弘治十四年復起赴選，除南京大理寺評事，以母老乞養歸，侍養家居三十餘年，竟不復起。著《赤城集》，此據《四庫全書存目叢書》影印清乾隆三十七年映南軒活字印本《明夏赤城先生文集》録詞話一則。

一　論文：夫文要於人皆可曉，故曰辭達而已。李空同之文深澀激詭，自通，不通人，辭意煩碎且鑿，不免家數小，斤兩不足。學中庸難，必不至；學失中易，必加失。空同殆學左氏而得其形似，左氏雖若艱深，自是其一體，亦自有簡克奇穩處，皆可繹而通。通則猶我自出，不若空同之生强自信。空同於内外傳得其粗而遺其精，舍其簡而用我之蕃。空同非無氣之患，患氣粗以躁，故曰空同蹈白刃者。六一對英宗，不但不忍輕，亦恐紫色亂朱，認珉爲玉。壞皇宋文體，故不得避。若争名者而曰：「其文未佳，但博學可稱，又况原甫之文未必類空同，但疾行無善步，未可誦法爾。」空同宜賦并樂府等小詞，其才自如此，故其文亦自脱不得本色，如李青蓮之文以詩，韓昌黎之詩以文，皆是類也。(《明夏赤城先生文集·外集》卷二十二)

王恕等輯詞話

《石鐘山志》八卷，王恕撰，恕字尚忠，湖口（今江西）人。景泰甲戌進士，任兵部主事，諳天象，兼精兵法，官至廣東布政司參議。湖口有上下石鐘山，即蘇軾作記者，恕以其為邑名勝，因輯古今題咏、賦傳、記跋等文為一編，雖以志為名，實總集。今存《石鐘山集》，作九卷，卷端下題曰「明武林龍洲外史沈詔删輯」，即據王氏輯本删輯。沈詔，仁和（今浙江杭州）人，嘉靖丁酉舉人，知懷集縣，為鬱林知州。此據《四庫全書存目叢書補編》影印明刻本《石鐘山集》録詞話一則。

一

羅璟：「彭蠡湖邊，石鐘山外，孤棹幾回經過。峭影巉喦，雄聲澎湃，此際正愁掀簸。清越函胡，噌吰鏜鎝，可是古人謾我。問當年、端的何如，惟見浪花朵朵。君記取、聖祖龍飛，中原鹿走，鏖戰鄱湖之左。駐蹕嵯峨，指揮豪傑，勍敵即時俘裸。流水滔滔，玆山奕奕，萬歲乾坤奠妥。載小舟、何夕採游，重把坡詞追和。」湖口王武庫邀賦石鐘山，爲作《蘇武慢》詞一闋，以道嚮往之意云。（《石鐘山集》卷八）

張志淳詞話

張志淳（一四五六—？），字進之，號南園野人，祖籍江寧（今江蘇），居永昌（今雲南）。成化甲辰進士，由吏部文選司主事起家，仕至南京户部右侍郎，坐劉瑾黨勒致仕。所著有《南園漫録》、《南園續録》、《永昌二芳記》、《謚法》、《西銘通》。《南園漫録》前有正德十年自序，稱因讀洪邁《容齋隨筆》、羅大經《鶴林玉露》二書，仿而為之。述所見聞，各為考證，其中頗紀載時事，臧否人物。後又有嘉靖五年自跋，時年六十有九。此據《北京圖書館古籍珍本叢刊》影印明刊本録詞話二則。

一

桂辨：桂有桂樹之桂，有桂花之桂。桂樹則《楚辭》桂酒、箘桂之類，即今醫家所用，取其氣味辛甘，乃用其皮也。桂花之桂，則詩詞所言，今人家所植，取其香氣馥烈，乃尚其花也。今類書載桂通不別白，雖《白孔六帖》亦然。（《南園漫録》卷四）

二 用妓女：張世南《宦游紀聞》載黄銖與朱子友善，銖母為詞之序，云力倄寶學賢表宴胡明仲侍郎，遣歌妓來乞詞，則明仲在當時，宴皆用妓。然張思叔在程門，屬意於妓，曰不害道。胡邦衡志節猶溺於妓，則宋制不如今遠矣。顧人才益劣，何耶？（同前書卷十）

儲巏詞話

儲巏（一四五七—一五一三），字静夫，號柴墟，泰州（今江蘇）人。成化癸卯甲辰鄉試、會試皆第一，授南京吏部主事，轉考功郎。劉瑾擅權，引疾致仕。瑾誅，起南京吏部侍郎。卒謚文懿。有《柴墟文集》十五卷，此據《四庫全書存目叢書》影印明嘉靖四年刻本録詞話一則。

一　《題李時行書卷》後：右東坡贈王定國詩，鄉先生李公書也。初閩中鄭公定以書名一時，名流争慕之。公得其所書秦淮海小詞，手模之二十年，遂别出意態，放逸閒麗，成一家書。公性最遠澹，獨嗜書不厭。每過交游，家不問其在與亡也，輒易冠，解衣襪，行坐哦壁間詩，命紙筆疾書數十番，欣然竟日以去。妻嘗在蓐，公爲治湯具，就煬灰作字，指畫腕掣不少休。久之，聞兒啼聲，始悟其妻須飲也。公名□，字時行，仕至青州推官。其殁也，妻子貧無所歸，寓葬于青而家焉。嗚呼！可以見公行已。前數十年，公書流落人家者尚多，時人不省重之。今購之者，高價不可得已。蓋古人雖文墨細事，亦有泯没當時者，然其輝光精彩終不可蔽。故公之書亦暫晦而卒章也。此紙爲西園丘本和氏所得，既而貽其甥方生禾，西園好古，工詩，歌行尤醖藉。死六七年矣，至今里巷間亦不復有斯人。嚾嘗慨吾郡前輩淪謝，遺事往往不傳，今人至有不省識姓名者，况其大者乎？竊欲訪而録之，未暇也。適禾解試，持此卷過余，乃述所聞，題其端而歸之。庶覽者知公之爲人，蓋余之所嗟慕者又不但如公筆札之妙也。（《柴墟文集》卷十一）

楊循吉詞話

楊循吉（一四五八——一五四六），字君謙，號南峰，吴縣（今江蘇蘇州）人。成化甲辰進士，除禮部主事。好讀書，年未三十即致仕，結廬支硎山下，課讀經史。武宗南巡，召見，命賦打虎曲，稱旨，每扈從，輒在御前承旨。耻與優伶雜處，請急歸。所著有《松籌堂集》、《燈窗末藝》、《攢眉集》、《奚囊手鏡》、《吴中往哲記》、《吴中故實記》、《吴邑志》、《遼小史》、《金小史》、《居山雜志》、《雲峰廣要》等。《居山雜志》又名《金山雜志》，金山在吴縣西三十里，循吉少時嘗讀書其中，歸田後，因為之志，分八篇：一山勢、二品石、三品泉、四山居、五游觀、六草木、七飲食、八勝事，每篇各有論贊。此據上海古籍出版社影印《説郛續》本《居山雜志》録詞話一則。

一　天全公初歸，每以良辰與客遍游西山，故兹寺亦屢至焉，嘗賦《滿庭芳》詞，所謂「水長新波，山横爽氣」，尤膾炙，以非専詠，故不具録也。（《居山雜志》「游觀第五」）

都穆詞話

都穆(一四五九—一五二五),字玄敬,吴縣(今江蘇蘇州)人。七歲能詩,杜門篤學。弘治己未進士,任工部主事、禮部主客司郎中,仕至太僕卿。致仕歸,家居絶迹公府,齋居蕭然,日事讐討。編著有《南濠文略》、《南濠詩略》、《南濠文跋》、《都元敬詩話》、《周易考異》、《史外類抄》、《金薤琳琅》、《聽雨紀談》、《奚囊續要》、《都公談纂》、《寓意編》、《鐵網珊瑚》、《方外集》等。《都公談纂》二卷,記録元明以來逸事,多涉神怪。此據《四庫全書存目叢書》影印明鈔本《都公談纂》和影印清乾隆二十三年刻本《鐵網珊瑚》、《學海類編》本《寓意編》、《知不足齋叢書》本《南濠居士詩話》録詞話十則。

一　袁景文善謔，洪武中雷擊邑中崔氏亭柱，景文撰俚詞，末云：「電光明滅處，争不把、衆人嫌的先下手。」或許其指斥，祈之而免。後佯狂家居，故人朱慶餘乘長耳過其門，景文趨而揖之，曰：「朱慶餘驢。」朱應聲曰：「此畜生非驢，乃獬廌截去角爾。」（《都公談纂》卷上）

二　少傅王公詞：右《踏莎行》詞一闋，閣老震澤先生所作，而書以遺鄉人者，穆觀詞中之語，可以見先生高情雅致，飄然物外，而富貴不足以累之。若夫詞翰之妙，此乃先生之餘事，然亦豈他人之所能及哉！（《鐵網珊瑚》卷三）

三　揚補之《梅卷》：逸（當作逃）禪老人以畫梅妙絶今古，此卷蓋余平生之僅見者。卷後有其自書詠梅《柳梢青》詞十首，尤為清絶，因備録之。其一：「傲雪凌霜，愛他梅蕊，纔借春光。步繞西湖，興餘東閣，可奈詩腸。娟娟月轉迴廊，悄無處、安排暗香。一夜相思，幾枝疏影，落在寒窗。」其二：「雪艶烟痕，又露春光，來到芳樽。憶昨年時，月移清影，人立黄昏。一番幽思誰論，但永夜、空迷夢魂。繞遍江南，繚牆深院，水郭山村。」其三：「茅舍疏籬，半飄殘雪，斜卧低枝。可更相宜，烟藏修竹，月在寒溪。停停（當作『亭亭』）佇立移時，對瘦損、無妨為伊。誰賦才情，畫成幽思，寫入新詩。」其四：「月墮霜飛，隔窗疏瘦，微見横枝。不道寒香，解隨羌管，吹到簾幃。個中風味誰知，睡乍起、烏雲任敧。嚼蕊含英，淺顰低笑，酒半醒時。」其五：「月轉牆東，幾枝疎影，一點香風。清不成眠，醉憑詩興，起繞珍叢。平生秪個情鍾，漸老矣、無愁可供。最是難忘，倚樓人在，横笛聲中。」其六：「玉骨冰肌，為誰偏好，特地相宜。一段風流，廣平休賦，和靖無詩。綺窗睡起春遲，困無力、菱花笑窺。嚼蕊吹香，眉心點處，鬢畔簪時。」其七：「為愛冰姿，畫看不足，吟看不足。已悵春殘，可堪雪裏，飛英相逐。　秖因標格孤高，似羞對、妖紅媚緑。藏白收香，放他桃李，漫山粗俗。」其八：「水曲山傍，寒梢冷蕊，隱暎修篁。細細吹香，疏疏沉影，惱斷回腸。　為誰駐馬横塘，漫立盡、烟村夕陽。空裊吟鞭，幾多詩句，不入思量。」其九：「天賦風流，想宜時稱，着處清幽。雪月光中，烟溪影裏，松竹梢頭。　生憎人在高樓，羌笛怨、驚催夢秋。不道明朝，香隨風去，半逐波流。」其十：「屋角牆隅，占寛閑地，種兩三枝。淡月微雲，嫩寒清曉，香徹庭除。　羣芳欲比何如，臞儒豈、膏粱共途。因事關心，為花修史，須紀中書。」逃禪後書詞復云：老境對花，時一歌之，豈可投他人耳目？吴西山中有梅數里，余愛之，移家在是。詞後之語，似為余今日而發，但不可與不知者道耳。（同前書卷四）

四　海岳自書詞一卷。（《寓意編》「沈啟南藏」）

五　元張師道書《木蘭花慢》詞一卷，後元人題識。……黄大癡《溪山圖》，有王國器詞，倪雲林跋。（節録自同前書「吴江史文明古藏」）

六　楊補之自書咏梅《柳梢青》詞十首，補之門人徐禹功畫梅，趙子固跋，并元人詩跋共一卷。袁泰戒卿新收，云宜與僧寺物也。（同前書）

七　李後主《重（一作雀）屏圖》，後有宋人書白樂天及荆公詩，元滕玉霄詞。楊儀部藏，楊致仕回，問之，則已贈京師人矣。（同前）

八　昔人詞調其命名多取古詩中語，如《蝶戀花》取梁簡文詩「翻階蛺蝶戀花情」、《滿庭芳》取柳柳州詩「滿庭芳草積」、《玉樓春》取白樂天詩「玉樓宴罷醉和春」、《丁香結》取古詩「丁香結恨新」、《霜葉飛》取老杜詩「清霜洞庭葉，故欲別時飛」、《清都宴》取沈隱侯詩「朝上閶闔宫，夜宴清都闕」，其間亦有不盡然者，如《風流子》出《文選》，劉良《文選注》曰：「風流，言其風美之聲流於天下；子者，男子之通稱也。」《荔枝香》、《解語花》，一出《唐書》，一出《開元天寶遺事》。《唐書·禮樂志》載：「明皇幸蜀，貴妃生日，命小部張樂奏新曲而未有名，會南方進荔枝，遂命其名曰荔枝香。」《遺事》云：「帝與妃子共賞太液池千葉蓮，指妃子謂左右曰：『何如此解語花也？』」《解連環》出《莊子》，《莊子》曰：「南方無窮而有窮，今日適越而昔來，連環可解也。」《華胥引》出《列子》，《列子》曰：「黄帝晝寢，夢遊華胥之國。」他如《塞垣春》，「塞垣」二字出《後漢書·鮮卑傳》。《玉燭新》，「玉燭」二字出《爾雅》。即此觀之，其餘可類推矣。（《南濠居士詩話》）

九　柯博士九思在奎章日，得出入内廷，後失寵，退居吴下。虞文靖公作《風入松》詞贈之，中亦微露此意。予聞柯嘗畫黄鸝、白頭，題詩二絶。《白頭》云：「春濃不放小禽棲，白髮衝冠向曉啼。簾幕半開人未起，樓臺風暖日猶低。」《黄鸝》云：「春風嬌軟緑陰肥，上苑鶯花紫翠圍。却向後宫深院裏，一枝閑自理金衣。」近嘉興周丈伯器嘗題二圖，為予誦之，詩云：「奎章閣下老詞臣，吟遍鶯花上苑春。回首金衣閒自理，緑陰多處少風塵。」「重重簾幕護輕寒，聽徹春禽午夜闌。無限江南歸興裏，不將華髮漫衝冠。」蓋用其語，而反其意也。（同前）

一〇　元盛時，揚州有趙氏者，富而好客，其家有明月樓，人作春題，多未當其意者。一日，趙子昂過揚，主人知之，迎致樓上，盛筵相款，所用皆銀器，酒半，出紙筆求作春題，子昂援筆書云：「春風閬苑三千客，明月揚州第一樓。」主人得之喜甚，盡徹酒器以贈子昂。貫雲石亦有詞咏樓，調寄《水龍吟》云：「晚來碧海風沈，滿樓明月留人住。璚花香外，玉笙初響，脩眉如妒。十二闌干，等閑隔斷，人間風雨。望畫橋檐影，紫芝塵暖，又喚起，登臨趣。　回首西山南浦，問雲物、為誰掀舞。關河如此，不須騎鶴，儘堪來去。月落潮平，小衾夢轉，已非吾土。且從容對酒，龍香涴繭，寫平山賦。」（同前）

陳玩直輯詞話

胡繼宗，盧陵（今江西）人。南宋末人。編有《韻學大全》、《書言故事》、《詩韻大成》等。其中《書言故事》有陳玩直集解，陳氏，明安成（今江西）人，行蹟不詳，有其天順八年序。此據日本昭和五十二年汲古書院出版《和刻本類書集成》影印正保三年刊伊吹權兵衛後印本《京本音釋註解書言故事大全》録詞話十一則。

一 續絃：再娶曰續絃。《十洲記》東方朔撰：鳳麟洲以鳳喙音惠麟作膠，鳳喙，鳳精也。名曰續絃膠。續，接也。能續斷絃。鳳麟洲在西海中央，其上多麟鳳（當作鳳麟），仙家煮鳳喙麟角，合煎作膠，名續絃膠，一名連金泥。此物能續弓弩斷絃及斷折之金，以膠連，使力折繫他處乃斷，續處不復斷也。宋陶穀使音事江南，使，奉使，傳命也。江南李璟都金陵，國號南唐。陶穀奉使於其國也。韓熙載命妓秦若蘭詐爲驛卒女，擁篲掃地，驛卒，今舘夫，或曰今之鋪兵。陶因與狎，狎，習近也。陶與若蘭而有所通也。贈詞名《風光好》，云：「好因緣，惡因緣，祇得郵音由亭一夜眠，郵亭，傳送文書之所，今舘驛是也。别神仙。琵琶撥盡相思調去聲，知音少，燒，去聲。待得鸞膠續斷絃，鸞，鳳凰之佐。是何年？」及李主開宴，李主，即李璟。令去聲若蘭歌此詞，陶大沮，即日北歸。大沮，沮，興也，懷慚而歸。（《京本音釋註解書言故事大全》卷一「子集·夫婦類」）

二　犀錢玉果：賀詞需利物，用犀錢玉果。坡詞：「犀錢玉果，犀錢，犀角黄，錢色似之，或曰犀角爲錢。玉果，果白似玉，曰以玉爲果。利市平分霑四坐。深愧無功，此事如何得到儂。」音農。吴人自稱曰儂。（同前集卷二「丑集·親戚類」）

三　江南客：常言坐上有江南客。鄭谷詩：鄭谷，字守愚，唐時袁州人。「坐上亦有江南客，莫向春風唱鷓鴣。」《交州志》：鷓鴣聲，懷南不思北，南人聞之則思家。詞有《鷓鴣天》云爾。（同前「丑集·謙稱類」）

四　玄真箬笠箬，音若：唐張志和，號玄真子，自作歌曰：「青箬笠，箬，竹小葉大，新摘其葉，以叙雨笠，其色猶青，故號青箬笠。緑蓑衣，新割蓑毛，穿成雨衣，其色猶緑，號緑蓑衣。斜風細雨不須歸。雨具相隨，雖風雨而不務歸，但樂志於江湖也。」（同前書「卯集·漁釣類」）

五　《陽關曲》：送别唱《陽關曲》。王維詩：「渭城朝音招雨浥輕塵，浥，滋潤也。客舍青青柳色新。勸君更盡一杯酒，西出陽關無故人。陽關，在長安西。」後人以爲《陽關曲》，三疊音妷唱之。三疊，以後三句重唱之也。（同前「卯集・送行類」）

六 羯鼓羯，音結：夷樂，故以以戎羯為名。《羯鼓録》：唐明皇尤愛羯鼓玉笛，云八音之領袖。明皇云：羯鼓玉笛，乃為八音之領袖，和叶於八音，所謂領袖也。春雨初晴，景物明媚，明媚者，百物遇晴皆艷麗也。帝曰：「對此景，豈可不與他判斷端，去聲。之乎？判斷，宴賞以樂其景。」乃命羯鼓，臨軒縱擊一曲，名《春光好》。羯鼓，夷狄之樂，命之臨於軒前一曲，故名《春光好》。回頭柳杏皆發，上笑曰：「此一事不喚我作天公乎？」明皇言：回頭柳杏皆發，我若天公之能發生，豈可不喚我作天公也哉？又製《秋風高》，製，作也。《秋風高》，亦曲名也。至秋高迥徹，秋天無雲，天所以高迥。徹者，天之遠曠也。奏之讀，必遠風徐來，庭葉飛下。奏《秋風高》之曲名也。徐來，緩緩而來也。（同前「卯集・樂技類」）

七 沈腰沈，音申，上聲。宋沈約，字休文，東陽人。久居端揆，音跪。端揆，僕射參總百揆，又曰端右，端揆之司，謂僕射也。有志台司，而武帝不用。武帝，南宋高祖也。上台司命為太尉，中台司中為司徒，下台司禄為司空，故三公曰台司。沈約以其父居僕射，而其志欲為三公，武帝且不能用。遂以書陳情於徐勉，徐勉，字修仁，後相梁武帝。言已老病，數旬，革帶常應音因移孔。革，皮也。帶以皮，為孔眼也。帶有數眼，以勾縮之而繫於腰，腰大移勾縮於内孔，腰小移勾縮於外孔，故沈約言我病久，腰小，帶移孔矣，借此以比其久居端揆也。東坡詞：「多病休文今瘦損，言多病，若沈休文之瘦損。不堪金帶更垂腰。腰小帶寬，而垂下矣。」（同前書卷五「辰集・身體譬類」）

八 春笋手狀也：東坡詞：「報道金釵墜也，十指露、春笋纖長。」（同前

九　明皇遊月宫：《龍城録》云：八月望日，唐明皇與申天師遊月宫，《事文類聚》載葉喜（當作法喜）引明皇入月宫，未知孰是。寒氣逼人，霜露霑衣，過一大門，在玉光中見一大府，榜曰廣寒清虚之府。少前，見素娥十餘人，乘白鸞，笑舞於廣庭大桂樹下，樂音清麗，上皇歸，製《霓裳羽衣曲》。明皇聽大（疑當作天）樂，曰《紫雲曲》，默記其聲，歸傳《霓裳羽衣曲》。（同前書卷十「酉集・天文類・中元」）

一〇　明日黄花：過時之物曰明日黄花。蘇公詞：「休休句，明日黄花蝶也愁。」（同前「酉集・花木類」）

一一　打鴨驚鴛鴦：《魏泰詩話》：魏泰，襄陽人。章惇官之，拂袖還家。吕士隆知宣州，好笞官妓。妓皆畏笞，欲逃去。適杭州一妓到，士隆喜之。一日，郡妓小過，士隆欲笞之，妓曰：「不敢辭，但杭妓不安。」士隆捨之。梅聖俞作（脱「莫」字）打鴨詩曰：「莫打鴨，（脱『打鴨』二字）驚鴛鴦，鴛鴦新向池中落，不比孤洲老鴰音括鶬音倉。鴰鶬，韻作鶬鴰，象其鳴聲，遂以為名。」（同前書卷十「戌集，禽獸比喻類」）

邵寶詞話

邵寶（一四六〇—一五二七），字國賢，自號二泉，無錫（今江蘇）人。成化庚辰進士，授許州知州。入為户部郎，弘治七年遷江西提學副使，廣白鹿書院學舍以來學者，教以致知力行。歷官南京禮部尚書，卒贈太子太保，謚文莊。編著有《容春堂集》、《慧山集》、《簡端録》、《漕政舉要録》。此據影印文淵閣《四庫全書》本《容春堂集》録詞話一則。

一

《迎春後令君復遣伶人來侑小酉口占》：迎春小隊到門庭。冉里橋邊草欲青。舊俗新風皆在志，北詞南曲總成聲。大觀老去多餘景，微醉年來有别亭。更愛令君能俊雅，歌謡行聽滿山城。（《容春堂集·續集》卷四）

徐伯齡詞話

徐伯齡，字延之，錢塘（浙江杭州）人。《蟫精雋》卷十二載張錫為伯齡作《鐏冠生傳》一文，云少張氏一歲，不欲顯名於人，故不以氏行，嘗集鐏為冠，嘯歌自得。雖博學能文，善書，攻琴熟律，而不肯以技自試。所著有《醉桃佳趣》、《舊雨堂稿》、《蟫精雋》。《蟫精雋》十六卷，《千頃堂書目》作二十卷。按張錫為天順壬午舉人，先徐氏而卒，則徐氏天順在世，為隱居不仕者。

雜採舊文，兼出己説，大抵文評詩話居十之九，論雜事者不及十之一。此據影印文淵閣《四庫全書》本録詞話四十七則。其間原本多缺文，《四庫提要》云：「詩文往往但存其標題，而其文皆作空行，蓋繕録者圖省工力，因而漏落，今於有可考者補之，無可考者則亦姑闕焉。」按：本詞話引録中，《四庫》本幾處闕漏者，筆者參照他書補全。

一　雪詞寓刺：宋賈似道當國日，陳藏一作雪詞譏之，云：「没巴没臂，霎時間、做出漫天漫地。不論高低并上下，平白都教一例。鼓弄滕神，招邀巽二，一任張威勢。識他不破，今只道是祥瑞。　却是鵝鴨池邊，三更半夜，誤了吴元濟。東郭先生都不管，關上門兒穩睡。一夜東風，三竿暖日，萬事隨流水。東皇笑道，山河原是我的去聲。」蓋《念奴嬌》詞也，一名《百字令》。張仲宗以東坡赤壁詞後語因名《酹江月》云。（《蟫精雋》卷一）

二　山谷詞：乙巳歲，予再往南蘭陵，思南守永定郡東曹，為予言嘗觀宋黄太史山谷墨迹，曾見一詞甚有餘味，而其聲調則唐張玄真「西塞山前」漁歌也，字既遒勁，而格律沖澹，予因録之。其詞云：「偶然垂餌得長鱏，魚大船輕力不任。隨遠近，共浮沉，萬事從輕不要深。」（同前書卷三）

三　詞貴圓滑：國初有詞人俞行之，作窗外折花美人影詞，名《霜天角》，甚圓滑，作詞之法無出於此。其詞云：「影窗紗，是誰來折花。折則從他，知他折向誰家。簷前枝最佳，折時高折些。寄語插花人，道須插向鬢邊斜。」又有一詞咏芭蕉名《卜算子》亦圓滑溜亮，國初詞人王叔明之所作也，詞云：「舞袖怯西風，翠扇羞荒草。滿貯相思向此中，斜剪雲牋小。　心裏又藏心，心事何時了。今夜應知一葉秋，添得愁多少。」（同前）

四　《楊柳枝》：唐張祐《折楊柳枝》詞云：「莫折宫前楊柳枝，玄宗曾向笛中吹。傷心日暮烟霞起，無限春愁生黛眉。」予每讀，輒為之心醉，惜不能起承吉於地下矣。（同前）

五　和龍洲詞：《詩詞餘話》云：沈景高，吴興烏程人，亦佳子弟也。流落不遇於世，人亦不知其能詞。一日，見其嘗和劉龍洲指甲詞，纖麗可愛，乃與定交。其詞云：「新脱魚鱗，平分鵝管，愛勒眉彎。記掐恨香蕉，愁悰細説，畫情嫩竹，怨曲新翻。族撲梅英，妝鬟低斂，珠領重交猶道寒。嬌無奈，笑輕拈杏蒂，淺揭湘班。　宫碁也學偷彈，時綰就、同心羞自看。解傳杯頻賭，藏鬮羅袖，歸期重數，刻印闌干。暗解綃裳，倦彈瑶琴，餧蕊鶯兒繡閣間。風流處、露雞頭新剥，消遣郎閑。」調即《沁園春》也。（同前書卷四）

六　元賢詩餘：元賢作南詞極韫藉，往往過宋之作者。如許魯齋衡書懷《滿江紅》云：「親友留連，都盡道、歸程匆逼。還可慮，干戈摇蕩，路途艱厄。萬事豈容忙裏做，一安惟向閑中得。便相將妻子抱琴書，青山側。　行與止，吾能識，成與敗，誰能測。但粗衣淡飯，小窗容膝。桑梓安排投老地，詩書準備傳家策。使蘇張重起論縱横，心難易。」中齋鄧光薦秋感《唐多令》云：「雨過水明霞，潮回岸帶沙。葉聲寒、飛透窗紗。堪恨西風吹世换，更吹我，落天涯。　寂寞古豪華，烏衣日又斜。况興亡、燕入誰家。惟有南來無數雁，和明月，宿蘆花。」杜善夫恨别《太常引》云：「碧厨冰簟午風凉，都是好風光。獨自守空牀，淚滴了，千行萬行。　别時情意去時約，剛道不思量。不是不思量，説著後，教人話長。」詹天遊閨情《阮郎歸》云：「斜河一道界相思，好秋都上眉。鸞箋象管寫心啼，搦愁題做詩。　添别恨，卜歡期，燈花紅幾時。看看月上小窗兒，夜香今夜遲。」滕玉霄賓七夕《玉漏遲》云：「問誰乞巧，誰知巧處成煩惱。天上佳期，底事别多歡少。雨露雲晴半晌，又早被、西風吹曉。愁未了，星河隔斷，銀河深杳。　可笑，兒女浮名，似爪果、絲縈繞。百拙無能，贏得自家華登高、懶且，平地過重陽，風雨又何妨。問牛山悲淚又何苦，龍山佳會又何狂。笑淵明歸去，有何忙。便也休説、玉堂金馬樂，也休説、竹籬茆舍惡，花與酒，一般香。西風莫放秋容老，時時留待客倘徉。恨太華峰高，廬山社遠，身世相妨。誰知，半溪烟景，且乘閒華髮照滄浪。羞殺風標公子，一生何恨清香。仙百年渾是醉，幾千場。」曹通甫詠白蓮《木蘭花慢》云：「杏香花帶露，暎曉色、淡秋塘。家，搖曳水雲鄉，高顛卻濃妝。看脈脈盈盈，何消解語，已斷人腸。呼童，更須沽酒，待夜凉和月捲荷觴。明日醒來信筆，新聲付與秋娘。」曾棣横舟詠簾下《鎖窗寒》云：「綉額雲横，銀鈎月小，緑楊庭院。疎明滿幅，永晝未忺高捲。愛空紋、巧韻曲波，弄晴日色花陰轉。任篩金影碎，輕敲簷玉，礙雙飛燕。凝見，窗留篆影，六曲雕闌，翠深絳淺。香風暗度，不隔嬌鬆鶯囀。似無情、重霧下垂，嫩桃想像添笑臉。望瑶階、窣地雙鴛，注盼金蓮遠。」顔子俞留客《清平樂》云：「留君且住，且待晴時去。夜深水鶴雲間語，明日棠梨花雨。樽前不盡餘情，都上鳴絃細聲。二十四番風後，緑陰芳草長亭。」楊樵雲影題《滿庭芳》云：「只道空烟，又疑流水，依依却是行雲。了然相對，又是夢紛紜。半面春風圖畫，黄金在、難鑄昭君。溪橋斷，梅花晴雪，端的三分。真真難喚醒，年抽藕、織得榴裙。甚徘徊、窺鏡交翼鸞文。一片飛花來去，并刀快剪取晴紋。無情處，分明眉眼，强半帶春醺。」真所謂「黄絹幼婦，外孫虀臼」也。（同前）

七 吕城懷古：予鄉先正存齋瞿宗吉先生《吕城懷古》詩云：「周郎早世魯侯終，江左經營藉阿蒙。

納款何須通漢賊，藏機可惜害關公。驅馳中土雖無策，保障全吴亦有功。破屋三間遺像在，夕陽飛鳥紙錢風。」感慨深矣。先生名佑，字宗吉，生值元末兵燹間，流離四明，岌亂姑蘇。明《春秋經》，尤嗜著述。尋以仁和山長，歷宜陽、臨安二縣，既而相藩，藩屏有過，先生以輔導失職，坐事繫錦衣獄，尋竄保安為民。太師英國張公輔起以教讀家塾，晚回錢塘，以疾終。所著有《通鑑集覽鐫誤》、《香臺集》、《剪燈新話》、《樂府遺音》、《歸田詩話》、《興觀詩順承稿》、《存齋遺稿》、《咏物詩》、《屏山佳趣》、《樂全稿》、《餘清曲譜》、《保安新録》、《保安雜録》等集，一見存其目，喪亂以來所失亡者，往往人為惜之，如《剪燈録》、《采芹稿》、《春秋貫珠》、《春秋捷音》、《正葩掇英》、《誠意齋稿》、《管見摘編》、《鼓吹續音》、《風木遺音》、《存齋類編》、《天機雲錦》、《遊藝録》、《大藏搜奇》、《學海遺珠》等集，兹不可復得也一。予讀先生《香臺集》，惜其引據奇僻而無釋之者，後學病焉。菊莊乃命予宜為之註，承命三閱月而書始成，是以益仰先生博雅之才為不可量也。夫先生於流離顛沛喪亂之餘，晚值多故之秋，而其著述不衰，學問益富，視彼飽食終日無所用心者，有愧多矣！（同前）

八 王翰林詞：翰林王先生名洪，字希範，號毅齋，錢塘人。永樂中由郡庠生以《春秋》領薦，登進士第，時年十八。任行人，陞吏科給事中，遂為翰林檢討。修《永樂大典》，為副總裁，陞修撰，又歷侍講。三以大比典文衡，遷禮部儀制主事，卒時年四十二。其疾也，得賜藥物，其卒也，又得賜棺給舟載歸。江右素稱文獻邦，而諸老前輩咸謙遜折節下之，凡卷帙，苟無先生之作，猶無作然，其見推重也如此。鄉人四川别駕英季珍琚嘗曰：「先生非特一鄉之先達士，誠大江以南之人物，可謂天下士矣。」祭酒胡公若思儼誌其墓曰：「希範之學，月開日益，渟滀深博。其為文章，務湔滌刮劘，以期至於古人，而遽止於斯，悲夫！」先生故居北郭之外夾城巷，嘗咏作《卜算子》八章，其夾城夜月云：「孤月泛澄江，露下高林靜。期著佳人夜不來，坐轉霜梧影。 吹徹紫鸞簫，寶篆煙銷鼎。桂子飛香下廣寒，銀漢秋波冷。」其斗門春漲云：「驚雪噴高崖，雷響青天曉。剛道吳胥駕海來，勢壓滄溟小。 兩岸是漁舟，撩亂飛春鳥。誰信神魚去不留，五色祥雲繞。」其半道春虹云：「宿雨漲春流，曉日紅千樹。幾度尋芳載酒來，自與東風遇。 弱水與桃源，有路從教去。不見西湖柳萬絲，滿地飛春絮。」其西山晚翠云：「斜日照疏簾，雨歇青山暮。白鳥鳴邊一半開，杳藹和煙度。 樓上見平湖，影隔青林霧。吹斷鸞簫興未闌，月照芙蓉露。」其花圃啼鶯云：「旭日照芳林，鶯囀春風早。一片紅雲暗不開，無奈春聲攪。 乘興且閑遊，莫待韶華老。隨意飛紅點緑苔，休著家童掃。」其皋亭積雪云：「積玉映空青，蓬島人間近。珠樹瑶花滿眼開，縹緲仙臺影。 便欲跨青鸞，直上三山頂。鶴氅披雲看下方，月白銀河冷。」其江橋暮雨云：「淅瀝帶秋煙，兩岸蒹葭響。何處漁舟暝未還，隔浦聞清唱。 繚亂下枯槎，一夜苕溪漲。天目應添翠幾重，明日看晴嶂。」其白蕩煙村云：「緑竹繞清流，草舍人家遠。幾處牛羊晚下來，煙外聞鷄犬。 禾稼滿秋原，路向桑麻轉。簫鼓從教樂社神，歲歲常相見。」又端午日文皇賜觀擊毬射柳，羣臣應制獻詩，先生詩云：「令節昭天序，嘉時樂聖躬。花開金闕下，駕出綵雲中。內侍珠花帽，將軍虎韔弓。袞衣明日月，旗影動蛟龍。帝子來三殿，皇孫出九重。錦衣千隊擁，金甲萬人從。整暇威容盛，驍騰意氣雄。騎攢雲繞足，杖擊電飛空。宛若華星度，輝然瑞靄籠。喜聲聞率土，壯氣入高穹。縹緲青絲鞚，葳蕤碧柳叢。鳴梢馳忽遇，飛鏃中偏工。選藝新收將，論勳舊拜公。應絃能剪白，錫錦遂分紅。賈勇呈奇戲，争先騁鋭鋒。懽呼紛躍距，跳蕩若擒戎。襢裼摧雙虎，櫜鞬得兩熊。豈惟昭國典，足以壯軍容。已洽文明德，寧忘武戰功。睿觀天意悦，榮錫聖恩濃。寶帳臨瑶圃，瓊筵對玉峰。鳳鳴文囿樹，樂奏舜琴風。玉燭乾坤泰，金穰歲序豐。願將天地壽，三祝效華封。」江右好事者以其文與永豐曾學士棨文集並刻以傳，號《曾王二學士文集》云。（同前）

九　瓊瓊詞：唐崔懷寶贈薛瓊瓊詞，蓋《望江南》調也。不知緣何只半篇，其詞云：「平生無所願，願作樂中箏。得近玉人纖手子，砑羅裙上放嬌聲，便死也為榮。」其意本陶淵明《閒情賦》。案《閑情賦》云：「願在衣而為領，承華首之餘芳。悲羅襟之宵離，怨秋夜之未央。」又云「願在髮而為澤，刷玄鬢於頹肩。悲佳人之屢沐，從白水以枯煎。願在眉而為黛，隨瞻（脱「視」字）以閒揚。悲脂粉之尚鮮，或取毁於華妝。願在莞而為席，安弱體於三秋。悲文茵之代御，方經年而見求。願在絲而為履，附素足以周旋。悲行止之有節，空委棄於牀前。」又云：「願在木而為桐，作膝上之鳴琴。悲樂極以哀來，終推我而輟音。」故瞿存齋詩云：「纖手嬌聲放砑羅，崔生樂意竟如何。若非曾讀《閑情賦》，争識淵明恨更多。」（同前書卷五）

一〇　《點絳唇》：瞿存齋宗吉題菊作《點絳唇》，極韞藉，令人悦妙。其詞云：「花禀中黄，挺然獨立風霜表。冒寒閑來，占得秋多少。　正是重陽，蝶亂蜂兒繞。歸田早，為誰傾倒，有個柴桑老。」菊莊劉隱君吉亨於南屏葉文甫家九月見梅賦小詞，亦《點絳唇》，云：「菊老蓉殘，小園驀地開清馥。陰消陽復，的皪花如玉。　紅實調羹，早獻黄金屋。甘幽獨，要知心腹，除是松和竹。」是可與聯鑣者矣。又見眉庵楊孟載基咏鶯，亦有《點絳唇》云：「何處飛來，柳梢一點黄金小。　弄晴催曉，喉如簧巧。　春夢須臾，正繞江南道。空相惱，被他驚覺，緑遍池塘草。」尤纖麗圓融可愛。元滕翰林玉霄咏墨本水仙花《點絳唇》更一氣流出，詞云：「縞袂啼香，為誰一點春心碎。淡黄深翠，不似當時態。　東洛緇塵，依舊交情奈。空憔悴，玉人何在，細雨疏烟外。」然皆本宋和靖林處士逋春草詞，意來林詞亦《點絳唇》也：「金谷年年，亂生春色誰為主。餘花落處，滿地和烟雨。　又是離歌，一闋長亭暮。王孫去，萋萋無數，南北東西路。」（筆者按：「年年」以下原空缺，據《花庵詞選》補。）（同前）

一一　《釵頭鳳》：嘗讀瞿存齋《歸田詩話》載陸放翁《沈園感舊》詩云：「夢斷香銷四十年，沈園柳老不飛綿。此身行作稽山土，猶弔遺踪一悵然。」「城上斜陽畫角哀，沈園無復舊池臺。傷心橋下春波緑，曾是驚鴻（筆者按：自「四十」以下四十九字原空缺，據《齊東野語》補）照影來。」而所謂「錯錯錯」、「莫莫莫」之詞不録。蓋放翁前室，唐氏閎之女也，於其母夫人為姑姪，伉儷相得，而弗獲於其姑。既出，而未忍絶之，乃為之别館，時時往焉。姑知而掩之，雖先知挈去，然事不得隱，竟絶之。嫁宋宗室子士程。嘗春日出遊，相遇於禹迹寺南之沈氏園，唐以語趙，遣置酒殽，翁悵然久之，為賦詞云：「紅酥手，黄藤酒，滿城春色宮牆柳。東風惡，歡情薄，一懷愁緒，幾年離索，錯錯錯。　春如舊，人空瘦，淚痕紅浥鮫綃透。桃花落，閑池閣，山盟雖在，錦書難托，莫莫莫。」（筆者按：自「黄藤酒」以下五十七字原空缺，據《齊東野語》補）蓋《釵頭鳳》，紹興乙亥歲也。翁居鑑湖之三山，晚歲每入城，必登寺眺望，不能勝情，嘗賦二絶句，即《歸田詩話》所載者，蓋慶元乙未歲也。未久，唐氏死，至紹熙壬子歲，復有詩序云：「禹迹寺南有沈氏小園，四十年前嘗題小詞壁間，偶復一到，而園已三易主。讀之悵然。」詩云：「楓葉初丹槲葉黄，河陽愁鬢怯新霜。林亭感舊空回首，泉路憑誰説斷腸。壞壁題詞塵漠漠，斷雲幽夢事茫茫。年來妄念消除盡，回向蒲龕一炷香。」（筆者按：自「槲葉」以下五十二字原空缺，據《齊東野語》補）又至開禧乙丑歲暮除夕夢遊沈園，又作兩絶句云：「路近城南已怕行，沈家園裏更傷情。香穿客袖梅花在，緑蘸寺橋春水生。城南小陌又逢春，只見梅花不見人。玉骨久成泉下土，墨痕猶鎖壁間塵。」沈園後屬許氏，又為汪之（筆者按：自「已怕行」以下六十二字原空缺，據《齊東野語》補）道宅云（以下原空缺若干字）。（同前）

一二　寄妓詞：《清異録》載有士人訪一妓，妓在閫府侍宴，候稍久，遂賦一詞寄之云：「春風搦就腰兒細，繫的粉裙兒不起。從來只向掌中看，怎忍在、燭前影裏。酒紅應是鉛華退，暗蹙損、眉峰雙翠。夜深霑輛繡鞵兒，靠那個屏風立地。」詞至為閫帥所見，喜其詞語清麗。明日呼士人，竟以此妓與之。（同前）

一三　温公詞：司馬温公製《錦堂春》詞，極纖麗，予得《梁溪漫志》而讀之，殊不似公作者，豈公精華發見不得而揜？詞筆夐出韞藉之外，然含蓄感慨，一唱三嘆，所謂樂而不淫，哀而不傷者歟？詞云：「紅日遲遲，虚廊轉影，槐陰迤邐西斜。綵筆工夫難狀，晚景烟霞。蝶尚不知春去，漫繞幽砌尋花。奈猛風過後，縱有殘紅，飛向誰家。　始知青鬢無價，嘆飄零官路，荏苒年華。今日笙歌發裏，特地咨嗟。席上青衫濕透，算感舊、何止琵琶。怎不教人易老，多少離愁，散在天涯。」（同前書卷六）

一四　陽臺柳：文潞公知成都，喜行樂，有飛語至京師。御史何郯，字聖徒，蜀人，告歸，上遣察之。李少遇謂公曰：「無足慮。」因迎謁聖徒於漢川，同郡會，有妓善舞，聖徒喜之，問其姓，曰楊，聖徒曰：「所謂陽臺柳者。」少遇取妓帕題詩曰：「南國佳人號細腰，東臺御史惜妖嬈。從今喚作陽臺柳，舞盡東風萬萬條。」命其妓歌之。數日，聖徒至成都，頗嚴重。潞公彦博一日宴聖徒，迎其妓，雜府妓中，歌其詞以酌聖徒，聖徒每為之醉。事與陶穀使江南事相類，詳見《邵氏聞見録》。（同前）

一五　范周詩豪：《宋遺佚》：范周，字無外，文正公希文姪孫，贊善純古之子。負才不羈，工詩詞。無意榮達，安貧自樂，未嘗屈折於人。所賦詩甚多，時出傑句，如《咏懷》云：「一瓢有道泰山重，五鼎不義鴻毛輕。」其氣槩硉兀類如此。（同前）

一六　《清平樂》：《豹隱紀談》載有妓趨庭陳狀，石次仲因作《清平樂》詞云：「醉紅宿翠，髻嚲烏雲墜。管是夜來不得睡，那便今朝早起。　春風滿搦腰肢，階前小立多時。恰恨一番風雨，想應濕透鞵兒。」流麗可愛。（同前）

一七　幕士評詞：予過南蘭陵，於友人處獲見王灼《碧窗（當作鷄）漫志》，中載東坡玉堂有幕士善謳，因問：「我詞比柳詞如何？」對曰：「柳郎中詞，只好十七八女孩兒執紅牙板，唱『楊柳岸，曉風殘月』，學士詞須關西大漢執鐵板，唱『大江東去』。」公大笑。（以下原有缺文）（同前書卷七）

一八　禁釀：元羅志仁禁釀詞名《木蘭花慢》云：「漢家糜粟詔，將不醉、飽生靈。便收拾銀罌，當壚人去，春歇旗亭。淵明權停秫，徧人間暫學屈原醒。天子宜呼李白，婦人却笑劉伶。提壺盧更有誰聽，愛酒已無星。想難變春江，葡萄釀緑，空想芳馨。温存鸕鷀鸚鵡，且茶甌談對晚山青。但皓秋風魚夢，賜酺依舊波冥。」鐵崖亦有詩云：「三月皇都酒禁酤，山禽空自喚提壺。煙生陸羽新茶竈，塵滿黄公舊酒壚。月下不須攜妓飲，花前何必倩人扶。滿朝多少賢卿相，盡學醒醒楚大夫。」命意相同云。（同前）

一九　楊眉庵詩：眉庵先生楊孟載基，洪武初任山西按察使，為吴下詩宗，與太史高季迪啓、潯陽張來儀羽、記室徐幼文賁皆齊名，時稱高、楊、張、徐，語極纖麗。其《詠春水》、《春草》二詩尤膾炙人口，《春水》詩云：「溶溶漾漾欲平橋，知是巴江雪盡消。紅雨落花來滚滚，緑煙芳草去迢迢。沅湘已没鷗邊渡，溢浦新添鷺外潮。向晚漁郎走相報，大家齊上木蘭橈。」《春草》云：「嫩緑柔藍遠更濃，春來無處不茸茸。六朝舊恨斜陽裏，南浦新愁細雨中。近水欲迷歌扇緑，隔花遥襯舞裙紅。平川十里歸人晚，無數牛羊一篴風。」又有句云：「柳花嫩如鵝破殼，蘚痕斑似鹿辭胎。」又云：「尚短柳如初折後，已殘梅似半開時。」其精妙工緻，奪化工之功，大率多此類也。其詩餘尤工云。（同前）

二〇　《重疊金》：舊見唐人一詞，「行雲流水」一句含情深妙，昔虞邵庵示人作詩法，以「打起流鶯兒，莫教枝上啼。啼時驚妾夢，不得到遼西」，予於此詞亦然。詞云：「薔薇帶露珍珠顆，美人折向庭前過。含笑問檀郎，花强妾貌强。　檀郎若相惱，番道花枝好。一向發嬌嗔，碎挼花打人。」蓋《菩薩蠻》也，一名《重疊金》。（同前）

二一　《中原音韻》：北樂府用字皆北音，與沈休文所傳四聲韻不同，蓋地居土中，為陰陽之所和，會五方之雜，億兆之廣，擇其通者曰中原正語，取四海適中天下同聲而無滯者也，其音有平上去三聲而無入聲，其入聲字皆附派入三聲之內。燕山卓從之作《中州韻》，為志亦勤矣，惜其所收不能什百。四方未解之音，使後學莫知適從，至如秉持之秉，克己之克，肉食之肉，皆不見録，未得為成書也。若夫《瓊林雅韻》，則其收尤駁雜，以南音謬戾可憎，詞人病之。元高安周挺齋德清復作《中原正韻》，較前為勝，然其間猶有未能盡善者，試有一二言之。至若握雨携雲之握，詞中多用如握手、握霧拏雲、掌握、一握、握筭之類，韻既不收，音從曷得？今之謳者往往無定音，伍或音襖，又有音烏買切者，至如曹大家之家音姑，漢隽明釋何為，稱不敢收而遂棄之。況三聲既定，又言聊以廣其押韻，為作詞而設。然呼吸言語之間，還有入聲之別。嗚呼！　既定中天下之音，何方語市言之可證也？　今京師之人呼客讀如怯，以往為網，而反以遺忘之忘為旺，寧能從之乎？　既又譏時人呼罷涓為罷堅、淵明為烟明，非矣，而未免懸絶為眩，絹帛之絹為建，其能盡變之乎？　蓋以理推，則天下之音無適不可耳。徒以耳目為異同，胡能得四方之正乎？　今南人呼府縣之縣為眩，健羡之羡為旋去聲，月桂之桂為寄，季孟之季為巨，指揮之揮為吁，亦可以言語呼吸為證耶？　歡娱之娱，六書即古唐虞字，今與提撕音嘶騂音星色字，咸誤於世久矣。而德清乃謂從旁讀亦無害，而又譏騂字之謬。噫！均之以偏旁之讀，何獨騂乃異於娱撕哉？是可笑也。驚嚇之嚇不收齊、微，與黑字同音，而入皆、來，作蟹。刁槊之槊不收戈、禾，而與蕭、豪叶，作炒。城郭之郭不收戈韻，而亦從豪作稿，則棺槨之槨讀為棺稿，可乎？然又凡例不縝，考據未盡，乃從而文之。云字有不可施於詞之韻脚，不能盡收，毋譏其不備。蓋雖其字不可施之押韻，其不可施於詞語中乎？既入詞語，寧可不知其讀作何音歟？又是書既成，陰陽有字，固然矣。墨本乃以一字又有陰陽之分，既而自亦難掩，復設飾詞，謂云：「友朋素之難卻，已寫數十本，散之江湖，當時慮為圖利之徒盜刋，非我有也，故以此混之。」此言豈公天下之心歟？是其矛盾可見矣。沈約為吴興語言，固無俟語而已。德清乃欲為人轉其喉舌，換其齒牙，其抑難乎爾焉？惟其選定四十詞中有精粹者，予故重為録出二十五章，併外附《撥不斷》一章，共二十六章，以備賞音者鑑之云。（同前）

二二　挺齋妙選：《仙吕·寄生草》：「長醉後，方何礙，不醒時，有甚思。糟醃了兩個功名字，醅渰了千古興亡事，麴埋了萬丈虹霓志。不達時皆笑屈原非，但知音盡説陶潛是。」《雙雁兒》：「洞賓出聖超凡，本有神仙一抹條。九陽巾君是真人，一半兒自將楊柳品題。人笑撚花枝，比較春，輸與海棠三四分。再偷匀，一半兒臙脂一半粉。」《金盞兒》：「據胡床，對瀟湘。黄鶴送酒仙人唱，主人無量何妨。若捲簾，邀皓月，勝開宴，出紅妝。但一樽留墨客，是兩處夢黄糧。」《中吕·迎仙客》：「雕簷紅日低畫棟，彩雲飛。十二玉闌天外倚。望中原，思故國，感慨傷悲，一片鄉心碎。」《謁金門》：「早霞晚霞，妝點廬山畫。仙翁何處煉丹砂，一縷白雲下。客去齋餘，人來茶罷。嘆浮生，指落花。楚家漢家，做了漁樵話。」《普天樂》：「浙江秋，吳山夜，愁隨潮去，恨與山疊。鴻雁來，芙蓉謝，冷雨青燈讀書舍。怕離別又早離別，今宵醉也，明朝去也，留戀些些。」《喜春來》：「閑花醞釀蜂兒密，細雨調和燕子泥。綠窗蝶夢覺來遲，誰喚起，簾外曉鶯啼。」《滿庭芳》：「知音到此，舞雩點也，修禊羲之。海棠春已無多事，雨洗胭脂。誰感慨，蘭亭古紙。自沉吟，桃扇新詞。急管催銀字，哀絃玉指忙，過賞花時。」《十二月堯民歌》：「自別後遙山隱隱，更那堪遠水粼粼。見楊柳飛綿袞袞，對桃花醉臉醺醺。透內閣香風陣陣，掩重門暮雨紛紛。怕黃昏忽地又黃昏，不銷魂怎地不銷魂。新啼痕壓舊啼痕，斷腸人憶斷腸人。今春香瘦幾分，縷帶寬三寸。」《四邊靜》：「今宵歡慶，軟弱鶯鶯，可曾慣經。款款輕輕，燈下交鴛頸。端詳看可憎，好殺無乾净。」《醉高歌》：「十年燕市歌聲，幾點吳霜鬢影。西風吹老鱸魚興，晚節霜榆暮景。」《南呂·四塊玉》：「買笑金，纏頭錦。得遇知音可人心，怕逢狂客天心沁。紐死鶴，劈碎琴，不害磣。」《正宮·醉太平》：「人皆嫌命窘，誰不見錢親。水晶丸入麪糊盆，纔粘拈便袞。文章糊了盛錢囤，門庭改做迷魂陣。清廉貶入睡餛飩，葫蘆提倒穩。」《塞鴻秋》：「腕冰消，鬆却黃金釧。粉脂殘，淡了芙蓉面。紫霜毫蘸濕端溪硯，斷腸詞寫在桃花扇。風輕柳絮天月冷，梨花院。恨鴛鴦，不鎖黃金殿。」《商調·山坡羊》：「雲鬆螺髻，香濕鴛鴦，被掩春閨。一覺傷春睡，柳花飛。小瓊姬，一片聲，雪下呈祥瑞。把團圓夢兒生喚起，誰不做美，呸，却是你。」《梧葉兒》：「別離易，相見難，何處鎖雕鞍。春將去，人未還。這其間，殃及殺愁眉淚眼。」《越調·天净沙》：「枯藤老

「花陣輸贏隨幔生，樹昏鴉，小橋流水人家。古道西風瘦馬，夕陽西下，斷腸人在天涯。」《傒闌人》：「花陣輸贏隨幔生，桃扇炎涼逐世情。雙郎空藏瓶，小卿一塊冰。」《塞兒令》：「烟艇閑雨蓑乾，漁翁醉醒江上還。啼鳥關關，流水潺潺，樂似富春山。數聲柔艣江灣，一鈎香餌波寒。回頭觀兔魄，夫憶放魚竿，看流下蓼花灘。」《雙調·落梅風》：「金刀利，錦鯉肥，更那堪玉葱纖細。若得醋來風韻美，試嘗著這生滋味。」《凌波仙》：「一聲梧桐一聲秋，一點芭蕉一點愁，三更歸夢三更後。落燈花，棋未收，嘆新豐逆旅淹留。枕上十年事，江南二老憂，都到心頭。」《慶東原》：「參旗動斗柄，那為多情，受用些兒個。」《殿前歡》：「醉歸來入門下馬，笑盈腮笙歌接至，朱簾外夜宴重開。十年前一秀才，黄虀菜打熬做文章伯，江湖氣概，風月襟懷。」《賣花聲》：「細研片腦梅花粉，新剥真珠荳蔻仁，依方修合鳳團春。醉魂清爽，舌尖香嫩，這孩兒那些風韻。」其《撥不斷》另附於後云。（同前）

二三　《天香引》：《輟耕録》載道園虞邵庵伯生先生於揭曼碩學士奚斯家賦三謁草廬圖《天香引》，隔字一押韻，以為至難，且稱先生之才為不可及。暇日遊湖上，登孤山和靖祠，復於粉牆上得一闋，亦其體也。其詞云：「至當時，林氏山祠，驛使何之，取次南枝。飄漬臙脂，蕉斯故紙，抑死荒絲志。寒瀏雄雌，鷺翅參差，母子鸕鷀。撚此吟鬚，彈指歌詩，勸爾金卮，何事嗟咨。」後友人復以一闋來，竟不用他字疊韻而成，尤出奇外一等，詞云：「護吾廬，緑樹扶疏，竹塢獨居。舉目須臾，鷺宿芙渠，烏居古木，凫浴菰蒲。夫語婦，壺沽緑醑。主呼奴，釜煮鱸魚。俗務俱無，布素粗服。書屋讀書，蔬圃鋤蔬。」《中原正音》：緑讀如慮，竹如主，獨音都吾切，目如慕，宿音思主切，木如暮，浴如裕，俗音須如切，屋音五故切，讀與獨同，醁與緑音同。蓋盡以一屋二沃收入，魚、模相叶故也。惜不知作者名字，此詞在雙調，即古夾鍾商，本名《折桂令》，又名《蟾宫曲》，詞人多命名《天香引》云。（同前）

二四　《望江南》：宋王齊叟字彦齡，懷州人。高才不羈，為太康掾官，嘗作《青玉案》嘲帥，又賦《望江南》譏監司，監司大怒，責之，彦齡斂板向前應聲答云：「某居下位，常恐被人讒。止是曾填《青玉案》，何曾敢做《望江南》，請問馬都監。」時馬都監者適與彦齡並坐，馬惶恐，亟自辨數，既退，詰彦齡曰：「某實不知子，乃以某為證，何也？」彦齡笑曰：「且借公趂韻，幸勿多怪。」所言則又《望江南》也。（同前書卷八）

二五　《蘇武慢》：國初三山林鴻子羽嘗作《蘇武慢》八章，曠視一世，今録其其（衍一「其」字）四云：「家本儒流，身穿縫掖，出入義途仁里。洞鑒心機，冥搜海嶽，博得一貧如洗。作賦南宫，吟詩北苑，萬句不如杯水。問先生、何苦如斯，祇是好之不已。最愛是，竹寺秋眠，花樓夜飲，醉倒不知天地。禮法之徒，是非評論，看得不如螻蟻。勘破興亡，超乎流俗，莫怪不營生理。吐胸中、萬斛珠璣，幾個富人能比。」豪氣為何如哉！（同前書卷九）

二六　紅杏鬧：宋宋景文公子京賦詞名《玉樓春》云：「東城漸覺風光好，皺縠波紋迎客棹。緑楊烟外曉雲輕，紅杏枝頭春意鬧。　浮生長恨歡娱少，肯愛千金輕一笑。為君持酒勸斜陽，且向花間留晚照。」《遯齋閒覽》云：張子野郎中以樂章名擅一時，宋子京尚書奇其才，先見，遣將命者曰：「尚書欲見『雲破月來花弄影』郎中。」子野屏後呼曰：「得非『紅杏枝頭春意鬧』尚書耶？」遂出置酒。國

初釋祥止庵春日書懷詩云：「病餘肌骨未全蘇，短杖朝來試一扶。不見杏花紅似鬧，一年春事却如無。」蓋用景文句也。（同前）

二七 《題邵庵集》：陳衆仲旅《題虞邵庵伯生詩集後》云：「憶昔奎章學士家，夜吹瓊管泛流霞。先生歸卧江南雨，誰為掀簾看杏花。」蓋用邵庵《風入松》詞中事也。與張蜕巖仲舉詞「留意江南，杏花春雨，和淚在羅帕」意同，固邵庵之事也。（同前）

二八 宋淮海秦少游觀工於詞，《古今詞話》言之悉矣，而其詩律纖穠艷巧，故時人有「蘇東坡詞似詩，秦淮海詩似詞」之語。其《遊鑑湖》詩云：「畫舫朱簾出繞牆，天風吹到芰荷鄉。水光入座杯盤瑩，花氣侵人笑語香。翡翠側身窺緑酒，蜻蜓偷眼避紅妝。葡萄力緩單衣怯，始信湖中五月凉。」「翡翠」、「蜻蜓」之句，俊詞也，可謂鏤冰翦水者矣。鶴窗馬浩瀾評周、秦之詞，以周尚言情，而秦則情景俱到，似冠清真之上者，信然。（同前）

二九 《子夜歌》：《槁簡贅筆》云：吴中俗言俚曲有云：「消梨應郎心上冷，甘蔗應郎身上甜。」又云：「羅裙十二摺，小妻也是妾。」遂採為《子夜歌》二章云：「消梨得能冷，甘蔗得能甜。總應郎心上，為儂素比縑。」「桃根復桃葉，羅裙十二褶。阿郎自歡儂，小妻也是妾。」（同前書卷十）

三〇 繡芙蓉：幼嘗見前輩言元妓女繡芙蓉才藻穎敏，能詩，工樂府，嘗於席上持杯勸鐵崖先生，廉夫先生風流豪縱，暮年改號鐵笛。因戲執其手，出對句云：「芙蓉掌上金盤露。」即應聲答曰：「玳瑁筵前鐵笛風。」座間為之絶倒，其敏贍如此。（同前書卷十一）

三一　菊莊詩：菊莊劉隱君泰，字士亨，詩詞為一時絶唱，往往多膾炙而備諸體，求得之者，不啻獲南金趙璧。嘗《詠東坡赤壁圖》云：「黄州遷客氣如虹，夜放扁舟弔兩雄。東下火攻吴卒鋭，北來水戰魏師空。白沙折戟荒凉外，緑酒芳樽感慨中。爛醉不知天地老，江流終古浩無窮。」有少陵氣象。又《晚春漫興》云：「單羅初試怯春風，金鴨香銷翠被空。江燕低翻三寸黑，海棠微褪一分紅。酒因睡淺醒難解，詩為愁多句未工。暗日漸長兒女懶，鞦韆閒在曲闌東。」自言當與楊眉庵孟載頡頏。《題芍藥》云：「緑陰庭院已非春，紅藥翻階露朵新。綽約嬌姿誰得似，天風吹下衛夫人。」可與李義山商隱並駕。其《詠黄菊》云：「芳叢燁燁殿秋光，嬌倚西風學道妝。一自義熙人採後，冷烟疏雨幾重陽。」有慨古傷今之意。其《秋葵》云：「葵華曄曄照秋林，誰把紅芳暗傳金。白露不凋風不剪，也知中有向陽心。」有林下憂國之意。《墨菊》云：「自是中黄第一花，鴈來時節傲霜華。如何秋色無人管，移入龍香道士家。」蓋自況也。（同前）

三二　清溪博雅：陸昂，字元俌，杭之錢塘人，號清溪。聰明博雅，性嗜吟咏。幼與予偕從遊菊莊先生之門，而尤書淫傳癖，同門者率罕及之。作詩每每逼真菊莊，嘗作《宫詞》云：「自捲珠簾放燕歸，六宫春盡亂紅飛。從來艶色多傾國，願得君王寵幸稀。」凡作宫詞，皆寫幽怨之情，而清溪乃終致規諷之正，其合思無邪之旨耶？同門葉南屏文甫，宋文康公時十一世孫也，詩禮故舊，亦嗜詩。清溪嘗稱誦之，謂得菊莊之授，信然。又《題梅花》絶句云：「春到南枝與北枝，花開的皪照寒漪。何人似我相憐意，不把東風玉笛吹。」何其温厚如此耶？嘗謂予曰：「唐人詩有不期而暗合者，如李求古

《叢臺》詩、許用晦《淩歊臺》詩，句法詩意押韻無一不同，而却無人知之，因嘗録出以自識，其博識奇奥又若此。而平時聞諸師友，及考諸典籍，新奇隱奥，凡得若干，纂為《吟窗涉趣録》。又所著詩詞有《窺豹録》若干卷云。（同前）

三三　鶴窗醖藉：予内弟馬浩瀾名洪，號鶴窗，杭之仁和人。善詩詞，極工巧。嘗題予姻家東溟許先生程遠弟應和松竹雙清扇景詞云：「剪蒿萊，曾將雙翠親栽。旋添成、園林佳勝，依稀嶰谷徂徠。鳳飛過、文章燦爛，蛟騰攫、鱗甲毶毸。剷節題詩，收花釀酒，鬢雲香粉袖粘苔。無人識，棟梁之具，管籥之才。　蔭亭臺，儘多風月，清無半點塵埃。竿期截、六鰲連舉，巢堪托、孤鶴時來。色瑩琅玕，脂凝琥珀，他門折與庭槐。蕭郎去，畢宏已老，誰富寫生才。君看取，歲寒三友，只欠梅開。」蓋《多麗》調也，東溟以為可繼蹈康伯可，信然。又題梅作《江城引》云：「雪晴閒見瘦笻扶，過西湖，訪林逋。湖上天寒，草樹盡凋枯。忽見瓊葩光照眼，仙梅腮，玉肥膚。　夜空雲静月輪孤，巧相摹，海濤圖。時聽枝頭，啁哳翠禽呼。縱有明珠三百琲，知似得，此花無。」清氣逸發，瑩無塵想。又題東溟小景《昭君怨》云：「遠路危峰斜照，瘦馬塵衣風帽。此去向蕭關，向長安。　便坐紫薇花底，只是黄粱夢裏。三徑易生苔，早歸來。」言有盡而意無窮，方是作者之詞。予與鶴窗、清溪偕出菊莊之門，而鶴窗能大肆力於學問，既得詩律之正，復臻詩餘之妙，人以與清溪齊名云。予以二子詩詞豪邁俊快，若孫武奇兵左右翼出，鋒不可攖，已論之於葉南屏奎《春機獨露卷跋》。又王天碧澄，號雪村，詩尤清麗，有《羹藜集》云。（同前）

三四　《六憶詩》：元酸齋貫學士雲石有《蘭房六謔》詩，題曰：「柳眉星眼檀口，酥乳纖指香鈎。」香鈎謂足也，其意本東坡《六憶詩》來，而酸齋則太淫麗矣。坡詩其《憶行》云：「屏障腰肢出洞房，宫花窣地領中長。羅裙遮地雙鴛小，只有金蓮步步香。」《憶書》云：「纖玉參差象管輕，蜀箋小砑碧窗明。袖紗密映嗔郎看，學寫鴛鴦字未成。」《憶飲》云：「緑蟻頻斟不厭多，帕羅輕軟襯金荷。從教弄酒春衫涴，别有風流上眼波。」《憶歌》云：「一串紅牙碎玉敲，碧雲無力駐春宵。也知唱到關情處，緩按餘聲眼色招。」《憶眠》云：「泥嬌成困日初長，暫卸紗裙小簟凉。漠漠帳烟籠午枕，粉肌生汗白蓮香。」《憶妝》云：「宫樣梳兒翠縷犀，釵梁冰玉刻蛟螭。妝成要點雙心字，不管蕭郎只畫眉。」其風流醞籍，曲盡閨人之情態，一何至是耶？又嘗見有詠乳《卜算子》亦艷麗可愛，詞云：「遠看似摶酥，近覷如堆玉。閑把金訶窗下鬆，新剥雞頭肉。且是軟溶溶，那更香馥馥。若不開懷與我些，學箇孩兒哭。」惜不存作者名氏云。（同前）

三五　撥不斷：嘗喜《范蠡歸湖雜劇》第四摺雙調中有《撥不斷》一章，藴藉可愛，而惜挺齋之選不及，反收其《沉醉東風》有數字病於齒牙者。德清平日譏人措詞不穩，謂之扭折顙子，無乃自謂歟？詞云：「鳌擘紫石榴，橙剖軟金甌。釣得錦鱗來，活納在青蒲蔞。緑蟻香浮斑竹篘，紅薑細切白蓮藕。山寺鐘響，漁火榔鳴，江村月落海窟，潮來方是酒醒時候。」但其全摺前後詞不能皆純，惟此可入選中也。（同前書卷十二）

三六　録《運甓》要：廬陵李昌祺先生名禎，以永樂甲申進士歷官至廣西左布政使。工詩文，尤精胷中矣。其《讀元史五絶》云：「鄂屯河上起風飈，坐使錢唐王氣銷。三百年來中國鼎，一時分付與元朝。」「荷香十里柳耆卿，金主無端意氣横。愛煞伯顔賢宰相，錢塘親看晚潮生。」「金宫宋苑久埃塵，若使薺麥青青幾度新。無限興亡今昔事，不堪回首路旁人。」「西江月冷塞風秋，憔悴歸來葬故丘。奢淫長保得，宋金遺恨幾時休。」「龍沙遺孽半消磨，起輦秋深白草多。惟有廣寒宫裏月，清光曾照舞天魔。」又《題舞陽留侯廟二絶》云：「信族豨夷越醢躬，太平無復用英雄。高皇却墮先生計，世上何曾有赤松。」「人心變幻幾千般，帶礪盟深亦易寒。秦網逃來逃漢網，誰將此意語蕭韓。」《新安謡》云：「新安野老髮垂肩，説著先朝淚泫然。洪武初年真少事，幾曾輕到縣衙前。」垂老頻逢歲薄收，秋租多欠賣耕牛。縣官不暇憐饑餒，唤拽官車上陝州。」「當夫當役子孫忙，田地荒蕪户有糧。昨日迤西番使過，盡驅婦女趕牛羊。」《詠燈花》云：「羞向明開向暗開，芳叢煖焰照銀臺。須臾爛熳都成蕊，頃刻凋零半是煤。綉幌不愁疏雨至，紗窗只怕猛風來。歌闌舞罷人歸寢，一寸丹心未肯灰。」《感舊遊》云：「長干東畔是秦淮，葉自隨流信自乖。花底玉纖崔護水，月中珠淚郭華鞵。晚峰尚憶青螺黛，冰筋猶疑白燕釵。四海遨遊空有意，忍彈歸鳳獨傷懷。」《席上贈妓》云：「綰霧纖纖指，凌波小小蓮。春山銀燭下，秋水玉樽前。舞袖鴛鴦錦，歌珠玳瑁筵。座間皆狎客，惟屬杜樊川。」又題清溪漁隱作《蘇幕遮》詞云：「浦雲收，山月放，紅蓼灘頭，秋水生新漲。一箇輕舟雙槳蕩，蕭散江湖，富貴非吾望。　擊空明，凌滉漾，渚鷺汀鷗，處處常相傍。馬首紅塵三百丈，風吹不到蓑衣上。」《續冬青行》云：「冬青枝，憶昔南渡昇平時。瑤陛左右兩行植，信是閬苑仙宫移。亭亭碧玉作柯幹，雨露風晴總宜玩。朝退旌旗拂樹低，細蕊輕飄雪零亂。豈知事變大可哀，湖山歌舞盡荒臺。王氣冰銷生殺氣，玄扃不固六陵開。六陵隧中龍鳳骼，義士夜深偷拾得。親製衾裯裹碎瓊，恭題謚號揮濃墨。捧向幽閑僻静岡，愁雲慘淡月微茫。神靈噏欻潛呵護，竁穴深沈謹瘞藏。復恐後人迷此處，識以常朝殿前樹。翠蓋陰籠土一抔，萬年枝在髡奴去。屈指于今二百秋，盛衰暗逐水東流。皇朝既鑒元朝失，青史争如野史收。空遺孤塔錢唐滸，白髮遺民忍瞻覩。天上威神固儼然，人間俯仰徒淒楚。弗獨欷歔嘆宋亡，赤眉污漢更堪傷。阿瞞姦計為疑塚，身死還將智力防。浮世寧云蓋棺定，十二重瞳猶未瞑。大招酹酒續悲歌，唐公灑淚應來聽。」冬青事見陶九成《輟耕録》。（同前書卷十三）

三七 崇安柳七冢：柳七名永，字耆卿，崇安白水人。長於詞，范蜀公嘗曰：「仁宗四十二年太平，鎮在翰苑十餘載，不能出一語歌詠，乃於耆卿詞見之。」仁宗嘗曰：「此人任從花前月下淺斟低唱，豈可令仕宦？」遂流落不偶，卒於襄陽。死之日，家無餘財，羣妓合金葬之于建安南門外。每春日上塚，謂之弔柳七。（同前書卷十四）

三八 女人詠史：宋朱淑真，錢塘民家女也。能詩詞，偶非其類，而悒悒不得志，往往形諸語言文字間。有詩云：「鷗鷺鴛鴦作一池，誰知羽翼不相宜。東君不與花為主，何事休生連理枝。」所著有《斷腸詩》十卷傳於世，王唐佐為之傳，後村劉克莊嘗選其詩，若「竹摇清影罩紗窗，兩兩時禽噪夕陽。謝却海棠飛盡絮，困人天氣日初長」之句，為世膾炙。嘗賦《詠史》詩云：「筆頭去取萬千端，後世由他恣意瞞。王伯諼分心與跡，到成功處一般難。」非婦人可造。當時趙明誠妻李氏，號易安居士，詩詞尤獨步，縉紳咸推重之。其「緑肥紅瘦」之詞及「人與黄花俱瘦」之語傳播古今，又「寵柳嬌花」之言爲《詞話》所賞識。晦庵朱子云：「今時婦人能文，只有李易安與魏夫人。」李有《詠史》詩云：「兩漢本繼紹，新室如贅疣。所以嵇中散，至死薄殷周。」中散非湯武得國，引之以比王莽，如此等語，豈女子所能？以是方之淑真，似不及也。然易安晚年失節汝舟，而爲其所薄，至與訾（當作綦）處厚手劄言「猥以桑榆之晚景，配兹駔儈之下才」。而淑真怨形流蕩，至云「欲將一卷傷心淚，寄與南樓薄倖人」，雖有才致全，德寡矣。（同前）

三九　元人《竹枝詞》：元上饒熊進，字元修，作詩幽深，嘗作《西湖竹枝詞》云：「銷金鍋邊瑪瑙坡，争似儂家春最多。蝴蝶滿園飛不去，好花紅到剪春羅。」杭西湖，方宋南渡盛時，綺羅錦綉，畫舫笙歌，遊人士女日費千金，時人目爲銷金鍋，故云。瞿存齋宗吉詩云：「野鳥啼殘脱布袴，好花開到剪春羅。」蓋本於此。又唐子華名棣，吴興人，有《竹枝詞》云：「門前楊柳亂飛花，第一橋邊第一家。馬上郎君休挾彈，柳枝深處有慈鴉。」可謂長者之言也。（同前書卷十五）

四〇　《望海潮》：孫何帥錢唐，柳永作《望海潮》詞贈之，流播金國，完顔亮聞「三秋桂子，十里荷花」，遂啓投鞭渡江之心。時人有詩云：「誰把杭州曲子謳，荷香十里桂三秋。那知卉木無情物，牽動長江萬里愁。」南渡駐蹕留連，爲歌舞之場，遂忘中原，愚謂未必不因永詞啓之耳。悲夫！故君子言不可不慎也。（同前）

四一　詩見所處：歐陽公曰：詩，原乎心者也，富貴愁怨見乎所處，江南李氏處富者詩曰：「簾日已高三丈透，麝煤次第添香獸，紅綿地衣隨步縐。　佳人舞徹金釵溜，酒惡時拈花蕊嗅，別殿微聞簫鼓奏。」與「時挑野菜和根煮，旋斫生柴帶葉燒」異矣，見劉斧《青瑣摭遺》云。（同前）

四二　錢唐士女：元時錢唐士女曹妙清，字比玉，號雪齋。　善鼓琴，工詩章，三十不嫁，而有風操可尚。鐵崖楊廉夫謂觀其所賦《竹枝詞》，可以識其人焉。　行書草劃皆有法度，其事母尤孝謹。　其《竹枝詩》云：「美人絶似董嬌嬈，家住南山第一橋。不肯隨人過湖去，月明夜夜自吹簫。」鐵崖嘗有詩答之云：「紅牙莞席紫貍毫，雪水初融玉帶袍。　寫得薛濤萱草帖，西湖紙價頓能高。」玉帶袍，蓋其家硯名也。又張妙净，字惠蓮，善詩，曉音律，晚居姑蘇之春夢樓，號自然道人。有《竹枝詞》云：「憶把明珠買妾時，妾起梳頭郎畫眉。郎今何處妾獨在，怕見花間雙蝶飛。」以詩觀之，其操守固相徑庭矣。而曹終乃處子之言，公羊氏所謂猶有童心之謂也。張則拳拳舊主，執心不二，其操亦可尚焉。（同前）

四三　詞誣良善：楊元素學士跋温公《西江月》，詞曰：「寶髻鬆鬆綰就，鉛華淡淡妝成。　紅烟紫霧罩輕盈，飛絮遊絲無定。　相見争如不見，有情還似無情。　笙歌散後酒微醒，深院月明人静。」元素跋云：温公剛風勁節，聲動朝野，宜其金心鐵意，不善吐軟媚語。　近得其席上所製小詞，雅亦風情不薄。由今觀之，决非温公作，此宣和間恥温公獨為君子作此，托為其詞，以誣良善，不待識者而後能辯也。（同前）

四四　四時詞：海觀張先生天錫嘗於海昌轉塘祝士安家戲和存齋瞿宗吉先生《剪燈新話·渭塘奇遇記》中四時詞四首，甚豪俊，予過士安，因仍俾予和之，自愧形穢醜顰，勉副其意。存齋春詞云：「春風吹花落紅雪，楊柳陰濃啼百舌。東家蝴蝶西家飛，前歲櫻桃今歲結。鞦韆蹴罷鬢鬖髿，粉汗凝香沁緑紗。侍女亦知心内事，銀瓶汲水煮新茶。」夏詞云：「芭蕉葉展青鸞尾，萱草花含金鳳嘴。一雙乳燕出雕梁，數點新荷浮緑水。困人天氣日長時，針線慵拈午漏遲。起向石榴陰畔立，戲將梅子打鶯兒。」秋詞云：「鋏馬聲喧風力緊，雲窗夢破鴛鴦冷。玉爐烟麝有餘香，羅扇撲螢無定影。洞簫一曲是誰家，河漢西流月半斜。要染纖纖紅指甲，金盆夜搗鳳仙花。」冬詞云：「山茶未開梅半吐，風動簾旌雪花舞。金盤冒冷塑狻猊，綉幙圍春護鸚鵡。倩人呵筆畫雙眉，脂水凝寒上臉遲。妝罷扶頭重照鏡，鳳釵斜亞瑞香枝。」(筆者按，以上四詞，原書每詞只存首句頭二字，其餘均空缺，此據《詞苑叢談》卷十二載補，《詞苑叢談》作無名氏詞)海觀和春詞云：「條風蕩雨不成雪，黄鸝將子調新舌。麗質初含荳蔻胎，芳心未展丁香結。嬌柔懶起緑雲鬆，日傳花影來窗紗。春光醉人渾似夢，呼奴一試龍團茶。」夏詞云：「堤下小溪分燕尾，溪上長堤如鴨背。相纏藤蔓在依松，不定荷心初出水。停針倦繡懷人時，蕭郎去速來何遲。日日倚欄勞目力，看得梁間燕哺兒。」秋詞云：「關河寂寞西風緊，滿地清雷明月冷。女牛有恨路難通，河漢無聲夜流影。丁東砧杵起鄰家，鬢雲倦理犀梳斜。曉來洗妝對明鏡，玉容顦顇如黄花。」冬詞云：「火冷金猊烟不吐，困倚雕籠罷歌舞。謾將錦字托鴛鴦，欲語哀情怕鸚鵡。張郎去後誰畫眉，侍兒只怪梳妝遲。天公似憐人寂寞，早傳春信來南枝。」予和春詞云：「滿院楊花滚晴雪，睡起幽窗禽弄舌。白團巧試合歡羅，繡幃高綴流酥結。　香鬟亂擁雲鬆鬖，瓊肌捲袖紅映紗。短夢壓眉消不得，閒碾閩南鳳餅茶。」夏詞云：「池波緑點蜻蜓尾，海榴紅溜鶻鴣背。薇帳籠烟沐若秋，蘄簟緗紋浄如水。　夢回午枕覺來時，堦前花影日遲遲。閑敲金針作鉤釣，戲抛香餌引魚兒。」秋詞云：「寒碪聲搗秋閨緊，霜楓葉落吴江冷。砌間慘切亂蛩悲，月中縹渺孤鴻影。　高髻雲鬟學内家，鳳釵半墮鸞翹斜。自點銀燈簾外照，石蘭開過芙蓉花。」冬詞云：「夜永蘭臺燭花吐，照影學飜蓮掌舞。暖炙銀簧引鳳凰，時將經卷教鸚鵡。　舊愁新恨攢雙眉，玉壺水寒更漏遲。羅衾似鐵耿無寐，腰圍瘦比梅花枝。」（同前）

四五　秦少游女：宋靖康間有女子爲金人所俘，自稱秦學士女。道中題詩云：「眼前雖有還鄉路，馬上曾無放我情。」讀者悽然。曾裘父爲作《秦女行》云：「妾家家世居淮海，淮海文名喧宇内。自從貶死古藤州，門户凋零三十載。可憐生長深閨裏，耳濡目染知文字。亦嘗强學謝娘詩，女子未嫌稱博士。年長來來逢世亂，黄頭鮮卑兵入漢。妾身亦復墮兵間，往事不堪回首看。一身漂蕩逐羌兒，被驅不異犬與雞。奔馳萬里向沙漠，天長地久無還期。北風瀟瀟易水寒，雪花滿地經燕山。千杯魯酒愁中醉，一曲琵琶淚裏彈。吞聲飲恨從誰訴，偶然信口題詩句。眼前有路可還鄉，馬上魂迷不知處。詩成吟罷更茫然，豈意漢地能流傳。當時情緒亦可念，至今聞者爲悲酸。憶昔中郎有女子，亦陷虜中垂一紀。暮年多幸逢阿瞞，厚幣贖之歸故里。惜哉此女不得如，終竟老死留穹廬。空餘詩話傳悽惻，不減《胡笳十八拍》。」故宋无有詩云：「郎罷藤陰老淚潸，黄金誰贖蔡姬還。看來山抹微雲恨，直送蛾眉出漢關。」蓋閩人呼父為郎罷，「山抹微雲」，少游《滿庭芳》詞中語也。（同前書卷十六）

四六　易淮海韻詞：《詞話源流》：杭妓琴操性通慧，善詩詞。有倅車在西湖，誤唱秦少游《滿庭芳》詞，内一句云「畫角聲斷斜陽」，琴操適在側，曰：『畫角聲斷樵門』，非『斜陽』也。」倅因戲之曰：「汝能易之否？」琴操即改韻云：「山抹微雲，天連衰草，畫角聲斷斜陽。暫停征旆，聊共飲離觴。多少蓬萊舊事，空回首，烟靄茫茫。孤村裏、寒鴉萬點，流水繞低牆。　銷魂，當此際，輕分羅帶，暗解香囊。謾贏得、秦樓薄倖名狂。此去何時見也，襟袖上、空有餘香。傷情處、長城望斷，燈火已昏黄。」東坡聞而稱賞之。（同前）

四七　勝兒：吴泰伯祠在閶門之東，每春秋，市人相率牲醴，多圖善馬彩輿美女以獻之。時金銀行以輕綃畫侍婢捧胡琴以從，其貌勝於舊繪者，名其為勝兒，蓋他獻者無以匹也。女巫方舞，有進士劉景復送客之金陵，置酒于廟東通波館，忽欠伸思寢，夢紫衣冠者言曰：「讓王奉屈。」劉生隨至廟，周旋揖讓而坐。王語劉生曰：「適納一胡琴妓，藝精而色麗，知吾子善歌，故奉邀作胡琴一曲以寵之。」生初頗不酣，命酌人間酒一杯，已醉，乃作歌曰：「繁絃已停雜吹歇，勝兒調弄邏娑撥。四絃攏撚三五聲，喚起邊風駝明月。大聲嘈嘈奔淈淈，浪蹙波間倒溟渤。小絃切切怨颸颸，鬼哭神悲秋悉窣。玉腕斜挑掣流電，春雷直戛騰秋鶻。漢妃徒得端正名，秦皇虚誇有仙骨。我聞天寶十年前，凉州未作西戎窟。麻衣右衽皆漢民，不省烟塵暫蓬勃。太平之末狂寇亂，兵馬崩騰恣搪突。玄宗未到萬里橋，東洛西京一時没。海内士民皆被虜，飲恨吞聲空咽噎。時看漢月望漢天，怒氣衝星成彗孛。國門之西八九鎮，高城深壘閉閑卒。河湟咫尺不能收，輓粟推車徒兀兀。今朝聞撥《梁州》曲，使我心神暗超忽。勝兒若向邊塞彈，征人血淚應闌干。」吟畢以獻，王召勝兒授之，王之侍兒有妒者，以金如意擊勝兒，劉生驚而寤。歌傳於吴中，宋无有詩云：「吴俗祈恩泰伯祠，争圖輿馬獻新奇。大王三讓周天下，翻愛胡琴寵勝兒。」（同前）

顧清詞話

顧清（一四六〇—一五二八），字士廉，號東江，華亭（今上海）人。弘治癸丑進士，改庶吉士，授編修，自學士擢少詹事，遷禮部侍郎。正德初為南京兵部員外郎，累擢禮部右侍郎，嘉靖初以南京禮部侍郎進尚書致仕，卒謚文僖。所著有《東江文集》、《松江府志》等。此據影印文淵閣《四庫全書》本《東江家藏集》録詞話二則。

一

《校刻魯齋先生遺書序》：予家舊藏有《魯齋遺書》一帙，計六卷，刻於元至正十三年，其目始奏議，次易説，次小學、大學論，次雜著，次書簡，次詩詞，而《大學直説》又附於其後。嘗疑其編次之非倫，又以先生之説見於性理諸書者先後不一，而此皆無之，欲補而正之，未能也。近得河内所刻全書,則性理諸説咸在,而像贊、墓圖、世次、名行、歲略、遺事與夫碑傳、記志之類,可以備先生之著述,考先生之行事者,又無不具焉。於是本之名行以訂世次之舛訛,參之遺事、歲略以正年譜之名號,即先生隱居行義之歲月、酬對陶寫之興況,以次諸書之後先,採之國史傳文以補奏議之遺闕。重加繕寫,定為此編。卷目稍加,而仍曰《遺書》者,以先生手澤。若《孟子標題》、《四箴》、《中庸説》、《語録》諸篇,猶未盡見,全功之收,尚有望於來哲也。嗚呼!孔、孟没而後有周、程諸儒,其説盛矣,猶未遍於東南也。得朱子而集其大成,朱子没,而國事日非,其傳固未及於中州也。得魯齋,而其道始行。自元至今,儒者之推尊如出一口,咸以為朱子之後一人,而其書之存止此。然惟其書之簡也,故為説精,惟其説之精也,故於事切。如論學,則欲闕經書之疑義,而體其經夫婦、成孝敬者,以求益於身心;論治,則謂防人之欺不若養人之善,而歸其本於農桑、學校。其他論説往往若是,皆明乎物理,當乎人心。譬則菽粟布帛,真可以療人之饑寒;南車燭龍,真可以破人之迷暗,學者從之;又如從崑崙者之遡於洪河,雖未即至,而他適焉者寡矣。故愚於是竊不自量而有此述焉,其遠覽冥搜出乎諸賢之上者,非淺學之所知,固亦未敢議也。(《東江家藏集》卷三十七)

二 《海鷗居士衛君生墓誌銘》:君名瓚,字景玉,姓衛氏,别號海鷗,又一號懶雲子,其先松江人。……良天佳時,招朋儕跨馬挈榼,遍遊西湖、玉泉、香山諸勝地,及城西南諸莊,興至,操筆為詩詞,雖不泥繩撿,而疏爽卓犖,自有一種佳氣。(節録自同前書卷四十一)

吴一鵬詞話

吴一鵬（一四六〇—一五四二），字南夫，號白樓，長洲（今江蘇蘇州）人。弘治癸丑進士，官編修。世宗初累擢禮部右侍郎，累進尚書。出為南京吏部尚書，乞歸，贈太子太保。卒謚文端。所著有《吴文端集》。此據上海古籍出版社影印《明詞彙刊》本《桂洲集》録序文一則。

一　《少傅桂洲公詩餘序》：予自歸田，不通朝貴之問者將十年。少傅桂洲公獨念一日之雅，悉以登仕以來奏議應制諸集十餘卷見告，讀之，未嘗不嘆公啟沃之忠、籌畫之精，而一時明良遭逢之盛也。今年冬，巡按侍御陳君蕙以公詩餘命吾郡守王侯儀刻焉，俾予序之。予曰：一鵬老矣，何足以知公哉？夫天之生才甚難，才而遇尤難。惟公性度凝重，智識高明，而又濟之以淹貫古今，明適體用之學，是以下筆千言，曾不搆思。隨機應物，無有凝滯，殆天有意於聖皇制禮作樂，一新中興之治，而間世之英所以生也。區區文字之餘，以此而窺公，抑末矣！而況於茲集也哉？雖然，古之賢士藉之以陶寫性情，固不廢也。李太白兩詞之後，歐陽公《平山集》盛傳於世，如十二月鼓子詞，爲王荆公所稱，而未嘗進御。東坡先生多即席上口占歌詞，如《水調歌頭》「瓊樓玉宇」之句，聞於禁中，僅取「終是愛君」之賞而已，而未嘗大用。若公際風雲之會，履樞機之任，調燮之暇，游戲翰墨，風動泉流，而皆上賡帝歌，下鳴雅頌，與二三元老更倡迭和於廟堂之上，比之歐、蘇二公之遇過之矣。今觀諸一編之中，許國之志，憂時之誠，溢於言表。雖倉卒寓興，而莊重典雅，婉麗清新。渢渢乎雍熙太和之音也，於乎休哉！古之善詞者，温庭筠、韋莊、馮延巳之流，失之浮艷；周美成、柳耆卿、康伯可之流，失之淺近；辛幼安、劉改之、陳同甫之流，失之粗豪。如公之作，華而有則，樂而不淫，實詞林之宗匠也。宜侍御君之賢，拳拳刻之也乎。雖然，予竊聞公每召對便殿，進侍行幄，忠言嘉謨，隨事規益，終日亹亹，深契聖衷，都俞吁咈之詳，有非左右可得而傳，而天下陰受其賜則多矣。由此觀之，公昔之寄我者，皆其略也，而況於茲集也哉！他日金匱石室之藏，必有良史書之，以媲美虞謨商訓於千載之上。世之欲知公者，尚當求其大者可也。嘉靖戊戌冬十一月，資善大夫、太子少保、南京吏部尚書致仕、前禮部尚書兼翰林院學士、專管誥勅兼國史副總裁，長洲吴一鵬書。（《桂洲集》）

祝允明詞話

祝允明（一四六一—一五二七），字希哲，生而枝指，自號枝山，長洲（今江蘇蘇州）人。弘治壬子舉人。博覽羣籍，為文章有奇氣，尤工書法，名動海内。玩世自放，不問生産。舉於鄉，官至應天通判。著有《懷星堂集》、《祝氏集略》、《祝子罪知録》、《讀書筆記》、《祝子志怪録》、《九朝野記》、《蘇材小纂》等。《祝子罪知録》論古之言，其舉例有五：曰舉、曰刺、曰説、曰演、曰系，分别論人、論詩文、論佛老、論神鬼妖怪，其書極力發表自己創見。《九朝野記》又名《野記》，四卷，所記多委巷之談。此據《四庫全書存目叢書》影印明刻本《祝子罪知録》和影印明毛文燁刻本《野記》，以及影印文淵閣《四庫全書》本《懷星堂集》録詞話六則。

一 《重刻中原音韻序》：有文韻，有詩韻，有詞韻，曲韻，有古韻，有今韻。古韻出於六經，作文者用之，古選詩用之；今韻出於沈氏，近體詩用之。詞始於唐，盛於宋，以迄於今，其用韻猶詩也。惟金、元北曲乃用所謂中原之韻，蓋因其國都在幽燕之區，河洛相去不遥，其方言如是也。故為其言者每詆詩韻之偏，而為詩者則至今猶不從之。我洪武聖人亦既命儒碩定正韻，如其説矣。詩韻姑未論，若北調之製，可不嚴於此耶？余也好樂，故嘗自負知音，謂四十年接賓友無一人至此者，頗有言樂之書，兹未遑似諸人，每浩嘆今日事，惟樂為大壞，未論雅部，秖日用十七宫調，識其美劣是非者幾士？數十年前尚有之，今殆絶矣。不幸又有南宋温浙戲文之調，殆禽噪爾，其調果在何處？噫嘻陋哉！大河王將軍廷瑞，俊邁士也，既刻詩韻，復欲取周德清《中原（當脱「音」字）韻》入板，以示予，予為之喜甚。凡正音之説，德清全書言之甚詳，因稍為括取要旨數節授之，令列諸前，庶覽者可得其槩也。繕畢就梓，稍引之云爾。（《懷星堂集》卷二十四）

二 《潛庵游戲引》：王潛庵有成己成物之惠，有獨樂同樂之趣，才人韻士為樂府以美之者成卷，潛庵亦有荅報雙調一章，并自述諭俗南曲數首，主器蓋臣衞使彙而梓之。噫！方潛庵在時，吾輩相與舉杯歌嘯，命童子撥絃度拍以樂青春：「桃雨落紅，麗日將暮。」此詞足以發胸中之耿耿。今潛庵往矣，子敬之琴，山陽之笛，吾儕固不勝感慨。然潛庵，達者也，吾輩臨風對月，試理舊腔，潛庵得不又為赤壁之鶴、敲門之竹，與我等賡和於形骸之表耶？因為引之，目之曰《潛庵游戲》。（同前）

三 《跋為葛汝敬書武功遊靈巖山詞後》：外祖武功公為此遊此詞時，允明以垂髫在側，於斯僅五十年矣。當時縉紳之盛，合并之契，談論之雅，遊衍之適，五十年中予所接遇皆不復見有相似者，真可浩嘆。獨此詞士口盛傳，風趣常新，又可喜耳。會閑舟作圖，倩書其顛，因系此感如閑舟瀟散，得此一段情味於辭墨間，蓋自有甚樂者。又閒舟守道簡古，其所得復有在此外，鄉郡美風，前後輩綴旒，亦嘗有在閒舟耳。（同前書卷二十六）

四　予嘗得一古牒，中有題李郡王山東事迹，蓋元人記也。因節述於此，亦可以備闕文：景定壬戌二月二十日，離漣水，將帶漣水、西海、東海及僉軍五萬餘人入裏。二十七日抵濟南府。三月五日小捷。三月離濟南五十里老倉曰（當作口），及十八日大捷於清河。四月三日受圍，離三十里開河築城，雜所築城。出城十里，再開河築城，共是三河三城，而圍起七十路人馬，而高麗國兵亦來。自圍之後，城裏常有白蜃氣，觀者以為白蛇精。史天澤總把丞相差人於東平府取開山人來，開山者，即吾國捕蛇之人，一見其氣，謂是白蛇精未食血，若食血了難收。今則用百日捕得此蛇，城即陷，可活得。李行省於是於白氣之方掘一土穴，收禁蛇於其內，早夜連城吹牛角咒之：「大蛇不出小蛇出，小蛇不出大蛇出。」至六月半間，其白氣騰空而去。自是李郡王似失精彩，三復昏沉，雖軍伍不齊，將士作亂，以至絕糧，俱不得曉，甚至截屋擔草，拌鹽而飼馬，已而亦無，相將食人，所謂八都魯軍皆倚牆而死。至七月十三日，結陣而出，人已無力，復被殺入。由是諸軍間有出拔拜者，云作（當作昨）夜天文見，當主兵散，郡王曰：「俺門也無理會。」自出，日逐兵來拔拜。十八日，子出投拜。十九夜，至一鼓，大星墜於府治，李拈香而拜曰：「李壇死於此。」於是坐於庭中，以鑷摘去長髭，留其短者。二十日早，分倚衆人出，各計路去。王下小舟，入於海口子，投水，止及其腰。有一老子姓黄，曰：「相公為天下不平，做出這事，何故自損？」引而登岸，至孟權府。千户治所密報，張相公差人縛出，嚴相公有問曰：「此是何等做作？」王答曰：「你們與我相約，却又不來。」嚴就肋下刺一刀。史丞相問之曰：「何不拔拜？」王不答，又問曰：「忽必烈有甚虧你處？」王曰：「你有文書約俺起兵，何故背盟？」史唤黄眼面回砍去兩臂，次除兩足，開食其心肝，割其肉，方斬首，令其子提其首以下山東諸郡。王有子六，長曰崇山，年十九；齊山、南山，王夫人生，嫡子，封平州總管；鳳山，乃搭擦兒妹所生；牛山、景山，俱在崇所，忽必烈取去，鳳山為搭擦國王取出。李王之死，身無滴血，惟是黄濃漿，屍無蠅蚋，亦可怪也。其受圍之日，題《水龍吟》一詞於壁，曰：「腰刀帕首從軍，戍樓獨倚閑凝眺。中原氣象，狐居兔穴，暮煙殘照。投筆書懷，枕戈待旦，隴西年少。光（此字疑為衍文）嘆光陰掣電，易生髀肉，不如易腔改調。　世變滄海成田，奈群生幾番驚擾。干戈爛熳，無時休息，憑誰驅掃。眼底山河，胸中事業，一長聲嘯（當作「一聲長嘯」）。太平時，相將近也，穩穩首平燕趙。」（《野史》卷四）

五　又曰：修任河南推官，養一妓，時錢文僖為留守，梅聖俞、謝希深、尹師魯同在幕下，惜歐有才無行，共白錢，錢屢諷而不之卹。一日，宴後圃，客集，而歐與妓俱不至，移時方來，在坐相視以目。公責妓云：「末至，何也？」妓云：「中暑，往凉堂睡着，覺而失釵，猶未見。」錢曰：「若得歐陽推官一詞，當為償汝釵。」歐即賦云「柳外輕雷池上雨」云云，遂命妓滿酌賞歐，而償妓釵。咸謂歐當少戢，不惟不卹，翻以為怨。後修《五代史》，痛毀吴越。又於《歸田録》説錢數事，皆不美。希白嘗戒子孫毋得勸人陰事，賢者為恩，不肖者為怨。歐後為人言其盜甥，表云：「喪厥夫而無託，攜孤女以來歸。」張氏時方七歲，内翰伯見而笑之云：「年方七歲，正是學簸錢時也。」歐詞云：「江南柳，葉小未成陰。人為絲輕那忍折，鶯憐枝嫩不勝吟，留取待春深。十四五，閑抱琵琶花外尋。堂上簸錢堂下走，恁時相見忌留心，何况到如今。」歐知貢舉，其題出《通其變使民不倦》，乃云：「通其變而使民不倦。」賢良伯唱云：「試官偏愛外生『而』。」於是科場大閧，皆報東門之役也。錢世昭《祝子罪知録》卷四「歐陽修」）

六　又曰：今所謂詞者，或呼爲南詞，或爲慢詞，或長短句、新樂府、詩餘、近代詞曲，名亦不定，妙亦不傳。蓋其製興於唐，妙亦息於唐，源發漢府樂府，波漸李氏，於時知音之俊，遂能用律而度爲之，可弦可管。其初作於明皇、太白，則與詩之盛唐齊出，豈謂粗淺於詩哉？全唐之世，存見無幾。今惟《金奩》、《花間集》、《尊前》三書可略見之。餘固本少編集，今日舊書又稀，益罕得聞。然自其後五代宋初，世稱文弊，而詞學無降。宋自一二輩外，淺薄遼遠，無復前規，雖一時所號文宗詩家，竟不能步驟前輩一迹。及其愈後愈變，遂至頑囂粗戇，細屑破碎，儇浮褊躁，醜怪千狀。至如駔儈之隱語，譁訟之詭詐，屠沽之罵詈，兇盜之椎搏，鬼魅之嘯哭，市瓦紈袴之乳口，蚩蚓蛙鴉之聒噪，可厭可惡之極，而難乎復耳。顧世之資性相近者，轉溺愛之，遂令販鬻之徒，不能刻布《筌》、《花》等編，而妄聚宋人冗屑之物，如《草堂詩餘》、《翰墨全書》之類，盈耳遮目，無計袪除。大概唐人無不精神妙絶，青蓮，聖者，飛卿諸俊繼之，及諸南唐西蜀等流，固是濁世之佳公子。宋惟永叔特當綴旒，□（當作同）叔少近，亦異同盟。此外乃屬之耆卿、邦彦，辭已不倫，而情猶躡足，謂其尚能知律，故且代匱。又後多推幼安，乃至伯可、堯章，亦以姑諳音調，而辭則瞠乎後矣，故是趙氏之凡姿也。至如秦、黄、晁、張等，特爲市廛小家之子，蘇益木强疏脱，而時反尊之，斯亦宋人崇道學，尚杜詩，雅六家文，一律之見，無事煩陳。又如元好問等，大率皆然，更不遑及。（同前書卷九）

朱諫詞話

朱諫（一四六二—一五四一）字君佐，號蕩南，樂清（今浙江）人。弘治丙辰進士，歷歙、豐城二縣令，正德中知贛州府。編纂有《李詩選註》十三卷、《李詩辯疑》二卷、《雁山志》四卷。此據《續修四庫全書》影印明隆慶六年刻本《李詩選註》附《李詩辯疑》録詞話一則。

一

《菩薩蠻》：「平林漠漠煙如織，寒山一带傷心碧。暝色入高樓，有人樓上愁。玉階定（當作空）佇立，宿鳥歸飛急。何處是歸程，長亭連短亭。」《憶秦娥》：「簫聲咽，秦娥夢斷秦樓月。秦樓月，年年柳色，灞陵傷别。樂遊原上清秋節，咸陽古道音塵絶。音塵絶，西風殘照，漢家陵闕。」唐之樂府，選體是也。宋以後，則以詞調爲樂府，命題爲辭，其音節始有長短之殊，不專於五言矣，如《菩薩蠻》、《憶秦娥》之類皆是也。宋之諸儒皆好爲之，元爲最盛。在唐之時，未有所聞，李白安得有此作耶？兹二詞者，玩其音響，亦非宋製，乃元調也，不知何故混入白之集中。設使出於宋前，則黄、曾、歐、蘇諸公亦當有所辯正而刊削之矣。噫！李詩之淆亂，一至於此。然則以李尚書厠鬼之作雜之，無足怪矣。矧尚書厠鬼去白不遠，其所言者，猶有唐之音響，亦不若是之懸絶，併其舊體而失之也。譬之不善於畫真者，於人之肥瘠妍媸容有不同，必不至於以男爲女、以女爲男者矣。假托李白則有之，安得以易代之體製、俳優之俗誣衊之耶？（《李詩辯疑》卷上）

蔣冕詞話

蔣冕（一四六三—一五三三），字敬之，全州（今廣西）人。成化丁未進士，正德時累官至户部尚書，謹身殿大學士，卒謚文定。著有《湘皋集》、《瓊臺詩話》等。《瓊臺詩話》二卷，前有蔣冕序，云戊戌至京師，得拜邱濬門下，濬號瓊山。辛丑會試不利，將南歸，慮平日所聞久則不能無忘，著為詩話，裒輯濬生平吟咏，各詳其本事，參以己之所聞。録一人之詩作為詩話之著，是書為首創。此據《四庫全書存目叢書》影印明崇禎十一年愛吾廬刻本《瓊臺詩話》和影印明嘉靖三十三年王宗沐等刻本《湘皋集》録詞話十一則。

一

瓊臺先生詩話序：歲戊戌，冕來京師，拜瓊臺先生於館下，懇求學焉。辱先生念先父之舊，不以冕爲不肖而棄之，俾占籍爲弟子。循循教誨以性命道德之懿、文章學問之要、政治理亂之端、修爲涵養之方，委曲指示，務欲冕大有所造詣而後已。冕雖不肖，何其幸歟！又三年辛丑，會試不利，將南歸省母，因慮平日之所聞，久則不能無遺忘也，著爲詩話二卷，總若干則。凡先生之鄉人，暨當世之士夫，談論有及於此者，冕或聞之，亦謹録於其間。竊惟冕之所聞於先生者非止一端，他日尚當更有所論著以爲一書，如程、朱門人之録其師説者然。然未敢必其能成否也，謹書以俟。倘遂此志，則甚幸，甚幸矣。是書所論著者，止于詩詞，故謂之《詩話》云，觀者幸勿曰小兒强作解事者。是歲端陽日，學生蔣冕自序。（《瓊臺詩話》）

二　宋張平叔自謂遇真人，授以金丹、藥物、火候之訣，可以還嬰返老，變化飛昇，著爲《悟真篇》五卷。其間所載律詩十六首、絶句六十四首、《西江月》十二首，又歌、頌、樂府及雜言各數首。其意將使後人讀之，庶幾盡還本明性之道，而見未以悟本，捨妄以從真。先生嘗聞其書，嘆曰：「世豈有此理哉！」乃用其詞反其意，作詩三首以闢之，其一曰：「真鉛真汞結真丹，簡易工夫不在繁。道是悟真應未悟，悟真寧用許多言。」其二曰：「天然義理本來真，自古原無不壞身。若道神仙長不死，世間應有漢唐人。」其三曰：「張翁自謂得真傳，喫緊教人學大還。今去翁時未千載，如何不見在人間？」嗚呼！平叔作書教人學長生，今去平叔纔數百年，平叔安在哉？其無此理明矣。誦先生此詩，令人悚然。（同前書卷上）

三　迴文詩，昔人固多作者。迴文詞，則不多見。惟朱文公、劉静修嘗有《菩薩蠻》詞，二公詞語俱極高妙，然惜其隨句倒讀，不免意復，不如至尾讀迴之爲妙也。先生一日坐願豊軒中，值金風徐來，焚香煮茗，秋思不可奈，遂以《秋思》爲題作迴文《菩薩蠻》調一闋，詞語亦極高妙，且自尾讀迴，翩然有出塵之趣。文公詞云：「晚紅飛盡春寒淺，尊酒録陰繁。老仙詩句好，長恨送年芳。」又次劉圭父韻云：「暮江寒碧縈（當作縈）長路，花塢夕陽斜。客愁無愁（二字疑爲衍文）無勝集，醒似醉多情。」静修詞云：「水圍山影紅圍翠，溪近水橋西。隱人誰與問，孤鶴對言無。」先生詞云：「紗窗碧透横斜影，月光寒處空幃冷。香注細燒檀，沉沉正夜闌。更深方困睡，倦極生愁思。含情感寂寥，何處别魂銷。」又聞先生少年曾以村居爲題作《菩薩蠻》詞一闋，今藁中不復存矣。他日作迴文詩，兩讀字意不别，詩與此詞皆古人所未嘗有。詩曰：「妾憶君兮君憶妾，心同志也志同心。月隨星處星隨月，林滿風時風滿林。雪似梅花梅似雪，金如柳色柳如金。别懷久後久懷别，音信傳來傳信音。」（同前）

四　岳武穆之死，人皆悲之，往往形諸歌詠，今《精忠録》所載亡慮數千百首，然爲世所稱許者，葉經翁、趙子昂、潘子素數詩而已，然皆責秦檜而不責高宗。先生之詩獨不然，以爲高宗非幼弱昏昧之主，檜非承其意，決不敢殺其大將，藉使檜矯詔殺之，則高宗必可欺而蔽也。嘗作《沁園春》調一闋，書於武穆廟。其詞曰：「爲國除患，爲敵報讎，可恨堪哀。顧當時乾坤，是誰境界。君親何處，幾許人才。萬死間關，十年血戰，端的孜孜爲甚來。何須苦，把長城自壞，柱石潛摧。雖然天道恢恢，奈人衆、將天拗轉回。嘆黄龍府裏，未行賀酒，朱仙鎮上，先奉追牌。共戴讐天，甘投死地，天理人心安在哉。英雄恨，向萬年千載，永不沉埋。」説者謂此詞可與文山題睢陽廟詞并傳，其知言也哉！蓋文山之詞以警世之爲人臣者，先生之詞以警世之爲人君者。雖曰詞章之作，其所關係豈小小哉？先生又有《題武穆墳》詩，詞極警拔，其詞曰：「我聞岳王之墳西湖上，至今樹枝皆南向。草木猶知表藎臣，君王乃爾崇姦相。青衣行酒誰家親，十年血戰爲誰人。忠勳翻見遭殺戮，胡兒未必能亡秦。嗚呼！臣飛死，臣俊喜，臣俊無言世忠靡。檜書夜報四太子，臣構拜詔從此始。」（同前）

五 先生嘗與公卿會飲，座中有彈箏者作《白翎雀曲》，即俗所謂《海青打鵝》也。因話及元事，口占一詩云：「胡運消沉漢道興，氈車宵遁土城平。興隆無復殘笙譜，劈正誰知舊斧名。起輦谷前駝馬迹，居庸關裏子規聲。不堪亡國音猶在，促數繁絃叶《白翎》。」按，洪武戊申春，徐魏公、常鄭公與諸將會於臨清，集克元都。順帝集三宫后妃皇太子同議避兵北行，夜半開建德門北奔，而元亡矣。興隆笙，其製植衆管於柔韋以象大匏，上鼓二韋橐。按其管則簧鳴，簨首爲二孔雀，笙鳴機動，則應而舞。元時設於大明殿下，凡燕會之日，此笙一鳴，衆樂皆作，笙止，樂亦隨止。劈正斧，以蒼水玉碾造，高二尺有奇，廣半之，徧地文藻燦然。元制，天子登極，正旦天壽節，御大明殿會朝時，則一人執之立於陛下。起輦谷，元陵寢所在，元人不用困山之制，隗窆之後，耶（當作即）以駝馬躧平之，令後人不知其處。又至正十六年，有子規啼於居庸關。所謂白翎雀者，生於烏桓朔漠之地，雌雄和鳴，自得其樂。世祖命伶人碩德閭製曲，以名之曰《白翎雀曲》者，元之教坊大樂也。始雖雍容和緩，終則急躁繁促，殊無有餘不盡之意，《記》曰：「樂以象成。」胡人之氣象大抵似之。（同前）

六 詩有三聯疊字者，如古詩云「青青河畔草，鬱鬱園中柳。盈盈樓上女，皎皎當窗牖。蛾蛾紅粉妝，纖纖出素手」是也。有七聯疊字者，如昌黎《南山》詩云「延延離文屬，尺尺叛還遘。喁喁魚闖萍，落落月經宿。誾誾樹墻垣，巘巘架庫廄。參參削劍戟，煥煥御瑩秀。敷敷花披萼，闟闟屋摧霤。悠悠舒而安，兀兀狂以狃。超超出猶奔，蠢蠢駭不懋」是也。至於詞，則不多見，惟李易安詞云「尋尋覓覓，冷冷清清，凄凄慘慘戚戚」，然起頭連疊七字而已，非通篇疊字也。詞之通篇疊字者，冕惟於先生見之。先生少年嘗以「旅思」爲題作《滿庭芳》詞云：「歲歲年年，時時處處，紛紛擾擾膠膠。凄凄慘慘，瑟瑟更蕭蕭。日日風風雨雨，每霏霏，拂拂迢迢。懸望波波浪浪，苦蕩蕩飄飄。愁愁兼悶悶，重重疊疊，遠遠遥遥。慢悠悠漾漾，動動摇摇。切切尋尋覓覓，長戚戚，寂寂寥寥。心心念念，思思想想，幾暮暮朝朝。」可謂奇而奇者也。先生凡作詩詞甚易，至於歌行詞曲，尤不廢思索而成，非徒成篇章，又可誦可傳也。每見人所作有不愜意者，輒因其題别作數篇，往往多不存稿。如此等詩詞，何翅千百，甚可惜哉，甚可惜哉！（同前）

七 先生自少有大志，故雖未登仕版，而忠君憂國之情已略見於詩詞間。正統己巳，車駕北狩，先生作《擣衣曲》以寓意。其詞云：「凉飈透窗紗，蕭蕭弄秋色，妾在江南尚不堪，况君遠在陰山北。風吹妾身寒，妾念君衣單。起來擣衣明月下，不辭膂力摧心肝。一聲孤悶添，兩聲雙淚墮。三聲四聲情轉多，無數離愁搥不破。須臾擣到千萬聲，中有萬恨千愁并。不知遊子在萬里，今夜魂神寧不寧？」又擬古作選詩四首，其一云：「江南秋風至，草本變焜黃。淅淅吹妾衣，使妾增悲凉。悲凉知爲誰，良人在沙場。暮聽胡馬嘶，朝看胡雁翔。饑飡風中糜，渴飲雪下漿。羊角衝地起，沙礫争飛揚。回首望故鄉，長天但茫茫。豈無肥與甘，亦有衣與裳。妾心空惻惻，路遠莫寄將。北望長太息，涕淚如雨霶。幾欲望從之，河廣無舟梁。仰天籲上帝，矢心期不忘。但願南風競，吹君來妾旁。」其二云：「燕集高堂上，衆味羅珍饈。觥籌互交錯，樂矣忘其憂。清酣飲桑落，妙聲發吴謳。寶鼎噴青煙，芬芳襲輕裘。肥醲正厭飲，文錦何温柔。獨念良人苦，遠戍陰山頭。黄茅連白沙，風雪寒颼颼。凍雀飛不起，依樹鳴啁啾。馬毛縮如蝟，髀肉胝不周。羔裘暖如烘，湩酪清如油。君身千萬艱，妾心千萬愁。夢寐或見之，道路阻且修。願言早成功，諸將各封侯。良人章章來，紅日照九州。」其三云：「依依重依依，不忍空別離。別離已可悲，况值秋風時。柳衰不堪折，情苦不堪説。願妾爲小星，君身化明月。明月貼天飛，小星恒相隨。月出星隨出，月歸星亦歸。莫學秋胡妻，相逢不相識。生者固可慚，死者亦何益。」其四云：「白日日已晚，行人日已遠。秋風又重來，行人猶未返。颼颼朔風寒，行人衣應單。世無杞梁妻，千載徒悲酸。」昔人謂杜少陵一飯不忘君，先生以（疑爲「似」字）之。（同前書卷下）

八　歲庚子，先生口占《鷓鴣天》詞云：「老子明年六十齊，百年光景日頭西。幸無熱病兼寒病，免得花迷更酒迷。　知痛癢，識高低。平生作事不蹺蹊。從今好閉雌黄口，再莫人前浪品題。」先生平生未嘗一日卧病，或有病焉，不過心思冲冲而已，蓋由先生不嗜欲，不飲酒。未病之先，既無不謹，或覺體之不寧也，又能和調安養，不致成疾，以故精力不倦，□神清爽。職務稍暇，又有餘功，著書立言，以圖不朽。豈吉人君子，天固賦以至健之資，而又默有以相之歟？所謂「幸無熱病兼寒病，免得花迷更酒迷」，非虚語也，末二句，蓋自警之意，年雖將老，而戒懼之心不衰，與武公《抑》詩同一揆也。（同前）

九　奚元啓嘗會試下第，先生以「情」爲題作詞一闋慰之，名《念奴嬌》，云：「佳人薄命，嘆紅粉、幾多黄土。豈是老天渾不管，好惡隨人自取。既賦嬌容，又全慧性，却遣隨凡侣。不平如此，問天天更不語。　可惜國色天香，隨緣流落，飄泊今如許。借問繁華何處在，多少樓臺歌舞。紫陌春遊，緑窗曉繡，過客驚嫵媚。人生失意，從來無問今古。」謹録於此，凡失意觀之，亦足以自慰也。（同前）

一〇《喜遷鶯·送王方伯召北上》有序：恭惟大方伯王公閣下：京輔名家，甲科偉器。初平反於北寺，久敭歷於外臺。按節八閩，已擅激揚之譽；觀風三輔，尤殫繩糾之才。窗綱比長於桂嶺灕江，風槩益嚴於秋霜夏日。當路每擬公於都憲，高名數薦刻於宸旒。西蜀藩垣，甫承温詔；北門鎖鑰，踵拜新恩。利器盤根，每精别於緩急多事之際；輕車熟路，自安行於拘攣窘步之中。坐樽俎以折衝，驅氊裘而款塞。凱歌奏于殿陛，位望聳於班行。凡在同寅，舉欣異擢。卜佳辰而設祖，歌俚語以侑觴。　嚴召星馳，莫罄古人惜别贈言之義；先聲雷動，竚來醜虜寒心破膽之謡。願望實深，揄揚莫既。「澄清嶺嶠，見好事幾多，儘能行了。兵漸息肩，民方按堵，在處春回枯槁。正擬借留幾載，却遣藩宣巴徼。纔促駕，又鳳御綸綍，持來宣召。　争道。舊曾向，中外翩翩，久矣推風操。今往巡邊，運籌決勝，看展濟時才調。唾手掃清烽燧，屈指周旋廊廟。還堪羡，是過家拜慶，親年未老。」

(《湘皋集》卷十七)

一一《詩藁自序》:夫人之能言,非能言也,乃不能不爲之言也。情蘊於中,感於物而動,夫雖欲不言,其可得邪?冕聞大司成丘先生之論,以爲古能言之人,皆有所不得已而後有言,故其言工,以故凡學爲詩詞,未嘗敢有得已,而爲者爲之,必不得已,皆所以言吾情之所感者。伸紙信筆,率爾而爲言,雖不工,不能逮古,然亦不卹也。自戊戌歲至辛丑,凡所爲詩得若干首,彙次成帙,以呈於先生。先生曰:「小子之詩成篇章而合格式矣。」自茲□□□而不怠,其或可逮,能言者之言乎?冕□□而是,因論叙之,而藏於篋中。(同前書卷十九)

毛紀詞話

毛紀（一四六三—一五四五），字維之，號鼇峰逸叟，掖縣（今山東）人。成化丁未進士，正德中累遷禮部尚書，尋為大學士，入預機務，官至謹身殿大學士。紀有學識，居官廉静簡重，卒贈太保，謚文簡。著有《鼇峰類稿》、《密勿稿》、《辭榮録》、《歸田雜識》、《聯句私抄》。此據《四庫全書存目叢書》影印明嘉靖間刻本《鼇峰類稿》録詞話二則。

一

《送少司徒東魯陳公時勉致事幛詞》：恭惟某官：秀孕魯邦，名高甲榜。蚤分度支之任，聿馳經濟之聲。倐遴選於銀臺，繼虞龍而出納。惟允尋超，遷於僕正。踵伯問而，旦夕克承。爰譽望之既隆，遂寵恩之薦及。曾未踰歲，陟副地卿。乃惟效忠，上佐天子。計存邦國，方看劉宴之在唐；心慕田園，欲效陶潛之去晉。都門冠蓋，送者如雲。單父林丘，到處可畫。況秋香奕奕，已呈橋梓之芳；而夕日遲遲，正衍桑榆之景。某等追陪朝著，獲沾麗澤良多；悵望行塵，可奈春明漸遠。聊成蕪句，用代驪歌。《畫堂春》：「青山雨後，緑野秋深，幽興許誰堪共。上苑繁華，轉首一場春夢。故園陶徑未全荒，祖帳虞絃剛一弄。整星軺，曉衢微雨，輕輾纖塵不動。珍重落紅，香閒晝求，社酒新醅滿甕。笑看桂子，傳衣班聯禁從。未輸霜鬢，向磻溪、且卜江亭顔楚頌。望沆瀣、倏然遠引，難留冥鴻彩鳳。」（《鼇峰類稿》）

二《送竇太守朝京幛詞》：恭諗大邦伯晴山先生竇公：德器淵閎，才猷充裕。蚤掇瓊林之秀，聿騰瑣闥之名。補闕拾遺，直氣尚存乎諫草；黜邪翼正，英風久動乎朝簪。迨晉秩于銀臺，偶遭陰翳；薦升華于刺史，益勵清操。睠此溟渤之區，暫息鯤鵬之運。下車問俗，露冕行春。憂切耕桑，挈壺漿而勞來；惠先凋瘵，詢垢蠹以祛除。犴狴恒虛，角牙靡滯。四民咸賴，六事孔修。行人自有口碑，當道亦多薦剡。峩峩政價，奚慚闒右之楊；煒煒家聲，載覩燕山之桂。屬朝正而有日，實課最以同期。留佐治朝，不覃化理。庶漢世徵黄之美，罔專于前人；而虞廷咨牧之風，復見於今日。爰因郊祖，聊寫輿情。《謁金門》：「海邦牧，善政班班堪録。誰云素節如冰玉，陽春滿蔀屋。拱北紅，雲在目。赤子空攀畫轂。曉日鵷行尋舊躅，寵命端可卜。」（同前）

姚鏌詞話

姚鏌（一四六五—一五三八），字英之，號東泉，慈谿（今浙江）人。弘治癸丑進士，除禮部主事，擢僉事副使。正德九年擢貴州按察使，十五年拜右副都御史，巡撫延綏。嘉靖五年遷右都御史，提督兩廣軍務，兼巡撫四川。進左都御史，加太子太保，累官侍讀學士。所著有《東泉文集》，此據《四庫全書存目叢書》影印明嘉靖間刻清修本録詞話一則。

一　《古愚日録餘藁序》：詩自三百篇之後，古風不歸，而妖詞艷曲相沿於世者，幾二千年矣。以故肖風月之真，則謂之奪造；化極煙雲之狀，則謂之絶古。今甚而争奇巧於一花一木之間，一韻有值，亦必拍手按歌，指而稱之曰：「此破鬼膽、媿皇墳者也。」以此而爲詩家盛事，吾不知於《關雎》、《麟趾》之意果有所相發明乎？否也。噫！詩之弊也，一至此哉！間惟陶淵明彭澤數詩、杜子美夔州等作，爲有得於風人之旨。然而蜩螗沸，鳳鳴絶，無怪其倡寡和也。吾邑古愚林先生，高才奥學，素以詩鳴於時。日積月累，動盈緗帙，至若日録餘藁，則優游晚年之所得也。間嘗誦之，歡笑有吟，追陪有吟，倡和有吟，弔古而傷今有吟。長篇短章，古書獨存。挽陶、杜而上之，真足爲世勸戒。若所謂妖艶之餘，先生一掃而空之矣。顧屬詞以平易爲工，叙事以簡直爲妙。無詩家近日之風味，故巧於斧斤者輒病其疏，拘於嚢括者或議其放，而縟於錦綺者又不能無太朴之譏，孰知夫至味固有存乎？山殽野簌之外，彼其龍紋漫滅，雕琢未具者，正所以爲商彝周鼎也歟！雖然，世有詩人，則陶淵明之莊、杜子美之雅，終當好之矣，顧愚何足以評之。（《東泉文集》卷二）

鄭岳詞話

鄭岳（一四六八—一五三九），字汝華，號山齋，蒲田（今福建）人。弘治癸丑進士，授户部主事。歷湖廣僉事，廣西副使，調廣東，陞江西布政使。嘉靖初擢右副都御史，巡撫江西，累遷兵部左侍郎。後以議大禮奪俸乞歸。所著有《山齋静稿》、《西行紀》、《莆陽文獻》。此據影印文淵閣《四庫全書》本周瑛《翠渠摘稿》録詞話一則。

一

《本傳》：周瑛，字梁石，號翠渠。以鎮海衛學生應景泰癸酉鄉薦，主司聶大年得其文，大奇之，置《詩經》第二。屢上春官不第，乃益汎濫羣籍，務鈎深探賾。與南海陳公甫、遼左羅克恭上下其議論，且相期以退隱為高。第成化己丑進士，知廣德州，倣古為治，興文教，絶淫祠，表死事之忠，而嚴不舉女之禁，教民有録，祠山有辨，廣德人為立生祠事之。滿九載，陞南京禮部儀制司郎中。又三載，陞撫州知府，興水利，著政本，第輸納，著政均，力行保伍之法，豪右以為不便。調知鎮遠，因俗為政，不鄙其民，以書滿歸省母。孝廟初，三原王端毅公為吏部，即家起為四川參政，尋轉右布政使。丁母憂，服闋，乞致仕。給事楊廉、吴世忠交章以學行薦，吏部覆奏起用，堅以引年請，乃晉階榮禄大夫致仕。瑛豐神臞古，其學不專於該博，而於天文地志、造化物理皆嘗究心體索，為文章渾深雅健，有根柢。詩格調高古。字畫初學晦翁，變為奇勁，應酬至老無倦意。所著有《經世管籥》、《律呂管籥》、《字學纂要》、《詞學筌蹄》、《地理蓍龜》。晚年尤注意《周易參同契》，作《本義》，屢加删定。詩文有《翠渠類稿》若干卷，所修有《廣德志》、《鎮遠府志》、《蜀志》、《漳州府志》，又與黄未軒同修《興化府志》，議論間有不合，自謂莆陽拗史云。卒年八十九。先是壺山石墜，意必有名士當之，既而瑛卒。平生急義，禄入以給内外朞功之孤貧，葬其不能葬者十餘，喪不計其家有無。没未幾，家益落。子大謨，博學能文，以《詩經》魁禮闈，告歸終養，亦繼卒。(《翠渠摘稿》「附録」)

王九思詞話

王九思(一四六八—一五五一),字敬夫,號渼陂,鄠縣(今陝西户縣)人。弘治丙辰進士,考選庶吉士,授翰林檢討,改吏部文選司郎中。坐劉瑾黨,降壽州同知,尋勒致仕。爲弘治七子之一,閒美風流,不拘禮節,而談笑有韻,下及艷曲小令,亦皆新奇工美,極人情之致。著有《渼陂集》、《碧山樂府》、《西遊隨筆》。此據《續修四庫全書》影印明嘉靖刻本《碧山詩餘》和影印明嘉靖刻崇禎修補本《渼陂集》録詞話二則。

一　《碧山詩餘序》:夫詩餘者,古樂府之流也,後人謂之詩餘云。漢、魏以上樂府拘題而不拘體,作者發揮題意,意盡而止,體人人殊。至於唐、宋始定體格,句之長短,字之平仄,咸循定體,然後協音,廼若情之所發，隨人而施，與題意漫不相涉，故亦謂之填詞云。余自出京後，見太白、蘇、黄諸作，恒愛之，間有所感發，應酧贈賀，輒倣而爲之，不自量其才之弗逮也。然亦漫不省記，稿多遺亡，所僅存者十三四耳。邑侯郜原宋公，一日過我，語及斯帙，遂持去，捐俸刻諸梓，余媿，甚辭，弗能得也。公，東魯豪傑之才也，書無不讀，文無不能。蒞鄠未及朞月，清操遐慮，養民造士，親賢遠奸，政教爲之一新，廼其好善之誠，寸長不廢如此。於戲！推是心也，以之任重焉。往而不可也，大雅君子尚有以企宋公之賢，予之俚語，奚足道哉？奚足道哉？時嘉靖辛亥春正月丁巳，碧山八十四，逸史王九思自序。（《碧山詩餘》序）

二《太夫人劉母壽歌詞序》：松石劉先生養和，嘗自郡守擢按察副使，督學山西。先生以母太夫人秦老在堂，疏乞歸養。歸養三年，而陝西督學副使以缺員告，乃起先生，先生乃復疏乞終養，不許，於是先生不獲已，辭太夫人入闕，然其心無日不膝下也。今年太夫人壽登七十九，月某日，寔維誕辰。關中諸豪傑多先生御史時所舉士也，相與作爲歌詞以慰先生爲太夫人壽，命九思序之。弘治庚戌，九思始走禮部，見麻城劉公舉《春秋》第一人，磊落大丈夫也。心竊慕之，欲謁以先進，未敢也。其後聞公爲豐城令，有德在民，不幸早世，民爲身後立祠，蓋未嘗不嘆異焉。正德戊辰，予忝承乏翰林，松石先生與予弟九峰同舉，舉《春秋》第二人，予見而奇之，問之，豐城公之子也。自是與之通家，相愛如兄弟，然未能登堂拜母，恒用歉然。先生其後自主事擢御史，蹶而復起，累秩至今，然其失怙早，孰曰非母太夫人之教也？夫古稱相夫者，曰樂羊妻矣，未聞其教子。教子者，曰陶士行之母，然其夫則未之聞也。獨歐陽文忠公之母夫人佐其夫爲廉吏，導其子爲名賢，人到於今稱之。而太夫人者，得無似之乎？夫豐城公循良之蹟，克配古人，載諸國史，乃有子如松石，介而弗移，材可大用，舉世仰而望之，蒼然屹然，超徂來，埒衡岳焉。夫勳業若士行，文章若文忠，公蓋將少之。而太夫人所托以不朽者，寧不在兹乎？寧不在兹乎？予聞先生有子二人，復以《春秋》舉，日侍太夫人，太夫人喜，忘其子之不膝下也。諸豪傑之作，亟宜寓歸，付二子歌焉，爲太夫人百千萬年壽。（《渼陂集》卷九）

費宏詞話

費宏(一四六八—一五三五),字子充,號鵝湖,鉛山(今江西)人。成化丁未進士第一,授翰林院修撰。正德中累進户部尚書、武英殿大學士。世宗即位,召入輔政。卒贈太保,謚文憲。有《太保費文憲公摘稿》二十卷,此據《續修四庫全書》影印明嘉靖三十四年吴遵之刻本《太保費文憲公摘稿》和《四庫全書存目叢書》影印明崇禎間刻清印《明太保費文憲公文集選要》録詞話八則。

一

《過秦樓》爲族人作賀歐陽舉人:恭惟尊親歐陽先生:春秋鼎盛,才質高明。荷鋤□畲,素有大志。掉鞅文苑,早飲香名。雖和璞之三獻,昔負屈稱;而郄林之一枝,今償夙願。光生桑梓,水若增而秀，山若增而奇；喜溢葭莩，强者悦於言，懦者悦於色。某叨光猶切，助喜彌深。爰奉小詞一闋，用引賀忱。伏惟電覽，幸甚。「求叔淵源，夏侯經學，年少胸羅今古。筆陣鼇聲，文場蟻戰，共擬穿揚百步。仙籍播桂香浮，琬琰鐫名，争先快覩。羡芹泮生奇，鴦湖增翠，大家歡舞。　始信道、韓子焚膏，范公畫粥，富貴必從勤苦。白袍染柳，緑鬢簪花，謾説儒冠多悮。從此飛騰看取，驥脱鹽車，鴻升雲路。更進起家聲，春榜早題龍虎。」（《太保費文憲公摘稿》卷一）

二　《水龍吟》送太宗伯松露周公致仕：伏以進禮退義，賢哲之高風；優老隆賢，朝廷之盛典，始終無恨，今古爲難。恭惟宫保太宗伯松露周老先生：體兼衆器，望重四朝。温國閒居，肯負匡時之志；潞公再駕，未忘報國之忠。行止隨時，卷舒以道。顧心疲而力倦，復抗疏以陳情。國人重惜，夫老成之歸；天子愍勞，以官職之事。褒書温厚，賜予優崇。士林嘖嘖，共瞻鸞鵠之高翔；寮屬依依，尤念松嵩之失倚。祖筵初秩，短闋載陳。伏惟電覽，幸甚。「承恩暫起還歸去，正似浮雲出岫。保完堂上，天書兩紙，錦衣如舊。緑野行藏，赤松伴侣，今無古有。青門别意真堪畫，誰是當時妙手。　共羡英雄回首，數神仙、行圓功就。雲霄步武，彝常勳業，魯公在後。從此身輕，優游晚景，倍增眉壽。想老臣尚有，惓惓忠愛，難忘畎畝。」（同前）

三　《代郡僚作賀大守朱亨之考滿綵帳文》丙子正月作：伏以郡守爲吏民之本，宜得循良；憲臣居耳目之司，必先激勸。苟薦舉不違於衆論，則風聲可動乎百僚。治化所關，民生攸賴。故漢宣有言，莫重於貳千石；而班史所紀，不越乎五六人。恭惟郡伯甓湖朱先生：風神玉粹，德器春温。

學古通經，蚤發身於甲第；循資佐郡，繼試政於刑名。雷電體皆至之豐，冰檗勵不移之操。乃遷郎署，乃陟臺端。志在澄清，屢發登車之歎；材須牧養，適丁佩犢之時。焦心於盜警之袪除，專意於民勞之休息。甫及三年之久，秩然百廢之興。訟理賦均，歎息不聞於田里；民懷吏畏，歌頌已滿於閭閻。嘉績甚多，華旌交下。名實允孚，士民胥慶。賜金增秩，應入補於公卿；截鐙攀轅，殆難忘於父母。況誼孚於僚友，若好篤於弟兄。來貢一言，用揚衆美。殆以山林逸老，或飲聽於民謡；田野公言，可仰裨於史賛。帡幪自幸，辭讓未能。僭製荒詞，俯陳賀悃。伏惟電矚，幸甚。光膺於鶚薦，即看榮被於龍章。霄昂壑聳，蔚公望之端倪；雲會風期，霈皇恩之優渥。豈但

詞曰：「神明太守，是天上福星，人間慈母。山岳威稜，冰霜節操，不愧乘驄衣繡。闔郡同聲贊頌，使者交章馳奏。盡説道、似漢庭循吏，如今稀有。非久，恩詔下，選補公卿，章佩黄金紐。台斗聲華，鼎彝勳業，看取蜚英騰茂。僚友惟知慕藺，父老猶思借寇。邇今日，持一杯春酒，與公爲壽。」(同前)

四 《滿庭芳》：伏以吏課最嚴，居是官則盡是職；與情難協，無其實豈有其名。恭惟大察推東美嚴先生：器宇恢弘，才猷卓犖。囊螢映雪，早篤志於書林；起鳳騰蛟，久蜚英於藝苑。雖雲霄鍛翮，命與時乖；而文字充腸，德偕年進。士經指授，或芥拾於科名；人有究稱，獨鏡看於勳業。吴鈎不蝕，終騰射斗之光；楚璞在懷，必吐爲虹之氣。晚登仕版，簡授郡僚。食集飲冰，不改平生之操；嘘枯沃暍，常存澤物之心。有政事兼有文章，無詭隨亦無矯激。允爲儒吏，何愧賢科。宦海難憑，每有

珠遺之惜；憲臺多譽，且聞鶚薦之章。考績維期，戒行就道。愛孚闔郡，欲卧轍以攀留；誼篤同官，共摻袪而繾綣。乃假詞於野老，用代民謡；庶播美於天朝，不慚公論。「玉氣爲虹，劍光射斗，人豪未必摧藏。乘時效用，何愧甲科郎。三載黄堂贊理，盤錯解、鞠讞精詳。真堪擬，發硎霜刃，特達似珪璋。同官多遜美，誰優政體，又擅詞章。看平津晚，遇壑聳霄昂。獻績如今北去，書上考、譽重巖廊。冰溪上，難分别袂，極目送仙航。」（同前）

五 《西江月》爲縣尊杜侯送高三衙致仕作：嘗謂壯而仕，老而休，乃人生之常分；進以禮，退以義，實君子之大閑。故必仕則忘其身，而知止斯免於殆。恭惟判簿高君：性禀剛方，心存坦亮。欽承上命，來佐吾鉛。才足以糾正簿書，志在於袪除奸慝。論事慷慨，有燕趙之遺風；守職廉勤，仰朱程之芳躅。誠篤益孚於上下，操持罔間於初終。年雖及而精力未衰，識甚高而摛辭不已。征車欲發，歸袂難留。某水某丘，尋童子釣遊之舊；一觴一咏，暢晚年閒適之懷。可謂見哉，庶乎拔俗於□□主□篤同□。□然賦别之懷，勤甚贈言之請。爲歌短闋，或增祖軷之華；用納歸裝，更□□□□喜。「歸興濃於山色，宦情薄似秋光。冥鴻天際（筆者按：二字原漫漶，據《明詞匯刊》本《費文憲公詞》補。）忽高翔，不受人間羅網。高士層軒猶在，邑人遺愛難忘。井陘北去路何長，回首鵝湖萬丈。」（同前）

六 《賀民悦姪領鄉薦》：聖朝取士，以四仲而開科；我祖詒謀，用一經而啓後。父子孫傳衣於三世，西卯午領薦者九人。獨子年未有科（按：三字原漫滅，據《明太保費文憲公文集選要》卷一補。)名，在今日又添盛事。惟我民悦春元賢姪：天資頴異，學力精專。雪案螢窗，每潛心於經籍；詞源筆陣，久馳譽於文場。士類讓其先登，父兄倚爲後繼。屈稱屢負，素志乃酬。萍野鹿鳴，樂嘉賓之在宴；梧岡鳳起，慶吉士之登庸。振起家聲，延綿世澤。老椿叢桂，擬竇氏之流芳；玉樹芝蘭，并謝階之挺秀。山川增重，閭里生輝。二阮同遊，更補丑科之捷；雙親未老，即看封誥之頒。綴緝詞腔，發舒嘉氣。「幾度槐黄，大家準擬，虎榜題名。喜一枝丹桂，先期入夢，燕山老樹，復吐秋英。竹所儲祥，蘭階茁秀，奕世雲梯接踵升。從前數，子午卯酉，科第相承。　十年窗下書聲，每夜對、韓膏二尺檠。嘆楚璞難酬，昔曾三獻，有人識玉，價重連城。鵬鳥摶風，蛟龍得兩，此是青霄第一程。更明春，看花得意，平步登瀛。」右調《沁園春》(同前)

七

《滿庭芳》爲闔邑里老賀桂侯望之平逆賊還縣：切以聖哲訓存，有文事，必有武備；君親誼重，爲孝子，必爲忠臣。能勇則見義必爲，有才則臨事自著。恭惟縣生杜公：性稟忠貞，心存正直。噓枯沃暍，惠已洽於閭閻；是治危明，念每切於廊廟。頃緣宗藩，不道禍變。忽生怒髮衝冠，誓捐軀而赴難；赤心籲衆，期助順以除兇。乃率義兵，往從主帥。揚旗西指，聲先振而叛逆遂平；振旅東歸，大功成而室家胥慶。惟兹僚寀，及我士民。擊皷荷戈，雖莫效先驅之力；賦詩釃酒，亦未忘助喜之私。敬製小詞，用申下悃。惟電矚，幸甚。「皷角喧天，旌旗耀日，問公此出何爲。主憂臣辱，奔赴豈容遲。聽取中流擊楫，從湖東，直指江西。貔貅集，龍蛇陣布，梟獍盡誅夷。　乾坤初整頓，凱歌喧閑，民物恬嬉。看壺漿夾道，争獻新詞。從此功名日盛，膺鶚薦、穩步鴻逵。朝廷上，還須忠直，重

立太平基。」(同前)

八　《滿江紅》爲鉛山縣官賀周太府平逆賊還郡：伏以春秋大一統，諸侯必謹於尊王；洪範叔九疇，八政實終於鋤亂。惟逆順之從違既定，斯征討之功業易成。恭惟大府魯軒周公：性禀忠貞，風裁清峻。綉衣持斧，久宣擊斷之威；畫戟疑香，復播循良之譽。近緣宗室，忽叛本朝。守在封疆，不負專城之托；望依霄漢，常懸捧日之心。乃奉魚符，親提虎旅。鼓角讙亮，先聲振而首惡遂擒；油幕笑談，古語傳而群心胥快。惟兹屬吏，幸覩成功。喜賀曷勝，驚疑頓起。鉛山傳遠，待紀勤王之勳；磨盾摛詞，竊效旋師之凱。伏惟電矚，幸甚。「疇昔烏臺，負重望、能文能武。忽聽得、奸雄倡亂，妖言訕主。仗劍擬誅南浦蜃，彎弓欲射西山虎。霎時間、報道漢條侯，平吴楚。　那元惡，如狐兔。那餘黨，如豚鼠。喜王師奏凱，民生安堵。洗甲倒傾河漢水，歸旗半捲晴空雨。賞功時、凖擬進官階，加封户。」(同前)

陳沂詞話

陳沂(一四六九—一五三八),字魯南,號小坡,又稱石亭。其先鄞(今浙江)人,徙家南京。正德丁丑進士,官編修。嘉靖中以太僕寺卿乞歸,築遂初園,杜門著書,絶意世務。所著詩文曰《拘虚集》、《拘虚詩談》、《遊名山録》、《拘虚晤言》、《維楨録》、《詢芻録》等。此據《北京圖書館藏古籍珍本叢刊》影印明刊本《拘虚詩談》録詞話一則。

一 古詩自《賡歌》為雅、頌、國風,流為《離騷》,降為漢之五言,别為樂府,至唐為近體,為填詞,宋詞為盛,金、元為曲。世日降,氣日衰,聲日淫,意日卑淺矣。各以其世論之,《英韶》降為《武勺》,雅、頌降為諸風,《離騷》降為韻賦,漢、魏降為齊、梁,初唐降為晚唐,填詞降為南北調,亦各有盛衰也。(《拘虚詩談》)

皇甫録詞話

皇甫録（一四七〇—一五四〇），字世庸，號近峰，長洲（今江蘇蘇州）人。弘治丙辰進士，正德時官至順慶府知府。著《蘋溪集》、《明記略》、《下陴紀談》、《近峰聞略》等。《近峰聞略》八卷，采摭稗官襍説，間附考證，積二十餘年，得數百千條，為其子冲所删定編次以成。

此據臺北新興書局出版《筆記小説大觀》影印抄本録詞話十則。

一　樂曲謂之均，謂之韻。均也者，宫、商、角、徵、羽合變徵爲七，此均也。變徵或云始於周，如戰國時燕太子丹遣荆軻於易水之上作變徵之音，是周已有之矣。韻也者，凡調各有韻，猶詩律有平仄之屬，此韻也。律吕陰陽，旋相爲宫，則凡八十有四，是爲八十四調。然自魏晉後至隋唐，已失徵、角二調之均矣。孟軻亦言爲我作君臣相説之樂，蓋徵招、角招是也，疑春秋時徵、角已亡，不然，何特言刱作之哉？政和間，詔加討論，乃作徵招、角招，而補入音所闕者，曰石、曰陶、曰匏三焉。匏則加匏而爲笙，陶乃塤也，而石則以玉或石爲響，配與鐵方響并奏，謂之燕部樂，八音蓋自此始全。（《近峰聞略》卷一）

二 王荆公云：「梨花一枝春帶雨」、「桃花亂落如紅雨」、「珠簾暮捲西山雨」，皆警句也，然不若「院落深沉杏花雨」爲優，言盡而意有餘也。（同前書卷三）

三 《韻語陽秋》載元微之詩云：「琵琶宫調八十一，三調絃中彈不出。」按賀懷智《琵琶論》云：「琵琶有八十四調，内黄鍾、太簇、林鍾，宫聲彈不出。」則微之言信矣。然用於今者二十八調，而今之燕樂古聲多乏，而新聲大率皆俗樂也。又按《輟耕録》載：凡聲音各應律，只分六宫十一調，共十七調宫（當作「宫調」）：仙吕、南吕、中吕、黄鍾、正宫（脱「道宫」二字）爲六宫也，大石、小石、尚（當作高）平、般涉、歇指、商角、雙調、商調、角調、宫調、越調，爲十一調也。據此，則律調之亡，豈止琵琶？而元時去政和不遠，尚失所傳，而今之去政和又遠，宜雅曲之無可考也。（同前書卷四）

四 天全翁遊靈岩山寺調《水龍吟》詞云：「佳麗地是吾鄉，看西山更比東山好。有罨畫樓臺，金碧岩扉，彷彿十洲三島。却也有風流安石，清真逸少。向西施洞口，望湖亭畔，對雲影天光，上下相涵相照。似寶鏡裡，翠娥粧曉。且登臨，且談笑。眼前事、幾多堪弔。香徑踪消，屧廊聲杳，麋鹿還游未了。也莫管吴越興亡，爲他煩惱。是非顛倒，古與今一般難料。歎宦海風波，幾人歸早，得在家中老。遇酒美花新，歌清舞妙，儘開懷抱。又何須較短量長，此生心、應自有天知道。醉呼童，更進餘盃，便拚得到三更，乘月廻仙棹。」此天全歸田時自慰之作也。（同前書卷五）

五 昔人謂黄魯直作艷詞以邪言蕩人心，其罪非止墮惡道。《菽園襍記》謂楊鐵崖作《香奩》、《續奩》二集，皆淫褻之詞。其自序至以陶元亮自附益，遠矣。予又聞南濠云鐵崖晚年携妓桃枝、柳枝、梨花、翠羽泛游江湖，爲士論所鄙，則又不止文墨遊戲而已。（同前）

六 陳後山云：「子瞻以詩爲詞，雖工，非本色。」晁無咎云：「眉山公之詞短於情，蓋不更此境耳。」及觀東坡自謂平生不善歌曲，故其詞不能入調，宜矣，然非短於情也。（同前書卷六）

七 《古今詩話》：客謂張子野曰：「人稱公爲張三中，謂心中事、眼中淚、意中人也。」公曰：「何不目我爲張三影：『雲破月來花弄影』，『嬌柔懶起，捲簾厭花影』、『柳徑無人，墜風絮無影』，此平生之得意句也。」又《高齋詩話》以「浮萍破處見山影」、「雲破月來花弄影」、「隔墻送過秋千影」爲三影。（同前）

八 小説載劉改之求見辛稼軒，不可得，託之朱晦庵、張紫岩，至限韻作雪詩，有「功名有分平吴易，貧賤無交訪戴難」之句，始被延納。《吹劍録》云：稼軒帥越，招改之，不去，寄情《沁園春》詞，謂「被香山居士，約往吊，和靖東坡，駕勒吾回」，又云：「須晴去，訪稼軒未晚，且此徘徊。」兩情之疏於前而密於後者如此。（同前）

九 大明律有官吏挾妓飲酒之條，然宣德間三楊公猶及用之。嘗聞其與一兵官會飲，文定倡爲酒令，各誦詩一句，以月字在下，而分四時，令畢，文定指席中侍妓曰：「不可謂秦無人，汝輩有能者乎？」一妓遽成小詞，捧琵琶歌曰：「到春來，梨花院落溶溶月。」文定句：「到夏來，舞低楊柳樓心月。」文敏句：「到秋來，金鈴犬吠梧桐月。」兵官云：「到冬來，清香暗度梅梢月。」文貞句：「呀，好也麼月，總不如俺尋常一樣窗前月。」諸公劇飲霑醉而去。（同前書卷七）

一〇 張士誠據蘇時，其弟士德爲相，豪占民田以益富廣產，華搆玉食以取奢樂。門下養士亦多，有張明善者，元之遺老，能填詞度曲，語言諧謔，士德愛之。一日，雪大作，設盛宴，張女樂，邀明善咏雪。明善倚筆醉題調詞曰：「漫天墮，撲地飛，白占許多田地。教衆嗷嗷喫甚的，早難道，國家祥瑞。」甚得滑稽之諫，可見前輩風致如此。（同前書卷八）

方鵬詞話

方鵬（一四七〇—?），字子鳳，亦字時舉，號矯亭，崑山（今江蘇）人。正德戊辰進士，歷南京武選郎，擢山西提學副使，以疾辭。用薦徵拜春坊庶子，遷太常卿。著有《矯亭集》、《崑山人物志》、《責備餘談》、《矯亭存稿》、《觀感録》、《治心要語》等。此據《四庫全書存目叢書》影印明嘉靖十四年刻十八年續刻本《矯亭存稿》及《續稿》和影印明張元電刻本《續觀感録》録詞話四則。

一　江文通擬陶詩，或謂其逼真，未也。自「種苗在東皋」至「百年會有役」而止删去，「但願桑麻成」四句則近之矣。柳詩「漁翁夜傍西巖宿」六句，東坡以為删去後二句則佳，或謂不然。愚意留之固無害，删之則益奇也。（《矯亭存稿》卷十一「論詩」）

二 《陽關三疊》，初不能曉其意。唐人詩云「來聽《陽關》第四聲」，註曰：「第三句也。」即「勸君更進一杯酒」也。予嘗聞吳歌稔矣，首唱第一句，衆皆不和，更唱第二句，則衆從而和之，連唱第三、第四句，則又從而併和之。蓋每歌四句，共唱七聲，而第四聲，正第三句也。且首句獨唱，三句疊唱，故謂之三疊云，未知是否？（同前）

三 《跋近體樂府後》：《近體樂府》一帙，吾友西巖顧公之手筆也。公每有作，必以示予。而予謬有撰述，亦必於公是正。今殁四年矣，德音孔遐，無任人琴俱亡之感。厥子憲副君緘寄是帙，寔予之所未見，而於所謂《静觀堂稿》亦不附入，豈嫌其不古耶？予嘗讀之既矣，其婉，其辭暢，有悠然忘世之意，有浩然樂天之真，有翛然高飛遠舉之興。按而歌之，足以養人冲澹和平之心，而銷其富貴功名之念，其於世教，未必無補。非近世靡麗之音導欲而增悲者可同語也。孟子曰：「今之樂，猶古之樂也，惟貴乎有補於世耳。」（《矯亭續稿》卷三）

四 申漸高者，南唐優人。建國之初，軍儲未實，關市之利斂率尤繁，農商苦之，而莫達於上。時亢旱日久，禱祈無應。上他日舉觴苑中，示宰臣曰：「近京三五十里外皆報雨足，獨京城不雨，何也？」諸相未對，漸高進曰：「雨懼抽税，不敢入城。」上悟，即日下詔，停一切額外税。信宿之間，膏雨告足。帝嘗於便殿引鴆觥賜周本，本疑不飲，别引巵傾酒，跪而進曰：「願陛下飲此酒，庶見君臣同心。」上色變，無言者久之。左右皆相駭汗，漸高竊諭其意，乃盡併兩盞飲之，内盃懷中趍出，上密使親信持藥詣私第解之，已不及矣。元宗嗣位之初，留心内寵，宴私擊鞠，略無虚日。常命樂工楊花飛奏《水調》詞，花飛唯歌一句寓規諷之意，甚切。上悟，覆盃大悦，厚賜金帛，以旌敢言。上曰：「使孫、陳二主得此一句，固不當有啣璧之辱也。」翊日，罷諸歡宴，留心庶事，圖閩吊楚，幾致治平。」（《續觀感録》卷四）

顧潛詞話

顧潛（一四七一—一五三四），字孔昭，號桴齋，晚號西巖，崑山（今江蘇）人。弘治丙辰進士，選庶吉士，改御史，武宗時，出督京畿學政，為馬湖知府，為劉瑾黨所搆罷歸。著《静觀堂集》、《稽古政要》。此據《四庫全書存目叢書》影印清雍正十年桂雲堂刻《玉峰雍里顧氏六世詩文集》本《静觀堂集》録詞話二則。

一

《送胡太守赴山東參政》詞見六卷：切以虞廷明陟，綵綸遥出於九閽；吴國化行，襦袴難忘於萬姓。雖潁川冀寇恂之借，而宣室勤賈誼之思。莫遂扳留，徒興跂望。恭惟某官：閤下質含瑚璉，才富經綸。早擢秀於西秦，遂蜚英於上苑。自登仕版，敭歷固亦有年；屢易郡符，操履真如一日。兹巍然膺東諸侯之選，蓋允矣荷今天子之知。忻鳳德之遭時，悵驪歌之在路。登高能賦，高文將勒於岱宗；見聖克由，雅志式瞻於闕里。睠茲屬吏，暫遠儀刑。畀爾歌工，庸申頌禱。「車馬何之，使君新參，齊魯大藩。看倪耄紛紛，章逢濟濟，闔閭城外，争欲攀轅。刑罰無苛，催科不擾，勸學興賢情更敦。從今始，薦超居鼎鼐，佐理調元。　當年北海騰鯤，早獻策、傳臚拜聖恩。羨長驅萬里，縱横筆陣，倒流三峽，浩渺詞源。四海名區，三吴勝地，時有坡仙題字痕。凌雲興在，泰山絶頂，詩與誰論。」右調《沁園春》（《静觀堂集》卷八，其中詞自卷六移補。下同。）

二

《送林太守赴山東憲副》詞見六卷：切以四方是賴，經綸在得乎時賢；百度惟貞，繩糾莫先於風憲。吴地冀久沾乎惠澤，虞廷復申錫乎褒嘉。曷遂攀留，徒深企望。恭惟某官：三山挺秀，四海馳聲。早登金榜以承恩，亟奉璽書而行事。大興水利，蒸黎歌粒食之休；屢易郡符，盤錯表干將之用。比者應外臺之命，信乎受當寧之知。席未煖於吾蘇，軫復旋於東魯。高牙大纛，相輝鳧繹之春雲；緩帶輕裘，永静萑苻之夜澤。儀法尚存於官屬，頌聲聊托諸工歌。「春風放棹闔閭城，柳外聽遷鶯。涉江記得朝天路，前呵載、嫋嫋雙旌。豸繡將臨憲府，鶴書先下神京。　八閩山水萃元精，産此濟時英。賢勞舊濬三吴水，仁恩被、兩郡蒼生。别意何須繾綣，勳名佇看峥嶸。」右調《風入松》（同前）

王守仁詞話

王守仁（一四七二—一五二九），字伯安，號陽明，餘姚（今浙江）人。登弘治己未進士，授刑部主事，改兵部。正德初以論救言官戴銑等忤劉瑾，杖闕下，謫龍場驛丞。瑾誅，移廬陵知縣。歷鴻臚卿，擢右僉都御史，巡撫南贛。寧王宸濠反，圍安慶，守仁起兵勤王，攻下南昌，大破之，遂擒宸濠。世宗立拜南京兵部尚書，封新建伯。以病乞歸，至南安卒。其學專主良知，隆慶初追謚文成，從祀孔廟。著《陽明文録》、《文録别集》、《陽明全書》、《居夷集》、《陽明寓廣遺稿》、《陽明先生文粹》、《陽明文選》、《大學古本注》、《孝經大義》、《五經臆説》、《傳習録》、《陽明則言》、《陽明鄉約法》、《陽明保甲法》等。此據《四庫全書存目叢書》影印明崇禎八年陳龍正刻本《陽明先生要書》録詞話一則。

一　先生曰：「古樂不作久矣，今之戲子尚與古樂意思相近。」未達，請問，先生曰：「《韶》之九成，便是舜一本戲子，《武》之九變，便是武王一本戲子。聖人一生實事俱播在樂中，所以有德者聞之，便知他美善盡與未盡處。若後世作樂，只是做些詞，謂於民俗風化，絶無關涉，何以化民善俗？今要民俗反朴還淳，取今之戲子將妖淫詞調俱去了，只取忠臣孝子故事，使愚俗百姓人人易曉，無意中感激他良知起來，却於風化有益，然後古樂漸次可復矣。」曰：「洪要求元聲不可得，恐於古樂亦難復。」先生曰：「你説元聲在何處求？」對曰：「古人制管候氣，恐是求元聲之法。」先生曰：「若要去葭灰黍粒中求元聲，却如水底撈月。元聲只在你心上求。」曰：「心如何求？」先生曰：「古人爲治，先養得人心和平，然後作樂，比如在此歌詩，心氣和平，聽者自然悦懌興起，此便是元聲之始。《書》云『詩言志』，志即樂之本；『歌永言』，歌即作樂之本；『聲依永，律和聲』，律惟欲和聲，和聲即制律之本，何嘗求之於外？」曰：「古人制候氣法，是意何取？」先生曰：「古人具中和之體以作樂，我之中和原與天地之氣相應，候天地之氣，協鳳凰之音，不過驗我氣果和否，此是成律已後事，非必待此以成律也。今要候灰管，先須定至日，然至日子時恐又不准，又何處取得准來？」（《陽明先生要書》卷一下「傳習録」）

李夢陽詞話

李夢陽（一四七三—一五三〇），字獻吉，號空同子，慶陽（今甘肅）人。弘治癸丑進士，授户部主事，進郎中。武宗立，劉瑾等用事，夢陽為尚書，摭他事下夢陽獄，將殺之，康海力救得免歸。瑾誅，起為江西提學副使，後以事劾免。天啟初追謚景文。夢陽才思雄鷙，與何景明、徐禎卿輩號七才子。所著有《空同集》、《弘德集》、《空同子》等。此據影印文淵閣《四庫全書》本《空同集》録詞話二則。

一 《缶音序》：詩至唐，古調亡矣，然自有唐調可歌詠，高者猶足被管絃。宋人主理不主調，於是唐調亦亡。黄、陳師法杜甫，號大家，今其詞艱澁，不香色流動，如入神廟坐土木骸，即冠服與人等謂之人，可乎？夫詩比興錯雜，假物以神變者也，難言不測之妙，感觸突發，流動情思，故其氣柔厚，其聲悠揚，其言切而不迫，故歌之心暢而聞之者動也。宋人主理，作理語，於是薄風雲月露，一切鏟去不為。又作詩話，教人人不復知詩矣。詩何嘗無理，若專作理語，何不作文而詩為邪？今人有作性氣詩，輒自賢於「穿花蛺蝶」、「點水蜻蜓」等句，此何異癡人前説夢也？即以理言，則所謂「深深」、「款款」者，何物邪？詩云：「鳶飛戾天，魚躍於淵。」又何説也？孔子曰：「禮失而求之野。」予觀江海山澤之民，顧往往知詩不作秀才語，如《缶音》是已。《缶音》，歙處士佘存修作，處士商宋、梁間，故其詩多為宋、梁人作。予遊大梁，不及見處士，見其子育。處士有文行，育嗜學文雅，亦善詩，傳曰：「是父是子，此之謂邪？」育以疾不遊，反其鄉，今數年矣。以書抵予，曰：「育恒懼先人之作泯没不見於世也，幸子表之。」予於是作《缶音序》。處士行詳見志表，予故不述，第述作詩本旨焉。（《空同集》卷五十二）

二　知聲而不知音者，禽獸是也；知音而不知樂者，衆庶是也。惟君子而後知樂，空同子曰：聲言直，音言曲，樂言律。直者單而粗者也，音者方而文者也，律者比而諧者也。如啄啄呼雞、落落呼猪、咄咄呼馬、驢，苗呼猫，鷹呼雀，呼之則應者，知聲也。人人能謡，如今里巷之詞曲，不學而能之，疾徐高下皆板眼，所謂知音也。及問其出某吕某律，孰宫孰商，則不知也。故曰「惟君子而後知樂」，解者未達，乃以瓠巴鼓瑟游魚出聽、伯牙彈琴六馬仰秣為禽獸知音。夫作樂而獸舞鳳儀，斯感通之妙，非聲音之末也。昔有鼓琴於池上者，調及蕤賓，而蕤賓鐵躍之出，亦謂知音邪？（同前書卷六十五「外篇・物理篇第三」）

何孟春詞話

何孟春（一四七四—一五三六），字子元，號燕泉，郴州（今湖南）人。弘治癸丑進士，授兵部主事，累官右副都御史，巡撫雲南，入為吏部左侍郎。以争大禮泣諫，左遷南京工部左侍郎，尋削籍。隆慶初贈禮部尚書，謚文簡。所著有《何文簡公集》、《何燕泉詩》、《何文簡疏議》、《孔子家語注》、《餘冬序録》、《間日分義》、《易疑初筮》、《備荒書》、《軍務集録》、《羣書續抄》、《羣方樞要》等。《餘冬序録》六十五卷，内篇二十五卷，前五卷多論君道，後二十卷多論古今人品。外篇三十五卷又閏五卷，皆雜論，大旨主於品藻得失，不主於考證同異。此據《四庫全書存目叢書》影印明嘉靖七年郴州家塾刻本録詞話四則。

一「饑飡虜肉渴飲血」，岳武穆之讐金甚矣！金人相戒，必稱岳爺。其死也，金聘使劉裪來問飛何罪，館伴者曰：「意欲謀叛，爲部將所告，抵誅。」裪笑曰：「江南忠臣善用兵者，止有岳飛，今殺之，是所謂項羽有一范增而不能用，所以爲我擒也。」館伴不能答。投骨於地，信然而争。胡忠簡之斥金，甚矣！金虜聞之，以千金求其書，三日得之，君臣失色，曰：「南朝有人。」乾道初，虜使來，猶問胡銓今安在。吁！天理之在人心，雖夷狄而不能泯其是非之公如此，世之人亦何憚而不以天理民彝自樹立耶？（《餘冬序録》卷二十三）

二《菩薩蠻》，《南部新書》及《杜陽編》云：大中初，女蠻國入貢，危髻高冠，纓絡被體，號菩薩蠻隊，遂製此曲。當時倡優李可及作菩薩蠻舞，文士亦往往聲其詞。大中，宣宗年號也。《北夢瑣言》：宣宗愛唱《菩薩蠻》，令狐相曾假温飛卿新撰審進。按李白集有《菩薩蠻》一詞，然則此詞已名於天寶間矣。（同前書卷六十二）

三　陳無已《九日》詩：「人事自生今日異，寒花秖作去年香。」鄭谷《十日菊》詩：「自緣今日人心別，未必秋香一夜衰。」陳詩於菊無誇，而鄭詩無貶，人之視菊直繫其時焉耳。當其時，則重之，而非爲其有所加，過其時則否，而非爲其有所損也，噫！亦可嘆耳。東坡小詞：「萬事到頭都是夢，休休，明日黄花蝶也愁。」達者處世，盍於是求之？其心休休，何愁之有？」燕泉在分司看菊偶題。（同前書卷六十四）

四　閭巷小兒傳唱「花開花謝年年有，人老何曾再少年」，語意極鄙俚，然亦自有動人者。劉希夷《代悲白頭翁》詩：「洛陽城東桃李花，飛來飛去落誰家。洛陽女兒惜顔色，行逢落花長嘆息。今年花落顔色改，明年花開復誰在。已見松栢摧爲薪，更聞桑田變成海。古人無復洛城東，今人還對落花風。年年歲歲花相似，歲歲年年人不同。寄言全盛紅顔子，應憐半死白頭翁。此翁白頭真可憐，伊昔紅顔美少年。公子王孫芳樹下，清歌妙舞落花前。光禄池臺開錦繡，將軍樓閣畫神仙。一朝卧病無相識，三春行樂在誰邊。宛轉娥眉能幾時，須臾鶴髮亂如絲。但看古來歌舞地，惟有黄昏鳥雀飛。」此篇情寄與前俚曲何異？詩人特能將許多言語寫出耳，然不免復矣。李太白《問月》詩：「今人不見古時月，今月曾經照古人。古人今人若流水，共看明月皆如此。」亦是此意，而文人之聲律且無冗贅之失。李、劉高下，其不有間乎？區區百年花月，斷送古今人也多矣！（同前書陽閏卷五）

何瑭詞話

何瑭（一四七四——一五四三），字粹夫，號栢齋，武陟（今河南）人。弘治壬戌進士，選庶吉士，授編修，不為劉瑾所容，致仕歸。嘉靖初進南京太常少卿，歷工、户、禮三部侍郎，進南京右都御史，致仕，里居十餘年，卒謚文定。所著《陰陽律吕》、《儒學管見》、《栢齋集》。此據影印文淵閣《四庫全書》本録詞話二則。

一《天衢獨步卷序》：《易》「大畜」之上九曰：「何天之衢，亨。」《象》曰：「何天之衢，道大行也。」士大夫得志而行道於時者，功業煇煌，心意伴奐，豁達無礙，與行於天衢者無異，故大易取象焉。然道不徒行，必畜而後行。大畜之象曰：「天在山中，大畜，君子以多識前言往行以畜其德。」意士固未有不能畜德而能行道者也。伊尹之耕於有莘也，誦詩讀書以樂堯舜之道，一介不苟取予，其所畜大矣，三聘而起，相湯伐桀，功格皇天，名垂後世，豈非能畜德而行道之驗耶？鞏昌漳邑張生鳳翔從其父審理先生宦學懷慶，學既成矣，以明年期當鄉試，乃治裝西歸，諸友各賦詩詞贈別，且題其卷首曰《天衢獨步》，蓋以得志行道望之也。生亦嘗從予游，予見其縝密而淵深，有可以進於遠大者，於其歸也，恐其志於行道，而畜德以為之本者或未弘也，故以是告之。噫！生念哉！多識前言往行，以畜其德，道之行也不難矣。（《栢齋集》卷六）

二　《讀〈中原音韻〉》：《中原音韻》，江西周德清氏所著也。其法謂平分二義，入派三聲。平分二義，則以平聲之字音有抑揚，分為陰陽，如荒黄、青晴之類是也，詞曲之間當用陽字者，不可用陰字；當用陰字者，不可用陽字。若失其法，則歌喉有礙。然此亦近世之論耳，古法不然也。古人歌詩有叶音之法，蓋借他字之音而歌之也，則於字相近而音有抑揚者，固可以相借而用之矣。況周法謂入派三聲，則入聲之字，當歌之時，亦借為平上去聲而歌之矣，拘於平聲而不拘於入聲，抑豈得為通例乎？然則周氏蓋亦知音而未達者也。獨其所述十二曲調，猶可考見古樂之彷彿，觀者亦不可盡廢之耳。嗚呼！禮失而求之野，此豈得已也哉？予既著《管見》，後得見神樂，觀所具中和樂譜，乃知合、四、一、上、尺、工，即五音之别名，但四清有黄鍾、大吕、太簇、夾鍾，而無林鍾，與《管見》不合，然四清全無用，疑傳久有誤，蓋與五音相生之法不合也。姑記於此，備參考云。（同前書卷九）

王廷相詞話

王廷相（一四七四—一五四四），字子衡，號浚川，儀封（今河南兰考）人。幼穎悟，工詩古文辭，與李夢陽、何大復等齊名，時稱七子。弘治壬戌進士，選庶吉士，授兵科給事中，拜御史，巡按陝西，陞湖廣按察，拜副都御史，巡撫四川，進兵部右侍郎，轉尚書兼左都御史，加太子太保，卒贈少保，謚肅敏。著有《王氏家藏集》、《内臺集》、《家居集》、《近海集》、《浚川奏議》、《按晉疏草》、《慎言》、《雅述》等。此據《四庫全書存目叢書》影印明嘉靖間刻清順治十二年修補本《王氏家藏集》和《續修四庫全書》影印明嘉靖十七年謝鐩刻本《雅述》録詞話三則。

一 《與范以載論樂書》：承示校定兩山李氏《律吕元聲》，感謝！感謝！且以聲音之道下詢鄙陋，吁！僕何足以知之？雖然，亦駭然有疑矣。夫古人製為五音，非徒然無所本者，宫本喉，商本舌牙，角本舌，徵本舌齒，羽本唇，故凡人呼而出聲，不論歌唱言説，必自宫而徵、而商、而羽、而角。角者，氣平之聲、音之終者也。故宫音始而濁，羽音極而清，落而收於角，清濁平焉，此聲氣自然之妙，非人力强而能為者。今曰黄鍾宫為清越之音，不知其音出喉乎？出於唇乎？意者閩人無喉中之音，故遂以唇舌不正之音而杜撰以定之也。不然，當何所依據而變之？惟其以宫為清，則黄鍾之管九寸，重濁而不合，故有黄鍾三寸九分之説。嗚呼！其大謬甚矣！夫上古鍾律之調簡矣，而不求備也。故周禮三宫十二律可足考擊，若必欲盡五音之調，非加以十二子聲不可，何也？清之分數少也。故古之編鍾編磬有一架二十四枚之設，蓋通正聲、子聲並擊之也。晉、宋以來，十二律之外止加四清，以補不及，故作徵調，終不能成，何也，清之分數少也。夫音聲之道順而易、逆而難者也，故濁之役清也常有餘，清之役濁也常不足，故備清調，非子律不可。今曰取聲不用半律，是不用子律矣，恐徵羽之調終不可成。平公欲聽清角，雖師曠亦難乎其為擊矣，子律謂可廢乎哉？夫正變二十四律，則五音各五之調亦庶乎其備，必如京房六十調之説，則清律極短，其聲焦殺，亦不成調，雖有其名而無實用，蔡氏不深致思，亦信其説而衍之，况後學哉！或曰十二律還相為宫，然乎？曰：此亦非六十調之説也。凡調，以一律為主，其餘律皆比而和之，始終出入，不離首律者也，故曰旋相為宫，言各律皆可作首也。如黄鍾為主律，則必以林鍾為徵，太簇為商，南吕為羽，姑洗為角，其音以次而和。

若以他律雜之，元非相次之管，必至清濁凌犯而音調不協，由是言之，一律主，一調合，正與子而二十四律生焉。五五例之，而猶缺其一焉，雖然，樂之調亦足矣。故自周至漢至唐至宋，以雅樂、俗樂流傳於世者考之，大抵宫調獨多，而商、角多稍次之，其徵、羽二調止三之一而已，此足以見聲音之道濁者常有餘而清者常不足。京房氏所謂六十調者，論説雖美，而實用則無。後學不察，而傅衍之謬矣。細讀兩山之論，牽合傳會十居八九，既不達五音之清濁，又不及作樂之節度，雖言元聲，其實無當。其律吕、職樂、樂器、聲容之考証，皆長樂陳氏《樂書》之緒餘也，傳之代中，恐累執事高見，不如再加詳辯求，海内知樂君子如胡瑗、阮逸、范鎮、許衡之徒訂而正之，出以示人，可也。如僕者，鄙陋人也，何足以知之？謹以素聞於君子者奉履，不罪，幸，幸。（《王氏家藏集》卷二十八）

二　上古之樂，詞章簡約，聲調平淡，以是在樂之聲不能盡用，故曰有遺音者矣，言不能盡用其音也。今之雅調猶近之俗部，則詞繁聲數，淫沃焦殺，備極聲腔矣，尚安有所謂遺音者哉？觀今之琴曲，吟揉引綽，無所不極，豈獨鄭衛乃爲可放？（《雅述》「下篇」）

三　《廣陵散》慢其商弦，與宫同音，言臣將奪君也。王陵都督揚州，謀立荆王彪，毋丘儉、文欽、諸葛誕前後相繼爲揚州都督，咸有匡復魏室之謀，皆爲司馬懿父子所殺。叔夜以揚州故廣陵之地，故名其曲焉。廣陵散，言魏氏散亡自廣陵始也。（同前）

鄭瑗詞話

鄭瑗，字仲璧，莆田（今福建）人。成化辛丑進士。性嗜學，自六經諸子百家之書靡不涉獵，官至南京禮部郎中。所著有《蜩笑集》、《井觀瑣言》、《蜩笑偶言》。《井觀瑣言》三卷，卷一前引言云讀書時，間有絲髮之見，輒索筆録而藏之，不復加纂次，取韓子《原道》之語，題曰《井觀瑣言》，謂坐井而觀天，謂非全天可也，謂非天不可也。其書大抵皆考辨故實，品隲古今，頗能有所發明。此據《寶顔堂祕笈·續集》本録詞話一則。

一

國朝宋潛溪文，工於擬古，《燕書》四十篇，比龍門子《蘿山雜言》頗勝。誠意伯詩詞好，文亦簡健，藏機蓄謀如其為人，所著《郁離子》，見識亦高，非龍門子之比。蘇平仲用意大苦，遺辭太繁縟，不可法。王子克文精密，但氣弱。方希直志高氣鋭，而辭鋒浩然，足以發之，故其文奇峻有光焰，真近世豪傑之士。楊東里文典則，無浮泛之病，雜録叙事，極平穩，不費力。梁用之豐贍委曲，亦當代一作家。曾子啓詩佳處不減崑體。李布政昌祺，人多稱其剛毅不撓，嘗觀其所著《運甓詩稿》，大抵浮豔不逞，不類莊人雅士所為，所謂「棖也慾，焉得剛」者也。（《井觀瑣言》卷一）

孫緒詞話

孫緒(一四七四—一五四七),字誠甫,號沙溪,故城(今河北)人。弘治己未進士,授户部主事,調吏部。父病乞省,不得,遂棄職歸。起文選郎,擢太僕少卿。世宗初詔復太僕卿,致仕。家居事母盡孝,杜門著書,所著有《沙溪稿》、《大學中庸放言》、《易經奇語》、《陂東新論》、《無用閑談》等。此據影印文淵閣《四庫全書》本《沙溪集》録詞話七則,又據《四庫全書存目叢書》影印明嘉靖十七年文三畏刻本《馬東田漫稿》録序文一則。

一

《送趙十松赴杭州府學教授障詞》:邑侯趙子治裝解纜,將有浙水之遊,學宫師生載俎崇觴,追送漳河之涘,笙簫哽咽,老穉挽留,謂宜有言以壯行色。恭惟十松先生:分茅舊家,思藺公子。簪纓累世，獨憐蟲篆。孤燈紈綺半生，愛説鶉懸百結。雲霞之性，有感即通；冰玉之聲，隨處充滿。一經擢第，士有餘師。三縣綰章，庭無長物。晏平仲裘馬俱敝，趙閲道琴鶴自隨。素衣未染於緇塵，赤子恒憂其入井。是以名實著於上下，政教跨於後先。德惠洽吏民，謳吟遍衢巷。沈潛剛克，通變民宜。煢獨懷恩，槁枯之沐甘雨；事功信手，扶摇之遇勁風。薦剡屢騰，徵書且下。烏臺青瑣，於義為宜。黄綬銀符，唾手可得。然而神遊玄漠，未堪俗務之縈牽；志慕聖賢，其奈簿領之束縛。念恬性不足以用世，而談經尚可以淑人。陶潛既懶於折腰，張翰取足於適意。封事再陳於丹陛，捧檄竟得於素心。斂花縣之陽春，挹芹池之清露。無言桃李，坐見成蹊。晚歲松筠，共驚勁節。驩悰未艾，夏誦冬弦。逸興何窮，登高臨水。蘇小遺墟，逋仙舊迹，處處可以題詩；錢王功業，伍相忠誠，事事不堪回首。作吏如隱，剩有餘閑。斯文在兹，未為失策。緒每接高論，鄙吝頓消。忝竊時名，疏慵故在。兹當遠別，何以為情。薄綴荒詞，用旌戀德。《滿江紅》之短韻，《疊陽關》於四聲。撫河水之清漣，渺長江於萬里：「雨楫風帆，强載我、美人南去。重把手，盈盈清淚，漳河東注。孤劍自憐鄉國遠，振衣不踏塵埃路。就宓琴、點瑟較虧盈，竟誰誤。　西湖水，清無際，浙江潮，來無計。問青衿曾會，道如斯逝。萬里浮雲雙眼白，一天化雨千山麗。漫回頭、一笑古瀛洲，心誰儷。」（《沙溪集》卷三）

二　《賀邑大夫儉庵李侯膺奬障詞》：官箴三事，清其最先；禮設兩端，儉為之本。苟存心於貪墨，善者亦無如之何。或役志於驕奢，其餘不足觀也已。匪得中流之砥柱，孰挽末俗之狂瀾。恭惟明府李先生：平易近民，冰蘗成性。屈李充於一令，來懸隷地舊銅符；讀吴靖之五車，素號秦州老書櫃。念民生之漸蹙，常有隱憂；慨吏治之不情，示以大樸。無求於世，飯一盂，蔬一盤；所樂在心，仰不愧，俯不怍。温飽非其所欲，粗糲引以自安。斯蓋天下之至清，而允矣薊南之循吏。魚生甑釜，想范史雲於東萊；馬糞炊燃，光到彦之於南史。稽之簡册，古人所甚難；咬得菜根，何事不可做。故才無施而不可，政隨寓而咸宜。四民若坐於春風，孤根飽溉於時雨。武城西望，聞比屋之弦歌；衛水前臨，擬濟川之舟楫。本深末茂，治久化成。百里同聲，共荷生成之德；一朝令譽，遂騰奬賚之書。於昭戴星之勞，嘉嘆觀風之使。雖胡質之清節，惟恐人知；而希顔之治聲，無慚薦剡。柏臺飛騎於官路，題尺牘以旌賢。蓮幕枉駕於吾廬，欲一言以紀盛。緒世方共棄，窮且益堅。陶元亮之歲時，每勞存問；許子將之月旦，敢忘品題。謹綴荒詞，薄充致語：「中丞使夜發，古常山、一騎路塵紅。道古來守令，循良有傳，今見於公。好辦笙簫樽俎，為我寵良工。尚厲鷹鸇志，不日横空。試問公家何有，但一簾明月，萬斛清風。對福星一點，漳水碧流東。念水濱、泥塗溝壑憑誰去，萬里問重瞳。吏民曰、惟我公在，自有帡幪。」右調《八聲甘州》。（同前）

三《贈陸明府入覲障詞》：聖門有期月之訓，固不俟於三年。昭代謹述職之章，期咸熙於庶績。蓋自虞舜垂陟明之典，而周官重有慶之褒。服官類達之巖廊，奏報何拘於久近。君臣之義，獨居達道之先；本原之思，不可晷刻而廢瞻。彼星河拱向，益耀光芒；譬之江漢朝宗，共輸涓沫。矧吾邑補葺，漸完於百務；而吾侯勤劬，已越於十旬。尚何俟以遲疑，將自失於表見。己計誠得於恬静，人情或為之未平。在格度所當循，敢軌轍而獨異。未得久於其道，已覺頓異時流。即此兆足以行，亦可媚茲天子。是宜亟理宦牒，載彼書囊。飾僕御之北轅，問征夫以前路。蒹葭霜露，伊人宛在水中央；廊廟江湖，天威不違顏咫尺。賢聲赫赫，喜色洋洋。恭惟沙溪陸先生：潔玉寒冰，鄧材楚璞。濯纓石潭深處，汴泗交流；讀書黃茅高岡，雲霞孤起。節以制度，不害不傷。政在養民，惟歌惟叙。趙日三冬可愛，夷風百世之師。纔施小試於割雞，已見生氂於吠犬。昔聞郭有道名重京華，今見陽亢宗心勞撫字。郢人白雪陽春之調，來鳴單父之琴；豫章清霜紫電之才，盡賣渤海之劍。觀風部使，催迫公移。擇日縣庭，供張祖席。亦知此去，舊典莫違；無計以留，新愁空結。大君同志而交泰，乃顯比於諸侯；慈母方慕而遽睽，奈執隨之小子。五雲縹緲，將指日以覲飛龍；千里迢遥，望寒風之銜去馬。睠茲盛典，宜付良工。共以能言，屬之末學。伏念緒芸窗久廢，藜藿是甘。鷃雀守藩籬，未識天風鵬鶚；蟾蜍困涸轍，敢談雲雨蛟龍。顧惡少欺盧，賴有洛城之令；而泥塗扼杜，深憑蜀帥之賢。銜彼高情，奈茲遠别。有懷未盡，口何忍於三緘？敦請方堅，義不容於屢拒。但恨吐詞多謬，仰副或孤。達意未能，深慚作者。敢吟蛩韵，用贊驪歌：「短劍孤囊朝天闕，馬蹄瑟縮，怯彼燕山雪。凍雲布冷天寥泬，敝裘其奈剛風折。瀛南誰復堅貞節，漳水東流，千里同澄澈。明夜抱琴清夢徹，梅花香映彭城月。」右調《蝶戀花》。（同前）

四　「老泉不能詩，六一不能賦，南豐短於韵語，山谷短於散語，東坡詞如詩，淮海詩如詞。」陳后山語也。「老子《道德經》為至言之宗，屈原《離騷經》為詞賦之宗，司馬遷《史記》為記傳之宗，左丘明工於言人事，莊周工於言天地。」此宋子京語也，不知正得其意否？（同前書卷十一「雜著・無用閑談」）

五　緒幼時，先吏部口授《古文真寶》内小詩及諸小詞，因問先公《真寶》為誰氏所選，先公笑曰：「吾亦不知為誰？」自是先公每詢諸執友，如東田先生、先師漳南先生、舅氏銅陵先生，皆謝不知。迨緒稍長，讀《崇古文訣》，愛其文，其編選者亦止稱曰迂齋先生，亦不知為誰。後為吏部屬，匏庵吴先生寬為左侍郎，博學多識，暇日，緒因問此二人為誰，匏庵笑曰：「《真寶》，永堅黄叔易所選，迂齋不知也。」余後閲《四明文獻録》，見所謂迂齋嘗選《文訣》者為樓昉，吕東萊門人，紹熙四年陳亮榜進士，嘗論和議之非，忤奸相，貶斥以終，蓋亦正人也。（同前書卷十三「雜著·無用閒談」）

六　李白有詩云：「請君試問東流水，别意與之誰短長。」又曰：「桃花潭水深千尺，不及汪倫送我情。」趙嘏曰：「此時愁望情多少，萬里春流繞釣磯。」李後主曰：「問君都有幾多愁，（當脱『恰似』二字）一江春水向東流。」李、趙皆祖于白者也。《清平調》曰：「借問漢宫誰得似，可憐飛燕倚新妝。」子瞻曰：「真態生香誰畫得，玉奴纖手嗅梅花。」亦祖于白者也。劉夢得曰：「人世幾回傷往事，山形依舊枕寒流。」陳簡齋曰：「天機袞袞山新瘦，世事悠悠日自斜。」雖顛倒其意，然亦祖於劉也。數人者皆善學，未知竟能青於藍否？後當有辨之者。（同前）

七　劉伯温詩文足以擅一代，其得意處尚當跨宋景濂、王子充、高季迪諸公而上之，獨以其顯於事業，詩文不見稱於人耳。瞿宗吉與李昌祺所著《剪燈新話》、《餘話》，瞿筆路固敏勁，然剽竊者多，甚至全篇累行謄録。李雖用事險僻，少涉晦澁，要之皆其胸臆中語，非竊之他人也。其詩集所謂《運甓漫稿》者，其中亦多佳句。《餘話》中則「惜花春起早」四詞之外，吾無多取焉。《新話》中亦惟《四時詞》與三三《竹枝詞》耳。其他如《香臺集》、《存齋詩話》之類，皆鄙俚語言，無足爲道。然則學術識見，瞿不逮李遠甚。世競優瞿而劣李，其異於矮人觀場者無幾。宣德中南平趙弼，成化、弘治間山西丁伯通、餘杭周禮，皆敢於著述，其所謂《通鑑廣義》、《續綱目發明》、《雪航膚見》、《效顰集》諸書膚淺卑陋，直可付之一火。周又著《湖海奇聞》，命意遣詞萎弱凡近，亦往往有不通處，讀之可厭。然其中詩首首警策，竊以爲掇之他人者而未敢以告人也。後因遍閱本朝正統、景泰間諸名公詩集，自下户部、王舍人而下，凡即事咏物之什，無不被其勦入，杜撰一事聯合之，遂成一傳，言之可羞，然亦非善竊者矣。獨常熟桑懌民悦所謂《思玄集》者，詩文多有佳句，非趙、丁諸君比也。(同前)

八

《馬東田漫稿序》：心不大則無遠韵，氣不勁則無昌言。詩者，性情禮義之宗，言韵之精英也。淺胸卑局而欲有軼塵邁俗之作，難矣。魏、晉而下，論詩例稱唐人，唐人例稱李、杜、昌黎三君子之什，膾炙千載，不俟評議。然蟣蠓貴近，傲睨强藩，勇犯人主，此其人爲何。如秋空江漢，泬寥無涯，泰、華、匡廬俯視萬象，神龍怪鰐莫可畢覊。讀其詩，想見其人，使人毛髮森竪。高、岑、王、孟而下達者模稜廟堂，窮者曳裾權倖，揚揚施施，營營呶呶，昏酣陷溺，相率而不自知，是其鏗鍧巧麗之音，非不足以竦動觀聽，而獻諛售佞、希恩覬寵之懷，牢横不可破。囁嚅覬望，委靡消縮，情隘而莫伸，氣卑而不暢，言惴惴而不敢盡，故奄然莫能自振。長慶之後，作者類無取焉，有以也。東田先生馬公，蚤以詩名海内，海内之士翕然宗之，半聯一語，篇什未成，輒遠播數百里外，公何以獨雄一世哉！觀其所存可知已。劾萬二一、梁方、汪直，檢料嘉祥長公主田，蓋嘗屢犯宸威，屢瀕於死。而烈衷直節，愈老愈勁。正德初，逆瑾當國，雷焰熾天，公以直嬰之瑾怒，捃摭下之獄，陳挺負校，死生在毫芒，獄吏引對，奮色亢膺，無沮無懾，目睫之下，初不知有劉瑾，瑾竟無以加也。至今談及往昔，凛凛猶有生氣。志士想望風采，思執鞭而不可得，此其人爲何如，故其詩類其爲人。憫時痛俗，以極於體物盡性，而要諸變雄渾深沉，無急蹙狹小之病，間於閨情幽思，旅懷宫怨以自況。而閑情逸興，時得之諷誦之外。洪音廣調，渢如也，决如也，若不見紛龐於中而嶮巇於外者，虎據詩壇，鳳呈佳瑞，有由然哉。玄圃不生礦石，沆瀣不受污濁，即此可以談詩矣。瑾誅後嬰禍者，類擢不次以旌直風。公文章氣節，資階譽望迥出時右。而嬰禍又最酷，端揆之任，謂不能舍公他適，顧畀以羸卒。屬以巨寇，功摧未成，志齎以没，天邪？人邪？衆方睢睢，公獨崖崖，孰不思毁折以快慚妬，又肯使之雍容紫禁，完名清世哉！古語有之，直道而事人焉，往而不三黜，公之謂矣。遺稿十喪七八，公子監生師言得詩、賦、歌、詞、樂府若干於蟲鼠之餘，屬緒爲評論者，謂公詩卑者亦邁許渾，高者當在劉長卿、陸龜蒙之列。今三子之集俱在，試取而讀之，有公之胸次乎？使公得列廟堂，虚衷融心，和鳴國家之盛，昌言遠韵，當與李、杜、昌黎下上，惜哉！公不值也。欲讀公詩，先觀其人；欲學李、杜、昌黎詩，當先論世以自厲。不然，竊片語，撏數字，規規於聲韵步驟，吾恐模仿愈工，背馳愈遠矣。公河間故城人，名中錫，字天禄，别號東田。成化甲午京闈解元，乙未登進士，歷官左都御史史氏，例有傳，他不贅云。嘉靖丙戌冬十月望，同邑晚生孫緒。（《東田漫稿》）

馬理詞話

馬理（一四七四—一五五五），字伯循，號谿田，三原（陝西）人。由鄉薦入國學，名重都下。正德甲戌進士，擢吏部主事。嘉靖初為員外郎，遷考功郎。官至南京光禄寺，致仕。天啓初追謚忠憲。研究五經，指意多出人意表，所著有《谿田文集》、《周易贊義》、《尚書疏義》、《詩經册義》、《周禮注解》、《春秋修義》等，此據《四庫全書存目叢書》影印明萬曆十七年刻清乾隆十七年補修本《谿田文集》録詞話一則。

一

《全唐律詩序》：壺關張侯來自翰林吉士，宰吾三原。明年政暇，志於詩樂，乃閱唐人律詩，手自選取，多寡弗倫，若杜子美詩則全取之矣，其孟浩然、王摩詰、李太白、韋應物詩則訪於理而多取之，

既成編矣。或人疑之，問於理曰：「夫侯有大人之事，乃耽詩也邪？」曰：「昔者堯舜之治天下也，詩用言志，工用時颺，典用後夔，總用神禹。以教胄子，以格頑讒，以和神人，以在治忽。而又省方觀民，敷言采詩，三代盛時，亦莫不然，何爲大人而不耽詩乎哉？侯是舉也，匪徒自躭，將與吾民耽矣，惡乎不可？」曰：「吾民有小人之事焉，乃耽詩也邪？」曰：「堯舜之時，工人鳴球以咏，童者干羽以舞，君臣賡歌於朝，金、木、水、火、土，穀正德利，用厚生之，人咸歌其事，鼓腹之皃、擊壤之老亦皆有謡有歌，故當時九功勸，百神享，群后讓，鳳凰儀，鳥獸舞，堯舜之德於是爲盛，蔑以加矣，何爲小人而不耽詩乎哉？」曰：「吾聞大儒蓋有薄詩而不爲者，得無謂邪？」曰：「儒莫大於孔子，孔子雅言庭訓，不離於詩，曰詩可以興，可以觀，可以群怨，可以事父事君，可以言，可以授之政而達，以不學而墻而警，伯魚以可與言詩，而許商賜問，曾晳咏歌之志，則喟然稱嘆，聽子游弦歌之音，則莞爾而笑，豈徒然哉？蓋欲協和斯世如堯舜時爾。故周流四方，擊磬有心；絶糧七日，而樂音不絶。及夫老而不遇，則删詩正樂以垂後世。然居嘗無故，即琴瑟在御，與人和歌，蓋山水之音，至於蓂莢之辰，猶徹外塾，何爲大儒而不爲詩乎哉？」曰：「吾聞儒者所依，唯古詩耳，唐人律詩亦足取耶？」曰：「唐人尚音其文詩，宋人尚議其詩文，故唐詩爲有音也。其比興具，其聲律諧，當時被之管弦，後人取以咏歌，故律體工焉。雖有散篇，去古頗遠，亦律之屬耳。若夫忠君愛國，詩本至情，吊古懷賢，言垂確論，有補史編，亦關風教，此其上也。其或意趣冲素，襟懷散逸，音節春容，氣象閑雅，乃其配焉。至於咏物寫懷，渾成雄偉，蘭翠弗飾，海鯨是掣，斯其次也。外是則綺麗穠纖，奇巧險怪，斯爲下矣。但

當其時，上無觀風時颺之政，下鮮和順道德之人，故外重内輕，物交斯引，言不本德，樂難道古，斯其疵耳。間有高才之士，乃復老釋是依，喪予懷珍朵頤丐夫，又焉用之，此知道之士所以不滿夫人之所爲也。」曰：「進此，其何如？」曰：「若宋儒之藴，發以唐人之詞，其庶幾爾矣。」曰：「儒者藴美在中，顧不長於辭也邪？」曰：「聖人之德極其全，賢人之學識其大，孔子之聖，一事一官，必問於人。一禮一樂，亦皆有師，俎豆之事，萍鳥之謡，無不識焉，故其爲德之盛，如天地之所以爲大，莫可測也。若夫賢人之學，何必然哉？知所當行，執而守之，之死不渝，亦成人美，故顔子博學於文，曾子用心於内，則夫儒有不爲詩者，非惡於詩而然也。用心於内，而識其大焉，其道固如是耳。」曰：「子言之，天下之治，匪詩不興，匪樂不成，已則不能，而欲人爲之，有是理邪？」曰：「公輸子之爲藝也，得之於心，應之於手，故使之爲梓，人則指麾群工而奔走焉，爲良梓人矣。使爲工人，則循其繩墨而毫髮不爽，爲良工人矣。餘則不然，群工之斧斤待梓人而後施，梓人之器用待群工而後備。故孔子之聖，委吏可也，乘田可也，攝行相事亦可也，從周之文可也，行夏時、乘殷輅、服周冕、舞韶樂亦可也，賢者則不然，今使存乎我者，有公輸子之藝，則梓人可也，群工亦可也，否則吾爲梓人而指麾群工□□□矣，又何不能之患之有？」曰：「是則然矣，予獨患夫唐律終非漢魏古詩之比，好古之士恐不足以通之，奈何？」曰：「所通殆有甚焉。」曰：「何如？」曰：「自其異者而言之，異方，異言，異時，異音，楚之語不通諸齊越之音，不通諸秦都俞之文，非特湯武不得而因之也。楚之騷，漢之賦，宋之詞，元之曲，后夔得而知之哉？蓋古今器物不同，事迹亦異，各據其情而文之，良不同矣。然本其大同者，而言之，奚啻漢魏？今夫里巷有歌，其比鄰之人胥集而聽，或和焉，取《薰風》之歌，《清廟》之頌，援琴而鼓之，則學士經生聽者稀，和者寡，欠伸而思卧矣，豈夫人之情皆好不善而惡至善也哉？知與不知故耳。夫鼓樂於此，將以移風而易俗也。乃使聽者稀，和者寡，欠伸而思卧焉，吾孰與移易之哉？故農父獵夫薅苗弋梟之言，先王采之，蘋女蘩妾拾翠條桑之辭，周公存焉，爲是故耳，夫先王先公豈不知夫聖智之人之言之爲美哉？蓋自賁非賁，斯爲賁之本耳。故繪事後素，大羹不和，大音希聲，大禮無文，是皆先質後文，而□乎本也。由是言之，則夫詩者又何不古之患□□先哲導民，方其治功之未成也，必取夫前代禮樂，用之及治成則已。故諺有之曰「得魚忘筌，得兔忘蹄」，此之謂也。今吾侯誠以是爲筌蹄而導吾民焉，使士興于學，農興于野，工商興于市肆，由是以言其志，以成其德，以樂其事，以勸其功，周乎四境，弦歌之聲洋洋乎而盈耳焉，則夫武城之治將不是過，他日觀風者以聞于上，入鈞天之樂而奏之，而又使夫四方則之，則功叙之歌與《韶》同情，又何漢魏之足云哉？他日或人見侯，道侯耽詩之美，侯曰：「吾慚所耽，非古詩也。」或人以君子之言語之，侯曰：「有是哉！今而后吾不慚所耽矣。」（《谿田文集》卷二）

康海詞話

康海（一四七五—一五四〇），字德涵，號對山、沜東漁父，武功（今陝西）人。弘治十五年進士第一，官修撰。與李夢陽輩倡復古學，號正德中十才子。夢陽忤劉瑾下獄，海詣瑾求釋，瑾敗，坐落職。海工於樂府，兼通曆象、太乙、六壬、醫經、算書。所著有《對山集》、《沜東樂府》。此據臺灣偉文圖書出版社有限公司出版《明代論著叢刊》第一輯影印清乾隆二十六年刻本《對山文集》、《續修四庫全書》影印明萬曆十年潘允哲刻本《康對山先生集》和影印明嘉靖三年康浩刻《沜東樂府》録詞話四則。

一

《林泉清漱集序》：此亡友野堂王君仁瑞之作也，野堂有美才敏思，遇有所感，則詩若詞應口而出，無俟點竄，俏意俊句層見疊出，揮灑示人，四座稱羨，以為難能。至於填腔詩韻，得諧即已，初不深求東鍾、江陽之細，其間或至以庚青協東鍾、以寒山協鹽咸者，曰：「歌之不離，是即大協，我道蓋如是耳。」客有難者，笑而不答，已而曰：「於戲！三百篇，亦古之樂歌也，被之筦絃，薦之郊廟，神人以和，顧豈拘拘於韻者？天地間所聞皆韻，視作者何如耳，夫豈有不協哉？」長白山人徐本良曰：「仁瑞之論，奇矣！何古詩有協韻，而律詩則專韻乎？今之歌曲，猶律也，故樂府法，以知韻為第一義，分甚嚴也。世代之相乘，風俗之沿習，奈何？可以如是論也。」予次第野堂之著，將刊以傳世，而猶以二君之言序諸卷首，雖所以愛其才之美，又因以明其法之不可廢也。（《對山文集》卷四）

二　《有明詩人邵晉夫墓志銘》：晉夫諱昇，上世蓋涇陽人也，四世祖克禮始徙居鳳翔普潤里，子孫世為鳳翔人，正德末又更為朝陽里。……晉夫平日所著，有文章若干篇、詩若干首、小大樂府若干闋，《詩大旨》、《春秋會義》、《大學衍義隨録》及《補遺》、《十七史抄節》、《詩評》、《日紀》若干卷，晉夫亦可以不死矣。（節録自同前書卷八）

三　《沜東樂府序》：世恒言詩情不似曲情多，非也。古曲與詩同，自樂府作，詩與曲始歧而二矣，其實詩之變也。宋、元以來益變益異，遂有南詞北曲之分。然南詞主激越，其變也爲流麗；北曲主慷慨，其變也爲朴實。惟朴實，故聲有矩度而難借。惟流麗，故唱得宛轉而易調，此二者，詞曲之定分也。予自謝事山居，客有過予者，輒以酒殽聲伎隨之，往往因其聲以稽其譜，求能稍合作始之意益尠，蓋沿襲之久，調以傳訛，而其辭又多出于樂工市人之手，音節既乖，假借斯謬，兹予有深惜焉。由是興之所及，亦輒有作，歲月既久，簡帙遂繁。乃命僮子録之，以存篋笥，題曰《浒東樂府》，復稍述三家爲調之本，於此知音之士寧無感乎？正德八年歲在癸酉冬十二月朔旦，浒東漁父自序。（《浒東樂府》）

四　《浒東樂府後録序》：曩予嘗著《浒東樂府》，凡林泉之樂，若頗具矣。顧景物所觸，則亦莫能自已。必隨時賦事，被之管絃，以達其趣。年積月累，至於今日，暇省所録，忽已倍前，則又笑予疎狂若是。蓋野人志願，惟以樂其日用之常，莫自知其時之費也。適得二青衣，能鼓十三絃及琵琶，號稱絶藝，古今曲調，又能審其雅俗之語，和律依永，殆同天授。予作每出，二青衣不踰時輒能奏成，洋洋遂遂，合宫叶調，予未嘗不撫掌私慶也。身丁盛時，溢承祉福，有安寧，鮮疑畏，歸田三十二年，益肆志於登山臨水之際，而二青衣又以助之，其樂詎有涯乎？衰憊之餘，後能似今，尚當嗣爲雅頌以敷陳洪化，上媲商周之所載，才之非劣，非所計也。（《康對山先生集》卷二十八）

潘希曾詞話

潘希曾（一四七六—一五三二），字仲魯，金華（今浙江）人。弘治壬戌進士，改庶吉士，授兵科給事中。武宗初錦衣衛官，歷工科都給事中。世祖嘉靖四年以右僉都御史巡撫南贛、惠州，遷工部右侍郎、兵部左右侍郎，卒贈尚書。所著有《竹澗集》、《治河録》、《南封録》。此據《續金華叢書》本《竹澗先生文集》録詞話二則。

一 《次韻李宫允夢弼二首》（之一）：春色今年稍較遲，賞心猶自託深期。緑情紅意無消息，漫和《陽春》一闋詞。（《竹澗先生文集》卷二）

二《酬高吾陳院長宗禹》：歲暮倚高閣，山水興遐思。翩翩南翔鴈，尺書忽見貽。美人湖東雲，為霖方濟時。書傳《陽春曲》，三歎音有遺。顧慚駑駘質，長途浪追隨。尚幸託宿契，著鞭敢後期。（同前書卷四）

邊貢詞話

邊貢（一四七六—一五三二），字廷實，號華泉，歷城（今山東）人。弘治丙辰進士，擢給事中。正德初劉瑾用事，出知衛輝府，改荆州，累拜南京户部尚書。早負才名，尤工於詩。與李夢陽、何景明、康海、王九思、徐禎卿、王廷相稱為弘治七子，而李、何、徐、邊又稱四傑。蓄書至數萬卷，一夕火幾盡，仰天大哭曰：「天喪我也。」遂發病卒。所著有《華泉詩集》、《華泉文稿》。此據臺灣偉文圖書出版社有限公司出版《明代論著叢刊》第一輯影印明嘉靖戊戌刊本《華泉集》録詞話一則。

一　《東山春興卷引》：《東山春興卷》者，邊生貢為其師月庵先生而作也，月庵先生姓陳氏，和州人，居於金陵。成化末，邊生從王父遊金陵，嘗受學焉。當是時，邊生方九歲，在諸生中年最少也。先生顧獨愛邊生，命之曰：「小子貢慎爾容，端爾中，吾須爾成焉。」邊生受教，惟謹居二所年而别。正德庚午，邊生自太常丞出為荆州牧，先生聞之，曳杖而歌曰：「滔滔江漢，南國之紀，有文王之化焉。而吾徒守之，吾道南矣，吾其往觀乎？」於是舟行，踰夏，值蜀寇侵，楚路孔棘，不至而返。踰一年，邊生以家難歸於濟南，先生聞之，曳杖而歌曰：「泰山巖巖，魯邦所瞻，是吾心之所景行者也。而吾徒適又至止，吾道其東乎？吾往觀之。」是時先生八十有二齡矣。携三尺童，跨蹇驢，道出徐、兖，止邊生之舍休焉。而邊生方與其友人登所謂泰山者未歸也，踰七日歸，見先生。邊生頓首泣下，叙勞苦懷想狀，具説山中之槩與荆襄形勢甚詳，先生曰：「嘻！吾休矣，吾行有二：得焉見子，一也；南東山水在吾目中，二也。吾由是休矣。」邊生跽而請曰：「弟子不類違先生之教者，二十七年於兹，於先生之道未有聞焉，豈足以辱先生之思也？惟先生興在山水，請具几杖以從，若何？」先生笑而應曰：「小子貢勿復道，我道蓋是也。」留月餘，先生歸。與邊生游者若干人咸曰：「先生蓋有道者也。」乃各為詩若詞以贈，而以題命邊生，邊生曰：「先生之都為壬申之九月也，而其東也，為癸酉之三月。」於是敬題其卷，為《東山春興》云。（《華泉集》卷十四）

顧璘詞話

顧璘（一四七六——一五四五），字華玉，號東橋居士，吴縣（今江蘇蘇州）人，寓居上元（今江蘇南京）。弘治丙辰進士，除廣平知縣。正德初知開封府，忤鎮守中官王宏，下獄謫官。嘉靖時歷浙江左布政使，除巡撫湖廣，官至刑部尚書。晚歲家居，構息園，接引勝流，坐客常滿。所著有《息園文稿》、《息園詩稿》、《憑几集》、《浮湘稿》、《山中集》、《緩慟集》、《國寶新編》、《近言》等。此據《金陵叢書》甲集本《顧華玉集》和《四庫全書存目叢書》影印明正德十年自刻本《東溪續稿》録詞話二則。

一

《答友人論文少作》：僕聞達者痛乎卑俗狂士，亟稱古人，雖傲睨凌厲，廢中和之經，然曠志峻節，固一世之雄也。僕度德程力不逮懦夫，豈敢望此事哉？然思不弛心，語不輟口，著之毫楮，呈之友朋，至再三而不厭，冀豪宕之士一進乎此，使已攄懷古之幽情，釋悼世之積忿耳，何必在我耶？夫文章，士之業也。孔子修六經以建百世之則，而百世弗能述，蓋折衷理道之極、經緯天地之章，子淵不能得其止，游夏不能贊其辭，身歿嚮絶，亦其然耳。下是左氏蜚聲於東周，莊生逸響於蒙土，靈均哀鳴於漢上，太史建議於西京，誼、舒、子卿、淵、雲、褒、向，揚芳擷藻，前後相屬，而漢之文章炳然於金馬石渠之署，雖純疵相形，遐邇異趣，要皆作者之殊别也，烏可訾之哉？僕雖殫力竭智，不敢望其下體，然仰探六經，下逮數子，未嘗不拊膺擊節，悵然遠懷。執事之才百倍於僕，其於古人皆可超其躅而拊其背，頃者獲讀《拘虚集》所載，才麗學侈，誠今聞人也。惜其選義沿近習，體物乏沈辭，比量作者，尚出其後，豈殉俗之趣未盡納諸古哉？獨長書十餘章，宛悉情事，讀之悢悢，填詞數闋，軋諸宋人，吾愛之重之，而不為執事稱者，先其大耳。夫今之同志寡矣，同志如執事才且茂異，復爾乖刺，誰能默然？蓋登危者駭步，入静者疑影，今之視古，豈特危與静已乎？吾恐既疑且駭，則必反走而下趨矣。執事不棄譾陋，惠然下問，僕亦不揣本末，謬進不慚之言，蓋友道貴直諒，君子之愛人，非苟為姑息而已。昔劉季緒才不如諸賢，而好詆訶文章，曹子建論其非，吾固謂子建失論也。今有南威、西施之容，畢粧而鑒焉，鑒之所不及，在側者能誨之，豈在側之容固美於南威、西施哉？妍媸都鄙，其辨一也，如有不自美其容者，僕能效在側者之勤矣。執事毋内罪之。（《顧華玉集》卷三十八「息園存稿文」卷九）

二《東溪續稿後序》：大司徒宜章鄧公，前自河南乞歸家居，時買田結屋於城之東，俯臨清溪，因以東溪自號。復建晚翠、清風、濯纓、覽秀等樓閣亭榭，又引蒙泉於屋前爲曲水，賓朋造請，輒相與徜徉其間。清時佳景，觸目皆詩，長篇短詠，久而成帙，遂以東溪名編。全州去郴不遠，感公念舊，緘封命璘序之。璘唯古之大賢君子，進退以道，不以得失爲意，故其居家也，訢然有泉石之樂；其居官也，脱然無軒冕之累。昔宋司馬温公罷政居洛，置獨樂園，灌花養魚而已。其再入輔政，毅然任天下於身，而天下饗其平康之福。唯其不置得喪於心，故舉動光明，樹立宏達，至於如此，豈尋常人所能及哉？公在孝廟朝拜御史中丞，督南京糧儲，執憲端嚴，嘗劾屬官不職者不徇俗爲容。後丁外艱，去輒不欲仕。今上即位，召起巡撫河南，肅己繩下，舉劾怙權害政之黨，民賴更生。詔追少司徒，不拜。輒乞歸居家，唯登山賦詩爲樂，若將終身焉。此詩則是時所作也，豈璘所謂訢然樂乎泉石者邪？兹以臺諫交章論薦，復起巡撫三吴，行且居天子左右，輔弼大業，爲今之司馬公無疑也。璘前在開封，嘗執役門下，知公爲深，輒爲頌之，爲天下賀。詩詞，乃公之餘事，故不敢多贅也。正德乙亥夏四月望日，賜進士第、奉直大夫、廣西桂林府全州知州，姑蘇後學顧璘謹序。（《東溪續稿》）

陸深詞話

陸深（一四七七—一五四四），字子淵，號儼山，上海人。弘治乙丑進士，選庶吉士，授編修。世宗時歷國子祭酒，充經筵講官。忤輔臣，謫延平同知。贈禮部右侍郎，謚文裕。所著有《陸文裕公外集》、《儼山文集》、《儼山詩微》、《儼山外集》等。《儼山外集》三十四卷，是編乃其劄記之文，其子楫彙為一集。此據影印文淵閣《四庫全書》本《儼山外集》和《儼山集》、《寶顔堂秘笈》本《燕閒録》、《四庫全書存目叢書》影印明陸起龍刻清康熙六十一年陸瀛齡補修本《陸文裕公行遠集》録詞話二十六則。

一　陳後山有一帖與山谷云：「邇來起居何如，不至乏絶否？何以自存，有相恤者否？令子能慰意否？風土不甚惡否？平居與誰相從？有可與語否？仕者不相陵否？何以遣日？亦著書否？近有人傳《謁金門》詞，讀之爽然，便如侍語，不知此生亦能復相從如前日否？朱時發能復相濟否？」備盡謫居意味，讀之慨然。但謂仕者相陵意尤可憐，仕本同類，豈其初心？一為人作鷹犬，亦何所不至？舒亶、李定輩果何人耶？又柳子厚《與蕭思謙書》云：「飾知求仕者更言僕以悅讎人之心，日為新奇務相喜，可自以速援引之路，而僕輩坐益困辱，萬罪横生，其言益可憐矣。」嗟乎！人之禍福雖所自取，而世態所從來，非一日矣。（《儼山外集》卷三「河汾燕閒録上」）

二 樂府中有《蘇幕遮》，乃高昌婦人所戴油帽。高昌，西域國西州也。（同前書卷四「河汾燕閒録下」）

三 世傳花卉凡以海名者，皆從海外來，理或當然。予家海上園亭中喜種雜花，最佳者為海棠，每欲取名花填小詞，使童歌之。有海紅花、海榴花，更欲采一種為四闋，累年而不得。辛丑南歸，訪舊至南浦，見堂下盆中有樹婆娑鬱茂，問之，曰此海桐花，即山礬也。因憶山谷賦水仙花云：「山礬是弟梅是兄。」但白花耳，却有歲寒之意。（同前書卷五「春風堂隨筆」）

四 今世所用摺疊扇，亦名聚頭扇。吾鄉張東海先生以為貢於東洋，永樂間始盛行於中國。予見南宋以來詩詞咏聚扇者頗多，予收得楊妹子所寫絹扇面，摺痕尚存。東坡謂高麗白松扇，展之廣尺餘，合之止兩指許，正今摺扇，蓋自北宋已有之。倭人亦製為泥金面烏竹骨充貢，出自東洋，果然。（同前）

五 袁凱，字景文，別號海叟。有《海叟集》行於世，國初詩人之冠冕。吾鄉人，仕為御史，太祖高皇帝嘗欲戮一人，皇太子懇釋之，召凱問曰：「朕欲刑之而東宮欲釋之，孰是？」凱對曰：「陛下刑之者，法之正；東宮釋之者，心之慈。」太祖怒，以為凱持兩端，下之獄，凱下獄，三日不食，太祖遣人勸之食，已而宥之。每臨朝，見凱，嘗曰：「是持兩端者。」凱一日趨朝，過金水橋，詭得瘋疾，仆不起。太祖曰：「瘋疾，當不仁。」命以木鑽鑽之，凱忍死不為動，以為闒茸不才，放歸田里。凱歸，以鐵索鎖項，自毀形骸，太祖每念之，曰：「東海走却大鰻鱺，何處尋得？」遣使即其家，起為本郡儒學教授。鄉飲，為大賓，凱瞠目熟視使者，唱《月兒高》一曲，使者復命，以為凱誠瘋矣，遂置之。聞之都主事玄敬穆。余少聞故老談景文既以疾歸，使家人以炒麪攪沙糖，從竹筒出之，狀類豬犬，下濬布於籬根水涯，景文匍匐往取食之，太祖使人覘知，以為食不潔矣。豈所謂自免於禍者耶？（同前書卷八「金臺紀聞下」）

六 歌辭代各不同，而聲亦易亡。元人變為曲子，今世踵襲，大抵分為二調，曰南曲，曰北曲。胡致堂所謂「綺羅香澤之態，綢繆宛轉之度」，正今日之南詞也；「登高望遠，舉首高歌，而逸懷浩氣，使人超乎塵垢之表」者，近於今日之北詞也。（同前書卷十「谿山餘話」）

七 宋柳耆卿、蘇長公各以填詞名，而二家不同，當時士論各有所主。東坡一日問一優人曰：「我詞何如柳學士？」優曰：「學士那比得相公？」坡驚曰：「如何？」優曰：「相公詞，須用丈二將軍銅琵琶、鐵綽板，唱相公的『大江東去』。柳學士，却着十七十八女郎唱『楊柳外，曉風殘月』。」坡為之撫掌

大笑，優人之言便具褒彈。（同前）

八 嘗見閻閎尚友憲副云：「龍袖嬌民」，為我文皇帝白溝之役時事。歐陽圭齋南詞中已有此語，想是元時方言，不知是何等也？（同前書卷十一「玉堂漫筆卷上」）

九 鄭漁仲謂樂以詩為本，詩以聲為用。又謂古之詩，今之詞曲也。若不能歌之，但能誦其文而説其義，可乎？不幸世儒義理之説日勝，而聲歌之學日微。馬貴與則謂義理布在方策，聲則湮没無聞。其言皆有見，而朱文公亦謂聲氣之和有不可得聞者，此讀詩之所以難也。夫樂之義理，詩詞是也，而聲歌，猶後世之腔調也。兩者俱詣，乃為大成。漁仲又謂樂之失自漢武始，蓋言亡其聲耳。漢世樂府如《朱鷺》、《君馬黄》、《雉子斑》等曲，其辭皆存而不可讀，想當時自有節拍、短長、高下，故可合於律吕。後來擬作者但詠其名物，詞雖有倫，恐非樂府之全也。且唐世之樂章，即今之律詩，而李太白立進《清平調》與王維之《陽關曲》，於今皆在，不知何以被之弦索。宋之小詞，今人亦不能歌矣。今人能歌元曲，南北詞皆有腔拍，如《月兒高》、《黄鶯兒》之類，亦有律吕可按，一入於耳，即能辨之，恐後世一失其聲，亦但詠月詠鶯而已。此樂之所以難也，求元審聲宿悟神解者，世合有異材。（同前書卷十五「續停驂録上」）

一〇 世間戲戲之具，惟奕盛傳。其次則象戲，又次則抹牌。近刻《打馬圖》，人少習之。又別有七國象棋，以為出於温公，或未必然，亦猶俗云堯以奕誨丹朱也。至《南史》諸紀傳中却載圍棋在第幾品，此尤為可笑。古之樗蒱、陸博，今皆不傳。漢魏所尚彈棋，亦不復見矣。想諸伎倆亦自隨時興廢，而俚俗者尤為不常。元滕玉霄自叙少時以累棋蠟鳳為戲，不知所謂蠟鳳者又何事耶？黄山谷小詞又有打揭之戲，至謂：「小五出來，跋翻和九。若要十一花下死，管十三、不如十二。」似有譜者，此雖無益之事，覽之茫然，殊以博洽為愧。（同前書卷十八「豫章漫抄一」）

一一　詩三百篇，聖人悉被之弦歌，蓋樂章也。其所删者，非獨以其詞而已。今詩中有三章而詞意無大相遠者，如《螽斯》、《樛木》之類，蓋樂之三成，猶今之三闋、三疊是已。（同前書卷二十二「中和堂隨筆上」）

一二　陸務觀有言：「詩至晚唐五季，氣格卑陋，千人一律，而長短句獨精巧富麗，後世莫及。」蓋指温庭筠而下云。然長短句始於李太白《菩薩蠻》等作，蓋後世倚聲填詞之祖。大抵事之始者，後必難過，豈氣運然耶？故《左氏》、《莊》、《列》之後而文章莫及，屈原、宋玉之後而騷賦莫及，李斯、程邈之後而篆隸莫及，李陵、蘇武之後而五言莫及，司馬遷、班固之後而史書莫及，鍾繇、王羲之之後而楷法莫及，沈佺期、宋之問之後而律詩莫及，宋人之小詞，元人已不及；元人之曲調，百餘年來亦未有能及之者。但不知今世之所作，後來亦有不能及者，果何事耶？（同前）

一三　東坡小詞，山谷亦謂其於音律小不諧。亡友徐昌穀禎卿嘗為予道東坡一日顧一優人解音者，問之曰：「我詞何如柳耆卿？」答曰：「相公詞，須用銅琵琶、鐵綽板唱『大江東去，浪淘盡、千古英雄』；柳學士詞，却用十七八女兒唱『楊柳外，曉風殘月』。」坡為之一笑。胡致堂之論則曰：「詞曲至於眉山蘇氏，一洗綺羅香澤之態，擺脱綢繆宛轉之度，使人登堂望遠，舉首高歌，而逸懷浩氣超乎塵

垢之外，於是《花間》為皁隸，而柳耆卿為輿臺矣。」然世必有知言者。（同前）

一四　《南鄉子》四闋：馮延巳：「細雨濕流光，芳草年年與恨長。煙鎖鳳樓無限事，茫茫，鸞鏡鴛衾兩斷腸。　魂夢轉悠揚，睡起楊花滿繡牀。薄倖不來門半掩，斜陽，負你殘生淚幾行。」二擬：「細雨濕黄梅，深院閒堦處處苔。抱得細箏防浥損，慵開，為誰擲取早歸來。　有路到天台，欲寄封書没個媒。窗外芭蕉聲作陣，可猜，那有相如奏賦才。」三擬：「細雨濕秋風，金鳳花殘滿地紅。閒蹙黛眉慵不語，情濃，舊恨新愁知幾重。　飛鴈過遥空，歲月如流只向東。簾捲曲房誰共醉，匆匆，惆悵秦樓恁日逢。」四擬：「細雨濕同雲，繡倦鴛鴦五色紋。凝望天涯音信杳，微曛，打窗風雪不堪聞。　倚偏舊籠薰，淚痕空沁石榴裙。自捻腰圍牢約準，東君，莫比今宵減幾分。」　南唐馮延巳「細雨濕流光」詞，余蚤歲極愛之，因按腔，廣為四首，蓋四十年前之作也。　癸卯梅月，偶於小樓敝書中翻出，才情减退，老為侵尋，為之憮然者久之。（《儼山集》卷二十四）

一五　王摩詰「渭城朝雨」之詩謂之《陽關三疊》，相傳已久，而歌疊不傳。或曰凡三歌之，恐或不然；或曰首歌全句，次歌五字；又次歌尾三字，句凡三歌，謂之三疊，亦未必其果然否也。（同前書卷二十五「詩話」）

一六　《折楊柳》，古曲名，多用以詠笛。　李太白《洛城聞笛》：「此夜曲中聞折柳，何人不起故園情。」杜工部《聞笛》：「故園楊柳今摇落，何得愁中却盡生。」吾鄉袁御史景文亦有《聞笛》，落句云：「天邊楊柳雖無數，短葉長條非故園。」景文工詩，師法少陵，其詩有集，而笛詩俱用楊柳故園事，興致各不

同，與世之撏撦者異矣，識者能自辨之。故園事，當本於桓伊。（同前）

一七　東坡嘗欲删去柳子厚《漁父詞》後兩句，予亦欲取李太白《關山月》節却後四句，不知古今人所見同耶否？（同前）

一八　予作一小閣在方丈池上，當春夏之交，小雨時至，池面無風，倚闌佇目，歌簡齋「平池受細雨」之句，殊為幽絶。日華初動，和風徐來，則「吹皺一池春水」之詞愈見有工，詩貴實境如是。（同前）

一九　宋中書舍人朱翌新仲有詠摺疊扇一詞云：「宫紗蜂趕梅，寶扇鸞開翅。數摺聚清風，一捻生秋意。　摇摇雲母輕，裊裊瓊枝細。莫解玉連環，怕作飛花墜。」然則北宋時已有之矣，古詩并畫中所見團扇、羽扇耳，不知摺疊扇起於何時，而今遂盛用之耶。（同前）

二〇　《京女誌銘》：余客南都，癸亥，以七月哭吾女四歲者。明年三月，哭吾兒兩歲者。今丙寅客北都，亦以七月哭吾兒八日者，十月未盡一日，吾女京姐又死，且三歲矣，余又哭之。三年之間，四哭子女於客舍，生世果何如耶？嗚呼！將兒得於天者素薄耶？將醫藥失調耶？將余之德不足庇兒耶？將生死禍福、壽殀富貴物自取之而天不與耶？其不然耶？先有人妄傳兒死，抵家，吾父亟以書來問，吾發封，吾母聞而解之曰：「死當得生爾。」書後數日竟死，是果偶然者耶？非耶？兒聰慧百出，已能誦五七言詩詞數十首，每使歌之。蓋物之不長者，大抵然也。不欲悉識特識余之悲，而埋之天壇之南。銘曰：父陸母梅，家在海月。生在酉，死在亥。甲子迄寅歲三改，瘡痘遍體紫蕾蕾。宛轉可憐痛百倍，南郊南原阜且塏。松棺布衾祭以醢，速久深藏慎勿悔。（同前書卷七十六）

二一 《跋陽關圖》：右唐王右丞詩，世所傳《陽關三疊》詞也，調存而疊法廢。往在京師日，與王陽明、都南濠論此，或以為每句作三疊歌，或以為止歌落句三疊，迄無定說，而紀載亦各不同。意當時必有譜，而今無所於考也。或以為每句一歌，每歌一疊，輒減二字，至三疊則歌三言矣。言皆成文，頗有紆徐婉曲之調，似盡離別繾綣之情，殊為有理，而亦未知卒合於本詞否也。此圖余所藏李嵩舊本，思齋子命工模之，西土景物，藹藹有思致，可備覽觀，非徒以工為也。因録本詞於左方，并識是說，以審於思齋子。（同前書卷八十八）

二二 《跋范石湖辭》：右宋范文穆公九日小辭，題曰石湖燕山作，當是隆興議和失受書禮、范使金國時所書，壯浪奇偉，可寶也。公此行危甚，立後而行，至金以附奏并夏人通書事，屢瀕於危，賴以重名，為金所敬信而免。高宗臨遣時亦嘗勉以囓雪飡氊之事，故落句云：「惟有平安信，隨鴈到南州。」蓋喜幸之辭，自後一月歸矣。公宦業文名為南宋冠冕，家在石湖之上，故號石湖居士云。此卷今為歙黄子静所藏，嘉靖甲申秋攜過江東山居相示，觀賞者久之，敬書其後。子静名湛，文雅士，其父南山翁常與予交好云。（同前）

二三 《跋龍江泛舟曲》：律詩變小詞，詩餘，小詞之變也；詩餘變為曲子，金、元時人最盛。有腔有調有板，謂之北曲；南曲，北曲之變也。病餘間一為之，將令小僮歌以陶寫，猶得詩人之意者，風土之音存焉爾。所謂纒綿宛曲之辭，綺羅香澤之態，殆南曲之謂與？（同前書卷九十）

二四 《與康德涵修撰論樂》：何栢齋曰：「今世詞曲與古樂同。」此言有理，顧曲折細微，古今須別爾，何者？古樂主聲，詞所以譜其聲也。孔子所删，删其不合於管弦者，如素絢不録是已，謂之為逸詩者，非也。惟聲最易亡，三百篇之聲，未及漢已亡，今特傳其詞耳。漢樂府名新聲，故詞難詮次，新聲又亡；至魏、晉之詞通解，而聲又亡；後周得江左樂工，至隋、唐，聲又亡；唐詞多今律詩，而聲又亡；宋歌詩餘，聲又亡；至金、元時曲子盛行，今所傳者，南北調一聲在耳。謂即此是古樂，深未敢信也。大抵古人審聲以選字，然後鍊字以摛文；後世先結文字，乃損益律吕以和之，去元聲遠矣，恐非古也。即今詞曲論之，亦有聲意二端，聲一定而意無窮。凡聲急處，是欲趕板；意緩處，是欲合索。蓋有眼以度腔，調絲在指撥，遲速惟意，若明皇遲玉笛以合《霓裳》是已。是故聲傳節拍，意傳義理，此感通之妙，古今無二。謂即此是古樂，深亦未敢信也。舊傳王粲、張飛等作傳奇，俱含鍊鍛人才意，所以鼓舞人精神不倦，此却與詩之正變合，不屬義理。宋儒所釋正風變風、大雅小雅，是剩語也。深行旅疲憊，兼老病廢忘，漫浪及此，何當面質為樂，願承教。（同前書卷九十一）

二五《奉李蒲汀尚書》：奉違門墻，無階聞問，跧伏田野，惟有感戀。表弟顧世安還，遠辱手教新詞，捧以為寶。頹惰之餘，不知所以為報也。伏審台侯萬福，闔宅仙眷迪吉為慰。霖雨之望，日夕跂踵，此海内同情，不但門生故吏之私已也。深薄劣，抵家多病，至今春尤劇。小兒楫，例當北來補歷，因就秋試，少為門户計爾。顧此行父師之託，端有望於門下。念此子頗淳謹，曾辱青目，想蒙與進，此骨肉之感也。伏惟留神萬萬。（同前書卷九十三）

二六 有同事同意而措詞各有工拙，如唐人云「請君試問東流水，別意與之誰短長」，可謂痛快矣，不如「大江流日夜，客心悲未央」爲沉着，又不如「恰似一江春水向東流」，尤覺深婉。予行章江，過武寧，觀漲，頗悟其旨。《豫章漫抄》（《陸文裕公行遠集》「外集」）

姜南詞話

姜南，字明叔，號蓉塘，仁和（今浙江杭州）人。行跡不詳。撰《蓉塘詩話》二十卷，前有陸深嘉靖癸卯引言云：「吾友姜南明叔方工進士業，餘力及此書。予在京師時，嘗一讀之，卷帙尚多。八峰張君國鎮之令海也，捐俸刻之縣齋，頗有詮擇其間。」又云：「古稱文章止於潤身，而學以經世為大，是集所録經世之端蓋多矣。」此據《續修四庫全書》影印明嘉靖二十二年張國鎮刻本録詞話十則。

一　並蔕芙蓉詞：政和癸巳，大晟樂成，嘉瑞既至，蔡元長以晁端禮次膺薦於徽宗，詔乘驛赴闕。次膺至都，會禁中嘉蓮生，異苞合跌，夐出天造，人意有不能形容者。次膺效樂府體屬詞以進，名《並蔕芙蓉》，上覽之，稱善，除大晟府協律郎，不克受而卒。其詞云：「太液波澄，向鑑中照影，芙蓉同蔕。千柄緑荷深，並丹臉争媚。天心眷臨聖日，殿宇分明敞嘉瑞。弄香嗅蕊，願君王，壽與南山齊比。池邊屢回翠輦，擁羣仙醉賞，憑欄凝思。萼緑攬飛瓊，共波上遊戲。西風又看露下，更結雙雙新蓮子。鬬裝競美，問鴛鴦、向誰留意。」不惟造語工緻，而曲名亦新，故録於此，然大臣謏，小臣佞，不亡，何俟乎？（《蓉塘詩話》卷三「輟築記」）

二　弔余忠宣公詞：宋文信公嘗過唐忠臣張公巡、許公遠雙廟，留題《沁園春》詞一闋，道二公之精忠勁節，辭旨壯烈，千載之後，昭然與日月争光。本朝劉文成公伯温過安慶，亦作《沁園春》詞哀余忠宣公闕，正與文山之詞相匹，録之。詞云：「士生天地間，人孰不死，死節為難。羡英偉奇才，世居淮甸。少年登第，拜命金鑾，面折奸貪。指揮風雨，人道先生鐵肺肝。平生事、扶危濟困，拯溺摧頑。　清名要繼文山，使廉懦聞風膽亦寒。想孤城血戰，人皆效死，闔門抗節，誰不辛酸。寶劍埋光，星芒失色，露濕旌旗也不乾。如公者、黄金難鑄，白璧誰完。」（同前）

三　題林靈素像：宋道士林靈素以方術顯於時，有附之而得美官者，頗自矜，有驕色，或戲作靈素畫像詩云：「當日先生在市鄽，世人那識是真仙。只因學得飛昇後，雞犬相隨也上天。」又寧宗誅韓侂胄，有人作樂府譏平日附麗侂胄者，有云：「衆鳥不喜亦不悲，又復别尋高樹枝。」蓋亦深嫉之也。（同前書卷八「蕉窗曝背臆記」）

四　温公詞：世傳司馬温公有席上所賦《西江月》詞云：「寶髻鬆鬆綰就，鉛華淡淡粧成。紅煙紫霧相見争如不見，有情還似無情。笙歌散後酒微醒，深院月明人静。」楊元素跋云：「温公剛風勁節，聳動朝野，宜其金心鐵意，不善吐軟媚語。近得其席上所製小詞，雅亦風情不薄。由今觀之，决非温公作，此宣和間耻温公獨為君子作此，託為其詞，以誣善良，不待識者而後能辯也。」（同前書卷十「剔齒閒思録」）

五　《山莊四時樂》：《山莊四時樂》四章，宋舒城李公麟之所作也。公麟，字伯時，元祐間登第，為泗州録事參軍。伯時好古博雅，長於詩，工草書圖畫，時以比顧、陸。多識奇字，自夏、商以來鍾鼎尊彝，皆能考定世次，辯别款識，為《考古圖》，黄山谷謂其風流不減古人。元符中歸老，肆志泉石，作龍眠山莊，自號龍眠居士。其《四時樂》一章云：「桃李花開春雨晴，聲聲布穀迎村鳴。家家場頭酹酒觥，為告莊主東作興，黄犢先破東南村。」二章云：「火雲蔽日當空浮，田頭耨草汗欲流。緑竹人寂鳥聲休，暫來歇午乘清幽，山妻送餉扇遮頭。」三章云：「黄雲萬里秋有成，村村酒熟家家迎。封羊賽社人不醒，醉後鼓腹歌昇平，欣然同樂倉滿盈。」四章云：「寒風十月雪欲飛，居人木榻添紙幃。地爐活火酒頻煨，瓦盃不説羊羔肥，醉來曲肱歌聲微。」（同前書卷十一「酹經堂餔糟編」）

六　慶樂園詞：張叔夏過錢塘西湖慶樂園，賦《高陽臺》詞，自序云「慶樂園，韓平原之南園也，戊寅歲過之，有碑石在荆棘中，惟存古桂百餘，故末句亦有猶今之視昔之感。」「古木迷鴉，虚堂起燕，歡遊轉眼驚心。南圃東窓，酸風掃盡芳塵。鬢貂飛入平原草，最可憐、渾是秋陰。夜沉沉，不信歸魂，不到花深。　吹簫踏葉幽尋去，任船依斷石，袖裹寒雲。老桂懸香，珊瑚碎擊無聲。故園已是愁如許，撫殘碑、又却傷今。更闕情，秋水人家，斜照西林。」余嘗讀此詞，不覺為之增嘆再三。夫花石之盛，莫盛於唐之李贊皇，讀《平泉莊記》則見之矣。而宋之艮嶽，至南渡愈盛，而臨安園圃如此者，不可屈指數也，今誰在耶？余為童子時，見所謂慶樂園，其峰磴石洞猶有存者，至正德間，盡為有力者移去矣。杭城假山，稱江北陳家第一，許銀家第二，今陳家者已鬻之而折去矣，止遺一坎。許氏者，自余結髮已來，不三十年，已七易主矣。吁！此奢僭之尤者也。君子貽厥孫謀，當訓之以勤儉，慎毋蹈此而取誚於後人焉。余因讀叔夏之詞，重有感也，於戲！（同前書卷十二「扣舷憑軾録」）

七　寫詞述懷：扶風馬大夫作詞述懷，聲寄《滿庭芳》云：「雪點疏髯，霜侵衰鬢，去年猶勝今年。一廻老矣，堪嘆又堪憐。思昔青春美景，無非是、月下花前。誰知道、金章紫綬，多少事憂煎。　侵晨騎馬出，風初暴、横雨又悽然。想山翁野叟，正爾高眠。更有紅塵赤日，也不到、松下林邊。如何好，吴松江上，閒了釣魚船。」大夫名晉，字孟昭，嘗為官仕。（同前書卷十三「抱璞簡記」）

八　長相思詞：林和靖惜別《長相思》詞云：「吴山青，越山青，兩岸青山相送迎。誰知離别情。　君淚盈，妾淚盈，羅帶同心結未成。江頭潮已平。」後康伯可亦有此詞云：「南高峰，北高峰，一片湖光煙靄中。春來愁殺儂。　郎意濃，妾意濃，油壁車輕郎馬驄。相逢九里松。」二詞皆艷麗，伯可固詞客耳，和靖亦作此語耶？（同前書卷十八「瓠里子筆談」）

九　嘲兄弟析居詞：錢塘凌彦翀雲翰，見人家昆季析居者，作《沁園春》詞以嘲之，予每讀之，不覺三復嗟嘆，宜梓行其詞以為世訓。詞云：「樹上凌霄，堂前紫荊，秋來尚芳。奈牝鷄晨語，鶺鴒憔悴，妖狐晝嘯，鴻鴈分行。仁智非周，喜憂非舜，一旦天倫忍遂忘。如何好，望松楸感泣，桑梓悲傷。

古今禍起專房，總一國猶然，况一鄉。家有婦人，豈無長舌，世無男子，誰有剛腸。樹大枝分，瓜熟蒂落，此語應非是義方。聊書此，要懲鑑戒，不在文章。」（同前）

一〇 送春詞：元大德初，燕人梁曾貢父為杭州路總管，政事文學皆有可觀。嘗有西湖送春詞一闋，調《木蘭花慢》云：「問花花不語，為誰落，為誰開。筭春色三分，半隨流水，半入塵埃。人生能幾歡笑，但相逢、樽酒莫相推。千古幕天席地，一春翠繞珠圍。　彩雲回首暗高臺，煙樹渺吟懷。拚一醉留春，留春不住，醉裏春歸。西樓半簾斜日，怪御（當作啣）春、燕子却飛來。一枕青樓好夢，又教風雨驚回。」觀此詞，孰云元人詩餘不如宋哉？（同前）

藍田詞話

藍田(一四七七—一五五五),字玉甫,號北泉,即墨(今山東)人。嘉靖癸未進士,除御史,時建言大禮,廷杖幾死。罷歸,三十餘年不入公門,惟與門生講學不倦。先後論薦三十餘疏,終不起。所著有《侍御集》、《北泉草堂詩集》、《北泉文集》等。此據《四庫全書存目叢書》影印明萬曆十五年藍思紹刻本《藍侍御集》、影印清鈔本《北泉文集》和影印明嘉靖十八年刻本《擬漢樂府》録詞話十一則。

一 《送大方伯南澧王老先生大人帳詞》代作:伏以虞書九州,岳牧監臨於萬國;周禮八命,方伯表率乎群公。位次九卿,制隆西漢;地分十道,任重有唐。長貳官聯,惟旬宣之皆一;舉剌上計,信丞轄之匪輕。況晉陽有表裏之山川，實爲重鎮；而薇垣挈郡邑之綱紀，是號監司。惟公道之攸關，緊正人之登用。朝僉允協，除目肆頒。蓋簡在于帝心，故克承于寵命。恭惟大方伯王公：望高名世，念切經邦。華岳降神而生，洪河孕靈以出。縱横大筆，魁多士於三秦；枕籍六經，領諸儒於太學。甫登龍虎之榜，即峩獬豸之冠。風憲得一時之英，廟堂增九鼎之重。挺高明邁望之質，秉剛毅不回之操。期期抗直之風，諤諤敢言之氣。衣繡持斧，稱決遣之奇才；攬轡登車，遂澄清之雅志。施霹靂手，飛霜雪名。劄十九牛而刃若發硎，擊三千里而風斯在下。明日張膽，何狐狸之足抨；聚精會神，要藜藿之不採。豈惟振山岳之動，蓋將書竹帛之光。輟從臺中，俾專閫外。允文允武，渤澥無傳烽之驚；維屏維垣，齊魯遂長城之固。訪海運之舊迹，濬膠萊之新河。通賈通漕，足兵足食。聲譽上達於當寧，綸綍下頒於外臺。人望甚隆，天心可測。參彼大政，于我太原。兒童迎細侯，沙頭竹馬；反側識賈父，田畔飯牛。觀往年甘棠之陰成，喜今日生祠之象設。臺階伊邇，德化流行。唯老成之當路，乃升平之權輿。凡在庇庥，舉增忻慰。某等叨承一郡，久奉六條。維鵲有巢，行看召南之化；維袞有缺，載期山甫之功。念頌禱之有誠，惜挽留之無計。且歌濟川之新曲，以侑祖席之離觴。

（《藍侍御集》卷七。又見《北泉文集》卷五，以下帳詞序文皆同。）

二　《贈大方伯柳梅川公入覲帳詞》代作：伏以省郎出領千乘，明時重共理之官；太守入爲三公，漢廷嘉已試之績。當萬國來朝之日，正三年考最之時。膠水萊山，諒非久淹之地；鸞臺鳳閣，佇看不吹之求。寮寀增輝，閭閻吐氣。恭惟大邦伯柳公：識量非今世之士，才華有古人之風。一扎十行，分符剖竹；雙旌五馬，皂蓋朱旛。雖海岱一隅，號爲僻郡；而桑麻千里，名曰沃州。奈頻歲而易官，幾十羊而九牧。新舊倍將迎之費，簿書有懸絶之姦。布縷之征，粟米之征，民力竭矣；俎豆之事，軍旅之事，官帑枵然。公來撫摩，心增惻怛。蓋繼弊政者收功甚易，而整頹綱者爲力暫勞。治國如烹小鮮，憂民若保赤子。能使十萬户之蒙福，緣得二千石之惟良。於是沛然有餘，幾若儲以相待。少廢笑談之頃刻，即獲郡邑之安寧。文翁修學校之宫，比於鄒魯；嚴助勞侍從之事，對以春秋。方廟堂核名實之時，屢下温詔；而郡國上課最之狀，定頒殊恩。計指日之合符，即論功而增秩。九萬摶翼，衍且見之；四十專城，未足稱者。喜華髮龐眉之來餞，恨攀轅卧轍之不成。某等夙奉教言，叨承寅佐。數展西園之會，屢開北海之撙。尚稽餘光，自憐寒迹。依甘棠之下，寧不興思？舉祖筵之觴，豈忍遽别？擬百姓之備冠，瞻九重之徵黄。請歌雅詞，用託微敬。（同前）

三《送大邦伯梅川柳老先生大人帳詞》代作：伏以岳牧用詞人，誰復游于城闕；朝廷知治行，豈惟記於屏風。以成周大夫之賢，應有漢太守之寄。共理之官，衆所注目。已試之績，人無間言。詔爲三公，行舉廟堂之故事；歌有五袴，暫慰閭閻之人心。公議愜于一時，歡聲洽于千里。恭惟大邦伯柳公：標格與嵩岳并峙，襟懷共淮瀆同流。多識古今，不專泥紙上之語；逢源左右，間一吐胸中之奇。唐令僕之宗，魯士師之後。家訓爲縉紳楷範，筆法與鍾王比肩。談議自高，表儀夙著。里溪之制作，直比子長；東郊之辭章，彷彿韓愈。遥遥中州之華胄，赫赫南省之科名。羽儀清班，翺翔粉署。方聖天子之重外，求良有司以分憂。疇咨銓衡，咸曰公可。識馮唐于郎省，但取一言；寘汲黯于淮南，未忘舊物。少屈雲霄之步，用蘇渤海之濵。惟此東萊，今稱僻郡。户乏中人之産，府無經月之儲。不哀杼軸之空，俗吏乾没；去爲溝壑之瘠，遺黎無聊。惟君子不以中外爲心，所至盡職；故小人得於朞月之内，自爾從風。父老扶携，問公來之何暮；衣冠流寓，快我覩之争先。愷悌出于詩書，精明辨乎銖兩。貪夫自解其印綬，吏迹不到于山村。性戒西門，止用南陽之杖；禮希東閣，屢開北海之樽。盡諾從容，拄笏醖藉。惠已施而及物，官未足以稱才。若循吏傳之所書，與講德論之所頌。昔聞其語，今見其人。至于不察而秋毫分，抑且不怒而刻木畏。陳陳滯訟，涣若澌流；猝猝饞師，了無箕斂。兵衛森戟，未減凝清香之歡；川原開花，不妨蒸紅霞之賦。神山風月，揮坐嘯之麈毛；溟水波瀾，喧行春之鼓角。長途闊步，何殊擊水之三千；近輔專城，可謂去天之尺五。旌旄在望，謡誦藹聞。藩臬交章，優爲列郡二千石之首；撫按互薦，先達當寧十二旒之尊。漢廷已洞知，弱翁行將大用；宣室久不見，賈誼想亦深思。一扎細書，看拜白水真人之賜；千金增秩，應繼黄龍循吏之名。即報政成，别膺召命。某等幸列寮寀，辱賴帡幪。每曲借于誨詞，頃誤遭於眷奬。豈有海涵之器，久安斗大之州。雖膠萊澄清，暫作龜蒙之主；而風雲集會，必歸鴛鷺之行。聊舉稱慶之觴，侑以擊壤之曲。（同前）

四《牧伯吉庵史公入覲帳詞》代作：伏以三載考績，始紀于虞書；五牧來朝，再見于周典。惟兹一法，寔貫三才。仰稽乾文，星宿右旋而拱極；俯觀地勢，百川東向以朝宗。惟我聖明之憲章，允愜帝王之定式。諸侯朝覲于魏闕，一人端拱于法宫。屏翰有光，廟廊增重。恭惟大牧伯史公：身兼數器，文擅三長。決彼詞科，嘆董賈之未直，遂於經術，指毛鄭爲淺聞。於鄉邦之望最高，蓋家世所傳如此。量淵乎而莫測，節凛然以自持。才氣無雙，不淹於西山之邑；治行第一，召歸于北門之中。唯六察風稜，尤最於三輔；而南床雄峻，大震于百僚。諤諤以昌，排公論之所不與；蹇蹇之故，發衆人之所未言。忠邪由是以洞分，紀綱於焉而夫振。剛直聞於天下，朋黨去於朝廷。事觸之而風生，心卑管晏；物迎之而刃解，法陋申韓。自居臺諫之司，已負弼諧之望。上方一視同仁，故用賢無中外之殊；公能學道愛人，欲爲時齊輕重之典。顯膺綸綍，榮剖竹符。惟此東萊，號稱海國。土鹵磽簿，閭閻無閱日之儲；賦税徵求，吏椽有積年之弊。大瘥瘡痍之俗，須我慈惠之師。廣舜德以洽民心，奉漢條以察郡治。恢淳龐結固之德，敷老成樸厚之謨。有三代之遺風，號兩京之循吏。餘波所及，弱植自安。視今日桑麻之場，皆異時荆棘之野。長孺雖勤于卧治，本自眷歸；望之少屈於治民，蓋將遠用。幸康侯之入覲有日，知明君之錫命可期。某等慙以空疎，幸同僚寀。因人而成事，遂免曠瘝之憂；定盟而通家，早緣桑梓之敬。奉餞朝天之五焉，式舉臨風之一罇。載歌慢詞，以寫企仰。（同前）

五　《王明府入覲帳詞》代作：伏以正月上日，虞書紀輯瑞之文；述職巡功，周禮謹侯邦之度。漢廷上計，四方畢來。唐室稱觴，諸藩亦至。瞻天威于咫尺，誠寤寐而無違。仰雲漢之昭回，固屏營而何及。在昔時以爲曠典，至今日尤爲盛儀。廊廟勤民，最重一同之長；絃歌宰邑，喜逢四科之賢。以故家文獻之餘，補海隅僻右之地。雖嫛婗不進，公自爲計則疏；而愷悌惟良，民之蒙惠甚厚。屬兹獻績，皆知詠歌。恭惟即墨大夫王公宗派炎劉之列侯，家聲典午之元宰。三槐陰德，奕世廉名。頌得賢而賦登樓，著論衡而作中説。允矣我公，兼茲衆美。所養者厚，擢桂於月脇之傍；欲資之深，采芹於泮水之地。仰範模之有作，焕常布以咸歸。冠者五六人，童子六七人，宛同洙泗；水擊三千里，扶摇九萬里，俯視滄溟。桃李嶺南，方有賴主司之時雨；枯槁海右，正得資邑長之和風。魚川泳而鳥雲飛，見華巔之相慶；昔無襦而今有袴，聞茅屋之興謡。在賢者亦樂此乎，非若人無共功者。況勞峰有餐霞之客，而渤海有浴日之奇。賞此達觀，未妨游宦以學道；愛人之志，效朱墨簿領之勤。可使實惠及於斯民，庶幾吾道行于當世。一雷之地，人所不屑，或望望而去之；千室之宰，公所樂爲，自恢恢有餘矣。雖爲時而少屈，將自下而升高。擢察院諫垣，即奉十行之詔；綰銅章墨綬，何待三年之淹。若望實之當然，亦乘除之必爾。朱輪華轂，陪方伯以來朝；底績稽功，侯冢宰之考定。必書我公之上上，以勵庶官之平平。封即墨之大夫，曰安山之王子。履絢宛若，飛葉令之雙鳧；城堞依然，歸遼東之一鶴。父老扶携而相送，閭閻踴躍以思還。某同服官寮，幸聯曹舍。揖佳風於庠表，夫豈偶然；託巨庇於鴈行，已惟籍慰。方結唇齒之助，了無胏腑之疑。既喜入覲如登仙，又帳臨岐之設祖。聊歌短調，用侑一觴。（同前）

六　《萬山憲副帳詞》代萊府作：伏以臣直主明，慶雲龍之胥會；乾清坤肅，仰霜隼以横飛。周禮掌贊書，風生柱下；漢儀察侯服，威振都亭。雖中外之分臺，然責任之匪易。況滇南爲被化之區，謨烈攸存。而皋司爲弼教之基，廟堂尤眷。特茲慎簡，尚賴欽承。恭惟大憲伯仲公：英槩自高，脩名早立。入班揚作者之域，有齊魯大臣之風。素節清規，表儀於淮甸；閤猷敏識，潤色乎朝廷。濁斯激而清斯揚，衣繡持斧；柔不茹而剛不吐，攬轡登車。何嘗捨豺狼而問狐狸，所以如鷹鸇之逐鳥雀。霜飛白簡，不止膽落。金吾照日丹心，又復謀寢南國。金聲益振，玉立不移。爰把一麾，出守鄂渚之上；再乘五馬，分符萊子之邦。地雖南北異宜，操則金石無二。省耕問稼，視民饑如己饑；決獄明刑，處公事如家事。閭閻父母，載藉循良。蝗赴海而鹿夾車，麥兩岐而禾同穎。久賴中和之政，加惠凋瘵之民。薦剡屢達于楓宸，錫命下頒于海嶠。列品仍四，雖階級之相同；設司爲三，寔地位之雄峻。登烏臺而見栢，喜歲寒之青青；繡白豸而剪袍，覺秋空之肅肅。方南交不廷之日，正丈夫樽擊之時。秉端兕之奇才，敬持法綱；蘊韜鈐之妙略，兼督師徒。掃夷獠之妖氛，坐觀千里之澄徹；生梁益之財用，行致九年之稖豐。蓋不獨取儒術以勝法家，抑將以去暴亂而致刑措。藩臬動色，華夷聳觀。某等叨居僚寀，久奉請塵。卧轍心勞，皆欲從公于邁；分襟誼重，永懷與子同行。何武之去見思，季路之別有贈。羡青驄之欲駕，無計可留；覩紫誥之遥臨，不謀相慶。載歌短曲，用托微情。

（同前）

七 《墨令我齋吴老先生休政帳詞》代作：伏以難進易退，仰君子之清風；碧水丹崖，遂高人之雅趣。惟久速不愆於禮，乃去就適合於時。居寵思危，周書之大訓；知止不殆，老子之格言。魚龍踴躍於江湖，猿鶴飛鳴于丘壑。雖君父未報，非臣子盡瘁之心；而邑里告疲，豈仕者耽禄之日。記存謝事，易戒惡盈。林下今見一人，鄉社可傳千古。恭惟明府吴公：泰伯苗裔，番君雲孫。酌貪泉而志操愈堅，揮羽扇而江濤飛渡。書法入妙，畫筆通神。人品吴興之鳳翹，門第延陵之喬木。望隆時論，才冠士林。心函兩漢之醇，學識九流之廣。白蘋洲畔，繼柳惠之風流；黄檗山前，續江淹之詞采。標格蓬壺兮閬苑，器質大吕而黄鍾。夙蜚場屋之名，久困雲霄之步。乃充里選，來就部銓。九重之命而暫付老成，百里之寄而用蘇癃瘥。山中父老，喜聞車馬之音；境内衣冠，企聽風聲之美。以蓍蔡之先知而決斷兩詞，以廊廟之大具而撫字一同。惠施閭閻，威戢姦宄。勞山發政，已傳愷悌之聲；墨水趨風，更揖冰霜之節。古史之傳爲循吏，今世之稱爲真儒。彼子游以高第爲武城，預四科之妙選；而建武以太傅召密令，實中興之盛聞。夫何投牒，亟稱引年。棄簿書繁劇之司，還山水清逸之地。故廬寂寞，幾同仲蔚之蓬蒿；晚景安然，復對淵明之松菊。不待頭童而齒豁，且免漏盡以鍾鳴。榮動五亭，光生四水。某等偶從選調，獲在交承。見元德秀乃初，聞暴公子固久。笑割雞之何有，慚績勳之未能。阻陪傾蓋之歡，深恨駕車之速。爰開祖席，載舉離觴。試聽慢詞，用昭雅況。（同前）

八　《題胡可泉樂府》：余嘗聞諸先生長者言，今之太常所用樂沿有元，有元襲宋之東都，蓋崇寧樂府之遺法也。今之樂府，非古之樂府也。今之樂府分爲南北，北曲皆胡部也，南曲皆俗部也。胡俗雜陳，繁碎輕儇，亢麗縱肆，始緩終驟，不中音節。他則倡妓伶優，粉黛塗抹，淫侈綺靡，增悲導邪，不得禁止。夫以胡俗之樂，不中音節，則風氣淺浮，而日趨于薄。伶優之伎不得禁止，則風俗流蕩，不知所返。孟子不云乎今之樂即古之樂。余曰不然，北曲自蒙古女真入我中原始有之，南曲則五代宋世所遺慢詞是也。南則流於哀怨，北則極其暴厲，皆非古之樂府之音也。至於有唐以詩自名家者，而擬古樂府，雜用今體，若李白《宫中行樂詞》、王潍（當作維）《渭城歌》，皆今之七言絶句也。徐彦伯、沈雲卿《胡無人》、《釣竿》等篇，司空曙《河陽子》，皆今之五言律詩、絶句也。不能倚其聲以造辭，而徒欲以其辭勝，是豈古之樂府乎？　至於南北朝之際，爲樂府者一切見之新詞。南朝之樂多用異音，北國之樂僅襲夷虜，或宫闈脂澤之尚存，或風沙戰伐之間作，亦豈古之樂府乎？　古之雅樂至秦亂而廢，至漢之西京始欲修之，而燕、代、吴、楚之謳，街衢巷陌，交相倡和，當是時，司馬相如之徒數十人作爲詩誦，稍協律吕，立漢家一代之樂府，雖非三百篇之舊，而其去古尚未遠也。傳及魏、晋，流風寖盛，是故後世宗之。然後之擬古者紛亂[illegible]雜，摹倣盗襲，層見疊出，讀者厭之。我可泉夫子悼正聲之微茫，而惜雅韻之廢絶，乃取漢魏古樂府諸篇之名，擬而賦之，凡若干首。余得而讀之，嘆曰：樂府也，其殆庶幾乎？　漢之樂府乎？　他日君設樂府之署，置采詩之官，而有信都方萬寶常，因可泉言辭之所指、聲音之所發，而悟可泉心德之所形，是王令言、張文收者出天悟神解，即可泉之樂府有唱有嘆，以發其趣，被之管絃，布之海宇，一洗千載之陋習，而復西京之舊音者，此特其權輿云爾。（同前書卷八。又見《北泉文集》卷三）

九　《謝浚川寄詩》：正爾耿耿，忽辱來使，賜手教，并雅什盈卷，再拜捧讀，感慰無已。公之《春興》何减少陵《秋興》，《短歌行》、《白頭吟》亦漢、魏閒語，《畫龍引》比之《曹將軍畫馬引》，又長一格矣，《憶昔至亳州清明病起》四首，置之開元詩集中無異也。三復之餘，十襲珍藏，永爲草堂重鎮，九頓首不足爲公謝矣。嘗讀公之長短句，《花間》爲嫩隸，而柳氏爲微官，敢具小卷，求書數闋，但得隴望蜀，某亦自知其不知足也。惟一揮而賜之，使長歌於山巔海涯以自適，鄙人之幸也。辱索鄙作，某頑鈍如故，百無一成，安敢以侏儒之音而奏于《韶》、《濩》之側？縱門下憐而教之，某之顔亦厚矣。（同前書卷十）

一〇《題類説目録後》：《類説》五十卷，宋曾慥纂，慥字端伯，號至游子，魯公之裔也。嘗守贛州，師荆諸，官至太卿。共纂此書，博采旁搜，拔尤取類，凡三百六十餘種，校之《紺珠集》，立言命意，不少差别，蓋踵而成之者，然引用則倍之矣。《紺珠集》者，朱僕射藏一所纂也，至游子之自序，略云：「閑居銀峰，纂而成卷，可以資治體，助名教，供笑談，廣見聞。」信哉！弘治癸酉春，予於蒙陰李郎中處得見此書，因借録之，其校正者，杭州孫參政也。至游子有《道樞》四十二卷，凡一百二十二篇，余得於《道藏》中，亦録收之。尚有《集仙傳》十二卷，自岑道願而下凡一百六十二人。《詩選》五十七卷，自冦萊公而下凡二百餘家。《樂府雅詞》十二卷，《拾遺》二卷，凡三十四家，此未得傳録者，姑記於此。（《北泉文集》卷三）

一一《書擬漢樂府後》：今之樂府，非古之樂府也。今之樂府分爲南北，北曲皆胡部也，南曲皆俗部也。胡俗襍劇繁碎輕儇，亢麗縱肆，始緩終驟，不中音節。甚則教坊伶優粉黛塗抹，妖哇綺靡，增悲導欲，不得禁心。夫以胡俗之不中音節，則聲氣浮淺，而日趨於薄。伶優之不得禁止，則俗習流蕩而不知所返。典禮廢而刑法苛，有由然矣。今之樂府，非古之樂府也。或曰：「孟子不云乎今之樂猶古之樂也。」田曰：不然，北曲自女真蒙古入我中原始有之，南曲則五季宋世所遺慢詞是也。南則助人哀怨，北則長人暴厲，皆非古之樂府也。至於有唐名家之爲樂府者，若沈佺期之《胡無人》、徐彦伯之《釣竿》、李白之《宫中行樂詞》、王維之《渭城歌》、司空曙之《何滿子》，皆襍用今體律詩也。夫蘇、李爲古體之宗，而沈、宋爲今體之倡，擬古樂府而用今體，何也？是蓋不能倚其聲以造辭，而徒欲以其詞勝，豈古之樂府乎？至於南北朝之爲樂府者，一切見之新詞，無復古意。南朝多用吴音，北朝多用夷虜，或閨閣脂澤之尚存。□□□戰伐之間作，亦豈古之樂府乎？古之雅樂至秦亂而盡廢，漢之西京始欲修之，而趙、代、秦、楚之謳，閭閻委巷交相倡和，乃置樂府之署，采詩夜誦，當是時，高帝《三侯》之章、唐山夫人《安世》之歌，司馬相如輩郊祀歌，及鼓吹鐃歌，立漢家一代之制，所謂樂府也。雖非風雅之舊，然其意度去古爲近，是故後世宗之，殘訛缺漏，不敢附益者，重古辭也。傳及魏、晋，流風寖盛，第後之擬者紛亂哤襍，摹倣盜襲，層見疊出，若郭茂倩氏之所編集者，大雅君子每欲删定之也。我可泉公在東魯擬漢樂府二百篇成，示田，讀之，喟然嘆曰：公其傷今之樂府乎？其慕古之樂府乎？二百篇者比興互作，宫商相宣，冲淡和平，紓舒閒雅，非徒擬漢，蓋庶幾乎漢矣。田往在京都，聞諸喬白巖公曰：今太常所領之樂，蓋沿襲有元，得之於東平者，東平之樂部有金汴蔡之所遺也。有金沿襲宋之東都大晟樂府之所遺也，大晟樂府者，朱夫子所謂崇、宣之季，姦諛之會，黥涅之餘，而能有以語夫天地之和也哉！洪武初，郊廟燕享之樂歌，皆館閣諸賢所撰次，而律吕之制未聞，有所更定，蓋有所不暇故也。可泉公嘗語學者曰：興於詩，立於禮，成於樂，孔門家灋也。公於律吕之學窮本知變，冥契神授，講求先王之雅樂，而一洗金元之陋習者，其公之責乎？其公之責乎？擬漢樂府爲之權輿云爾。嘉靖己亥長至，齊東大勞山氓藍田書於致遂樓。」（《擬漢樂府》）

陳霆詞話

陳霆(一四七七?—一五五〇),字聲伯,號水南居士,德清(今浙江)人。弘治壬戌進士,刑科給事中,正德初謫判六安州,官至山西提學僉事。致仕歸,隱居渚山,結廬兩山之間,居左右圖書,放情山水,鋭意述作。著《水南稿》、《渚山堂詩話》、《渚山堂詞話》、《唐餘紀傳》、《山堂瑣語》、《兩山墨談》等。《兩山墨談》十八卷,是書考証古籍頗為詳贍。此據南京圖書館藏沈肖岩藏舊抄本《渚山堂詞話》録其全文,其中序據《詞話叢編》本補。又據《續修四庫全書》本影印明嘉靖十八年李檠刻本《兩山墨談》、《四庫全書存目叢書》影印明正德五年刻本《水南稿》録其言詞之語,共録詞話七十九則。

一　始余著詞話，謂南詞起於唐，蓋本諸玉林之説。至其以李白《菩薩蠻》為百代詞曲祖，以今考之，殆非也。隋煬帝築西苑，鑿五湖，上環十六院。帝嘗泛舟湖中，作《望江南》等闋，令宫人倚聲為棹歌。《望江南》列今樂府，以是又疑南詞起於隋。然亦非也，北齊蘭陵王長恭及周戰而勝，於軍中作《蘭陵王》曲歌之，今樂府《蘭陵王》是也。然則南詞始於南北朝，轉入隋而著，至唐、宋昉製耳。在昔花庵詞客、《古今詞話》等，要皆論詞之成書，今全本亡矣。至見於《草堂》之箋者緒餘一二，觀者無得焉。是道也，某少而習授，老而未置。其倚腔成調者既登集矣，至於咀英吸華，品宫量徵，閲習久而話言頻，則是編之繼來，花庵之有嗣也。嗟乎！詞曲於道末矣。纖言麗語，大雅是病。然以東坡、六一之賢，累篇有作。晦庵朱子，世大儒也，「江水浸雲」、「晚朝飛畫」等調，曾不諱言。用是而觀，大賢君子，類亦不淺矣。抑古有言，渥五色之靈芝，香生九竅，嚥三危之薇露，美動七情。世有同嗜必至，必知誦此。不然，則閟絃罷奏，齊聲妙嘆，寄意於山水者故在也。於商琴者非病云。嘉靖庚寅秋七月吉日，陳霆序。（《渚山堂詞話》）

二　歐公有句云：「平蕪盡處是春山，行人更在春山外。」陳大聲體之，作《蝶戀花》，落句云：「千里青山勞望眼，行人更比青山遠。」雖面目稍更，而意句仍昔，然則偷句之鈍，何可避也？予向作《踏莎行》，末云：「欲將歸信問行人，青山盡處行人少。」或者謂其襲歐公，要之，字語雖近而用意則別。此與大聲之鈍，自謂不侔。（同前書卷一）

三　劉後村作《摸魚兒》以詠海棠，後闋云：「君試論，花共酒、古來二字天猶吝。年光更迅，謾綠葉成陰，青苔滿地，做取異時恨。」舊見瞿山陽《摸魚兒》尾云：「怕緑葉成陰，紅花結子，留作異時恨。」殆全用後村句格，或者宗吉誦劉詞久熟，不覺用為己語耶？不然，則連盜數言，恐渠亦自知避。（同前）

四 張安國在治江帥幕，一日預宴，賦《六州歌頭》云：「長淮望斷，關塞莽然平。煙塵暗，朔風動，悄邊聲。黯銷凝。追想當年事，殆天數，非人力，洙泗上，絃歌地，亦羶腥。隔水氈鄉，落日牛羊下，區脱縱橫。看名王宵獵，騎火一川明。笳鼓悲鳴。遣人驚。念腰間箭，匣中劍，空埃蠹，竟何成。時易失，心徒壯，歲將零。渺渺（當衍一『渺』字）神京。干羽方懷遠，靖烽燧，且休兵。冠蓋使，紛馳騖，若為情。聞道中原遺老，長南望、翠葆霓旌。遣行人到此，終憤憤（當作『忠憤』）氣填膺，有淚如傾。」歌罷，魏公流涕而起，掩袂而入。（同前）

五 張商英於徽宗朝罷相，其去國《南鄉子》云：「向晚出京關，細雨微風拂面寒。楊柳隄邊青草岸，堪觀，只在人心咫尺間。　酒飲盞須乾，莫道浮生是等閒。用則幹（當作斡）旋天下事，何難，不用雲中別有天。」按商英為小官時，嘗作《嘉禾篇》以美司馬君實。既而媚事紹聖，共倡紹述。崇寧間，遂執政，會與蔡京異論，言者劾之，遂冒入黨籍。大觀間作相，本以其能與蔡京立異而用之，然不久罷。迹其為人，議論反復，復冒求榮進，去元祐諸人遠甚。或者乃惜其去而嘆其賢，蓋流俗不考耳。（同前）

六 秋晚曲寄《謁金門》，劉伯温作也，首云：「風嫋嫋，吹緑一庭秋草。」為語亦佳，然即「風乍起，吹

皺一池春水」格耳，以二言細較，劉公當退避一舍。（同前）

七　唐莊宗早年甚英果，晚乃溺於情慾，不勝其宴昵之私。嘗見其《如夢令》云：「曾宴桃源深洞，一曲舞鸞歌鳳。酒散别離時，殘月落花煙重。如夢，如夢，和淚出門相送。」詳味詞旨，所謂亡國之音哀以思者也。奄忽喪敗，實讖於此。（同前）

八　山谷在涪州，嘗送人歸鄉，作《青玉案》云：「憂能損性休朝暮，憶我當年醉時句。渡水穿雲心已許。暮年光景，小軒南浦，簾捲西山雨。」蓋此老舊有句云：「我自只如常日醉，滿窗風雨替人愁。」即此闋所謂醉時句者也。西山南浦，相期暮年，而卒死南服，竟不如願。嗚呼！「歸去誠可憐，天涯住亦得」，豈非終身讖耶？（同前）

九　少游《八六子》尾闋云：「正銷凝，黃鸝又啼數聲。」唐杜牧之一詞其末云：「正銷魂，梧桐又移翠陰。」秦詞全用杜格，然秦首句云：「倚危亭、恨如芳草萋萋，剗盡還生。」二語妙甚，故非杜可及也。（同前）

一〇　昔人謂凡詩言富貴者，不必規規然語夫金玉錦綺，惟言氣象而富貴自見，乃為真知富貴者。予謂瞿山陽一曲有之，《巫山一段雲》云：「扇上乘鸞女，屏間跨鶴仙。博山香裊水沈煙，飛燕蹴箏絃。　水簟波痕細，風車月暈圓。銀瓶引綆汲新泉，培養並頭蓮。」（同前）

一一　貝清江嘗有秋日海棠詞，其腔則《八六子》也，後闋云：「清明時節曾看，院落早鶯猶困，樓臺乳燕初還。悵過了韶華，一枝偷綻。拒霜争豔，斷霞分綵，空贏得、人自先驚老去，天應不放春閒。

倚闌干。西風别愁幾番。」予謂「人自先驚老去，天應不放春閒」一句意思警妙，古作中不多見也。舊嘗有秋日牡丹句云：「傾國尚堪迷晚蝶，返魂何必藉東風。」自謂得意，然不免涉於形色，視清江所搆，知落第二。（同前）

一二　楊孟載新柳《清平樂》云：「猶寒未煖時光，將昏漸曉池塘。記取春來楊柳，風流全在輕黄。」狀新柳妙處，數句盡之，古今人未曾道著。歌此闋者，想見芳春媚景，暝色入簾，殘月戒曙，身在芳塘之上，徘徊容與也。唐人所謂「最是一年春好處，絶勝煙柳滿皇都」、「詩家清景在新春，緑柳纔黄半未匀」，雖諳此風致，然特槩言耳。（同前）

一三　東坡詠梅成三十篇，其紅梅云：「詩老不知標格在，更看緑葉與青枝。」謂石曼卿有「認桃無緑葉，辨杏有青枝」之句也，胡平仲因用坡句作《減字木蘭花令》云：「天然標格，不問青枝和緑葉。仿佛吴姬，酒暈無端上玉肌。怕愁貪睡，誰會傷春無限意。乞與徐熙，畫出横斜竹外枝。」夫紅梅與桃杏迥異，不待觀枝葉而辨已明矣，予甚愛坡語，用特録胡詞貽之好事者。（同前）

一四　楊眉庵落花詞云：「當時開拆賴東風，飄零還是東風妬。」意甚悽婉。又云：「緑陰深樹覓啼鶯，鶯聲更在深深處。」語意藴籍，殆不减宋人也。（同前）

一五　嚴灘釣臺有書《水調歌頭》一闋，或謂朱晦翁所賦，然無可考證。予輯《草堂遺音》，寘此詞其中，姑依舊本，定為胡明仲之作，後有知者或能是正也。（同前）

一六　至元間，有傳按察者，嘗作錢塘懷古一長闋，蓋詠宋氏之亡也，中云：「下襄樊，指揮湘漢。鞭雲騎，圍繞江干。勢不成三，時當混一，過唐之數不為難。陳橋驛，孤兒寡婦，久假當還。」王猛以正朔相承在江左，臨歿，尚阻苻堅南伐之謀，豈謂三百年遺黎而有此語也？「東魯遺黎老子孫，南方心事北方身」，若按察者，有愧於信雲父多矣，「遺老猶應愧蜂蟻，故人久矣化豺狼」，其斯人之謂歟？（同前）

一七　元遺山嘗赴試并州，道逢捕生者，旦獲一雁，殺之，其一脱網，然悲鳴不能去，竟自投於地而死。元因買得之，葬之汾水之上，累石為識。復作詞弔之云：「問人間、情是何物，直教生死相許。天南地北雙飛客，老翅幾回寒暑。歡樂趣，離别苦。是中更有癡兒女，君應有語。妙（當作渺）萬里層雲，千山暮景，隻影為誰去。　横汾路，寂寞當年簫鼓。荒煙依舊平楚，招魂楚些何嗟及，山鬼自啼風雨。天也妬，未信與、鶯兒燕子俱黄土。千秋萬古，為留待騷人，狂歌痛飲，來訪雁邱處。」其腔蓋《摸魚兒》也，是篇既出，其地遂名雁邱云。（同前）

一八　吴履齋潛，字毅夫，宋狀元及第。初其父柔勝仕行朝，晚寓予里，履齋實生焉。曩予作《仙潭誌》，求其製作不可見。近偶獲其《滿江紅》一詞，為拈出於此，全篇云：「柳帶榆錢，又還過、清明寒食。天一笑，滿園羅綺，滿城簫笛。花樹得晴紅欲染，遠山過雨青如滴。問江南池館有誰來，江南客。　烏衣巷，今猶昔。烏衣事，今難覓。但年年燕子，晚煙斜日。科（當作抖）擻一春塵土債，悲涼萬古英雄迹。且芳樽隨分趁芳時，休虚擲。」史稱履齋為人豪邁，不肯附權要，然則固剛腸者，而「抖擻」、「悲涼」等句，以（當作似）亦類其為人。（同前）

一九　文文山云：王昭儀題《滿江紅》於驛壁，為中原士夫傳誦，惜其末句少商量耳。拘因之餘，漫和一闋，庶幾《妾薄命》之義，詞云：「燕子樓中，又睚過、幾番秋色。相思處，青年如夢，乘鸞仙闕。肌玉暗銷衣帶緩，淚珠斜透花鈿側。最無端、蕉影上窗紗，青燈歇。　曲池合，高臺滅。人世事，何堪說。向南陽阡上，滿襟清血。舉世便如翻覆手，孤身原是分明月。嘆樂昌一段好風流，菱花缺。」然予又按《佩楚軒客語》以原詞為張瓊瑛所作，題之夷山驛中，瓊瑛，本昭儀位下也。若然，則後世可以移責矣，第未審信否耳。（同前）

二〇　劉伯温有《寫情集》，皆詞曲也。惜其大闋頗室（當作窒）滯，惟小令數首覺有風味，故予所選小令獨多，然視宋人亦遠矣。劉未遇時，嘗避難江湖間。往見其《水龍吟》一闋云：「雞鳴風雨蕭蕭，側身天地無劉表。啼鵑迸淚，落紅飄恨，斷魂飛繞。月暗雲霄，星沈煙水，角聲哀裊。問登樓王粲，鏡中華髮，今宵又添多少。　極目鄉關何處，渺青山、雙螺低小。幾回好夢，隨風歸去，被他遮了。寶瑟絃僵，玉笙簧冷，冥鴻天杪。但浸堦莎草，滿庭緑樹，不知昏曉。」此詞當是無聊中作，風雨蕭蕭，不知昏曉，則有感於時代之昏濁。而世無劉表，登樓王粲，則自傷於身世之羈孤，然孰知其不得志於前元者，乃天特老其材，將以貽諸皇明也哉！是則適為大幸也。（同前）

二一　岳武穆駐師鄂州，紀律嚴明，路不拾遺，秋毫無犯，軍民胥樂，古名將莫能加也。有邵公序者，薄遊江湘，道其管内，因作《滿庭芳》贈之云：「落日旌旗，清霜劍戟，塞角聲喚嚴更。論兵慷慨，齒頰帶風生。坐擁貔貅十萬，啣枚勇、雲槊交横。笑談頃，匈奴授首，千里静欃槍。　荆襄，人按堵。

提壺勸酒，布穀催耕。芝夫蕘子，歌舞威名。好是輕裘緩帶，驅營陣、絕漠橫行。功誰紀，風神宛轉，麟閣畫丹青。」《鄂王遺事》云此詞句句緣實，非尋常謏詞也。（同前）

二二　聞之前輩，朱淑真才色冠一時，然所適非偶，故形之篇章，往往多怨恨之句，世因題其稾曰《斷腸集》。大抵佳人命薄，自古而然，斷腸獨斯人哉！古婦人之能詞章者，如李易安、孫夫人輩，皆有集行世，淑真繼其後，所謂代不乏賢。其詞曲頗多，予精選之，得四五首，詠雪《念奴嬌》云：「斜倚東風，渾漫漫，頃刻也須盈尺。」已盡雪之態度，繼云：「擔閣梁吟，寂寥楚舞，空有獅兒隻。」復道盡雪事，又覺醖籍也。詠梅云：「濕雲不渡溪橋冷，嫩寒初破霜風影。溪下水聲長，一枝和月秀（一作香）。」别闋云：「拂拂風前度暗香，月色侵花冷。」梨花云：「粉淚共宿雨闌珊，清夢與寒雲寂寞。」凡皆清楚流麗，有才士所不到，而彼顧優然道之，是安可易其為婦人語也。（同前書卷二）

二三　項斯詠雪（當作雲）有「平鋪水不流」之句，王敬叔以入之《菩薩蠻》調中，全闋云：「小樓拄頰凝遥睇，朝來證得唐人句。半嶺白雲浮，萍鋪水不流。　明朝還欲雨，又向何山去。且可宿簷間，勞吾護夜寒。」敬叔云：「向者讀項斯『平鋪水不流』之句，意不謂佳，偶雨後望諸峰雲氣，方悟其寫景之妙，大抵古人語言不可輕詆，因作小詞識之。」（同前）

二四　《垂楊》與《玉耳墜金環》二曲，宋唐以前無聞有作，近於《天籟集》中見之，然則其所始，豈金、元之際乎？《垂楊》云：「闢山杜宇，任年年喚得，韶光歸去。怕上高城望遠，煙水迷南浦。賣花聲動天街曉，總吹入、東風庭户。正紗窗濃睡，覺來驚、翠蛾愁聚。　一夜狂風横雨，恨西園媚景，匆匆難駐。試把芳菲點檢，鶯燕渾無語。玉纖空折梨花燃，對寒食、懨懨情緒。問東君，此別經年，落花誰是主。」《玉耳墜金環》云：「摇落初冬，愛南枝迥絶，煖氣潛通。含章睡起宫黄褪，新粧淡淡豐容。冰葩瘦，蠟蒂融，便自有翛然林下風。肯羨狂蜂殢蝶，豔紫妖紅。何處對花興濃，向藏春池館，透月簾櫳。一枝鄭重天涯信，腸斷驛使相逢。關山路，幾萬重，記昨夜筠筒和淚封。料馬首幽香，先到夢中。」白太素云：壬子冬，薄遊順天，張侯之兄正卿邀予往别拜夫人。既而留飲，命撰詞，一詠梅，以《玉耳墜金環》歌之；一送春，以《垂楊》歌之。詞成，惠以羅綺四端。夫人，大名人，能道古今，雅好賓客。自言幼時有老尼年幾八十，嘗教以舊曲《垂楊》，音調至今了然。事與東坡補《洞仙歌》詞相類。中統建元，壽春榷場中得南方詞一編，有《垂楊》三首，其一乃向所傳者，然後知夫人乃承平家世之舊也。（同前）

二五　文文山詞在南宋諸人中特為富麗，其書燈屏《齊天樂》云：「夜來早得東風信，瀟湘一川新緑。柳色含晴，梅心沁煖，春淺千花如束。銀蟾乍浴，正沙雁將還，海鼇初矗。雲擁旌旗，笑聲人在畫闌曲。星虹瑶樹縹緲，珮環鳴碧落，瑞籠華屋。露耿銅虯，冰翻鐵馬，簾幕光摇金粟。遲遲倚竹，更為把瑶罇，滿斟醽醁。回首宫蓮，夜深歸院燭。」染指一臠，則餘可知矣。史稱文山性豪侈，每食方丈，聲妓滿前。晚節乃散家資，募義勤王，九死不奪，蓋子房所謂韓亡不愛萬金之資也，真人豪哉！（同前）

二六　瞿宗吉，號山陽道人，有《餘清》及《樂府遺音》等集，皆南詞也。往見其《望西湖》十闋，其自叙云：「丁巳歲夏，寄居富民餘清樓，頫視西湖，如開一鏡。凡陰晴風雨，寒暑晝夜，未嘗不與水光山色相接也。技癢不能忍，因製《望西湖》十闋，其腔即晁無咎《買陂塘》舊譜也。」宗吉工詩詞，其所作甚富，然予所取者止十餘闋，惜其視宋人風致尚遠。（同前）

二七 辛稼軒詞，或議其多用事而欠流便。予覽其琵琶一詞，則此論未足憑也。《賀新郎》云：「鳳尾龍香撥，自開元《霓裳》曲罷，幾番風月。最苦潯陽江上路，畫舸亭亭催別。記出塞黄雲堆雪。馬上離愁三萬里，認孤鴻没處分胡越。絃解説，恨難説。遼陽驛使音塵絶，瑣窗寒，輕挑謾撚，淚珠盈睫。推手含情還却手，一抹《梁州》哀徹。千古事、雲飛煙滅。賀老定場無消息，悄沈香亭北繁華歇。彈到此，為嗚咽。」此篇用事最多，然圓轉流麗，不為事所使，稱是妙手。（同前）

二八 「金猊瑞腦噴香霧，向晚寒多深閉户。窗明殘雪積飛瓊，風起亂雲飄散絮。錦幃細看《霓裳》舞，小玉銀箏學鶯語。梅香滿座襲人衣，誰道江橋無覓處。」此陳大聲冬雪詞也，寄《木蘭花令》。論者謂其有宋人風致，使雜之《草堂》集中，未必可辨也。雖然，大聲和《草堂》，自予所選數首外，求其近似者蓋少。（同前）

二九 章文莊春日《小重山》云：「柳暗花明春事深，小闌紅芍藥，已抽簪。雨餘風軟碎鳴禽，遲遲日，猶帶一分陰。」語意甚婉約，但鳴禽曰碎，於理不通，殊為語病。唐人句云「風煖鳥聲碎」，然則何不曰「煖風嬌語碎鳴音」也。（同前）

三〇 崇寧間，山谷謫宜州，乙酉歲九日登城樓眺望，聽邊人相語云今歲當鏖戰取封侯，因作《南鄉子》云：「諸將説封侯，短笛長吟獨倚樓。萬事總成風雨去，休休，戲馬臺南金絡頭。催酒莫遲留，飲量今秋勝去秋。花向老人頭上笑，羞羞，人不羞花花自羞。」詞成，倚闌高歌，若不能堪，是月三十日遂不起。（同前）

三一 楊孟載作禁體雪詞，後闋云：「正簌簌，還颼颼，復纖纖。」則於古無所出，雖移之別詠，未為不可。予謂雪詞既禁體，於法宜取古人成語，匀之句中，使人一覽見雪，乃為本色。嘗見山谷詠雪有「卧聽疎疎還密密，曉看整整復斜斜」之句，因輒易之云：「正疎疎，還密密，復纖纖。」知者以為何如？（同前）

三二 江東陳鐸大聲嘗和《草堂詩餘》，幾及其半，輒復刊布江湖間。論者謂其以一人心力而欲追襲群賢之華妙，徒負不自量之譏。蓋前輩和唐音者胥以此，故為大力所不許，大聲復冒此禁，何也？然以其酷擬前人，故其篇中亦時有佳句。四言如「嬌雲送馬，高林回鳥，遠波低雁」，五言如「飛夢去江干，又添驢背寒」、「饑鳥啄瓊樹，寒波净銀塘」、「香浮殘雪動，影弄寒蟾小」，六言如「長日餘花自落，無風弱柳還摇」、「楊柳依風清瘦，花枝照水分明」、「明月為誰圓缺，浮雲隨意陰晴」，七言如「花蕊暗隨蜂作蜜，溪雲還伴鶴歸巢」、「欲將離恨付春江，春江又恐東流去」、「千里青山勞望眼，行人更比青山遠」、「秋水無痕涵上下，浮雲有意遮西北」，散句如「東風路，多少小燕閒庭，亂鶯芳樹」、「綵雲盡逐東風散，惟有花陰層疊」、「九十韶光自不容，何必憎風雨」、「暮山高下暮雲平，行人不渡，只有斷橋横」、「清溪流水，斜橋淡月，不減山陰好」、「春城晚，霏霏滿湖煙雨」、「斷腸無奈，落花飛絮」。凡此頗

婉約清麗，使其用為己調，當必擅聲一時，而以之追步古作，遂蹈村婦鬭美毛、施之失，蓋不善用其長者也。（同前）

三三　僧仲殊好作豔詞，其同袍孚草堂者嘗寓詩箴之，迄不為止。殊嘗詠婦人，有「鳳鞋濕透立多時，不言不語厭厭地」之句，後殊經於枇杷樹下，輕薄子更其句以弔云：「枇杷樹下立多時，不言不語厭厭地。」聞者捧腹。大率淫言媟語，故非衲子所宜也，然殊諸曲頗能脱絶寒儉之態。如《南歌子》云：「白露收殘月，清風散曉霞。」《訴衷情》云：「紅船滿湖歌吹，花外有高樓。」《念奴嬌》云：「竹影篩金泉漱玉，紅映薇花簾幕。」又別闋云：「絳綵嬌春，鉛華掩畫，占斷鴛鴦浦。」此等句，何害其為富冶也！殊有《寶月集》行於世。（同前）

三四　徐一初者，不知何許人。其九日登高一詞殊亦可念，初云：「參軍莫道無勳業，消得從容罇俎。君看取，便破帽飄零，也得名千古。」復云：「登臨莫上高層望，怕見故宫禾黍。觴綠醑，澆萬斛牢愁，淚閣新亭雨。黄花無語，畢竟仗西風，朝來披拂，猶識舊時主。」詞意甚感慨不平，參軍自况之意，豈非德祐時忠賢位不滿其才者也？「故宫禾黍」、「無語黄花」，則又有感於天翻地覆之事，蓋《谷音》之同悲者也。（同前）

三五　聚景園有故宋宫人殯宫，瞿宗吉嘗作《木蘭花慢》云：「記前朝舊事，曾此地，會神仙。向月地雲階，閒攜翠袖，來拾花鈿。繁華總隨流水，嘆一場、春夢杳難圓。廢港芙蕖滴露，斷堤楊柳摇煙。

兩峰南北只依然，輦路草芊芊。悵波冷山空，翠銷鳳蓋，紅没龍船。平生銀屏金屋，黯漆燈、無焰夜如年。落日牛羊壠上，西風燕雀林邊。」瞿詞雖多，予所賞愛者，此闋維最。然瞿有詠金故宮白蓮詞，即用此腔，而語意亦仍之，首云：「問前朝舊事，曾此地，會神仙。」即此起句也，是知此詞為瞿得意者，故疊用如此。（同前）

三六　文丞相既敗，元人獲置舟中，既而挾之蹈海。厓山既平，復踰嶺而北，道江右，作《酹江月》二篇以別交（一作友）人，皆用東坡赤壁韻，其曰「還障天東半壁」，曰「地靈尚有人傑」，又曰「恨東風不借世間英物」，曰「只有丹心難滅」，其於興復未嘗不耿耿也。（同前）

三七　宋理宗朝有武人李好義者，頗善詞章，嘗見其春暮作《謁金門》云：「花著雨，又是一番紅素。燕子歸來愁不語，故巢無覓處。　誰在玉樓歌舞，誰在玉關辛苦。若使胡塵吹得去，東風侯萬户。」「玉樓歌舞」數句語意不平，豈非當時擅國者宴樂湖山而不恤邊功故耶？然則宋之淪亡，故非一日之故矣。（同前）

三八　張士誠據姑蘇，凡高門大宅悉為其權倖所占，訐其一時歌鐘甲第之富、輿馬姬妾之盛，自謂安享樂成，永永無慮。孰知不五六年，煙滅雲散，如高季迪之《木蘭花慢》所慨是也。高詞云：「笑匆匆夢短，人間事、幾黄粱。早月墜箏樓，塵生戟户，草滿毬場。美人盡為黄土，甚温柔、難把作仙鄉。桃李一番狼籍，燕鶯幾許凄凉。　虚言地久與天長，滄海變耕桑。記花月當年，儘多歡樂，却少思量。門前久無繫馬，但棲鴉、臨晚占垂楊。試問今來過客，有誰感嘆斜陽。」蓋盛衰不常，物理反復，雖貴侯世戚且不能保其盈滿，况於一時草竊者哉？此足為陸梁者之戒。（同前）

三九　李世英《蝶戀花》句云「朦朧淡月雲來去」，歐公《蝶戀花》句云「珠簾夜夜朦朧月」，二語一律，不知者疑歐出李下。予細較之，狀夜景則李為高妙，道幽怨則歐為醞籍，蓋各適其趣，各擅其極，殆未易優劣也。（同前）

四〇　歐公舊有春日詞云「綠楊樓外出秋千」，前輩嘆賞，謂止一「出」字，是人著力道不到處。他日詠秋千作《浣溪沙》云：「雲曳香綿綵柱高，絳旗風颭出花梢。」予謂雖同用「出」字，然視前句，其風致大段不侔。（同前）

四一　予性樂閒退，平生宦歷，遇林壑美處，輒飄然起掛冠之興。憶昔董學太原或日秋仲，西風颯然，木葉飄脱，而目送飛鴻，聲墮層漢間。不覺感陶令、張翰事，作《滿江紅》云：「歸去來兮，懷歸意、幾人知得。尋思起，前年江海，去年京國。奔走隙駒春夢路，飄零海燕秋風客。念家山、松徑久荒蕪，疎三益。　風流散，音塵没。身世在，江山隔。遣何人、杏花影裏，月明吹笛。紅雨等閒花事盡，青銅容易霜華入。被雁聲報到塞門秋，聽嘹嚦。」既後督視至徐溝縣，夜坐有感，復次前韻書院壁云：「歸去來兮，青山好、欲歸便得。人世事、風前燈焰，夢中槐國。驛馬出門塵土路，舫齊（當作齋）聽雨江湖客。把十年忙冗换清閒，嗟何益。　太行嶺，孤雲没。江南夢，重山隔。有何人，五湖煙棹，洞庭霜笛。寶劍醉看豪氣在，銀屏晚怯秋風入。向中宵、無意更聞雞，空咿嚦。」是歲冬，予以心疢移疾卧齋中，既踰月，朝旨竟下，許還籍致仕。蓋事兆之應，去作詞之日月無幾，咄咄，真怪事哉！（同前）

四二 花朝曲，古作者多矣，予見楊孟載一闋云：「鸞股先尋鬬草釵，鳳頭新繡踏青鞋，衣裳宫様不須裁。　雕玉壘成鸚鵡架，泥金鐫就牡丹牌，明朝相約看花來。」此詞造語雖富麗，然正宋人所謂看人富貴者耳，未必知富貴也。如温飛卿『籠中嬌鳥煖猶睡，門外落花閑不掃』、王隨「一聲啼鳥禁門寂，滿地落花春晝長」，則真富貴氣象。（同前）

四三 金完顔亮頗有詞章，嘗作《昭君怨》雪詞云：「昨日樵村漁浦，今日瓊林玉渚。山色捲簾看，老峰巒。　錦帳美人貪睡，不覺天花剪水。驚問是楊花，是蘆花。」亮之他作例倔強怪誕，殊有桀驁不在人下之氣，此詞稍和平奇俊，特為録之。（同前）

四四 劉伯温寓金陵，嘗秋夜作《摸魚兒》云：「正凄凉、月明孤館，那堪征雁嘹唳。不知衰鬢能多少，還共柳絲同悴。朱户閉，有瑟瑟蕭蕭，落葉鳴莎砌。斷魂不繫。又何必殷勤，啼螿絡緯，相伴夜迢遞。　漁樵事，天也和人較計。虚名枉誤身世，流年滚滚長江逝。回首碧雲無際，空引睇。但滿眼、芙蓉黄菊傷心麗，風吹露洗。寂寞舊南朝，憑闌懷古，零淚在衣袂。」公在金陵正得君行志之秋，而詞意傷感如此，殆不可曉，豈所謂謝安雖受朝寄而東山之志雅意不忘者耶？然詳觀首尾，又似未嘗得遇者，竟不知或在未徵召之前否也？（同前）

四五 僧如晦作春歸云：「有意送春歸，無意留春住。畢竟年年用著來，何似休歸去。　目斷楚天遥，不見春歸路。風急桃花也似愁，點點飛紅雨。」瞿宗吉一曲云：「雙蝶送春來，雙燕啣春去。春去春來總屬人，誰與春為主。　一陣雨催花，一陣風吹絮。惟有啼鵑更迫春，不放從容住。」二詞

皆詠春歸，皆寄《卜算子》，然比而觀之，如晦則意高妙，宗吉則語清峭，殆不相伯仲也。（同前）

四六 「煙草萋萋小樓西，雲壓雁聲低。春山碧樹秋重緑，人在武陵溪。」劉伯温秋晚曲也。「雲壓雁聲低」與「春山碧樹秋重緑」二語動人，或謂未經前人道破，以予所見，亦轉换「雲開雁路長」與「春草秋更緑」耳。（同前）

四七 《南唐書》云：盧絳少夢一白衣婦人，姿甚美，勸絳卮酒，而歌《菩薩蠻》云：「玉京人去秋蕭索，畫簷鵲起梧桐落。欹枕悄無言，月和清夢圓。背燈惟暗泣，甚處砧聲急。眉黛小山攢，芭蕉生暮寒。」歌畢，謂絳曰：「他日相見於固子陂下。」絳後仕南唐，國亡起義，乃殺歙守龔儀。既後歸宋，會儀猶子顒求復季父之讎，乃命斬於固子陂下。同時一白衣婦人以淫亂被斬，儼然夢中人也。

四八 卓津登徐仙亭云：「流水小灣西，晚坐孤亭静。不見高人跨鶴歸，風水摇清影。古往與今來，休用重重省。十里梅花雪正晴，月浸遥山冷。」全篇殊有仙氣。曩見吕洞賓題一闋於鳳亭橋云：「落日數聲啼鳥，香風滿路飛花。道人留我煮新茶，洗盪胸中瀟灑。世事不堪回首，夢魂猶遶天涯。鳳停（前作『亭』）橋畔即吾家，管甚月明今夜。」蓋《西江月》腔也，味其中無一點煙火氣，卓詞近之。（同前書卷三）

四九 高季迪《寒夜曲》云：「蕙火紅銷金鼎，鵶樹不驚風静。多事月明來，照出小窗孤影。宵永，宵永，人與梅花俱冷。」誠亦可誦。季迪號稱姑蘇才子，與楊孟載輩齊名，他詩文未論，獨於詞曲，楊所賦類清便綺麗，頗近唐宋風致，而高於此殊為不及，豈非人之才情各有獨得之妙耶？高詞予所選數首外，遺珠剩玉，蓋不多見。乃知詞令雖小道，至論高處，正未易易耳。（同前）

五〇　詩有集古句者矣，而南詞則少見用此格者，偶於《半山集》得一闋焉，《菩薩蠻》云：「數間茆屋閒臨水，窄衫短帽垂楊裏。花是去年紅，吹開一夜風。　梢梢新月偃，午醉醒來晚。何許最關情，黃鸝三兩聲。」荊公退居金陵，作草堂於半山之麓，引八功德水濬小港於其上，壘石作橋。暇則幅巾藜杖，往來其間，因集古句為此，俾侍者歌之。（同前）

五一　京師崇文門外有祠曰三忠，都人建以祀漢諸葛武忠、宋岳武穆、文文山，士大夫南行者多餞別於此，所以作勤瘁而勵忠節，於夫世教，不謂無補。憶予曩歲試政刑部，一日在廣坐，吏以册負（疑作『頁』字）置案上，予取閱之，乃三忠詩也，凡若干首，獨喜范主事淵一絶云：「萬古綱常惟一事，兩朝人物屬三公。誰修古廟燕山道，樹色江聲落照中。」詞簡而意盡，且有關係，有感慨，他詩莫能及也。予亦有詞，寄《酹江月》，全篇云：「乾坤易老，嘆風塵飄蕩，河山分裂。名分綱常都掃地，曾有何人提挈。身翊飛龍，氣吞勁敵，赤手扶天闕。精忠照耀，一時名並日月。　須信天理人心，自來不泯，千載思遺烈。廟貌燕山崇祀典，華表三忠新揭。西北中原，東南王氣，回首驚風雪。傷心行路，不堪日暮時節。」（同前）

五二　周清真《渡江雲》首云：「晴嵐低楚甸，煖回雁翅，陣勢起平沙。」繼云：「千萬絲、陌頭楊柳，漸漸可藏鴉。」今以景物而觀，煖初回雁，柳漸藏鴉，則仲春候也。後乃云：「今朝正對初絃月，傍水驛、深艤蒹葭。」又似夏秋之際，容非語病乎？謂若稍更句中云：「今宵正對江心月，憶年時、水宿葉（當作蒹）葭。」庶映帶過無礙也。（同前）

五三　劉改之《沁園春》云：「緑鬢朱顏，玉帶金魚，神仙畫圖。把擎天柱石，空留緑野，濟川舟楫，閒艤西湖。天欲安劉，公歸重趙，許大功勳誰得如。平章看，道人如孔孟，世似唐虞。　不須別作規模，但收拾人才多用儒。況自昔軍中，膽能寒敵，如今胸次，氣欲吞吴。紫府真人，黑頭元宰，收斂神功寂若無。歸來好，正芝香棗熟，鶴瘦松癯。」此詞題云代壽韓平原，然在當時不知竟代誰作。改之與康伯可俱渡江後詩人，康以詞受知秦檜，致位通顯，而改之竟流落布衣以死，人之幸不幸又何也。然改之詞意雖媚，其「收拾用儒」、「收斂若無」與「芝香棗熟」等句，猶有勸侂胄謙仲下賢，及功成身退之意。若康之壽檜云：「願歲歲，見柳梢青淺，梅英紅小。」則迎導其怙寵固位，志則陋矣。（同前）

五四　劉伯温春怨，蓋感慨時事也，末云：「無計網斜暉，謾遮得、愁人望眼。　登高凝睇，欲寄一封書，鴻路阻，豹關深，日暮空腸斷。」觀「豹關深」之句，知元季兵起，賢者感時傷事，非不欲獻言於上，以銷禍亂，而九重阻深，無路自達，徒登高悵望而已。「回首叫虞舜，蒼梧雲正愁」，所謂「日暮腸斷」之意類如此。（同前）

五五　宋二帝北狩，金人徙之雲州。一日，夜宿林下，時磧月微明，有邊人吹笛，其聲嗚咽，太上因口占《眼兒媚》云：「玉京曾記舊繁華，萬里帝王家。瓊林玉殿，朝喧簫管，暮列琵琶。　花城人去今蕭索，春夢繞龍沙。家山何處，忍聽羌笛，吹徹《梅花》。」此詩（當作詞）少帝有和篇，意更悽愴，不欲

並載。吾謂其父子至此，雖噬臍無及矣，每一披閲，為酸鼻焉。（同前）

五六 元人楊某之齊安教，鄧中齋作《摸魚兒》送之，後闋有云：「臨臯一枕三生夢，還認岷峨鄉語。」蓋及東坡謫居黄州，其遊赤壁之夜所遇道士化鶴事也。予謂「岷峨鄉語」雖暗用天寶中青城道士化鶴於沙苑故事，但謂岷峨，則語意頗晦，不若直云「青城鄉語」，庶一覽可見也，因特更云：「臨臯一枕三生夢，還認青城鄉語。」知者以為何如？（同前）

五七 《錦堂春》長闋，乃司馬温公感舊之作，全篇云：「紅日遲遲，虚廊轉影，槐陰迤邐西斜。綵筆工夫，難狀晚景煙霞。蝶尚不知春去，漫遶幽砌尋花。奈猛風過後，縱有殘紅，飛落誰家。始知青萍無價，嘆飄零宦路，荏苒年華。今日笙歌叢裏，特地咨嗟。席上青衫濕透，算感舊、何止琵琶。怎不教人易老，多少離愁，散在天涯。」公端勁有守，而所賦嫵媚悽婉，殆不能忘情，豈其少年所作耶？古云賢者未能免俗，正謂此耳。（同前）

五八 往歲於士人家，獲觀錢舜舉畫芙蓉折枝，上題《行香子》一詞，予記其首尾而忘其全，且失其名氏。後錢畫燬於火，詞句常往來於懷，惜無從考按也，近閲《梟藻集》，乃知為高太史季迪所作。然予猶妄意其未盡美，蓋其前闋有云：「雁來時節，寒沁羅裳。」頗覺少切。而後闋云「暮柳成行」，與「吴苑池荒」等句疑稍牽強也。因略為更潤之，録似知者：「如此紅粧，不見春光，向菊前、蓮後纔芳。秋波向淺，寂寞横塘。正一番風，一番雨，一番霜。　楚江又達，吴江又冷，強相依、暮柳斜陽。蘭舟人去，歌韻悠揚。但月朧朧，雲杳杳，水茫茫。」（同前）

五九　《天籟詞集》為白樸太素所作，太素號蘭若（當作谷），趙之真定人，故金世家也。生長兵間，流落竄逸，父子相失，遂鞠於父執元遺山所。元公教之讀書，既長，問學宏博，後以詩詞顯。宋（一作金）亡，恒鬱鬱不樂，遂不復求仕，以詩酒自放於山水間。予謫倅六安，於其裔孫庠生白永盛家，獲瞻其遺像。酒邊為賦《酹江月》一詞弔之，永盛因出詞集，囑予為登梓。宦跡蓬轉，未及諧所諾，今屏退林下，無力復辦此矣。感今追昔，是不惟辜永盛之託，且不肖於此，夙昔不淺，當復負此老於地下也，弔詞云：「滑稽玩世，知胸藏多少，春花秋月。天籟有詞人有像，還是遺山風格。松下巢由，竹間逸少，氣韻真高潔。坐談拊掌，溪山等是詩訣。　見說多景樓前，鳳凰臺上，醉帽風吹裂。千古英豪消歇盡，江水至今悲咽。九死投荒，三年坐困，一樣成愁絕。寄聲知否，酒盃當酹松雪。」凡白之大略，詞頗該之。（同前）

六〇　閲《天籟集》，得其數篇，録以備詞話之一二。《奪錦標》云：「霜水明秋，霞天送晚，畫出江南江北。滿目山圍故國，三閣餘香，六朝陳迹。有庭花遺譜，慘哀音、令人嗟惜。想當時，天子無愁，自古佳人難得。　惆悵龍沈宫井，石上啼痕，猶點臙脂紅濕。去去天荒地老，流水無情，落花狼籍。恨青溪猶在，渺重城，煙波空碧。對西風，誰與招魂，夢裏行雲消息。」太素序云：「《奪錦標》曲不知始何時？世所傳者，僧仲殊一篇而已。予每浩歌，尋繹音節，因欲效顰，恨未得佳趣耳。庚辰，卜居建康，暇日訪古，采陳後主、張貴妃事，以成素志。按後主既脱景陽井之厄，隋長史高熲竟戮麗華於青溪。後人哀之，即其地立小祠，祠中塑二女郎，次即孔貴嬪也。今遺搆荒凉，廟貌亦不存矣。感嘆之餘，為作此闋。」《沁園春》云：「獨上遺臺，目斷清秋，鳳兮不還。恨吳宫幽徑，埋深花草，晉時高塚，銷盡衣冠。横吹聲沈，騎鯨人去，月滿空江雁影寒。登臨處，且摩挲石刻，徙倚闌干。青天，半落三山，更白鷺洲横二水間。問誰能心比，秋來水净，漸教身似，嶺上雲閒。擾擾人生，紛紛世事，就裏何嘗不强顔。重回首，怕浮雲蔽日，不見長安。」叙云：「保寧寺即鳳凰臺，太白留題在焉。宋高宗南渡，嘗駐蹕寺中，有石刻書王荆公贈僧詩云：『紛紛擾擾十年間，世事何嘗不强顔。亦欲心如秋水净，應須身似嶺雲閒。』意者當時南北擾攘，國家蕩析，磨盾鞍馬間，經營之志，百未一遂，此詩必有深契於心者，故書以自况。予暇日來遊，因演太白、荆公詩意，亦猶稼軒《水龍吟》用李延年、淳于髡語也。」《滿庭芳》云：「雅燕飛觴，清談揮麈，主人終日留歡。密雲雙鳳，碾破縷金盤。鬭品香泉味好，須臾看，蟹眼湯翻。銀瓶注，花浮兔椀，雪點鷓鴣斑。雙鬟，微步穩，春纖擎露，翠袖生寒。覺清風扶我，醉玉頹山。照眼紅紗畫燭，吟鞭送、月滿銀鞍。歸來晚，芸窗未寢，相對小粧殘。」序云：「屢欲作茶詞，未暇也。近選宋名公樂府，黄、賀、陳三集中，凡載《滿庭芳》四首，大概相類，亦有得失。復雜用，無寒、删、先韻，而語意若不倫。僕不愧狂斐，合三家奇句，試為一首，必有能辨之者。」（同前）

六一 張靖之有《方洲集》，中載南詞踰二十篇，予細選之，得其西湖會飲一首，然復語意不倫，乃為之稍更加潤，始若可歌，然不謂大佳也。《念奴嬌》云：「清明天氣，嘆三分春色，二分僝僽。蝶意鶯情留戀處，還在餘花剩柳。風雨相催，陰晴不定，落得人憔瘦。淡粧濃抹，西湖却道如舊。誰把山色空濛，水光瀲灎，收拾歸庭牖。一笑償他花鳥債，又是幾番開口。前輩文章，諸公賦詠，借問誰曾有。浮雲春夢，此情都付盃酒。」予嘗妄謂我朝文人才士鮮工南詞，間有作者，病其賦情遣思殊乏圓妙。甚則音律失諧，又甚則語句塵俗，求所謂清楚流麗，綺靡醞藉，不多見也。靖之在國朝，亦東南文士冠冕，予選其所作止如此。乃知作者之難，此道之未易爾。（同前）

六二　瞿宗吉寓姑蘇，作《八聲甘州》以自遣，首闋云：「倚危樓、翹首問天公，何時故鄉歸。對碧雲千里，綠波一道，山色周圍。風景不殊疇昔，城郭是耶非。滿目新亭淚，獨自沾衣。」其自叙云：「丙午秋，重到姑蘇，登樓有作。」按丙午乃至正二十六年，時張士誠尚據姑蘇。明年丁未滅亡，則是時張之國勢蓋蹙矣。初，士誠稱吴王，不惜美官豐禄，以招徠天下之士，凡前元不得志者悉投之。宗吉薄遊姑蘇，豈亦謀禄仕之計耶？然宗吉以至正丁亥生，屈指至丙午，年纔弱冠，則其再遊姑蘇，非必汲汲於營進也，特以采采故耳。繼此則返棹，丁未燕巢之禍，脱不預焉，其視張思廉等有間矣。（同前）

六三　小説有《迷樓記》一卷，謂隋煬建於京師，煬既殞於江都。唐太宗提兵入京師，見迷樓，謂衆曰：「此皆民膏血所爲也。」下令焚之，火經月不滅。顔師古著《隋遺録》，則謂煬建迷樓於江都，二説不同，未知孰是。東坡詩云：「江都樓成隋自迷。」白太素揚州詞云：「迷樓固應不見，問瓊花底事也香銷。」許有壬《迷樓賦》所指陳，皆江都之事意皆本諸師古，然《迷樓記》序致前後顯爲可據，而諸公咸不之從，豈以江都爲煬廣敗亡之地而迷樓實其荒淫之跡，故所取信必於顔氏耶？（《兩山墨談》卷三）

六四　宋邵伯温曰：南唐主李煜以太平興國三年七月七日卒，吴越王錢俶以雍熙四年八月二十四日卒，二君歸宋，奉朝請於京師，其卒之日，俱其始生之辰也。太宗於是日遣中使賜以器幣，與之燕飲，皆飲畢而暴卒，蓋太宗殺之也。予按野史：李後主以七夕誕辰，命故妓於賜第作樂侑飲，聲聞於外，太宗聞之大怒，又傳其小詞有「小樓昨夜又東風，故國不堪回首夢魂中」之句，緣是，怒不可解。是日命秦王移具過飲，既畢，而李主遇牽機藥，發於庭前，反却數十回，遂卒，是李之禍，詞語促之也。予因記錢鄧王有《玉樓春》詞亦云：「帝鄉烟雨鎖春愁，故國山川空淚眼。」其感時傷事不減於李，然則其誕辰之禍，豈亦緣是耶？（同前書卷五）

六五　《竊憤録》載金人徙宋欽宗回燕京，一日，行至平順州，止泊驛舍。時以七夕，官中於驛作酒肆，縱人會飲，帝於室中窺見一胡婦攜數女子，皆俊目艷麗，或歌或舞，或吹笛持酒勸客，所得錢物酒食，率歸胡婦，稍不及者，婦以杖擊之。少頃，官遣皁衣吏賫酒飲帝，胡婦不知爲帝也，亦遣一橫笛女子入室中，對帝嗚咽，吹不成曲，帝問女子曰：「吾與汝爲鄉人，汝東京誰氏女？」女顧胡婦稍遠，乃曰：「我百王宫魏王女孫也，先嫁欽慈太后姪孫，京城既陷，爲賊擄至此，賣與豪門作婢。既又遭主母詬撻，轉鬻與此胡婦，俾在此日夕求酒錢食物，若不及，即箠楚隨之。」言訖，問帝曰：「官人亦是東京人，想亦擄來此也。」帝但泣下，遣之去。按《朝野遺記》：張孝純在雲中府粘罕席上有所覩，賦《念奴嬌》一闋云：「疎眉秀盼，向春風還是，宣和裝束。貴氣盈盈姿態巧，舉止况非凡俗。宋室宗姬，秦王幼女，曾嫁欽慈族。干戈橫蕩，事隨天地翻覆。一笑邂逅相逢，勸人滿飲，旋旋吹橫竹。流落天涯俱是客，何必平生相熟。舊日榮華，如今憔悴，付與杯中醁。興亡休問，爲伊且盡船玉。」詳味詞旨，則孝純所覩，即帝之所遇者也。然孝純之詞賦之粘罕席上，則是女初屬粘罕審矣。後乃復流落於偏州，豈非罕之婦妬而逐之耶？吁哉！其可憐也已。秦王廷美之後，至徽宗時改封魏王。（同前書卷六）

六六　宋人送朝士使虜詞中云：「堯之都，舜之壤，禹之封，於中應有，一箇半箇恥臣戎。萬里腥膻如許，千古英靈安在，磅礴幾時通。」夫桑維翰、劉豫、秦檜之徒，固無足言矣。而入元以來，若許衡、姚樞、竇默、劉秉忠輩高談皇王帝伯之道，自謂列聖相傳道統爲在伊輩，而考圖推運，謂胡元爲中國正統，推心臣服，援經據史，從而爲之辭。嗚呼！使觀於此言，宜愧死無地矣。或曰：元奄有中國，士君子生斯世，爲斯民，非元則無所效用，必若子言，宜若之何而可？則應曰：「天下有道則見，無道則隱。夷狄主中國，斯亂世無道之極也。」吾意許衡輩知誦法孔子，雖不出，可也。（同前書卷九）

六七　范元卿上太守月詞中有云：「有人吟諷，紫荷香滿晴陌。」《韻語陽秋》云：按《晉·輿服志》：八座尚書則荷紫，以生紫爲袷囊，服之在左肩，所謂荷紫者，非荷芰之荷，乃負荷之荷也。人徒見《南史》「著紫荷囊」四字，遂作一句言之，蓋不知《晉書》「荷紫」之義。予讀《宋史》，宣和間，任子太濫有年，始十餘歲而蔭補通顯者，諫官李會疏論以謂「尚嬉竹馬，已獲荷囊」，以荷囊對竹馬，則紫荷相承之誤久矣。（同前書卷十五）

六八　帳詞爲學中作：伏以絳帳生徒南郡，仰明經之學；黃堂鎖鑰北門，瞻上佐之尊。譽望聳乎兩邦，爵秩崇乎會府。有華士紱，增賓賔筵。兹惟郡伯劉大人先生：仙榜雄才，金閨俊彦。祥鸞滯棘，雙鳧早颺於桂林；奇驥脱銜，五馬繼驤於英六。謂人材乃用世之器具，而教化實爲治之本原。四民之惠，士類必先；六事之施，學校爲重。鏜鼓鏘鏘，而樂賔於泮；揖讓濟濟，而較射於堂。門墻桃李，羅座席之春風；閭巷絃歌，暎璧池之夜月。方將倚成鄒魯之俗化，豈意遽陟召杜之循良。横身卧轍，不勝白叟之悲；翹首登仙，儘起青衿之嘆。某等愛深樂育，情切分違。送君南浦，盼春草而有傷；借寇一年，扣帝閽而無路。略陳短闋，少侑離觴。（《水南藁》卷十七）

六九　東玉心兒：宋時名公如歐、蘇、黄、蔡輩，雖嘗挾官妓以燕集，然不過假以佐歡，或酒酣贈之詩詞而已。顧以名檢鄭重，莫有與之昵者。我朝則盡革而禁之，法制正矣。秦少游教授蔡州，善營妓婁東玉與陶心兒，其别後寄婁《水龍吟》詞曰：「小樓連苑横空，下窺繡轂雕鞍驟。疎簾半捲，單衣初試，清明時候。破暖輕風，弄晴細雨，欲無還有。賣花聲過盡，垂楊院落紅成陣，飛鴛甃。玉珮丁東别後，悵佳期、參差難又。名韁利鎖，天還知道，和天也瘦。花下重門，柳邊深巷，不堪回首。念多情、但有當時皓月，照人依舊。」又贈别陶《南歌子》詞云：「玉漏迢迢盡，銀河淡淡横。夢回宿酒未全醒，已被鄰雞催起怕天明。　臂上粧猶在，襟間淚尚盈。水邊燈火漸人行，天外一鈎殘月帶三星。」末句謂「心」字也，時蔡人未有知者。及山谷贈秦長句中云：「才難不易得，志大略細謹。」緣此遂露，蓋山谷詩語重，世見之此語，人遂吹毛耳，少游深怨之。（同前書卷十八「詩話」）

七〇　水仙花：山谷在荆州，所隣有一女幽閒姝美，心竊屬之，詠水仙花以寄意，詩云：「淤泥解作白蓮藕，糞壤能開黄玉花。可惜國香天不管，隨緣流落小民家。」又作《驀山溪》詞云：「鴛鴦翡翠，小小思珍偶。眉黛斂秋波，儘湖南、山明水秀。娉娉嫋嫋，恰似十三余。春未透，花枝瘦，正是愁時候。　尋芳載酒，肯落誰人後。秪恐遠歸來，緑成陰、青梅如豆。心期得處，每自不由人，長亭柳。君知否，千里猶回首。」後山谷卒於嶺表，而此女亦嫁爲貧人妻，生二子矣。會荆南饑，其夫鬻之田氏爲侍兒，高子勉造其主，爲置酒出之，掩抑困悴，無復故態。坐間話當時事，因請改名國香，以成山谷之志。復賦詩曰：「南溪太史還朝晚，息駕江陵頗從款。綵毫曾詠水仙花，可惜國香天不管。將花托意爲羅敷，十七未有十五余。宋玉門墻迂貴從，藍橋庭户怪貧居。十年目色遥成處，公更不來天上去。已嫁隣姬窈窕姿，空傳墨客殷勤句。問道離鸞別鶴悲，藁砧無賴鬻娥眉。桃花結子風吹後，巫峽行雲夢足時。田郎好事知渠久，酹贈明珠同石友。憔悴猶疑洛浦妃，風流固可章臺柳。寶髻犀梳金鳳翹，樽前初識董嬌嬈。來遲杜牧應須恨，愁殺蘇州也合銷。却把水仙花説似，猛省西家黄學士。乃能知妾妾當時，悔不書空作黄字。高子初聞話此詳，索詩裁與謾凄凉。只今驅豆無方法，徒使田郎號國香。」此詩和者甚衆。吁！世間好事多魔往往如此，良可嘆也。又記瞿宗吉作《秋香亭記》，一詞名《滿庭芳》，中有句云：「可惜國香無主，零落盡、露蕊烟條。」當時以國香泛指桂花，今乃知借用此事，因併及之。（同前）

七一　畫芙蓉：錢舜舉，湖州人，工詩善畫，而寫生尤妙。予嘗見其畫折枝芙蓉於一士人家，風格超逸，神采顫動，真高品也。上有虞邵庵并錢詩各一絶，虞詩予不能記，錢詩獨記其末句云：「少年惟愛春風面，誰管城南兩岸秋。」亦雋永有味。後於親識家復見一幅，大略如前，而神氣覺過之。上一詞云：「如此紅粧，不見春光。向菊前蓮後纔芳。秋波易老，寂寞横塘。正一番風，一番雨，一番霜。」後闋云：「浣沙人去，歌韵悠揚。但月寒寒，雲杳杳，水茫茫。」詞語亦佳，不知作者誰氏。今二家皆燬于火，而此畫不復有矣，深可惜也。近有人以倭扇折枝芙蓉索予詩，爲題云：「錦城千本照江紅，折取芳心露一叢。莫笑清霜秋太冷，未甘陪面向春風。」暇日偶閲此詩，因追感前事，而備録于此。（同前）

七二 少游詞病：秦少游南遷至郴州，作《踏莎行》詞云：「霧失樓臺，月迷津渡，桃源望斷無尋處。可堪孤館閉春寒，杜鵑聲里斜陽暮。驛寄梅花，魚傳尺素，砌成此恨無重數。郴江幸自繞郴山，爲誰流下瀟湘去。」山谷以「斜陽暮」爲意重複，欲改「斜陽」爲「簾櫳」，范元實以爲亭傳未必有簾櫳，況詞意本模寫牢落之狀，若曰簾櫳，是涉於富貴氣習，反損初意。山谷以難得好字，遂止。予謂若改「斜陽」作「青山」，則不惟佳於簾櫳，且足模寫客途牢落之狀矣。唐人有「一罇酒盡青山暮」之句，山谷是偶未思量到此，又予因悟張東父、蘇東坡「回首斜陽暮」之句，蓋與秦同病云。（同前）

七三 晏元獻得意句：「無可奈何花落去，似曾相識燕歸來」，晏元獻公得意對也。公嘗先得上句，書之壁間，經年未有以屬。一日至維楊，喜江都尉王琪詩，召至大明寺同飯，因與散步池上，時春晚，已有落花，公舉前句似王，王即對曰「似曾相識燕歸來」，公得之甚喜，今入《浣溪沙》調者是也。公又有詩曰：「春寒未定班班雨，宿醉難禁灧灧盃。無可奈何花落去，似曾相識燕歸來。」一聯而兩用之，其自賞愛如此。（同前書卷十九「詩話」）

七四　《草堂》詞佳句：南詞雖起於唐，然作者尚少。至宋諸名公多務之，由是極盛而且佳。元人雖有作其音調，語意已不及宋。我朝則騷人墨客多不務此，間有知者，十中之一二耳。宋詞載《草堂詩餘》中，蓋篇篇奇麗，字字俊逸，高處不減於唐五字句。如秦少游「飄零疎酒盞，離别寬衣帶」、謝無逸「情隨湘水遠，夢繞吴峰翠」、秦處度「春透水波明，寒峭花枝瘦」、周美成「淚多羅袖重，意密鶯聲小」，六字句如趙德麟「樓上縈簾弱絮，墻頭礙月低花」、秦少游「香篆暗銷鸞鳳，畫屏縈繞瀟湘。」、「夜月一簾幽夢，春風十里柔情」、柳耆卿「好夢往隨飛絮，閒愁濃勝香醪」、朱希真「青史幾番春夢，紅塵多少奇才」，又柳詞「層波細剪明眸，膩玉圓搓素頸」、朱詞「世事短如春夢，人情薄似秋雲」、山谷「花病等閒消瘦，春愁没處遮攔」，七字句如康伯可「蝴蝶枕前顛倒夢，杏花枝上朦朧月」、晏叔原「舞低楊柳樓心月，歌盡桃花扇底風」、辛幼安「一春魚雁無消息，千里關山勞夢魂」、温飛卿「油壁車輕金犢肥，流蘇帳煖春雞報」、晏元獻「樓頭殘夢五更鐘，花底離愁三月雨」、宋子京「緑楊烟外曉雲輕，紅杏枝頭春意鬧」、無名氏「嫩草方抽碧玉茵，媚柳輕拂黄金縷」，餘不能盡述，蓋其風流醖籍，清楚流麗，綺靡悽婉，數聯者足以盡之。（同前）

七五　月琴曲：衆絲中惟琴最清，其次則莫如阮，名曰月琴，從可知矣。予家舊蓄一張，體制古雅，而音韵清亮，背以金筆描梅月二事，清氣十倍，蓋百來年物也，惜爲縣尹某姓者奪去。嘗記阮譜中一小曲綽有風致，謾録于此，暇時歌詠之，庶幾清音會耳，而舊物在目焉。其調曰：「老梅邊，孤山下。

晴橋螮蝀，小舫琵琶。春殘杜宇聲，香冷荼蘼架。酒旗邊，三兩人家，斜陽落霞。嬌雲嫩水，剩柳殘花。」（同前）

七六 春草詩詞：草詩惟林和靖《點絳唇》一詞最佳，全篇云：「金谷年年，亂生春樹誰爲主。餘花落處，滿地和烟雨。又是離歌一闋，長亭暮，王孫去。萋萋無數，南北東西路。」自後雖有詩，然皆不愜予意，獨喜。（同前）

七七 溪堂雪夜：康伯可在荆州一溪堂，值雪，夜晴霽，作《醜奴兒令》一詞，促蘇養直赴溪堂之約，其闋云：「馮夷剪碎澄江練，飛下紛紛。着地無痕，柳絮梅花處處春。山陰此夜明如晝，月滿前村。莫掩溪門，恐有扁舟乘興人。」蘇得詞，報書曰：「自秋晚迄今，凡三作書，并酒去。今日雪後方辱報，并以佳詞見招。數十年來，無此風味。某已裝酒上船來，日若晴，須有月，若溪堂聞横笛聲，即我至矣。」予每展玩，至此想見其高興清致，又出於子猷訪戴之上。」録之，真足以備一段之佳話也。（同前）

七八 蘇小奇夢：司馬栖（當作槱，下同。）在洛下，晝寢，夢一麗人搴帷歌曰：「妾本錢塘江上住，花落花開，不管流年度。燕子啣將春色去，紗窗幾陣黄梅雨。」且曰：「後日相見於錢塘江上。」及栖後爲錢塘幕官，廨舍後堂蘇小墓在焉，因知向所夢者，蘇也。時秦少章爲錢塘尉，相與嘆異此事，秦爲續其後闋云：「斜插犀梳雲半吐，檀板輕敲，唱徹《黄金縷》。夢斷綵雲無覓處，夜凉明月生春浦。」今《西厢》所謂錢塘夢者，即此。然謂司馬秀才游杭夢美姝，與之合，而歌此全詞，則傳奇之妄也。

（同前）

七九 華清宫：杜牧之《華清宫》詩云：「長安回望繡成堆，山頂千門次第開。一騎紅塵妃子笑，無人知是荔枝來。」古之評者謂詩意固佳，但荔枝以六月熟，而明皇以十月幸驪山，此時生荔，不應尚進，因指爲用事之誤。予嘗疑之，私謂牧之，唐人也，其所聞所傳，當必有據，不應謬誤如此。及閱《貴妃外傳》，則知明皇嘗以六月一日幸驪山，其日則貴妃誕辰也。是時筵樂既設，而南方生荔適至，因製新曲，命名《荔枝香》，左右歡呼聲動，山谷據此，則杜詩精確審矣。率爾評駁，能不使後人又譏後人哉？（同前）

黄溥言詞話

黄溥言，四明（今浙江）人。行蹟不詳。有《閒中今古録》一卷，此據上海古籍出版社影印《續説郛》本録詞話二則。

一

子嘗讀《檀弓》，至子思之母死，子思哭於廟，門人至曰：「庶氏之母死，何為哭於孔氏之廟乎？」子思曰：「吾過矣。」遂哭於他室。注云：「伯魚卒，其妻嫁於衛之庶氏。」以子論之，伯魚先孔子卒，時年五十，其妻之年必與之相似。且上有聖人為之翁，下有大賢為之子，况年已及艾矣，何得再嫁庶氏？此予之疑已久。兹觀瞿宗吉所著《香臺集》，有易安樂府之目，引《漁隱叢話》云：趙明誠，清獻公之子。妻李氏，能文詞，號易安居士，有樂府詞三卷，名《漱玉集》。明誠卒，易安再適非類，既而反自，有啓與綦處厚學士：「猥以桑榆之晚景，配兹駔儈之下才。」見者笑之，此宗吉所以有「清獻名家阨運垂，羞將晚景對非才」之句，予歎易安，翁則清獻，為時名臣；夫則明誠，官至郡守。亦景薄桑榆，何為而再適耶？事類《檀弓》所記，故録之。（《閑中今古録》）

二　元末永嘉高明，字則誠，登至正四年進士。歷任慶元路推官，文行之名重於時。見方谷珎來據慶元，避世於鄞之櫟社，以詞曲自娱。因劉後村有「死後是非誰管得，滿村聽唱蔡中郎」之句，因編《琵琶記》，用雪蔡伯喈之耻，其曲調拔萃前人。入國朝，遣使徵辟，辭以心恙不就，使復命，上曰：「朕聞其名，欲用之，原來無福。」既卒，有以其《記》進，上覽畢，曰：「五經四書，如五穀，家家不可缺。高明《琵琶記》，如珍羞百味，富貴家其可缺耶？」其見推許如此。今流傳華夷，不負所學云。（同前）

崔銑詞話

崔銑（一四七八—一五四一），字子鍾，一字仲凫，號後渠、洹野等，安陽（今河南）人。弘治乙丑進士，選庶吉士，授編修，以不附劉瑾出為南京户部主事。嘉靖初歷南京國子祭酒，仕至南京禮部右侍郎。初銑家居，作後渠書屋，讀書講學其中，學者稱後渠先生。卒謚文敏。所著有《洹詞》、《文苑春秋》、《揚子折衷》、《中説考釋》、《士翼》、《松窓寤言》，《洹詞》十二卷，分館集、退集、雍集、休集、三仕集，皆編年排次，不分體裁，襍著筆記亦參錯於其間，此據影印文淵閣《四庫全書》本録詞話一則。

一《評文喻學者四首》（其一）：崔子曰：金、元之際，中州之文氣雄而詞倔健，欲陳義而不精，其人可與集事而不可持久，故國易摧。譬則秋壑霜厓孤峭涌，決非託生之區也。南宋之文氣浮而詞細靡，故國益弱，甚者葉水心之譎、周平園之漫、陳止齋之雜，秋揚之華，祇章其索然也已。（《洹詞》卷十「休集」）

唐錦詞話

唐錦（一四七九—一五二六），字士絅，號龍江，上海人。弘治九年進士，知東明縣，才猷敏達，發擿奸伏如神，擢兵科給事中，官至江西提學副使。著有《龍江集》、《龍江夢餘録》，修《大名府志》、《上海縣志》。此據《續修四庫全書》影印明弘治十七年郭經刻本《龍江夢餘録》和影印明隆慶三年唐氏聽雨山房刻本《龍江集》録詞話八則。

一

宋時女婦之有文者，李易安為首稱。易安名清照，元祐名士李格非之女。詩文典贍，無媿於古之作者。詞尤婉麗，往往出人意表，終宋之世，未見其比。所著有文集十二卷、《漱玉集》一卷，然不終晚節，流落以死。天獨厚其才而嗇其遇，惜哉！（《龍江夢餘録》卷一）

二 宋制宰相班在親王之上，早朝上殿，命坐，有軍國大事，則議之從容，賜茶而退，蓋天子之下一人而已。元祐以後，文潞公、吕申公相繼以平章軍國重事序宰臣上，而蔡、王、秦、賈之徒遂尤而效之，皆以太師總知三省事，蓋將卑宰相而不屑為矣，小人之無忌憚如此哉！聞廣人呼蠻婦為菩薩蠻，今樂府有《菩薩蠻》，其義或取於此。（同前書卷三）

三 辛稼軒豪爽尚氣節，尤好談兵。觀其與陳同甫議論之際，信天下奇男子也。後以侂胄之薦得召，而壽南澗翁之作又多佞詞，白璧之玷，君子惜焉。（同前書卷四）

四 《賀郡尊述齋何公擢河南憲副》：伏以日麗鶴城，田野樂皞熙之化；鶯遷烏署，朝廷彰簡拔之公。激揚乍見飛霜，調燮行看踐斗。恭惟某官：大雅不羣，至公無我。屹然山嶽之鎮静，恢乎江海之寬容。逸才敏贍，倚馬可以萬言；博學旁通，貯腹殆逾千卷。孔思周情，豈但潤身而華國；賈書董策，固將濟世而經邦。眼空四海之英，志奪三軍之帥。始游庠校，即疑倫魁。果登秋榜之高，連奏春闈之捷。製錦鳴琴，暫膺邑寄。翔鸞馴雉，小試治功。屢騰薦於鶚書，尋徵還於香案。粉署登賢，才望斗懸於天北；竹符分命，歡聲雷動於雲間。千里得師，六條宣化。明朗燭幽，皎皎秋空之月；湛清徹底，稜稜冬壑之冰。積埃一掃以無遺，疑獄片言而即決。父母綏懷，感浹閭閻之骨髓；神明臨照，驚銷姦宄之精魂。輕徭緩賦，不用急急之符；感化歸仁，自有堂堂之效。岐麥嘉禾，屢臻時瑞。散蝗驅獸，何讓古人。求賢頻動夫拊髀，秉憲遂膺乎推轂。玉節絳騶，執法之新儀特盛；驚車霜簡，肅僚之古典偏憂。寧唯表正而旌良，抑以觸邪而指佞。兹惟聖主之所慎擇，誠乃明公之所優為。鷹瞬鶚視，攬轡而一道澄清；玉秀珠明，持斧而八方準則。自外臺而內臺，固無尋丈之隔；由憲府而台府，唯應旬月之間。金甌玉鉉，行收翊亮之功；紫閣黄扉，早建經綸之業。某等庇蒙萬厦，感切二天。競隨烏鵲以環車，聊致盃盂而酌水。敬申燕賀，勉效蛙鳴，詞曰：「畫省才華推獨步，陛前曾獻長揚賦。天顔一笑選朝班，玉麟銅虎親相付。俄頃祥風布，海波千里消煙霧。喜津津，歌舞成羣，歡笑聲盈路。御墨屏風名久注，知是九重殊眷顧。綸音昨夜自天來，龍敕豸冠沾異數。梁苑先聲播，道上豺狼應震怖。看明朝，黄麻促召，談笑登台輔。」右詞寄《歸朝歡》（《龍江集》卷十四）

五 《賀兵憲敖蒙泉先生勑獎》：伏以鯨海風和，頃刻之波濤頓息；龍樓天迥，汪洋之雨露方新。保障册勲，褒嘉錫寵。恭惟某官：柱石弘才，江河雅量。文師灝噩之商周，罔沿時好；學本淵源於伊洛，每與心融。百篇立就，士林競仰其豪奇；四庫貫淹，學者咸推其博洽。科第聯收，奚啻領髭之摘；聲名歘起，何殊颷馭之馳。萬言陳宗社之謨，諸老許廟堂之器。瑞時威鳳，振職爽鳩。白雲讞議，允協用罰之中；丹筆平反，克輔好生之德。勑法清刑，久擅英聲於粉署；登賢拔雋，俄膺峻秩於烏臺。開府三吴，省風一道。秋氣肅清，獨聳横空之雕鶚；風威汛掃，寧容當道之豺狼。激揚有體，清霜凝列戟之前；訟獄無冤，朗日照覆盆之下。江海禁防，不假千尋之鐵鎖；胸襟籌略，自有數萬之甲兵。檢繩列郡，文能附而武能威；彈壓百僚，剛不吐而柔不茹。才無施而不可，政屢試而咸宜。虎兕出柙，良由州郡之失閑；鯢鱷就烹，始識閫司之難犯。干將礫礒，溟海灌螢。耀五兵而奮迅於雷霆，馳一檄而動摇夫山嶽。功當一面，捷奏九重。天鑑昭回，聖心暢悦。沛鴻恩而錫賚，涣温旨以褒嘉。煌煌金幣，式從内帑而頒；燁燁使星，爰自層霄而至。勳績已颺於簡册，履聲行上於星辰。玉鉉金鼎，弘施調燮之才；鰲禁鳳池，大展經綸之業。春生萬井，喜溢群司。滄州日煖，咸安堵以鑿耕；青浦波恬，共銜恩而歌舞。敢陳燕語，預賀鶯遷。詞曰：「霜凛烏臺，風生虎帳，争誇文武全才。江防海障，一時整頓安排。千里金湯增險峻，煙波萬頃净無埃。笑網中、迸狐逸鼠，何處藏埋。小施囊底澄清策，忽雷轟電掣，碎擊虺豺。捷書飛奏，玉皇喜動顏開。宣旨錫金兼錫幣，金龍勑、天上飛來。行看取、勒勳彝鼎，高步台階。」右詞寄《慶春澤》。（同前）

六《贈濬厓李先生署篆上海》：伏以天風未積，鳳鸞暫侣於飛梟；卉木有遭，桃李借春而吐蕚。聿觀神化，佇看超遷。恭惟某官：心濬百聖，學貫三才。拔犀角而擢象齒，秀擅詞場；抽蠶絲而析牛毛，深探理窟。高占虎龍之榜，頓空騏驥之羣。稍遷禮閣，贊襄五事之儀；進列諫坡，益增七諍之重。地位孤高，以端亮受知於上；天顏咫尺，非仁義不陳於前。排雲叫閶闔，方慶得人；涉筆署藍溪，俄驚改秩。聊推餘緒，倏奏膚功。人酣膏雨，動鄰境之傾依；天假福星，照海民之凋瘵。愷悌恩深，淪入生靈骨髓；公明威振，驚銷奸宄精魂。决數載不决之疑獄，祗在片言；弭一時難弭之寇逋，何須寸刃。立吏胥於冰鑑，卧赤子於春臺。民方得其所哉，公將自此升矣。表異勸能，禮數特頒於憲府；薦賢為國，封章已徹於宸聰。比之為子産，寧容專美於南荆，久不見賈生，會見蒙恩於前席。史册相期乎千載，風雲徑接於三台。勉效蛙鳴，用伸燕賀。詞曰：「三載容臺，十年諫省，幾回鵠侍承明。親承顧問，昌言屢動天聽。袖裏雷霆携諫草，天邊北斗避文星。端的是、經綸志展，臺閣風生。

哦松却是栽槐地，想天將大任，民事須經。海城借寇，霎時月朗風清。臺檄飛來旌茂異，歡聲播、朝野喧騰。早晚黄麻宣召，談笑秉鈞衡。」右詞調《慶春澤》。（同前）

七《餞郡尊梓谷黄先生》：伏以栲琴麥咏，方騰千里之歡；竹静萓孤，愈切終身之慕。孝思懇篤，歸夢頻驚。恭惟某官：望尊山斗，學貫天人。胸羅四庫之書，筆掃千軍之陣。繭絲牛毛，深探理窟。玉光劍氣，輝映儒林。雄文爽律，諧金玉而相宣；馨德芳猷，襲足蘭而並馥。瑚璉珪璋，自是宗廟之寶；梗楠松栢，咸稱梁棟之材。果春闈秋榜之連登，膺錦帳青縑之華選。卓然偉績，藉甚雋聲。簡在宸衷，光生朝列。屬東南之民，渴霈召父；詢中外之望，暫屈文翁。春温秋肅，適寬猛之宜；月朗霜凝，振清明之譽。蕩洗沓墨之徒，立吏胥於冰上；奉宣寬大之詔，保赤子於懷中。省刑薄歛，取法軻書。與聚勿施，克遵孔訓。練兵嚴警以防奸，聿新武備；飭館設科而造士，丕振文風。允為列郡之表儀，大作斯民之保障。唯明公之心，不以禁闥淮陽而有間；故澤民之政，較潁川渤海而無殊。行臺飛卓異之章，鄰境傳神明之政。民俗雍熙，頓無聞於愁嘆；親幃遼邈，徒展轉於懷思。精誠莫展於晨昏，積鬱致妨於寢食。連章乞養，執志彌堅。固知純孝之難違，無奈群黎之失望。争先卧轍，奔擁攀轅。德孚屬令，深懷師教之恩；愛切群情，永繫母慈之念。敬陳膚語，用代口碑。詞曰：「握蘭紫省誇英茂，萬里風雲看輻輳。幾年載筆補山龍，贉有才名燦星斗。簡住淵衷久，為憫松民求父母。便傳宣、妙選班行，無出長孺右。暫教小試經綸手，霎時峰泖添華秀。不禁

一念挂庭幃，頓覺民肥身却瘦。頻上陳情奏，甘旨親調心始究。想此行，感動蒼穹，福禄來偏驟。」右調寄《歸朝歡》。（同前）

八　《賀東明二尹高君獎勸》：脱穎中州，飛聲上國。丰標秀朗，皎然玉樹臨風；襟抱澄清，瑩矣冰壺映月。丈夫之制行自偉，天馬之步驟不凡。秋蛇春蚓，誰争毛潁之鋒；綉口錦心，獨奪趙軍之幟。聚螢光以繼晷殘，偏閲編於五車；指揚葉而闢弓勁，矢偶虧於百步。齟齬溟海鵬摶，小聽華亭鶴唳。白也無敵，挽回造化之權；丞哉負予，閒却經綸之手。桑麻漫盈於四野，騋牝何止於三千。枳棘春回，憲府飛旌賢之典；風雲氣轉，明時多異等之遷。鷦鷯一枝，暫作花封之客；雲衢萬里，行聯玉笋之班。望風興嘆於隣邦，披霧騰歡於僚宷。薄言紀勝，是用作歌：「雲夢襟懷，紫芝眉宇。簾捲槐陰未午。口碑一任路人傳，况筆底、天葩爛吐。三載哦松，半生稽古。消得旌書飛栢府。轉頭鐘鼎到書生，平步紅雲天尺五。」右調寄《鵲橋仙》。（同前）

韓邦奇詞話

韓邦奇(一四七九—一五五五),字汝節,號苑洛,朝邑(今陝西)人。正德三年進士。歷吏部員外郎,上疏極陳時政闕失,忤旨,謫平陽通判,遷浙江僉事。嘉靖初歷副都御史,巡撫宣府,調遼東,又調山西。進南京兵部尚書,致仕歸。贈太子少保,謚恭簡。性嗜學,自諸經子史及天文、地理、樂律、術數、兵法之書,無不通究。所著有《苑洛集》、《易學啟蒙意見》、《洪範圖解》、《禹貢詳略》、《律呂新書直解》、《苑洛志樂》、《性理三解》等。此據影印文淵閣《四庫全書》本《苑洛集》和《苑洛志樂》録詞話二則。

一

當今文臣堪將帥之寄者,惟太傅王公鉞耳。塞外威寧海子水草肥美,林木茂盛。北敵珍倚之,羣聚於此，數為大同患。公巡撫大同，提兵征之，壯者或殺或遁，老弱婦女皆俘之歸，捷奏，公封威寧伯。後大同缺總兵官，公以都督掛印充總兵官，鎮守大同，北敵畏之，不敢侵入，至今敵人每過海子，望之而泣。然以其地凶，不再居。公高才，有宏略，作為詩詞，新奇雄放，出人意表。（《苑洛集》卷十九「見聞考隨録二」）

二　唐太宗貞觀初，合考隋氏所傳南北之樂，梁、陳盡吴、楚之聲，周、齊皆邊塞之音，乃命太常卿祖孝孫正宫調，起居郎吕才習音韻，協律郎張文收考律吕，平其散漫，為之折衷。漢以來，郊祀明堂有《夕牲》、《迎神》、《登歌》等曲，近代皆裸地迎牲，飲福酒，今夕牲裸地不用樂，公卿攝事，又去飲福酒之樂。周享諸神樂多以夏為名，宋以永為名，梁以雅為名，後周亦以夏為名，隋氏因之，唐以和為名。旋宫之樂久喪，漢章帝建初三年，鮑鄴始請用之，順帝陽嘉二年後廢。累代皆黄鐘一均，變極七音，則五鐘廢而不擊，謂之啞鐘。祖孝孫始為旋宫之法，曰大樂與天地同和者也，造十二和以法天之成數，號大唐雅樂，樂合四十八曲、八十四調……唐之自製樂凡三大舞：一曰《七德舞》、二曰《九功舞》、三曰《上元舞》。《七德舞》者，本名《秦王破陣樂》，太宗為秦王，破劉武周，軍中相與作《秦王破陣樂》曲，及即位，宴會必奏之，謂侍臣曰：「雖發揚蹈厲，異乎文容，然功業由之，被於樂章，示不忘本也。」右僕射封德彝曰：「陛下以聖武戡難，陳樂象德文容，豈足道哉？」帝矍然曰：「朕雖以武功興，終以文德綏，海内謂文容不如蹈厲，斯過矣。」自是元日冬至，朝會慶賀，與《九功舞》同奏，其後更號《神功破陣樂》。《九功舞》，本《功成慶善樂》，太宗生於慶善宫，貞觀六年幸之，宴從臣，賞賜門里，同漢沛宛，帝歡甚，賦詩，起居郎吕才被之管絃，名曰《功成慶善樂》，其舞容進蹈安徐，以象文德。《上元舞》，高宗所作也，大祠享皆用之，至上（脱「元」字）三年詔惟圜丘、方澤、太廟乃用，餘皆罷。玄宗初賜第隆慶坊，坊南之地變為池，帝即位，作《龍池樂》，又作《聖壽樂》，又作《小破陣樂》，又作《光聖樂》。又分樂為二部，堂下立奏謂之立部伎，堂上坐奏謂之坐部伎，太常閲坐部，不可教者肄立部，又不可教者乃習雜樂。時民間以帝自潞州還京師舉兵，夜半誅韋后，製《夜半》、《還京樂》二曲，帝又作《文成曲》與《小破陣樂》更奏之。其後河西節度使揚敬忠獻《霓裳羽衣曲》十二遍，凡曲終必遽，唯《霓裳羽衣曲》將畢，引聲益緩。帝浸喜神仙之事，詔道士司馬承禎製《玄真道曲》，製《大羅天曲》、《紫清上聖道曲》。初隋有法曲，其音清而近雅，其器有鐃、鈸、鐘、磬、幢、簫、琵琶，圓體脩頸而小號曰秦漢子，蓋絃鼗之遺製，出於胡中，傳為秦漢所作。其聲金、石、絲、竹以次作，隋煬帝厭其聲澹，曲終復加解音。玄宗既知音律，又酷愛法曲，選坐部伎子弟三百教於梨園，聲有誤者，帝必覺而正之，號皇帝梨園弟子。宮女數百，亦為梨園弟子，居宜春北院梨園法部。更置小部音聲三十餘人。帝幸驪山，楊貴妃生日，命小部張樂長生殿，因奏新曲，未有名，會南方進荔枝，因名曰《荔枝香》。帝又好羯鼓，而寧王善吹横笛，達官大臣慕之，皆善言音律。帝嘗言羯鼓八音之領袖，諸樂不可方也。蓋本戎羯之樂，其音太簇一均，龜兹、高昌、疏勒、天竺部皆用之，其聲焦殺，特異衆樂。開元二十四年陞胡部於堂上，而天寳樂曲皆以邊地名，若《涼州》、《伊州》、《甘州》之類。後又詔道法曲與胡部新聲合作，明年，安禄山反，涼州、伊州、甘州皆陷吐蕃。（節録自《苑洛志樂》卷二十）

胡纘宗詞話

胡纘宗（一四八〇—一五六〇），字孝思，更字世甫，號可泉，自稱鳥鼠山人，泰安（今山東）人，一作奉安（今陝西）人。正德戊辰進士，授翰林檢討，歷知蘇州府，浙江參政，擢副都御史，嘉靖初累官河南巡撫，俱有政績。以違制廷杖革職，歸築別墅，閉閣著書，所著有《鳥鼠山人集》、《木蘭堂集》、《可泉文集》、《可泉文録》、《擬漢樂府》、《擬西涯古樂府》、《願學編》、《近取編》、《雍音》、《胡氏問水集》《春秋本義》、安慶、鞏昌、秦州、秦安諸誌。此據《四庫全書存目叢書》影印明嘉靖間刻本《鳥鼠山人小集》和明嘉靖十八年刻本《擬漢樂府》録詞話二則。

一　序：志發於言之謂詩，詩發於聲容之謂樂府。樂府始自漢，按其聲，玩其辭，意俱在言外，春永爾雅，鼓之渢渢，吹之洋洋，歌之唈唈，舞之翩翩，而其調古矣，故不曰詩府，而曰樂府。康衢之謡，南風之歌，三百篇之什，古樂府也，皆可鼓以吹，歌以舞者。迨《詩》亡，始不可鼓吹歌舞矣。而漢樂府之所由作也，豈惠武欲復古詩而合今樂，殆有意於宣天地之音而諧陰陽之律乎？夫三百篇不獨四言多，至七言八言，少亦三言，樂府取裁焉。然長短疾徐，清濁高下，惟協為至，協斯諧矣，諧斯永矣。今觀鼓吹横吹，渾而樸；相和清商，雅而暢；舞曲雜曲，雋而永。六署既分，五音六律復協。上原雅頌，下薄騷些，後有作者，其能外其格調同其音響哉？故奏之郊廟則為吉樂，播之師旅則為軍樂，此不足以宣暢其心而平其情哉？漢尚矣，後之小令新曲尚本之鐘吕宮調，况樂府乎？苟作之既典，則宣之自協；宣之既協，則按之自諧。協乎辭，斯諧乎聲；協乎調，斯諧乎容。謂漢樂府不可擬乎？纘宗不知詩，亦不知音律，乃不量，謬擬樂府古辭若干首，皆於途次輿上偶乘興而寫其願學之志爾。力欲意在言外而未能也，樂府云乎哉？詩云乎哉？且未被之管絃，振之歌舞也，敢就有道而是正焉？天水胡纘宗世甫序。（《擬漢樂府》，又見《鳥鼠山人集》卷二）

二　詩三百篇後惟《離騷》為近，惟漢樂府為近，豈□去古未遠，風教猶存而先王之跡未遽泯邪？□故本于閨門，達于邦國，殷薦于帝廟。其為聲此肆，其為化也遠。誠四始之支餘，三緯之羽翼也。蘇李始變五言，曹劉繼之，詩通燦然中興。然樂府之旨微矣。嗣後康樂以絺章繪句倡于會稽，隱侯以切響浮聲競于江左。時代愈殊，風氣愈下。則又忌聲病工，俳偶格律雖嚴，其去樂府不亦遠哉！唐李白慨然王風，援古寄興，僅追子昂元稹，稱杜甫詩人大成，然近體為多。皇明御天下百有七十年。道化旁魄，人文宣朗。弘治中，西涯李少師縱觀百代有作者之志，獨以樂府自雄，今其言具在。然視元楊維禎不啻傳殺於班固耳？可泉公以命世之才，兼軼古之識，應黃離之運，撫循暇日，擬為此篇□乎性情止乎禮義。神悟妙解，雖西京間有不能逮者。藉屈宋□格命，翰莫知孰為後先也。祐不敏獲承指□。迺偕谷子繼宗、鄒子順賢、李子人龍輯而傳焉俾百世知我。（《鳥鼠山人小集》）

皆春居士輯詞話

《飲食紳言》一卷、《男女紳言》一卷，《飲食紳言》又作《食色紳言》，前有皆春居士「引」，自謂氣弱多病，於歸田之暇，流覽往集，漫拾警語，類記成編，意在勉人戒殺，勉人節慾。皆春居士，姓名不詳，《四庫全書提要》云考明本《瀛奎律髓》有成化丁亥新安守龍遵叙，自稱皆春居士，疑此書即遵作。此據《寶顔堂秘笈》本録詞話一則。

一 佛印《滿庭芳》詞云：「鱗甲何多，羽毛無數，悟來佛性皆同。世人何事，剛愛口頭濃。痛把衆生剖割，刀頭轉、鮮血飛紅。零炮碎炙，不忍見渠儂。喉嚨纔嚥罷，龍腦鳳髓，畢竟無踪。謾贏得、生前天壽多兇。奉勸世人省悟，休恣意、擊惱閻翁。輪迴轉、本來面目，改換片時中。」(《飲食紳言》)

姚福詞話

姚福，字世昌，自號守素道人，江寧（今江蘇）人。南京羽林衛千户，成化中人，好讀書。著述甚多，有《窺豹録》、《兵談纂類》、《神醫診籍》、《避喧録》、《立身警策》、《咏史詩説》、《青溪暇筆》等，多不傳。《青溪暇筆》，《千頃堂書目》作二十卷，今存本三卷，爲劄記讀書所得，及雜録耳目見聞，述明初軼事多正史所不載。此據《續修四庫全書》影印明邢氏來禽館抄本録詞話一則。

一

古今名人爲姓名同所害，亦一大不幸也。苟知之而不爲辨，亦未爲仁。福不暇他及，今記一人於此。宋張先，字子野，詩詞有「三影」之妙，世號張三影，詳見《道山清語》。歐陽公誌墓云年四十八而卒，且極稱其人静重長者。而東坡集又有張子野，言年八十五尚聞買妾，陳述古令作詩贈者，注引《高濟（當作齋）詩話》云：尚書張先生子野詩有三影，詩膾炙人世，謂之張三影。吁！引之者誤矣，三影與歐陽八（當作文）公同時，為鹿邑令以死，汴京人也。此子野乃杭人，陳述古守杭，命子瞻作詩贈之者耳。（《青溪暇筆》卷下）

李廷相詞話

李廷相（一四八一—一五四四），字夢弼，號蒲汀，濮州（今山東范縣）人。弘治壬戌進士，授翰林院編修。歷翰林院學士，經筵講官。嘉靖初歷南京户部侍郎，陞尚書。卒贈太子太保，謚文敏。所著有《南銓稿》、《濮陽蒲汀李先生家藏目録》。此據《玉簡齋叢書》本《濮陽蒲汀李先生家藏目録》録詞話七則。

一

詞，周美成、劉静修、程正伯、蔣竹山、王審齋，三本。（《濮陽蒲汀李先生家藏目録》「中間朝東、頭櫃二層」）

二

《梅苑》，三本。（同前）

三 《南詞》，二套，抄，八十五本。（同前「中間朝東、二櫃一層」）

四 《夢窗詞》，三本。（同前「中間朝東、二櫃四層」）

五 《山谷詞》。（同前「東間朝東、三櫃二層」）

六 《蔡軒詞》，二本。（同前「東間南架、二層」）

七 《花間集》，二本。（同前「西間朝西、二櫃二層」）

孫承恩詞話

孫承恩（一四八一——一五六一），字貞甫，號毅齋，華亭（今上海）人。正德辛未進士，入翰林。世宗登極，以庶子充經筵講官，多所發明。累擢禮部尚書，掌詹事府。乞致仕歸，卒謚文簡。所著有《孫文簡公集》、《使郢稿》、《華亭縣志》。此據影印文淵閣《四庫全書》本《文簡集》録詞話二則。

一

《同年會序》：正德辛未六月廿四日，大宗伯健庵先生費公合門下士十有八人飲酒於其私第，師弟和暢，禮意綢洽，于于衎衎，弗褻弗拘。酒半，公見其震器，而請對聯於周子子庚公，亦脱去勢分，一吐珠玉成二聯。是日陰雨，故周子有立雪程門之喻，而公之所謂桃李者，則亦指在坐諸生云。公於是命分字，人各歸賦二詩，俟成，則各録一卷藏於家，所以宣其和，垂其休，而記一時之會。噫！公之意可謂厚矣。雖然，公之意尤有大者，某能言之。夫先達之取士也，固不惟為一時之識拔而已，而每存夫成就之心，後進之結知也，亦不惟一時之倖遇而已，而恒切乎向往之念。此師弟子之相與，蓋自有不能已者，而非偶然之故也。誠以公今日鄭重之舉，而求公之意，則所以躬謙德以著教，觀論議以相發，合同門以樂弟兄之義，必欲諸生永敦而無斁，而又克自樹立，皆才且良。使天下謂公門下得人者，此則公拳拳之意而可自喻者也。若徒區區於飲食宴樂之間詩詞工巧之末，欲以侈今而示後，則豈公之意哉？嗚呼！公以碩德重望師表當世，海内學士仰休光，企末照，欲出門下而不可得者何限？而南畿之士百三十五人者，乃辱收録，海内之士數而羨之曰：「此費公之門下也。」則固幸矣。而出處不齊，内外南北之異迹，而某等十有八人又同官於朝，得旦暮親炙，兹仍以杯酒從公，面聆教言，則百三十五人中尤有羨而不可得者，其為幸又當何如？雖庸劣無似，無以仰副公意，然未嘗不兢兢焉，以自棄為戒，若所謂忠孝大節、禮義大閑，所以居官行己，而自立於天地間以求不玷公門下者，則某固欲與諸君勉焉而矢心不渝者也。公既許雄文冠於卷首，復命某申其説於下方，不敢辭。（《文簡集》卷二十七）

二　《太子太保禮部尚書榮簡程齋盛公墓誌銘》：公諱端明，字希道，程齋，其别號也。生時頗異，考梧莊為仁化司訓，生公於官廨。先是，以廨敝欲緝，夢一偉丈夫謂曰：「君緝廨，望勿傷予宅。」且日發土，有石刻曰「宋端明殿學士程公墓」，梧莊瞿然，亟掩之，而公以是日生，梧莊因名公曰端明。公後亦遂以程齋為號，少長顥悟絶出，四歲誦《孝經》、《論語》，七歲能詩詞，繼博覽經籍，受《詩》於林公誌，受《易》於蔡公清，受《書》於陳公璣，受《春秋》於歐陽公某，皆得其精義，而蔡尤器公，為製字，且為説以贈，重有期許。弘治壬子鄉試，舉公第一人，壬戌第進士，授翰林院庶吉士，以文學見重館閣諸公。……（節録自同前書卷五十三）

毛朴等輯詞話

毛伯温（一四八二—一五四五），字汝厲，號東塘，吉水（今江西）人。正德進士，嘉靖初遷大理寺丞，擢右僉都御史，遷工部尚書。統兵征安南，以功加太子太保。所著《東塘集》、《東塘詩集》、《東塘奏議》、《平南録》、《毛襄懋集》、《毛襄懋奏議》等，後其子毛朴、毛棟、毛楠，孫毛懋宗彙編其著述，成《毛襄懋先生集》，其中《别集》彙輯時人贈答之作。此據《四庫全書存目叢書》影印清乾隆三十七年毛仲愈等刻《毛襄懋先生集》本《毛襄懋先生别集》録詞話二十一則。

一　夏言大學士：送大司馬中丞東塘毛公《沁園春》詞：「樞府尚書，儲宫賓客，文武全才。正海國秋風，樓舡遥下，沙場春日，節鉞初回。鳳閣頒恩，龍墀錫宴，馬首旌旗萬里開。天聲震，看指麾雲鳥，號令風雷。　炎荒朔雪周廻，總只為天王闢草萊。想定遠封侯，玉關迢遞，伏波為將，銅柱崔嵬。百國銷兵，諸蠻納土，干羽從容列兩階。歸來日，早圖形麟閣，晉位三台」（《毛襄懋先生別集》卷三）

二　張壁禮部尚書後大學士：「武嶠文江，産明公，真是廟堂人物。諫草詞華勍敵手，八面峻持堅壁。按節雄方，握兵要鎮，斧鉞凝霜雪。天王神武，征南全仗英傑。　纔看幃幄紆籌，虜酋降縛，凱奏金鐃發。貔虎穴，不須勞轉戰，氛祲一朝盡滅。玉殿宣麻，彤墀賜宴，花勝簪巾髮。麒麟閣上，帶礪盟垂日月。」大柱國司馬東塘毛公奉詔征撫交南北，至鎮，宣威弘懷，不煩兵力，而莫孽歸降，境土康靖，凱奏還朝。時璧在南省，殊深歆仰，乃和東坡《大江東去》寄賀。兹抵京，辱公不鄙，授簡命書，乃援筆草草以復云。（同前）

三　孫杲右秘書郎：伏以舞干戚於兩階，喜裔戎之即叙；執玉帛者萬國，繇長子之帥師。惟謀出於攻心，故功成於運掌。恭惟師相大司馬東翁毛老大人先生鈞座：乾坤間氣，文武全才。聖主賴將明，補山龍於罔闕；强藩懾正直，杜孽蘖於方萌。先聲以奪敵之氣，不戰而屈人之兵。軋伏波銅柱之威，化弘四訖；媲充國金城之策，勝制萬全。大員南金，充斥於輶軒之貢；貫胸交阯，輝煌乎王會之圖。麟閣預開，行懋元勳之賞；虎符坐握，曾無一鏃之遺。商宗伐鬼方，猶以三年；周室征玁狁，嘗於六月。豈如今日，修德以來之；凡厥遠人，傳檄而定矣。杲傾心鄉衮，側耳凱歌。仰儒者之知兵，覩太平之有象。慶茲不治之治，愧非善鳴者鳴。詞曰：「武溪深處蠻煙静，聽凱歌歡競。手持金虎，肘懸金印，味調金鼎。碧油帳底，有人如玉，羡錦衣鄉井。笑他都護玉關，身老歸期難定。」

右調《賀聖朝》（同前書卷四）

四 楊必進撰副使：伏以四海無虞，旌旗飛萬里之時雨；一人有慶，海嶽掃百年之瘴烟。聽凱歌聲，捷於王憲；仰文德功，昭乎神武。歡騰朝野，德鎮華夷。恭惟欽勑總制大司馬毛大人先生臺下：心有道脉，世際昌期。接武青雲，月中丹桂和根拔；連登紫閣，天邊紅日向人低。三楚摇旌，凛凛青天之頌；兩京執法，燦燦白日之盟。靖邊久著蹟於長城，總制特進階於左府。榮膺宫保，神筭廟謨。廼者南交不恭，久虚職貢之典；洪惟中國有聖，明奮鷹揚之師。峻簡文武全才，隆受將相重任。銀龜銅虎，夢卜協于人情；寶劍金符，閫轂賴其掌握。將示王法必誅，豈知仁者不殺。軍門召虜使，嚴義折覬覦之奸；輿櫬束酋魁，篡逆歸仁恩之化。兵不血刃，銷寸鐵於塵飛；野無暴骸，汎空國而南下。笑崑崙之夜襲，陋涇陽之中謀。仁義干戈，忠信甲冑。所過秋毫無犯，皆曰君來其□□□□□□之便宜何籍一朝釋旅銅柱之分□□□□□争春身長風於皷角。苞桑環秀賀中原之羽下。蒼生自是碣心，鼯鼠聞之栗股。咸稱一舉共□，萬全必進。心中鹿豕，眼底雲雷。塞鴈羽書馳，近侍見天□之有喜；汗馬平明舞，遠人訝日色之纔臨。文水玉□，□□光以長練；泰山石勒，鞏大平於不磨。駕上古其無雙，遡中興之第一。光增日月，名勒麒麟閣。國承家公，用享于天子。報功崇德禮，蕃錫於康侯。勤勞破苗弦，吹南風之不競；勳業誓鐵劵，掖故國以同休。迎第玄車，上殿珠履。宴分九鼎，歌鳧鷖既醉之章；位晉三台，洽龍德利見之會。奎光徹斗，紫氣横天。百世金甌，永覆齊天之樂；萬國玉帛，共唱歸朝之歡。調曰：「聽得奏凱玉關還，春風干羽舞蹁躚。馬部未張雲鳥翅，龍圖先慴野狐逭。阨塞載盡傳，文命收拾舊山川。洗甲兵，沛挽天河，神武寂無言。金鐙輕敲響歸鞭，銅柱高標接遠天。萬里黄雲廻海岱，百年青史入虞弦。光射斗牛邊，整頓乾坤事已旋。從今後，玉帶金鑣，千古繪凌烟。」右調《歸朝歡》。吉水縣知縣施譓，縣丞文相，儒學教諭吴岳，主簿劉仁，典史王隆，訓導張塡，布恒同慶。（同前）

五 林逈霄撰蒼梧縣學教諭：伏以宣威布德，全資文武之才；静亂庇人，懋建大平之績。華夷同慶，覆載回春。恭惟宫保大司馬東塘毛老先生大人台座：吉産精英，天生豪傑。文章高古，早傳誦於士林；風采激昂，久蜚聲於烏府。埋輪三楚孤忠，知遇於龍飛；執法内臺直氣，不為乎雌伏。惟天可表，與時偕行。六月息而吾道大伸，九枳周而芳名益重。德齊韓范，非血氣用事之才；道妙希夷，無智名勇功之好。南征而孟獲不反，慴孔明之妙筭帖然；北伐而獫狁于襄，聞南仲之威名舊矣。頃屬天朝之大慶，因稽交阯之不庭。問罪十征，歷五年而群工難任；掄才用望，使萬里而一身請行。出胸中百萬甲兵，運掌上經綸手段。詞嚴義正，先檄問以諭其國人；公道誠心，忠言可行於蠻貊。人人樂為之効用，事事咸適其機宜。貔虎千羣，聞風聲而且懷且畏；熊羆萬竈，如雲擁而不鼓不擒。卒來酋長之革心，徒步闗門而納款。束身繫頸，自同圏豕求生；遣姪陳情，統率國人請罪。獻版圖以歸侵地，奉正朔以補包茅。奠國勢於益尊，屈人兵於不戰。星馳露布，天顔有喜可知；足踐鼎司，霖雨普施在望。迥霄等叨官黌校，何幸躬逢。有衮衣而東土快瞻，聽履聲而中台虛左。克平淮蔡，裴公係天下安危；奉使契丹，富相知虜中動静。處分回紇，未免單騎之勞；戡定祈（當作祁）連，尚須三箭之費。罕有萬全取勝，真教一矢不遺。北斗泰山，仰韓之心已久；賢臣聖主，學褒之頌未能。聊綴蕪詞，用伸芹悃。詞曰：「聽得凱歌隨處有，銅柱殊勳垂亦久。我公何止活千人，軍民懽樂齊開口。旆旌明錦繡，春風鼓動長亭柳。鳳臺高，行行將近，早看金甌覆。折衝萬里憑雙手，龍馬精神龜鶴壽。指顧風雲草木兵，笑談樽俎千杯酒。多暇延寮友，衆思群策資分剖，奏虜功，九重慰悦，管取褒封厚。」右調《歸朝歡》。兩學生員：石元鎮，黎繼業，廖天欽，易大慶，李絢，尹志，祝全鼎，莫如富，賴裕，高晟，鄧秉禮，劉曰巽，鍾兆祥，何廷珪，杜琰，鍾紹甫，黎槩，李棟，譚文植，唐承，魏譚效，甘師孔，李嘉言，黎鉉，黄哲，陳九韶，李濟，李獻良，唐夢蘭，黄朝舉，凃錦，甘師伋，曾玠，李學古，劉口貢，譚魁，嚴克鑒，李仲良，李旦，何自任，陳子忠，李喬，賀周，于德，黎金，李芳，葉肇祥，李天麒，莫時矜，黄經紋，蔡彦相，王輔，李得暘，梁大材，甘師仲，葉肇楡，歐肇相，吴金，章體仁，岑一松，李嘉文，嚴一桂，李性，黄鉞，甘勉學，石元鉷，易桂，劉文濱，陳嘉猷，曾祚，李象能，張壽盛，廖重禄，宋文篔，艾錫，吴柏，梁廷弼，劉一松，黄經緯，唐承后，陳九經，趙禄，蒙朝輔，陀廷傑，聶道亮，李思義，封鎮，黄煜，陳賀，唐夢梅，秦文龍，劉文漢，嚴克睿，李垚，甘師孟，易大周，石潤，李象先，唐朝翰，郭鎮，高昇等同慶。（同前）

六 蔡經都御史令尚書：伏以鳳起丹山，薄海昭文明之運；星聯昴度，遥天慶昌會之期。老成獨繫乎典刑，愷悌寔求乎多福。恭惟太宮保大司馬塘翁毛老大人先生台座：天人之學，金玉之資。志壯埋輪，先聲久符於烏府；禮隆推轂，重寄屢畀於龍墀。經營四方，赤舄徧乾坤之大；歘歷三紀，丹心懸日月之明。紫泥長帶乎天香，台鼎兼司乎鎖鑰。一德而親結主知，三嘉而荐承帝賚。司空司馬，八座峥嶸；賜蟒賜金，九重眷倚。風霆為檄，號令讋懾諸夷；龍虎為旗，舒揚□□五嶺。允矣才兼文武，豈惟胸注甲兵。兹當秋孟之期，正值懸弧之吉。天高露下，鈴閣生涼；風勁梧飛，熊羆作氣。北極瑞通乎南極，將星光照乎壽星。野父山蕉，絶勝蟠桃之獻；江城畫角，翻成瑶水之歌。象馬千群，次第啣杯而拜舞；貔貅百萬，從容籠鴿以陳詞。丹砂夢授於羅浮，紫氣遥開於翠翡。風恬颶母，看海屋以更籌；雨霽桄榔，自函關而跨鶴。經久侍芳蘭，不覺馨香之漸染；共承天語還，期干羽之招徠。謬倡荒詞，少致如陵之祝；庸將綵軸，庶申仰斗之誠。詞曰：「龍虎精神，看昂藏野鶴，風裁殊特。伊吕淵源，一點丹心謀國。杯裏流霞漫側，聽天外、秋聲消息。轅門上、委委蛇蛇，盛名天下瞻式。　青宫毓德持玉節，綏懷絶域，匡扶皇極嶽。降佳期、海上群仙遥陟。鳳管鸞笙允塞，這樽俎、折衝難測。清平後、銅柱烟銷，麒麟圖繪顔色。」右調《萬年歡》（同前書卷六）

七　張鰲山提學御史：「建節平蠻，談笑成功，晝錦歸來。正尚書甲第，飛雲捲雨，極星輝耀，綺玳筵開。魚水奇逢，風雲際會，甘雨隨車布九垓。論古今，是何其重望，何其高才。　黄麻指日又來，待公手、調金鼎鹽梅。看北門五堡，冠公鎖鑰，交南祠宰，馬柱崔嵬。瑞降星辰，靈鍾河海，牛女精光結孕胎。祝公壽，願維嵩維嶽，穩步三台。」右調《沁園春》。　恭惟柱國塘翁老先生壽星：樹德含弘，宅心簡功。當疑任劇，喜愠不形；接上臨卑，諂瀆不露。實藴經綸之學，屢收康濟之勳。適晝錦平蠻之捷，際嶽降元命之辰。親友同懽山川，增氣鰲山，末契似蘭，淡交如水。祝頌不加於芻蕘，凡望實由於底裏。物難將敬，質不在文。謹上。（同前）

八　袁袞廬陵知縣：伏以崧嶽効靈，吉甫著藩宣於昭代。淇園密竹，武公表睿聖於耆年。允懿屆載籍之光，丕績得班行之序。仰承未遠，槩慕是憑。恭惟大柱國塘翁老先生：高名在闕，世哲繼軌。華筵甲第，既篤啓於宋京；力竭親闈，乃信行於郡史。發祥甘露，儲秀吉文。德器不謝於累棊，詞源早傾於倒峽。朱絃疏越，流清廟之遺音；仙抱挺才，立明堂之隆棟。開雲六翮，鵬背負天；駕浪千層，鯨音拔海。四始沈義，視毛萇而益深；三篇賁敷，越董生而居正。理官初服，路歌青天；柱史喬遷，臺威白簡。邑子避驄於清道，將軍落膽於今朝。應象天貴之牢，折獄棘木之署。通宵其審，五聽不乖。弼教化以文明，絶刑讞之冗濫。荃宰是寄，栢府登崇。總豸角以抵奸壬，扇鷹風而厲秋擊。率僚表正，日勸子魚之忠；引適犯顔，明修戴胄之節。上其總領，進之納言。玄扈同升，覽鳳凰之文翼；縉雲左轄，肅貔虎之嚴威。詰禁竅於羽林，統馭該之天府。五兵既戒，九伐靡違。彯組握兹戎機，升簪游於武庫。廟漠式協王愾，斯臨坐入黄中。信使候從容之款，盃分元凱；定命劇倚任之隆，神筭天行。義聲炎發行列，比次冠劒雍容。旌旄所指，而坐作萬軍；尊俎未離，而折衝千里。雷霆已震驚於象郡，日月何臨照於戎心。蠆尾莫辛，鴞音頓好。開誠納質，乞命遊釜之魚；啣璧登壇，求安失巢之鳥。君宗遹序，經制而不遺；疆理式開，旬宣而洎事。文武為憲，忠孝克全。一銖不輕，俄頃而化。禮讓行於蠻獠之林，忠信結於堆髻之下。崇功收之折箠，古頌侈夫獻琛。近取貽書之邵生，載仍土俗；未高鑄銅之馬援，亦費我師。德備將相之權，名勒鼎彝之器。王國來極，臣庸斯疇。圭瓚秬鬯之馨，土田啓龜蒙之富。九星播美，翼世考成。設大饗於彤弓，錫豐儀於赤舄。典刑逾茂，申贊其凝。使諜遥詢，天工永代。宸章琬琰；垂造化之昭融；台府佩簪，踐股肱之共靖。飛鴻遵渚，擊楫濟川。黄閣清賢，允帝師於漢傳；黑頭宰輔，聳人望於燕都。取才空騏驥之群，盈門畫桃李之秀。色不大於名位之樞，禮轉密於貧賤之交。姬旦軒車，不住魯封之邑；鄭崇革履，每勤桓帝之聰。暫息名園，即歸華閣。丹砂勾漏，僅留素橐之葛洪；黄菊南陽，實近青城之耇老。神明相其岡陵之壽，天下欽厥弧矢之辰。崇帝鼎於龍文，集仙駕於麟渚。神蔡五總，瑞鶴千年。玉芝拂秀色於青瑶，火棗動芳津於碧海。歌鍾協律，妙舞合詩。佳氣氤氲，瑞靄西崑之第；奇文焜耀，光摇東壁之躔。衮承乏名邦，恭膺禮典。中興良佐，殊勳暨聲教之遥；姑射高仙，晬容充冰雪之盛。瞻狼北之大星，歌南華之真美。詞曰：「天上神仙開洞府，綺筵春酒凝歌舞。雲旗先下許飛瓊，萬燭光中見王母。　碧桃遠摘蓬萊浦，自食一雙歸客五。自然難老在人間，康濟斯民永安堵。」右調《玉樓春》。（同前）

九　陳邦治，瑞州同知。潘鉉，高安知縣：伏以江山籠瑞靄，殊陬慶方叔之永年；滄海息颷波，南越頌姬公之元化。蓋至誠本能動物，而純忠易以格天。福壽比隆，華夷交詫。恭惟上柱國大元老塘翁毛老大人先生門下：九重隆棟，萬里長城。道叶神交，黄石受帝師之略；智由天錫，白屋降玉輔之精。□□□席前有諍，丞大理宇内無冤。制閫三邊雲霧，□□懸年日；觀風列省冰霜，冽處藹陽春。主棘院以掄材，辨練光於曳馬。總北臺而課績，識寶氣於連牛。邇緣醜虜不庭，廼釐天王拜將。宸章渙發，羽檄遥馳。司馬權專甲兵，準范老之胸次；保躬寵渥田禽，應丈人之師中。遂成尊主庇民之功，適届古鶴長松之壽。殊恩有待，盛事無先。天兆耆艾之休，人飫經綸之業。星輝南極，遠騰八座之光；色正泰階，長煥三台之彩。邦治等修役事於隣封，夙濡聲教；阻趍拜於瑶席，永罄感私。慕野喙之效，嵩呼寧慚蕪句；雜鳴蛙之醉，陽德庸謝聽司。詞曰：「維皇心膂憑，赤手擎天，徧覆了、茫茫海宇。北鎮胥寧，南征復倚。隨挽着那銀河，一一將氛埃盡洗。享隆平，把這六千甲子，又從頭數起。　西奎東壁聯輝，九夷八蠻通禮。海内昆蟲，惟懽吟細語。萬代瞻仰在此舉。嘆純忠久矣，天人交與。管看全壽全福，與我太平天子，萬歲千秋，同康民物無已。」右調《天上春來》。（同前）

一〇　祝繼倫弋陽知縣：伏以雲捧上台，萬國均卿氛之仰；星明南極，八荒同壽域之開。書錦懸弧，秋清啓宴。榮躋天表，欒極人間。恭惟東塘相公毛老大人先生：秀攬乾坤，才兼文武。康侯之生為國，良弼之賚自天。綉斧馳聲，早徹潛龍之聽；烏臺養望，全收獨獬之威。作上客於鳳樓，清高莫並；登元戎於虎帳，仁勇能俱。師出以律，而民不知兵；戰在伐謀，而蠻來向順。出將入相，追名位於甫申；外服内安，著勳威於華夏。曠千載而獨見，協四海以齊欽。惟作善斯降之祥，故大德必得其壽。金飈灑韻，玉斗四杓。新凉迎嶽降之辰，佳節届禾登之候。六旬初滿，大將軍躩躨猶强；八座高躋，貴神仙崢嶸獨盛。分封定佩黃金印，登拜應歸白玉堂。福禄歸仁，萃嘉貞於罔替；明良合泰,妙神武於無為。與國同休,無疆並祝。自天之祐,或益莫違。享文相之高齡,棟隆金殿;受王母之介福,珮遶瑶池。雲凛霜嚴,共道語稱松栢;天長地久,須知詩頌岡陵。繼倫邈上備員,願承葑菲之德;鄰鄉分政,思瞻桑梓之光。官守羈縻,奈稱觴之無計;儒言迂拙,愧情侑食(此字疑衍文)以何詞。强效伶音,聊申麥祝。詞曰「上將登壇垂紫綬,金印腰間看似斗。旌旗不動塞雲閑,蠻烟自掃都無有。凱旋成錦晝,滿堂珠履來增壽。綺筵開,風清日永,人醉長春酒。貉山當燕開如繡,佳氣葱葱浮宇宙,鶴書飛下紫雲邊,金扉止待調羹手。何時歸帝右。雲臺麟閣誰新舊,看封侯,丹書鐵券,事業真非偶。」右調《歸朝歡》。(同前)

一一　黄易:伏惟儲端先生:韻自天成,才非世出。冲襟雅量,兒童争識其姓名;大節精忠,夷夏想開其風采。功成五堡,威被百蠻。越裳之白雉鼎來,尉佗之黄屋亟撤。仕宦而至將相,千年之竇運方隆;富貴而歸故鄉,六衮之昌辰載啓。襜帷暫駐,尊爼序陳。聿瞻使節之光,式重賔筵之慶。易素慚陋劣,仰荷眷知。覩盛觀而企誦一方,悵佳期而傾馳千里。荒林殺翮,想鳳穴而增勞;涸轍枯鱗,望龍門而興憤。敷言莫既,戀德彌深。謹陳下里之詞,輙借東坡之韻。幸回巨矚,少鑒微悰。「銀漢初回,見斗間、紫氣分明瑞物。南極一星朝北斗,光動三台東壁。車馬飈馳,笙歌雲擁,履舄交飛雪。齊來祝壽,争道當朝人傑。　遥想陸賈風流,伏波勳業,今古相輝發。尉佗黄屋一朝褰,銅柱千年難滅。香泛春醪,光生晝錦,榮耀夸顔髪。千金一醉,莫教枉却明月。」右詞《大江東去·次蘇韻》。(同前)

一二　右府都督僉事劉端，甘肅總兵致仕史鏞，鎮守延綏總兵陳珣，鎮守陝西總兵鄭卿，甘州總兵致仕鄭廉，長葛知縣致仕梅信，封監察御史王文進，山東僉事致仕張嘉謨，餘姚縣知縣楚書，沂州判官致仕張經，吉安府檢校趙夔，舉人宋文儉、汪文淵、梁仁、劉仲、潘九齡、黃師古、薛廣倫、秦聘、李瑾、黃綬，監生陳洪、黃瑁、趙蓉、白鳳、張璉、王路、馮時、安廷瑞、丁際隆：恭惟欽命巡撫寧夏大都憲祖父母老大人先生東塘毛執事：振作綱維，久著全臺之績；撫安邊塞，近當一面之師。澤國回陽，蘭峰挹采。飛甘灑澍，下車施潤物之仁；納諫來言，始政究便民之典。收網羅之巨惡，肯繼疏通；罷訪察之奸徒，善良安妥。暴征橫歛，禁止停除。倖路權門，阻填拒塞。撿湖瀦之豐嗇，大均采蓮之徭；計畎畝之荒蕪，不忍徵陪之苦。渠壩不勞民費，棘卉官買以供。城門不禁貨行，商賈人從其便。巡漠之兵不出，四路風清；稽弊之令維新，諸營害息。仁心無已，善政多端。嗟我夏區，累歲犬羊屢犯；維茲黎庶，連年衣食未充。倉廩虛單，閭閻蕭索。先生憂形於色，寢食靡寧；誠發於中，叩祈不怠。旁皇委曲，冀天宇之融和；懇切傴僂，恐霜鋒之凛冽。是以天心降鑒聿爾，流通造化推移。頓廻樞紐，惠風和丒萬寶；不日告成，煦日光輝六穀。依期秀實，米粒充盈。狼戾室家，飽煖生全。呈近年未覩之嘉祥，補曩昔既虧之元氣。養生送老之事，北屋可資；催輪和易之條，公家克舉。三軍其迺有濟，四民遂至無虞。兵食足而烽燧銷，邊疆寧謐；人民育而風俗厚，家國興隆。某等遐土草茅，濫寓縉紳之末；頹齡迂腐，慙非隱逸之英。幸樂只之臨疆，喜太平之有日。效陳荒句，以狀亨時。詞曰：「今秋豐且茂，誰解端倪，能明裏就。東塘老叟，憐窮困，祈禱蒼冥護祐。天心喜悦，不遣風霜傾覆。嘉禾稔，匝地連雲，頓覺家饒橐厚。　更除奸，發政施仁，為國憂民，清標癯瘦。迴天轉候，衹見邊塞，至和凝靖，願公康壽。還濟濟，雲仍多後。盡通顯、峻秩崇階，金章紫綬。」右調《玉燭新》。（同前書卷九）

一三　欽差鎮守寧夏大監張鎮，欽差鎮守寧夏總兵杭雄，欽差協守寧夏副總兵趙鎮，欽差糧屯僉事張崇德，欽差右監丞劉福，欽差遊擊將軍李勳，欽差寧夏西路協同王効，欽差寧夏中路左參將苗鑾，欽差東路右參將魏錕，欽差西路左參將高顯，欽差東路協同沙金：恭惟大中丞巡撫寧夏老大人東塘先生毛執事：至德鴻才，今代寰中無幾；清風峻采，盛名四海皆無。卞玉隋珠，泰山北斗功業；光明雋偉，心胸灑落寬紓。著作雄深，勝有後人式範；推明允常，尤貽劇郡懷思。白簡對彤犀，寒霜帶面；繡衣行赤縣，明月當空。議論均平，可契神明。造化糾彈激切，必先勢路權門。大理昔居，矻矻于公之志；中丞甫陟，稜稜汲黯之風。邇者夏方外患多虞，宗里內憂尚在。財用寔為匱乏，人情每自驚張。竭智慮，罄心思，積儲禦侮；開誠心，布公道，去惡安民。荷神止霜，遂副饑民之望；清垢減税，克全赤子之生。處置水利有方，檢踏湖蕩從實。罷市坊之行户，物貨生輝；革寨堡之巡兵，居民得所。抑揚庶職，務秉至公。興革諸條，盡諧妙計。塗歌巷舞，方生怙恃之謡；羽檄綸音，忽降徵趨之命。地方薄倖，寅誼無緣。至治之澤不得久蒙，大賢之車豈能暫止？合鎮封章上訴，心欲回天一方。卧轍為祠，情真運地。某等叨僉一地，仰德增光。共處兩時，承休被教。弗克攀留逸駕，徒爾霑襟良當。長憶高情。還希返轡。爰賦小辭載幅，以歌大德臨岐。詞曰：「懇懇留公，匆匆不及，堪嗟世事如心少。想善政多端，稠情委疊，散滿西荒。邊徼真個，功能第一，惜哉未了。黎庶關情，三軍觖望一憂悄。公去中心還皎皎，料聖意、必能分曉。倘念雄邊，俯從群意，忽止回旌旆。是廼天心西祐，使我輩、重瞻清表。歌罷《氐州》，潸然淚下，公車雲杪。」右調《氐州第一》。（同前）

一四　李泰撰□州知州：靈州儒學學正楊鎧，生員：李僎、魏琰、丁瑞、顧澄、元經、李文質、趙仲、劉涇、聞薰、何英、陳榮、彭廷玉、元秀、賈漢、樊鋭、沈綺、劉海、方大經、劉瑶、張俊、李昇、談鐸、周鏞、濮汝明、劉鉞、閔寬、張緒、李綱、王鎡、陳廷俌、何鉛、李玉、陳玘、黄傑、潘密、閻仲良、朱印、堵秀、談舉、劉紳、鄧鸞、駱用相、朱俊、文學、韓鎮、黄鋭、李彪、王汝霖、江東、周官、王邦、李鋾、季江、李伏寧、武恩、胡鋭、李鏜、劉慶、施鎮、耿仲夤、江瀾、董名、周儒、沈昊、趙鸞、陳夢麟、魏聰、羅艮、沈崑、吴江、馮京、王道平、董哲、王言、葉鋭、邢春、王欽、塞適可、談古、王聘、蘇愷、汪濟、文譽、胡用華、保寰、孫瀾、山月、李宲、郭鎮、趙奇范、羅鸞、茅芸、江浙、李晚、蘆鴻、劉應登、孫惠、杜錦、張鳳、保宇、陸鶴、韓世爵、徐仰、朱洪、趙用、陸禮、汪靖、金自淵、王印、葉登、楊章、王緒、項吉、李逢時、周德、李世隆、余應龍、郭子智、邢文舉、許宗魯、王宗堯、徐大經、吴廷相、曹廷臣、陳秉中、葛景良、孫思明、梁思恭、龔夢陽、梁思爵、趙世官、張文王、張廷璽、梁思敬、汪天福、王宗舜、文天相、楊思聰、郭斉賢、劉應元、殷九疇、李正明、張廷王、周邦奇、張學詩、陳廷策、王伯言、李正字、安思明、于時泰、陳萬里：「九鼎遺馨昌後裔，慶延英傑光先世。榮膺恩命塞垣來，憲臺撫制恒忘寐，天眷人歌惠。忽促曹裝歸相第，俾士民，含悲抆涕，借寇嗟無計。遥想天威今已霽，青蠅白璧無污累。珠璣魚目分真僞，恭

虛前席待臨時，擬將聖政咨，裁製陳善無□□。補衮符清議。看位遷台昇，誓承帶礪。重際風江□□。」右調《歸朝歡》（同前）

一五　平凉府管寧夏西路倉場通判張世顯，慶陽府管寧夏倉場通判任繼芳，慶陽府管寧夏東路倉場通判周英：伏以國運方殷，人瑞纔有。登柏府邊民多釁，福星又見照都城。當此上下相得之餘，無奈旌節回朝之命。天觖人望，事與願違。恭惟大恩府中丞東塘毛老先生大人執事：士林淵藪，英才斯文。翹楚人物，六經飽飫；唾手甲科，八斗貫淹。摧枯吏事，一官筮仕。民間老稚頌青天，兩省觀風；道上豺狼驚破膽，聲華上達。式司廷尉之平，寃滯不通；荐寵都臺之擢，草木聞風。雀躍閭閻，覩德心歡。焕筆底之文章，黼黻治道；沛胸中之雨露，澤潤生民。寬猛相濟信宜，激揚並行不悖。四境黎民案堵，一方人望翕然。百廢頓興，群工效職。逋亡樂告，盍歸乎來。父老欣傳，謂來何暮。詎意涣汙，召入朝班。里巷彷徨，望仙舟而墮淚，冠裳扼腕，挽星轍而攀轅。借寇無緣，憾君門之既迴；留行有疏，惜成命之無何。繼芳等叨侍下官，情尤中切。如失怙恃，徒重欷歔。安得長者仁人，再□□方夙望。自憐薄分，欲控多端。爰賦荒詞，用張祖道。詞曰：「荷撫治，屈指盈虛三四。父老相看流涕，到處遮留無計。廟堂此去居要地，肯把邊城除奸革弊真餘事，□□□清轡。記。」右調《謁金門》（同前）

一六　儒學訓導聶昂、劉保乂，生員：文舉、曹章、張慈、趙鉞、劉泰、張學海、陳言、熊秀、汪瀾、高捷、熊志、時文淵、茆傑、曹廉、雷浩、瞿鐸、陳鼐、金德明、孫傭、王鐸、程善、張鐸、蔣牧、林景華、齊敬、鄒泰、劉詔、王衡、姚獻、陳嘉謨、陳經、王鑒、丁賢、魏錠、呂良、王用賢、張榮、楊貢、高岫、武鸞、徐賢、余騰霄、李恕、張錞、嚴禮、魏賢、吳杲、呂用賓、徐寧、劉錞、尤貴、陳策、茆侍、韓邦彥、黄琢、張煒、劉金、曹鶡、蔣章、金大章、馬澄、洪澤、張炌、梅節、張鈛、陶致中、姚章、王佐、周謨、賈仁、阮倫、王克儉、彭愷、馬駿、陳聘、趙福、孫棘、李得時、閆林、管弦、劉德、俞曇、王懋、夏願學、謝瀛、李鉞、李鏞、劉標、石峻、張士賢、鄧濬、張雲、鄭仲、胡宥、樊源、沙世忠、郭燧、趙邦、王詰、潘雲、李昂、皮景阜、楊鸞、孔林、毛詩、孫禄、楊瓛、汪文沛、陳情、吳岳、王奉、金漢、王臬、蕭尚禮、雷動、郜章、皮文、周道、王侍、楊希元、徐進、劉激、陳憲、劉鳳、劉禄、段忠善、張汀、丁濟時、王天佑、陸仲荷、白朝用、齊雲、薛廣俌、王良佐、陳加績、丁文選、邵相、王鳳鳴、宋東曦、郭守臣、汪侍寵、王希仁、□□□、閻東暘、張九霄、張九思、魯夢陽、劉忠唐、閻廷輔、李應奎、楊九江、劉紹先、孫顯宗、劉應奎、劉孟文、吳鳳先、周邦正、皇甫鸞、張文選、張翰舉、曹文學、曹文舉、吳子愚、張天禄、周繼誠、葉孟通、張文錦、尤景惠、蔣繼周、袁景春、孫景清：伏以雨順風調，遍野謳歌呈歲稔；民安物阜，滿城桃李屬春工。蓋農事民命攸資，肆仁人每為軫念。恭惟大都憲公祖父母東塘毛老先生大人執事：大方豪傑，振古奇才。心地光明，盎然春風和氣；器量宏博，浩乎海納川容。正氣質天地鬼神，大節凛秋霜烈日。久司廷尉，朝野稱平。近撫邊陲，士民屬望。下車未及乎朞月，仁恩覃被於編氓。疲癃蒙再造之春，舉欣欣有喜色相告；菁莪沭樂育之化，率振振而生意自孚。維三秋將暮之時，實百穀用成之際。陰霾連作，里閈彷徨。恐嚴霜先時而輒來，致嘉禾垂成而復敗。公私嘖嘖，遐邇嗷嗷。荷栢臺同胞乎民，隱邊隅連年不熟。憂形寢食，專一念之勤渠；情見齋蔬，仰百神而祈禱。有感則應而上帝潛通，至誠感神而巨靈效順。實穎實栗，奚止甫田十千；乃積乃倉，可壯秦關百二。祁寒暑雨，那聞咨怨之聲；里詠途歌，盡道豐年之慶。頌休徵而有驗，感盛德以難名。昂等叨承甄別，恩私自慶。遭逢不偶，先憂後樂。邁迹當世，文公器易；思難媲美，周家農父。掇閭言而爰賦一闋，闡盛事而願續十奇。用瀆台聽，少伸微悃。詞曰：「九月時臨望有秋，邊民箇箇蹙眉頭。只恐年來霜又至，家家顆粒也無收。　荷仁府，憂民憂，心香一瓣合天謀。斡旋造化秋大熟，贏得閭閻皷腹遊。」右調《鷓鴣天》（同前）

一七　寧夏中衛儒學訓導劉雲漢，生員：賈宣、張表、何泰、沈綸、韓福、孫希哲、張機、鮑羽、錢珠、金錠、汪潮、梁朝漢、嚴威、黄鎧、楊鳳、夏宣、朱經、王朝聘、饒蓁、趙憲、周道、王勳、張繡、房日新、戴安、董玉、劉仁、董旻、李茂、周世隆、張忱、張紀、曾禄、沈珍、吕泰、王廷教、史逵、艾清、徐昊、張爵、趙鉞、鄒榮儒、張儒、王琁、譚傑、萬達、陳琁、鮑伸達、章泰、胡琨、王舉、潘明、柳文、梁朝淮、朱昊、徐清、黄鏜、袁正、湯書、夏仲敏、何澤、黄槐、邵懷、黄鑽、艾綸、平天佐、史冕、趙爵、周易、潘龍、黄鉛、史載道、胡玖、黄相、陳洪、王朝、王春、張景横、邵偉、章隆、艾理、張寧、汪鵬、馬成章、廉紡、沈綬、王京、郭高、徐宋、康崇義、郭章、王祼、包錦、金吉、章瑞、康崇禮、焦鏜、黄機、黎輅、劉湧、胡恪、劉仲達、李恩、張拱、黄岳、趙□、言戎、莫自臬、黄榜、沈綵、王時、折龍、史盡、李成材、賀麟、郭恩、王璧、潘賢、蔡武、楊守中、顔朴、張衮、汪瀛、路海、徐遂、張志道、譚章、孫希古、孔大明、朱廷岫、王良臣、張縉、丘仲禄、楊時中、馬成麟、趙敏德、莫完、王尚忠、王廷相、黄元良、夏仲陽、袁杲、鄒棠文、朱朝臣、武用仁、馬成麒、吴琳、陳守節、何守義、劉天壽、芮景陽、陳昊、馮中道、康崇正、平五倫、周夢麟、寧俊、劉九皋、胡尚禮、匡世熙、賈師古、陳瑾、張守舉、伊邦静：恭惟巡撫寧夏大都臺公祖老大人先生毛鈞座下：鄱水迴瀾，注雄文於便腹；匡廬結秀，儲至雋於名藩。挾抱無涯，藝才有本。南國望宗莫尚，北方學者未先。虚窓不用十年，虎榜標題第一。巨省曾行三域，烏臺勳歷無雙。能平天下之情，堪追定國；遂授邊垣之寄，克紹仲淹。邇者八郡告饑，一年焦壤；四郊不稔，連歲旱霜。先生食息靡寧，憂國之容頓瘁；省修交至，便民之政洪敷。廼至禱於神明，以祈護祐；蓋欲達於天帝，尚冀蘇回。崇朝懇切，至誠一念。精專欽敬，蒼冥有感。卿雲時雨，彌流麗日。生輝肅氣，嚴霜不作。無復困屯之景，遂成豐豫之時。士飽馬騰，克振三軍之氣；民安物阜，同看中類之懽。豈祛蝗渡虎之□然，乃贊化調元之大典。雲漢等遠居塞徼，目澤蒙仁；叨住宫牆，尋章摘句。題大人君子之庭事，荅補無由；效群蛙蚯蚓之小鳴，揄揚有説。詞曰：「絶塞風光異，八月有嚴霜。不意都臺賢相，五夜叩穹蒼。對越情詞悽婉，維帝心移運，和氣□群芳。直到秋光老，晴日尚暉煌。花艷麗，蔬嫩好，穀豐穰。室家飽煖，從他征調有何妨。願祝明明聖主，慎毋飛綸降綍，奪去我東塘。能使秋風斂，歲歲保年康。」右調《水調歌頭》(同前)

一八　訓導聶昂、劉保乂，闔學生員：張武、方賢、文舉、雷浩、蔣牧、張學海、汪瀾、孫俌、王玘、劉太、趙鉞、全德明、杜蕙、熊志、熊秀、王鐸、韓錠、林景華、高捷、程善、曹廉、陳言、曹章、王用賢、趙濬、王衡、張榮、丁賢、陳經、陶致中、王鎣、瞿焞、鄒泰、吴緒、陳鼐、陳嘉謨、徐賢、張慈、郭瀛、齊敬、潘祚、賈孟麒、陳謨、韓洪、張傑、茆傑、劉鉞、時文淵、池進、黄琢、王佐、吴杲、劉詔、吕用寰、孫榮、姚獻、羅錦、嚴禮、武鑾、李得時、吕良、張羽、高岫、魏賢、趙鑾、王克儉、蔣鑑、王敏、杭鉞、虎寘、劉金、俞騰霄、金海、馬澄、郭洪、尤貴、袁綉、韓邦彦、謝鳳、李恕、龐琰、王坤、劉禄、金大章、李昌、張瑛、鄒瑩、姚錦、張錞、史文學、劉譽、鄒儒、楊貢、姚章、秦岫、夏願學、張玠、陳稷、謝瀛、蔣璙、劉恂、沙世忠、王懋、茆侍、陳策、馬駿、俞曇、蕭尚德、張仲、徐寧、張煒、劉錞、周謨、丁文選、何英、金鑒、賈仁、趙福、謝璐、張士賢、金椿、金葵、閆林、王縉、徐恩、孫廷紳、李鉞、徐仁、董秀、曹焜、洪澤、皮景華、張鉞、楊鑾、阮綸、彭愷、徐聰、周尚德、李昂、郎鏞、邵鎬、顧震、劉德、姚景榮、孫秀、馬健、潘高、孫琳、梅節、魯文達、陳聘、石峻、張美、周標、熊玠、沈士榮、管絃、孔林、王誥、謝鸞、張雲、楊希元、劉標、鄧濬、鄧仲、陳憲、皮文、汪待寵、許第、李鏞、胡宥、孫玉、郜章、姜希周、白澗、劉鳳、張相、瞿燈、高尚、王良佐、王泉、劉瀚、孫禄、楊旋、錢寶、王希仁、陳情、池金、李在、郭燧、雷動、王鳳鳴、王寘、徐進、高耀、周道、張賢、白朝用、徐胥、齊雲、李榮、池棐、馮周、田世稽、白練、劉遵、周恕、朱官、吴岳、毛仲銘、鍾灑、劉激、朱連、蔚賢、屠何、薛廣倩、鄒範、周堂、黄綵、邵臣、吴舉、汪文沛、楊瀾、樊源、錢貫、張鎧、朱檀、陸仲荷、楊楫、郭卿、李登、熊瑞、王相、楊九江、朱卿、王逸、王道、陳臯、朱寘、劉思唐、王奉、張堂、馬馭、李鐸、夏月、王天錫、唐瑞、于錞、嚴整、蔚寘、李時、劉紹先、金漢、潘雲、張仕、陳文、于堂、鄒廷琮、任賢、王銑、曹用、白璧、周經、李克嗣、張柟、寧秀、陳溥、張汀、湯相、高文魁、郭鳳、邢儀、符潤、鄭鸞、宇林、閆廷輔、邵臣、朱昱、崔林、杜爵、屠漢、王天佑、潘溪、李卿、夏宫、楊棟、唐璋、郭守臣、俞縉、侯恩、楊進、何樞、金簡、段志善、荀棠、梅熟、沈經、陳道、陶明、李志聰、王侍、王澤、盧秀、佘德、顧雲、劉應魁、田貢、韓鐄、戚崑、李儒、楊輿、孫顯宗、洪聰、唐經、虞朋、李通、吴臣、魯益揚、顧典、吕鸞、錢昂、王詔、宫欽、張九霄、史印、吴胤先、賈用賢、張九思、張永縉、徐顯、謝石宣、李致中、李應奎、林鳳儀、沈曙、李得曙、王希堯、何通航、孫大綱、唐楨、張文錦、張天禄、黄九德、張漢舉、毛詩、宋東暘、曹文舉、劉孟文、宋東曦、潘壽、陳嘉績、曹文學、王納仁、吕用明、黄鉉、吴繼榮、張文昇、陳希明、周邦臣、孫相、葉孟廸、盧大中、岳廷璽、王克明、何鐸、皇甫鸞、張文選、陳阜民、張九德、黄極、尤景惠、王大訓、金養蒙、陳安民、趙邦、周繼誠、張志太、蔡守中、許景和、陳鋭、濮文淵、邵景貴、耿繼遷、袁春景、楊章、陳汝鄰、郜思忠、郁憲周、丁際時、夏鑾、劉鳳鳴、許思明、陳文紀、丁文華、李時進、王世舉、吴廷珪、蔡學詩、符繼周、劉鳳儀、吕景鍾、王朝論、王宗海、馮過良、孫顯仕、孫景清、吕辰鍾、趙士科、凌景湖、方應科、黄時淵、李景榮、黄九卿、王廷言、馬應龍、王汝言、馬德明、張天爵、夏汝賢、羅承爵、王體正、朱朝用、吴思恭、劉佐曹、方應登、馬行衢、劉仲文、孫登第、項永惠、趙崇儒、趙邦祐、顧大謨、虞大經、王來聘、周邦卿、葛天民、張正途、夏懋德、楊啓東、陳宗範、徐秉直、吴來聘、潘九叙、馬天瑞、顧汝德、王大謨、安宗正、陳文學、于大經、孔朝陽、黎天叙、楊文舉、徐文錦、姜維文、張永善、李廷相、羅承先、傅朝用、方東昇、劉九卿、王朝鸞、馮天經、曹來聘：伏以范老臨邊，兵甲之威方震；召公歸國，甘棠之愛彌深。憲節戒行，人心失望。恭惟大中丞東塘公相父母老大人先生毛函丈：北斗才名，西江豪俊。傳心性學，遠追白鹿之源；唾手甲科，曾冠青錢之選。豸衣三省，貞百度而肅百僚；廷尉六年，明五刑以弼五教。聲馳冰蘖，望重縉紳。頃因朔漠凋殘，暫借經綸撫治。敷揚政教，振肅紀綱。戒奢侈，綏徵求，惠愛先蘇困苦；革行户，禁漁獵，風裁大懾權奸。八陣有圖，堪資保障；一心無玷，可質鬼神。止霜而和氣頓回，祈晴而陰霾弗作。政聲三月，已生口碑之香；民穩百端，莫逃心鑑之照。氊裘落膽，羽檄絶傳。閭閻生春，弦歌雜沸。方倚作長城之固，忽然承丹詔之徵。草木無顔，山河失色。昂等濫叨德教，幸茅塞之初開；均被甄陶，設祖筵而何忍。不能借寇，而欷歔之意愈深；無計攀轅，而彷徨之私空切。用歌小調，以壯遠行。詞曰：「從來德望推當代，撫治化行無外。兵强食足樂豐年，一帶河山有賴。像肖新祠，香生汗簡，邊鄙功勞大。忽驚歸詔高蓋，思無既留無奈。摇摇憲旆出城南，馬首春雲靄靄。此去朝端，振揚風紀，正好匡時泰。」右調《御街行》(同前)

一九 都指揮劉威，指揮成賢、孫茂、王濬、諸能、陳爵、王進、盛恩、保周、李剛、王範、趙廉、趙憲、黄恩、施寛、李欽，武舉官徐珏、黄誠，千户葉棠、張年：竊以調護艱難，必賴仁賢之巨手；負當要喫，正宜經濟之奇才。好事胡違，佳緣不遂。惟地方適逢氣數，通造物尚爾舛訛。恭惟公祖下車之來：疊疊重重善政，融融盎盎仁心。憂襁抱之陪糧，計頃畝而盡為蠲豁；慮餘夫之采蓮，清湖場而必察有無。以稽弊不足為重輕，官無掣肘；恐邏巡因而作騷擾，民得安眠。細故不搜，掩疵含垢。大奸必治，務本除根。衙解武夫，良善之家可免；市門禁行，户壟之計難施。施仁布德皇皇，興利除兇亹亹。揚眉吐氣，中廉生向上之心；斂跡潛踪，剖尅有銷魂之色。他如關防點撿，細膩周全。戒諭督徵精詳，懇到和買無類。有積任爾，輸官任使。惟賢無良，豈能寓列。四民懽忻莫既，三軍仰賴無涯。和氣充盈，霜不凝於十月；鬼神歆饗，厲不作於三時。方期塞徼可以乂安，不意闕廷忽頒徵旨。人情盡皆駭愕，天意何以安排。威等叨為屬下之人，無計留行於頃刻；久序戎行之内，徒能祠像於將來。不勝戀慕瞻依，惟有謳歌感慨。鄙言贅喋，巨燦何如。詞曰：「天不人隨，使大賢君子，福我邊陲。匆匆離紫塞，咄咄謁彤墀。懲悖逆，走戎夷。兵食足支持。庸調溥，困窮得育，方域豐熙惟公豈有尤疵，便踏來時舊路。棄我何之。帝心當理會，吾輩苦相思。雲黯淡，柳參差。轍下卧旌倪。何日也，回輪返轡，撫我西陲。」右調《意難忘》。（同前）

二〇　苾齋鞏昌王：恭惟欽命巡撫寧夏大中丞老大人先生東塘毛執事：文國英華，存輔世安民之大志；清時雋釆，真擎天捧日之奇才。孔孟心□，能周事業。素行與神明為一，衷情契造化無殊。丹鳳鳴朝，曾致縉紳之景企；青驄行部，每聞山岳之動摇。功勤久駐銓曹，遂除廷尉；賢能上題丹扆，特拜中丞。繡斧乘軺，著先聲於紫塞；赤心為國，期大洽於青蘭。夏土有緣，遐人增慶。下車之頃，斬百級之腥胡；論法之初，除積年之大害。不涓涓以為澤，心在公平；不察察以為明，政從寛恕。人人痛快，在在懽欣。維下方不時虜寇憑陵，復值歲時歉嗇食艱。人窘廩乏，兵勤先生。迫切憂惶，恐嚴霜之早降；虔恭祈禱，冀嘉穀之咸登。人心慇懃，天心感格。時緋九月，草木尚雨敷榮；序盡三秋，禾黍公然蕃碩。氣候異常和煦，天宇分外晴明。南畝西郊，紛紜穫刈；遠阡近陌，歌詠京坻。官豸可以充盈，大家共登熙皞。《春秋》有紀，當弘大有之書；《洪範》可稽，適迺休徵之應。苾者叨膺茅土，慚無屏翰之良；謬寄宗藩，未有中和之致。躬逢稔豫，共樂昇平。饗多福於無涯，幸能有賴；慕大賢於不寐，愧且未齊。學賦荒詞，以揚稀遇。詞曰：「天授忠良，拯濟顛危，保障邊方。安中攘外，百廢興揚。舟中可契青蒼，精誠叩啓，願穹窿、福祐河湟。一念潛回，帝意降瑞生祥。遂有霏霏時雨，杲杲秋陽。培養群芳。秀實堅多，今秋大熟，穰穰滿室盈倉。看風醇俗厚，煙塵靜、國泰時康。真棟梁，阜成兆姓，報稱吾皇。」右調《春從天上來》。（同前）

二一　平齋宗室豐林：恭惟大都憲巡撫寧夏老大人先生東塘毛執事：累葉文英，盛世名儒之裔；三江橋梓，雄藩顯仕之家。直氣稜稜，孤忠耿耿。功業掀天撲地，文章配古超今。用世多能，亦貫天文地理；潛中莫測，豈惟武事文猷。出入中外，踰二十年。菜根有味，更歷階資。九四五等，阿堵無言。清風懿志，作大範於士林；宿望鴻才，寫賢名於扆柱。邇者邊方多事，虜寇常窺；疆域不祥，蠢愚每動。聖主拳拳在念，銓曹特特疏名。憲軺遂抵遐荒，人人有慶；先聲遠傳絶塞，物物生輝。維我郊坰，慨風霜之早肅；顧兹阡陌，苦黍穀之未成。先生憂心忡忡，頓忘寢食；丹衷疊疊，遂叩神祇。虔誠上達帝庭，和氣頓回下土。秋陽杲杲，灼堅好於平疇；甘露重重，足京坻於徧□。□成豐歲，無復艱時。老人擊壤謳歌，豈知帝力；健士荷戈捍禦，不畏胡驕。愚者叨寓宗潢，稔觀大政。濫竽封上，賴際亨時。每瞻北闕之光，素飡有怍；欲慕東平之樂，竟進無由。爰製小詞，以歌大有。詞曰：「老天不管西隅，年來霜早嘉禾少。一片愁意，幾番懇語，挽回青杳。紅日曈曈，和風習習，纖雲緲緲。請看南畝，西郊處處，皆嘻笑，無溝殍。猾虜若來干擾，食足何憂擒勦。綺陌青樓，酒旗招舞，管絃繚繞。願得聖人，當憐借寇，詳吾留表。任教伊國士，鴻儒來此，何如塘老。」右調《水龍吟》(同前)

費宷詞話

費宷（一四八三—一五四八），字子和，號鍾石，鉛山（今江西）人。正德辛未進士，改翰林院庶吉士，授編修。忤權倖意，褫職罷歸。用薦復還舊職，尋充經筵官，陞左春坊、左贊善，遷南京尚寶司卿，尋改左庶子兼侍講，掌南京翰林院事，累陞禮部侍郎兼學士掌院事，進尚書掌詹事府事，加太子少保，進太子太保。疾作，卒于官，謚文通。所著有《費文通集選要》。此據上海古籍出版社影印《明詞彙刊》本《桂洲集》録序文一則。

一

《玉堂餘興引》：自風雅湮而古詩亡，樂經熸而諸調作。詞也者，固六義之餘，而樂府之流也。比聲成音，亦自與政相通，而能使人興起，故曰今之樂猶古之樂也。桂洲公歷諫垣詞苑，進秩宗，以登元相，文章禮樂固已達之天下矣。乃復於賡歌之暇感事述情，發玄摛藻，而製為詞調，久之成帙，因命曰《玉堂餘興》云。余邑鉛山令，朱侯選將，刻以傳徵，寀引之簡端，余展讀之，和平慷慨，蘊藉敷揚，其諸忠愛懇惻之誠，協恭規諭之義，蓋渢渢乎溢於言表，而該物著倫，考衷協度，又非特寄興焉爾也。若其中羡涇野之有道，美後渠之不通政府，則公之好尚，又因是益昭矣。昔漢武帝命司馬相如、李延年輩采新聲，諧音律，下樂官掌記，今觀其所陳，未免矯誕孋雜。唐自李白而下，率多填詞慢調，迨宋益靡，厥能引括風雅，以不失乎古之遺音，則自永叔、子瞻、希文、元晦之外，不多見也，今乃僅見斯帙耳。是雖公之緒藝，固亦可傳也已。嘉靖辛丑夏六月朔，賜進士出身、通議大夫、南京吏部右侍郎、前國子祭酒、春坊太子庶子兼翰林侍講、掌翰南院、同修國史、經筵講官鍾石費寀著。（《桂洲集》）

徐獻忠詞話

徐獻忠（一四八三——一五五九），字伯臣，號長谷，華亭（今上海）人。孝友天至，博學能文。嘉靖乙酉舉人，官奉化知縣，居二年罷歸，愛吴興山水，遂徙居焉。自著述外，無他嗜好，工真草書，卒，友人王世貞輩私謚之曰文惠。編著《春秋稽傳録》、《洪範或問》、《大易心印》、《四書本義》、《三江水利考》、《山房九笈》、《樂府原》、《吴興掌故集》、《唐詩品》、《水品》、《長谷集》、《金石文》、《六朝聲偶》等。《樂府原》十五卷，取漢、魏、六朝樂府古題各為考證，並録原文而釋其義。此據《四庫全書存目叢書》影印明萬曆間刻本《樂府原》和影印明嘉靖刻本《長谷集》以及《吴興叢書》本《吴興掌故集》録詞話三十六則。

一　鐃歌者，漢鼓吹部也。鼓吹本非正樂，不過優伶進奏之音，但漢世猶采民間風謠，及臣民諷誦，猶有三百篇遺意。至魏、晉以後，張大其功業，自侈其殺伐，古人采詩之意，略無有存者，雖唐代盛王，其所製《破陣樂》、《應聖期》、《賀聖歡》、《君臣同樂》之辭，皆異於漢人采詩之意。甚者雜以吴歌豔曲與那狄偏音，復戾於漢人之聲調，安得復以樂府名之六朝？有唐諸學士無不擬鐃歌鼓吹之作，以為能繼樂府。至其所為詩者，各出機杼，組織繁詩，既失命題之意，其詞雖工，亦何取焉？今兹探究鐃歌之原，以示敏學之士，使知漢人采詩之意。自魏、晉而後，雖無所述作，可也。（《樂府原》卷三「漢鐃歌總原」）

二　予讀鐃歌諸曲，其義不可通者七首，止可以意測其命題而已。如《朱鷺》一首，説者以《隋書·樂志》「建鼓在階而栖翔鷺於其上以飾鼓容」者，非也。孔颢達云：楚威王時，有朱鷺合沓飛翔而來，因作《朱鷺》曲以表其瑞，因飾之階鼓，以示不忘。然則本楚曲，而漢人述之也。其云魚以烏者，言其食也。路訾邪，言其所行也。食茄下，言食以水中，在草之下也。不之食，不以吐，言其魚之外，别無所食。而食者，亦未嘗吐，以比柔不茹，剛不吐，當以是問之諫者，亦當如鷺可也。太抵鐃歌句讀長短不齊，節奏斷續，但以諧其聲調，不必言之可讀，如後世填詞曲者，以聲為主也。若欲以文章家辭義例之，則其意遠矣。（同前「朱鷺」）

三　《春江花月夜》：陳後主常與宫中女學士及朝臣相和為詩，其尤艷者名《春江花月夜》、《玉樹後庭花》、《臨春樂》、《堂堂》等曲，曲中青溪、玄武湖，皆金陵近内之勝地。春宵夜永，流蕩不節，虚器冒

乘，其何可久？（同前卷十一）

四　《玉樹後庭花》：後主張貴妃名麗華，與龔、孔二貴嬪，王、李二美人，張、薛二淑媛，袁昭儀、何婕妤、江脩容等並有寵，又以宫人袁大捨等為女學士，每引客游宴，共賦新詩。采其豔者為曲調，被之音聲，選宫女歌之，然多哀思，識者知其不久，如云「玉樹後庭花，花開不復久」是也（同前）

五　《泛龍舟》：煬帝大製豔篇，辭極淫綺，令樂工白明達造新聲，剏《萬歲樂》、《藏鈎樂》、《七夕相逢樂》、《舞夕同心髻》、《玉女行觴》、《神僊留容》、《擲磚》、《續命》、《斵雞子》、《鬬百草》、《泛龍舟》、《還舊宫》、《長樂花》、《十二時》等曲，掩抑摧藏，哀音斷絶，其《泛龍舟》者從汴河而下，東望江都，錦纜牙檣，棹歌相和，蓋流連之極也。（同前）

六　清商曲三《江南弄》：所謂清商曲者，吴歌俱豔辭，西曲稍有雜調，然瑣細繁冗，令人可厭，至有不足以入聲調，為伶人賤工所棄者。故梁武改為《江南弄》，《江南弄》亦吴歌也，其題為《龍笛》、《採蓮》、《鳳笙》、《採菱》、《遊女》、《朝雲》，凡七曲，題不冗雜，而調輕不束，無古人遠意，雖於浮靡少變，要之無裨於風教者也。録其曲以見焉。（同前書卷十三）

七　《江南弄》：「衆花雜色滿上林，斜芳耀緑垂輕陰。聯手躞蹀舞春心。舞春心，臨歲腴，中人望，獨踟躕。」自晉南渡以來，六代都邑定於建業，遂以江南自名其國，其民繁阜，俗華耀，有舟櫂之凌波，無風塵之長路。蓋天下之樂國也。因以江南名曲，蓋麗辭有含蓄者。（同前）

八　近代曲辭：郭君曰：兩漢聲詩著於史者，惟《郊祀》、《安世》之歌而已。班固以巡狩福應之事，不序郊廟，故餘皆弗論。由是漢之雜曲所見者少，而相和鐃歌或至不可曉解，非無傳也。魏、晉以後，訖於梁、陳，雖略可考，猶不若隋、唐之為詳，故名近代曲。今攷隋開皇初置七部樂，曰西涼、清商、高麗、天竺、安國、龜茲、文康，唐武德初因隋舊制，太宗增高昌樂，又造燕樂，其著令者十部，曰讌樂、清商、西涼、天竺、高麗、龜茲、安國、疎勒、高昌、康國，而總謂之燕樂。聲辭繁雜，不可勝紀，大抵皆那狄之偏音與戰鬭之象也。天寶間，又有梨園，別教院法歌樂十一曲，雲韶樂二十曲，然皆非正聲也。有唐一代，雜有夷狄之禍，其君奔越，而國勢波蕩，豈非聲樂之所感召哉？先王宣導八風之氣，為調爕之首事，雖房中燕私，皆足以宣通和氣。而後世恣其觀聽，不復制心制義之化，何怪乎亂亡之繼踵哉？然學士大夫猶有感亂哀時之作，雖不登諸太師之用，傳之後世，猶有遺情可尚者焉。乃因郭君編次之外，稍加采録，以見禮失而求之野，亦不得已之心也。（同前書卷十五）

九　《昔昔鹽》：昔者，當時隋宫中美人名也。關中人謂好為鹽，或稱昔昔之美，故庾肩吾詩：「顛狂楚客吟成雪，媚賴吴娘笑是鹽。」唐曲有《突厥鹽》、《阿鵲鹽》，想皆此意。薛道衡《昔昔鹽》詩，大抵形容艷麗之辞，今録以見。昔當作惜。（同前）

一〇　《水調歌》：《水調歌》，隋煬帝幸江都，由汴河牽挽龍舟，作此以為行路曲也。其詞已無攷，唐曲凡十一疊，前五疊為歌，後六疊為入破。按《大戴禮》：長言曰歌，緩聲疎節以作其歡，至入破則聲調俱促，音節急切，而牽挽倍其力以進，所以警其惰也。此《水調》之本意也。又按岑參《北旋舞》歌有云：「翻身入破如有神，前見後見回回新。」則舞曲亦有入破回旋、急促以應節奏，即是也。白居易云：「五言一遍最殷勤，調少情多似有因。不會當時翻曲意，此聲情斷為何人。」蓋言五言一疊，詞獨怨切也。今唐人《水調》本辭亦廢，集曲者郭茂倩泛取唐詩填入譜中，與《水調》初音略無相涉，以欺後來無人也。初煬帝曲成，王令言謂其弟子曰：「但有去聲而無回韻，帝不返矣。」今以茂倩所集録出。（同前）

一一　此下六首名入破，不録，大抵正樂舒緩，無繁聲雜樂，至轉調時繁聲急促，故名入破，如琴中汎聲，皆繁聲之流於鄭衛者也。陳氏《樂書》曰：唐天寶中，樂章多以邊地名曲，如《凉州》、《伊州》、《甘州》之類，曲終繁聲，名為入破。已而三州之地悉為西番蹈籍寢削矣。今誠削去繁聲，革入破之名，庶幾古樂也。又按秦醫和對晉平公曰：「先王之樂，所以節百事也。故有五節遲速，本末以相及。中聲以降，五降之後，不容彈矣。於是煩手淫聲，慆淫心耳，乃忘平和，君子勿聽也。」自鄭衛之變，淫聲遂多，不復以雅正自節，後世因名為入破，即醫和所謂「煩手淫聲」也。宋朝遂以有節者為曲，以變聲為破，以曲破併名也。（同前）

一二　《凉州歌》：開元中西凉府都督郭知運進《凉州》宫調曲，中有大遍小遍。至貞元初，康崑崙翻入琵琶，初進曲在玉宸殿，因名為玉宸宫調。張同《幽閑鼓吹》曰：段和尚善琵琶，自制《西凉州》，後傳康崑崙，即宫調《凉州》也。今按曲中有排遍，即大遍、小遍也，其辭皆郭君集唐人詩强綴之，實無《凉州》一詞。今集耿緯、張籍諸作，以見《凉州》題意。（同前）

一三　《伊州歌》：西凉節度使蓋嘉運進《伊州》商調曲，前五首為曲，後五首為入破，如《水調歌》，蓋

舞曲也。五人為舞，每上一人則舞一曲，至入破，則五人，總為隊舞矣。而有五節，故入破亦五首也。（同前）

一四　凡唐人諸樂，隨五音之調，取當時雜詩合調者填入之，而與制曲本義邈不相涉。蓋或失其原辭，而以補其音調，或有可者，若原辭尚存，而汎取名士他詩强合者，其不可必矣。集樂府詩，類用此法，殊可嗤鄙。今予所取，必以詠及本題者，無使徒惑後人之觀，可也。苟無詠及本題，雖有集詩，類不録。如題名《婆羅門》，乃取李益「迴樂峰前沙似雪」一首，如簇拍《相府蓮》，乃取王維「莫以今時寵」一首，如《崑崙子》取王維「楊子譚經處」一首，此亦何義，後之觀者當自知之也。（同前）

一五　《樂世》曲：《樂世》曲，唐譜一曰《緑腰》，貞元中樂工進曲，德宗令録出要者，因訛名為《緑腰》。《新唐書》曰《凉州》、《胡渭》、《録要》，雜曲也。　白居易云：「急管繁絃拍漸稠，《緑腰》宛轉曲終頭。誠知《樂世》聲聲樂，老病人聽未免愁。」此等詩辭皆詠本題，而音律之合不合，不暇論，後人觀之，亦庶可通矣，後皆倣此。（同前）

一六　《何滿子》：白居易云：《何滿子》，開元中滄州歌者臨刑，進此曲以贖死，竟不得免。（同前）

一七　《清平調》：開元中，禁中木芍藥方繁開，命李白作《清平調》三章，令梨園弟子略撫絲竹以促歌，帝自調玉笛以倚曲。（同前）

一八　《雨淋鈴》：《明皇雜録》曰：帝幸蜀，南入斜谷，遇霖雨彌旬，於棧道雨中聞鈴聲，與山相應。帝既悼念貴妃，因采其聲，為《雨淋鈴》曲以寄恨焉。時獨梨園善觱篥樂工張徽從至蜀，帝以其曲授之。洎至德中，復幸華清宫，從官嬪御皆非舊人，帝於望京樓命張徽奏《雨淋鈴》曲，不覺悽愴流涕，其曲後入法部。張祐云：「雨淋鈴夜却歸秦，猶是張徽一曲新。長説上皇垂淚教，月明南内更無人。」（同前）

一九　《渭城曲》：渭城，一曰陽關，王維所作也。本送人使安西詩，後遂被於歌，劉禹錫云：「舊人惟有何戡在，更與殷勤唱《渭城》。」白居易云：「相逢且莫推辭醉，聽唱陽關第四聲。」即此也。（同前）

二〇　《竹枝詞》：《竹枝》本出巴渝，唐貞元中劉禹錫在沅湘，以俚歌鄙陋，乃作新辭九章，教里中兒歌之，其辭稍以文語緣諸俚俗之間，若太加文藻，則非。（同前）

二一　《楊柳枝》：《本事詩》曰：白尚書有妓樊素善歌，小蠻善舞，嘗為詩曰：「櫻桃樊素口，楊柳小蠻腰。」年既高邁，而小蠻方豐艷，乃作《楊柳枝》詞以託意曰：「永豐西角荒園裏，盡日無人屬阿誰。」及宣宗，國工唱是詞，帝問誰辭，永豐在何處，工具以對。時永豐坊在西角園中有垂柳一株，柔條極茂，因東使命取兩枝，植於禁中，居易感上知名，且好尚風雅，又作一辭云：「定知玄象今春後，柳宿光中添兩星。」薛能曰：「《楊柳枝》，古題所謂《折楊柳》也。」乾符五年，能為許州刺史，飲酣，令部妓作《楊柳枝》健舞，復賦《楊柳枝》新聲十首。（同前）

二二　《欸乃曲》：《欸乃曲》，元結所作，其序云：「大曆初，結為道州刺史，以軍事詣都使還州，逢春水，舟行不進，作《欸乃曲》，令舟子唱之，以取適於道路云。予按：《竹枝》、《楊柳》、《欸乃》三曲，皆仿俚俗之歌而稍緣以文，與今之新吴歌大率相似。然視吴聲之淫放，猶為師涓以上之聲也，况文士舒懷散景，風意悠揚，猶有可尚者焉。樂府之流極而至於是，世道之下可知矣。」（同前）

二三　《西征集序》：《西征集》，栢泉先生轉參關中時雜稿也。先生胡氏，松名，以儒行聞滁中。起家尚書郎，推任山西學憲。至則經見邊情弛弊，條十二事上之，皇上讀其疏切中機宜，可任，特進本省右參政，賜敕經理三關。然邊臣有不便者，遂以不合去。既而皇上念西事重大，事體與山西相係，敢任知利害，無如公，故復有是命。而集所由存也□重先生者，謂其文自西京、詩自盛唐，可師，因刻焉。予以為先生學術正大，臨事盡心，力不放過，此嘗自其大者觀之，不但文學也。在關中，甫期月，脩横渠先生祠，及仰止書院、鄭國廢，渠民已忘其利，刻石道旁，圖復之。攷究諸古蹟始末，鑿有稽證。雖詩詞小作，亦多憫俗憂世之念。先生有用之學，即是集可槩見。今兹轉轄浙藩，浙故有防倭之役，雖藉重臣經略已定，而漳閩之擾尚多可虞，中間繇俗不飭，儲備未經，士兵居制之法未定，具有望焉。相都相咈，共濟時艱，可也。先生誠以西事之念念之，肢臂不摇杌，斯腹心安矣，因附為斯集序。（《長谷集》卷五）

二四　《書唐樂入破後》：大抵正樂舒緩無繁聲，雜樂至轉調時繁聲急促，故名入破。如琴中泛聲，皆繁聲之流於鄭衛者也。陳氏《樂書》曰：唐天寶中，樂章多以邊地名曲，如《凉州》、《伊州》、《甘州》之類，曲終繁聲，名為入破，已而三州之地悉為西蕃蹈藉寖削矣。今誠削去繁聲，革入破之名，庶幾古樂也。又按秦醫和對晉平公曰：先王之樂，所以節百事也。故有五節遲速，本末以相及，中聲以降，五降之後，不容彈矣。於是有煩手淫聲，慆淫心耳，乃忘平和，君子弗聽也。自鄭衛之變，淫聲遂多，不復以雅正自節，後世因名其聲為入破。即醫和所謂繁手淫聲也。宋朝遂以有節者為曲，以變聲為破，以曲破併名之。（同前書卷九）

二五　張志和，字子同，婺州人。唐肅宗慕其高尚，命待詔翰林，後出為南海尉。遂放浪江湖，與陸羽往還，因託迹吴興。其兄松齡懼其不返也，和其漁父詞云：「樂在風波釣是閑，草堂松逕已勝攀。太湖水，洞庭山，狂風浪起且須還。」又兄鶴齡恐其遁世，為築室越州東郭。（《吴興掌故集》卷三「遊寓類」）

二六　《玄貞（當作真，下同）子外傳》三卷、《元貞子漁歌碑傳集録》，陳氏曰：玄貞子《漁歌》止傳「西塞山前」一章而已，嘗得其一時倡和各五章，及南卓、柳宗元所賦，因以顔魯公碑述、唐書本傳，以至近世用其詞入樂府者集為一編，以備吴興故事。（同前書卷四「著述類」）

二七　《張子野集》一百卷。張先，字子野，仕為都官郎中。郡志稱其晚年漁釣自適，至今稱張釣魚灣。死葬弁山多寶寺。後李公擇守郡，作六客堂，子野與焉。《古今詩話》曰：「客有謂子野曰：『人皆謂公為張三中，即心中事、眼中淚、意中人也。』公曰：『何不目為張三影？』」蓋其詩有「雲破月來花弄影」、「浮萍斷處見山影」、「隔牆送過鞦韆影」，故云。（同前）

二八　《竹齋詞》，沈瀛字子壽撰。（同前）

二九　《克齋詞》，沈端節字約之撰。（同前）

三〇 《白石道人歌曲》五卷，姜夔字堯章撰。（同前）

三一 《丁永州集》三卷，知永州丁注葆光撰。元豐中余中榜進士，喜為歌詞。（同前）

三二 《非有齋類藁》五十卷詞一卷，給事中劉一止撰。（同前）

三三 梁太守柳惲《江南曲》，至和二年刻。寇準亦有《江南曲》附。（同前書卷五「金石刻類」）

三四 東坡六客詞。（同前）

三五 浮暉閣，賈收耘老所居，在定安門內。沈會宗詞云「景物因人成勝槩，（脱『滿目更』三字）無塵可礙。等閒簾幙小欄干，衣未解，心先快，明月清風如有待。誰信門前車馬隘，別是人間閒世界。坐中無物不清涼，山一帶，水一帶（當作派），流水白雲常自在。」苕谿漁隱云：耘老水閣景物清曠，會宗賦此詞。阯與水閣相近，同在苕谿南岸。予有句云：「三間水閣賈耘老，一曲新詞沈會宗。無限當時好風月，如今總屬續谿翁。」（同前書卷九「古蹟類」）

三六 姜堯章論琵琶品云：石湖老人為予言琵琶有四曲，今不傳矣。曰《濩索梁州》、《轉關綠腰》、《醉吟商胡渭州》、《歷絃薄媚》也，予每念之。辛亥之夏，予謁楊庭（當作廷）秀丈於金陵邸中，遇琵琶工，解作《醉吟商湖渭州》，因求得品絃法，譯成《醉吟商小品》，實雙調耳。譜云：又正是春歸，細柳暗黃，千縷暮鴉啼處。夢逐金鞍去，一點芳心休訴，琵琶解語。（同前書卷十五「雜考二・人物餘」）

鄭氏詞話

《四庫全書存目叢書》影印明萬曆間刻本徐獻忠《樂府原》，前有鄭氏序，原底本有破損處，其名因此不能曉，只知是漳南（今山東）人。此據以録序文一則。

一　《樂府原序》：詩與樂，二乎？書稱言志者詩，和聲者律，蓋同原而合流，其在于周太史觀風之所采，即矇瞍在公之所奏。詩三百篇大率皆樂章也，自三□□言之制興，於是可徒歌者謂之詩，其歌而可比管絃者謂之樂府，則詩與樂之途分焉。八代遺音，漢□□□□所傳房中之曲，郊祀之章，變出楚騷，體存周詠，固其盛哉。鐃歌訛舛，□□□□古意可繹。洎乎相和七調，漸啟南音，一變為清商，總萃為雜曲，而多靡靡之樂矣。此徐伯臣氏所惓惓，本於漢代而歷選新聲，叙其所以，每謳吟而屢嘆者也。考古樂府書，別有琴歌舞曲，而伯臣不載焉。近隋唐歌辭，因廣樂府所志，略而存之。其諸宋元詞譜咸用芟夷，此以知其選矣。嗟乎！四詩比之四瀆波所出者，正如積石桐柏，嶓冢岷山，其沫可泳，其原可游也。浸淫流遁，雅鄭不分，玆能揚涇渭於頹波，析淄澠于逝瀾，功不亦偉乎？始伯臣耻折腰為令，遽投簪逸泖上，與張元超氏商榷聲詩，並稱雲間之傑，既姑蔑守叔翹君元超猶工也，手為伯臣討正是編，屬予序而鋟諸郡。遡洄從之，樂其可知也已。昔季札觀于周樂，自二南列國之風，肆及雅頌，具能陳其盛衰之故，乃言偃學道絃歌，施之於國矣。今伯臣原樂自漢而下，叔翹紿而明之，非徒晰于音，是方酌而興之治，而皆有吴君子也，斯偃札之流風為不亡矣。萬曆己酉八月既望，漳南鄭□□□□甫書于衢玉潤軒。（《樂府原》）

顧應祥詞話

顧應祥（一四八三——一五六五），字惟賢，號箬溪，長興（今浙江）人。弘治乙丑進士，授饒州推官，入為錦衣衛經歷，嘉靖時以右副都御史巡撫雲南，累官江西副使，分巡南昌。仕至南京刑部尚書致仕。著《崇雅堂集》、《讀易愚得》、《静虚齋惜陰録》、《授時曆法撮要》、《勾股筭術》、《測圓筭術》、《弧矢筭術》、《歸田詩》、《人代紀略》等。此據《續修四庫全書》影印明刻本《虚静齋惜陰録》録詞話一則。

一　沈約作《韻譜》，人咸謂四聲起於沈約，予以為不然，漢許慎《説文》已有平上去入之分矣。意者四聲自古有之，約始發明之耳。又謂韻起於江左，多吴音，亦未然。且如回、梅、灰等字，與臺同韻，此江右之音，非吴音也。毛詩：「陟彼崔嵬，我馬虺隤。我姑酌彼金罍，維以不永懷。」朱傳以「懷」字爲胡隈切，以協上三句之音，安知作詩者不以嵬、隤、罍協懷字乎？況韻書亦以嵬、隤、罍與臺、來同韻，則亦可協懷字矣。蓋古人作詩隨其音之相協，而無所謂韻也。至《韻譜》出，而始拘於韻。唐以詩賦取士，故分韻益嚴，所謂《禮部韻》者是也，落韻者遂不取。厥後劉辰翁《韻會》陰復春，《韻府》則少併之矣。今人作詞曲，亦止取其音之協，而不拘于韻，惟作詩則依韻而不敢失，是亦因襲之故也。韻書中多有不可曉者，如東冬、清青有何分别？而分爲兩韻。元字、言字與門、根、坤有何相協？而共爲一韻。及見宋鮑照《東武吟》，以喧、言、恩、源、垣、奔、温、存、輪、門、豘、猿、軒、魂同押，則沈約之前已有此押矣。又如兄字，本當與東字同韻，而入庚字，内人亦以爲吴音之訛，殊不知《説文》兄字下作呼榮切，與榮字同入庚韻，亦非約之訛也。予以爲非天子不議禮、不制度、不考文，今之用韻者宜遵時王之制，以《洪武正韻》爲準可也。（《虚静齋惜陰録》卷六）

鄭善夫詞話

鄭善夫（一四八五—一五二三），字繼之，號少谷，閩縣（今福建）人。弘治十八年進士，授户部主事，改禮部。武宗南巡，偕同列切諫被杖。嘉靖中用薦起刑部郎中，改吏部郎中。所著有《鄭少谷全集》、《少谷漫言》。此據影印文淵閣《四庫全書》本《少谷集》録詞話二則。

一

《君莫疑行送道宗赴闕》：長歌一曲《楊柳枝》，短歌一曲青雲詞，近前勸君君莫疑。男兒不作兒女態，所貴國士當酬知，與君俱非年少時。桑弧蓬矢何當遺，腰間環珮光陸離，取媚泉石非其宜。留侯只掉三寸舌，黄石將略真王師。寧戚車下嗚聲悲，風塵漫漫緇短衣。五羖大夫百里奚，世主不識終塗泥。英雄所耻比草木，且復俛首就羇羈。故國萬世尤神奇，安能鬱鬱久居兹？子云寂寞空守呰，屈身伸道非君誰？ 君知鴻鵠合高飛，一翥萬里無天涯。短枋香稻藏罦罝，弋人慕君君不知。閬風玄圃便棲止，慎勿下飲淤塘陂，於乎！ 慎勿下飲淤塘陂。（《少谷集》卷三）

二 《文山墨蹟跋》：昔余在吴下，曾見文山墨蹟凡十餘條，中說空坑兵敗之事較詳，其後載徐妳環娘流落之由，與此本相類，其字畫月日亦相類。時同觀者數人，三讀欷歔，為之泣下。余友殷近夫跋云：「使公用於德祐之前，國尚可為；使公不死於景炎之後，身無所安。時讀其詞，咸願為之執鞭不可得者，初不暇論其真與贋也。」今觀一峰之論，豈此本得之毛氏者，乃其真蹟，而吴下所見者，誠所謂虞、褚《蘭亭》耶？ 於乎！ 百世之士，片文隻字流落人間，雖僞為者，亦能使人興起，其他可論哉？（同前書卷十六）

霍韜詞話

霍韜（一四八七—一五四〇），字渭先，號兀厓，學者稱渭厓先生，南海（今屬廣東）人。正德癸酉鄉試第二，甲戌會試第一，廷試復擬第一，為權貴所忌，抑置二甲第一。世宗登極，授兵部主事，擢少詹事兼侍讀學士，進禮部侍郎，旋擢尚書兼學士。召為吏部侍郎，出為南京禮部尚書，拜太子少保，禮部尚書掌詹事府事。卒於任，贈太子太保，謚文敏。所著有《霍文敏公集》、《渭厓集》、《明良集》、《渭厓疏略》、《明詔制》、《詩經註解》、《象山學辨》、《程朱訓釋》、《霍氏家訓》等。此據《四庫全書存目叢書》影印明萬曆四年霍與瑕刻本《渭厓文集》録詞話一則。

一《水調歌頭·寄懷賁齋》:「陟陟鐵泉舘,望望翳門關。螗蛄喚起莊蝶,□化儘相安。丹穴彩雲梧老,南嶠北冥霜早,何日鳳飛還。上上鐵橋上,稚川留鼎丹。春去忙,秋來促,夏將殘。種種頭顱,如許幾時得身閑。白鷺盤飛山上,黄鶯並坐山下,松陰共歲寒。更喜樵雲子,肩鋤歸故山。」癸巳夏四月,曾聽泉聲,寄懷賁氏。今則越月矣,撫景益用慨然。賁氏鵬義之會不可再矣,酒酣,命童子歌此韻於湛甘泉、方石泉之側,且曰:是乃山疣所以得志也,慎毋嗔,曰是□也,專山之樂也,而起妬心。(《渭厓文集》卷七)

郎瑛詞話

郎瑛(一四八七—一五六六),字仁寶,仁和(今浙江杭州)人。生有異質,淡於進取,督學惜其才,欲推輓之,卒謝不出。家藏書史雜家言甚盛,日危坐諷讀其中。攬要咀華,剌瑕指纇,辨同異得失,著書凡數種,事母孝。所著有《萃忠録》、《青史衮鉞》、《七修類藁》、《七修續藁》。《七修類稿》五十一卷、《七修續藁》七卷,為其筆記,凡分天地、國事、義理、辨証、詩文、事物、奇謔七門,所載有明史諸志所未及,足資考證者。此據《續修四庫全書》影印明刊本録詞話四十一則。

一　天開眼：馬浩瀾洪,杭詩人也,最善南詞,有《花影集》行世。於予為忘年交,嘗言少時夜行,忽聞空中砉然有聲，舉頭觀之，青天中如瓜皮船一條，其色蒼黄，隨開隨合。明發，聞人言，昨夕天開眼，此或然也。予因對曰：「天乃陽氣所就，此正欠缺之際，故見其本體之色，理當隨合，否則不足爲天矣。若地之裂，則質也，故不能然。俗稱開眼，何謬哉！」馬首肯久之，今復聞有天開眼，追思曩時，踰十五載矣。馬君不可起也，志之。（《七修類藁》卷四「天地類」）

二 雙投橋：吾杭西湖南入路曰長橋，《宋誌》俗名雙投橋。昨讀抄本《西湖竹枝集》，元富春馮士頤有詞曰：「與郎情重得郎容，南北相看只兩峰。請看雙投橋下水，新開雙朵玉芙蓉。」註以常有情人雙投於橋，故長橋名雙投。（同前書卷五「天地類」）

三 李易安：趙明誠，字德甫，清獻公中子也。著《金石録》一千卷，其妻李易安，又文婦中傑出者，亦能博古窮奇，文詞清婉，有《漱玉集》行世。諸書皆曰與夫同志，故相親相愛之極。予觀其《敘金石録後》，誠然也，但不知胡爲有再醮張汝舟一事？嗚呼，去蔡琰幾何哉！此色之移人，雖中郎不免。（同前書卷十七「義理類」）

四 芙蓉詞：有《菩薩蠻》詠蘇堤芙蓉云：「紅雲半壓秋波急，豔汝泣露嬌啼色。佳夢入仙城，風流石曼卿。宮袍呼醉醒，休捲西風景。明月粉香殘，六橋煙水寒。」世謂高季迪之詞也，不知季迪乃是《行香子》，其詞云：「如此紅粧，不見春光，向菊前蓮後纔芳。鴈來時節，寒沁羅裳，正一番風，一番雨，一番霜。蘭舟不採，寂寞横塘，強相依暮柳成行。湘江路遠，吴苑池荒，奈月朦朧，人杳杳，水茫茫。」以優劣論之，前則不如後也。昨偶得雜録一册，前詞乃宋人高竹屋者也，豈非因姓同而訛之耳？季迪名啓，姑蘇人，國初編修《元史》，擢户部侍郎，與楊基、張羽、徐賁為吴下詩宗。竹屋名觀國，字賓王，有《竹屋詞》一卷行世。（同前書卷二十一「辯證類」）

五　蔡京詞：予舊讀《説郛》中蔡元長臨卒前一日之詞曰：「八十一年住世，四千里外無家。如今流落向天涯，夢回玉殿，幾度宣麻。只因貪寵戀榮華，便有如今事也。」意無此調，亦不成話，況蔡死時止年八十，此必惡之者託名為之也。後見《宣和遺事》載京之事，亦有此詞，乃《西江月》也，較之小説者反是，後月餘而京卒，亦可謂讖也。《遺事》詞曰：「八十衰年初謝，三千里外無家。孤行骨肉各天涯，遥望神京泣下。　金殿五曾拜相，玉堂十度宣麻。追思往日謾繁華，到此番成夢話。」（同前書卷二十二「辯證類」）

六　銷金鍋：吾杭西湖盛起於唐，至南宋建都，則遊人仕女，畫舫笙歌，日費萬金，盛之至矣，時人目為銷金鍋，相傳到今，然未見其出處也。昨見一《竹枝詞》，乃元人上饒熊進德所作，乃知果有此語，詞云：「銷金鍋邊瑪瑙坡，争似儂家春最多。蝴蝶滿園飛不去，好花紅到剪春羅。」（同前書卷二十三「辯證類」）

七　《霓裳羽衣曲考》：《霓裳羽衣曲》舞不傳於世久矣，雖學士知音之流，亦徒求想像而已。予以讀過詩書有關斯曲者會萃成文，述註於左，其舞律吕節奏，庶亦可知過半矣。按明皇遊月中，見仙女素衣奏樂極妙，記其音，歸而制之。《魚樵閑談》云與羅公遠遊回，令伶人作；鄭嵎詩註：與葉法善遊，歸，於笛中寫其音。會西凉節度楊敬述進《婆羅門》曲，聲調相符，遂合二者而製，名為《霓裳羽衣》。《碧鷄漫志》

云為創於敬述，潤色於明皇。沈存中云：用月中所聞為散序，用楊曲為腔，諸書皆同。其言屬黄鐘，其調屬商，見前《漫志》，沈存中亦引，辨為商調。其譜三十六段，見《混成集》。其奏樂用女人三十，每番十人迭奏，而音極清高。見《齊東野語》。樂天詩亦曰：「由來此舞難得人，須是傾城可憐女。」其舞服之飾，樂天詩曰：「虹裳霞披步摇冠，鈿音纍纍珮珊珊。」奏曲之數，白詩又曰：「散序六奏未動衣，中序擘騞初入拍。繁音急節十二遍，唳鶴曲中長引聲。」但《漫志》云餙奏有二十二遍，餘皆同。惜文人往往指為亡國之音，如杜牧詩曰：「《霓裳》一曲千峰上，舞破中原始下來。」故棄而不傳。然周草窓述之，真有注雲落水之意，非人間曲也。見《齊東野語》。予因摘出，以告知音者。（同前書卷二十四「辯證類」）

八 唐詩晉字漢文章：嘗言唐詩晉字漢文章，此特舉其大略。究而言之，文章與時高下，後代自不及前，如風草之説是也，漢豈能及先秦耶？字書變入草法，晉室能書者衆矣，二王相繼盛於一時，故足稱許。至如篆隸，雖曰二王、僧虔能解，較之秦、漢，古意遠不及也，故有「書學自羲之壞了」之説。唐以詩取士，故盛於唐，又得李、杜為之大宗，若較晉、魏諸人古選之雅，又不可得矣。至若宋之理學，真歷代之不及，若止三事論之，則宋之南詞，元之北樂府，亦足以配言耳。（同前書卷二十六「辯證類」）

九 《西湖竹枝詞》：《竹枝詞》本夜郎之音，起於劉朗州，蓋《子夜歌》之變也，實有風人騷子之遺意。故楊廉夫云：「製《竹枝詞》者，不猶愈於今之樂府乎？」吾杭西湖有《竹枝詞》一帙，乃廉夫為倡，一時詩人和者，惜無刻本，予祖母之姑亦有一詞於上。昨見瞿存齋《詩話》論其二章，用意甚佳，惜不知姓氏，今補其姓氏於右。其詩云：「春暉堂上挽郎衣，别郎問郎何日歸。黄金臺高倘回首，南高峰頂白雲飛。」又云：「官河遶湖湖遶城，河水不如湖水清。不用千金酬一笑，郎恩才重妾身輕。」前乃丹丘李介石字守道作，後乃富春吴復字見心作。其人間傳誦「雲歸沙嶼白，日出水城黄」，乃吴之警句也。（同前）

一〇《西江月》詞：程學士敏政裒緝《宋遺民録》一書，末卷辯宋瀛國公之事，亦既明矣，惜所引陶九成《輟耕録》《西江月》詞尚未解明，其詞云：「九九乾坤已定，清明節後開花。米田天下亂如麻，直待龍蛇繼馬。　依舊中華福地，古月一陣還家。當初指望甕生涯，死在西江月下。」陶以為真武之降筆，程以為劉秉忠作，此姑置之。其初二句乃言元世祖滅宋，德祐封為瀛國公時，至順帝至正十五年，我太祖三月起兵和陽，正當九九八十一年之數，是知乾坤已定九九，而三月乃清明時也，「米田」言番人也，「直待龍蛇繼馬」，是太祖至正甲辰建國即位，乙巳伐元都，至丙午元亡，豈非龍蛇繼馬耶？「古月一陣還家」，乃言胡人皆去北矣；「當初指望甕生涯」，此寧宗之后甕吉剌氏不立己子而取順帝，是無生涯矣。程註云元主皆娶甕吉剌氏為后，而此云指望甕生涯，蓋隂寓順帝，非甕吉剌氏所出之意也。予考之，元惟七主娶弘吉剌氏，餘皆他姓，且弘吉非甕吉，不知程何所據？今姑依之以解。「死在西江月下」，獨言順帝北殂於應昌，猝取西江寺梁為棺之驗耳，胡不通解而註一句，又似非是，今補之，而瀛國公之事明矣。（同前書卷二十七「辯證類」）

一一　蘇小小考：蘇小小有二人，皆錢塘名娼。一南齊人，郭茂倩所編《樂府解題》下已註明矣，故古辭有《蘇小小歌》，及白樂天、劉夢得詩稱之者。《春渚紀聞》所載司馬才仲事，並是南齊之蘇小小也。一是宋人，乃見於《武林紀事》，其書無刻板，其事隱微，今録以明之。蘇小小，錢塘名娼也，容色俊麗，頗工詩詞，其姊名盼奴，與太學生趙不敏相與甚洽，款遇三年。不敏日益貧，盼奴周給之，使篤於業，遂棲南省，得官授襄陽府司户，盼奴未能落籍，不能偕行。不敏赴官三載，想念成疾而卒。有禄俸餘資，囑其弟趙院判分作二分，一以與弟，一命送盼奴。為言盼奴有妹小小，俊秀善吟，可謀致之，佳偶也。院判如言，至錢塘，有宗人為錢塘倅，托召盼奴領其物。倅為召之，有蒼頭至云：「盼奴於一月前已抱疾歿，小小亦為於潛縣官絹事繫廳監。」倅遂呼小小出，詰之曰：「於潛官絹，汝誘商人一百疋，何以償之？」小小回覆：「此亡姊盼奴之事，乞賜周旋，非惟小小感生成之恩，盼奴在泉下亦不忘也。」倅喜其言語婉順，因問：「汝識襄陽趙司户耶？」小小曰：「趙司户未仕之日，姊盼奴周給，後中科授官去久，盼奴想念，因是致疾不起而卒。」倅曰：「趙司户亦謝世矣，遺人附一緘及餘物一罨外，有伊弟院判一緘付爾開之。」小小自謂不識院判何人，乃拆書，惟一詩曰：「昔時名妓鎮東吴，不戀黄金只好書。借問錢塘蘇小小，風流還似大蘇無。」小小默然。倅令和之，辭不能，倅强之，責以官絹罪名，不得已和云：「君住襄江妾住吴，無情人寄有情書。當年若也來相訪，還有於潛絹事無？」倅大喜，盡以所寄與之，力為作主，命小小歸院判，與偕老焉。據此，曰太學、曰錢塘，詩曰「還似大蘇無」，則可知矣。又有元遺山所作《虞美人》長短句云：「槐陰别院宜清晝，人坐春風秀。美人圖子阿誰留，都是宣和名筆内家收。　鶯鶯燕燕分飛後，粉淡梨花瘦。只除蘇小不風流，斜插一枝萱草鳳釵頭。」此詞既説鶯鶯燕燕之後，此蓋是趙司户小小也，今人止知是蘇小小，不知是何時人。《輟耕》既備載數事，辯以為南齊人矣，又不知有宋蘇小小，故復載《虞美人》之詞也。一本「小小」又作「小娟」，蓋抄之者之誤，殊不觀所寄之詩，若是「小娟」，則音拗矣，何不另換一句？況又有《虞美人》之詞可證。《春渚紀聞》又載小小之墓在錢塘縣廨舍之後，蓋縣原在錢塘門邊，去湖上西陵橋不遠。故古辭有「何處結同心，西陵松樹下」之句。此則南齊小小之墓，必在西湖上西陵橋，故油壁車之事俱在湖上，若以托才仲之夢有「妾本錢塘江上住」之句，即云在江討，差矣。元人張光弼有《蘇小小墓》詩云：「香骨沉埋縣治前，西陵魂夢隔風煙。好花好月年年在，潮落潮生更可憐。」註：「墳在嘉興縣前，今為民家所占。」既曰縣治，又曰西陵，亦不知，而渾言此必宋小小墳耳，何也？趙不敏乃吴人，安知不住嘉興？院判既取小小，而終老可知矣，此特光弼不知有二而差言。予既辦（當作辨，下同）其人，復辦其墓，以正《輟耕》之不足。（同前）

一二　張三影子野：張先，字子野，吴興人也。《高齋詩話》以其詩有「浮萍斷處見山影」、「雲破月來花弄影」、「隔牆送過鞦韆影」，以句工而人目為張三影也。《後山詩話》又改後二影謂「簾幕捲花影」、「墮絮輕無影」，人皆不知何以不同。不知初客謂子野曰：「人皆謂公張三中，蓋能道心中事、眼中影、意中人也。」公曰：「我張三影也。」遂舉後山者言之，但原辭尚多數字，因詞也。後高齋因子野有前詩「三影」者亦佳，遂著之，一一收較之，似不如公自舉者。又見《石林詩話》云：子野能文章樂府，至老不衰，居錢塘，年八十餘，猶蓄聲妓。東坡有聞其買妾時八十五詩以戲之：「錦里先生自笑狂，莫欺九十鬢眉蒼。詩人老去鶯鶯在，公子歸來燕燕忙。柱下相君猶有齒，江南刺史已無腸。平生謬作安昌客，略遣彭宣到後堂。」全篇用張姓故事，乃戲言耳。若歐陽公誌墓之子野，乃博州人，偶然同時同名同字也，故誌之，所言迥不與「三影」為人同（當作「同人」）也。前乃天聖八年進士，後乃天聖三年進士。（同前）

一三　曲語有本：《捫蝨新話》：王元澤詞曰：「露晞向曉，簾幕風輕，小院閒晝。翠逕鶯來，驚下亂紅鋪繡。倚危牆，望高榭，海棠帶雨胭脂透。又因循過了，清明時候。倦遊宴，風光滿目，好景良辰，誰共攜手？恨被榆錢買斷，兩眉長皺。憶高陽人散後，落花流水人依舊。這情懷，對東風盡成消瘦。」調寄《倦尋芳慢》。今曲中「簾幕風柔，庭幃晝永，海棠帶雨臙脂瘦，因循過了清明也」等句，本諸此。（同前書卷二十八「辯證類」）

一四　欸乃：欸，歎聲也，亦作欵（當作款）。本哀音，收灰、隊二韻，亦讀作上聲。欸，按：《説文》無襖音也，乃，即俗之廼字。《春秋傳》以為難辭，王安石謂繼事之辭也，而《説文》亦無靄音。今二字連綿讀之，是棹船相應之聲，柳子厚詩云：「欸乃一聲山水緑」是也。後人因柳集中有註字云一本作「襖靄」，遂即音「欸」為「襖」，音「乃」為「靄」，不知彼註自謂別本作「襖靄」，非謂「欸乃」當音「襖靄」也。黄山谷不加深考，從而實之：「欸乃是湖中節歌之聲，元結有《欸乃曲》。」已一錯也。其甥洪駒父又辯曰：「柳子『款靄一聲山水緑』，而世俗乃分欸乃為二字，誤矣。見《冷齋夜話》尤為可笑，不知此款字為何字也，雖《海篇》雜字中亦無也。又按劉蛻文集有《湖中靄廼歌》，劉言史《瀟湘》詩有「閑歌曖迺深峽裏」，元次山有《湖南欸乃歌》，則知二字有音無文者。特柳子用此二字，後人註之，毛晃增入韻中，故數子之意皆同，而用字自異，是數字不妨並行，特用其音意耳。《韻會》已少辯之矣。（同前）

一五　中秋不見月：永樂中秋，上方開宴賞月，月為雲掩，召學士解縉賦詩，遂口占《風落梅》一闋，其詞云：「嫦娥面，今夜圓。下雲簾，不著臣見。拚今宵、倚欄不去眠，看誰過、廣寒宮殿。」上覽之，歡甚，復命賦長篇，又成長短句以進，歌曰：「吾聞廣寒八萬三千修月斧，暗處生明缺處補。不知七寶何以修合成，孤光洞徹乾坤萬萬古。三秋正中夜當年（當作午），佳期不擬嫦娥誤。酒杯狼藉燭無輝，天上人間隔風雨。玉女莫乘鸞，仙人休伐樹。天柱不可登，虹橋在何處？帝閽悠悠叫無路，吾欲斬蜍蛙磔其兔。坐令天宇絶纖塵，世上青霄燦如故。黄金為節玉為輅，縹緲鸞車爛無數。水晶簾外河漢横，冰壺影裏笙歌度。雲旗盡下飛玄武，青鳥啣書報王母。但期歲歲奉宸遊，來看《霓裳羽衣舞》。」上益喜，同縉飲。過夜半，月復明朗，上大笑曰：「子才真可謂奪天手段也。」蓋既以其天才，又歌有「坐令天宇絶纖塵」等句，今集止載後歌，而雜僞者多也。（同前書卷二十九「詩文類」）

一六　上元詩：曾南豐有《錢塘上元夜祥符寺燕席詩》云：「月明如畫露華濃，錦帳名郎笑語同。金地夜寒消美酒，玉人春困倚東風。紅雲燈火浮滄海，碧水樓臺浸遠空。白髮蹉跎歡意少，強顔猶入少年叢。」又云：「金鞍馳騁屬兒曹，夜半喧闐意氣豪。明月滿街流水遠，華燈入望衆星高。風吹玉漏穿花急，人倚朱欄送目勞。自笑低心逐年少，秪尋前事撚霜毫。」僧惠洪覺範亦有《京師上元》詩云：「及時膏雨已闌珊，黄道春泥曉未乾。白面郎敲金鐙過，紅粧人揭繡簾看。管絃沸月喧和氣，燈火燒空奪夜寒。咫尺鳳樓開雉扇，玉皇仙仗紫雲端。」按覺範，江西筠州人，姓彭氏，嘗妄誕著其叔彭淵才之説，以為曾子固不能詩。學者不察，隨聲附和。今以三詩較之，高下固已殊矣。且覺範首聯，為僧而有此言，無恥甚矣。較之唐僧但願「鵝生四掌，鱉着雙裙」之説，此尤可責，宜其坐罪還俗也。殊不知南豐文名重於詩名，固為之掩耳，猶張子野、賀方回以長短句馳名之故。且如「明月滿街流水遠，華燈入望衆星高」，又曰「金地夜寒消美酒，玉人春困倚東風」，夫豈不能詩者乎？「人倚朱闌送目勞」，並上句看，乃見其妙。謂遊冶屬意者不勝其注想，而恨夫夜之短也，惜其詩雖工巧，格律卑弱。此論方虚谷亦略言之，惜未詳言如此明白也。（同前書卷三十「詩文類」）

一七　除夕元旦詞：庠彦沈明德宣嘗賦吾杭除夕、元旦《蝶戀花》二詞，道盡中人以下之家之風俗，誠足解頤。録以遺好事者。除夕云：「鑼鼓兒童聲聒耳，傍早關門，掛起新簾子。炮仗滿街驚耗鬼，松柴燒在烏盆裏。寫就神荼並鬱壘，細馬送神，多着同興紙。分歲酒闌扶醉起，闔門一夜齊歡喜。」元旦云：「接得竈神天未曉，炮仗喧喧，催要開門早。新楷鍾馗先掛了，大紅春帖銷金好。爐燒蒼木香繚繞（當作繞），黄紙神牌，上寫天尊號。燒得紙灰都不掃，斜日半街（當作銜）人醉倒。」（同前）

一八　秦黄詩讖：秦觀，字少游，號太虚，淮之高郵人，與蘇、黄齊名。嘗於夢中作《好事近》一詞云：「山露雨添花，花動一山春色。行到小溪深處，有黄鸝千百。飛雲當面化龍蛇，天矯掛晴碧。醉卧古藤陰下，杳不知南北。」其後以事謫藤州，竟死於藤，此詞其讖乎？少游同時有賀鑄，字方回，嘗作《青玉案》詞悼之云：「凌波不過横塘路，但目送，芳塵去。錦瑟年華誰與度，月樓花院，綺窗珠户，惟有春知處。　碧雲冉冉衡皋暮，彩筆空題斷腸句。試問閑愁知幾許？一川煙草，滿城風絮，梅子黄時雨。」山谷有詩云：「少游醉卧石（當作古）藤下，誰與愁眉唱一杯。解道江南斷腸句，秖今惟有賀方回。」秦詞世人少知，予嘗親見其墨蹟，後有近代劉菊莊題云：「名並蘇黄學更優，一詞遺墨至今留。無人唤醒藤州夢，淮水淮山總是愁。」亦不勝其感慨，因憶賀、黄二作，並書之，以見少游固竟没於貶所而山谷厄於城樓之死，尤艱哉！嗚呼！詠詩之日，孰知又為少游之後者耶？（同前）

一九　詞非歐陽作：王銍《默記》記歐陽文忠公私通甥女事，為此降官，事亦詳矣。而《錢氏私志》又述其自作之詞曰：「江南柳，葉小未成陰。人為絲輕那忍折，鶯憐枝嫩不勝吟，留取待春深。十四五，閑抱琵琶尋。堂上簸錢堂下走，恁時已留心，何況到如今。」蓋甥女依公時，方七歲故也。予意公因甥女無依，領回，方七歲，公何便有此心，况此詞後一拍全似他人之説公者。但事之有無，未可與辯，詞非公為，决然也。或者錢世昭因公《五代史》中多毁吴越，故抵之，如落第士子作《醉蓬萊》以嘲公也，讀者理推。（同前書卷三十一「詩文類」）

二〇　詩文似：舊云韓詩似文，杜文似詩。予謂韋應物律詩似古，劉長卿古詩似律；子瞻詞如詩，少游詩如詞，固一病也，然亦因性所便，習而使之耳。（同前）

二一　神仙太守：華亭張東海弼，人品詩字，成化間一時之望。休致既早，子皆成名，殊無一事累心。蘇州別駕周德中以其為神仙太守，而張嘗制十絶以答之，見其無仙，並跋朱子託名鄒訢為戲耳。又有長短句一篇，意尤端古，皆予家所藏，今文集中無也。因録詩三首並歌於稾，庶不没東海人品正大而才思不凡也。詩云：「歸休太守似神仙，布被蒙頭日夜眠。却怪門前來熱客，馬蹄踏破紫芝煙。」「古今何處有神仙，鶴駕鸞驂總浪傳。莫信空同鄒道士，刀圭入口亦徒然。」「歐陽自號無仙子，卓識真知冠古今。弱水蓬萊在何處，愚失白骨紫苔深。」歌曰：「東海先生歸也，南安太守新除。一挑行李兩船書，被人笑道癡愚。書也書，寒不堪穿，饑不堪煮，收拾許多何用處。況而今白髮蒼顔，坐黄堂之署，乘五馬之車，那得工夫再看渠。又將載到南安去，古人糟粕，誰味真腴？枉説道，黄卷中，時與聖賢相對語。」(同前)

二二　《花間》詞名：《歸國遥》、《酒泉子》、《定西番》、《河瀆神》、《遐方怨》、《思帝鄉》、《蕃女怨》、《荷葉盃》、《上行盃》、《思越人》、《三字令》、《竹枝》、《河傳》、《摘得新》、《離別難》、《相見歡》、《醉公子》、《感恩多》、《滿宫花》、《蝴蝶兒》、《贊成功》、《西溪子》、《中興樂》、《接賢賓》、《贊浦子》、《女冠子》、《甘州遍》、《紗窓恨》、《柳含煙》、《月宫春》、《戀情深》、《賀明朝》，右三十二詞，乃《花間集》之名也，《草堂詩餘》諸本之所無，今作詞者，不惟不填此調，亦不知有此名耳。予故於三十四卷中，已言《花間集》為詞家之祖，今復特録其名以見之，則南詞始於唐也無疑。(同前)

二三　豔詞不可填：昔僧秀關西與黄山谷曰：「作詩無害，惟豔歌小詞可罷之。」山谷笑曰：「殆空中語耳，終墮此惡道耶？」師曰：「若是以邪言蕩人淫心，使彼由汝犯法，恐不止墮惡道而已。」黄自此不作豔詞，予嘗思此甚為有理，惟詞曲盡説情思，非若詩之藴藉悠揚也，如柳耆卿《晝夜樂》一詞云：「秀香家住桃花徑，筭神仙，纔堪並。層波細剪明眸，膩玉圓搓素頸。愛把歌喉當筵逞，遏天邊、亂雲愁凝，言語似嬌鶯，一聲聲堪聽。　雕房飲散簾幕静，擁香衾，歡心稱。金爐麝裊青煙，鳳帳燭摇紅影。無限狂心乘酒興，這歡娱、漸入佳境。猶自怨鄰雞，道秋宵不永。」此雖贈妓，真可謂狎語淫言矣，宜戒之。（同前）

二四　集句：集句起於宋荆公、曼卿，可謂絶唱。予幼時嘗見襄府紀善長樂戴天錫維壽所著《羣珠摘粹》，板鏤浙藩，皆集唐、宋、元人之詩為律，對偶親切，渾然天成，亦可影響王、石。今板毁矣，不知海内尚存否？又吾杭沈履德行有集古《宫詞》、《梅花》等詩，今行於世，似不及於戴，然讀之亦有宛然天成、全無斧鑿痕者。後聞沈有《集古蘽式》，分門摘句，先已排定起聯結句，但臨時詠何事，即攢成之耳，但不知戴亦如此否耶？今特録戴二律，用書於左，以見其工緻。《題諸葛孔明像》云：「鐵馬雲雕久絶塵温飛卿，稱吴稱魏已紛紛曾南豐。平生艱苦思興漢元吴漳，一段清真盡屬君陸龜蒙。自願勤勞甘百戰楊巨原，莫將成敗論三分元吴漳。晴囱寫罷《出師表》陳衆仲，目斷西南日暮雲元吴惟善。」《秋閨》云：「久病情懷偶自如元王中，挑燈細讀寄來書元范德機。蒼茫嶺海三年别朱元晦，彷彿塵埃數字餘蘇東坡。月墜簷牙人睡了周美成，風生荷葉酒醒初林霽山。分明更想殘宵夢吴商浩，夢裏頻頻却見渠王十朋。碧落香銷蘭露秋温庭筠，銀河依舊隔牽牛元郝伯常。清風未許同攜手譚用之，好月那堪獨上樓用之。歸信幾番勞遠夢高鼎王，愁心一倍長離憂李從一。玉顏自古為身累歐陽永叔，畫向丹青也合羞花蕊夫人。」觀此，真可謂化腐成奇，豈直雕蟲小技而已耶？予每每羨之，嘗集五言者，亦庶幾也。至於七言長篇，似亦難工，嘗因顧都憲璘寄命集句，遂以四律贈之，人謂畫出一東橋也。……（節録自同前書卷三十二「詩文類」）

二五 《楊柳枝》：《楊柳枝》，即古折揚柳枝義也。本歌亡隋之曲，故陳子昂有詩云：「萬里長江一帶開，岸邊楊柳幾千栽。錦帆未落干戈起，惆悵龍舟去不回。」劉禹錫曰：「揚子江頭煙景迷，隋家宮樹拂金堤。嵯峨猶有當時色，半蘸波中水鳥棲。」又韓琮云：「昌樂隋堤事已空，萬條猶舞舊春風。」晉和凝云「萬枝枯槁怨亡隋，似吊吴臺各自垂」是也。後白居易有愛妓樊素善歌，小蠻善舞，故嘗謂（當作為）詩曰：「櫻桃樊素口，楊柳小蠻腰。」年既高邁，小蠻方豐豔，乃作《楊柳枝辭》以托意曰：「一樹春風萬萬枝，嫩於金色軟於絲。永豐西角荒園裏，盡日無人屬阿誰？」及宣宗朝，國樂唱是辭，帝問誰製？永豐在何處？左右具以對。時永豐坊西南角園中有垂柳一株，柔條極茂，因命使取二枝植禁中。居易感上知名，且好尚風雅，又作一章云：「一樹飄殘委泥土，雙枝榮耀植天庭。定知玄象今春後，柳宿光中添兩星。」故後盧貞等和其題曰：「一樹依依在永豐，兩枝飛去杳無蹤。玉皇曾採人間曲，應逐歌聲入九重。」劉禹錫曰：「塞北梅花羌笛吹，淮南桂樹小山詞。請君莫奏前朝曲，聽唱新翻《楊柳枝》。」此自是為白氏《楊柳枝》而作也，今人渾為一題，莫知其故。而六朝樂府收之，亦不辯也。不然，樂天之前已有其詩，可知矣。及唐人詠此題極多，偶爾記憶，因録出其一韻者，置之於左，庶可以見先賢用意之工拙也。劉禹錫詩云：「花萼樓前初折時，美人樓上鬭腰枝（當作肢）。如今抛擲長街裏，露葉如啼欲恨誰。」「城外西風吹酒旗，行人揮袂日西時。長安陌上無窮樹，惟有垂楊管别離。」白居易曰：「紅板橋邊青酒旗，館娃宫暖日斜時。可憐雨歇東風定，萬樹千條各自垂。」温庭筠曰：「陌上河邊千萬枝，怕寒愁雨盡低垂。黄金縷短人多折，已恨東風不展眉。」楊巨源曰：「江邊楊柳緑煙絲，立馬煩君折一枝。惟有東風最相惜，慇懃更向手中吹。」然當時傳誦，惟劉、白為最。而晚唐薛能又謂：「劉、白之句雖有才思，似太拘僻，且宫商不高，遂作十九首以壓之。」今亦舉一韻者二首，以見工拙：「潭上江邊嫋嫋垂，日高風静絮相隨。青樓一樹無人見，正是女郎眠覺時。」又曰：「劉白蘇臺總近時，當是（當作時）章句是誰推？纖腰舞盡春楊柳，未有儂家一首詩。」其妄自尊大如此。以今較之，豈能追劉、白甌籍之萬一耶？又古有《折楊柳行》，可謂甚古，謝靈運嘗一作之，餘不多見也。復有《月節折楊柳》，雖是古辭，則似近於唐人意矣。（同前）

二六　東坡孤鴻詞：東坡在黄州作《卜筭子》，山谷以為不喫煙火人語，至今傳誦。其詞云：「缺月掛疎桐，漏斷人初静。時見幽人獨往來，縹緲孤鴻影。　驚起却回頭，有恨無人省。揀盡寒枝不肯棲，寂寞沙汀冷。」一本作「寂寞吴江冷」，恐非也。予謂句則極精，托意深遠，似不可以易解也。後見《詞學筌蹄》解云：「『缺月』，刺明微也；『漏斷』，暗時也；『幽人』，不得志也；『獨往來』，無功也；『驚鴻』，賢人無所自遂，不安也；『回頭』，愛君不忘也；『無人省』，君不察也；『揀盡寒枝不肯棲』，理，不若易枝為蘆耳。每每語人，人以予為是。昨讀《野客叢書》，方知所以。乃東坡在惠州白鶴觀所作，惠有温都監女，頗有姿色，年十六而不肯聘人，聞坡至，相鄰，温謂人曰：「此吾婿也。」一夜，坡吟詠間，其女徘徊窓外，坡覺而推窓，則女踰垣而去。坡物色，得其詳，正呼王説為媒，適有過海之事，此議少寢。其女不久卒，葬於沙灘之側，坡回，聞之悵然，故為此詞也。又隋李無操有《鴻》詩曰：「夕宿寒枝上，朝飛空井中。」似亦有木棲矣，自悔讀書不多也。然又思東坡之事已矣，朱子解《易》，亦曰鴻不木棲，或得平柯，則可以安。今詩止用一「枝」字，終礙理耶。叢書無刻板，録之。（同前）

不偷安於高位也；『寂寞吴江冷』，非所安也。」以為得旨。但意鴻不木棲，今曰「揀盡寒枝」，未免背

二七　瞿宗吉：吾杭元末瞿存齋先生，名佑，字宗吉。生值兵火，流於四明、姑蘇。明《春秋》，淹貫經史百家。入國朝為仁和山水，歷宜陽、臨安二學。尋取相藩，藩屏有過，先生以輔導失職，坐繫錦衣獄，罪竄保安為民。太師英國張公輔起以教讀家塾，晚回錢塘，以疾卒。所著有《通鑑集覽鐫誤》、《香臺集》、《剪燈新話》、《樂府遺音》、《歸田詩話》、《興觀詩》、《順承藁》、《存齋遺藁》、《詠物詩》、《屏山佳趣》、《樂全藁》、《餘清曲譜》皆見存者。聞尚有《天機雲錦》、《遊藝録》、《大藏搜奇》、《學海遺珠》，不可復得也。予家又有《香臺續詠》、《香臺新詠》各一百首，皆親筆，有序，觀此，則所失尤多也。昨因當道欲得先生事實書集，詢之子孫，所答十止二三，鋕銘亦亡之矣，因述其梗槩。又嘗聞其《旅事》一律云：「過却春光獨掩門，澆愁謾有酒盈樽。孤燈聽雨心多感，一劍横空氣尚存。射虎何年隨

李廣，聞雞中夜舞劉琨。平生家國縈懷抱，濕盡青衫總淚痕。」讀此，亦知先生也，噫！（同前書卷三十三「詩文類」）

二八　婦人詩詞：昔於雜録中，見廣通道中有杭婦金麗卿之詩：「家住錢塘山水圖，梅邊柳外識林蘇。平生慣占清涼國，豈料人間有暑途。」豐城道中又有詩婦佘叔柔《浪淘沙》詞：「雨溜風鈴，滴滴丁丁，釀成一枕別離情。可惜當年陶學士，孤負郵亭。　邊雁帶秋聲，音信難憑，花鬚偷數卜歸程。料得到家秋正晚，菊滿寒城。」夫麗卿之識林和靖、蘇東坡，則已不能有出門擁蔽其面矣，叔柔可惜於陶學士，其意果何在耶？可笑，可笑。（同前書卷三十四「詩文類」）

二九　評詩難：晏元獻喜論詩，嘗曰：「老覺腰金重，慵便枕玉涼。」未是富貴，不如「笙歌歸院落，燈火下樓臺」，此方善言富貴。殊不知樂天，以道此二句非富貴語，是看人富貴者也，故魯直嬌之曰不如「落花遊絲白日静，鳴鳩乳燕青春深」好。予以「老覺」之聯固不如「笙歌」者矣，而「笙歌」、「燈火」之説為看人富貴，亦求之深遠。魯直嬌之二句，恐亦僧堂道院之所有耶，元獻何不自思己句「梨花院落溶溶月，柳絮池塘淡淡風」可矣？至於「舞低楊柳樓心月，歌罷桃花扇底風」，富貴氣象，形容盡矣。（同前）

三〇　南詞難拘字韻：樂府古體起自上古，韻既不拘，文或多寡，而其來歷又有樂府詩章等書可考也。南詞似多起於唐也，如《千秋歲》、《荔枝香》，因貴妃誕日，長生殿奏新曲二闋，未有名，適南方進荔枝，遂以二詞名之。《念奴嬌》，名娼也，故《連昌宫詞》有「力士傳呼覓念奴，念奴潛伴諸郎宿」。

《阿濫堆》，禽名也，聲最美。玄宗一取其聲，一取其名，各以製曲。《菩薩蠻》，大中初女蠻入貢，瓔絡被體，號菩薩蠻，遂製此也。《春光好》，因羯鼓催花，花開而製，惜未通知其祖於唐者。蓋明皇知音律之故，而後知音之臣因各祖之，故《竹（當作花）間集》名為填詞之祖，而所集者自温飛卿而下十八人耳。宋陸放翁又云：「晚唐詩格卑陋，而長短句獨精巧，後世莫及。」正指此也。又如《隨筆》之辯《伊》、《凉州》曲皆出於唐，亦其一證。然照字依韻，名曰填詞，今一詞之名雖同，而文有多寡，韻有平仄不同者，不可辯明，正無樂府詩章之書證之耳。如康伯可之作《應天長·詠閨情》云：「管絃喧繡陌，燈火照，塵香舊。腸斷蕭娘愁歸路，緩彫轡，獨自歸來，憑欄情緒。楚岫在何處，香夢悠悠，花月更誰主？惆悵後期，空有鱗鴻寄紈素。枕前淚，窓外雨，翠幕冷，夜凉虚度。未應信，此度相思，寸腸千縷。」又曰：「管絃繡陌，燈火畫橋，塵香舊時歸路。腸斷蕭娘，舊日風簾映朱户，鶯能舞，花解語，念後約頓成輕負。緩彫轡，獨自歸來，憑欄情緒。楚岫在何處，香夢悠悠，花月更誰主？惆悵後期，空有鱗鴻寄紈素。枕前淚，窓外雨，翠幕冷，夜凉虚度。未應信，此度相思，寸腸千縷。」然後篇比前多二十字矣。葉少藴之作《念奴嬌·詠中秋》云：「洞庭波冷，望冰輪初轉，滄江浩浩。萬頃孤光雲陣卷，長笛一聲吹破。洶湧三江，銀濤無際，遥帶五湖過。酒闌歌罷，一般意味難道。回首江海平生，漂流容易，歎佳期難到。縹緲高城風露爽，獨倚危闌傾倒。醉酌清樽，嫦娥應笑，猶似向來好。廣寒宫殿，為余聊借蓬島。」又曰：「洞庭波冷，望冰輪初轉，滄海沉沉。萬頃孤光雲陣卷，長笛吹破層陰。洶湧三江，銀濤無際，遥帶五湖深。酒闌歌罷，至今鼉怒龍吟。回首江海平生，漂流容易散，佳會難尋。縹緲高城風露爽，獨倚危檻重臨。醉倒清樽，嫦娥應笑，猶有向來心。廣寒宫殿，為余聊借瓊林。」既换韻，又换字矣。此皆不知孰是原本？孰乃非調？豈非無祖詞以證之耶？至於《憶秦娥》，諸人所作皆仄韻者，而孫夫人又有平韻者。《水龍吟》本是首句六字，第二句七字也，如秦少游贈妓云：「小樓連苑横空，下窺繡轂雕鞍驟。」陳同甫春恨云：「鬧花深處層樓，畫簾半捲東風軟。」蘇東坡詠笛云：「楚山脩竹如雲，異材秀出千林表。」而陸放翁春遊摩訶池者：「摩訶池上追遊路，紅緑參差春晚。」而首句乃七字，第二句反六字矣。《柳梢青》初起三句皆四字也，皆用平韻，如秦少游春景云：「岸草平沙，吴王故苑，柳裊煙斜。雨後寒輕，風前香軟，春在梨花。行人一棹天涯，酒激處、殘陽亂鴉。門外鞦韆，牆頭紅粉，深院誰家？」周美成佳人云：「有個人人，海棠標韻，飛燕輕盈。酒暈潮紅，羞蛾凝緑，一笑生春。為伊人恨熏心，更説甚、巫山楚雲。斗帳香銷，紗窗月冷，着意温存。」而李易安春晚者：「子規啼血，可憐又是，春歸時節。滿院東風，海棠鋪繡，梨花飛雪。丁香露泣殘枝，誚未比、愁腸寸結。自是休文，多情多感，不干風月。」此乃首句四字，第二第三總成八字，又是仄韻也。至於瞿宗吉之辯《漁家傲》本頭句第二字皆仄聲起，而楊復初、凌雲漢乃用平聲起見《樂府遺音》，似此不一。若以周德清謂句字可以增損者論，又非其名，此或南詞北曲之不同也。以予論之，南詞但要音律和諧，或平或仄俱可也。二句合作一句，一句分成二句者，則句法雖不同，字數不差，妙在歌者上下縱横所協耳。頭句不拘，正如律詩之起亦然，但多少數字，似不可也，況至於多少二三十字者哉？若歐陽公春暮《摸魚兒》：「捲繡簾，梧桐秋院落，一霎雨添新緑。對小池閑立，殘粧淺，向晚來紋如縠。凝遠月，恨人去寂寂，鳳枕孤難宿。倚欄不足，看燕拂風簷，蝶翻草露，兩兩長相逐。雙眉促，可惜年華婉娩，西風初弄庭菊。况伊家年少，多情未已難拘束。那看（當作堪）更趁良景，追尋甚處垂楊曲。佳期過盡，但不説歸來，多應忘了，屏雲去時祝。」此則前拍第二句第三句多一字，後拍第五句又少一字，而「那堪更」（脱「更」字）字當是韻，「佳期過盡」「盡」字是韻，今皆無之，恐決不可，不入選者，或是也。故少蘊之《念奴嬌》或可，而康伯可之《應天長》原註十九句，則前闋決非矣，歐之《應天長》又少似康，不知何也。（同前）

三一　述懷詞：成化間，仁和教諭聶大年以詩書名世，人來乞書，多以東坡《行香子》、馬晉《滿庭芳》應之，二詞一言不必深求問學，一言仕宦亦勞，皆不如隱逸之樂也。後聶召至京修史而死，貧不能斂，似若預為己言者。然二詞亦果痛快，今録之藁。《行香子》云：「清夜無塵，月色如銀，酒斟時須滿十分。浮名浮利，休苦勞神。歎隙中駒，石中火，夢中身。雖抱文章，開口誰親，且陶樂盡天真。不如歸去，做個閑人。對一張琴，一壺酒，一溪雲。」《滿庭芳》云：「雪漬疎髯，霜侵衰鬢，去年猶勝今年。一回老矣，堪歎又堪憐。思昔青春美景，除非是、月下花前。誰知道，金章紫綬，多少事憂煎。侵晨，騎馬出，風初暴横，雨又凄然。想山翁野叟，正爾高眠。更有紅塵赤日，也不到松下林邊。如何好，吴松江上，閑了釣魚船。」馬晉字孟昭，仕國初，吴下人也。（同前）

三二　人影詩詞：嘗聞近時有詠人影一詩膾炙人口，予意佳固佳矣，然格律卑下，不免有沾皮帶骨之誚。昨讀《詞學筌蹄》，有楊樵雲一詞尤佳也，今並録之於藁，以見人才之高下如此。詩云：「不言不語過平生，步步相隨似有情。長向燈前同静坐，每於月下共閒行。昨朝離去天將暝，今日歸來雨又晴。最是行藏堪愛處，顯身須要待時明。」詞云：「只道空煙，又疑流水，依依却是行雲。了然相對，又是夢紛紛。半面春風圖畫，黄金在，難鑄昭君。溪橋斷，梅花晴雪，端的白三分。　真真難喚醒，本年抽藕，織得榴裙。甚徘徊窺鏡，交翼鸞文。一片飛花來去。並刀快，剪取晴紋。無情處，分明着眼，強半帶春醺。」（同前書卷三十五「詩文類」）

三三　樂府：予不知音律，故詞亦不善。每見古人所作，有同名而異調者，有異名而同辭者，又有名同而句字可以增損者，莫知謂何也？後見元人周德清有《作詞起例》一書，然後知當同當異者自有數調，句字可以增損者亦有數調。惜此書已少，又雜記於衆詞名中，一時檢閲亦難也。今特録出，以便觀覽，庶使如予者可考焉。黄鐘《水仙子》，雙調《水仙子》，黄鐘《寨兒令》，越調《寨兒令》，仙吕《端正好》，正宫《端正好》，仙吕《袄神急》，雙調《袄神急》，仙吕《上京馬》，商調《上京馬》，中吕《鬬（脱鵪字）鶉》，越調《鬬鵪鶉》，中吕《紅芍藥》，南吕《紅芍藥》，中吕《醉春風》，雙調《醉春風》，已上名同而音律不同者。黄鐘計三詞：《紅錦袍》即《紅納襖》、《綵樓春》即《抛毬樂》、《雙鳳翅》即《女冠子》，正宫計四詞：《靈壽杖》即《呆骨朵》、《伴讀書》即《村裡秀才》、《黑漆弩》即《學士吟》、《鸚鵡曲》、《六么遍》即《柳梢青》，大石調計四詞：《歸塞北》即《望江南》、《卜金錢》即《初問口》、《催花樂》即《擂鼓休》、《蒙童兒》即《憨郭郎》，小石調計一詞：《青杏兒》即《青杏子》，亦入大石調，仙吕計一詞：《金盞兒》即《醉金錢》，中吕計五詞：《紅繡鞋》即《來履曲》、《喜春來》即《陽春曲》、《朝天子》即《靄（當作謁）金門》、《蘇武持節》即《山坡羊》、《賣花聲》即《升平樂》，亦作煞，南吕計六詞：《一枝花》即《占花魁》、《玄鶴鳴》即《哭皇天》、《採茶歌》即《楚江秋》、《草池春》即《鬭蝦蟆》、《閱金經》即《金字經》、《翠盤秋》亦入中吕，即《乾荷葉》，雙調計二十詞：《步步嬌》即《番桃曲》、《銀漢浮槎》即《喬木查》、《落梅風》即《壽陽曲》、《鴈兒落》即《平沙落鴈》、《德勝令》即《陣陣贏》，《凱歌回》、《水仙子》即《凌波仙》，《湘妃怨》，《馮夷曲》、《殿前歡》即《小鳳孩兒》，《鳳將雛》、《滴滴金》即《甜水令》、《折桂令》即《秋風第一枝》，《大春引》、《蟾宫曲》、《步蟾宫》、《漢江秋》即《荆襄怨》、《荆山玉》即《側磚兒》、《搗練子》即《前胡搗練》、《沽美酒》即《瓊林宴》、《駙馬還朝》即《相公愛》、《掛玉鈎》即《掛搭沽》、《醉娘子》即《醉也摩挲》、《小拜門》即《不拜門》、《慢金盞》即《金盞兒》、《撥不斷》即《續斷絃》、《也不羅》即《野落索》，越調計四詞：《調笑令》即《含花笑》、《禿斯兒》即《小沙門》、《寨兒令》即《柳營曲》、《三臺印》即《鬼三臺》，商調計一詞：《梧葉兒》即《知秋令》，般涉調計三詞：《臉兒紅》即《麻婆子》、《急曲子》即《促拍令》、《耍孩兒》即《魔合羅》，已上名異而詞調同者。正宫計七詞：《端正好》、《貨郎兒》、《煞尾》、《吕》、《混江龍》、《後庭花》、《青歌兒》，南吕計三詞：《草池春》、《鵪鶉兒》、《黄鐘尾》，中吕計一詞：（按未見曲牌，當脱漏），雙調計四詞：《新水令》、《折桂令》、《梅花酒》、《尾聲》，已上句字不拘，可以增損者。（同前書卷三十八「詩文類」）

三四 夾城八景詞：吾杭市井，夾城巷口，其一也。永樂間，其地有翰林侍講王希範洪，號毅齋，一時學士推重之，朝廷亦尊寵焉，疾也賜藥，卒也賜棺，惜四十二而終。嘗以其地為八景，作《卜筭子》八章。成化間，仁和教諭臨川聶大年，亦有聲當時者，又每題作《臨江仙》一章，皆工緻也，然王、聶二集少刻板，志收亦不全，今録於藁。夾城夜月：「孤月泛江秋，露下高城静。期着佳人夜不來，坐轉霜梧影。吹徹紫鸞簫，寶篆煙消鼎。桂子飄香下廣寒，銀漢秋波冷。」陡門春漲：「驚雪噴高崖，雷響（當作響）青天曉。剛道吴胥駕海來，勢壓滄溟小。兩岸是漁舟，潑亂飛春鳥。須信神魚去不留，五色祥雲繞。」半道春紅：「宿雨漲春流，曉日紅千樹。幾度尋芳載酒來，自與春風遇。弱水與桃源，有路從教去。不見西湖柳萬絲，滿地飛風絮。」西山晚翠：「斜日照疎簾，雨歇青山暮。白鳥鳴邊一半開，香靄和煙度。樓上見平湖，影隔春林霧。吹斷鸞簫興未闌，月照芙蓉露。」花圃啼鶯：「旭日照花林，鶯囀春風早。一片紅雲暖不開，無奈春聲攪。乘興且閒遊，莫待韶華老。隨意飛紅點緑苔，休着家僮掃。」皐亭積雪：「積玉映空青，蓬島人間近。珠樹瑶花滿眼開，縹緲仙臺影。便欲跨青鸞，直上三山頂。鶴氅披雲看下方，月白銀河冷。」江橋暮雨：「淅瀝帶秋垌，兩岸蒹葭響（當作響）。何處漁舟暝未還，隔浦聞清唱。撩亂下枯槎，一夜苕溪漲。天目應添翠色重，回首看晴嶂。」白蕩煙村：「緑竹繞清流，草舍人家遠。幾處牛羊晚下來，煙外聞鳴犬。禾稼滿秋原，路向桑麻轉。簫鼓從教樂社神，歲歲長相見。」已上王詞，後聶詞也，題同前：「萬里碧霄雲散盡，長天孤月流輝。城陰空闊柝聲稀。試登高處望，露濕五銖衣。不見遼東華表鶴，人民昔是今非。驚鳥三匝正南飛。銀河風露冷，騎得彩鸞歸。」「西北城闉如鐵甕，夜來春漲崩奔。驚濤拍岸撼崑崙。桃花三級浪，何處覓桃源。彷彿鴟夷乘白馬，潮頭日落雲昏。瀆祇川后亦消魂。琴高騎赤鯉，隨水到龍門。」「記得武林門外路，雨餘芳草蒙茸。杏花深巷酒旗風。紫騮嘶過處，隨意數殘紅。有約玉人同載酒，夕陽歸路西東。舞衫歌扇繡簾櫳。昔遊成一夢，仍問賣花翁。」「一抹夕陽低遠樹，分明翠斂西山。蒼蒼松檜鎖禪關。疎鐘殘磬裏，倦鳥亦知還。谷口樵蘇歸路晚，六橋流水潺潺。行人指點有無間。天風吹散盡，露出豹文斑。」「芳圃萬花圍繞處，嫩紅晴點香泥。金衣公子羽毛齊。為憐春色好，終日往來啼。記得早朝花底散，金河草色淒淒。數聲只在御橋西。東風回首處，香霧滿長堤。」「昨夜孤峰如潑翠，今朝玉立巑岏。瓊林琪樹間琅玕。蓬萊塵世隔，弱水竟漫漫。玉宇瓊臺千仞表，群仙飛珮驂鸞。不知何處倚闌杆。洞簫吹一曲，鶴氅不勝寒。」「一葉漁舟吞暮景，夜來江漲平橋。蒹葭兩岸嚮（當作響）蕭蕭。水村煙郭外，隱隱見歸樵。鴻鴈欲歸愁翅濕，誰憐萬里雲霄。空濛山色望中遥。鐘聲何處寺，白鳥没林腰。」「北郭秋風禾黍熟，牛羊晚食平田。一村桑柘起寒煙。田翁邀社飲，擊鼓更燒錢。處處雞豚泥飲罷，瓦盆濁酒如泉。往來東陌與西阡。雖言淳樸俗，自有一山川。」（同前書卷三十九「詩文類」）

三五 趙千里畫：嘗得趙千里畫便面，帝、后步入宮殿，一人牽鹿，一人函進珊瑚樹，意此宋德壽宮慶壽圖也。一小説中伶官進詞云：「玉帝來朝玉帝，嫦娥捧獻嫦娥。」珊瑚者，山呼也，寓松祝意耳。（同前書卷四十六「事物類」）

三六 鳥詞兆元：吾杭吏部郎李子陽旻，號東崖，少有文名，未第。成化庚子秋試，八月二日，李與同輩入學晨參，忽五色一鳥飛入明倫堂，盤旋不去，諸生喧縱聚觀，竟棲止於梁間，凡二日乃去。衆以此殆文明之兆歟？東崖為詩慶之：「文采翩翩世所稀，講堂飛上正相宜。定應覽德來千仞，不但希恩借一枝。羡爾能知鴻鵠志，催人同上鳳凰池。解元魁選皆常事，更向天衢作羽儀。」是歲，東崖果以《易經》發解，明年下第春官。癸卯冬，杭西城人瑣懋堅以《謁金門》詞餞云：「人艤着畫船，馬披上錦韉，催赴瓊林宴。塞鴻聲裏暮秋天，緑酒金杯勸。留意方深，離情漸遠，到京師，應中選。今秋是解元，來春是狀元，拜舞在，金鑾殿。」已而甲辰廷對，果魁天下，一鳥一詞，豈非先兆歟？（同前書卷四十七「事物類」）

三七　五十三：蘇郡文徵明之父林，弘治間為温州知府。一日，覺似病狀，令人往九仙祈夢，夢仙曰：「孔老人之言即是。」歸告府主，文莫曉其故。明日升堂，有老人來稟曰：「命解之木，共得板五十六片，三片朽而無用。」文曰：「此尚可以解多乎？」老人曰：「不可解矣。」文省昨日之言，問其姓，則答以姓孔。遂驚怖而回衙，病即不起，時正五十三矣。同郡唐寅，字子畏，弘治間解元也。嘗記九仙祈夢，夢人示以「中吕」二字，語人，亦莫知故。後訪同邑閣老王鏊於山中，見其壁間揭東坡《滿庭芳》詞，下有「中吕」字，唐驚曰：「此余夢中所見也。」誦其詞，有「百年強半，來日苦無多」之句，默然歸家，疾作而卒，時年亦五十三也。（同前書卷四十八「奇謔類」）

三八　五空數：金人田特秀，轉運使也。母姙時問仙，仙曰：「前中後是五，五三一十五。生死與成敗，逍遥在廊廡。」莫識其故。後生時五月五日午時，以為合三五之數矣，豈知因其生，遂名五兒，所居里名半，十行當第五，二十五歲，鄉、府、省、御四試皆中第五，死於憂午軒，壽五十五，八月十五日也。弘治間，蘇州學生陶麟因科舉，祈籤於江東之神，詞曰：「到頭萬事總成空。」是年不第，以為終無成矣，後應貢，豈知編號乃「空」字？正德丁卯領鄉薦，辛卯登進士，卷號亦皆「空」字，二事真可謂巧也。（同前書卷四十九「奇謔類」）

三九 鬧幾場罵不休：景泰間，朝廷鋭意修《續綱目》，督促翰院，因各廌（當作薦）外臣相知者入纂。時丁参議理與宋尚寶懷因争一事，尚氣失色，忿詈於館中。時有一詩云：「参議丁公性太剛，宋卿凌慢亦難當。亂將毒手抛青史，故發傖言污玉堂。同輩有情難勸解，外郎無禮便傳揚。不知班馬韓歐輩，曾為修書鬧幾場。」又吾友編修金美之未仕時，為外家張氏作誌，謹依金石之例，不書婦姓，婦家乃俗夫也，意編修為輕己，而背言詆之。其友張教諭子輿口占長短句嘲曰：「張翁墓誌，金生執筆。不書婦氏，婦家稱屈。金生自謂能文字，纔動筆時便忍氣。韓退之，柳柳州。蘇東坡，歐陽修。當時墓誌做多少，畢竟門前罵不休。」右二事雖一時戲言，大抵修書必須日久，而用人必得實學，庶使事不錯而文精也。苟拘以官法，執筆者非人，書必無成也，聞當時亦徒為一番耳。又無位之人，不當輕與人作文，徒為人嫌，美之後貴，求文者動以數金而未得，人不惡之，是可占矣。（同前書卷五十「奇謔類」）

四〇《廣陵散》：《晉書》載嵇康嘗遊會稽，宿華陽亭，引琴而彈。忽客至，自稱古人，與談音律，辭致清辨，索琴而彈，曰：「此《廣陵散》也。」聲調絶倫，遂授於康，誓不傳人，不言姓而去。及康將刑東市，顧日影曰：「昔袁孝巳（當作尼，下同）嘗從吾學《廣陵散》，吾每靳，而今絶矣。」海内至今莫不痛惜。又《琴書》曰：嵇康《廣陵散》本四十一拍，不傳於世。惟康之甥袁孝巳能琴，每從康學而不與，後康静夜鼓之，孝巳竊從外聽，至亂聲，小有間息。康疑有人，推琴出户，果見孝巳，止得三十三拍。後孝巳會止息之意，續成八拍，共四十一拍，序引在而世亦罕聞焉。予少曾學琴，亦聞其無傳也。嘉靖己巳，宿尚書顧東橋書室，見有《神奇秘譜》三卷，乃明臞仙所纂，首列《廣陵散》，共該四十四拍。序其原，出隋宫，傳唐、宋之御府者，共有六段，段各有題並譜，餘曲六十有一，若世所傳《顔回》、《雙清》之類，絶少也。惜譜多難抄，今止録其《廣陵》一曲，詞名則具，而音譜亦略之也。曲名《廣陵散》者，因時晉乘魏際，王陵、毌丘儉、文欽、諸葛誕，繼為揚州都督，咸有興復之謀，俱為司徒所殺。揚地名廣陵，散言魏散亡自廣陵始也。止息名篇者，由音哀傷痛息，客稱古人者，乃伶倫也，皆他書所考云耳。　開指一段，小序三段，俱名止息。　大序五段　井里、申誠、順物、因時、干時。　正聲十八段　取韓、呼幽、亡身、作氣、含志、沉思、返魂、徇物、衝冠、長虹、寒風、發怒、烈婦、收人、揚名、含光、沉名、投劍。　亂聲十段　峻跡、守質、歸政、讐畢、終思、同志、用事、辭鄉、氣衝、微行。　後序八段　會止息意、意絶、悲志、歎息、長吁、傷感、恨憤、亡計。(《七修續藁》「詩文類」)

四一　舞馬：世惟知唐玄宗之有舞馬，而不知前已有之，非常馬也。《山海經》述海外大樂之野，夏后啓於此舞九代馬。宋大明五年，河南國進赤龍駒，能拜伏善舞。唐中宗景龍間，文館記有舞馬。又《異物誌》云：大宛有解人語、知音律者，觀此，自有一種，其來久矣。《廣川畫跋》以馬異於今也，或角或距，朱尾白鬣，親見其圖矣，胡未能述其真？　予讀唐史，明皇教舞馬百駟，為左右部，因謂之某家驕，衣以文繡，絡以金鈴，雜以珠玉，舞曲謂之《傾杯樂》、《昇平樂》，凡十數曲，用樂工姿秀者數十人，衣淡黄衫，文玉帶，立於馬之前後左右，施板床三層，或令壯士舉一榻，樂作而馬舞床榻如飛，俯仰騰躍，皆合節奏。故張説詩曰：「試聽紫騮歌樂府，何如騏驥舞華陽。」杜詩云：「鬪鷄初賜錦，舞馬使登床。」徐積詩曰：「繡榻盡容騏驥足，錦衣渾蓋渥窪泥。」皆其證也。《樂天雜録》謂舞馬者，乃人舞於床上，非也。（同前書「事物類」）

盧濬詞話

盧濬，字希哲，天台（今浙江）人。成化丁未進士，弘治間由進士守黄州，廉直多惠政，觀風各邑，所過名山水輒為題詠，右文禮賢。著有《渺粟稿》、《黄州詩集》。又編《古黄遺蹟集》一卷，輯黄州古蹟題詠，大旨以詩賦為主。此據《四庫全書存目叢書》影印明弘治間刻本《古黄遺蹟集》録詞話三則。

一　赤壁：在府治西北漢川門外，屹立江濱，截然如壁，而赤色，因名，又名赤鼻山。横江館在山之西，今廢。蓋赤壁有三，惟蒲圻縣西北岸烏林與赤壁相對，乃周瑜破曹操處，此則東坡先生追□者也。……《賀新郎》（李致美）「蘇子秋七月，向凉宵、扁舟與容（當作『容與』）。共遊赤壁，清吹徐來波不動，舉酒誦詩，屬客曰、露與水光相接。萬頃茫茫風浩浩，飄飄乎遺世而獨立，棹蘭槳，泝空闊。正襟危坐而言曰，客知夫天地之間，久長無物，惟有清風與明月，萬古用之不竭。寓耳目、為聲為色。客咲欣然，重酌酒，忽盤肴既盡。盃盤狼藉，東方白。」　十月臨臯暮，客從予黄泥之坂，凛然霜露，相與行歌而言曰：「月白風清如許，念無酒。」歸謀諸婦，婦曰：「斗酒藏之已久，可携為赤壁之遊否？」江水落，出洲渚，登龍踞虎，幽宫俯嘯一聲，山鳴谷應，寂寞四顧，有鶴東來西去也。夢道士揖予而語：「赤壁之遊，樂乎否？」問其名，不答，予驚悟，開户視，不知處。（節録自《古黄遺蹟集》）

二　偕董舒二郡守遊赤壁，《蝶戀花》（盧濬）：「日浸江波波没柳，赤壁人家，白蘋横渡口。偷閑載酒邀朋舊，白鳥幾聲山影瘦。　萬眼争看三郡守，縱棹歡歌，惹薫風兩袖。須信顛連到處有，策勳各展經綸手。」　次韻（麻城舒崑山知府）：「帆陰斜渡江邊柳，官酒頻斟，風來清人口。神明太守思僚舊，皆惜酡顔為詩瘦。　坐有中丞曾作守，亦挽蘭舟，共襲香連袖。舟楫鹽梅公獨有，調羹先試撑舡手。」（同前）

三　緑楊橋：在縣東六里，東坡先生曾夜醉乘月卧此橋，既覺，作《西江月》，玉臺山、洗筆池、陸羽泉，皆在其東，蓋一方佳地也。　《西江月》（蘇子瞻）：「照野瀰瀰淺浪，横空曖曖微霄。障泥未解玉驄驕，我醉欲眠芳草。　可惜一溪明月，莫教踏破瓊瑶。解鞍攲枕緑揚橋，杜宇數聲春曉。」（同前）

柯漢詞話

柯漢，潮陽（今廣東）人。成化丙戌進士，奉正大夫，尹衡南二府同知，致仕。此據《四庫未收書輯刊》影印明萬曆二十七年李一軒刻本李齡《宮詹遺藁外編》録詞話一則。

一　《賀上舍李君華興蓋鄉賢祠落成詞》：嘗謂有非常之人，必作非常之事。有非常之事，必待非常之人。此先賢之格言，亦古今之通義也。恭惟僉憲提學李公，深有功於名教，肆方伯周公來藩廣東，欲報祀以流芳，謀及冢孫，冀成勝事。冢孫華曰：「獨樂不若與人，少樂不若與衆。與其獨享吾先子，孰若遍祀於群賢。祠宇在在有之，獨我潮陽無聞。今仗明公吹嘘之力，命有司補其缺典，庶先子與有光。」周公起手加敬曰：「似爾宅心之公，發吾心之所未發。」乃馳羽書，謀諸郡伯葉公，相隙地於文廟之偏，大興柱石，給義田於浮屠之教。永賴香燈，吾道增光，斯文有幸，是皆方伯周公作倡於始，而郡伯葉公圖成於終。姚明成等忝與親朋，不勝欣躍，故請予詞曰：「日下長安，海濵鄒魯，盡收勝覽方輿。河嶽郊靈，篤生俊偉真儒。棟梁榱桷皇家器，從頭數、個個宜書。遇春秋、俎豆儀陳，禮亦如之。　十分春色繁華地，伏東風着力，特地吹噓。肯構肯堂，安排容貌襟裾。義田自有千鍾粟，犧牲簠簋贏餘。看將來、郁李華開，香滿門閭。」右調《慶春澤》。弘治癸酉歲春二月之吉，賜進士奉政大夫脩正庶尹衡南二府同知致仕柯漢書。（《宫詹遺藁外編》卷二）

孫道易輯詞話

孫道易，字景周，自號映雪老人，華亭（今上海）人。行蹟不詳。著《東園客談》一卷，末有孫氏題識，謂成化十二年成編，共五十帙，以備觀覽，時年八十三。是書皆録名人嘉言懿行，及近代聞見諸事，因據友朋所書輯之，故曰客談，於每條下各標其名，如錢維善、全思誠、陶宗儀、夏文彦、夏頤、邵煥、孫中昬、曾樸等，並道易共十七人，多為元之遺民。後又有景泰戊子金齋跋，稱舊凡五十帙，今僅存三十一條，散佚不全，已非完本。此據《續修四庫全書》影印明抄《説集》本録詞話二則。

一

至元十三年丙子春正月十八日，淮安王伯顔公以中書右丞相統兵入杭，宋謝、全兩后以下皆赴北，有王婉儀者題《滿江紅》詞於驛云：「太液芙蓉，渾不似、丹青顔色。曾記春風雨露，玉樓金闕。名播蘭簪妃后裏，暈潮蓮臉君王側。忽一朝、鼙鼓揭天來，繁華歇。　龍虎散，風雲滅。千古恨，憑誰説。對山河百二，淚沾襟血。驛館夜驚塵土夢，寶車曉轉關山月。只姮娥、相顧肯從容，隨圓缺。」或云王昭儀下張瓊英所賦也。夏五月二日兩后抵上都朝見。（《東園客談》）

二　宋末岳州徐君寶妻某氏被虜來杭，居韓蘄王府，自岳至杭，相從數千里，相與一月，虜巧計欲得之，乃以巧計脱之，終不可犯。一日，虜必欲强污之，度不可脱，乃謂曰：「俟我祭亡夫，謝絶之，可事汝。」虜喜而然之。遂嚴粧，焚香祝畢，赴池水而死。將赴死之際，題《滿庭芳》一闋於府壁，云：「漢上繁華，江南人物，尚遺宣政風流。緑窓朱户，十里爛銀鈎。一旦刀兵齊舉，旌旗擁、百萬貔貅。長驅入、歌臺舞榭，風落花愁。　清平三百載，典章文物，掃地俱休。幸此身未北，猶客南洲（當作州）。破鏡徐郎何在，空惆悵、相見無由。從今後、夢魂千里，夜夜岳楊（當作陽）樓。」予今歲至杭，聞徐子詳（一作祥）言之。徐乃湖州市人也，正與蘄王府鄰，尤（當作猶）及見其親筆。後宣伯聚先生亦言，正與清風嶺同，所謂一時一事也。予因當今喪亂以來，婦人女子盡（脱「節」字）死者不（脱「可」字）勝計，其中縱有文筆者，皆出於倉卒，措詞未能盡善。然清風嶺一時一事，其措詞亦萬萬也而不及焉。予足跡不遠，見聞有限，故獨如此篇為最，好事君子倘有遇於此者，幸録以繼之，亦不幸之中之盛事也。至正庚子十月三日，山陰朱武書。（同前）

張旭詞話

張旭，字廷曙，休寧（今安徽）人。成化甲午舉人，歷官孝豐、伊陽、高明三縣知縣。著《梅巖小稿》三十卷，此據《四庫全書存目叢書》影印明正德元年刻本録詞話一則。

一　詩卷之一二俱五言絶句，三至五俱七言絶句，六為七言絶句和韻，七為五言律詩，八至十三俱七言律詩，十四至十六俱七言律詩和韻，十七八俱七言律詩聯句，十九為七言律詩集古，而二十則詩餘也。（《梅巖小稿》「凡例」）

俞弁詞話

俞弁(一四八八—一五四七),字子容,號守約道人,長洲(今江蘇蘇州)人。能詩,通醫,酷嗜藏書,喜抄書,藏書處名紫芝堂。所著有《山樵暇語》、《約齋閒録》、《逸老堂詩話》、《續醫説》等。《山樵暇語》有自序,《逸老堂詩話》有正德己卯自撰跋文,據序及跋云:少貧窮,性疏懶,平居自糲食粗衣外,無有嗜好,寓情圖史,披閱繙校,竟日忘倦。《山樵暇語》即襍録古今瑣事及詞章典故,間加考據。蓋偶隨所得而録之,編次皆無倫序。此據《四庫全書存目叢書》影印民國商務印書館影印明朱象玄抄本《山樵暇語》和《續修四庫全書》影印清抄本《逸老堂詩話》録詞話三十一則。

一　梁樂府《夜夜曲》，或名《昔昔鹽》，鹽即夜也。《列子》：「昔昔夢為君。」鹽亦曲之别名。（《逸老堂詩話》卷上）

二　曲名有《烏鹽角》，江鄰幾《雜志》云：「始教坊家人市鹽，得一曲譜於子角中。翻之，遂以名焉。」戴石屏有《烏鹽角行》，元人《月泉吟社》詩云：「山歌聒耳《烏鹽角》，村酒柔情玉練槌。」（同前）

三　宋人馬晉孟昭，東吴人。賦《滿庭芳》詞云：「雪漬冰鬚，霜侵蓬鬢，去年猶勝今年。一迴老矣，堪歎又堪憐。思昔青春美景，除非是、月下花前。誰知道，金章紫綬，多少事憂煎。　侵晨，騎馬出，風初暴横，雨又凄然。想山翁野叟，正爾高眠。更有紅塵赤日，也不到、松下林邊。如何好，吴淞江上，閑了釣魚船。」（同前）

四　宋徐師川作《漁父詞》云：「七澤三湖碧草連，洞庭江漢水如天。朝廷若覓元（當作玄）真子，不在雲邊在酒邊。　明月棹，夕陽船，鱸魚恰是鏡中懸。絲綸釣餌都收却，八字山前聽雨眠。」（同前）

五　唐詩云：「殘霞蹙水魚鱗浪，薄日烘雲卵色天。」東坡詩云：「笑把鴟夷一樽酒，相逢卵色五湖天。」正用其語。《花間集》詞云：「一方卵色楚南天。」注以「卵」為「泖」，非也。注東坡詩者亦改「卵色」為「柳色」，王梅溪亦不及此，何邪？（同前）

六　宋張表臣嘗遊南徐甘露寺，偶題小詞於壁間。其僧愚俗且聵，愀然不樂，曰：「方泥得一堵好壁，可惜塗壞了。」張笑曰：「頗有祖風。」客問：「何謂？」張曰：「昔李衛公亦曾以方竹杖贈甘露寺僧。」尋問之，僧欣然曰：「已規而漆之矣。」衛公嗟惋竟日，祖風之謂此也。余正德辛未春與張堯臣遊虎邱竹樓禪房，酒半，堯臣留句壁間，余亦和之，有「松竹陰中鶴虱墮，翠微深處僧房開」。他日有客戲之曰：「以汝對鶴，受其侮矣。」僧愚俗無知，遂磨滅「鶴」、「虱」二字。重遊見之，詢知其故。噫！天下事未嘗無對：「方杖削圓甘露祖，清詩磨滅虎邱僧。」與客一笑而罷。（同前）

七　秦少游侍兒朝華，年十九，少游欲修真，遣朝華歸父母家，使之改嫁。既去月餘，父復來云：「此女不願嫁。」少游憐而歸之。明年，少游倅錢塘，謂華曰：「汝不去，吾不得修真矣。」臨別，作詩云：「玉人前去却重來，此度分攜更不回。腸斷龜山離別處，夕陽孤塔自崔嵬。」未幾，遂竄南荒。余友唐子畏閱《墨莊漫録》偶見此事，以詩嘲少游云：「淮海真□黜朝華，他言道是我言差。金丹不了紅顔別，地下相逢兩面沙。」又《題陶穀郵亭圖》云：「一宿姻緣逆旅中，短詞聊以識泥鴻。當初我做陶丞旨，何必樽前面發紅。」語意新奇，如醉後啖一蛤蜊，頗覺爽口。（同前）

八　林和靖《梅》詩：「疎影横斜水清淺，暗香浮動月黄昏。」議者以「黄昏」難對「清淺」。楊升庵《丹鉛續録》云：「黄昏，謂夜深香動月之黄而昏，非謂人定時也。」余意二説皆非，豈詩人之固哉？梅花詩往往多用「月落參横」字，但冬半黄昏時參横已見，至丁夜，則西没矣，和靖得非此意乎？（同前）

九　僧齊己《折楊柳》詞云：「穠低似中陶潛酒，軟極如傷宋玉風。」以中酒之中為去聲。予記唐人有詩云「醉月頻中聖」、「近來中酒起常遲」、「阻風中酒過年年」，東坡云：「臣今時復一中之。」作中風之中，非也。（同前書卷下）

一〇　近見天全翁徐武功墨蹟一卷於友人家，筆畫遒勁可愛，其詞云：「心緒悠悠隨碧浪，良宵空鎖長亭。丁香暗結意中情。月斜門半掩，才聽斷鐘聲。　耳畔盟言非草草，十年一夢堪驚。馬蹄何日到神京。小橋松徑密，山遠路難憑。」其詞句句首尾字相連續，故名之為《玉連環》，想此體格自天全翁始。又見賦中秋月一闋云：「中秋月，月到中秋偏皎潔。（脱『偏皎潔』三字），知他多少，陰晴圓缺。　陰晴圓缺都休説，且喜人間好時節。好時節，願得年年，長見中秋月。」天全文集中皆不載，是以知散逸詩文尤多。（同前）

一一　武功伯徐公天順間遭讒被逐，放歸田里，自號天全翁。與杜東原、陳孟賢諸老登臨山水為適，不駕官船，惟幅巾野服而已。所至名山勝境，賦詠竟日忘倦，或填詞曲以侑觴，其風流儀度，可以想見。其遊靈巖《水龍吟》詞云：「佳麗地，是吾鄉，西山更比東山好。有罨畫樓臺，金碧巖扉，髣髴十洲三島。却也有、風流安石，清真逸少。向西施洞口，望湖亭畔，天光雲影，上下相涵相照。似寶鏡裏，翠娥妝曉。　且登臨，且談笑，眼前事幾多堪弔。香逕蹤消，屧廊聲杳，麋鹿還遊未了。也莫管，吴越興亡，為他煩惱。是非顛倒，古與今、一般難料。笑宦海風波，幾人歸早，得在家中老。遇酒美花新，歌清舞妙，盡開懷抱。又何須較短量長，此生心、應自有天知道。醉呼童、更進餘杯，便拚得到三更，乘月回仙棹。」此詞膾炙人口，盛傳於世。公年六十六而卒，墓在吴縣玉遮山。吴文定公有詩弔之云「衆口是非何日定，老臣功罪有天知」之句。（同前）

一二　唐人「風雨」字入詩最佳者，載於《麓堂詩話》，宋詩唯潘邠老「滿城風雨近重陽」之句播傳人口。余觀《後村詩話》載游次公《卜算子》詞云：「風雨送人來，風雨留人住。草草杯柈話別離，風雨

催人去。淚眼没曾晴，眉黛愁還聚。明日想思莫上樓，樓上多風雨。」一詞而用四「風雨」，讀者不厭其繁，句意清快可喜。（同前）

一三　梅花不入《楚騷》，杜甫不詠海棠，「二謝不詠菊花，亦可懊恨。辛幼安詞云：「戲馬臺前秋鴈飛，管絃歌舞更旌旗。要知黄菊清高處，不入當年二謝詩。　傾白酒，遶東籬，只於陶令有心期。明朝重九渾瀟灑，莫使尊前欠一枝。」詞調《鷓鴣天》，稼軒蓋為菊解嘲也。（同前）

一四　《墨莊漫録》載婦人弓足始於五代李後主，非也，予觀六朝樂府有《雙行纏》，其辭云：「新羅繡行纏，足趺如春妍。他人不言好，獨我知可憐。」唐杜牧詩云：「鈿尺裁量減四分，碧疏璃滑裹春雲。五陵年少欺他醉，笑把花前出畫裙。」段成式詩云：「醉袂幾侵魚子纈，彯纓長戛鳳凰釵。知君欲作《閑情賦》，應願將身作錦鞋。」《花間集》詞云：「慢移弓底繡羅鞋。」則此飾不始於五代也。或謂起於妲己，乃瞽史以欺閭巷者，士夫或信以為真，亦可笑哉！（同前）

一五　王逐客送鮑浩然遊浙東，作長短句云：「水是眼横波，山是眉峰聚。欲問行人去那邊，眉眼盈盈處。　才始送春歸，又送君歸去。若到江東趕上春，千萬和春住。」有餘不盡之意，藹然於言外。（同前）

一六　紹興間，臨安士人有賦曲云：「一春長費買花錢，日日醉湖邊。玉驄慣識西湖路，驕嘶過沽酒樓前。紅杏香中簫鼓，緑楊影裏秋千。　晚風十里麗人天，花壓鬢雲偏。畫船載得春歸去，餘情付、湖水湖煙。明日重攜殘酒，來尋陌上花鈿。」思陵見而喜之，恨其後疊第五句「重攜殘酒」不脱寒酸氣，改曰「重扶殘醉」。虞伯生系之以詩云：「重扶殘醉西湖上，不見春風見畫船。頭白故人無在者，斷堤楊柳舞青煙。」亦寓感慨之意深矣。（同前）

一七　辛稼軒在上饒時，屬其室人病篤，命醫治之，脈次，有侍婢名整整者侍側，乃指謂醫者曰：「老妻獲安平，當以此婢為贈。」不數日果愈，乃踐前約。以整整而去，稼軒口占《好事近》云：「醫者索酬勞，那得許多錢物。只有一個整整，也盤合盛得。　下官歌舞轉悽惶，賸得幾枝笛。覷著這般火色，告媽媽將息。」整兒善笛，故第六句及之。（同前）

一八　張祜題驪山有禽名阿濫堆，明皇御玉笛將其聲翻為曲，左右皆能傳唱。故祜有詩曰：「紅葉蕭蕭閣半開，玉皇曾此幸宮來。至今風俗驪山下，村笛猶吹《阿濫堆》。」（同前）

一九　今人往往以古今詩句編入詞曲者甚多，不暇枚舉，如「未飲心先醉，不在接杯酒」，陶淵明詩也。「世亂奴欺主，年衰鬼弄人」，杜荀鶴詩也。「一朝權入手，看取令行時」，朱灣詩也。「胸中襞積千般事，到得相逢一語無」，尤延之詩也。「逢人只可少說話，賣術不須多要錢」，劉改之詩也。「繁緑萬枝紅一點，動人春色不須多」，王荆公詩也。「雨打梨花深閉門」，古樂府也。（《山樵暇語》卷三）

二〇　秦少游侍兒朝華，年十九，少游欲修真，遣朝華歸父母家，使之他適。既別三十餘日，父復來云：「此女不顧改節。」少游憐而復歸之。明年，倅錢唐，謂華曰：「汝不去，吾不得修真矣。」臨別作詩云：「玉人前去却重來，此度分携更不回。腸斷龜山離別處，夕陽孤塔自崔嵬。」未幾，竄南荒。近時唐子畏以詩嘲之云：「淮海修真遺麗華，他言道是我言差。金丹不了紅顏別，地下相逢兩面沙。」又題陶穀遺像云：「一宿姻緣逆旅中，短詞聊以識泥鴻。當初我做陶丞旨，何用樽前面發紅。」語意新奇，譬如食宣州雪梨，爽口可愛。（同前書卷四）

二一　吴虎臣《能改齋漫録》云：樂天「回眸一笑百媚生，六宫粉黛無顔色」，蓋祖李太白《清平詞》「一笑皆生百媚」之語，噫！如是而言，虎臣過於刻矣。（同前書卷五）

二二　吾鄉武功伯徐天全翁，嘗赴友人讌，醉狎歌妓，戲成絶句云：「潞公長醉成都宴，范老猶懷慶朔堂。千古風流成一慨，只今莫笑老夫狂。」《能改齋漫録》載：文潞公於慶曆間以樞密直學士出知成都，時年未四十。蜀中風俗喜行樂，潞公多妓席會客，語至京師。御史何聖從因謁告歸蜀，上遣廉之。何將至境上，潞公為之動容。彼有張少愚者，謂公曰：「聖從，予友也，無足念。」因迎於漢上，因集會，有營妓善舞，何喜之，問其姓，曰楊，何曰：「所謂楊臺柳者。」少愚即取妓之項帕，題詩其上云：「蜀國佳人號細腰，西臺御史惜妖嬈。從今喚作陽臺柳，舞盡春風萬萬條。」因命妓作《柳枝詞》歌之，聖從為之霑醉。後數日，何至成都，頗嚴重太過，潞公大作樂以燕。何復使楊枝雜府妓中，歌少愚詩以送觴，何每為之醉。及還朝，潞公之謗遂息。文正范公守鄱陽，郡有慶朔堂，籍中有小妓名小鬟，公屬意，既去郡，以詩寄魏介云：「慶朔堂前花自栽，便移官去未曾開。年年常有别離恨，已託東風幹當來。」介因詩義鬻以娱公。文、范，名公，將相事業，不復可議，至於眷狎伶侍，幾於曠達，天全解嘲當矣。（同前）

二三　成化辛丑七月十二日，狂風驟雨，破屋拔樹，禾稼盡没。有馬秋官愈作《千秋歲》詞云：「暑退凉生，梧桐葉落，大火西流秋蕭索。今年七月十二日，狂風驟雨通宵作。頹墻垣，發茆屋，勢何惡。清曉起來無處着，走出堂前水没脚，簷溜淙淙雲漠漠。炊烟已斷愁竟日，禾黍高低都没却。農夫愁，農婦嘆，秋收薄。」（同前書卷九）

二四　嘉靖己丑八月二十日大雨驟發，高低田盡没。有長洲黄路里東齋方早追和馬秋官韻云：「自入秋來，滲滲雨落，落葉兼風聲蕭索。今年苦遭潢潦患，一春枉費興東作。歲時荒，居民怨，世情惡。矮屋沿溪難住着，拍岸水深橋縮脚，白鷺飛飛田漠漠。農婦農夫全家嘆，耕種工夫都枉却。蒺藜羹，饘與粥，休嫌薄。」（同前）

二五　唐子畏寅未第時，往仙遊縣九仙山祈夢。凡祈者先至判官前致禱，祀以白雞，留一宿，夜必有夢，子畏夢一人遺墨一擔。弘治己未發解應天府第一，横遭口語，坐廢。日以詩酒自娱，夢墨之兆始驗。踰年，復往祈之，夢人示以「中吕」二字，子畏訊諳多人，皆不可曉。一日，偶訪守溪王公於洞庭山中，見壁間揭東坡書《滿庭芳》詞一軸，下有「中吕」二字，子畏驚曰：「此余夢中所見也。」試誦之，其詞有「百年强半，來日苦無多」之句，子畏遂惻然不樂，後壽止五十三而卒，果應百年强半之語。噫！人生出處，自有分定，不可强也。（同前）

二六　張表臣《珊瑚鈎詩話》云：昔嘗遊南徐甘露寺，偶題近作小詞於壁間，其僧愚俗且瞶，愀然不樂，曰：「方泥得一堵好壁，可惜寫壞了？」張笑曰：「頗得祖風。」昔李衛公亦曾以方竹杖贈甘露寺僧，尋問之，僧欣然曰：「已規而漆之矣。」衛公嗟惋彌日，祖風之謂是也，聞者大笑。予往歲與張堯臣遊虎丘竹樓禪房，酒酣，堯臣留句壁間，予和云：「松竹陰中鶴虱墮，翠微深處僧房開。」別後有客戲曰：「以鶴對僧，受其侮慢。」僧愚，遂塗滅「鶴虱」二字，予再往見之，戲作一聯曰：「方杖削圓甘露祖，清詩塗滅虎丘僧。」世間事未有無對，與客一笑而罷。（同前書卷十）

二七　梅花不入楚騷，杜甫不詠海棠，二謝不詠菊，亦可恨也。辛幼安詞云：「戲馬臺前秋雁乖，管絃歌舞更旌旗。要知黃菊清高處，不入當年二謝詩。」詞調《鷓鴣天》，辛蓋為菊花解嘲也。（同前）

二八　樂天、東坡二公詩中往往有金帶紫綬之句，或謂其矜衒，此不知二公之心者。蓋命服章身，人情所甚喜，故發於心聲，亦何害也？樂天有「五品足為婚嫁主，緋袍着了好歸田」，吳中王文恪公歸自內閣，經歲不入城府，養高洞庭故里，六十自壽詞云：「且作山中宰相，依然玉帶蟒繡為袍。」又《踏莎行》云：「紫閣黃扉，蟒衣玉帶，功名至此人人愛。掛冠一日賦歸來，閑情人在功名外。明月逍遥，白雲自在，別是人間閒世界。起來把酒酹青山，年年與汝常相會。」觀此，則公之高情雅致，飄然物外之情，可以想見。（同前）

二九　武功伯徐公，天順間遭讒，被逐放歸田里，號天全翁。脱去世故，惟以丘壑存心。其遊靈巖題《瑞（當作水）龍吟》詞云：「佳麗地，是吾鄉，西山更比東山好。有罨畫樓臺，金碧巖扉，彷彿十洲三島。却也有、風流安石，清真逸少。向西施洞口，望湖亭畔，天光雲影，上下相涵相照。似寶鏡裏，翠娥粧曉。且登臨，且談笑，眼前事，幾多堪弔。香逕踪消，屧廊聲杳，麋鹿還遊未了。也莫管吳越興亡，為他煩惱，是非顛倒，古與今、一般難料。笑宦海風波，幾人歸早，得在家中老。遇酒美花新，歌清舞妙，儘開懷抱。又何須、較短量長，此生心、應自有天知道。醉呼童，倦進餘盃，便拚得到三更，乘月廻仙棹。」此詞為人膾炙。公年六十六而卒，墓在吳縣玉遮山。吳文定公以詩吊之云「衆口是非何日定，老臣功罪有天知」之句。（同前）

三〇　詩人以妓無顏色者謂之皷子花，皷子花即米囊花也。王元之謫齊安郡，民物荒凉，殊無況。營妓有不佳者，乃作詩曰：「憶昔西都看牡丹，稍無顏色便心闌。而今寂寞山城裏，鼓子花開亦喜歡。」張子野老於杭，多為官妓作詞，而不及靚，靚獻詩云：「天與群芳十樣葩，獨分顏色不堪誇。牡丹芍藥人題徧，自分身如鼓子花。」子野於是作詞贈之。（同前）

三一　南京舊院名妓齊錦雲者，善鼓琴，頗知詩，不為脂粉態。與文士傅春最密，春美風姿，善談論，以歌詞稱。踰年，坐事繫獄，雲脱簪珥以周給之。後戍遠方，雲欲從行，春力辭曰：「汝雖愛我，殊不知美色長途，恐非所宜。」雲有泣別詩云：「一呷春醪萬里情，斷腸芳草斷腸鶯。願將此淚為春雨，阻汝明朝不出城。」別後誓不見人，蓬首垢面，焚香禮佛而已。未幾，疾卒。嗚呼！孰知風塵中有此卓異者哉！視世之夫死骨肉未寒而謀再醮者，多矣！聞錦雲之風，寧不有愧？（同前）